◆ **일러두기**

1. 이 책은 1975년 중화서국(中華書局)에서 영인한 청대 교충당(教忠堂)의 1763년 간행본 『당시별재집』(唐詩別裁集)을 저본으로 하여 번역하였다.
2. 시 원문의 교감 및 심덕잠의 오류는 상해고적출판사(上海古籍出版社)에서 1979년에 간행한 표점본 『당시별재집』을 참고하였으며, 시인 및 제목과 관련된 착오는 학계에서 공인된 의견을 참고하여 해설에서 밝혔다.
3. 모든 시는 각 구마다 원시와 번역문을 함께 제시하는 방식으로 축구(逐句) 번역하였다. 주석은 각주로 처리하였으며, 심덕잠(沈德潛)의 주석은 '심주'(沈注)라 표시하여 각주에 넣었다. 작품에 대한 심덕잠의 평은 작품 말미에 '평석'이라 표시하여 붙였으며, 각 작품 끝에 번역자가 간단한 '해설'을 달았다.
4. 한자가 필요한 경우는 우리말 독음 뒤 괄호 안에 한자를 넣었으며, 이름과 지명 등 고유명사의 독음은 대부분 한국 한자음으로 달았다. 주요한 지명은 괄호 안에 현재의 지명을 적었다.
5. 시인에 대한 소개, 시인별 작품 목록, 원시 제목 색인은 별책부록으로 만들었다.

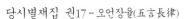

당시별재집 권17 － 오언장율(五言長律)

당시별재집 권18 - 오언장율(五言長律)

당시별재집 권19 – 오언절구(五言絶句)

당시별재집 전체 차례

당시별재집 6-부록
  시인 소전
  시인별 작품 목록
  원시 제목 색인

당시별재집 권17

오언장율(五言長律)

현종황제(玄宗皇帝)

아침에 포진관을 건너며(早渡蒲津關)[1]

鐘鼓嚴更曙,[2]	새벽이 되어 종과 북소리 엄숙한데
山河野望通.	들을 바라보니 산과 강이 이어졌어라
鳴鑾下蒲坂,[3]	난새 방울 울리며 포진관을 내려가니
飛旆入秦中.[4]	날리는 깃발이 진(秦) 지방으로 들어간다

---

1) 蒲津關(포진관) : 포관(蒲關), 임진관(臨晉關), 하관(河關)이라고도 한다. 포주(蒲州, 지금의 산서 永濟) 하동현(河東縣) 서쪽 이 리의 황하 강변에 소재한다.

2) 更曙(경서) : 새벽. 경(更)은 시간의 단위.

3) 鳴鑾(명란) : 어가의 방울을 울리다. 곧 천자의 행차를 말함. 鑾(란)은 천자가 타는 수레의 말굴레에 다는 방울. ○蒲坂(포판) : 포진관을 가리킨다.

地險關逾壯,	지세가 험하여 관문이 더욱 웅장하고
天平鎭尙雄.	하늘이 드넓어 진읍(鎭邑)이 웅대해라
春來津樹合,	봄이 되어 나루의 나무들이 이어지고
月落戍樓空.	달이 지니 수자리가 비어졌어라
馬色分朝景,5)	말의 털빛이 새벽 풍경 속에 분별되고
鷄聲逐曉風.6)	닭울음소리가 새벽바람에 실려 들려오는데
所希常道泰,	바라는 것은 세상이 바른 도리로 태평하여
非復棄繻同.7)	다시는 출입증을 점검하지 않음이로다

평석 시의 장율은 안연지와 사령운이 시작하여 당대에 성행하기 시작하였다. 처음에는 12구
였으나 나중에는 16구로 늘었다. 두보가 200구까지 확대시켰으니 이는 이 형식의 변체이다.
송대 왕안석이 당시를 고르면서 이 시를 압권으로 쳤다.(詩之長律, 自顔謝諸公開出, 至唐始
盛. 初只六韻, 後增至八韻, 少陵增至百韻, 又此體中變體也. 王介甫選唐詩, 以此篇壓卷.)

해설 현종이 723년 한 무제의 전례에 따라 분음에 제사하고 오면서 지었
다. 정월에 낙양을 떠나 황하를 건너 태항산에 오르고 병주에 도착했으
며, 2월에 태원에서 남으로 내려가 작서곡을 거쳐 분음에서 후토(后土)에
제사를 하고, 3월에 포주를 거쳐 포진관을 건너 동관으로 돌아왔다. 위
시는 3월 낙양으로 돌아오는 길에 지은 것으로 현종의 이 시에 장열(張
說), 장구령(張九齡), 서안정(徐安貞) 등이 창화하였다.

---

4) 飛旆(비패) : 빠르게 가는 깃발. 패(旆)는 대장기. 여기서는 황제의 의장기.
5) 馬色(마색) : 말의 표정. 말의 정신 상태.
6) 심주 : 새벽 풍경을 묘사했는데 일부러 수식한 흔적이 없다.(寫曉景無刻畵痕.)
7) 繻(수) : 관문을 출입할 때 보이는 증명. 비단 위에 글자를 써서 나눈 것으로, 둘을
합쳐서 증명임을 판단한다.

이른 아침 태항산에 올라 뜻을 말하며(早登太行山中言志)[8]

淸蹕度河陽,[9]	제왕의 행차가 하양으로 건너가
凝笳上太行.[10]	유장한 호가 소리가 태항산에 오른다
火龍明鳥道,	불타는 용 같은 행렬이 토끼길을 밝히고
鐵騎繞羊腸.[11]	철기 기병이 양장판을 돌아가
白霧埋陰壑,	하얀 안개가 어두운 계곡에 묻혀있고
丹霞助曉光.	붉은 노을이 새벽빛을 물들이네
澗泉含宿凍,	계곡의 시냇물엔 얼음이 섞여 있고
山木帶餘霜.	산의 나무는 된서리가 묻어있어라
野老茅爲屋,	촌로는 띠풀로 집을 만들고
樵人薜作裳.[12]	나무꾼은 승검초로 옷을 만드는구나
宣風問耆艾,[13]	교화를 선양하려 노인을 위문하고
敦俗勸耕桑.[14]	풍속을 돈독히 하려 농사와 양잠을 권하네
涼德慚先哲,[15]	박덕하여 선철에게 부끄러우니
徽猷慕昔皇.[16]	훌륭한 계책을 가진 옛 천자들을 그리워하노라

---

8) 太行山(태항산) : 지금의 산서성과 하북성 중간에 남북으로 길게 이어져 있는 산.

9) 淸蹕(청필) : 천자가 행차할 때 길라잡이가 나서 사람의 통행을 금하여 길을 치움. ○河陽(하양) : 낙양에서 가까운 황하의 북안에 있는 지명. 지금의 하남성 맹현(孟縣).

10) 심주 : 이하 여섯 구는 '이른 아침에 오른' 일을 썼다.(以下六句寫早登.)

11) 羊腸(양장) : 양의 창자처럼 좁고 굽이도는 길. 이 구는 조조(曹操)의 「고한행」(苦寒行)에 나오는 "북쪽으로 태항산을 올라가니, 험하여라, 저 외외한 산들이여! 양장판 고개는 굽이굽이 돌아가, 수레바퀴가 다 부러졌다"(北上太行山, 艱哉何巍巍! 羊腸坂詰屈, 車輪爲之摧.)를 환기한다.

12) 薜作裳(벽작상) : 승검초로 옷을 만들다. 굴원(屈原)의 시구에 "승검초로 옷 입고 새삼 덩굴로 띠 둘렀네"(被薜荔兮帶女羅)라는 말이 있다.

13) 宣風(선풍) : 교화를 선양하다. ○耆艾(기애) : 노인. 기(耆)는 60살, 애(艾)는 50살을 가리킨다.

14) 심주 : 뜻을 말하다.(言志.)

15) 涼德(양덕) : 박덕(薄德)과 같다. 덕이 없음.

16) 徽猷(휘유) : 아름다운 도리. 원대한 책략.

不因今展義,	지금 옳은 도리를 펼치지 않는다면
何以冒垂堂?[17]	기와처럼 떨어질 위험을 어찌 감당하리?

해설 태항산을 오르며 어진 정치를 펼 뜻을 말하였다. 전반부에서 태항산을 오르며 본 광경을 묘사하였고, 후반부에서 백성들을 살피고 덕정을 생각하였다. 장율이 지닌 정연한 형식성을 잘 발휘하였지만 조조의 「고한행」과 비교하면 기백과 사실성에서 훨씬 떨어진다. 723년(開元 11년) 1월 태항산을 오를 때 썼다.

남으로 작서곡을 나가며 장열에게 답하다(南出雀鼠谷答張說)[18]

雷出應乾象,[19]	천체의 현상에 응해 우레가 나오고
風行順國人.	백성을 순화하려고 교화의 바람이 분다
川途猶在晉,	강과 길은 아직 진(晉) 지방이지만
車馬漸歸秦.	수레와 말은 점점 장안에 가까워지네
背陝關山險,	섬현(陝縣)을 등지고 있는 관산이 험한데
橫汾鼓吹頻.[20]	분수를 건너며 고취 소리 성대해라
草依陽谷變,	풀은 남향의 계곡에서 푸르러지고
花待北巖春.	꽃은 북면의 바위에서 봄을 기다리네
聞有鵷鸞客,[21]	봉황 같은 손님의 시를 들으니

---

17) 垂堂(수당) : 처마 아래. 기와가 떨어질 수 있다는 점에서 위험한 처지를 비유한다.
18) 雀鼠谷(작서곡) : 분주(汾州, 산서 介休) 서남쪽에 소재. 길이 백십 리이며 분수의 수원지이다.
19) 乾象(건상) : 天象(천상), 천체의 현상.
20) 橫汾鼓吹(횡분고취) : 분하(汾河)를 건너며 악기를 연주하다. 한 무제가 분음에서 제사하고 분하를 건너며 「추풍사」를 부른 일을 가리킨다.
21) 鵷鸞(원란) : 원추새와 난새. 모두 봉황과 비슷한 새이다. 질서 있게 날고 현능하다는 뜻을 빌어 조정의 신하를 비유한다. 여기서는 장열을 가리킨다.

清詞雅調新.　　　　맑은 가사에 전아한 가락이 새로워
求音思欲報,[22)]　　나를 알아주는 친구에게 보답하고자 하는데
心跡竟難陳.[23)]　　진정한 마음을 표현하기 어려워라

해설 723년 2월 병주에서 장안으로 돌아가며 작서곡을 지날 때 장열이
지은 시에 화답하였다. 이에 대해 송경(宋璟), 소정(蘇頲). 왕구(王丘), 원휘
(袁暉), 최교(崔翹), 장구령(張九齡), 왕광정(王光庭), 석예(席豫), 양승경(梁升
卿), 조동희(趙冬曦), 서안정(徐安貞) 등이 창화하였다. 당시 현종은 병부상
서 장열을 중서령에 겸임시키며 "조정의 사표요, 일대의 사종"(當朝師表,
一代詞宗)이라 칭찬하였다.

좌승상 장열, 우승상 송경, 태자소부 원건요가 같은 날 근무를 시작하기
에 동당에서 잔치를 열게 하고 시를 내림(左丞相說、右丞相璟,太子少傅乾曜
同日上官, 命宴東堂, 賜詩)

赤帝收三傑,[24)]　　한 고조는 인걸 세 사람을 거두었고
黃軒擧二臣.[25)26)]　황제 헌원씨는 두 신하를 발탁하였지
由來丞相重,　　　예부터 승상의 임무는 막중해
分掌國之鈞.　　　나라의 권력을 나누어 관장한다네
我有握中璧,[27)]　　나에게는 손안에 벽옥이 있는 셈이요

---

22)　求音(구음) : 지음(知音)을 구하다.
23)　心跡(심적) : 마음의 진실한 생각.
24)　赤帝(적제) : 다섯 천제 가운데 하나. 남방의 신. 여기서는 한 고조 유방을 가리킨다.
　　○三傑(삼걸) : 장량(張良), 소하(蕭何), 한신(韓信). 유방은 이들을 인걸이라 하였다.
　　『사기』「고조본기」참조.
25)　심주 : 풍후, 역목.(風后、力牧.)
26)　黃軒(황헌) : 황제 헌원씨. ○二臣(이신) : 황제의 두 현신인 풍후와 역목. 『사기』「오
　　제본기」참조. 여기서는 장열과 송경을 가리킨다.

雙飛席上珍.[28]	자리 위에 보배가 쌍으로 있는 셈이라
子房[29]推道要,[30]	장량 같은 장열은 중요한 길을 제시하고
仲子[31]訝風神.[32]	송홍 같은 송경은 풍도가 아름다워
復輟台衡老,[33][34]	게다가 지의와 혜사 같은 스승이 있어
將爲調護人.[35][36]	장차 태자를 가르치고 보좌하리라
鵷鸞同拜日,	난새들이 같은 날 업무를 시작하니
車騎擁行塵.	수레와 기마가 먼지가 날리는구나
樂聚南宮宴,[37]	즐거이 남궁의 백관을 모아 잔치를 여니
觴連北斗醇.	술잔이 북두칠성처럼 벌려 있구나
俾予成百揆[38]	나로 하여금 모든 정치를 이루게 하니
垂拱問彝倫.[39][40]	두 손을 모두고 바른 도리를 물으리라

해설 현종이 신하들에게 잔치를 베풀어 격려한 시이다. 729년 8월 27일 장열은 우승상에서 좌승상으로, 송경은 이부상서에서 우승상으로, 원건

---

27) 握中璧(악중벽) : 화씨(和氏)의 벽옥(璧玉). 현능한 인재를 가리킨다.
28) 席上珍(석상진) : 자리의 보배. 일반적으로 재주와 덕이 있는 사람을 가리킨다.
29) 심주 : 장열.(張說.)
30) 子房(자방) : 장량(張良). 자방은 자량의 자.
31) 심주 : 송경.(宋璟.)
32) 仲子(중자) : 송홍(宋弘). 동한 초기의 정치가. 정직하고 청렴하며 광무제에게 직간을 하여 신임을 받았다.
33) 심주 : 원건요.(源乾曜.)
34) 台衡(태형) : 천태산의 지의(智顗)와 형산의 혜사(惠思). 제자와 스승의 관계를 비유한다.
35) 심주 : 태자소부.(太子少傅.)
36) 調護(조호) : 가르치고 보호하다. 태자소부는 태자에게 도덕을 보이고 업무를 보좌하는 책무를 가진다. 『당육전』 권26 참조.
37) 南宮(남궁) : 본래 남방의 별자리 이름. 한대에는 상서성을 가리켰다.
38) 百揆(백규) : 각종 정치 행정 업무. 또는 그러한 업무를 총괄하는 직책.
39) 심주 : 모두 마무리지었다.(總收.)
40) 垂拱(수공) : 옷을 늘어뜨리고 두 손을 잡고 예를 갖추다. ○ 彝倫(이륜) : 천지의 변함 없는 도리.

요는 시중에서 태자소부로 승진하였다. 세 사람은 9월 1일 같은 날 업무를 시작하여, 현종은 잔치를 마련하게 하고 상서성의 백관이 모여 있는 자리에서 시를 지어 하사하였다. 이에 대해 세 사람은 물론 소숭(蕭嵩), 배광정(裴光庭), 우문융(宇文融) 등도 창화시를 지었다.

늦봄에 두 재상 및 예관과 여정원 학사를 위해 잔치를 열며 —'풍'운으로 쓰다(春晩宴兩相及禮官麗正殿學士, 探得風字)[41]

乾道運無窮,[42]	천체의 운행은 무궁하여
恒將人代工.[43]	영원히 인간을 위해 힘을 쓴다
陰陽調歷象,[44][45]	음양은 천문과 역법을 조절하고
禮樂報玄穹.[46][47]	예악은 하늘에 보답한다
介冑淸荒外,[48]	갑옷과 투구 입은 병사들은 변방을 평정하고
衣冠佐域中.[49]	옷과 관을 걸친 학사들은 나라 안을 보좌한다
言談延國輔,[50]	담화는 국정을 의논하는 데로 이어지고

---

41) 兩相(양상) : 좌승상과 우승상. ○ 禮官(예관) : 예의를 관장하는 관리. ○ 麗正殿(여정전) : 당대 궁전 이름. 717년 현종은 전각 안에 건원원(乾元院)을 설치하고 마회소(馬懷素)를 수서사(修書使)로 임명하여 국가의 도서를 정리하게 하였다. 725년 현종은 이를 집현전서원(集賢殿書院)이라 바꾸면서, 장열을 집현전학사로 임명하였다. ○ 探得風(탐득풍) : 풍(風)자를 운(韻)으로 시를 짓다. 여러 사람이 같은 제목으로 시를 지을 때 운을 나누어 준다.
42) 乾道(건도) : 천도(天道). 천지의 운행.
43) 將(장) : 돕다. ○ 人代(인대) : 인세(人世).
44) 심주 : 좌승상과 우승상.(兩相.)
45) 歷象(역상) : 천문과 역법.
46) 심주 : 예관.(禮官.)
47) 玄穹(현궁) : 창궁. 하늘.
48) 심주 : 다음 구를 이끌기 위해 덧붙여진 구.(陪句.)
49) 심주 : 학사.(學士.)
50) 國輔(국보) : 나라 일을 도움. 또는 그러한 일을 하는 신하.

詞賦引文雄.　　　　사부는 뛰어난 시문을 이끌어낸다

野霽伊川綠,[51]　　　들이 개이니 이천(伊川)이 푸르고

郊明鞏樹紅.[52]　　　교외가 밝아지니 공현(鞏縣)의 꽃들이 붉어라

冕旒多暇景,[53]　　　면류관 쓴 나에게 한가한 시간이 있다면

詩酒會春風.　　　　봄바람 앞에서 시와 술로 주연을 베풀리라

해설 주연을 베풀어 신하들을 격려하였다. 725년 3월 현종이 집선전(集仙殿)에서 학사들에게 주연을 베풀며 지은 시이다. 이때 집선전을 집현전(集賢殿)으로 이름을 바꾸었다.

양형(楊炯)

종군하는 유 교서를 보내며(送劉校書從軍)[1]

天將下三宮,[2]　　　천장(天將)이 세 별자리에서 내려오니

星門召五戎.[3]　　　군영에서 다섯 병기를 소집하네

---

51) 伊川(이천) : 이수(伊水). 낙양성 남쪽에 소재한 강.

52) 鞏(공) : 공현(鞏縣). 하남부의 속현. 지금의 하남 공현.

53) 冕旒(면류) : 황제의 예관. 고대에는 천자와 고관이 썼다. 모자 위에 네모꼴의 평평한 면판(冕板)을 덮고, 앞뒤로 주옥을 매달아 늘어뜨리는데 이를 류(旒)라 한다. 여기서는 황제를 가리킨다. ○暇景(가경) : 한가한 시간.

1) 劉校書(유교서) : 유씨 성을 가진 교서랑. 교서랑은 서적을 관리하는 직책으로, 문하성의 홍문관과 비서성의 저작국에 편제되었다. 품계는 종9품 또는 정9품.

2) 天將(천장) : 천상의 신장(神將). 당나라 장수를 비유한다. ○三宮(삼궁) : 자미(紫微), 태미(太微), 문창(文昌) 등 세 별자리로, 조정을 비유한다.

3) 星門(성문) : 군문(軍門)을 말한다. 군영. ○召(소군) : 소집하다. ○五戎(오융) : 다섯 가지의 병기. 도(刀), 검(劍), 모(矛), 극(戟), 화살 등이다. 병사를 가리킨다.

坐謀資廟略,[4]	앉아서 논하면 조정의 책략을 세우고
飛檄佇文雄.[5]	군중의 문서는 문호의 손을 기다린다네
赤土流星劍,[6]	적토(赤土)를 비벼 만든 유성검(流星劍)
烏號明月弓.[7]	보름달처럼 휘어지는 오호궁(烏號弓)
秋陰生蜀道,	촉으로 가는 길에 가을 추위 생기고
殺氣繞湟中.[8]	황중(湟中) 일대에 전운이 감도네
風雨何年別?[9]	전란의 비바람은 어느 때 다 지나가
琴尊此日同.	오늘과 같이 다시 거문고와 시로 만나랴?
離亭不可望,	그대 떠나 역참에서도 보이지 않으니
溝水自西東.[10]	어구의 물처럼 동서로 나뉘어 흘러가네

해설 변경으로 떠나는 유 교서를 보내며 지은 송별시이다. 전반부는 문무를 겸비한 유 교서의 능력을 극력 찬양하여 공업을 이룰 것을 격려하였고, 후반부는 석별의 뜻을 나타내었다. 기세가 웅건하고 정이 깊다.

---

4) 坐謀(좌모) : 앉아서 논하다. ○資(자) : 돕다. ○廟略(묘략) : 조정의 책략.
5) 飛檄(비격) : 긴급한 군중 문서. ○佇(저) : 기대하다. ○文雄(문웅) : 문호(文豪).
6) 赤土(적토) : 붉은 흙. 화음(華陰)에서 나는 적토로 검을 만들면 두 배로 강해진다고 한다. 『진서』「장화전」참조. ○流星劍(유성검) : 고대 명검의 이름.
7) 烏號(오호) : 활의 이름. ○明月弓(명월궁) : 활을 쏘려고 시위를 당기면 전체가 보름달처럼 보인다는 뜻을 취했다.
8) 湟中(황중) : 지명. 지금의 청해성(靑海省) 동북부 황수(湟水) 유역.
9) 심주 : 송별의 뜻을 썼다.(入送意.)
10) 溝水(구수) : 도성의 어구(御溝)의 물. 어구의 물로서 이별을 비유한 것은 한대 탁문군(卓文君)이 지었다는 「백두음」(白頭吟)에서 유래하였다. "오늘은 우리가 술잔을 두고 마주보고 있지만, 내일 아침 우리는 어구에서 헤어지리라. 어구에서 잔걸음을 하며 배회할 때, 도랑의 물은 동서로 나뉘어 흘러가더라"(今日斗酒會, 明旦溝水頭; 躞蹀御溝上, 溝水東西流.)

노조린(盧照隣)

사신으로 서쪽에 가며,
더불어 남으로 유람가는 맹 학사를 보내며(西使兼送孟學士南遊)

地道巴陵北,[1)][2)]	그대 가는 지방은 파릉의 북쪽
天山弱水東, [3)][4)]	내가 가는 곳은 천산과 약수의 동쪽
相看萬餘里,	서로 만여 리를 마주보고 있으니
共倚一征蓬. [5)]	다 함께 떠도는 쑥대와 같구나
零雨悲王粲, [6)]	왕찬처럼 흩어지는 비를 슬퍼하며
清尊別孔融. [7)]	맑은 술을 좋아하는 공융과 헤어지네
徘徊聞夜鶴,	배회하며 밤에 우는 학 울음을 듣나니
悵望待秋鴻.	떠나는 가을 기러기를 멀리 바라보노라
骨肉胡秦外,[8)][9)]	골육 같은 친구는 호 지방과 진 지방으로 나뉘어

---

1) 심주 : 학사가 남으로 유람가다.(學士南遊.)
2) 地道(지도) : 지방. ○ 巴陵(파릉) : 악주(岳州)의 속현. 지금의 호남성 악양시.
3) 심주 : 자신이 서쪽에 사신으로 가다.(自己西使.)
4) 天山(천산) : 지금의 신강 위구르자치구 경내에 있는 산. ○ 弱水(약수) : 배를 띄울 수 없을 정도의 얕은 강. 여러 곳의 지명으로 쓰이는데,『상서』「우공」(禹貢)에 의하면 지금의 감숙성 장액(張掖)에 흐르는 강으로 보인다.
5) 倚(의) : 의지하다. 가깝다. ○ 征蓬(정봉) : 구르는 쑥대머리.
6) 零雨(영우) : 흩어지는 비. 왕찬의 「채자독에게」(贈蔡子篤)에 "바람 불어 구름이 흩어지고 한 번 헤어지면 비처럼 나누어지리"(風流雲散, 一別如雨.)라는 구절을 말한다. ○ 王粲(왕찬) : 동한 말기 문인으로 '건안칠자' 가운데 한 사람이다.
7) 清尊(청존) 구 : 동한 말기 공융은 성격이 포용적이고 거리끼는 바가 없었으며 선비들을 좋아하였다. 한직에 있을 때 빈객들로 붐볐는데 "자리에 항상 손님이 가득하고 술독에 술이 비지 않으면 난 걱정이 없겠소"(坐上客恒滿, 尊中酒不空, 吾無憂矣.)라 하였다. 『후한서』「공융전」 참조.
8) 심주 : 서로 연관되지 못함을 말하였다.(言不相關.)
9) 骨肉(골육) : 부자나 형제와 같이 혈연관계에 있는 사람. 여기서는 그만큼 가깝다는 뜻을 취하였다. '이릉 소무 시'의 「형제가 한 가지에 난 나뭇잎이라면」(骨肉緣枝葉)

風塵關塞中.	변방의 관문에서 바람과 먼지 속을 다니리
唯餘劍鋒在,	오로지 있는 것이라곤 검봉(劍鋒) 뿐
耿耿氣成虹.[10]	무지개 같은 기운으로 밝게 빛나는구나

평석 '흩어지는 비가 가을 풀을 덮는다'는 구는 본래 손초의 시이며, 왕찬의 시에는 '흩어지는 비'와 관련된 구가 없다. 아마도 심약이 '왕찬의 파안을 노래한 시, 손초의 흩어지는 비의 시' 등이 있으므로 우연히 오용한 것이리라.('零雨被秋草', 本孫楚詩, 王粲無'零雨'句也. 豈沈約有'仲宣灞岸之篇, 子荊零雨之章' 等語, 故偶誤用耶?) ○ 전인은 첫머리가 웅혼함을 상찬하였는데, 하나의 기운으로 연관되어야 하니 평탄하거나 경직되어 있지 않은지 보아야 할 것이다. 나중에 이백은 각각의 시에 이러한 형식이 있다.(前人但賞其起語雄渾, 須看一氣承接, 不平實, 不板滯. 後太白每有此種格法.)

해설 친구와 헤어지며 쓴 송별시이다. 자신은 서쪽으로 사신으로 나가고 맹 학사는 남으로 유람으로 떠나기에 그 이별이 더욱 각별하게 느껴진다. 아쉬움과 함께 서로를 격려하였으며, 말미에서 검봉(劍鋒)의 이미지로 강인한 의지를 비유하였다. 의경이 비장하고 정의가 돈독하다.

에 "형제가 한 가지에 난 나뭇잎이라면, 친구 사이 또한 서로를 의지한다"(骨肉緣枝葉, 結交亦相因.)는 뜻을 취하였다. ○ 胡秦(호진) : 서북 지방과 진 지방. '이릉 소무 시'의 「형제가 한 가지에 난 나뭇잎이라면」에 "예전에 우리는 언제나 가까이 지냈는데, 이제는 호 지방과 진 지방으로 아득히 멀어지네"(昔者常相近, 邈若胡與秦.)란 구절이 있다.

10) 氣成虹(기성홍) : 검기(劍氣)가 무지개와 같다.

낙빈왕(駱賓王)

저녁에 포류에 묵으며(晚泊蒲類)[1]

二庭歸望斷,[2]	남정과 북정에서 장안 쪽 보이지 않아
萬里客心愁.	만 리 멀리 온 나그네 마음이 시름겨워
山路猶南屬,[3]	산길은 그래도 남으로 이어지고
河源自北流.[4]	황하의 수원은 북에서 흘러내려
晚風連朔氣,[5]	저녁 바람은 북방의 기운과 이어지고
新月照邊秋.	초승달은 변방의 가을을 비추는구나
竈火通軍壁,[6]	부뚜막의 불이 군영의 보루에 통하고
烽煙上戍樓.	봉수대의 연기가 수루에 피어오르네
龍庭但苦戰,[7]	용정에서는 힘들게 전투하지만
燕頷會封侯.[8]	반초처럼 제비 턱이라 높은 공을 세우리라

---

1) 蒲類(포류) : 한대에 존재했던 서역의 나라. 지금의 신강위구르자치구 동부의 바리쿤 (巴里坤) 호수 부근에 소재했다. 기원전 60년 한나라는 흉노의 고사(姑師)를 쳐 그 땅에 거사(車師)와 포류(蒲類) 등 여덟 나라를 세웠다. 동한 때는 포류만이 남았다. 다른 판본에서는 제목이 「夕次蒲類津」이라 되어 있다.

2) 二庭(이정) : 동한 때의 북흉노와 남흉노를 각각 북정과 남정이라 하였다. 북흉노정 (北匈奴庭)을 줄여 북정이라 하였으며, 소재지는 지금의 몽골 서부 지역이다. 남정은 한 조정에 귀순하여 지금의 감숙성에 안치되었다. 또 당대에는 천산 이북을 관할하는 북정도호부를 설치하였다. 그러므로 이정은 지금의 넓은 지역 개념으로 신강과 감숙 지역을 가리킨다. ○望斷(망단) : 멀리 바라보아도 시선이 끊기어 보이지 않음.

3) 屬(속) : 이어지다.

4) 河源(하원) : 황하의 근원. 황하의 수원은 신강에 세 군데 있는데, 두 곳이 북으로 흐르고 하나가 동으로 흐른다.

5) 朔氣(삭기) : 북방의 한랭한 기운.

6) 竈火(조화) : 부뚜막. 야전에서 취사용으로 만든 화덕. ○軍壁(군벽) : 군영의 보루.

7) 龍庭(용정) : 흉노의 선우가 천지와 신명에게 제사지내는 곳.

8) 燕頷(연함) : 제비의 입처럼 큰 입. 고대에는 귀인의 관상으로 쳤다. 동한의 반초(班超)는 "제비 입에 호랑이 목으로 날아가며 고기를 먹을 상이니, 이는 만 리 땅을 다

莫作蘭山下,[9)10)]   난산(蘭山) 아래에서 흉노에게 항복한 이릉처럼

空令漢國羞.   부질없이 한나라에 수치를 주지 말지라

평석 '이정'은 남정과 북정을 말하는데, 다시 '용정'을 사용했으니, 이 또한 병폐이다.('二庭' 卽南庭、北庭, 復用'龍庭', 亦病.)

해설 낙빈왕이 670년 설인귀(薛仁貴)를 따라 서역에 티베트와 교전하러 출정하였을 때 전투에서 패배하여 후퇴하는 중 포류진에 이르렀을 때 지은 시이다. 고향에 대한 생각과 공을 세우려는 의지가 강하게 결합되었다.

영은사(靈隱寺)[11)12)]

鷲嶺鬱岧嶤,[13)]   영취산은 높고 울창한데

스리는 후작의 상이다(燕頷虎頸, 飛而食肉, 此萬里侯相也.)고 한다. 『후한서』 「반초전」 참조. ○ 封侯(봉후) : 후작을 받다.
9)   심주 : 이릉이 여기서 패했으니 곧 고란산이다.(李陵敗於此, 卽皐蘭山.)
10) 蘭山(난산) : 난간산(蘭干山). 지금의 감숙성 난주시 남쪽에 소재. 한 무제 때 이릉이 흉노의 병력을 분산시킨다며 자청하여 오천의 군사를 데리고 난간산에 갔으나, 흉노의 8만 대군에 포위되어 항복하였다.
11) 심주 : 영은사는 곧 지금의 도광사로, 나중에 산 아래 영은으로 옮겼다. 만약 지금의 영은사라면 어찌 바다에 뜨는 해를 보며 강물의 조수를 마주할 수 있겠는가?(此卽今之韜光寺也, 後移靈隱於山下. 若今之靈隱, 能觀海日, 對江潮乎?) ○ 이 시는 낙빈왕과 송지문의 문집에 모두 실려 있다. 호사가들이 말하길 송지문이 처음 두 구를 읊고 다음을 잇지 못하자 노승이 나타나 다음 두 구를 이었는데 그가 곧 낙빈왕이라고 하였다. 내 생각에는 시로 놓고만 본다면 낙빈왕이든 송지문이든 모두 지을 수 있다. 호사가의 말은 모순되니 따져서 밝힐 필요가 없다.(此詩駱賓王、宋之問集中皆載, 好事者選出宋賦起二句, 下窘於才, 有老僧續下二句, 乃賓王也. 愚意但取其詩, 或駱或宋皆可, 好事者說之牴牾, 不足與辨.)
12) 靈隱寺(영은사) : 지금의 절강성 항주시 서호 서북에 소재한 사찰. 중국 불교 선종의 십대 명찰 가운데 하나. 동진 때 창건되었고, 현재의 건물은 청대에 중건하였다.
13) 鷲嶺(취령) : 비래봉. 영령봉(靈嶺峰)이라고도 한다. 영은사 앞에 있으며, 동진 때 인도의 승려 혜리(慧理)가 항주 서호에서 놀다가 비래봉을 보고는 "인도 영취산의 작

龍宮鎖寂寥.[14]　　　용궁은 닫힌 채 적막하구나

樓觀滄海日,　　　누대에서 푸른 바다의 해를 보고

門對浙江潮.[15]　　　산문은 절강의 조수와 마주하네

桂子月中落,　　　달에서 계수 열매가 떨어지니

天香雲外飄.[16]　　　하늘의 향기가 구름 밖에 흘러라

捫蘿登塔遠,[17]　　　새삼 넌출을 붙잡고 높이 탑 위에 오르고

刳木取泉遙.[18]　　　나무를 판 배를 타고 샘을 찾아 멀리 가노라

霜薄花更發,　　　서리가 설핏 내린 탓에 꽃은 다시 피고

冰輕葉未凋.　　　얼음이 얇은 탓에 나뭇잎이 아직 떨어지지 않아라

夙齡尚遐異,[19]　　　어렸을 때부터 먼 곳을 다니기 좋아했는데

披對滌煩囂.[20]　　　마음을 열고 마주하니 잡념이 씻기어지네

待入天台路,[21]　　　천태산에 들어가 신선의 길을 찾으면

看余度石橋.[22]　　　내가 석교를 건너 선녀를 만날 수 있으리

　　　은 봉우리와 같은데 언제 날아왔는가? 부처가 계실 때 신선들이 은거하였지"라고 말
　　　하였다. 『순우임안지』(淳祐臨安志) 참조. ○嶕嶢(초요) : 높고 험준한 모습.

14)　龍宮(용궁) : 영은사를 가리킨다. 전설에 의하면 바다의 용왕이 부처에게 용궁에 와
　　　서 설법을 해줄 것을 청하였기에 용궁은 절을 가리킨다.

15)　浙江潮(절강조) : 절강의 조수. 전당강의 조수는 높기로 유명하다.

16)　天香(천향) : 특이한 향기.

17)　蘿(라) : 새삼 넌출.

18)　刳木(고목) : 나무둥치의 가운데를 파 뗏목을 만든다.

19)　夙齡(숙령) : 소년. ○遐異(하이) : 먼 지방의 기이한 경관.

20)　披對(피대) : 마음을 열고 마주하다. 진심으로 대하다. ○煩囂(번효) : 근심을 줄 정도
　　　로 시끄럽다.

21)　天台(천태) : 천태산. 지금의 절강성 동부 천태시(天台市) 북쪽에 있는 산. 천태로(天
　　　台路)는 산에 들어가 신선의 길을 찾는다는 뜻이다. 동한시기에 섬현(剡縣)의 유신
　　　(劉晨)과 완조(阮肇)는 천태산에 약을 캐러 갔다가 두 선녀를 만났는데, 그녀를 따라
　　　가서 반년을 살다 돌아오니 칠 세대 이후의 자손들이 살고 있었다고 한다. 『수신기』
　　　참조.

22)　石橋(석교) : 천태산의 명승지인 석량비폭(石梁飛瀑). 긴 바위가 두 산 사이에 걸쳐져
　　　있어 마치 다리같이 보이므로 이름 붙여졌다.

평석 당대 초기 양사도의 「산의 집으로 돌아가며」는 5련으로 되어 있고 이 시는 7련으로 되어 있으니, 초당시기에 홀수 연을 사용하였다. 후인들은 짝수를 쓰되 홀수를 쓰지 않으면서 짝수가 정격이 되었다.(楊師道還山宅五韻, 此篇七韻, 初唐有之, 後人用偶不用奇, 乃見正格.)

해설 영은사를 탐방하며 보고 느낀 소감을 썼다. 첫머리에서는 맑고 그윽한 사찰의 모습을 원경에서 그리고, 이어서 바다와 강을 가까운 위치를 그렸다. 제5, 6구에서는 달에서 떨어진 계수나무 열매를 사찰에서 주을 수 있다며 고상하고 청정한 분위기를 그려내었다. 이어서 탑에 오르고 샘물을 찾아 가며 주위를 둘러보고, 말미에서 세속을 벗어나는 마음을 표현하였다. 이 시와 관련해서 맹계(孟棨)의 『본사시』(本事詩)에서는 송지문과 낙빈왕의 특이한 만남 속에 지은 것으로 묘사되어 있지만, 일반적으로 학계에서는 소설의 각색으로 보고 있다. 원래 청대 이전의 낙빈왕 시문집에는 이 시가 없으므로 송지문의 작품으로 보며, 제작 시기는 그가 709년 월주장사(越州長史)로 나갔을 때로 본다.

온성에서 묵으며 군영을 바라보다(宿溫城望軍營)[23]

虜地寒膠折,[24]	북방이 추워져 아교가 꺾어지자
邊城夜柝聞.[25]	변방의 성에서는 밤에 딱따기 소리 들린다
兵符關帝闕,[26]	제왕의 궁궐에서 병부(兵符)를 내보내니

---

23) 溫城(온성) : 구체적인 장소는 미상. 『진서』「당빈전」(唐彬傳)에는 당빈이 유주(幽州, 하북성 일대)에 가서 온성(溫城)에서 갈석(碣石)까지 산과 계곡을 따라 삼천리를 군사를 나누어 주둔시켰다고 하니 유주에 속한 것으로 보인다.

24) 虜地(노지) : 북방의 비한족 거주지. ○膠折(교절) : 아교가 꺾이다. 가을이 되면 아교가 굳어 꺾을 수 있기 때문에 활을 사용할 수 있게 된다. 흉노는 이때를 기다려 전쟁을 일으켰다. 『한서』「조착전」(鼂錯傳) 참조.

25) 夜柝(야탁) : 밤에 순찰하며 시각을 알리는 딱따기 소리.

26) 兵符(병부) : 황제가 군대를 동원한 신물(信物). ○關(관) : 합치되다. 여기서는 발동

天策動將軍.[27]	천자의 책략에 따라 장군이 나간다
塞靜胡笳徹,	변방이 고요하니 호가 소리 멀리 울려 퍼지고
沙明楚練分.[28]	사막이 밝으니 병사들이 뚜렷이 분간된다
風旗翻翼影,[29]	바람에 펄럭이는 깃발에 새 그림자 펄럭이고
霜劍轉龍文.[30]	서릿발 같은 검에는 용 문양이 둘러 새겨졌다
白羽搖如月,[31]	백우선이 달처럼 흔들리면
靑山斷若雲.	청산이 구름처럼 끊어지리
煙疎疑卷幔,	휘장이 말리듯 연기가 걷히고
塵滅似銷氛.[32]	삿된 기운이 사라지듯 먼지가 가라앉으리
投筆懷班業,[33]	붓을 던진 반초(班超)의 업적을 그리워하고
臨戎想顧勳.[34][35]	전투에 임하여 고영(顧榮)의 공훈을 생각하네
還應雪漢恥,	게다가 응당 한나라의 수치를 설욕하여
持此報明君.	밝은 군주의 은혜에 보답해야 하리

하다. ○帝闕(제궐): 황제가 거주하는 궁궐.

27) 天策(천책): 천자의 책략. 또는 별자리 이름으로 쓰이는데, 천책성이 움직이면 전쟁
이 발생한다고 한다. 여기서는 중의적으로 사용하였다.

28) 楚練(초련): 초 지방에서 생산되는 흰색의 숙견(熟絹). 춘추시대 초나라가 오나라를
공격할 때 보병 삼천 명에게 숙견을 갑옷 안에 입히고 출정시켰다. 여기서는 군대를
가리킨다.

29) 翼影(익영): 깃발에 그려진 새의 그림자.

30) 霜劍(상검): 서릿발 같은 검망이 비치는 검. 좋은 검을 말한다. ○龍文(용문): 용 모
양의 문양.

31) 白羽(백우): 백우선(白羽扇). 새의 흰 깃털로 만든 부채. 장수 또는 참모가 전투를
지휘할 때 들고 있는 부채.

32) 銷氛(소분): 사악한 기운이 사라지다. 적군의 퇴각을 비유한다.

33) 投筆(투필) 구: 동한의 반초(班超)가 붓을 던지고 서역에 출정하여 공을 세운 일을
가리킨다. 『후한서』「반초전」 참조. 班業(반업)은 반초의 업적.

34) 심주: '고훈'은 고영이 부채를 휘두르며 군사를 지휘하여 광릉상 진민의 군사를 깬
일을 가리킨다.('顧勳', 謂顧榮擇扇破廣陵相陳敏軍事.)

35) 顧勳(고훈): 서진시대 고영(顧榮)의 공훈. 우장군 진민(陳敏)이 강남에서 모반을 일
으키자 고영이 이를 진압한 일을 가리킨다. 진민이 만여 명의 군사로 공격해올 때
고영이 다리를 부수고 배를 수거하여 건너올 수 없게 하였다. 고영이 백우선을 휘두
르자 진민의 군대가 궤멸되었다. 『진서』「고영전」 참조.

해설 변방의 성에서 밤을 보내며 보고 느낀 바를 썼다. 출전한 군사들의 의기와 엄정한 지휘를 찬미하고 말미에서 공업을 이루고 나라의 치욕을 갚으려는 결심을 높이 예찬하였다.

노선(盧僎)

주상의 「황태자 신원에 행차하며」에 응제하다(上幸皇太子新院應製)[1]

佳氣曉葱葱,[2]	아름다운 기운이 새벽에 무성할 때
乾行入震宮.[3]	황제의 행차가 진궁(震宮)으로 들어가는구나
前星迎北極,[4]	앞 별이 북극을 맞이하니
少海被南風.[5]	소해(少海)에 남풍이 불어라
視膳銅樓下,[6]	동루에서 내려와 문안 올리고 시식하고
吹笙玉座中.[7]	옥좌 가운데에서 신선처럼 생황을 불어라

---

1) 上(상) : 현종을 가리킨다. ○ 皇太子(황태자) : 이형(李亨)을 가리킨다. 738년 황태자로 책봉되었다.

2) 葱葱(총총) : 초목이 푸르고 무성한 모습. 기운이 성한 모습.

3) 乾(건) : 하늘. 여기서는 황제. ○ 震宮(진궁) : 태자의 궁전.

4) 前星(전성) : 태자. 『한서』 「오행지」(五行志)에 "심(心)은 큰 별로 천왕이다. 앞의 별은 태자이고 뒤의 별은 서자이다"(心, 大星, 天王也. 其前星太子, 後星庶子也.)고 한데서 유래했다. ○ 北極(북극) : 북극성. 황제 또는 조정을 가리킨다.

5) 少海(소해) : 태자를 가리킨다. ○ 南風(남풍) : 남쪽에서 불어오는 바람. 여기서는 순임금이 지었다는 「남풍의 노래」(南風歌)를 환기한다. "훈훈한 남풍이여, 우리 백성의 원망을 풀어줄 수 있구나. 때맞춰 부는 남풍이여, 우리 백성의 재산을 쌓아줄 수 있구나"(南風之薰兮, 可以解吾民之慍兮. 南風之時兮, 可以阜吾民之財兮.)

6) 視膳(시선) : 황제가 식사하기 전에 태자가 독이 있는지 먼저 시식하는 일. 태자는 닭이 울면 일어나 황제에게 가서 문안을 올리고 시식을 한다. ○ 銅樓(동루) : 용루(龍樓). 태자 궁문의 문 이름. 문 위에 청동의 용이 놓여 있어 이름 붙여졌다.

訓深家以政,　　　가르침이 깊어 가정을 정치의 기본으로 삼고
義擧俗爲公.　　　정의를 표방하여 백성을 공기(公器)로 여기네
父子成釗合,[8]　　부친과 아들이 성왕과 강왕과 같고
君臣禹啓同.[9][10]　임금과 신하가 우 임금과 계왕 사이라
仰天歌聖道,　　　하늘을 우러러 성인의 도를 노래하나니
猶愧乏雕蟲.[11]　글 쓰는 능력이 부족함이 부끄러워라

해설 현종이 태자를 방문한 일을 제재로 시를 지었다. 전아한 언어를 공정
(工整)한 구성 속에 넣어 화미하면서도 장중한 응제시의 풍격을 갖추었다.

---

7) 吹笙(취생) : 생황을 불다. 주 영왕(周靈王)의 태자 왕자진(王子晉)은 생황을 잘 불어
봉황의 울음을 내었으며, 이수(伊水)와 낙수(洛水) 유역에서 노닐다가 나중에 신선
이 되었다.

8) 成釗(성쇠) : 주 성왕(周成王)과 그의 아들 강왕(康王). 강왕의 이름이 쇠(釗)이다. 성
왕과 강왕의 시기에는 나라 안이 태평하여 형벌을 사십여 년 동안 사용하지 않았다.
'성강지치'(成康之治)로 알려졌다. 『사기』 「주본기」 참조.

9) 심주 : 우 임금이 왕위를 아들에게 물려주었지만 곧 현능한 사람에게 물려준 것이므
로 '군신'이라고 하였다.(禹之傳子, 卽是傳賢, 故云'君臣'.)

10) 禹啓(우계) : 우 임금과 그의 아들 계(啓).

11) 雕蟲(조충) : 사소하고 가치 없는 기술. 시문을 짓는 일을 가리킨다. 원래 양웅(揚雄)
의 『법언』(法言) 「오자」(吾子)에 나오는 말이다. "누군가 물었다. '그대는 젊어서 부
(賦)를 좋아했소?' 이에 대답하였다. '예. 동자였을 때 충서(蟲書)를 새기고 각부(刻
符)를 팠지요.' 잠시 후 덧붙여 말했다. '장부는 하지 않는 일이지요.'"(或問 : "吾子少
而好賦?" 曰 : "然. 童子雕蟲篆刻." 俄而曰 : "壯夫不爲也.")

진자앙(陳子昂)

백제성 회고(白帝城懷古)[1]

日落滄江晚,[2]	해가 진 푸른 강의 저녁
停橈問土風.[3]	노를 멈추고 풍토와 인정을 물노라
城臨巴子國,[4]	성벽은 고대의 파(巴)나라에 속하고
臺沒漢王宮.[5]	누대는 촉한의 영안궁이 무너진 것이라
荒服仍周甸,[6]	황벽한 변방은 예전에 주나라의 강역이요
深山尚禹功.[7]	깊은 산 백성은 지금도 우 임금의 공덕을 숭상하네
巖懸青壁斷,	가파른 바위는 푸른 벽이 깎아진 듯하고
地險碧流通.	험준한 지세에 푸른 물결이 지나가네
古木生雲際,	오래된 나무가 구름까지 높이 솟았는데
孤帆出霧中.	돛배가 망망한 안개 속에 나타나는구나
川途去無限,	물길이 끝없이 이어져 가는데
客思坐何窮![8]	나그네의 시름은 끝이 없어라!

---

[1] 白帝城(백제성) : 당시 기주(夔州)에 속했다. 지금의 중경시 봉절현(奉節縣) 백제산(白帝山) 소재.

[2] 滄江(창강) : 푸른 강.

[3] 橈(요) : 노. ○ 土風(토풍) : 현지의 풍토와 인정.

[4] 巴子國(파자국) : 파국(巴國). 전국시대 때 중경(重慶)을 중심으로 강역을 둔 국가로 진(秦)나라에 망하였다.

[5] 漢王宮(한왕궁) : 영안궁(永安宮)을 가리킨다. 삼국시대 촉한의 유비가 세웠다. 지금의 중경시 봉절현 백제산에 소재.

[6] 荒服(황복) : 도성에서 멀리 떨어진 황벽한 지역. ○ 周甸(주전) : 주나라 도성의 교외 지역. 여기서는 주나라의 관할지.

[7] 禹功(우공) : 우 임금이 치수를 한 공로. 삼협은 우 임금이 굴착하여 물길을 끌어냈다는 전설이 있다.

[8] 坐(좌) : 이 때문에. ○ 窮(궁) : 끝.

해설 백제성 주위의 고적과 풍경을 둘러보고 여로의 감개를 표현한 회고시이다. 진자앙은 고향에서 낙양과 장안을 여러 번 오갔다. 이 시는 아마도 679년(21세) 처음 사천을 떠나 낙양에 갈 때 지은 시로 보인다.

현산 회고(峴山懷古)[9]

秣馬臨荒甸,[10]	성 밖의 교외에서 말에 꼴을 먹이고
登高覽舊都.[11]	현산에 높이 올라 옛 성을 들러본다
猶悲墮淚碣,[12]	양호의 타루비를 보고 슬퍼하고
尙想臥龍圖.[13]	제갈량의 계책을 다시금 생각하네
城邑遙分楚,	성읍은 여기서부터 멀리 초 지방과 나뉘고
山川半入吳.	산천은 반이 오 지방에 편입되었지
丘陵徒自出,[14]	산 능선은 부질없이 절로 뻗어나가는데
賢聖幾凋枯?	얼마나 많은 성현들이 사라졌는가?
野樹蒼煙斷,	들녘의 나무는 창망한 안개에 보이지 않고
津樓晚氣孤.[15]	나루터 누대는 저녁 기운 속에 홀로 서있어
誰知萬里客,[16]	누가 알랴, 만 리 멀리서 온 나그네

9) 峴山(현산) : 현수산(峴首山). 지금의 호북성 양번시(襄樊市) 양양성 남쪽 소재. 동으로 한수와 면해있다.
10) 秣馬(말마) : 말에 꼴을 먹이다. ○ 荒甸(황전) : 먼 교외.
11) 舊都(구도) : 옛 성. 양양성을 가리킨다. 지금의 호북성 양번시.
12) 墮淚碣(타루갈) : 타루비(墮淚碑). 서진 때 양호(羊祜)가 덕정을 베푼 일로 백성들이 현산에 세운 비석을 말한다. 사람들이 비석을 볼 때마다 양호를 그리워하여 눈물을 흘렸다고 하여 타루비라 하였다. 『진서』「양호전」참조.
13) 臥龍圖(와룡도) : 제갈량의 계획. 양양 융중(隆中)에서 은거하던 와룡선생 제갈량이 유비에게 천하삼분의 계책을 낸 일을 가리킨다. 『삼국지』「제갈량전」참조.
14) 심주 : 서왕모의 '백운요'에 "흰 구름이 하늘에 있고, 산 능선이 절로 뻗어나가네"라 하였다.(西王母白雲謠 : "白雲在天, 丘陵自出.")
15) 津樓(진루) : 나루의 누정(樓亭).
16) 萬里客(만리객) : 만 리 멀리서 온 나그네. 시인 자신을 가리킨다.

懷古正躊躇?¹⁷⁾　　　고금을 돌아보며 배회하고 있음을

해설 촉 지방에서 낙양으로 들어가는 도중에 양양의 현산에 올라 고적을
돌아보고 선현을 생각하며 쓴 시이다. 양양의 현산은 역사적 의미가 쌓
인 명승지이자 한수가 긴 풍광을 조망하는 곳으로 유명하다. 「유주대에
올라」와 마찬가지로 높은 곳에서 원경을 바라보며 고금의 시공과 역사
를 고도로 통일하여 응축시켰다.

두심언(杜審言)

소미도에게(贈蘇味道)¹⁾

北地寒應苦,²⁾	북지에 추위가 분명 드셀 터인데
南庭戍不歸.³⁾	남정(南庭)의 수자리에서 아직 돌아오지 않는구나
邊聲亂羌笛,	강족의 피리 소리로 변방에는 쓸쓸한 소리 많고
朔氣卷戎衣.	삭방의 기운에 군복이 응축되리라
雨雪關山暗,	눈이 내리면 관문과 산이 어둡고
風霜草木稀.	바람과 서리에 초목이 시들어가리
胡兵戰欲盡,	오랑캐 병사들이 전의를 상실할 때
漢卒尚重圍.	한나라 군사들이 이중으로 포위하리

---

17) 躊躇(주주) : 배회하다. 머뭇거리다.
1) 蘇味道(소미도) : 초당시기 문인. 이교, 최융, 두심언과 함께 '문장사우'(文章四友)라
　 칭해졌다. 시인 소전 참조.
2) 北地(북지) : 북지군(北地郡). 지금의 감숙성 동남부와 영하(寧夏) 남부 일대.
3) 南庭(남정) : 남정도호부.

雲淨妖星落,[4]　　　구름이 걷히고 요사스런 별이 떨어지면
秋高塞馬肥.　　　하늘 높은 가을에 변방의 말들이 살찌리
據鞍雄劍動,[5]　　　안장에 앉아 웅검을 휘두르고
搖筆羽書飛.[6]　　　붓을 달려 우서를 써서 날리리라
輿駕還京邑,　　　수레를 타고 도성으로 돌아오면
朋遊滿帝畿.[7]　　　친구들이 장안에 가득하다네
方期來獻凱,　　　이제 기다리노니, 개선하여 돌어와
歌舞共春輝.　　　노래하고 춤추며 함께 봄빛을 누리세

해설 변방에 나간 소미도에게 보낸 시이다. 군중에 있는 친구에 대한 안부를 변방의 풍광과 결부시켜 서술하였으며, 공을 세우고 돌아오기를 기원하였다. 소미도는 함양위(咸陽尉)로 있다가 679년 이부시랑 배행검(裴行儉)이 돌궐과 전투하러 나갈 때 종군하였다.

석문산을 넘으며(度石門山)[8]

石門千仞斷,　　　석문산은 천 길 벼랑 위로 솟아있는데
迸水落遙空.[9]　　　터쪄 나오는 폭포가 멀리 하늘로 떨어지네
道束懸崖半,　　　길은 띠같이 멀리 현애의 중간에 걸려있고

---

4) 妖星(요성) : 재난을 가져오는 불길한 별. 여기서는 요성이 떨어진 것으로 돌궐족의 수장이 죽거나 패한 것을 암시하였다.
5) 雄劍(웅검) : 보검. 춘추시대 오나라의 간장(干將)과 막야(莫邪) 부부가 삼년에 걸쳐 주조한 검 가운데 하나이다. 그들은 웅검(雄劍)과 자검(雌劍)을 만들어, 웅검을 자검 속에 넣어두었더니 때때로 슬픈 울음소리가 났다고 한다.
6) 羽書(우서) : 긴급 군사 연락서. 문서 위에 새의 깃털을 꽂아 긴급을 표시하였다.
7) 심주 : 수레 타고 도성에 돌아와 친구와 함께 만나자는 뜻이다.(指乘輿還京, 朋舊皆集.)
8) 石門山(석문산) : 절강성 청전현(青田縣) 서쪽 칠십 리에 소재한 산.
9) 迸水(병수) : 물이 터져 나오다. 폭포의 모습을 형용하였다.

橋欹絶澗中,[10]	다리는 기운 채 끊어진 계곡 중간에 놓여있어
仰攀人屢息,	위를 보고 기어오르다가 자주 쉬고
直下騎才通.	곧장 내려가면 나귀 한 필이 겨우 지나가
泥擁奔蛇徑,	진흙이 덮여있어 길은 달리는 뱀과 같고
雲埋伏獸叢.	구름이 덮여 있어 바위는 엎드린 짐승 같아
星躔牛斗北,[11]	별의 위치는 우성과 두성의 북쪽이요
地脈象牙東.[12]	땅의 맥락은 상산과 아산의 동쪽이라
開塞隨行變,[13]	통하고 막힌 곳에 따라 일정을 조절하고
高深觸望同.[14]	높고 깊은 곳을 모두 다 둘러보네
江聲連驟雨,	강물 소리는 소나기 소리와 섞이고
日氣抱殘虹.	햇빛은 사라지는 무지개를 안고 있네
未改朱明律,[15]	아직 여름의 절기가 바뀌지 않았는데
先含白露風.[16]	바람은 먼저 백로의 기운을 머금고 있어
堅貞深不憚,[17]	유람하려는 굳은 마음 두려움이 없는데
險澀諒難窮.[18]	험난하여 진실로 다 보기 어려워라
有異登臨賞,	석문산은 다른 산을 둘러보는 것과는 다르니

---

10) 欹(의) : 기울다.
11) 星躔(성전) : 일월성신 등 별들이 운행하는 거리와 각도. ○牛斗(우두) : 이십팔수(二十八宿) 중의 우성(牛星)과 두성(斗星). 절강 지역은 우성과 두성의 분야(分野)이다.
12) 地脈(지맥) : 토지의 맥락. ○象(상) : 상산(象山). 절강 상산현(象山縣) 동남쪽에 코끼리처럼 생긴 상산이 있다. ○牙(아) : 산 이름으로 보인다.
13) 開塞(개색) : 열고 닫힘. ○隨行變(수행변) : 유람지를 자신의 흥에 따라 계속 가기도 하고 멈추기도 함. 곧 자유롭게 명승지를 찾아다닌다는 뜻이다.
14) 高深(고심) : 높은 곳과 깊은 곳. ○觸(촉) : 바라보다.
15) 朱明(주명) : 여름. ○律(율) : 원래 십이률(十二律)로 곡조를 뜻하며, 십이월과 대응시켰다. 여기서는 절기를 나타낸다.
16) 白露(백로) : 이십사 절기 가운데 하나. 이 구는 여름이지만 가을의 기운이 깃들어 있다는 뜻.
17) 堅貞(견정) : 꿋꿋하고 단단한 마음. 여기서는 등반하여 유람하려는 의지가 단단함을 가리킨다.
18) 險澀(험삽) : 험난하고 가기 어려움.

徒爲造化功.　　　그것은 오로지 조화의 공 때문이라네

해설 석문산을 유람하고 지은 시이다. 험난하고 다양한 산의 모습에서
시작하여 유람하는 모습과 일정을 묘사하고, 분야(分野)와 지세는 물론
주위 환경과 계절까지 극력 서술하여 석문산의 전모를 파악하려고 하였
다. 이러한 필법은 부(賦)의 영향도 있지만 자연을 전면적으로 묘사하려
는 사령운의 영향이 남은 것으로 보인다.

심전기(沈佺期)

원외랑 소미현의 「여름 저녁 상서성에서 당직하며」를
받고 답하며(酬蘇員外味玄夏晩寓直省中見贈)[1]

幷命登仙閣,[2]	함께 명을 받아 선각(仙閣)에 올랐는데
通霄直禮闈.[3]	밤새 예부(禮部)의 문 안에서 당직을 섰구나
大官供宿膳,[4]	태관(太官)이 밤에 먹을 음식을 제공하고
侍史護朝衣.[5]	여시사(女侍史)가 관복을 훈염하였으리라

---

1) 同(동) : 다른 사람의 작품에 화답하여 짓다. ○ 蘇員外味玄(소원외미현) : 선부원외랑
(膳部員外郎) 소미현(蘇味玄). 소미현은 소미도의 동생으로 태자세마(太子洗馬)를
역임했다. ○ 省中(성중) : 상서성.
2) 仙閣(선각) : 선서(仙署). 상서성을 가리킨다. 당대에는 상서성을 중시하여 상서성의
낭관을 선랑(仙郎)이라 하고, 상서성을 선조(仙曹) 또는 선서(仙署)라고 하였다.
3) 禮闈(예위) : 상서성을 가리킨다. 상서성에는 숭례문(崇禮門)과 건례문(建禮門)이 있
으므로 예위(禮闈)라 하였다. 선부원외랑은 예부(禮部)에 속한다.
4) 大官(대관) : 태관(太官). 광록시 태관서(太官署). 제사와 연회와 음식을 관장한다. ○宿
膳(숙선) : 저녁 음식.

卷幔天河入,	휘장을 걷으면 은하수로 들어서는 듯하고
開窗月露微.	창을 열면 달빛 아래 이슬이 살풋 내려
小池殘暑退,[6]	작은 연못에 더위가 물러나고
高樹早涼歸.	높은 나무에 이른 한기가 몰려오네
冠劍無時釋,	관(冠)과 검(劍)을 놓을 때가 없으리니
軒車待漏飛.[7]	높은 수레가 아침을 맞아 날아들리라
明朝題漢柱,[8]	내일 아침 주상께서 그대를 칭찬할 터이니
三署有光輝.[9]	상서성에는 광휘가 빛나리라

해설 소미현의 시에 답한 시이다. 여름밤 궁중의 예부에서 숙직을 하는 광경을 묘사하였고, 말미에서 상대방의 재능을 칭찬하였다. 702년 6월 심전기가 상서성에 고공원외랑으로 근무할 때 지었다.

위 사인의 「아침 조회」에 화답하며(同韋舍人早朝)[10]

閶闔連雲起,[11]	궁전이 구름에 이어져 일어나고

---

5) 侍史(시사) : 여시사(女侍史). 관청의 여자 노비. 한대에는 상서랑이 숙직을 서면 여시사(女侍史, 여자 노비) 두 명을 딸려 향로를 관리하고 의복을 훈염시키도록 하였다.

6) 심주 : 상서성 안에 분명 연못이 있을 것이다.(省中應有小池.)

7) 待漏(대루) : 조회를 기다리다.

8) 題漢柱(제한주) : 한나라 궁중의 기둥에 이름을 쓰다. 한 영제(漢靈帝) 때 상서랑 전봉(田鳳)은 용모와 행동이 단정하였다. 그가 상주하고 나갈 때 영제가 눈으로 전송하고는 기둥에 "자장처럼 당당한 사람은, 경조의 전랑이로다"(堂堂乎張, 京兆田郞.) 라고 썼다. 조기(趙岐)의 『삼보결록』(三輔決錄) 참조.

9) 三署(삼서) : 한대 오관서, 좌서, 우서의 합칭. 각각 중랑장(中郞將)이 관할한다. 상서성을 가리킨다.

10) 韋舍人(위사인) : 중서사인 위원단(韋元旦). 진사과에 급제하여 감찰어사까지 올랐으나, 장역지(張易之)가 몰락하자 인척 관계로 인하여 감의위(感義尉)로 좌천되었다. 이후 바로 복귀하였고 중서사인이 되었다.

11) 閶闔(창합) : 천궁의 문. 여기서는 궁전을 가리킨다.

巖廊拂霧開.[12]　　바위처럼 높은 낭하가 안개를 밀치고 열리어

玉珂龍影度.[13]　　옥 굴레 소리 울리며 준마의 그림자 지나가고

珠履雁行來.[14]　　구슬 장식 신발이 기러기처럼 열 지어 오네

長樂宵鐘盡.[15]　　장락궁에 밤의 종소리 잦아들면

明光曉奏催.[16]　　명광궁에 새벽 북소리 재촉하는구나

一經傳舊德.[17]　　경전 한 권으로 선조의 덕이 전해지고

五字擢英才.[18]　　다섯 글자를 고쳤을 뿐인데 영재로 발탁되었지

儼若神仙去,　　　장엄하게 신선이 떠나는 듯하더니

紛從霄漢回.[19]　　분분히 은하수로 돌아가는 듯하네

千春奉休歷.[20]　　천 년 동안 태평성대를 받들지니

分禁喜趨陪.[21]　　관서를 이웃해 있으며 기쁘게 뒤따르리

해설 중서사인 위원단(韋元旦)의 '아침 조회'란 시에 대해 화답한 시이다. 당시 710년 위원단은 수문관학사를 겸하고 있었다. 심전기 뿐만 아니라

---

12) 巖廊(암랑) : 조회하는 대전. 바위처럼 높이 솟았다는 뜻을 채용하였다.

13) 玉珂(옥가) : 말굴레에 매다는 옥 또는 패각으로 만든 장식물. ○龍(용) : 준마. 말 가운데 팔척 이상인 것을 용이라 한다.

14) 珠履(주리) : 구슬로 장식한 신발. 여기서는 관리를 가리킨다. ○雁行(안행) : 기러기의 행렬. 관리들의 행렬을 비유한다.

15) 長樂(장락) : 장락궁. 한대의 궁전.

16) 明光(명광) : 명광궁. 한대의 궁전. ○曉奏(효주) : 새벽을 알리는 북소리.

17) 一經(일경) 구 : 한대 위현(韋賢)과 위현성(韋玄成)이 모두 경전에 밝아 재상에 이르렀으므로 추(鄒) 지방과 노(魯) 지방에 "자식에게 황금 만 바구니를 주기보다는 차라리 경전 한 권을 주라"(遺子黃金萬籝, 不如一經.)는 속담이 생겼다. 『한서』「위현전」참조. ○舊德(구덕) : 위씨 조상의 은덕.

18) 심주 : 사마경왕(즉 司馬師)이 우송에게 명하여 표문을 짓게 하였는데, 다시 올려도 마음에 들지 않아 수정하도록 하였다. 우송이 생각이 고갈되어 고칠 수 없었다. 이때 종회가 다섯 글자를 고쳐 수정하였다. 이를 본 사마경왕이 "왕을 보좌할 인재로다!"고 말하였다.(司馬景王命虞松作表, 再呈不可意, 令松更定, 竭思不能改. 鍾會爲定五字, 景王曰 : "王佐才也.")

19) 霄漢(소한) : 은하수.

20) 休歷(휴력) : 아름다운 세월. 태평성대.

21) 趨陪(추배) : 모시며 뒤따르다.

서언백(徐彦伯)과 정음(鄭愔)이 창화한 시도 현재 전한다.

송지문(宋之問)

「장안고성 미앙궁 행차」에
삼가 화답하여 응제하다(奉和幸長安故城未央宮應製)[1][2]

漢皇未息戰,[3]	한나라 황제가 전쟁을 마치기도 전에
蕭相乃營宮.[4]	재상 소하가 궁전을 영조하였는데
壯麗一朝盡,	장려한 모습이 하루아침에 사라지고
威靈千載空.	드높던 위엄은 천 년 동안 부질없어라
皇明悵前跡,	성명한 황제께서 전대의 사적을 슬퍼하고
置酒宴群公.	술을 차려 여러 신하에게 잔치를 베풀어라
寒輕綵仗外,	비단 의장 밖으로 가벼운 추위 일어나고
春發幔城中.[5]	휘장 안에서 봄기운이 피어나네
樂思廻斜日,[6]	즐거운 마음은 태양을 멈추고 즐길 정도고
歌詞繼大風.[7]	가사는 「대풍가」를 이을 만하네

---

1) 심주 : 한나라의 고도이다.(漢之故都.)
2) 奉和(봉화) : 귀인의 시에 화답하여 지음. ○長安故城(장안고성) : 한대 장안성. ○未央宮(미앙궁) : 한대 장안성 안의 궁전 이름.
3) 漢皇(한황) : 한나라 황제. 유방(劉邦)을 가리킨다.
4) 蕭相(소상) : 재상 소하(蕭何). ○營宮(영궁) : 궁전을 축조하다. 소하가 미앙궁을 영조하여 동궐, 북궐, 전전, 무고, 태창 등을 세우게 했다. 『사기』 「고조본기」 참조.
5) 幔城(만성) : 휘장을 성처럼 두르다.
6) 심주 : 초나라 노양공이 창을 휘둘러 해를 잡아 돌린 일을 가리킨다.(魯陽揮戈事.)
7) 大風(대풍) : 한 고조 유방이 기원전 195년 겨울, 영포(英布, 즉 黥布)를 평정하고 돌

今朝天子貴,　　　지금의 왕조는 천자께서 이미 존귀하시니

不假叔孫通.[8)9)]　　손숙통이 와서 예의를 제정할 필요가 없다네

해설 중종의 한대 미앙궁 유적지 행차에 시종하면서 지은 응제시이다. 708년 12월의 일로 현재 이교(李嶠), 조언소(趙彦昭), 유헌(劉憲), 이예(李乂)의 응제시도 남아있다. 비록 전아하다고 할지라도 지나치게 아부하는 표현이 많아 진정성이 떨어지는데 이러한 면이 응제시의 가장 근본적인 단점이다.

「회일 곤명지 행차」에 삼가 화답하여 응제하다(奉和晦日幸昆明池應製)[10)]

春豫靈池會,[11)]　　봄에 신령스런 곤명지 유람에 참여하니

滄波帳殿開.　　　푸른 물결이 휘장으로 만든 행궁 앞에 펼쳐져라

舟凌石鯨度,[12)]　　배를 타고 고래와 견우 직녀 석상을 지나가니

───

아가는 길에 자신의 고향인 패현을 지나며 잔치를 베풀 때 지은 「대풍가」. "큰바람 일자 구름이 흩날리네. 해내에 위엄을 떨친 후 고향에 돌아왔네. 어찌하면 용맹한 장병들 구해 사방을 지킬까"(大風起兮雲飛揚. 威加海內兮歸故鄕. 安得猛士兮守四方!) 『사기』「고조본기」 참조.

8) 심주 : 마무리를 마침 잘 지었다.(恰好作結.) ○'밝은 달이 사라진다 해도 근심하지 않으니'는 교묘한 발상으로 뛰어나지만, 여기서는 전고가 적절하여 뛰어나다. 지금의 시인들은 다만 발상을 숭상할 뿐이다.(不愁明月盡, 以巧思勝, 此以冠冕典切勝, 今人但尙巧思耳.)

9) 不假(불가) : 손숙통은 진나라의 박사로 한 고조 때 각종 예의를 제정하였다. 한 고조가 칭제한 초기에 군신들이 조정의 예의를 몰라 술을 마시고 공을 다투며 제멋대로 부르짖거나 칼을 뽑아 기둥을 치거나 하여 고조가 걱정하였다. 이에 손숙통이 예의를 제정하니 군신들이 조회 때 감히 떠들거나 실례를 범하는 자가 없었다. 이에 고조가 "내 오늘에야 황제의 존귀함을 알겠노라"고 말하였다. 『사기』「손숙통전」 참조.

10) 晦日(회일) : 음력 매월 말일. 당대에는 정월 말일을 晦節(회절)이라 하여 명절로 삼고 풍년을 기원하였다. ○昆明池(곤명지) : 한대 장안 서남 교외에 굴착하여 만든 호수. 송대 이후에 물이 고갈되어 호수가 없어졌다.

11) 豫(예) : 놀다. 참가하다. ○靈池(영지) : 곤명지를 가리킨다.

槎拂斗牛回.[13]	뗏목을 타고 두성과 우성을 스치고 돌아가는 듯
節晦蓂全落.[14][15]	회일이 되니 명협의 꼬투리가 모두 떨어지고
春遲柳暗催.	봄날의 시간이 더디 가니 버드나무가 무성해라
象溟看浴景.[16]	북해를 닮아 태양이 호수에 빠지는 광경을 보고
燒劫辨沈灰.[17]	검은 흙은 천지가 불타 남은 잿더미인 줄 알겠네
鎬飮周文樂.[18][19]	주 문왕처럼 호경에서 잔치를 열어 즐기고
汾歌漢武才.[20]	한 무제처럼 분음에서 노래하는 재능이라
不愁明月盡.	밝은 달이 사라진다 해도 근심하지 않으니
自有夜珠來.[21][22]	물고기가 가져다 준 야광주가 있기 때문이네

---

12) 凌(릉) : 접근하다. ○ 石鯨(석경) : 곤명지에 있는 돌로 조각된 고래. 또 견우과 직녀의 석상이 곤명지의 동서 양측에 나뉘어 서 있다. 『서경잡기』 권1에 "곤명지에 옥석을 깎아 고래를 만들었는데 매번 번개가 치고 비가 올 때면 우는 소리가 났고 갈기와 꼬리가 모두 움직였"는 기록이 있다.

13) 槎(사) : 뗏목. 여기서는 배를 가리킨다.

14) 심주 : 아래 구와 함께 보면, 이날은 정월 회일이다.(合下句看, 是正月晦日.)

15) 蓂(명) : 명협. 전설에 나오는 상서로운 풀로 보통 계단 아래서 자란다. 매월 초하루부터 꼬투리가 하루에 하나씩 나서 십오 일이 되면 열다섯 개가 났다가, 십육 일부터는 매일 꼬투리 하나씩 져서 월말이 되면 모두 진다. 만약 그 달이 이십구 일로 되어 있다면 하나가 남게 된다.

16) 象溟(상명) : 북해의 모습을 본뜨다. 한 무제가 곤명지를 굴착할 때는 북명(北溟)의 모습에 따라 만들었다고 한다. ○ 浴景(욕경) : 호수에 가라앉은 해. 저녁의 광경을 말한다.

17) 燒劫(소겁) 구 : 곤명지를 굴착하다 검은 흙이 나왔기에 동방삭에게 물어보니, 천지가 사라질 때 모든 것을 태워버리는 불이 났는데, 그때 타고 남은 잿더미라고 말하였다.

18) 심주 : '호음'은 주 무왕의 일에 근거한다.('鎬飮'本武王.)

19) 鎬飮(호음) 구 : 주 무왕(周武王)이 호경(鎬京)을 건설하고 군신들과 잔치를 열어 술을 마셨다. 여기서 주문(周文)이라 한 것은 다음 구에 한무(漢武)가 나오므로 '무(武)'자의 중복을 피하기 위해서이다.

20) 汾歌(분가) : 한 무제가 분음(汾陰)에서 뱃놀이를 하고 「추풍사」를 지은 일을 가리킨다.

21) 심주 : 교묘한 발상이다.(巧思.)

22) 夜珠(야주) : 야광주. 이 구는 한 무제가 물고기를 살려준 적이 있는데, 나중에 물고기가 곤명지에서 야광주 한 쌍으로 보답하였다는 전설을 환기한다. 『삼보황도』 권4 참조.

평석 중종이 정월 회일에 곤명지에 행차하여 군신을 모아놓고 시를 지으며, 상관소용에게 한 편을 뽑아 새로운 곡을 만들라고 명하였다. 군신들이 누대 아래 모였는데, 천천히 종이들이 날아가듯 떨어지고 오직 심전기와 송지문의 두 시만이 남았다. 조금 후 종이 하나가 떨어졌는데 심전기의 시였다. 그 평은 다음과 같았다. "두 편의 시는 모든 면에서 공력이 막 상막하였다. 그러나 심전기의 시는 말구에 기운이 이미 고갈되었지만 송지문의 시는 말구에도 건장하다."(中宗於正月晦日幸昆明池, 集群臣賦詩, 命上官昭容選一篇爲新曲. 群臣集樓下, 須臾落紙如飛, 惟沈宋二詩不下. 移時一紙飛墮, 乃沈詩也, 閱其評云: "二詩工力悉敵, 沈詩落句詞氣已竭, 宋猶健擧耳.") ○ 한 무제가 곤명지에서 줄을 문 물고기를 풀어주었다. 나중에 밝은 구슬 한 쌍을 얻자 "아마도 예전의 물고기가 한 보답인 듯하다"고 말하였다.(漢武於昆明池放帶索銜之魚, 後得明珠一雙, 帝曰: "豈昔魚之報耶?")

해설 709년 정월 회일(말일) 중종이 곤명지에 행차하여 지은 시에 창화한 시이다. 첫머리에선 곤명지를 묘사하고, 이어서 회일을 서술하고, 후반부에서 황제에 대해 초점을 맞추었다. 당시 군신들의 창화시를 상관완아(上官婉兒)가 심사하였는데 이 시를 제일로 평가하였다. 현재 심전기, 이예, 소정의 창화시가 남아있다.

시흥강 어구를 일찍 떠나 허씨촌에 이르러 지음(早發始興江口至虛氏村作)[23]

候曉逾闉障,[24]	새벽을 기다려 대유령을 넘어
乘春望越臺.[25]	봄이 온 월왕대를 바라보노라
宿雲鵬際落,	어제의 구름이 붕새의 날개 끝에서 떨어지고

---

23) 始興(시흥) : 시흥현. 소주(韶州)의 속주. 지금의 광동성 소관시(韶關市) 동북. ○ 江口(강구) : 강 입구.

24) 闉障(민장) : 대유령(大庾嶺)을 가리킨다. 서한 초기에 민월(閩粵)의 경내에 속했다.

25) 越臺(월대) : 월왕대(越王臺). 서한 초기 남월왕 조타(趙佗)가 건립하였다. 지금의 광주시 북쪽 월수산(越秀山)에 소재했다.

殘月蚌中開[26]	기울어진 달이 진주조개 안에서 열려라
薜荔搖青氣,[27]	승검초가 숲의 푸른 기운을 흔들고
桄榔翳碧苔.[28]	광랑 나무가 파란 이끼를 덮고 있어
桂香多露裛,	계수 향기가 이슬에 가득하고
石響細泉迴.	바위 물소리가 샘물 주위에 맴돌아라
抱葉玄猿嘯,	나뭇잎을 안고 검은 원숭이가 울고
銜花翡翠來.	꽃을 물고 물총새가 날아오니
南中雖可悅,[29][30]	남중이 비록 즐거운 곳이라고 하나
北思日悠哉!	북방에 대한 그리움은 날로 더하는구나!
鬒髮俄成素,[31]	무성하던 흑발은 잠시 사이 흰 실로 변하고
丹心已作灰.	붉은 마음은 이미 잿더미로 화했어라
何當首歸路,[32]	어느 때 고향으로 돌아가
行剪故園萊.[33]	동산의 잡초를 벌초할 수 있을까

평석 이 시는 분명 폄적되었을 때 지었다.(此應謫宦時作.)

해설 705년 농주참군(瀧州參軍)으로 폄적될 때 대유령을 넘어 시흥을 지나며 지었다. 주로 영남의 풍광을 묘사하면서 낯설고 생소한 이역에 대한 나그네의 심정을 드러내었고, 말미에서 고향에 대한 그리움을 명시하였다.

---

26) 蚌(방) : 진주조개를 가리킨다. 고대에는 달이 차면 조개의 진주가 실해지고, 달이 기울면 조개의 진주가 없어진다고 생각하였다. 『여씨춘추』「정통」(精通) 참조.
27) 薜荔(벽려) : 승검초. ○ 青氣(청기) : 식물이 내뿜는 기운.
28) 桄榔(광랑) : 남방에서 자라는 상록 교목. 열매를 광랑자(桄榔子)라고 한다. ○ 翳(예) : 덮다.
29) 심주 : 위에서 받아 아래로 전한다.(承上轉下.)
30) 南中(남중) : 영남 지역.
31) 鬒髮(진발) : 숱이 많고 아름다운 검은 머리.
32) 首歸路(수귀로) : 고향으로 돌아가다.
33) 萊(래) : 잡초.

월왕대에 올라(登粵王臺)[34]

江上粵王臺,	강가의 월왕대
登高望幾回.	높이 올라 몇 번이나 보았던가
南溟天外合,[35]	남해는 하늘 멀리 펼쳐있고
北戶日邊開.[36]	북문은 해를 향해 열려 있어라
地濕煙常起,	땅이 습하여 항상 안개가 끼고
山晴雨半來.	산은 개어도 반은 비가 내리네
冬花採盧橘,[37]	겨울 꽃이 핀 노귤을 따고
夏果摘楊梅.	여름 과일로는 양매를 따네
跡類虞翻枉,[38]	행적은 우번의 억울함과 비슷하나
人非賈誼才.[39]	사람은 가의의 재주가 아니로다
歸心不可見,	돌아갈 마음 간절해도 고향은 보이지 않으니
白髮重相催.	백발이 다시금 세월을 재촉하는구나

평석 우번은 직간으로 폄적되었으므로 '억울하다'고 하였다. 송지문은 사특한 무리 때문에 배척되었으니 같은 경우라 할 수 없다(虞仲翔以直諫謫, 故云'枉', 延淸黨邪而斥, 豈可同日語耶!)

해설 705년 농주에 폄적되었을 때 월왕대에 올라 일어난 감개를 썼다. 이역의 생소한 풍광과 기후를 통하여 어지럽고 시름겨운 비애를 표현하

---

34) 심주 : 남월왕 조타가 축조하였다.(南越王趙佗所築.)
35) 南溟(남명) : 남해. 『장자』 「소요유」(逍遙遊)에 나온다.
36) 北戶(북호) : 북쪽을 향해 열린 문.
37) 盧橘(노귤) : 금귤. 처음 자랄 때는 검은 색이었다가 익으면 노란색이 된다.
38) 虞翻(우번) : 삼국시대 오나라 사람. 손권(孫權)과 장소(張昭)가 신선에 대해 말하자 우번이 장소를 손가락질 하며 "그들은 모두 죽은 사람인데 신선을 말하다니, 어찌 세상에 신선이 있단 말인가!"라고 하였다. 손권의 분노를 산 적이 한두 번이 아니어서 나중에 교주(交州)로 좌천되었다. 『삼국지』 「우번전」 참조.
39) 賈誼(가의) : 서한 초기의 정론가. 뛰어난 식견과 재능을 갖추었으나 대신들의 참훼를 받아 장사로 좌천되었다.

였다. 중간에 우번과 가의의 고사를 들어 자신의 억울함을 간접적으로 드러내었다.

소정(蘇頲)

임금이 지으신 「도중에 옛 거처에 머물며」에
삼가 화답하며(奉和聖製途次舊居)[1]

潞國臨淄邸,[2]	노주(潞州)에 있는 임치왕의 저택
天王別駕輿.[3]	천자께서 별가의 수레를 타셨지
出潛離隱際,[4]	잠룡이 은거하다가 나올 때
小往大來初.[5]	작은 것이 가고 큰 것이 오는 변화의 때였네
東陸行春典,[6]	동쪽으로 가서 봄의 예식을 올리니
南陽卽舊居.[7]	남양(南陽)과 같이 제왕의 기운이 번성해라

1) 途次(도차) : 도중에 머물다. ○舊居(구거) : 예전에 살던 집. 여기서는 현종의 노주(潞州)에 있는 저택.
2) 潞國(노국) : 춘추시대 나라 이름. 당대에는 노주(潞州)로, 치소는 지금의 산서성 장치시(長治市). ○臨淄邸(임치저) : 임치왕의 왕부(王府). 이융기는 693년 임치군왕으로 봉해졌다.
3) 別駕(별가) : 이융기는 708년 위위소경(衛尉少卿)으로 노주별가(潞州別駕)를 겸하였다.
4) 出潛離隱(출잠이은) : 물러나 있다가 나타남. 이융기가 710년 황태자로 봉해진 일을 가리킨다.
5) 小往大來(소왕대래) : 작은 것이 가고 큰 것이 오다. 『주역』「태」(泰)괘에 "작은 것이 가고 큰 것이 오니 길하고 형통하리라. 곧 하늘과 땅이 교류하여 만물이 통하는 것이다"(小往大來, 吉亨, 則是天地交而萬物通也.)고 하였다.
6) 東陸(동륙) : 태양이 동방 칠수(七宿)에서 운행함. 동방 또는 봄을 가리킨다.
7) 南陽(남양) : 지금의 하남성 남양시. 한 광무제는 남양이 고향으로 용릉(春陵)에서 군사를 일으켰다. 망기술(望氣術)을 보는 소백아(蘇伯阿)가 왕망의 명을 받고 남양에

約川星罕駐,[8]　　　강을 둘러 별이 그려진 깃발이 머물고

扶道日旂舒.[9]　　　길을 따라 해가 그려진 깃발이 펄럭이네

雲覆連行在,[10]　　　구름이 덮여 행재소와 이어지고

風回助掃除.　　　바람이 돌아 소제를 도와주네

木行城邑望,[11]　　　봄기운이 성읍에서 멀리 보이고

皐落土田疎.[12]　　　고락성에는 밭이 드물어라

昔試邦興后,[13]　　　예전에 노주를 흥성시킨 왕은

今過俗傒予.[14]　　　지금 백성들이 기다리는 임금이로다

示威寧校獵?　　　위엄을 드러내는데 어찌 사냥이 필요하리오?

崇讓不陳魚.[15]　　　겸양을 숭상하며 사치를 부리지 않는다네

府吏趨宸扆,[16]　　　부(府)의 관리는 어좌 앞을 종종걸음치고

鄕耆捧帝車.　　　마을의 촌로들은 황제의 수레를 받들어

帳傾三飮處,　　　휘장을 제치고 세 번이나 잔치를 마련하고

閑整六飛餘.[17]　　　한가히 정돈하여 여섯 마리 말을 달려라

盛業銘汾鼎[18]　　　성대한 업적을 분수(汾水)에서 나온 정(鼎)에 새기고

가서, 멀리 용릉을 보며 말하였다. "기운이 아름답구나! 울울창창하구나!"(氣佳哉! 鬱
鬱葱葱然!)『후한서』「광무제기」(光武帝紀) 참조.

8)　星罕(성한) : 아홉 개의 별을 그려 아홉 가닥의 오리를 매단 깃발. 제왕의 의장이다.

9)　日旂(일기) : 태양을 그린 깃발. 제왕의 의장이다.

10)　行在(행재) : 제왕이 순행하며 머무는 곳.

11)　木行(목행) : 오행 가운데 목덕(木德). 여기서는 봄을 가리킨다.

12)　皐落(고락) : 성 이름. 지금의 산서성 원곡현(垣曲縣) 동남에 소재.

13)　邦(방) : 노주(潞州)를 가리킨다. ○后(후) : 제왕.

14)　傒予(혜여) : 우리 임금을 기다리다. 『상서』「중훼지고」(仲虺之誥)에 "우리 임금을 기
다리니, 우리 임금이 오시면 우리는 살아날 것이다"(傒予后, 后來其蘇.)는 말에서 유
래했다.

15)　陳魚(진어) : 제왕이 예의에 어긋나는 행위를 하다. 왕이 물고기 장비를 널어놓고 관
람한 일을 가리킨다. 『좌전』'은공 5년'조 참조.

16)　宸扆(신의) : 어좌. 의(扆)는 도끼 문양이 그려진 병풍.

17)　六飛(육비) : 천자의 수레를 끄는 여섯 마리 말이 날듯이 달림.

18)　汾鼎(분정) : 분하에서 발견된 정(鼎). 한 무제 때 분하에서 정이 발견되어 장안으로
가져왔다. 『사기』「봉선서」 참조.

昌期應洛書.[19]　　창성한 시대를 따라 낙서(洛書)가 출현하는구나
願陪歌賦末,　　　원컨대 노래하고 시를 짓는 말석에 앉아
留比蜀相如.[20]　　촉 지방의 사마상여와 같이 남기 바라네

평석 말마다 제왕의 옛 거처를 가리키며 경전의 말을 활용하고 있으니 뛰어나고 바르다.(語語是帝王舊居, 點化經言, 冠冕正大.)

해설 현종이 노주(潞州, 산서 長治)의 옛 거처를 시찰하러 갈 때 시종하며 지은 시이다. 전형적인 가공송덕의 응제시이다. 723년 정월에 지었다.

임금의 화살이 한 번에 두 토끼를 명중하다(御箭連中雙兎)[21]

宸遊經上苑,[22]　　　임금께서 놀러 상림원에 가시면
羽獵向閑田.[23]　　　활을 든 사졸들이 들판으로 나아가네
狡兎初迷窟,　　　　교활한 토끼가 굴을 찾지 못하니
纖纚詎著鞭?[24]　　　섬리(纖纚) 같은 준마가 채찍 없이도 재빠르다
三驅仍百步,[25]　　　삼 면으로 그물을 조이고 백 보 멀리서

---

19)　昌期(창기) : 번영한 시기. ○洛書(낙서) : 낙수에서 떠오른 신령스런 거북의 등에 적혀 있는 도상. 『주역』 등에서는 성인이 나타나는 징조로 풀이했다.
20)　蜀相如(촉상여) : 사마상여. 촉군 사람으로 서한 때의 사부가(辭賦家)이다.
21)　심주 : 시첩시.(試帖.)
22)　宸遊(신유) : 제왕의 행락. ○上苑(상원) : 상림원. 궁중의 정원.
23)　羽獵(우렵) : 제왕이 수렵하다. 우(羽)는 화살을 가리키며, 사졸들이 화살을 지고 따른다는 뜻이 들어 있다.
24)　纖纚(섬리) : 준마의 이름.
25)　三驅(삼구) : 짐승을 몰 때 삼 면으로 포위하고 한 면은 열어 줌. ○百步(백보) : 백보(지금의 이백 걸음) 떨어진 거리에서 버들잎을 쏘아 맞추다. 활솜씨가 뛰어남을 가리킨다. 전국시대 초나라 양유기(養由基)는 활의 명수로, 백 보 거리에서 버들잎을 향해 화살을 쏘면 백발백중이었다고 한다.

一發遂雙連.[26]	한 발에 두 마리를 꿰뚫었어라
影射含霜草,	서리 묻은 풀 위의 그림자를 쏘니
魂銷向月弦.	초승달 활시위를 향하여 까무러치는구나
歡聲動寒木,	환호성이 겨울나무를 흔들고
喜氣滿晴天.	기쁜 기운이 맑은 하늘에 가득하여라
那似陳王意,[27]	어찌 진왕 조식(曹植)이 그러하였듯이
空垂樂府篇!	부질없이 글로만「명도편」을 지을 것인가!

해설 황제의 사냥을 묘사하였다. 사냥의 과정에 따라 전개하였으며 두 마리 토끼를 한 번에 명중시키는 것을 초점으로 하였다. 말미에서 실제의 상황임을 강조하고 있지만, 오히려 이전의 문학작품을 번안한 혐의를 준다.

임금이 지으신「장열의 작서곡을 나서며에 답하다」에
삼가 화답하며(奉和聖製答張說出雀鼠谷)

雨施巡方罷,[28]	비를 내리시며 지방 시찰을 마치고
雲從訓俗回.[29]	무리를 이끌고 풍속을 교화하고 돌아가네
密途汾水衛,[30]	가까운 길을 만들어 분수(汾水)를 방비하고

---

26) 심주 : 전고가 적절하다.(典切.)
27) 陳王(진왕) : 삼국시대 조식(曹植). 진왕(陳王)에 봉해졌다. 그의「명도편」(名都篇)에 "절반도 내닫지 않았는데, 토끼 한 쌍이 내 앞을 지나간다. 활을 거머쥐고 소리 내는 화살을 꽂아, 멀리 남산 위로 내달린다. 왼쪽으로 당겨 오른쪽으로 쏘니, 한 번에 두 마리를 꿰었다"(馳騁未能半, 雙兎過我前. 攬弓捷鳴鏑, 長驅上南山. 左挽因右發, 一縱兩禽連.)는 구절이 있다.
28) 雨施(우시) : 비를 내리다. 황제의 은혜를 널리 베풀다. ○ 巡方(순방) : 천자가 각지를 순시하다.
29) 雲從(운종) : 따르는 무리가 많음. 또는 시종하는 사람들. ○ 訓俗(훈속) : 풍속을 가르치고 순화함.
30) 密途(밀도) : 가까운 길.

淸蹕晉郊陪.[31]	행차의 길을 열어 진(晉) 지방까지 따랐어라
寒著山邊盡,	추위가 산 옆으로 다 흩어지고
春當日下來.[32]	봄의 기운이 도성으로 다가가네
御祠玄鳥應,[33]	사당에 들어가니 제비가 응하여 날아오고
仙仗綠楊開.	의장대 행렬에 푸른 버들이 열리는구나
作頌音傳雅,	송가를 지으니 전아한 음악이 전해지고
觀文色動臺.	시문을 보니 누대의 사람들이 놀라라
更知西向樂,[34]	다시금 장안으로 돌아가는 즐거움을 아니
宸藻協鹽梅.[35]	임금의 시문이 재상의 뜻과 어울려라

해설 723년 2월 현종이 태원에 행차하였다가 돌아가는 길에 분주(汾州) 작서곡에서 지었다. 재상 장열이 먼저 시를 지어 헌상하니 현종이 화답하였고, 이에 신하들이 창화하였다. 현재 창화시가 많이 남아 있는데 소정의 작품은 그중 하나이다.

---

31) 淸蹕(청필) : 천자가 행차할 때 길라잡이가 나서 사람의 통행을 금하여 길을 치움.
32) 日下(일하) : 황제가 있는 곳. 도성을 가리킨다.
33) 玄鳥(현조) : 제비.
34) 西向樂(서향락) : 장안을 향해 서쪽으로 돌아가는 즐거움.
35) 宸藻(신조) : 제왕이 지은 시문. 현종이 지은 「남으로 작서곡을 나가며 장열에게 답하다」(南出雀鼠谷答張說)를 가리킨다. ○鹽梅(염매) : 재상을 칭송하는 말. 국을 만들 때 간을 맞추기 위해 절인 매실이 필요하다는 말로, 상나라 무정(武丁)이 부열(傅說)을 재상으로 삼을 때 한 말에서 나온다. 『상서』 「열명」(說命) 참조.

「양 장군 겸 원주도독 어사중승을 전별하다」에
화답하며(同餞楊將軍兼原州都督御史中丞)[36]

右地接龜沙,[37][38]	원주(原州)는 쿠차와 유사와 접했는데
中朝任虎牙.[39]	조정에서 호아 장군을 임명했으니
然明方改俗,[40]	장환(張奐)처럼 지방의 풍속을 바꾸고
去病不爲家.[41]	곽거병처럼 집안에 안주하려 하지 않았지
將禮登壇盛,[42]	장군에 대한 예의로 융성하게 단을 세우니
軍容出塞華.	변방으로 나가는 군대의 모습이 번성해라
朔風搖漢鼓,	삭풍이 한나라의 북을 흔들고
邊月思胡笳.	변새의 달빛 아래 호가가 고향을 그리게 하리
旗合無邀正,[43]	깃발을 높이 들면 적들이 공격하지 못하고
冠危有觸邪.[44]	해치관을 쓰고 사악한 자를 골라내리라
當看勞旋日,	응당 힘써 개선하는 날을 보리니

---

36) 楊將軍(양장군) : 양집일(楊執一). 무측천시대에 출사하였고, 장역지를 주멸한 공으로 하동군공에 봉해졌다. 우금오대장군이 되었다. ○ 原州(원주) : 치소는 지금의 영하 고원(固原)현.

37) 심주 : 쿠차, 유사.(龜玆, 流沙.)

38) 右地(우지) : 장안의 서쪽 지역. 원주를 가리킨다.

39) 虎牙(호아) : 한대 장군의 명호. 여기서는 양 장군을 칭송하는 말이다.

40) 然明(연명) : 동한 장환(張奐). 자가 연명(然明)이다. 돈황 사람으로 대장이었다. 무위 태수로 있을 때 현지의 악습을 개선하였다.『후한서』「장환전」참조.

41) 去病(거병) 구 : 한 무제가 명장 곽거병(霍去病)을 위해 저택을 세워주려고 하자 곽 거병은 "흉노를 소멸시키지 않으면 집에 편히 있지 않겠다"(匈奴未滅, 無以家爲也.) 고 하였다.『한서』「곽거병전」참조.

42) 將禮(장례) : 장군에 대한 예의.

43) 邀正(요정) : 질서정연한 군대를 마주치다.『손자병법』「군쟁」(軍爭)에 "깃발을 바르게 들고 오는 적은 마주쳐 싸우지 말고, 당당하게 진영을 갖춘 적은 공격하지 말라"(無邀正正之旗, 勿擊堂堂之陣.)는 구가 있다.

44) 觸邪(촉사) : 어사가 쓰는 해치관(獬豸冠)을 가리킨다. 전설 중의 해치(獬豸)는 옳고 그른 바를 분별할 줄 알아 외뿔로 사악한 사람을 쳐서 가려낸다고 한다. 여기서는 양 장군이 어사중승으로 법을 공정하게 집행함을 가리킨다.

及此御溝花.　　　여기에 돌아올 때는 어구에 꽃이 피리라

평석 후한 장환의 자는 연명(然明)으로 환제와 영제 사이에 세 번 대장이 되었다. 몸을 바르게 하고 자신을 깨끗이 하였으며 위엄 있는 감화를 크게 시행하였다.(後漢張奐字然明, 桓靈間三爲大將, 正身潔己, 威化大行.) ○ 말미에서는 『시경』「출거」의 말장의 뜻을 사용하였다.(結用出車詩末章意.)

해설 원주(原州, 영하 固原)도독으로 가는 양 장군을 보내며 쓴 송별시이다. "깃발을 높이 들면 적들이 공격하지 못하고, 해치관을 쓰고 사악한 자를 골라내리라"는 장군와 어사중승의 역할을 정확하게 묘사해낸 것으로 적절하면서도 격려의 뜻이 있어 비범하다.

장열(張說)

임금이 지으신 「도중에 화산을 지나며」에 삼가 화답하며(奉和聖製途經華山)

西嶽鎭皇京,[1]	서악은 황성을 지키는데
中峰入太淸.	중봉이 하늘에 높이 솟아있어라
玉鑾重嶺應,[2]	봉황이 새겨진 수레가 첩첩의 산을 넘으니
緹騎薄雲迎.[3]	엷은 구름이 붉은 기병을 맞이하는구나

---

1) 皇京(황경) : 장안을 가리킨다.
2) 玉鑾(옥란) : 황제의 수레.
3) 緹騎(제기) : 붉은 군복을 입은 기사. 『후한서』「백관지」에 "집금오에 제기(緹騎) 이백 명이 있다"고 하였다. 시종 근위대를 가리킨다.

白日懸高掌,[4)5)]	빛나는 태양은 높은 선인장 위에 걸려있고
寒空映削成.[6)]	추운 하늘에 깎아서 만든 바위가 세워져 있네
軒遊會神處,[7)]	헌원씨(軒轅氏)가 놀다가 신선을 만난 곳
漢幸望仙情.[8)]	한 무제가 망선대에서 신선을 기다린 곳
舊廟青林古,	옛 사당은 푸른 숲에 덮여 오래되었고
新碑綠字生.	새로 세운 비석엔 녹색 이끼가 돋아나네
群臣願封岱,[9)]	신하들이 태산에 봉선하기를 바라니
回駕勒鴻名.[10)]	그런 연후에 이곳에 와 큰 이름을 새기리라

평석 말미에서 태산에서 봉선한 후 응당 화산에 명문을 새겨야 한다고 말하였다. 당시 장열은 현종에게 태산에 봉선을 해야 한다고 권했기 때문에 말하였다.(末言封禪泰山後當勒銘於華山也. 時說勸帝東封泰山, 故云.)

해설 724년 현종이 낙양에 가면서 화음의 화악사(華嶽祠)에 들러 「서악 태악산비 서문」(西嶽太華山碑序)을 쓰고, 화악을 지나면서 「도중에 화산을 지나며」를 지었다. 현종의 시에 화답하여 장열이 위의 시를 지었다.

---

4) 심주 : 거령의 손바닥이 화산을 갈랐다는 전설이 있다.(巨靈掌劈華山.)

5) 高掌(고장) 높이 솟은 신선의 손바닥. 화산 동봉(東峰)의 석벽에 남아 있는 거대한 손바닥 자국의 형상. 전설에 화산과 수양산이 붙어 있었는데, 황하의 신인 거령신이 손으로 화산을 밀고 발로 수양산을 차 황하가 바다로 흘러가게 했다고 한다. '화산 선장'(華山仙掌)은 관중팔경(關中八景) 가운데 하나였다.

6) 削成(삭성) : 깎아서 만들다. 『산해경』「서산경」(西山經)에 "태화의 산은 사방을 깎아서 만들었으며 높이가 오천 길이다"(太華之山削成而四方, 其高五千仞.)는 말이 있다.

7) 軒遊(헌유) : 전설에 황제 헌원씨가 화산에 올라 신선을 만났다고 한다.

8) 심주 : 망선대는 화음현에 있다.(望仙臺在華陰縣.)

9) 封岱(봉대) : 태산에 봉선하다.

10) 勒(늑) : 돌에 새기다. ○ 鴻名(홍명) : 큰 이름. 드높은 명성.

임금이 지으신 「휴일 형제와 함께 흥경궁에서 놀며 지음」에 삼가 화답하여 응제하다(奉和聖製暇日與兄弟同遊興慶宮作應製)

漢武橫汾日,[11]	한 무제가 분수를 횡단하며 놀던 날과 같고
周王宴鎬年.[12]	주 무왕이 호경에서 잔치 베풀던 해와 같아라
何如造區夏,[13]	어찌하면 드넓은 화하(華夏)의 사람들이
復此睦親賢?	이처럼 어진 사람들과 화목할 수 있을까?
巢鳳新成闕,[14]	봉황이 새로 지은 성궐에 둥지를 틀고
飛龍舊躍泉.[15]	용이 예전의 저택 옆 샘에서 날아오르네
棣華歌尚在,[16]	〈당체 꽃〉 노래를 지금도 부르고
桐葉戲仍傳. [17]	오동잎으로 작위를 준 놀이는 아직도 전해져
禁籞氛埃隔,[18]	정원의 담장이 먼지를 막고

---

11) 漢武橫汾(한무횡분) : 한 무제가 하동(河東, 지금의 산서성)에 가서 토지신인 후토(后土)에 제사지낸 후 분하(汾河)를 건너며 즐거이 군신들과 술을 마시고 「추풍사(秋風辭)」를 지은 일을 가리킨다.

12) 周王宴鎬(주왕연호) : 주 무왕(周武王)이 호경(鎬京)을 세우고 군신들에게 잔치를 베푼 일을 말한다.

13) 區夏(구하) : 하(夏)의 구역. 중국을 가리킨다.

14) 巢鳳(소봉) 구 : 봉황이 날아와 둥지를 틀다. 덕정을 의미한다. "요 임금이 정치를 한 지 칠십 년이 되자 봉황이 뜰에 내려오고 누각의 나무에 둥지를 틀었다"(堯卽政七十載, 鳳皇止庭, 巢阿閣謹樹.) 『예문유취』권 99 참조.

15) 飛龍(비룡) 구 : 현종이 즉위하기 전 융경방(隆慶坊, 지금의 흥경공원)의 저택 동쪽에 오래된 우물이 있었는데 갑자기 물이 솟아 연못이 되었다. 그 속에서 가끔 황룡이 나타나곤 하였다. 현종이 즉위한 후 용지라 이름 붙였다.

16) 棣華(체화) : 당체의 꽃. 꽃받침이 서로 가까이 의지하고 있으므로 형제의 우애를 비유한다. 『시경』「당체」(棠棣)에 "당체의 붉은 꽃이여, 꽃받침이 선명하구나. 오늘날 세상 사람들, 형제만 못하구나"(常棣之華, 鄂不韡韡. 凡今之人, 莫如兄弟.)란 구절이 있다.

17) 桐葉戲(동엽희) : 오동잎으로 작위를 주는 놀이를 하다. 주 성왕(周成王)이 숙우(叔虞)와 놀다가 오동잎을 잘라 홀(笏)로 삼아 숙위에게 주며 "이것으로 그대를 봉하노라"고 하였다. 사일(史佚)이 "천자는 희언을 하지 않습니다"고 하였다. 결국 숙우를 당(唐)에 봉하였다. 『사기』「진세가」참조.

18) 禁籞(금어) : 금원(禁苑). 어(籞)는 울타리나 담장. ○氛埃(분애) : 먼지.

平臺景物連.　　　　평평한 누대에는 경물이 이어졌네
聖慈良有裕,[19]　　성명하고 인자함에 진실로 넉넉함이 있으니
王道固無偏.[20]　　왕도는 본래 한쪽으로 치우치지 않음이라
問俗兆人阜,[21]　　백성들에게 억조창생이 잘 사는 법을 묻고
觀風五敎宣.[22]　　풍속을 살피고 다섯 가지 가르침을 펼치네
獻圖開益地,[23]　　서왕모가 지도를 바쳐 땅을 넓히고
張樂奏鈞天.[24]　　악기를 펼쳐 〈균천악〉을 연주하네
侍酒衢樽滿,[25]　　한길에 술동이를 두어 각자의 양만큼 가져가게 하고
詢芻諫鼓懸.[26]　　백성에게 묻기 위해 북을 걸어두는구나
永言形友愛,　　　길게 노래하여 우애를 나타내었으니
萬國共周旋.[27]　　만백성이 더불어 예절을 갖추어라

평석 주제를 써내려 가는데 법도가 있으며, 주제가 형식에 적절히 어우러졌다.(運題有法, 立言得體.)

---

19)　裕(유) : 넉넉하다. 여유롭다.
20)　王道(왕도) 구 : 왕도는 원래 한쪽으로 치우쳐서는 안 된다. 『상서』 「홍범」에 "한쪽으로 치우치지 않고 무리 짓지 않으니 왕도가 드넓고, 무리 짓지 않고 한쪽으로 치우치지 않으니 왕도가 공평하다"(無偏無黨, 王道蕩蕩; 無黨無偏, 王道平平.)는 말이 있다.
21)　兆人(조인) : 억조창생. 수많은 민중들. ○ 阜(부) : 재산이 많다.
22)　五敎(오교) : 다섯 가지 가르침. 부친의 의리, 모친의 자애, 형의 우애, 아우의 공손함, 아들의 효도.
23)　獻圖(헌도) 구 : 순 임금 때 서왕모가 강역을 넓힐 수 있도록 지도를 가져와 바쳤다고 한다. 『예문유취』(藝文類聚) 권11 참조.
24)　鈞天(균천) : 균천광악(鈞天廣樂). 천상의 음악.
25)　衢樽(구준) : 사통팔달의 도로 한 가운데에 술통을 두다. 은택을 베풂을 의미한다. 『회남자』 「무칭훈」(繆稱訓)의 말에서 나왔다. "성인의 도는 마치 길 가운데 술통을 놓은 것과 같아, 지나가는 사람들이 떠 마시지만 많고 적음에 상관없이 자신에게 맞는 만큼 가져간다."(聖人之道, 猶中衢而致尊邪, 過者斟酌, 多少不同, 各得所宜.)
26)　詢芻(순추) : 초야에 묻힌 사람에게 자문을 구하다. 민중의 의견을 듣다. ○ 諫鼓(간고) : 전설에 요 임금 때 조정에 북을 걸어두어 의견을 펼칠 수 있도록 한 일을 가리킨다.
27)　周旋(주선) : 예절의 행동거지. 교제와 응수를 의미한다.

해설 현종과 그 형제들의 화목을 칭송하였다. 형제의 우애로부터 시작하여 나아가 상서로움을 형상화하고 왕조의 번성을 예찬하였다. 721년 9월에 지었다.

장차 삭방군에 부임하며 응제하다(將赴朔方軍應製)[28]

禮樂逢明主,[29]	신하는 예악으로 밝은 군주를 만나고
韜鈐用老臣,[30]	군주는 용병으로 늙은 신하를 부린다
恭憑神武策,[31]	공경하며 제왕의 책략에 의지하여
遠靜鬼方人,[32]	멀리 귀방(鬼方)에 있는 이민족을 안정시키리
供帳恩榮餞,	휘장을 펼쳐 영광된 전별을 받으니
山川喜詔巡.	산천이 황명에 내린 순시를 기뻐한다네
天文日月麗,	하늘에는 해와 달이 밝고
朝賦管弦新.	조정에는 음악이 새로워라
幼志傳三略,[33]	어려서부터 '삼략'을 전하는 뜻이 있었으나
衰材謝六鈞,[34]	허약한 재주에 육균(六鈞)의 강궁이 되지 못했어라
膽猶忠作屏,	담력은 충정으로 울타리로 삼고
心故道爲鄰.	마음은 바른 도리로 이웃으로 삼았으니
漢保河南地,[35]	한나라는 황하 중상류의 땅을 지키니

---

28) 朔方軍(삭방군) : 현종 때 변방에 설치한 10절도사 가운데 하나. 치소는 영주(靈州, 영하 靈武 서남).
29) 심주 : 장중하다.(莊重.)
30) 韜鈐(도검) : 『육도』(六韜)와 『옥검편』(玉鈐篇). 둘 다 병법서로, 일반적으로 용병을 의미한다.
31) 神武策(신무책) : 제왕의 용병과 모략.
32) 鬼方(귀방) : 은주(殷周)시대 서북방에 살던 부족의 이름. 지금의 섬서성 서부 일대.
33) 三略(삼략) : 병법서 이름. 저자는 황석공(黃石公)으로 되어 있으나 후인이 위탁(僞托)한 것으로 본다.
34) 六鈞(육균) : 백팔십 근이 나가는 활. 강궁을 가리킨다.

胡清塞北塵.	오랑캐는 변방에서 전란을 일으키지 않았어라
連年大軍後,	해마다 대군이 파견된 이후로
不日小康辰.³⁶⁾	오래지 않아 편안한 날들이 왔어라
劍舞輕離別,	검무를 추어 이별을 가벼이 여기고
歌酣忘苦辛.	술에 노래 불러 괴로움을 잊노라
從來思博望,³⁷⁾	예부터 박망후 장건을 그리워하나니
許國不謀身.³⁸⁾	자기를 돌보지 않고 나라 위해 헌신했어라

해설 장열이 722년 윤5월 삭방군절도사로 겸직되어 삭방을 순시하러 떠날 때 지었다. 당시 경주(慶州, 감숙 慶陽)에서 강원자(康願子)가 '가한'(可汗)을 칭하였기에 이에 대처하기 위해서이다. 먼저 현종이 시를 짓고 장열이 응제하여 지었으며, 이에 창화한 이십 명의 시가 남아 있다.

장구령(張九齡)

임금이 지으신 「아침에 포진관을 건너며」에 화답하며(奉和聖製早渡蒲津關)

魏武中流處,¹⁾	위 무후(魏武侯)가 황하의 중류를 중시했고

---

35) 河南(하남): 황하 중상류의 남쪽 지역. 하투(河套) 지역을 가리킨다.
36) 小康(소강): 잠시 편안해지다. 약간 안정되다.
37) 博望(박망): 서한 장건(張騫)을 가리킨다. 서역에 출사하고 위청을 따라 흉노를 공격한 공로로 박망후에 봉해졌다.
38) 심주: 장건으로 자신을 비유하였으니 주제가 적절한 형식을 갖추었다.(以張騫自比, 立言有體.)
1) 魏武(위무): 전국시대 초기의 위 무후(魏武侯). 위 무후가 배를 타고 황하를 따라 내려오다가 중류에서 오기(吳起)에게 말했다. "아름답구나! 산하의 견고함이여. 이는

軒皇問道回.[2]　　　　헌원씨가 도에 대해 묻고 돌아간 곳

長堤春樹發,　　　　　긴 제방에 봄 나무가 푸르고

高掌曙雲開.[3]　　　　화산의 선인장이 새벽 구름 속에 열리네

龍負王舟渡,[4]　　　　용은 왕이 탄 배를 지고 나루를 건너고

人占仙氣來.[5]　　　　사람은 신선의 기운을 몰고 오는구나

河津會日月,[6]　　　　황하의 나루에는 해와 달이 함께 나타나고

天仗役風雷.[7]　　　　천자의 의장대는 바람과 우레를 부리는구나

東顧重關盡,　　　　　동쪽을 바라보니 겹겹의 관문이 끝없고

西馳萬國陪.　　　　　서쪽으로 달리니 만국의 사람이 따르네

還聞股肱郡,[8]　　　　더구나 도성을 방위하는 하동군에서

元首詠康哉![9]　　　　임금께서 태평을 노래하시는구나

해설 723년 3월 현종을 모시고 포진관을 건널 때 지었다. 먼저 현종이 시를 짓고 이에 대해 군신들이 함께 창화하였는데 그 중 한 수이다. 중간의 여덟 구는 대구가 공정하다.

　　　위나라의 보배로다!"(美哉乎山河之固, 此魏國之寶也!)『사기』「오기전」참조.

2)　軒皇(헌황) : 헌원씨. 황제(黃帝)는 일찍이 공동산(崆峒山)에서 광성자(廣成子)에게 도에 대해 물었다. 『장자』「재유」(在宥) 참조.

3)　高掌(고장) : 화산의 암벽에 새겨진 선인장(仙人掌) 모양의 표시. 화산을 가리킨다.

4)　龍負(용부) 구 : 용이 배를 지고 가다. 우 임금이 남방을 순시하며 강을 건널 때 황룡이 배를 지고 갔다. 『여씨춘추』「지분」(知分) 참조.

5)　심주 : 윤희는 노자가 장차 오리라 알았는데, 망기술로 멀리 기운을 보고 알았다.(尹喜知老子將過, 望氣知之.)

6)　會日月(회일월) : 해와 달이 함께 뜨다. 고대에 길조로 쳤다. 『예문유취』권1 참조.

7)　天仗(천장) : 황제의 의장. ○役風雷(역풍뢰) : 바람과 우레를 부리다. 천자의 행차를 말한다.

8)　股肱郡(고굉군) : 팔과 다리가 되는 군(郡). 도성을 방위하는 요지. 여기서는 포진관이 소재하는 하동군(河東郡)을 가리킨다.

9)　元首(원수) : 군주. 『상서』「익직」(益稷)에 "군주는 밝고, 신하는 어지니, 만사가 편안하구나!"(元首明哉, 股肱良哉, 庶事康哉!)라 하였다.

임금이 지으신 「삭방군에 부임하는 상서 연국공 장열을 보내며」에
삼가 화답하며(奉和聖製送尙書燕國公說赴朔方軍)

宗臣事有征,¹⁰⁾¹¹⁾	세상이 숭상하는 종신이 원정 가니

宗臣事有征,[10][11]　세상이 숭상하는 종신이 원정 가니

廟算在休兵.[12]　조정의 책략은 전쟁을 멈추는데 있어라

天與三臺座,[13]　천자께선 병부상서의 자리를 하사하였으니

人當萬里城.[14]　사람은 응당 만리장성으로 나라를 보위해야 하리

朔南方偃革,[15]　삭방의 남쪽은 이제 비로소 전쟁이 끝났는데

河右暫揚旌.[16]　하서에서 다시 깃발을 들고 출전하는구나

寵錫從仙禁,[17]　조정에서 황제의 은총을 받고

光華出漢京.　눈부신 영광으로 낙양을 떠나는구나

山川勤遠略,　산과 강을 건너며 원대한 책략을 시행하니

原隰軫皇情.[18]　황제가 교외까지 나와 이별의 정을 베푸네

爲奏薰琴唱,[19]　그대를 위해 순 임금처럼 〈남풍가〉를 노래하고

---

10) 심주 : 우뚝 솟아났다.(聳拔.) ○『한서』에 "소하와 조참은 군신 가운데 직위가 가장 높고, 일대의 종신이다"고 하였다. 종(宗)은 존(尊)의 뜻이다.(漢書 : "何參位冠群臣, 爲一代之宗臣." 宗, 猶尊也.)

11) 宗臣(종신) : 여러 사람이 숭상하여 우러러보는 대신.

12) 廟算(묘산) : 조정에서 세운 책략. ○休兵(휴병) : 전쟁을 제지하다.

13) 三臺(삼대) : 삼대성(三臺星). 상대성, 중대성, 하대성으로 이루어졌으며, 삼공(三公)에 대응시켰다. 『진서』「천문지」참조.

14) 萬里城(만리성) : 만리장성. 국가를 지키는 훌륭한 장수를 비유한다. 남조 유송의 장수 단도제(檀道濟)가 송 문제(宋文帝)의 견제를 받아 억울하게 죽게 되자 분노하여 "너의 만리장성을 무너뜨리는구나!"(乃復壞汝萬里之長城!)라고 소리쳤다. 『송서』「단도제전」(檀道濟傳) 참조.

15) 朔南(삭남) : 삭방의 남쪽. ○偃革(언혁) : 가죽 갑옷과 가죽 방패를 눕히다. 병기를 놓다. 곧 전쟁을 그만두다.

16) 河右(하우) : 하서(河西). 당시 삭방군의 관할지였다. ○揚旌(양정) : 깃발을 날리다. 출전하다.

17) 寵錫(총석) : 은혜를 내리다. ○仙禁(선금) : 황궁.

18) 原隰(원습) : 들판의 저지대. 원야(原野). ○軫(진) : 깊이 생각하다. 아파하다.

19) 薰琴(훈금) : 훈풍을 노래한 오현금. 순 임금은 오현금을 만들어 「남풍의 노래」(南風歌)를 불렀다고 한다. "훈훈한 남풍이여, 우리 백성의 원망을 풀어줄 수 있다네. 때

仍題瑤[20]劍名.[21]　　　게다가 보검에 이름을 새겨 내리시네

聞風六郡勇,[22]　　　들으니 육군(六郡)의 군사들은 용맹하다고 하니

計日五戎平.[23]　　　며칠 지나지 않아 다섯 이민족을 평정하리

山甫歸應疾,[24]　　　중산보처럼 응당 하루 빨리 개선하고

留侯功復成.[25]　　　장량처럼 혁혁한 공을 세우기를

歌鐘旋可望,[26]　　　종을 치고 노래하는 모습 곧 보리니

衽席豈難行![27]　　　연회의 자리에서 떠나기 어찌 어렵겠는가!

四牡何時入,[28]　　　사신의 수레는 언제 다시 돌아오려나

吾君聽履聲.[29]　　　우리 군주께서 그대의 발자국 소리 기다리시네

해설 삭방군절도사로 떠나는 장열을 보내며 지은 시이다. 722년 윤5월 현종이 시를 짓고 이에 따라 장열을 비롯하여 많은 사람들이 창화하였다. 전고가 적절하고, 언어가 정치하며, 구성이 광활하여 응제시 가운데서도 뛰어난 작품에 속한다.

맞춰 부는 남풍이여, 우리 백성의 재산을 쌓아줄 수 있다네"(南風之薰兮, 可以解吾民之慍兮. 南風之時兮, 可以阜吾民之財兮.) 『공자가어』「변악해」(辨樂解) 참조.

20)　심주: 곧 寶(보)자이다.(卽寶字.)

21)　題瑤劍(제보금) : 황제가 보검에 글자를 써서 대신에게 하사하다.

22)　六郡(육군) : 여섯 군. 금성(金城), 농서(隴西), 천수(天水), 안정(安定), 북지(北地), 상군(上郡). 지금의 감숙성과 섬서성 서북 일대를 가리킨다. 한대에는 이곳에서 명장들이 많이 태어났다.

23)　심주: 서쪽의 이민족은 다섯이 있다.(西方之戎有五.)

24)　山甫(산보) : 중산보(仲山甫). 주 선왕(周宣王)을 보좌하여 주나라를 중흥시켰다. 『시경』「증민」(蒸民) 참조.

25)　留侯(유후) : 장량(張良). 서한의 개국 공신. 유방을 도와 여러 차례 계책을 내어 공을 세우고 유후(留侯)에 봉해졌다. 『사기』「유후세가」 참조.

26)　歌鐘(가종) : 종을 치고 노래를 하다. 여기서는 개선가를 부르다.

27)　衽席(임석) : 요와 자리. 조정 연회에서의 자리를 가리킨다.

28)　四牡(사모) : 네 필의 수말이 모는 수레. 일반적으로 사신이 타는 수레를 가리킨다.

29)　履聲(이성) : 신발 소리. 한 애제(漢哀帝) 때 상서복야 정숭(鄭崇)은 간언을 잘 하였다. 매번 조회에 들어설 때마다 가죽신 끄는 소리가 나면 애제는 웃으며 "정 상서의 신발 소리는 알겠노라"고 하였다. 『한서』「정숭전」 참조.

시흥의 강에서 출발하여 밤에 대유령을 오르며(自始興溪夜上赴嶺)[30]

嘗蓄名山意,[31]	일찍이 명산에 은거하려는 뜻 깊었는데
茲爲世網牽.[32]	지금은 세상의 그물에 묶여 있어라
征途屢及此,	먼 여정으로 이곳에 여러 번 왔는데
初服已非然.[33]	옷은 예전의 포의가 아니어라
日落靑巖際,	석양은 푸른 바위 사이에 지고
溪行綠篠邊.	계수는 녹색 조릿대 옆으로 흘러
去舟乘月後,	달빛을 타고 배가 지나가는데
歸鳥息人前.	저녁 새가 내 앞에서 쉬는구나
數曲迷幽嶂,	굽이져 가다보니 어두운 봉우리가 막아서고
連圻觸暗泉.[34]	언덕이 이어지다가 샘물의 수맥을 드러내네
深林風緖結,	깊은 숲 속에 미풍이 불어오는데
遙夜客情懸.	멀리 떠나온 밤에 나그네의 정이 새로워라
非梗胡爲泛?[35]	나뭇가지가 아닌데 어찌하여 떠다니나?
無膏亦自煎.[36]	기름이 아닌데도 또한 자신을 소진하는구나
不知于役者,[37]	알지 못해라, 공무로 바쁜 사람이
相樂在何年?	가족과 즐거이 만날 날 언제인지를

---

30) 始興溪(시흥계) : 지금의 광동성에 있는 강. 북으로 시흥현에 이르러 서쪽으로 정수(滇水)에 들어간다. ○ 嶺(영) : 대유령을 가리킨다. 광동성과 강서성의 경계에 있다.

31) 名山意(명산의) : 명산에 은거하려는 뜻.

32) 世網牽(세망견) : 속세의 일에 구속되다.

33) 初服(초복) : 벼슬하기 전에 입었던 옷.

34) 圻(기) : 굽이진 언덕.

35) 非梗(비경) 구 : 나뭇가지가 아닌데 어찌하여 떠다니나? 전국시대에 소진(蘇秦)이 맹상군에게 유세하면서 흙 인형과 복숭아 나뭇가지 사이의 대화를 통해 지위가 낮은 사람의 떠도는 처지를 '물에 뜬 나뭇가지'에 비유하였다. 『전국책』 「제책」(齊策) 참조.

36) 無膏(무고) 구 : 『장자』 「인간세」(人間世)에 나오는 "산의 나무는 쓸모가 있기에 베어짐을 자초하고, 기름은 밝힐 수 있기에 스스로를 태운다"(山木自寇也, 膏火自煎也.)의 뜻이다.

37) 于役(우역) : 밖에 나가 복역하다.

해설 공무로 대유령을 넘으며 쓴 시이다. 아마도 709년 가을의 일로 보인다. 고향에서의 짧은 즐거움 끝에 다시 나그네로 떠난 일을 그렸다. 석양과 달빛 속에 새는 둥지에서 쉬지만 자신은 여로에 오르는 모습을 대비시켜 나타내었다.

기무학사의 「달밤에 기러기소리 들으며」에 화답하며(同綦毋學士月夜聞雁)[38]

棲宿豈無意,	기러기가 어찌 아무 생각 없이 깃드랴
飛飛更遠尋.	날아가며 더욱 먼 곳을 찾는구나
長途未及半,	먼 여정이 아직 반도 못 미쳤는데
中夜有遺音.	한밤에 높은 소리를 내는구나
月思關山笛,[39]	달빛에 〈관산월〉의 피리 소리 시름겹고
風號流水琴.[40]	바람에 '유수(流水)'의 거문고 소리 울려퍼져라
空聲兩相應,	공중에 소리들이 서로 호응하니
幽感一何深!	마음속 감개가 어찌 그리 깊은가!
避繳歸南浦,[41]	주살을 피해 남포로 돌아왔지만
離群叫北林.	무리를 떠나왔으나 북쪽을 향해 울어라
聯翩俱不定,[42]	나 역시 기러기와 마찬가지로 정처 없는데
憐爾越鄉心.[43]	고향을 그리는 너를 가여워 하노라

38) 綦毋學士(기무학사) : 기무잠. 시인 소전 참조.
39) 關山笛(관산적) : 한대 악부의 횡취 15곡 가운데 하나인 〈관산월〉. 주로 출정하여 돌아오지 않는 남편을 기다리는 아낙의 고통을 내용으로 한다.
40) 流水琴(유수금) : '유수'의 곡을 타는 거문고. 전국시대 백아(伯牙)와 종자기(鍾子期)는 친구 사이로 백아는 거문고의 명수이고, 종자기는 음악을 잘 분별하였다. 백아가 거문고를 타는데 마음이 흐르는 물에 가 있으면 종자기가 '뛰어나도다! 넘실넘실한 게 강과 같구나'라고 하였다.(伯牙善鼓琴, 鍾子期善聽. 伯牙鼓琴, (…중략…) 志在流水, 鍾子期曰 : '善哉! 洋洋兮若江河.') 『열자』 「탕문」(湯問)과 『여씨춘추』 「본미」(本味) 참조.
41) 繳(격) : 주살. 새를 쏠 때 화살에 매여 있는 생사 끈.
42) 聯翩(연편) : 새가 날아가는 모양.

해설 기무잠의 「달밤에 기러기소리 들으며」(月夜聞雁)란 시에 화답한 시이다. 달밤에 우는 애절하고 유현한 기러기 울음소리에서 그 처지를 동정하고, 홀로 멀리 와 있는 시인 자신의 처지를 동일시하였다. 무리를 떠나 강남으로 왔지만 여전히 무리가 있는 북쪽을 향해 우는 기러기의 모습에 시인의 마음이 묻어 있다. 기러기와 울음과 시인이 일체가 되었다.

장자용(張子容)

장안의 이른 봄(長安早春)¹⁾

開國移東井,²⁾³⁾	나라를 연 도성은 동쪽 정수(井宿)에 해당하고
方城啓北辰.	네모난 성에서 어진 정치를 펼친다네
咸歡太平日,	모두가 기뻐하는 태평의 날
共樂建寅春.⁴⁾	함께 봄이 온 정월을 즐거워하네
雪盡黃山樹,⁵⁾	황산의 나무에 눈이 다 녹고
冰開黑水津.⁶⁾	흑수의 나루터엔 얼음이 풀려
草迎金埒馬,⁷⁾	봄풀은 금 담장에서 말을 맞이하고

---

43) 越鄕(월향) : 고향을 멀리 떠나다.
1) 심주 : 시첩시.(試帖.)
2) 심주 : 장안은 진 지방에 있으므로 동정이라 했다.(長安秦地, 是爲東井.)
3) 開國(개국) : 나라를 세우고 도읍을 정하다. ○ 東井(동정) : 별자리 이름. 정수(井宿). 은하수의 동쪽에 있다. 동정은 지상의 별자리와 대응시켰을 때 그 분야(分野)가 장안에 해당한다.
4) 建寅(건인) : 정월.
5) 黃山(황산) : 황록산(黃麓山). 지금의 섬서성 흥평시(興平市) 북쪽에 소재.
6) 黑水(흑수) : 위수(渭水)를 가리킨다.
7) 金埒(금랄) : 금으로 쌓은 낮은 담. 서진 왕제(王濟)는 명문 출신에 말과 수렵을 좋아

花待玉樓人.[8]　　　꽃은 옥 누각의 사람을 기다리는구나
鴻漸看無數,[9]　　기러기는 높은 가지로 자주 옮겨다니고
鶯遷聽轉頻.　　　꾀꼬리는 이리저리 구르는 소리 지저귀네
何當桂枝擢,[10]　　언젠가 계수 가지 꺾어 급제를 하여
還及柳條新.　　　집에 돌아가면 버들가지가 새로우리

해설 봄이 온 장안의 기상을 그렸다. 도성의 지리적 위치를 천문의 분야(分野)와 대응시키는 데서 시작하여 태평성대의 기상을 묘사하고, 원경과 근경으로 봄을 맞이한 자연과 사람과 새를 그렸다. 말미에서는 과거 급제에 대한 기대로 봄의 드높은 기상을 강조하였다. 비록 과거에 응시한 답안이란 혐의가 있지만 당 제국의 성세를 잘 드러내고 있는 역작이다. 맹호연의 시집에도 들어가 있으나 일반적으로 장자용의 작품으로 보며, 그가 713년 장안에서 과거에 응시할 때 지은 것으로 보인다.

하였고 사치스러웠다. 비싼 낙양의 땅을 사들여 마장(馬場)으로 썼고 동전을 엮어 땅에 깔고 담을 쌓았다. 당시 사람들이 이를 '금구'(金溝)라 불렀다.(濟好馬射, 買地作埒, 編錢幣地竟埒. 時人號曰'金溝'.)『세설신어』「태치」(汰侈) 참조.

8) 심주 : '이른 봄'의 곱고 화려함을 묘사했다.(寫早春妍麗.)

9) 鴻漸(홍점) : 벼슬에 나아가다. 기러기가 점점 높은 곳에 올라간다는 뜻을 취했다.『주역』「점」(漸)괘 참조.

10) 桂枝擢(계지탁) : 과거에 급제함을 비유한다. 진 무제(晉武帝)는 극선(郤詵)이 옹주자사로 떠날 때 동당에서 환송하며 "경은 자신을 어떻게 생각하오?"라고 물었다. 이에 극선이 대답하기를 "신은 현량 대책에서 천하에 제일이지만, 그래도 계수나무 숲의 가지 하나에 불과하며 곤산의 한 조각 옥에 불과합니다"고 하였다.(累遷雍州刺史. 武帝於東堂會送, 問詵曰 : "卿自以爲何如?" 詵對曰 : "臣擧賢良對策, 爲天下第一, 猶桂林之一枝, 崑山之片玉." 帝笑.)『진서』「극선전」참조.

정음(鄭愔)

새외 2수(塞外二首)

제1수

塞外蕭條望,	변새 밖을 쓸쓸히 바라보니
征人此路賒. [1]	출정 나간 사람들이 이 길로 멀리 갔어라
邊聲亂朔馬,	변방의 소리에 삭방의 말울음이 어지럽고
秋引動胡笳. [2]	가을의 곡조에 호가 소리 울려나온다
遙嶂侵歸日, [3]	먼 산이 기우는 해를 막아서고
長城帶晚霞.	장성이 저녁노을을 두르고 있어
斷蓬飛古戍,	끊어진 쑥대가 오래된 수자리에 날리고
連雁聚寒沙.	기러기들이 차가운 사막에 모여 있네
海暗雲無葉,	어두운 호수에는 구름 조각 없는데
山春雪作花.	봄이 온 산에는 눈이 꽃을 피우네
丈夫期報主,	장부로서 군주에 보답하려
萬里獨辭家.	집을 떠나 만 리 멀리 혼자 왔어라

제2수

陽鳥南飛夜, [4]	기러기가 남으로 날아가는 밤
陰山北地寒. [5]	북방의 땅 음산이 추워라

---

1) 賒(사) : 길다.
2) 秋引(추인) : 상성(商聲)의 곡조. 가을의 곡조로 처량하고 슬프다.
3) 遙嶂(요장) : 먼 산.
4) 陽鳥(양조) : 기러기. 해를 따라 움직이는 철새.
5) 陰山(음산) : 음산 산맥. 내몽골자치구의 남부에 있는 산맥으로 흥안령에서 영하(寧

漢家征戍客,	한나라의 출정나간 사람
年歲在樓蘭.[6]	여러 해 지나도 누란에 있어라
玉塞朔風起,[7]	옥문관에 삭풍이 불고
金河秋月團.[8]	금하에는 가을 달이 둥글어
邊聲入鼓吹,	변방의 소리가 북소리에 섞여 불고
霜氣下旌竿.	서리 기운이 깃대에 내리네
海外歸書斷,	호수 밖에서 오는 편지가 끊기고
天涯旅鬢殘.	하늘 끝에서 나그네의 살쩍이 드물어라
子卿猶奉使,[9]	지금도 사신의 임무를 띤 소무(蘇武)는
恒向節旄看.[10][11]	언제나 부절을 바라보고 있어라

해설 변방의 풍광과 출정나간 사람의 적막한 심사를 그린 변새시이다. 제1수는 주로 변방의 모습을 그리며, 말미에서 출정 나온 이유를 쓰고 있다. 제2수는 변새에 장기간 지내는 사람을 그렸으며, 말미에서 소무의 처지로 억류되어 돌아가지 못하는 사람을 비유하였다.

夏)에 걸쳐 있다.
[6] 樓蘭(누란) : 한대 돈황의 서남에 있던 나라. 지금의 신강위구르자치구 약강(若羌)현 소재. 『한서』 「서역전」(西域傳)에 보면, 한 소제(漢昭帝) 때 부개자(傅介子)가 누란 왕을 참살하였다.
[7] 玉塞(옥새) : 옥문관. 지금의 감숙성 돈황 서북에 소재.
[8] 金河(금하) : 칙륵천(敕勒川)이라고도 한다. 지금의 대흑하(大黑河). 내몽골자치구 중부 후허하오터시 남부에 소재. 고대에는 북방으로 통하는 교통의 요도로 군사적 요충지였다.
[9] 子卿(자경) : 한대 흉노에 사신으로 갔다가 억류된 소무(蘇武). 자가 자경(子卿)이다. 기원전 100년 흉노에 사신으로 나가 억류되었다가 십구 년 후 소제(昭帝) 때 돌아왔다.
[10] 심주 : 소무가 사신의 임무를 충성스럽게 한 것을 알면서도 편협하게 인품을 비난한 것을 보면 사람을 평가하는 안목이 부족하다.(知子卿奉使之忠, 而品偏穢濁, 言之不足定人也.)
[11] 節旄(절모) : 부절의 털 장식. 사신이 출사할 때 부절을 신표로 들고 나갔다. 소무가 한나라로 돌아올 때는 부절의 털 장식이 다 빠졌다고 한다. 『한서』 「소무전」 참조.

송경(宋璟)

임금이 지으신 「송경, 장열, 원건요가 같은 날 근무를 시작하기에 동당에서 잔치를 열게 하고 시를 한 수 내림」에 삼가 화답하여 응제하다(奉和御製璟與張說、源乾曜同日上官, 命宴東堂, 賜詩一首應製)

丞相邦之重,	승상은 나라의 막중한 자리
非賢諒不居.[1]	현능하지 않으면 진실로 맡을 수 없어
老臣庸且憊,[2]	늙은 신하는 범용하고 힘이 없는데
何德以當諸![3]	무슨 덕으로 이를 감당할 수 있을까!
厚秩先爲忝,[4]	두터운 봉록이 부끄럽게도 앞서 있고
崇班復此除.[5]	높은 반열인데도 다시 이 직위를 받았어라
太常陳禮樂,[6]	태상이 예악을 펼쳐 올리고
中掖降簪裾.[7]	궁중에서 화려한 관복을 하사하시네
聖酒山河潤,[8]	성군의 술은 산하를 윤기 있게 만들고
仙文象緯舒.[9]	지으신 시문은 일월처럼 펼쳐져

---

1) 諒(양): 진실로. 확실히. ○居(거): 임직하다.
2) 憊(비): 피곤하다.
3) 심주: 장율에서 산체로 쓴 한 연은 힘이 두 배로 드러난다.(長律中散行一聯, 倍見力量.)
4) 厚秩(후질): 높은 봉록. 고관을 가리킨다. ○忝(첨): 욕되다. 더럽히다. 일반적으로 겸사로 사용한다.
5) 崇班(숭반): 높은 직위. ○除(제): 새로운 관직에 임명하다. '제구포신'(除舊布新)의 의미를 취하였다.
6) 太常(태상): 종묘 예악을 관장하는 관원. ○陳(진): 진설하다.
7) 中掖(중액): 궁중. ○簪裾(잠거): 고관의 복식. 현달한 사람을 가리킨다.
8) 山河潤(산하윤): 산과 강이 습윤하다. 군주의 은택을 비유하였다.
9) 仙文(선문): 현종이 지은 '삼걸시'(三傑詩). ○象緯(상위): 성상(星象)의 경위(經緯). 하늘은 이십팔수(二十八宿)를 경(經)으로 하고 오성(五星)을 위(緯)로 한다. 일반적으로 해, 달, 오성 등을 가리킨다.

冒恩懷寵錫,	은택을 입어 내리신 은사를 품고
陳力省空虛.	힘을 다하여 부족한 바를 돌아보네
郭隗慚無駿,10)	곽외와 같은 준마를 구하는 지혜가 없어 부끄럽고
馮諼愧有魚.11)	풍원과 달리 생선을 먹게 되어 참괴스러워
不知周勃者,12)	알지 못해라, 주발(周勃)과 같이 질박한 사람이
榮幸定何如?13)	영광을 입어 어떻게 나라를 안정시킬지

평석 『구당서』「원건요전」에 기록했다. "개원 17년(729년) 송경이 상서우승상이 되고, 장열이 좌승상이 되고, 원건요가 태자소부가 되어 같은 날 업무를 시작하였다. 태관에게 잔치를 마련하게 하고, 태상에게 음악을 울리게 하고, 상서성 동당에 백관을 모이게 하였다. 황제가 '삼걸시'를 써서 하사하였다."(本傳 : "開元十七年, 璟爲尚書右丞相, 張說爲左丞相, 源乾曜爲太子少傅, 同日拜官. 詔太官設宴, 太常奏樂, 會百官於尚書省東堂. 帝賦三傑詩以賜.")

해설 우승상으로 승진되어 현종의 시를 받고 화답한 시이다. 비록 높은 지위에 대해 감당하기 어려움을 표현하고 황제의 은택에 대한 고마움을 나타낸 응제시이지만, 감정이 진지하고 발상이 진솔하다. 729년 8월 지었다.

---

10) 郭隗(곽외) 구: 전국시대 곽외(郭隗)가 연 소왕(燕昭王)에게 현능한 인재를 구하라며 비유한 우언을 가리킨다. 왕이 삼 년 동안 천금을 걸고 천리마를 구했으나 구하지 못하자 왕의 시종이 오백 금으로 죽은 말의 머리를 사들고 왔다. 왕이 화를 내자 시종이 말하기를 사람들이 분명 왕께서 말을 볼 줄 안다며 천리마를 팔러 올 것이라고 하였다. 과연 일 년이 지나지 않아 천리마가 세 필이나 왔다. 『전국책』「연책」(燕策) 참조.
11) 馮諼(풍훤) : 전국시대 제나라 맹상군(孟嘗君)의 식객. 우대를 받지 못하자 검을 치며 "긴 칼이여, 돌아가자꾸나. 먹는데 물고기가 없구나!"(長鋏歸來乎, 食無魚!)라 노래불렀다. 『사기』「맹상군열전」 참조.
12) 周勃(주발) : 서한 패현(沛縣) 사람. 유방을 따라 군공을 세워 장군이 되었으며 강후(絳侯)에 봉해졌다. 유방은 그에 대해 "후중소문(厚重少文, 진중하고 질박하다)하지만 유씨 정권을 안정시킬 사람은 분명 주발이다"고 하였다. 여후(呂后)가 집정할 때는 태위가 되었다. 여후가 죽은 후 진평(陳平)과 모의하여 여후의 세력을 일소하고 문제(文帝)를 옹립하였다. 『사기』「강후주발세가」 참조.
13) 심주 : '진중하고 질박하다'로 자신을 비유하였다.(以'厚重少文'自況.)

서견(徐堅)

임금이 지으신 「변방을 순시하러 가는 장열을 보내며」에
화답하며(奉和聖製送張說巡邊)

至德撫遐荒,[1]	성덕으로 먼 변방을 위무(慰撫)하시어
神兵赴朔方.[2]	하늘이 내린 신병(神兵)이 삭방으로 달려가네
帝思元帥重,	제왕의 사려로 원수를 중히 여겨
爰擇股肱良.	이에 현능한 고굉지신을 골랐어라
累相承安世,[3]	여러 차례 재상으로 세상을 안정시켰고
深籌協子房.[4]	깊은 책략은 장량에 필적해라
寄崇專斧鉞,[5]	부월을 사용할 전권을 주고
禮備設壇場.[6]	예의를 갖추어 단(壇)을 마련하였네
鼛鼓喧雷電,	북소리는 우레가 치는 듯하고
戈戣凜雪霜.	창검은 서리처럼 서슬이 차가워
四騑將戒道,[7]	네 마리 말이 길을 열고
十乘啓先行.[8]	열 대의 융거가 먼저 나아간다

---

1) 至德(지덕) : 성덕(聖德)과 같다. 최상의 도덕. ○ 遐荒(하황) : 먼 변방의 땅.
2) 심주 : 장열, 소정, 장구령 등이 첫머리에서 모두 높이 솟았는데 서견도 그러하다. (燕、許、曲江諸公, 入手無不高聳, 元固亦然.)
3) 累相(누상) : 누차 재상이 되다. 장열은 711년, 713년, 721년 등 세 차례에 걸쳐 재상에 임명되었다. ○承安世(승안세) : 평안한 시대를 이어가다.
4) 子房(자방) : 장량(張良). 자방은 자이다. 한나라의 건국 공신.
5) 專斧鉞(전부월) : 부월을 사용할 전권을 주다.
6) 禮備(예비) 구 : 예를 갖추어 단을 만들다. 장수를 임명하는 예식으로 한신(韓信)부터 시작되었다.
7) 四騑(사비) : 수레를 모는 네 마리 말. 비(騑)는 곁말. ○ 戒道(계도) : 출발하다.
8) 十乘(십승) 구 : 『시경』 「유월」(六月)에 "큰 융거 열 대로, 먼저 길을 열어라"(元戎十乘, 以先啓行.)는 말이 있다.

聖錫加恒數,[9]	황제의 하사라 보통의 규모를 초월하고
天文耀寵光.[10]	지으신 시문은 은총이 빛난다
出郊開帳飲,	교외에 나가 휘장을 둘러치고 마시며
寅餞盛離章.[11][12]	공손히 보내니 이별의 시문이 번성해라
雨濯梅林潤,	비에 씻기여 매실 숲이 윤기가 나고
風淸麥野涼.	바람이 맑아 보리밭이 서늘하구나
燕山應勒頌[13]	연연산(燕然山)에 응당 공을 새길지니
麟閣佇名揚.[14]	기린각이 그대 이름을 기다리고 있다네

해설 삭방군절도사로 나가는 장열을 보내며 지은 시이다. 먼저 현종이
지은 시에 여러 신하들이 응제하였다. 722년 윤5월의 일이다.

상리(常理)

고별리(古別離)[1]

君御狐白裘,[2]	임자는 호백구(狐白裘)를 입고

---

9) 聖錫(성석): 황제가 하사하다. ○加(가): 넘다. 초과하다. ○恒數(항수): 일반적인
   규모. 상례(常禮).
10) 심주: 임금의 작품.(聖製.)
11) 심주: 송별의 뜻.(送意.)
12) 寅餞(인전): 공손히 전별하다.
13) 燕山(연산) 구: 동한 때 두헌(竇憲)은 흉노를 격파한 후 연연산(燕然山, 몽골)의 바위
   에 공적을 새기고 돌아왔다.
14) 麟閣(인각) 구: 서한 선제(宣帝) 때 미앙궁 안의 기린각에 공신 열한 명의 화상을 그
   려 모셨다. 『한서』「소무전」(蘇武傳) 참조.
1) 古別離(고별리): 악부 '잡곡가사'의 하나. 주로 남녀의 이별과 그리움을 소재로 하였다.

妾居緗綺幬.[3]　　　　첩은 담황색 비단 휘장에 살지요
粟鈿金夾膝.[4]　　　　좁쌀 모양이 새겨진 황금 협슬(夾膝)
花錯玉搔頭.[5]　　　　꽃문양이 파여 있는 옥 비녀
離別生庭草,　　　　　이별 후에 마당에는 풀이 자라는데
征衣斷戍樓.　　　　　출정나간 후엔 수자리 소식 끊어졌어요
蟰蛸網清曙,[6]　　　　갈거미가 이른 새벽에 거미줄을 치고
菡萏落紅秋.　　　　　연꽃이 붉은 가을에 시들어 떨어져요
小膽空房怯,[7]　　　　담이 작아 빈 방에 들어가기 겁이 나고
長眉滿鏡愁.　　　　　긴 눈썹이 거울 속 가득 수심이어요
爲傳兒女意,　　　　　여인의 뜻을 전할 뿐이니
不用遠封侯.[8]　　　　멀리 나가 공을 세운다 해도 바라지 않아요

평석 설도형의 '빈 들보에서 제비집 흙이 떨어진다'보다 비슷하지만 그보다 더 낫다.(比薛道衡'空梁落燕泥'之作, 似又過之.)

해설 출정나간 남편을 기다리는 여인의 정회를 그렸다. 규원시 계열의 시로 유사한 작품이 많지만 여인의 신분과 처지를 배경으로 일상과 행동에 대한 세심한 묘사가 두드러진다.

---

2)　狐白裘(호백구) : 여우 겨드랑이의 흰 모피로 만든 가죽옷. 지극히 귀중한 옷으로 친다.
3)　緗綺幬(상기주) : 담황색 천으로 만든 휘장.
4)　粟鈿(속전) : 좁쌀 만한 금속 조각. ○ 金夾膝(금협슬) : 금으로 만든 장신구.
5)　玉搔頭(옥소두) : 옥잠. 옥비녀.
6)　蟰蛸(소소) : 갈거미. 거미줄을 친다는 말로 사람이 드나들지 않는다는 뜻을 환기하였다.
7)　심주 : 세심하기가 이 정도이다.(體貼至此.)
8)　심주 : 왕창령의 '벼슬 찾아 낭군 보낸 일 후회하네'보다 더 온후하다.(比'悔教夫壻覓封侯'溫厚.)

왕유(王維)

임금이 지으신 「상사일 춘망정에서 불계를 보고 마심」에 삼가 화답하여 응제하다(奉和聖製上巳於望春亭觀禊飮應製)[1]

長樂靑門外,[2]	장락궁 청문 밖
宜春小苑東.[3]	의춘궁 어원의 동쪽
樓開萬戶上,	누각은 천문만호 위에 열리고
輦過百花中.	가마는 온갖 꽃들 사이로 지나가네
畵鷁移仙仗,[4]	화려한 배가 천자의 의장대를 실어가고
金貂列上公.[5]	황금 매미에 담비 꼬리 장식한 고관들이 늘어섰네
淸歌邀落日,[6]	맑은 노래가 지는 해를 멈추게 하고
妙舞向春風.	아름다운 춤이 동풍을 마주해라

---

1) 上巳(상사) : 상사절(上巳節). 원래 삼월의 첫 번째 사일(巳日)에 지냈으나 삼국시대 이후에는 삼월 삼일에 지냈다. 냇가에 나가 목욕을 하는 불계(祓禊)가 주요 활동이었으나, 나중에는 곡수유상 등이 추가되었다. ○望春亭(망춘정) : 장안성 동쪽 9리 산수(滻水) 강가에 소재했다. ○禊飮(계음) : 상사절에 물가에서 삿된 기운을 씻고 술을 마시는 일.

2) 長樂(장락) : 장락궁. 한대 장안궁 안에 있는 궁전. 여기서는 망춘궁을 가리킨다.

3) 宜春(의춘) : 의춘궁. 진한대의 궁전으로 여기서는 망춘궁을 가리킨다. ○小苑(소원) : 흥경궁을 가리키는 것으로 보인다.

4) 畵鷁(화익) : 익조의 머리를 채색한 뱃머리. 익조는 해오라기 비슷한 물새로 뱃사람들이 배의 운항이 잘 되기를 기원하는 뜻으로 그 모습을 그려 뱃머리를 장식하였다. 일반적으로 배를 가리킨다. ○仙仗(선장) : 천자의 의장대.

5) 金貂(금초) : 황금 매미 장식에 담비 꼬리. 한대 이래 황제의 좌우에서 시종하는 신하의 관식. 당대에는 시중, 중서령, 좌우산기상시는 진현관(進賢冠)을 쓰며, 여기에 황금 고리에 매미 문양, 담비 꼬리가 장식된다. ○上公(상공) : 주대에는 태사, 태부, 태보를 삼공(三公)이라 하고, 덕망이 있는 사람을 한 등급 올려 상공이라 하였다. 여기서는 고관을 가리킨다.

6) 邀(요) : 머무르다. 쉬다. 여기서는 『열자』 「탕문」(湯問)에 나오는 진청(秦靑)이 노래하자 흘러가는 구름이 멈추었다는 이야기를 환기한다.

渭水明秦甸,[7]　　　위수는 교외에서 환히 빛나고

黃山入漢宮.[8]　　　황산은 한나라 궁전 안에 들어오네

君王來祓禊,[9]　　　군왕께서 불계하러 오시니

灞滻亦朝宗.[10][11]　　　파수와 산수도 바다에 조회를 하는 듯해라

해설 음력 삼월 삼일에 현종과 신하들이 물가에 나가 불계를 지낸 일을 그렸다. 춘망정의 위치부터 시작하여 성황을 이루는 행렬을 그리고 춤과 노래를 펼쳤다. 말미는 군주에 대한 지향을 예찬하였다. 안사의 난 이전에 지은 것으로 보인다.

임금이 지으신 「태자와 여러 왕들과 삼월 삼일 용지에서 봄 불계하다」에 삼가 화답하여 응제하다(奉和聖製與太子諸王三月三日龍池春禊應製)[12]

故事修春禊,[13]　　　전례에 따라 봄 불계를 하니

新宮展豫遊.[14]　　　새로 지은 궁전에서 왕들이 노닐어라

明君移鳳輦,[15]　　　밝은 군주는 어련(御輦)을 타고 오고

太子出龍樓.[16]　　　태자는 용루(龍樓)를 나왔네

---

7) 秦甸(진전) : 진 지방의 교외. 여기서는 장안의 교외.

8) 黃山(황산) : 황록산(黃麓山). 섬서성 흥평시(興平市) 북쪽에 소재.

9) 祓禊(불계) : 상사절에 물가에서 삿된 기운을 제거하기 위해 거행하는 제사.

10) '宗'은 상평성 2동(冬)운을 빌렸다.('宗'借二冬韻.)

11) 灞滻(파산) : 파수와 산수. 장안 주위에 있는 두 강줄기. 산수가 파릉에서 파수로 들어간다. ○朝宗(조종) : 모든 강물이 바다로 흘러 들어감. 모든 신하들이 군주에게 알현함을 가리킨다.

12) 龍池(용지) : 흥경궁 안의 연못. ○春禊(춘계) : 음력 삼월 삼일 물가에서 거행하는 삿된 기운을 씻어내는 뜻으로 하는 제사.

13) 故事(고사) : 예전의 일. 선례. 예전의 전장 제도.

14) 新宮(신궁) : 새로 지은 궁. 흥경궁을 가리킨다. 현종 때 새로 지었다. ○豫遊(예유) : 천자의 행락.

15) 鳳輦(봉련) : 제왕의 가마.

賦掩陳王作,[17]　　　부를 지으니 조식(曹植)보다 뛰어나고

杯如洛水流.[18]　　　술잔을 놓으니 주공이 낙수에 띄운 듯하네

金人來捧劍,[19]　　　금인(金人)이 나와 수심검(水心劍)을 바치고

畫鷁去廻舟.　　　　익조가 그려진 배가 새처럼 돌아오누나

苑樹浮宮闕,　　　　어원의 나무 위로 궁궐이 흐르고

天池照冕旒.[20]　　　궁전의 연못에 면류관이 비쳐라

宸章在雲漢,[21]　　　제왕의 시문은 은하수와 같아

垂象滿皇州.[22]　　　천상의 별자리가 황성 가득 빛나는구나

해설 현종과 왕들이 흥경궁 용지에서 삼월 삼일 불제를 지낸 일을 묘사
하였다. 시문을 짓고, 술잔을 물에 띄우고, 뱃놀이를 하는 장면으로 이루
어졌다. 앞의 시에서 말한 춤과 노래도 있었으리라 보면, 당시의 불제의
모습이 어떠했는지 알 수 있다.

16)　龍樓(용루) : 태자 궁문의 문 이름. 문 위에 청동의 용이 놓여 있어 이름 붙여졌다.

17)　掩(엄) : 덮다. ○陳王(진왕) : 삼국시대 위나라 조식. 업도에 동작대를 만들었을 때
　　조조가 여러 아들을 데리고 누대에 올라 부를 짓게 하였는데 조식이 붓을 대자마자
　　써서 조조가 무척 기특하게 생각하였다. 『삼국지』 「진사왕전」(陳思王傳) 참조.

18)　杯如(배여) 구 : 주공이 낙읍을 만들고 흐르는 물에 술잔을 띄워 마셨다. 여기에서
　　'유상곡수'(流觴曲水)의 습속이 시작되었다. 『진서』 「속석전」(束晳傳) 참조.

19)　金人(금인) 구 : 진 소왕(秦昭王)이 삼월 삼일에 굽이진 물가에서 술을 마시는데 청
　　동으로 된 사람이 나타나 수심검(水心劍)을 바치며 서하(西夏)를 지배하고 제후들을
　　제패하리라고 예언하였다. 『진서』 「속석전」(束晳傳) 참조.

20)　天池(천지) : 황궁 안의 연못.

21)　宸章(신장) : 천자가 지은 시문.

22)　垂象(수상) : 일월성신 등 천상이 길흉화복의 징조를 드러내다. ○皇州(황주) : 황도
　　(皇都). 장안.

임금이 지으신 「늦봄에 군으로 돌아가는 조집사를 보내며」에
삼가 화답하여 응제하다(奉和聖製暮春送朝集使歸郡應製)[23]

萬國仰宗周,[24]　　전국의 각지에서 도성을 우러러

衣冠拜冕旒.　　관리들이 면류관을 배알하러 왔어라

玉乘[25]迎大客,[26]　　옥 수레로 지방의 대객(大客)을 맞이하고

金節送諸侯.[27]　　돌아가는 조집사에게 청동 부절을 주어라

祖席傾三省,[28]　　전별의 자리에 조정의 관리들이 모두 나오니

褰幃向九州.[29]　　수레의 휘장 걷고 각지의 민정을 살피러 가네

楊花飛上路,　　버들개지는 길 위에 날리고

槐色蔭通溝.　　홰나무는 이어진 물길을 덮으리

來預鈞天樂,[30]　　도성에 와서 군주와 함께 음악을 들었으니

歸分漢主憂.　　지방에 돌아가서는 군주의 근심을 나누리라

宸章類河漢,[31]　　제왕의 시문은 은하수와 같아

垂象滿中州.[32]　　천상의 별자리가 중원 가득 빛나는구나

---

23) 朝集使(조집사) : 한대의 군(郡)의 상계리(上計吏)와 같다. 군(郡)의 관리가 매해 연말 회계 장부를 들고 도성으로 가 보고하였는데, 당대에는 이를 조집사라 하였다. 여기서 군(郡)이라 하였는데, 주(州)를 군이라 바꾼 기간은 742년부터 757년 사이이므로 이 기간에 지은 것으로 보인다.

24) 萬國(만국) : 만방(萬方). 전국 각지. ○宗周(종주) : 주나라를 제후들이 숭앙하므로 그 도성을 종주라 하였다. 여기서는 장안.

25) 심주 : 평성에 맞추었다.(叶平聲.)

26) 玉乘(옥승) : 옥으로 장식한 수레. 고대에는 제후들이 탔다. ○大客(대객) : 주대에 제후의 육경으로 사신이 되어 나간 사람. 여기서는 조집사를 가리킨다.

27) 金節(금절) : 청동으로 만든 부절. ○諸侯(제후) : 태수. 여기서는 조집사를 가리킨다.

28) 祖席(조석) : 송별의 연석. ○傾三省(경삼성) : 삼성의 모든 관원이 나와 연회에 참석하다.

29) 褰幃(건유) : 수레의 휘장을 걷다. 관리가 민정을 살피다. 동한 때 가종(賈琮)이 기주자사(冀州刺史)로 나갈 때 전례를 깨고 수레의 붉은 휘장을 걷어 멀리 보고 널리 들으며 풍속을 살피고자 하였다. 『후한서』「가종전」참조.

30) 鈞天(균천) : 균천광악(鈞天廣樂). 천상의 음악.

31) 宸章(신장) : 천자가 지은 시문. 현종이 조집사를 보내며 지은 시.

해설 도성에 왔다가 돌아가는 각 지방의 조집사(朝集使)을 보내며 지은 시이다. 현종이 먼저 지은 시에 대해 창화하면서 응제하였다.

봄날 문하성 숙직 및 아침 조회(春日直門下省早朝)

騎省直明光,[33]	산기상시가 명광전에서 숙직하고
鷄鳴謁建章.	닭이 우는 새벽에 건장궁에 보고하네
遙聞侍中珮,[34]	멀리 시중(侍中)의 패옥 소리 듣고
暗識令公香.[35][36]	어둠 속에서도 순욱(荀彧)의 향기 알아내네
玉漏隨銅史,[37]	물시계가 청동 인형에 따라 돌아
天書拜夕郎.[38]	천자가 내린 조서에 황문시랑이 절하는구나
旌旗映閶闔,[39]	깃발은 궁문을 배경으로 빛나고
歌吹滿昭陽.[40]	노래와 피리 소리는 소양전에 가득해라
官舍梅初紫,	관청에는 매실이 자줏빛으로 익어가는데
宮門柳欲黃.	궁문에는 버들이 누렇게 변하려 하네

---

32) 中州(중주) : 나라의 중심 부분. 중원을 가리킨다.

33) 騎省(기성) : 문하성 소속의 산기성(散騎省). 남조 진대(晉代)에 설치하였으며, 당대에는 설치하지 않았다. 다만 좌산기상시는 문하성에 속하고, 우산기상시는 중서성에 속하였다. ○明光(명광) : 명광전. 한대의 궁전. 당대 궁전을 가리킨다.

34) 侍中(시중) : 문하성의 최고 관원. 정3품으로 재상이다.

35) 심주 : 두 구는 아직 새벽이라 색이 분별되지 않음을 말하였다.(二語見未辨色.)

36) 令公香(영공향) : 순욱(荀彧)의 향기. 한대 말기 상서령(尚書令) 순욱(荀彧)은 사람들이 순영군(荀令君)이라 불렸는데, 기이한 향을 가지고 있어 다른 집에 가서 앉았다가 나오면 삼 일 동안 향기가 흩어지지 않았다고 한다. 『양양기』(襄陽記) 참조.

37) 銅史(동사) : 물시계 바늘에 올려져 있는 사람 모양의 청동 인형. 치켜든 손가락으로 물시계의 눈금을 가리킨다.

38) 天書(천서) : 천자가 신하에게 내리는 문서. ○夕郞(석랑) : 한대의 황문시랑(黃門侍郞). 저녁에 청쇄문을 마주하고 절하고 있기 때문에 석랑이라 하였다. 당대는 품계는 '정4품하'였다. 당대에는 급사중(給事中, 정5품상)도 석랑이라 하였다.

39) 閶闔(창합) : 궁문.

40) 昭陽(소양) : 소양전. 한대 미앙궁 안에 있었다. 여기서는 당대 궁전을 가리킨다.

願將遲日意,　　　원컨대 봄의 더딘 해와 같이
同與聖恩長.　　　성은이 길고 길기 바라노라

해설 문하성에서 숙직한 일을 쓴 시이다. 조정의 이른 아침부터 대낮까지의 모습을 시간의 순서에 따라 그려내었다. 밤의 숙직에 대한 모습보다는 아침 조회 모습이 중심을 이룬다. 742년 좌보궐로 있을 때 지었다.

상락으로 부임하는 이 태수를 보내며(送李太守赴上洛)[41]

商山包楚鄧,[42]　　　상산(商山)은 등현(鄧縣)을 안은 채
積翠藹沈沈.[43]　　　비췻빛이 첩첩히 쌓여 무성해라
驛路飛泉灑,　　　　역참 길에는 산의 폭포가 뿌려지고
關門落照深.[44]　　　관문에는 낙조가 깊어라
野花開古戍,　　　　들꽃은 오래된 수자리에 피고
行客響空林.　　　　나그네들 말소리 빈 숲에 울려라
板屋春多雨,[45]　　　판잣집에는 봄이면 비가 많이 내리고
山城晝欲陰.　　　　산성(山城)에는 대낮인데도 그늘에 덮여

---

41) 上洛(상락) : 상락군(上洛郡). 치소는 지금의 섬서성 상락시(商洛市). 742년 상주(商州)를 상락군으로 개명하였다가 758년 상주로 환원하였다.

42) 商山(상산) : 지폐산(地肺山) 도는 초산(楚山)이라고도 한다. 상락시의 동남에 소재한다. ○包(포) : 포용하다. ○楚鄧(초등) : 등주(鄧州). 지금의 하남성 등현(鄧縣). 춘추시대에는 초나라 강역에 속했다.

43) 積翠(적취) : 비췻빛이 중첩되다. 초목이 무성하다. 일반적으로 푸른 산을 가리킨다. ○藹沈沈(애심심) : 무성한 모양.

44) 關(관) : 상락시 단봉현 동남에 있는 무관(武關) 또는 남전 동남에 있는 요관(嶢關)으로 보인다. 장안에서 상락에 가려면 거쳐야 하는 관문이다.

45) 板屋(판옥) : 목판으로 지은 집. 고대에는 감숙성이 삼림 지역이라 목재가 많이 났다. 『시경』「소융」(小戎)에 "판잣집에 있으니, 내 마음이 어지러워"(在其板屋, 亂我心曲.) 란 구절이 있다.

丹泉通虢略,[46]   단수(丹水)는 괵략(虢略)으로 통하고
白羽抵荊岑.[47]   백우(白羽)는 형산 아래 있어라
若見西山爽,[48]   만약에 왕휘지같이 소탈한 사람 만나면
應知黃綺心.[49]   응당 하황공이나 기리계인줄 알게나

평석 이 태수의 은거하려는 마음을 풍자하려고 하는 듯하다.(似欲諷其歸意.)

해설 상락현에 태수로 부임하는 이씨를 보내며 쓴 송별시이다. 상산의 위
치와 여로, 상락의 모습과 역사적 지리 등 주로 여정에 대해 서술하였다.
말미에서 고대의 상산사호를 끌어와 지역의 돈후한 풍정을 지적하였다.

새벽에 파협을 지나며(曉行巴峽)[50]

際曉投巴峽,[51]   새벽 무렵 파협에 이르니
餘春憶帝京.[52]   늦봄이라 도성이 생각나네

---

46) 丹泉(단천) : 단연(丹淵). 진한시대의 단수현(丹水縣). 지금의 하남성 석천(淅川)의 서
    쪽. ○ 虢略(괵략) : 지금의 하남성 영보현(靈寶縣).
47) 白羽(백우) : 지금의 하남성 서협현(西峽縣). ○ 荊岑(형잠) : 형산. 지금의 호북성 남
    장현(南漳縣) 서쪽 소재.
48) 西山爽(서산상) : 성격이 소탈하여 아부를 잘 하지 못함. 또는 세속의 일에 얽매이지
    않고 유유자적함. 동진의 왕휘지(王徽之)가 환충(桓沖)의 참군으로 있을 때, 환충이
    "그대는 부(府)에 있은 지 오래 되었으니 응당 사무를 잘 처리하겠지"라고 말하였다.
    왕휘지는 대답을 하지 않고 고개를 들고 높은 곳을 응시하더니 홀을 턱에 괴더니
    "서산에 아침이 오니 상쾌한 기운이 있더라"(西山朝來, 致有爽氣.)라고 하였다. 『세
    설신어』「간오」(簡傲) 참조.
49) 黃綺(황기) : 상산사호(商山四皓) 가운데 하황공(夏黃公)과 기리계(綺里季).
50) 巴峽(파협) : 삼협 가운데 파현(巴縣, 중경시) 일대에 있는 협곡. 일반적으로 알려진
    파협은 협곡 양쪽의 이어진 산으로 병풍을 이루고 사람이 드문 곳인데 비해 이 시
    에서 묘사한 곳은 삼협 중의 파협과 다르다. 때문에 일부 학자들은 파현에서 부주
    (涪州) 사이의 협곡을 가리키는 것으로 보았다.
51) 際曉(제효) : 새벽 무렵. ○投(투) : 임시로 묵다.

晴江一女浣,　　　　　맑은 강가에는 한 아낙이 빨래하는데

朝日衆禽鳴.　　　　　아침 해에 뭇 새들이 우짖는구나

水國舟中市,[53]　　　물가의 마을이라 배에서 장이 열리고

山橋[54]樹杪行.　　　산 사이에 잔도가 있어 나무 위에 걸어가는 듯

登高萬井出,[55]　　　높은 곳에 올라가니 수많은 마을이 나타나 보이고

眺逈二流明.[56][57]　멀리 바라보니 두 줄기 강물이 밝게 빛나는구나

人作殊方語,　　　　　사람들은 지방의 사투리로 말하지만

鶯爲舊國聲.　　　　　꾀꼬리는 장안에서 듣던 소리와 같아라

賴多山水趣,　　　　　산수에 대한 풍부한 정취에 의지하여

稍解別離情.　　　　　잠시 떠나온 마음을 달래어보노라

해설 파협 주위의 풍광과 풍토 인정을 묘사하였다. 배에서 물건을 사고팔고 잔도가 고공에 걸려 있는 독특한 모습을 그려내었다. 언어가 청려하고 경관이 웅장하여, 서경과 시정이 결합된 왕유 시의 특징이 잘 드러났다.

---

52) 餘春(여춘): 늦봄.
53) 水國(수국): 수향(水鄉). 물가의 마을.
54) 심주: 즉 잔도이다.(卽棧道.)
55) 萬井(만정): 수많은 집들. 삼협에는 번화한 도시가 없으므로 여기서는 정(井)을 계곡에 흐르는 샘물로 보았다.
56) 심주: 성도에는 두 강이 나란히 흐르는 곳이 있다.(成都有二江雙流.)
57) 二流(이류): 두 줄기 강. 장강과 가릉강으로 추정된다.

일본으로 돌아가는 비서감 조형을 보내며(送秘書晁監還日本)[58]

積水不可極,[59]	바다는 끝이 없으니
安知滄海東!	어찌 창해의 동쪽에 나라가 있음을 알랴!
九州何處遠?	구주는 얼마나 아득한가?
萬里若乘空.[60]	만 리 멀리 어떻게 날아서 가리오
向國唯看日,[61]	나라로 향할 때는 해만 보고 가고
歸帆但信風.[62]	배로 돌아가니 바람만 의지해 가리
鰲身映天黑,[63]	거대한 자라의 몸은 하늘을 검게 비추고
魚眼射波紅.	물고기의 눈은 물결을 붉게 쏘아보리라
鄕樹扶桑外,[64]	고향의 나무는 부상(扶桑) 밖에 있고
主人孤島中.	그대는 외로운 섬 가운데서 살아가리
別離方異域,[65]	헤어지면 장차 서로 다른 곳에 있으니
音信若爲通?	소식을 어떻게 전해야 할까?

평석 요합은 『극현집』에서 이 시를 압권으로 쳤다(姚合極玄集以此詩壓卷.)

---

58) 秘書晁監(비서조감) : 비서감 조형(晁衡). 일본명 아베노 마카마로(阿倍仲麻呂, 698~
770년). 717년 20세의 나이로 견당 유학생에 포함되어 당나라에 갔다. 국자감에 들
어간 후 과거에 급제했으며 교서랑, 좌보궐, 위위소경(衛尉少卿), 비서감, 좌산기상
시 겸 안남도호 등을 역임하였다. 753년 일본으로 가는 배를 타고 떠났으나 풍랑을
만나 월남으로 표류하였다가 온갖 고초를 겪고 755년 다시 장안에 도착했다. 곧이
어 안사의 난이 일어나 756년 현종이 성도로 피난 갈 때 따라 갔다가 757년 현종을
따라 다시 장안으로 돌아왔다.
59) 積水(적수) : 물이 고여 있는 곳. 여기서는 바다를 가리킨다.
60) 乘空(승공) : 공중을 날다.
61) 向國(향국) 구 : 고대에는 일본은 해가 떠오른 곳에 있다고 생각하였다. 『신당서』 「동
이전」에 "일본에 대해 사신이 말하기를 자신의 나라는 해가 떠오르는 곳과 가까워
이름 붙였다고 했다"(日本使者自言國近日所出, 以爲名.)고 하였다.
62) 信(신) : 의지하다.
63) 鰲(오) : 전설에 나오는 자라.
64) 扶桑(부상) : 신화 속의 나무로, 태양이 떠오르는 곳.
65) 方(방) : 장차. ○異域(이역) : 다른 곳에 있다.

해설 일본으로 돌아가는 조형을 보내며 쓴 시이다. 조형은 717년(20세) 견당유학생(遺唐留學生)으로 장안에 들어가 오십여 년을 살았다. 위 시는 753년 조형이 일본으로 돌아갈 때 지은 것으로 깊은 우정을 나타내었다. 조형은 풍랑을 만나 되돌아와 770년(73세)까지 살았다.

감화사에서 놀며(遊感化寺)[66]

翡翠香煙合,[67]	비취색 향기가 안개와 합해지고
琉璃寶地平.[68]	유리가 평평히 깔린 신성한 땅
龍宮連棟宇,[69]	절은 전각이 연이어져 있고
虎穴傍簷楹.	방 근처에는 호랑이 굴이 있어라
谷靜唯松響,	계곡은 조용해 소나무 소리만 들리고
山深無鳥聲.	산은 깊어 우는 새도 없어라
瓊峰當戶析,[70]	아름다운 봉우리는 산문 앞에서 나누어져있고
金澗透林明.	금빛의 시내는 숲 사이로 밝게 흘러가네
郢路雲端迥,[71]	영주로 가는 길은 구름 끝으로 멀리 이어지고
秦川雨外淸.[72]	진천의 평원은 빗속에서도 맑아라
雁王銜果獻,[73]	왕 기러기가 과일을 물고와 바치고

66) 感化寺(감화사): 『문원영화』에는 화감사(化感寺)로 나오며, 『구당서』나 비문 등에서도 '종남화감사(終南化感寺)로 되어 있는 것으로 보아 화감사가 옳은 것으로 보인다. 절은 남전에 있었다.
67) 翡翠(비취): 비취색. 여기서는 연기의 색깔을 나타낸다.
68) 琉璃(유리): 옥의 일종으로 광택이 있는 반투명의 광물이다. 불경에서 말하는 칠보의 하나. ○ 寶地(보지): 절을 가리킨다. 불지(佛地)와 같은 뜻.
69) 龍宮(용궁): 절. ○棟宇(동우): 방. 불전을 가리킨다.
70) 拆(탁): 쪼개지다. 나뉘다.
71) 郢路(영로): 영주(郢州)로 가는 역참길. 남전에서 영주로 가려면 상산(商山)을 거쳐 굽이돌아 가야 한다.
72) 秦川(진천): 지금의 진령(秦嶺) 이북의 섬서성과 감숙성의 평원지대.

鹿女踏花行.[74]　　　　사슴이 낳은 여인이 걷는 곳마다 연꽃이 자라

抖擻辭貧里.[75][76]　　　번뇌를 떨치고 가난을 떠나

歸依宿化城.[77]　　　　부처에 귀의하여 환상의 성곽에 묵으리

繞籬生野蕨.　　　　　울타리 둘레에 고사리가 자라고

空館發山櫻.　　　　　조용한 절 주위에 벚꽃이 피어

香飯靑菰米.[78]　　　　향기로운 밥은 청색의 줄풀 쌀이요

嘉蔬綠笋羹.　　　　　좋은 채소에 녹색의 죽순 죽이라

誓陪淸梵末.[79]　　　　맹서하건대 스님의 끝을 따르며

端坐學無生.[80]　　　　단정히 앉아 무생(無生)의 이치를 배우리라

해설 감화사를 유람하며 보고 깨달은 바를 썼다. 감화사를 찾아가는 길의 풍광에서 시작하여 절의 신령스러움을 그리고, 후반부에서는 불교에 대한 귀의를 맹서하였다. 배적도 감화사에 놀러 가 남긴 시가 있으므로,

---

73) 雁王(안왕): 불교 전설에 나오는 기러기 중의 왕. ○ 銜果獻(함과헌): 남조 유송(劉宋) 때 도성의 도림사(道林寺) 승려 승가달다(僧伽達多)가 산중에서 좌선하고 있는 중 해가 지자 채식이 생각났는데 여러 새들이 과일을 물어와 주고 갔다. 『법원주림』(法苑珠林) 권109 참조.

74) 鹿女(녹녀) 구: 설산에 제파연(提婆延)이란 신선이 살았는데 바위 위에 오줌을 누었다. 암컷 사슴이 와서 그 소변 눈 곳을 핥아 임신하게 되었고, 달이 차서 신선이 사는 굴에 가서 여자를 낳았다. 여자는 단정하고 뛰어났으며 연꽃이 그 몸을 감싸고 있었다. 신선은 자신의 딸임을 알고 데려다 살았는데, 장성하여 걸을 때에는 발 디디는 곳마다 연꽃이 자랐다. 『잡보장경』(雜寶藏經) 권1 참조.

75) 심주: 이하는 자신의 유람을 말하였다.(以下說己之遊.)

76) 抖擻(두수): 두타(頭陀)의 의역. 먼지와 번뇌를 떨침.

77) 化城(화성): 환상으로 만든 성곽. 『법화경』「화성유품」(化城喩品)에 나오는 비유로, 부처가 모든 중생에게 대승의 깨달음을 주려했지만 그 길이 멀고 험하여 중생이 두려워하고 물러서려 하였다. 이에 부처가 도중에 잠시 화성(化城)을 만드니 중생들이 편히 쉬고 정력을 회복하였으며, 그런 연후에 부처는 성을 없애고 중생들에게 계속 나갈 것을 권하였다. 여기서는 감화사를 가리킨다.

78) 菰米(고미): 줄풀쌀. 육곡(六穀)의 하나. 수생 식물로 가을에 쌀알 같은 열매가 맺힌다.

79) 淸梵(청범): 맑은 독경 소리. 여기서는 불경을 독송하는 승려.

80) 無生(무생): 열반(涅槃) 또는 법성(法性)이란 뜻과 같다. 불교에서는 모든 현상의 본성은 '대적정'(大寂靜)이므로 생겨나지도 멸하지도 않는다고 하였다.

왕유가 망천에 은거할 때 배적과 함께 놀러 간 것으로 보인다.

심 거사 산거에 들러 곡을 하며(過沈居士山居哭之)

楊朱來此哭,[81]	양주(楊朱)처럼 내가 여기 와서 곡을 하니
桑扈返於眞.[82]	자상호(子桑戶)처럼 그대는 자연으로 돌아갔구나
獨自成千古,	그대는 홀로 천 년이 되었지만
依然舊四鄰.	주위에는 여전히 이웃들이 있어라
閑簷喧鳥雀,	한가한 처마에는 새들이 지저귀는데
故榻滿埃塵.	예전의 걸상에는 먼지가 가득해라
曙月孤鶯囀,	새벽 달빛 아래 꾀꼬리 한 마리 구성지고
空山五柳春.[83]	빈 산 아래 다섯 그루 버들이 봄빛을 띠었네
野花愁對客,	들꽃은 시름 찬 표정으로 나그네를 마주하고
泉水咽迎人.	샘물은 흐느끼며 사람을 맞이한다
善卷[84]明時隱,[85]	선권(善卷)은 밝은 시대에 은거했고
黔婁在日貧.[86]	검루(黔婁)는 생전에 날마다 가난하였지

---

81) 楊朱(양주) : 전국시대 위(魏)나라 철학자. 『열자』「중니」(仲尼)에 "수오가 죽으니 양주가 그 시체를 어루만지며 곡을 하였다"(隨梧之死, 楊朱撫其尸而哭.)는 말이 있다. 여기서는 양주로 시인 자신을 비유하였다.

82) 桑扈(상호) : 『장자』의 우화 속에 나오는 자상호(子桑戶). 맹자반(孟子反), 자금장(子琴張)과 막역한 친구이다. 자상호가 죽자 두 친구는 곡을 만들어 거문고를 뜯으면서 노래를 불렀다. 『장자』「대종사」 참조. ○ 返於眞(반어진) : 자연으로 돌아가다.

83) 五柳(오류) : 다섯 그루 버드나무. 도연명이 집 앞에 심은 것으로 유명하다. 여기서는 심 거사의 산거를 가리키며, 심 거사가 도연명과 비슷하다는 뜻도 환기한다.

84) 심주 : 善卷(선권)은 본래 평성인데 측성으로도 사용된다.(善卷本平聲, 亦可仄用.)

85) 善卷(선권) : 순 임금 때의 은사. 순 임금이 나라를 물려주려 했으나 받지 않고 깊은 산에 들어갔다. 『장자』「양왕」(讓王) 참조.

86) 黔婁(검루) : 춘추시대 제나라 은사. 제나라 왕이 직접 찾아와 출사를 권했으나 달아났으며 안빈낙도 하며 살았다. 죽었을 때 이불이 짧아 시체를 전부 덮지 못하자 어떤 사람이 비스듬히 덮자고 하였다. 그 아내가 "비스듬하면서 남는 것보다 바르면서

逝川嗟爾命,[87]   아아, 그대의 생명이 강물처럼 흘러갔으니
丘井歎吾身.[88]   탄식하노라, 나의 몸도 마른 샘처럼 늙어가는구나
前後徒言隔,[89]   앞뒤로 서로 격절되어 있다 말하지만
相悲詎幾晨?   서로 슬퍼할 날이 며칠이나 되겠는가?

평석 『고사전』에 기록했다. "순 임금이 천하를 선권에게 양보하자, 선권이 '내가 어찌 천하를 영위할 수 있겠습니까?'라 하였다."(高士傳 : "舜以天下讓善卷, 卷曰 : '吾何以天下爲哉!'")
○ '丘井'(구정)은 불교 용어로 빈 우물을 말한다.('丘井'用佛語, 猶言空井.)

해설 심 거사가 거처하는 산속의 집에 들러 곡을 하고 그의 죽음을 애도하였다. 중간의 4구에서 심 거사의 거처와 고상한 인품을 개괄하고, 첫머리와 말미의 각각 4구에서 생사에 대한 근원적인 문제에 대해 의론을 전개하는 형식을 취하였다.

임금이 지으신 「옥진공주 산장에 행차하여 석벽에 10운을 지어 적다」에 삼가 화답하여 응제하다(奉和聖製幸玉眞公主山莊因題石壁十韻之作應製)[90]

碧落風煙外,[91]   벽락(碧落)은 풍진 밖에 있고

　　부족한 것이 낫다"고 거절하였다. 『고사전』 참조.
87) 逝川(서천) : 흐르는 강물. 공자가 흐르는 세월로 비유하였다.
88) 丘井(구정) : 마른 우물. 『유마경』(維摩經) 「방편품」(方便品)에 "이 몸은 마른 우물과 같아서 늙음에 쫓기고 있다"(是身如丘井, 爲老所逼.)는 말이 있다.
89) 徒言隔(도언격) : 서로 격절되어 있다고 부질없이 말하다.
90) 玉眞公主(옥진공주) : 예종(睿宗)의 딸이자 현종의 친여동생이다. 692~762년. 711년 여도사가 되었으며, 상청현도대동삼경사(上淸玄都大洞三景師)의 칭호를 받았다. 744년 공주의 명호를 취소해달라는 간청이 받아들여졌다. ○山莊(산장) : 공주의 산장의 위치에 대해 현대 학자 진철민(陳鐵民)은 본 시와 저광희(儲光羲)의 시를 근거로 하여 여산(驪山)의 서쪽에 있는 것으로 보았다.
91) 碧落(벽락) : 도교에서 말하는 동방 제1천. 하늘을 가리킨다.

瑤臺道路賒.   요대(瑤臺)로 가는 길이 아득히 멀어라

如何連帝苑,   어찌하여 도성의 정원에 이어져

別自有仙家?   별도로 신선의 거처가 있단 말인가?

比地[92]廻鸞駕,   땅에 가까이 난새가 끄는 가마가 돌아오고

緣溪轉翠華.[93]   시내를 따라 황제의 의장대가 돌아가네

洞中開日月,   동천(洞天) 속에서 해와 달이 뜨고

窓裏發雲霞.   창문 안에서 구름과 노을이 나오는구나

庭養衝天鶴,[94]   정원에는 천상으로 내왕하는 학을 기르고

溪留上漢槎.[95]   시내에는 은하수로 가는 뗏목이 있어

種田生白玉,[96]   밭에 옥을 심으면 벽옥이 자라고

泥竈化丹砂.[97]   진흙 부뚜막에서는 단사가 만들어지네

谷靜泉逾響,   계곡이 조용하니 샘물소리 더욱 울리고

山深日易斜.   산이 깊으니 해가 금방 기울어져

御羹和石髓[98]   어갱(御羹)에는 종유석 가루 섞여 있고

香飯進胡麻.[99]   향기로운 밥에는 참깨가 들어 있네

大道今無外,[100]   대도(大道)는 이처럼 크고 끝없으니

---

92) 심주:『주역』에 "땅 위에 물이 있다"고 했는데 서로 밀접히 붙어 있음을 말했다. 최근 판본에는 잘못 써서 '此'라 되어 있다.(易 : "地上有水比", 言相比無間也. 近本誤作 '此地'.)

93) 翠華(취화) : 물총새의 깃털로 장식한 깃발. 황제의 의장 가운데 하나.

94) 衝天鶴(충천학) : 하늘로 솟아오르는 학. 춘추시대 주 영왕(周靈王)의 태자인 왕자교(王子喬)가 신선이 되어 백학을 타고 하늘에 올랐다는 이야기를 환기한다.

95) 上漢槎(상한사) : 은하수로 오른 뗏목. 바닷가에 사는 어부가 뗏목을 타고 은하수를 다녀온 이야기를 말한다.『박물지』 권10 참조.

96) 種田(종전) : 양백옹(楊伯雍)이 무종산(無終山)에 들어가 옥을 심어 벽옥을 길러낸 이야기를 가리킨다.『수신기』(搜神記) 권11 참조.

97) 泥竈(니조) : 진흙으로 만든 부뚜막.

98) 石髓(석수) : 종유석(鐘乳石). 고대인들은 종유석을 갈아 먹으면 장생할 수 있다고 믿었다.

99) 胡麻(호마) : 참깨.

100) 無外(무외) : 테두리가 없을 정도로 광대무변하다.『장자』「천하」에 "지극히 커서 밖이 없는 것을 '대일'(大一)이라 하고, 지극히 작아 안이 없는 것을 '소일'(小一)이라고 한다.

長生詎有涯!	불로장생이 어찌 끝이 있으리오!
還瞻九霄上,[101]	다시 구천 위를 바라보니
來往五雲車.[102]	아득히 오운거(五雲車)가 오고가더라

평석 공주가 공주저택을 사양하고 산장으로 가 살았으니 응당 신선술을 구하려고 했을 것이다.(公主辭主第而就山莊, 應志在求仙者.)

해설 현종이 옥진공주의 저택에 방문한 일을 그렸다. 첫머리 4구는 돌올(突兀)한 반어법으로 전편을 이끌었으며, 이어서 어가의 행렬과 산장의 모습을 그렸다. 시종일관 신선의 거처로 묘사하면서 중간중간 산수의 묘사가 끼어들었고, 말미에서 장생불로를 기원하였다.

맹호연(孟浩然)

서산에서 신악을 찾아(西山尋辛諤)[1]

漾舟尋水便,	배를 띄우고 물길을 따라
因訪故人居.	친구의 거처에 찾아갔어라
落日淸川裏,	해가 맑은 강 속으로 떨어지니
誰言獨羨魚?[2]	그 누가 말했는가, 물고기만 부러워한다고

---

101) 九霄(구소) : 구천(九天). 하늘 가운데 가장 높은 곳으로 신선들이 거주하는 곳.

102) 五雲車(오운거) : 오색구름으로 만들어진 신선들이 타는 수레.

1) 西山(서산) : 양양 부근에 있는 산으로 보인다. 맹호연의 「명 선사의 서산 난야에서 놀며」(遊明禪師西山蘭若)를 보면 간남원(澗南園)의 서쪽에 있는 산이다. ○ 辛諤(신악) : 미상.

石潭窺洞徹,　　　돌 듬벙은 맑아서 바닥이 보이는데
沙岸歷紆徐.[3]　　모래 언덕을 느긋하게 걸어가네
竹嶼見垂釣,　　　대나무 자란 모래톱에서 낚시하는 걸 보고
茅齋聞讀書.　　　띠풀 이은 서재에서 글 읽는 소리 듣네
款言忘景夕,[4]　　스스럼없는 말 나누다 해 지는 일 잊고
淸興屬涼初.　　　맑은 흥취는 서늘해지기 시작할 때 더욱 높아라
回也一瓢飮,[5]　　안회처럼 밥 한 그릇과 물 한 바가지만으로도
賢哉常晏如.[6]　　어질구나! 언제나 즐겁고 편안하구나

해설 서산에 사는 친구 신악을 찾아간 일을 적었다. 전반부에서는 저녁 무렵 배를 타고 친구를 찾아간 여정의 그윽한 환경과 한가한 심경을 묘사했으며, 후반부에서는 신악의 청아한 은거 생활과 두 사람의 청담(淸談)을 그리고, 말미에서는 신악의 고상한 품덕을 예찬하였다.

---

2) 誰言(수언) 구 : 고대의 속담 "연못가에서 물고기 잡기를 바라느니 돌아가 그물을 짜기만 못하다"(臨淵羨魚, 不如退而結網.)는 말을 이용하였다. 『한서』「동중서전」(董仲舒傳) 참조. 여기서는 물고기를 부러워하면서 동시에 해지는 청계를 사랑한다는 뜻이다.

3) 紆徐(우서) : 느리고 느긋하게 걷다.

4) 款言(관언) : 성실하고 친절한 말. ○景夕(경석) : 저녁에 떨어지는 해.

5) 回(회) : 공자가 제자 안회(顔回). 공자는 안회를 향하여 "어질구나, 안회여. 밥 한 그릇과 물 한 바가지로 누추한 골목에 사는구나. 보통 사람들은 그 근심을 견디지 못하지만 안회는 그 즐거움을 바꾸지 않는구나"(賢哉, 回也! 一簞食, 一瓢飮, 在陋巷, 人不堪其憂, 回也不改其樂.)라고 칭찬하였다. 『논어』「옹야」(雍也) 참조.

6) 晏如(안여) : 편안한 모양. 편안하다.

고적(高適)

유경의 판관으로 충임되어
　　영외로 가는 시 사호를 보내며(送柴司戶充劉卿判官之嶺外)[1]

嶺外資雄鎭,	대유령 남쪽에 웅대한 번진이 있으니
朝端寵節旄.[2]	조정의 대신들이 그곳을 맡으려 하였지
月卿臨幕府,[3]	유경(劉卿)이 막부를 향해 떠나니
星使出詞曹.[4][5]	시 사호가 따라나서는구나
海對羊城闊,[6]	바다는 양성(羊城) 앞에서 광활하게 펼쳐지고
山連象郡高.[7]	산은 상군(象郡)과 이어져 높이 솟아 있으리
風霜驅瘴癘,	고결하고 굳센 절조로 장려(瘴癘)를 이기고
忠信涉波濤.	충성과 믿음으로 파도를 건너리
別恨隨流水,	이별의 한은 강물 따라 갈 터이니
交情脫寶刀.[8]	나눈 우의에 보도(寶刀)를 벗어 주노라

---

1) 劉卿(유경) : 학자들은 유거린(劉巨鱗)으로 추측한다. 『구당서』 「현종기」에 744년 남해태수 유거린이 해적 오영광(吳令光)을 격파하고 영가군을 평정했다는 기록이 있다. 당시 영남오부절도경략사도 겸직하였다.
2) 朝端(조단) : 조정 신하의 우두머리인 재상. 여기서는 조정의 사람들을 가리킨다. ○ 節旄(절모) : 부절의 털 장식. 부절은 사신이 출사할 때 신표로 들고 나간다.
3) 심주 : 『상서』 「홍범」에 나오는 '경과 사대부는 매달의 일을 살핀다'는 것으로, 유경을 가리킨다.('卿士惟月', 指劉.)
4) 심주 : 사호를 가리킨다.(司戶.)
5) 星使(성사) : 조정의 사신. 하늘의 별자리 필(畢)에 천절(天節)이란 여덟 개의 별이 있는데, 사신의 업무를 주관하고 팔방에 위엄을 떨친다고 하였다. ○ 詞曹(사조) : 문인들.
6) 羊城(양성) : 오양성(五羊城). 신선 다섯 명이 오색의 양을 타고 여섯 가지 곡식 이삭을 들고 왔다는 전설에서 이름이 유래하였다. 당대에는 남해군 치소. 지금의 광동성 광주시.
7) 象郡(상군) : 진대에 설치된 군. 광동 서남부와 광서 서남부 및 월남 북부를 관할한다.
8) 심주 : 여건이 패도를 왕상에게 준 일을 사용하였다.(用呂虔贈王祥佩刀事.)

| 有才無不適, | 재주가 있으니 어디든 못 가랴 |
| 行矣莫徒勞. | 가게나, 가는 일이 헛되지 않으리라 |

해설 남해로 가는 시 사호를 보내며 쓴 송별시이다. 첫 4구에서 부임에 대해 개괄하였고, 중간 4구에서 임지의 모습과 활동을 예상하였고, 말미 4구에서 이별을 아쉬워하며 격려하였다.

두 시어를 모시고 영운지에 배를 띄우며(陪竇侍御泛靈雲池)[9]

白露時先降,	백로(白露)가 절기보다 먼저 내리니
清川思不窮.	맑은 강을 바라보며 흥취가 끝이 없네
江湖仍塞上,	강과 호수가 변새를 따라 펼쳐지고
舟楫在軍中.[10]	배와 노가 군중에 있구나
舞換臨津樹,	나루의 나무 아래 여러 가지 춤을 추고
歌饒向晚風.	저녁바람을 마주하여 노래를 실컷 불러라
夕陽連積水,	석양은 호수와 이어져
邊色滿秋空.	변방의 가을빛이 하늘에 가득해
乘興宜投轄,[11]	흥이 일어나면 수레 비녀장을 던지고
邀歡莫避驄.[12]	즐거움을 위해 총마어사를 피하지 않으리
誰憐持弱羽,[13]	그 누가 생각해주랴, 허약한 깃털로써

---

9) 竇侍御(두시어) : 미상. 시어는 어사대의 속관으로 시어사, 전중시어사, 감찰어사를 통칭한다. ○靈雲池(영운지) : 무위군(武威郡) 치소인 고장현(姑臧縣)에 소재했다.
10) 舟楫(주즙) : 배와 노.
11) 投轄(투할) : 한대 진준(陳遵)이 연회를 열면 손님의 수레 비녀장을 우물 속에 던져 중간에 돌아가지 못하도록 한 이야기를 가리킨다.
12) 避驄(피총) : 피총마어사(避驄馬御史), 즉 총마어사를 피하다. 동한 때 시어사는 총마를 타고 다녔다. 환전(桓典)이 시어사가 되자 거리낌 없이 업무를 집행하였기에 환관들도 그를 두려워 피했다. 여기서는 두 시어를 비유하였다.

猶欲伴鶖鴻?[14]　　　봉황과 기러기 따라 짝하고 싶은 마음을

해설 무위(武威)에서 두 시어와 뱃놀이를 하는 그 흥취를 적었다. 첫 4구
는 뱃놀이의 시간과 장소를 제시했고, 중간 4구는 호수의 드넓음과 뱃놀
이의 즐거움을 묘사했고, 말미 4구는 모임의 즐거움과 발탁의 기대를 나
타냈다. 753년 가을 가서한(哥舒翰) 막부에서 지었다.

이기(李頎)

금단으로 돌아가는 유 주부를 보내며(送劉主簿歸金壇)[1]

與子十年舊,　　　그대와 십 년 동안 사귀었는데
其如離別何!　　　이 헤어짐을 어이 할까!
宦遊憐故國,[2]　　벼슬살이에 고향이 그리워
歸夢是滄波.　　　돌아가는 꿈은 푸른 강가였어라
京口青山遠,[3]　　경구로 가는 길에 청산이 멀고
金陵芳草多.[4]　　금릉에는 봄풀이 무성하리

---

13) 弱羽(약우) : 힘이 약한 새. 재주가 미약함을 비유한다.
14) 鶖鴻(원홍) : 봉황과 기러기. 무리지어 질서 있게 다니므로 조정 관리의 행렬을 비유
    한다. 여기서는 조정의 관리들.
1) 主簿(주부) : 현에서 문서를 담당하는 관리. ○ 金壇(금단) : 윤주(潤州)의 속현. 지금
    의 강소성 금단.
2) 故國(고국) : 고향.
3) 京口(경구) : 당대 윤주(潤州)의 치소. 장강 하류의 남안에 위치한 도시. 지금의 강소
    성 진강시(鎭江市).
4) 金陵(금릉) : 윤주 강녕현(江寧縣). 지금의 강소성 남경시.

雲帆曉容裔,⁵⁾ 구름 같은 돛배는 새벽에 한가하고
江日晝清和. 강가의 해는 대낮에 맑고 온화하리
縣郭舟人飮, 현의 성곽에서는 뱃사람들이 마시고
津亭漁者歌. 나루의 역참에서는 어부들이 노래 부르리
茅山有仙洞,⁶⁾ 모산(茅山)에는 신선의 거처가 있다는데
羨爾再經過. 다시 그곳을 지나가는 그대가 부러워라

해설 고향으로 돌아가는 유 주부를 보내며 지은 송별시이다. 고향으로
가는 여로의 아름다움을 그리고 풍속의 순박함을 묘사하여 떠나는 여정
을 위로하였다. 시인 자신은 여전히 실의에 객지를 떠돌고 있음을 읽을
수 있다.

잠삼(岑參)

이른 가을 여러 친구들과
괵주 서정에 올라 조망하며(早秋與諸子登虢州西亭觀眺)¹⁾

亭高出鳥外, 정자는 날아가는 새보다 높이 솟아
客到與雲齊. 나그네가 올라가니 구름과 나란해라
樹點千家小,²⁾ 나무들은 점을 찍은 듯하고 수많은 집들도 작아

---

5) 容裔(용예) : 용여(容與). 배가 천천히 가는 모습.
6) 茅山(모산) : 강소성 구용현(句容縣) 동남에 소재한 산.
1) 西亭(서정) : 괵주 성의 서쪽 산에 있는 정자. 잠삼의 시에 자주 보인다.
2) 樹點(수점) : 나무가 점과 같이 작다.

天圍萬嶺低,[3]	하늘이 사방을 둘러싸고 봉우리들이 키를 낮추었네
殘虹挂陝北,[4]	흐려지는 무지개가 섬주의 북쪽에 걸려있고
急雨過關西.[5][6]	갑자기 내린 비가 함곡관의 서쪽을 지나가네
酒榼緣青壁,[7]	술통은 파란 석벽에 기대 있고
瓜田傍綠溪.	참외밭은 녹색 시내 옆에 있구나
微官何足道?	미관말직이라 무슨 말을 해야 하나?
愛客且相携.	친구가 좋아 손잡고 놀러나가네
唯有鄉園處,[8]	오로지 고향의 동산이 있는 곳
依依望不迷.	언제나 잊지 못하고 바라보노라

평석 첫머리는 돌올을 중시한다. 두보의 '새 둥지를 마주하고 술자리를 폈는데'란 시구와 같은 발상이다.(起手貴突兀. 少陵有'開筵對鳥巢'句, 此同一落想.)

해설 친구들과 괵주의 서정에 올라가 둘러본 풍광을 그렸다. 비가 내린 후의 모습을 주로 원경으로 그리고, 말미에서 장안에 대한 그리움을 나타내었다. 759~761년 사이에 괵주장사로 있을 때 지었다.

---

3) 天圍(천위) : 하늘은 마치 사방을 에워싼 듯하다.
4) 陝北(섬북) : 섬주(陝州)의 북쪽.
5) 심주 : 풍경 묘사가 웅장하고 광활하다.(寫景雄闊.)
6) 關西(관서) : 함곡관의 서쪽.
7) 酒榼(주합) : 술통. ○緣(연) : 기대다. ○青壁(청벽) : 이끼나 덩굴이 덮여 있는 암벽.
8) 鄉園(향원) : 고향의 동산. 장안을 가리킨다.

6월 13일 물가 정자에서 현으로 돌아가는
화음 왕 소부를 보내며(六月十三日, 水亭送華陰王少府還縣)[9]

亭晩人將別,	정자에 저녁이 오니 그대 떠나려 하는데
池凉酒未酣.	연못이 서늘하여 취기가 오르지 않아라
關門勞夕夢,	동관(潼關)이 저녁 꿈에 번거로이 나타나는데
仙掌引歸驂.[10]	화산의 선인장 봉우리가 돌아가는 수레를 인도하리
荷葉藏魚艇,	연잎이 작은 배를 가리고
藤花胃客簪.[11]	등나무의 꽃이 그대 비녀를 붙드네
殘雲收夏暑,	남은 구름이 여름의 더위를 거두고
新雨帶秋嵐.[12]	막 내린 비에 가을 안개 일어나네
失路情無適,[13]	길을 잃어 마음 편하지 않은데
離懷思不堪.	헤어지는 정이 견디기 어려워라
賴玆庭戶裏,	여기 마당과 문에 의지하여 있으니
別有小江潭.[14]	또 하나의 작은 강호가 있어라

평석 잠삼이 동관 밖에서 장안을 그리워하였기에 꿈에 번거롭게 나타났다고 했다. 왕 소부가 화음으로 돌아가면서 화산의 선인장 봉우리를 지나가니 그 봉우리가 마치 돌아가는 수레를 인도하는 것 같다. 제3, 4구는 이별의 뜻을 지극히 잘 보였다.(蓋在關外思長安, 故夢爲

---

9) 水亭(수정) : 물가의 정자. 잠삼의 시를 보면 괵주의 군재(郡齋) 안에 있는 남지(南池)에 소재했다. ○王少府(왕소부) : 왕계우(王季友)를 가리킨다. 당시 화음위(華陰尉)로 있었다.
10) 仙掌(선장) : 화산의 동봉(東峰)에 나타난 신선의 손바닥 모양의 흔적. ○歸驂(귀참) : 돌아가는 수레. 참(驂)은 수레 양옆에 있는 결말.
11) 胃(견) : 얽다. 옭다.
12) 秋嵐(추람) : 가을 산의 남기(嵐氣).
13) 失路(실로) : 길을 잃다. 뜻을 얻지 못하다. ○無適(무적) : 마음이 가는 곳이 없음. 마음이 즐겁지 않음.
14) 심주 : 물가의 정자를 가볍게 묘사했다.(輕點水亭.)

之勞, 王歸華陰, 路從仙掌, 若引歸驂也. 三四極見用意.)

해설 물가의 정자에서 친구를 보내며 쓴 송별시이다. 제3구는 자신이 장안을 그리워함을 나타내고, 제4구는 친구가 화음으로 돌아가는 모습을 그렸다. 길을 잃었다(失路)고 한 데서 알 수 있듯이 잠삼이 괵주장사로 있는 때는 실의에 잠긴 어려운 시기였다.

항주에 부임하러 가는 노 낭중을 보내며(送盧郎中除杭州之任)[15]

罷起郎官草,[16]	문서를 기초하던 낭관의 일을 마치고
初分刺史符.[17]	이제 막 자사의 부신(符信) 분절하여 받았네
海雲迎過楚,[18]	바다의 구름은 초 지방을 지나가는 그대 맞이하고
江月引歸吳.	강 위의 달은 오 지방으로 돌아가는 그대 이끄리
城底濤聲震,[19]	성벽 아래 파도 소리가 진동하고
樓頭蜃氣孤.[20]	누대에는 신기루가 높이 솟으리
千家窺驛舫,[21]	집집마다 역참의 배를 들여다보고
五馬飮春湖.	수레를 타고 봄이 온 호수에서 술을 마시리

---

15) 盧郎中(노랑중) : 노유평(盧幼平). 범양(范陽, 북경시) 사람으로, 병부랑중, 항주자사, 태자빈객 등을 역임하였다. ○ 除(제) : 새로운 관직을 임명하다. 옛것을 없애고 새것을 갈다(除舊布新)는 뜻을 취하였다.

16) 郎官草(낭관초) : 상서성의 낭관은 주로 문서의 초안을 작성한다.

17) 刺史符(자사부) : 자사의 부신(符信). 당대에는 동어부(銅魚符)를 사용하였다.

18) 過楚(과초) : 초 지방을 지나다. 장안에서 항주 가는 길에 거치는 하남성 동부, 안휘성 북부, 강소성 등은 전국시대 초나라 강역이었다.

19) 濤聲(도성) : 파도 소리. 항주 지역에 유명한 조수인 절강조(浙江潮)를 가리킨다.

20) 蜃氣(신기) : 신기루. 광선의 굴절로 인해 하늘이나 지상에 만들어지는 기이한 환영. 고대인들은 이무기(蜃)가 뿜어내는 입김 때문에 이루어졌다고 생각하였다. 오늘날에도 영파(寧波)에는 이 현상이 일어난다.

21) 驛舫(역방) : 물가 역참의 배. 당대 규정으로는 각 역마다 2~4척 갖추어야 하며, 배마다 장정 세 명이 관리한다.

柳色供詩用,	버들 빛이 시를 쓰는데 제재가 되고
鶯聲送酒須.22)23)	꾀꼬리 소리가 술 마시는 흥취를 더해주리
知君望鄕處,	내 아노니 그대가 고향을 바라보기 위하여
枉道上姑蘇.24)	길을 돌아 고소산에 오르는 것을

해설 항주자사가 되어 떠나는 노유평(盧幼平)을 보내며 지은 시이다. 가는 길의 여로와 임지의 풍광을 썼으며, 후반부에서는 강남의 풍광 속에 시와 술을 마시는 모습을 그렸다. 말미에서는 망향의 정을 기탁하였다.

검남도를 지휘하러 가는 곽 복야를 보내며(送郭僕射節制劍南)25)

鐵馬擐紅纓,26)	철갑을 입은 전마가 붉은 끈을 매고
幡旗出禁城.27)	깃발 든 의장대가 궁성을 나선다
明王親授鉞,	밝은 군주가 친히 부월을 내리시니
丞相欲專征.28)	승상이 전권을 가지고 출정한다
玉饌天廚送,29)	진귀한 음식이 어선방에서 나오고

---

22) 심주 : 이 구는 불안정하면서도 안정되었다.(句不穩而穩.)
23) 須(수) : 쓰다. 소용되다.
24) 姑蘇(고소) : 고소산. 소주(蘇州)에 소재.
25) 郭僕射(곽복야) : 곽영예(郭英乂). 과주(瓜州) 진창(晉昌, 감숙 安西) 사람. 763년 상서우복야가 되고 정양군왕(定襄郡王)에 봉해졌다. 765년 검남절도사 엄무가 죽자 후임으로 부임하였다. 복야(僕射)는 상서성의 장관. ○ 節制劍南(절제검남) : 검남도를 지휘하다. 검남절도사가 되다. 치소는 성도.
26) 擐(환) : 입다. 걸치다.
27) 幡旗(번기) : 절도사의 의장. ○ 禁城(금성) : 궁성.
28) 丞相(승상) : 곽 복야를 가리킨다. 당대에는 상서령은 직위만 있는 경우가 많았고 좌복야, 우복야, 중서령, 시중이 상서령을 겸직하였다. 겸직할 때는 동중서문하평장사 또는 참지기무 등의 이름을 붙였다. ○ 專征(전정) : 제후 또는 장수가 천자의 허락을 받아 전권을 가지고 출정하다.
29) 玉饌(옥찬) : 진귀한 음식. ○ 天廚(천주) : 황궁의 주방.

金杯御酒傾.	황금 술잔에 어주가 기울어진다
劍門乘險過,	검문에선 험준한 길 지나고
閣道踏空行.[30]	잔도에선 허공을 밟으며 지나가
山鳥驚吹笛,	산새들은 취주 소리에 놀라고
江猿看洗兵.[31]	강가의 원숭이들은 병기 씻는 걸 보리라
曉雲隨去陣,	새벽 구름은 진지를 따라가고
夜月逐行營.	밤의 달은 병영을 따라 가리
南仲今時往,[32]	남중(南仲)과 같은 그대가 지금 가니
西戎計日平.[33]	서융이 평정될 날 손꼽을 수 있으리
將心感知己,	장수의 마음을 알아주는 주상이 있어
萬里寄懸旌.[34]	만 리 멀리 깃발을 휘날리며 가노라

해설 검남절도사로 출임하는 곽영예(郭英乂)를 보내며 지은 시이다. 화려한 의장대 행렬로 그 위엄을 표현하고 조정에서 주상의 신임을 받는 것으로 군기를 나타내었다. 중간에 여정의 풍광을 묘사한 부분이 뛰어나다. 765년 5월 장안에서 지었다.

---

30) 閣道(각도) : 잔도.
31) 洗兵(세병) : 병기를 씻다.
32) 南仲(남중) : 서주(西周) 초기 문왕(文王) 때의 장군 이름. 주 선왕이 남중을 보내 서방(徐方)을 정벌하게 하였다. 여기서는 곽영예를 비유한다.
33) 西戎(서융) : 서방의 이민족. 티베트를 가리킨다. ○計日(계일) : 날짜를 세다. 짧은 기간을 나타낸다.
34) 懸旌(현정) : 깃발을 휘날리다.

조영(祖詠)

청명절에 사훈 유 낭중 별장에서 잔치를 벌이며(清明宴司勳劉郎中別業)[1]

田家復近臣,	농가에 살면서 동시에 군주 옆의 신하인데
行樂不違親.[2]	행락을 하여도 부모를 거스르지 않는구나
霽日園林好,	날이 개어 정원이 좋은데
清明煙火新.[3]	청명절이라 새 불을 피우는구나
以文常會友,[4]	시문으로 항시 친구를 사귀고
唯德自成鄰.[5]	덕망이 있어 절로 이웃이 생기네
池照窗陰晩,	연못이 창문의 그늘을 비추는 저녁
杯香藥味春.	술잔에 약의 맛이 향기로운 봄
欄前花覆地,	난간 앞에는 꽃이 땅을 덮고
竹外鳥窺人.	대숲 밖에서 새가 사람을 엿보네
何必桃源裏,	어찌 도화원에 들어가
深居作隱淪![6]	은사로 살아갈 필요가 있으랴!

---

1) 清明(청명) : 청명절. 절기의 하나. 양력 4월 5일 전후에 해당한다. 날씨가 온화해지고 맑아 파종하는 시기로 알려졌다. 고대에는 답청(踏青)과 성묘 등의 풍속이 있었다. ○ 司勳(사훈) : 상서성 이부(吏部)에 속한 관직. 관리들의 공훈을 담당한다. ○ 郎中 (낭중) : 상서성 육부의 실무 장관.
2) 不違親(불위친) : 부모를 위배하지 않는다.
3) 煙火新(연화신) : 불이 새롭다. 청명절의 하루 또는 이틀 전은 한식이므로 불을 금하였기에, 청명일에 새로 불을 취하였음을 말한다.
4) 以文(이문) 구 : 『논어』 「이인」(里仁)에 "군자는 글로 벗을 사귀고, 벗을 통하여 자신의 인덕을 증진한다"(君子以文會友, 以友輔仁.)는 말이 있다.
5) 唯德(유덕) 구 : 덕이 있으면 외롭지 않고 따르는 사람이 많다. 『논어』 「이인」(里仁)에 "덕은 외롭지 않으니, 반드시 이웃이 있다"(德不孤, 必有隣.)는 말이 있다.
6) 隱淪(은륜) : 은사(隱士).

해설 청명절 유 낭중의 별장에서의 모임을 기록하였다. 전반부는 사람들의 활동을 서술하였고, 후반부는 자연의 모습을 주로 그렸다. 특히 '대숲 밖에서 새가 사람을 엿보네'는 새의 시각으로 모임을 바라보는 묘사를 채용함으로써, 대상을 더욱 입체적이고 생생히 그려낼 수 있었다.

장위(張謂)

여러 시인의 「운공선사에서 놀며」에 화답하다(同諸公遊雲公禪寺)

共許尋鷄足, [1)2)]	함께 계족산을 찾아가기로 하였으니
誰能惜馬蹄?	누가 발품 파는 걸 아까워하리?
長空淨雲雨,	먼 하늘에 구름과 비가 깨끗하고
斜日半虹霓.	기운 해에 무지개가 반이 걸렸네
檐下千峰轉,	처마 아래 천 개의 봉우리가 돌아가고
窓前萬木低.	창 앞에 만 그루의 나무가 낮게 서 있어
看花尋徑遠,	꽃을 보려고 샛길을 멀리 찾아가고
聽鳥入林迷.	새 소리 들으려 숲 속을 헤매네
地與喧卑隔,	땅은 소란스런 속세와 격절되었으니
人將物我齊. [3)]	사람은 사물과 구분 없이 하나로다
不知樵客意, [4)]	나무꾼의 뜻을 알지 못하겠나니

----

1) 심주: 산 이름.(山名.)
2) 鷄足(계족): 인도에 있는 산. 부처의 제자 가섭존자가 입적한 곳. 여기서는 운공선사가 있는 산을 가리킨다.
3) 物我齊(물아제): 나와 사물이 하나이다. 『장자』「제물론」(齊物論)에 "천지는 나와 함께 생겼고, 만물은 나와 하나이다"(天地與我幷生, 而萬物與我爲一.)는 말이 있다.

何事武陵溪?⁵⁾   무슨 일로 무릉의 시내를 찾으려 하는가?

해설 운공선사를 찾아가 유람한 일을 적었다. 주로 사찰 주위의 한적하고 그윽한 풍광에 필묵을 할애하면서 함께 간 사람들의 모습에 대해서는 첫머리 이외에는 언급하지 않았다. 말미에서 도화원보다 더 나은 곳으로 치는 것은 바로 앞의 조영의 시와 같다.

이백(李白)

무창으로 가는 저옹을 보내며(送儲邕之武昌)¹⁾

黃鶴西樓月, ²⁾   황학루 서쪽의 달
長江萬里情.   장강 만 리의 마음
春風三十度,   봄바람이 서른 번이나 불어오니
空憶武昌城.   부질없이 무창성이 생각나누나
送爾難爲別,   그대를 보내며 차마 헤어지기 어려워
銜杯惜未傾.   술잔을 입에 물고 기울이지 못할레라
湖連張樂地, ³⁾   호수는 황제(黃帝)가 연주한 동정(洞庭)과 이어지고

---

4) 樵客(초객) : 나무꾼. 은사를 가리킨다.
5) 武陵溪(무릉계) : 도원명의 「도화원기」에 나오는, 어부가 배를 타고 강을 거슬러 올라 찾아간 마을.
1) 儲邕(저옹) : 미상. ○武昌(무창) : 악주(鄂州)의 속현. 지금의 호북성 악성현(鄂城縣).
2) 黃鶴(황학) : 황학루. 지금의 호북성 무한시 장강 남쪽에 소재.
3) 張樂(장악) : 음악을 연주하다. 『장자』 「천운」(天運)에 "임금이 함지의 음악을 동정의 들에서 연주하였다"(帝張咸池之樂於洞庭之野.)는 말이 있다. 사조(謝朓)의 「신정의 물가에서 범운과 헤어지며」(新亭渚別范零陵)에서 "동정의 들은 음악을 연주하는 곳,

山逐泛舟行.	산은 흔들이는 배를 따라 내려가누나
諾爲楚人重,⁴⁾	자신의 말은 계포(季布)처럼 반드시 지켰고
詩傳謝朓淸.⁵⁾	시는 사조(謝朓)처럼 청려(淸麗)하다 전해지지
滄浪吾有曲,	나에게도 한 곡조 〈창랑가〉가 있으니
寄入棹歌聲.	뱃노래 소리에 부쳐보련다

평석 고풍으로 첫머리를 시작하여 장율로 만들었으니, 이백의 천재다움은 법칙에 구애받지

않는다(以古風起法, 運作長律, 李白天才, 不拘繩墨乃爾!)

해설 무창으로 가는 저옹을 보내며 지은 송별시이다. 무창에 대한 그리움과 이별에 대한 안타까움을 표현했다. 첫 2구는 서쪽으로 가는 달로 저옹의 행동을 비유하고 장강으로 자신의 우정을 비유하였다. 중간에서 배를 따라 산이 흘러간다는 착시가 신선하다. 고시의 풍격이 있어 운행이 자유롭고 유창하다.

월중 산수를 찾아가는 친구를 보내며(送友人尋越中山水)⁶⁾

聞道稽山去,⁷⁾	듣자하니 회계산으로 간다는데
偏宜謝客才.⁸⁾	사령운의 재주가 있는 그대가 갈만 하지

소수와 상수는 요 임금의 딸이 놀던 곳(洞庭張樂地, 瀟湘帝子遊.)이라 하였다.

4) 諾爲(낙위) 구: 초 지방 사람들은 믿음을 중요시한다. 초 지방 속담에 "황금 백 근을 얻는다 해도 계포의 응낙을 얻느니만 못하다'(得黃金百斤, 不如得季布一諾.)란 말이 있다. 『사기』 「계포열전」 참조.

5) 謝朓(사조): 남조의 제(齊)나라 시인. 시풍이 청려(淸麗)하다는 평을 받았다.

6) 越中(월중): 춘추시대 월나라 도성. 당대의 월주(越州) 치소. 지금의 절강 소흥 일대.

7) 稽山(계산): 회계산. 소흥시 동남에 소재한다.

8) 謝客(사객): 사령운(謝靈運). 그의 아명(兒名)이 '객아(客兒)였다. 여기서는 친구를 가리킨다.

千巖泉灑落,　　　　천 개의 바위 사이에 폭포가 떨어지고

萬壑樹縈回.　　　　만 개의 골짜기에서 나무들이 돌아가리라

東海橫秦望,[9]　　　동해가 진망산 앞에 멀리 가로누워있고

西陵繞越臺.[10]　　서릉의 성벽이 월왕대 주위에 둘러 있으리

湖清霜鏡曉,　　　　호수가 거울처럼 맑은 새벽

濤白雪山來.　　　　파도가 설산처럼 무너지며 오리라

八月枚乘筆,[11]　　팔월의 관도(觀濤)를 쓴 매승처럼 붓을 휘두르고

三吳張翰杯.[12]　　오 지방에 돌아간 장한처럼 술잔을 기울이리

此中多逸興,　　　　이 기운데 빼어난 흥취가 많을지니

早晚向天台?　　　　조만간 다시 천태산으로 가리라

평석 월중의 산수는 특히 회계를 손꼽는데, 당시 항주는 오(吳)에 속하였다.(越中山水, 獨數會稽, 此時杭州屬吳.)

해설 월중 산수의 아름다움을 찬미하고 친구의 재능을 칭송하였다. 이백은 월중 산수를 좋아하였고 시도 많이 남겼으며, 당대 문인들도 이 지역을 유람하는 것을 하나의 유행으로 여겼다. 이백의 친구가 월중에 가는 이유도 유람인 것으로 보인다.

---

9) 秦望(진망) : 진망산. 소흥시 남쪽에 소재한다.
10) 西陵(서릉) : 춘추시대 월나라 범려가 지은 고릉성(固陵城) 유적지. 지금의 항주시 소산(蕭山) 소재. ○越臺(월대) : 월왕대. 월왕 구천이 세웠다. 회계산 위에 소재.
11) 八月(팔월) 구 : 매승(枚乘)이 「칠발」(七發)에서 팔월에 관도(觀濤)한 일을 가리킨다.
12) 張翰杯(장한배) : 장한의 술잔. 서진의 오군(吳郡) 사람 장한이 제왕(齊王)의 초빙을 받았으나 낙양에 가을바람이 불자 오 지방의 순채국과 농어회가 생각나 벼슬을 그만두고 귀향했다는 일을 말한다.

가을날 장 소부와 초성 위공의
높은 장서루에서 지음(秋日與張少府楚城韋公藏書高齋作)[13]

日下空亭暮,	해가 떨어져 빈 정자가 적막한데
城荒古跡餘.	황량한 성에 유적이 많아라
地形連海盡,	땅의 형세는 낮게 바다에 이어져 끝나고
天影落江虛.	하늘의 빛은 강가에 드리워져 희미해라
舊賞人雖隔,	예전에 함께 놀던 친구는 비록 떨어져 있어도
新知樂未疏.	새로 사귄 사람들과는 즐거움이 돈독하네
彩雲思作賦,[14]	채색 구름에 송옥처럼 부(賦)를 구상하고
丹壁問藏書.	붉은 벽의 장서루에서 책을 둘러보네
楂擁隨流葉,[15]	뗏목은 나뭇잎과 함께 흘러가고
萍開出水魚.	부평 사이로 물고기들이 나오는구나
夕來秋興滿,	저녁 되어 가을의 흥취 가득한데
回首意何如?	오늘의 일 돌아보니 그 뜻이 어떠한가?

해설 심양에서 장 소부와 위공을 방문한 일을 그렸다. 만년에 영왕(永王)의 군영에 들어간 전후에 심양에 머문 때가 많았는데, 사면되어 돌아온 후인 760년경에 지은 것으로 보인다.

---

13) 張少府(장소부) : 미상. 소부는 현위(縣尉)의 별칭. ○ 楚城(초성) : 초성현. 634년 심양 (潯陽)으로 병합되었다. 지금의 강서성 구강시. ○ 韋公(위공) : 미상.
14) 彩雲(채운) 구 : 전국시대 송옥(宋玉)이 「고당부」(高唐賦)를 지은 일을 환기한다.
15) 楂(사) : 뗏목.

가을날 양주 서령탑에 올라(秋日登揚州西靈塔)[16]

寶塔凌蒼蒼,　　　　　보탑이 푸른 하늘 위에 솟아있어
登攀覽四荒.[17]　　　　올라가 사방의 끝을 둘러보노라
頂高元氣合,　　　　　꼭대기가 높아 우주의 혼돈한 기운이 닿고
標出海雲長.[18]　　　　첨탑이 높이 솟아 바다 구름 위로 올랐다
萬象分空界,[19]　　　　일체의 현상은 모두 허공에서 나오고
三天接畫梁.[20]　　　　온갖 세계가 화려한 들보와 접해 있네
水搖金刹影,[21]　　　　물은 당간의 그림자를 흔들고
日動火珠光.[22]　　　　해는 화주(火珠)에서 빛을 내게 하네
鳥拂瓊簾度,　　　　　새는 구슬주렴을 흔들고 지나가고
霞連繡栱張.[23]　　　　노을은 수놓인 두공과 이어져 펼쳐지네
目隨征路斷,　　　　　눈은 길을 따라가다 끊어지고
心逐去帆揚.　　　　　마음은 떠나는 배를 따라 날아가노라
露浴梧楸白,　　　　　이슬에 덮여 오동나무와 가래나무가 하얗고
霜催橘柚黃.　　　　　서리에 귤과 유자가 노랗게 변해간다
玉毫如可見,[24]　　　　여래의 눈썹 사이의 옥호를 볼 수 있다면
於此照迷方.[25]　　　　바로 여기에서 내 미망을 비추어 없애리라

---

16) 西靈塔(서령탑) : 서령사탑(棲靈寺塔). 수 문제(隋文帝) 때 세운 것으로, 지금의 양주 서북에 소재한다.
17) 四荒(사황) : 사방의 황벽하고 머나먼 곳.
18) 標(표) : 뛰어나온 끝. 여기서는 절의 탑.
19) 空界(공계) : 불교에서 말하는 육계(六界) 가운데 하나. 광대무변한 허공을 말한다.
20) 三天(삼천) : 불교에서 말하는 욕계, 색계, 무색계. 여기서는 허공을 가리킨다.
21) 金刹(금찰) : 찰간(刹竿) 또는 찰주(刹柱)라고도 한다. 당간(幢竿).
22) 火珠(화주) : 궁전이나 사찰의 용머리 중앙에 설치한 장식용의 구슬. 화염이 두 개나 네 개, 도는 여덟 개가 붙는다. 불탑 위에 장식한 구슬을 가리키기도 한다.
23) 栱(공) : 두공. 기둥 위에서 처마를 받드는 까치발의 목조 구조.
24) 玉毫(옥호) : 부처의 두 눈썹 사이에 있는 흰 털. 여기에서 빛을 발하면 시방 세계를 비춘다고 한다.
25) 迷方(미방) : 미혹의 처지. 미망의 세계. 번뇌.

평석 첫머리가 뛰어나니 고시의 필법으로 율시를 만들 수 있다.(入手高超, 能以古筆爲律體.)

해설 양주 서령사탑에 올라 바라본 풍광과 감개를 썼다. 첫머리에서는 주로 탑의 높이를 관념적 높이까지 올려서 썼고, 탑을 우주의 중심으로 그려 그 실체를 강조하였다. 이어서 탑에서 바라본 원경과 근경을 쓰고, 말미에서는 불교에 대한 정신적 귀의를 표현하였다.

어사중승 송공이 오 지방 군사를 이끌고 하남으로 가다가 심양에 머물면서 갇힌 나를 풀어주고 막부의 참모로 삼았으니 이에 이 시를 증정하다(中丞宋公以吳兵赴河南, 軍次尋陽, 脫余之囚, 參謀幕府, 因贈之)[26]

獨坐清天下,[27]	조정의 대신이 천하를 맑게 하고자
專征出海隅.[28]	전권을 가지고 연해 지역으로 나갔어라
九江皆渡虎,[29]	구강에서는 덕정에 호랑이도 강 건너 떠나고
三郡盡還珠.[30]	다스린 고장에선 청렴에 진주가 다시 났더라

---

26) 宋公(송공) : 송약사(宋若思). 이백의 친구인 송지제(宋之悌)의 아들. 756년 6월 어사중승이 되었고, 757년 강남서도채방사 및 선성태수가 되었다. ○ 河南(하남) : 하남도(河南道). 지금의 하남성과 산동성을 중심으로 안휘성과 강소성의 일부를 포함한다.

27) 獨坐(독좌) : 삼독좌(三獨坐). 동한 때 조정의 조회에서 어사중승, 사예교위, 상서령 등 세 사람에게 별도의 자리를 주어 앉게 하고, 나머지 백관은 자리를 이어서 앉게 하였다. 보통 고관을 말하며, 여기서는 송약사를 가리킨다.

28) 專征(전정) : 전권을 가지고 출전하다. ○ 海隅(해우) : 연해 지역.

29) 九江(구강) 구 : 동한 때 구강군에 호랑이가 많아 백성들의 근심이 되었다. 호랑이를 잡기 위해 함정과 우리를 설치하였으나 더욱 해가 심하였다. 송균(宋均)이 구강태수로 부임하여 탐관오리를 축출하고 현능한 사람을 선발하여 덕정을 베풀었으며 함정과 우리를 없앴다. 이에 맹호가 무리를 이끌고 강을 건너 떠나갔다. 여기서는 송약사의 덕정을 비유하였다.

30) 三郡(삼군) : 송약사가 부임하는 곳을 가리킨다. ○ 還珠(환주) : 진주가 다시 돌아오다. '합포주환(合浦珠還)'의 고사. 동한 때 합포군(合浦郡, 지금의 광서성)에 진주가 많이 났는데, 당시 태수들이 지나치게 캐어내자 진주들이 점점 교지(交趾) 쪽으로

組練明秋浦,[31)	병사들이 입은 흰 전포에 추포(秋浦)가 밝고
樓船入郢都.[32)	누대 올린 군선이 영도(郢都)에 들어가네
風高初選將,	바람이 높을 때 장수를 선발했는데
月滿欲平胡.[33)	달이 찰 때 오랑캐가 거의 평정되었구나
殺氣橫千里,	살기가 천 리를 가로지르고
軍聲動九區.[34)	군대의 위세가 구주를 진동하네
白猿慚劍術,[35)	검술은 백원(白猿)이 부끄러워하고
黃石借兵符.[36)	병법은 황석공(黃石公)이 전수해주었지
戎虜行當剪,[37)	오랑캐는 장차 제거될 것이고
鯨鯢立可誅.[38)	고래들도 당장 주살되어 없어지리
自憐非劇孟,[39)	스스로 극맹 같은 사람이 아님이 안타까우니
何以佐良圖?	어떻게 뛰어난 책략을 보좌할 수 있을까?

평석 『사기』에 기록했다. "오초칠국의 난 때 조후 주아부(周亞夫)가 극맹을 얻고는 기뻐 말

가버렸다. 맹상(孟嘗)이 태수로 부임한 후에 이러한 폐해를 없애니 일 년이 채 되지
않아서 진주들이 돌아왔다. 일반적으로 관리의 청렴과 뛰어난 행정을 의미한다. 『후
한서』「순리열전」(循吏列傳) 참조.

31) 組練(조련) : 조갑(組甲)과 피련(被練). 갑옷과 전포. 고대 병사들이 입는 두 종류의
옷. ○秋浦(추포) : 선주(宣州)의 속현. 지금의 안휘성 귀지시(貴池市).

32) 郢都(영도) : 초나라의 도성. 지금의 호북성 강릉(江陵).

33) 심주 : 오랑캐를 신속하게 평정함을 말했다.(言平胡之速.)

34) 九區(구구) : 구주(九州). 전국을 가리킨다.

35) 白猿(백원) 구 : 월나라 처녀가 검술을 잘하였는데, 길에서 원공(袁公)이라는 노인을
만나 검술 시합을 하였다. 노인이 이기지 못하자 나무 위로 날아가더니 원숭이로 변
하였다. 『오월춘추』 참조. 여기서는 송약사와 그의 군사의 무예를 칭송하였다.

36) 黃石(황석) 구 : 황석공이 병서를 주다. 진나라 말기 장량(張良)은 황석공으로부터 병
서 『태공병법』(太公兵法)을 받았으며, 이후 유방을 보좌하여 중국을 통일하였다. 『사
기』「유후세가」(留侯世家) 참조. ○兵符(병부) : 병법.

37) 行(행) : 장차.

38) 鯨鯢(경예) : 고래. 경(鯨)은 수컷, 예(鯢)는 암컷. 안사의 난을 일으킨 반란군 장수들
을 가리킨다.

39) 劇孟(극맹) : 한대의 유명한 협사. 낙양 사람으로 호협의 이름이 높았다. 주아부를 도
와 난을 평정하였다. 여기서는 이백이 자신을 낮추어 송약사를 칭송하였다.

하였다. '오초칠국이 극맹과 같은 인재를 기용하지 않았으니 그들의 무능을 알겠노라!' 시에
서는 감옥에서 구해준 데 대한 감사의 말이 별로 없는 대신 자신이 극맹이 아닌 점을 전했
으니 주제가 적절한 형식을 갖추었다.(史記 : "吳楚反時, 條侯至河南, 得劇孟, 喜曰 : '吳楚不求
孟, 知其無能爲矣!'" 語中不多感謝脫囚, 而第言己非劇孟, 立言有體.)

해설 이백이 영왕 이린의 모반에 참가한 결과 심양의 옥에 갇혔을 때, 어사
중승 송약사(宋若思)와 재상 최환(崔渙)의 도움으로 석방되었으며, 송약사는
이백을 그의 막부에 참모로 임용하였다. 이백은 위 시로 그 감격을 표시하
였다. 주로 송약사의 능력과 덕정을 찬미하는데 필묵을 할애하였다.

두보(杜甫)

평석 오언장율은 진자앙, 두심언, 심전기, 송지문 등이 간결과 노련을 위주로 하고, 장열, 소
정, 장구령이 전아와 박대를 숭상하였다. 두보가 나와 이를 넓히니 정신이 충만하고 기상이
창달하여 인간세계의 위업을 최대한으로 드러내었다. 후대의 시인 중에 그렇게 할 수 있는
사람이 없었다.(五言長律, 陳杜沈宋簡老爲宗, 燕許曲江詣崇典碩, 老杜出而推廣之, 精力團聚,
氣象光昌, 極人間之偉觀, 後有作者, 莫能爲役.)

겨울날 낙양성 북쪽 현원황제 사당을 참배하며(冬日洛城北謁玄元皇帝廟)[1][2]

配極[3]玄都閟,[4]	북극성과 짝하여 노자 사당은 고요하고
憑高禁籞長.[5]	높은 곳에 의지하여 금원의 담장이 길어라
守祧嚴具禮,[6]	조묘(祖廟)를 지키는데 예절이 장엄하고
掌節鎭非常.[7]	부절을 관장하며 이외의 사태에 대비하는구나
碧瓦初寒外,	푸른 기와에 초겨울의 추위가 머물고
金莖一氣傍.[8]	청동 기둥에 천지의 기운이 모여드니
山河扶繡戶,	산하는 화려한 문을 보위하고
日月近雕梁.	해와 달은 조각한 들보에 가까워라
仙李盤根大,[9]	신령스런 오얏나무는 뿌리 틀고 크게 자라
猗蘭奕葉光.[10]	의란전의 황제가 여러 세대에 걸쳐 빛냈어라
世家遺舊史,[11]	『사기』에서는 노자를 '세가'에 넣지 않았지만

---

1) 원주 : "사당에는 오도자가 그린 「오성도」가 있다."(原注 : "廟有吳道子畫五聖圖.")

2) 玄元皇帝廟(현원황제묘) : 노자 사당. 당 고종은 666년(乾封 원년) 노자를 태상현원황제로 추존하고 자신의 선조라고 하였으며, 현종은 741년 낙양과 장안을 비롯하여 각 주에 현원황제 사당을 세우도록 하였다. 743년 낙양 북망산에 있는 노자 사당을 태미궁(太微宮)이라 개명하였다. 현종은 749년에 고조 등을 오성(五聖)으로 추존하였으므로 이때 지은 것으로 보인다.

3) 심주 : 북극성과 짝하다.(配北極也.)

4) 玄都(현도) : 노자가 천상에 거처하는 곳. 여기서는 노자 사당을 가리킨다. ○ 閟(비) : 조용하다. 그윽하다.

5) 심주 : 금원의 보위.(禁苑之遮衛.)

6) 祧(조) : 원조(遠祖)의 사당. 조묘(祖廟). 노자 사당을 가리킨다. ○ 具禮(구례) : 예의에 따라 음식을 진열하다.

7) 掌節(장절) : 부절을 관장하다. ○ 非常(비상) : 의외의 사태.

8) 金莖(금경) : 승로반을 받치고 있는 청동 기둥. ○ 一氣(일기) : 천지의 기운. 여기서는 하늘을 가리킨다.

9) 仙李(선리) : 신령스러운 오얏나무. 『신선전』에 의하면 노자는 태어나면서 말을 하였고, 오얏나무를 가리키며 "이것으로 내 성으로 하자"라 하였다.

10) 猗蘭(의란) : 의란전. 한 무제가 태어난 곳. 여기서는 당 현종을 가리킨다. ○ 奕葉(혁엽) : 여러 세대.

11) 심주 : 『사기』에서는 노자를 「세가」에 싣지 않고 「열전」에 넣었다.(史記不載於世家,

道德付今王.[12] 『도덕경』은 지금의 군주께서 주석하셨네

畵手看前輩, 화가들 가운데 전대의 사람들을 보니

吳生遠擅場.[13] 오도자가 여럿 가운데 멀리 출중하였어라

森羅移地軸,[14] 대지의 만상을 빽빽하게 벽으로 옮겨와

妙絶動宮牆. 신묘한 형상들은 벽담을 뒤흔드네

五聖聯龍袞,[15][16] 다섯 황제는 곤룡포를 나란히 하고

千官列雁行.[17] 백관들은 기러기처럼 늘어섰네

晃旒俱秀發,[18] 면류관이 모두 빼어나고 빛나며

旌斾盡飛揚.[19] 깃발들이 하나같이 나부끼는구나

翠柏深留景,[20] 비췻빛 측백나무는 짙은 그림자를 남기고

紅梨迥得霜. 붉은 배나무 잎은 서리를 받아 시들었구나

風箏吹玉柱,[21] 풍경은 옥 기둥 사이에서 울리고

露井凍銀床.[22] 우물의 난간은 얼어서 은빛으로 변하였네

身退卑周室,[23] 몸은 주나라가 쇠락하자 물러나왔고

在列傳中也.)

12) 道德(도덕) 구 : 현종은 733년에 직접 『노자』를 주석하였다.

13) 吳生(오생) : 오도자(吳道子). 개원 연간에 궁중에 들어갔으며 오도현으로 이름을 바꾸고 내교박사(內敎博士)가 되었다. ○擅場(천장) : 현장을 압도하다. 기예가 출중하다.

14) 森羅(삼라) : 빽빽하게 늘어서다. ○地軸(지축) : 대지의 축. 여기서는 대지를 가리킨다.

15) 심주 : 고조, 태종, 고종, 중종, 예종을 오성이라 한다.(高祖、太宗、高宗、中宗、睿宗爲五聖.)

16) 龍袞(용곤) : 제왕의 조복. 용 모양이 수 놓여 있다.

17) 千官(천관) : 그림 속의 수많은 관원들.

18) 晃旒(면류) : 면류관. 황제의 관. ○秀發(수발) : 정신과 외양이 훤출하다.

19) 旌斾(정패) : 그림 속의 깃발과 의장. 정(旌)은 깃봉에 오색 깃털이 장식된 깃발이고, 패(斾)는 여러 색으로 깃 폭 테두리를 장식한 깃발.

20) 심주 : 겨울해가 남기는 그림자.(冬日景.)

21) 심주 : 처마의 풍경 종류이다.(檐鈴之類.)

22) 露井(노정) : 덮개가 없는 우물. ○銀床(은상) : 우물 난간.

23) 卑周室(비주실) : 주나라 조정이 쇠락하다. 周室卑(주실비)의 도치. 노자는 주나라의 주하사(柱下史, 어사)였다가 수장사(守藏史)가 되었으며, 주나라가 쇠미해지자 떠났다. 『사기』 「노자열전」 참조.

經傳拱漢皇.[24)25)]   경전은 한나라 문제에게 전해졌어라

谷神如不死,[26)]   만약 지금도 곡신과 같이 노자가 살아있다면

養拙更何鄕?[27)]   그 어느 곳에서 은거하며 살고 있을까?

평석 전편에 풍자가 있는데 말미에서 더욱 완곡하다. 노자의 학문을 보면 '곡신은 죽지 않는다'를 위주로 하는데, 과연 그러하다면 지금 무하유지향에서 은거하며 이름을 숨기고 있을 터인데 어찌하여 제왕이 숭배하고 제사하는 영광을 누리고 있는가! 비록 은미하지만 그 의미는 분명하다.(通體含諷, 末尤婉曲. 見老子之學, 以谷神不死爲主, 如其果然, 方養拙藏名於無何有之鄕, 而豈以帝王崇祀爲榮耶! 微而顯矣.)

해설 낙양의 북망산에 있는 노자 사당을 찾은 감회를 썼다. 사당의 장엄한 모습과 벽화의 빼어남을 그리고, 풍경의 장려함과 노자의 가르침을 생각하였다. 정연한 대우 속에 전아한 언어로 생생한 인상을 만들어 내었다. 심덕잠은 풍자의 뜻을 완곡히 나타냈다고 했는데, 노자 자신과 노자가 말한 곡신은 다른 것이므로 오히려 노자를 그리워하는 것으로 보아야 할 것이다. 749년 겨울에 지었다.

---

24) 심주 : 하상공이 한 문제에게 도덕경의 깊은 뜻을 전하였다.(河上公授漢文道德經奧旨.)
25) 拱(공) : 공수(拱手). 예의를 갖추어 공경하다.
26) 谷神(곡신) : 노자가 말하는 '도'의 이름. 『노자』에 "곡신은 죽지 않으니 그 이름을 현빈이라 한다"(谷神不死, 是謂玄牝.)는 말이 있다. 이 말은 "도는 텅 빈 계곡처럼 변화막측하고 영원히 없어지지 않으며, 오묘한 모체처럼 만물을 길러낸다"는 뜻이다. 여기서 곡신은 노자를 가리킨다.
27) 養拙(양졸) : 서투름을 기른다. 관리가 은거하다.

가서한 개부께 드림 20운(投贈哥舒開府翰二十韻)[28]

今代麒麟閣,[29]	지금 시대의 기린각엔
何人第一功?[30]	누가 첫 번째 공신이 될까?
君王自神武,[31]	군왕이 본디 영명하고 용맹하시니
駕馭必英雄.	반드시 영웅을 부려야 하리
開府當朝傑,	개부(開府)께서는 지금 조정의 영걸이라
論兵邁古風.	병법을 논하는데 고인의 풍도가 있어라
先鋒百勝在,	수많은 전투에서 선봉에 섰고
略地兩隅空.[32][33]	땅을 공략해 하서와 농우를 차지하여
靑海無傳箭,[34]	청해호 일대에선 전쟁이 그치고
天山早挂弓.[35][36]	기련산 일대는 일찍부터 조용해졌네
廉頗仍走敵,[37]	염파(廉頗)같이 지금도 적을 쫓아내고
魏絳已和戎.[38]	위강(魏絳)처럼 서융과 화친을 잘 하였네

---

28) 哥舒開府翰(가서개부한) : 가서한(哥舒翰). 747년에 농우절도사가 되었고, 752년에 개부의동삼사(開府儀同三司)가 추가되었다. 753년 하서절도사가 되었고 서평군왕(西平郡王)에 봉해졌다.

29) 麒麟閣(기린각) : 서한 선제(宣帝) 때 공신 곽광(霍光), 소무(蘇武) 등 11명의 화상을 그려 모신 누각.

30) 심주 : 첫머리가 요점을 잘 잡았다.(入手要領得起.)

31) 神武(신무) : 신명스럽고 무용이 있다.

32) 심주 : 농우의 전공을 말하였다.(言隴右戰功.)

33) 略地(약지) : 변경의 땅을 얻다. ○ 兩隅(양우) : 하서와 농우 두 지역.

34) 靑海(청해) : 청해호. ○ 傳箭(전전) : 신호용 화살. 적의 침입 때 화살로 신호를 하였다. 747년 가서한은 청해호에 신위군(神威軍)을 주둔하여 티베트를 격퇴시켰고, 호수 안의 용구도(龍駒島)에 성을 쌓아 티베트군이 멀리 물러나도록 했다.

35) 심주 : 전쟁을 마침을 말하였다.(言息兵也.)

36) 天山(천산) : 기련산. ○ 挂弓(괘궁) : 전쟁을 마치다.

37) 廉頗(염파) : 전국시대 조나라의 명장. 인상여(藺相如)와 문경지교를 맺은 일로 유명하다. 신평군(信平君)에 봉해졌다. ○ 走敵(주적) : 적을 내쫓다.

38) 魏絳(위강) : 춘추시대 진(晉)의 대부. 융족(戎族)과 화친하여 외환을 없애고 진후(晉侯)가 제후의 패자가 될 수 있게 하였다.

每惜河湟棄,³⁹⁾　　　　매번 하서가 함락되어 안타까웠는데

新兼節制通.⁴⁰⁾⁴¹⁾　　　　새로이 절도사가 되어 수복되었네

智謀垂睿想,⁴²⁾　　　　지모는 황제의 생각과 일치하고

出入冠諸公.　　　　조정을 오가며 군신들 중에 으뜸이라

日月低秦樹,　　　　그대 때문에 해와 달이 진 지방 나무에 내려오고

乾坤繞漢宮.　　　　그대 덕분에 하늘과 땅이 한나라 궁전을 둘러싸네

胡人愁逐北,⁴³⁾　　　　오랑캐는 그대의 추격을 걱정하고

宛馬又從東.⁴⁴⁾　　　　한혈마는 다시 동쪽으로 공물로 들어오네

受命邊沙遠,⁴⁵⁾　　　　명을 받아 멀리 변방의 사막에 가지만

歸來御席同.⁴⁶⁾　　　　돌아와서는 황제의 연석에 함께 앉아라

軒墀曾寵鶴,⁴⁷⁾⁴⁸⁾　　　　안록산은 계단 위에서 학처럼 총애받지만

畋獵舊非熊.⁴⁹⁾⁵⁰⁾　　　　그대는 강태공같이 패업의 공신이라

---

39) 河湟(하황) : 황하와 황수(湟水)의 병칭으로 이 두 강 사이의 지역. 보통 하서(河西)라 칭한다. 지금의 청해성과 감숙성 동부.

40) 심주 : 하서의 회복을 말하였다.(言恢復河西.)

41) 新兼(신겸) : 753년 양국공(涼國公)에 봉해졌고, 하서절도사가 추가되었다. ○ 節制(절제) : 절도사. ○ 通(통) : 변경을 왕래하다.

42) 睿想(예상) : 황제의 생각.

43) 逐北(축배) : 싸움에 패한 적을 쫓다.

44) 宛馬(완마) : 대완국(大宛國)의 명마. 한혈마. 대완국은 지금의 우즈베키스탄 페르가나에 소재했던 고대 국가.

45) 邊沙(변사) : 변경의 사막 지역.

46) 歸來(귀래) 구 : 가서한, 안록산, 안사순(安思順)은 모두 절도사로 평소 친하지 않았다. 752년 겨울 현종이 같이 불러 고력사에게 잔치를 베풀게 하고, 서로 화해하게 하였다.

47) 심주 : 안록산을 가리킨다.(指祿山.)

48) 軒墀(헌지) : 전각 앞의 계단. 조정을 가리킨다. ○ 寵鶴(총학) : 학을 총애하다. 춘추시대 위 의공(衛懿公)은 학을 좋아하여 외출할 때는 수레에 학을 태우고 나갔다. 『좌전』 '민공 2년'조 참조. 여기서는 현종이 안록산을 총애함을 말한다.

49) 심주 : 가서한을 가리킨다.(指翰.)

50) 畋獵(전렵) 구 : 주 문왕(周文王)이 사냥을 나가려고 점복을 쳐보니 "얻을 것은 용도 이무기도 호랑이도 곰도 아니며, 얻을 것은 패왕의 보좌이다"(所獲非龍非彲非虎非羆, 所獲霸王之輔)고 하였다. 과연 위수의 강가에서 강태공을 만났다. 여기서 비웅(非熊)은 가서한을 가리킨다.

茅土加名數,[51][52]	봉지의 호구 수는 늘어나
山河誓始終.[53]	영원히 산천을 보존한다고 맹세하네
策行遺戰伐,[54][55]	계책에 따라 행하니 전쟁이 없어지고
契合動昭融.[56]	군신이 일치하니 제업이 빛나는구나
勳業青冥上,	공훈과 업적은 하늘만큼 높고
交親氣槪中.[57]	사귐과 친분은 기개가 있네
未爲珠履客,[58]	나는 아직 나를 알아주는 사람을 만나지 못해
已見白頭翁.[59]	벌써 머리는 하얗게 세었어라
壯節初題柱,[60]	젊었을 땐 원대한 포부를 가졌지만
生涯獨轉蓬.	그동안의 생애는 쑥대처럼 떠돌았네
幾年春草歇,	여러 해 동안 봄풀이 시드는 듯하더니
今日暮途窮.	오늘은 해 저물고 길이 막혔어라

---

51) 심주 : 호적이다. 『한서』에 보인다.(戶籍也. 見漢書.)

52) 茅土(모토) : 작위를 받다. 황제가 작위를 내릴 때 다섯 가지 색의 흙으로 단을 세우고, 봉지가 있는 방향의 흙을 취하여 흰 띠풀에 싸서 하사하였다. ○ 名數(명수) : 호적. 가서한이 서평군왕에 봉해져 오백 호를 받는 것을 말한다.

53) 山河誓(산하서) : 한대 초기 공신들이 작위를 받을 때 하는 맹서. "황하가 띠가 되고 태산이 숫돌이 되도록 나라가 영원히 평안하여 후예까지 전해지리라."(使河如帶, 泰山若厲. 國以永寧, 爰及苗裔.) 『사기』 「고조공신후자표」 참조.

54) 심주 : 계책에 따라 용병하는 것이지 전쟁의 이름으로 하지 않음을 말하였다.(言以計用兵, 不假戰伐.)

55) 策行(책행) : 명을 받아 출정하다.

56) 契合(계합) : 군신이 서로 어울림. ○ 昭融(소융) : 광명이 오래 빛남. 여기서는 제왕의 살핌.

57) 심주 : 두 구는 위에서 받아 아래로 이었다.(二語承上轉下.)

58) 珠履客(주리객) : 보옥으로 장식한 신발을 신은 문객. 전국시대 춘신군(春申君)의 문객 삼천여 명 가운데 상객은 모두 보옥으로 장식한 신발을 신었다고 했다. 『사기』 「춘신군열전」 참조.

59) 심주 : 이하에서 자신을 서술했는데, 이는 투증의 형식이다.(以下敍入自己, 此投贈體也.)

60) 壯節(장절) : 원대한 포부. ○ 題柱(제주) : 다리 난간 기둥에 글자를 쓰다. 사마상여가 처음 벼슬을 하러 가며 승선교(升仙橋)를 지날 때 다리 난간 기둥에 "네 필 말이 끄는 수레를 타지 않으면 이 다리를 다시 건너지 않을 것이다"(不乘司馬車, 不復過此橋.)고 썼다. 『성도기』(成都記) 참조.

軍事留孫楚,[61]	막부에서는 손초(孫楚) 같은 사람을 선발하고
行間識呂蒙.[62]	대오 중에서는 여몽(呂蒙) 같은 자를 식별한다지요
防身一長劍,	나에게도 장검이 한 자루 있으니
將欲倚崆峒.[63][64]	장차 공동산에 기대고자 하여라

평석 기상이 있고 비범한 힘이 있으니 열고 닫히는 변화가 절로 규칙에 맞는다. 장율은 두 보가 최고의 수준을 이루었으니 원진과 백거이가 백 운을 써도 힘없이 방만할 뿐이다.(有氣象, 有神力, 開合變化, 自中規矩. 長律以少陵爲至, 元白動成百韻, 頹然自放矣.)

해설 가서한의 용맹과 지략에서부터 시작하여 혁혁한 전공을 칭송하였다. 말미에서는 자신의 처지를 호소하며 발탁해주기를 바랐다. 754년 장안에서 지었다.

특진 여양왕께 드림 20운(贈特進汝陽王二十韻)[65][66]

| 特進群公表,[67] | 특진께서는 여러 사람의 모범이자 |

---

61) 留孫楚(유손초) : 손초와 같은 사람을 거두다. 손초가 석포(石苞)의 참군에 임명되었을 때 "천자께서 나를 경의 군사에 임명시켰습니다"(天子命我參卿軍事.)고 하였다. 『진서』 「손초전」 참조. 여기서는 가서한이 엄무(嚴武), 여인(呂諲), 고적(高適) 등을 임용한 것을 말한다.

62) 呂蒙(여몽) : 삼국시대 동오의 장수. 손책(孫策)이 여몽을 발탁하여 가까이 두고, 장소(張昭)가 여몽을 별부사마(別部司馬)로 임명한 것을 말한다. 여기서는 가서한이 인재를 식별하는 능력이 있음을 말하였다.

63) 심주 : 마무리에 실력이 발휘되었다.(收得有身分.)

64) 崆峒(공동) : 공동산. 감숙성 평량시(平凉市) 서쪽에 소재. 가서한의 관할지로 가서한을 가리킨다.

65) 심주 : 이름은 이진(李璡)이며 영왕의 장자이다.(名璡, 寧王長子.)

66) 特進(특진) : 작위 이름. 삼공(三公) 아래에 해당한다. ○ 汝陽王(여양왕) : 이진(李璡). 그의 부친 영왕(寧王)이 죽자 조정에서 봉호를 높여 특진으로 대우하였다.

67) 表(표) : 모범.

天人夙德升,[68]　　　　천상의 사람으로 덕망이 높아

霜蹄千里駿,[69]　　　　서리를 밟고 달리는 천리마요

風翮九霄鵬.[70]　　　　바람을 타고 나르는 붕새라

服禮求毫髮,[71]　　　　예의를 지키는 데는 작은 것도 놓치지 않고

惟忠忘寢興.[72]　　　　충성에 힘쓰느라 잠자기도 잊었어라

聖情常有眷,[73]　　　　천자께서 언제나 마음을 써

朝退若無憑.[74]　　　　그대가 퇴조하면 의지할 데가 없는 듯

仙醴來浮蟻,[75]　　　　어떤 때는 술을 하사하시고

奇毛或賜鷹.[76]　　　　어떤 때는 깃털이 기이한 매를 하사하셨지

清關塵不雜,[77]　　　　청정한 대문 안에는 속객이 없고

中使日相乘.[78]　　　　궁중의 사신이 매일 끊이지 않았네

晚節嬉遊簡,[79]　　　　만년에는 오락을 줄이고

平居孝義稱.[80]　　　　평소에는 효와 의로 칭송을 받아

自多親棣萼,[81]　　　　본래부터 형제들과 우애가 좋았으니

---

68) 天人(천인) : 천상에 있는 사람. 뛰어난 사람. 이진을 가리킨다. ○夙德(숙덕) : 예전부터 쌓은 덕.

69) 霜蹄(상제) : 서리를 밟는 말발굽. ○千里駿(천리준) : 천리마.

70) 風翮(풍핵) : 바람을 타고 날아가는 새의 깃촉. ○九霄鵬(구소붕) : 높은 하늘을 날아가는 붕새.

71) 服禮(복례) : 예의를 거행하다.

72) 惟忠(유충) : 충성을 바치다. ○寢興(침흥) : 잠들기와 깨어나기. 편의복사(偏義複詞)로 여기서는 잠들기를 뜻한다.

73) 聖情(성정) : 현종의 마음. ○眷(권) : 권념(眷念). 마음을 쓰다. 그리워하다.

74) 심주 : 마치 의지할 바 없다는 것은 신분에 의지하지 않는다는 말이다.(若無所憑借, 言不挾貴也.)

75) 仙醴(선례) : 어사주(御賜酒). ○浮蟻(부의) : 술 위에 뜬 포말. 개미와 같은 모양이라 해서 지어진 어휘이다. 술을 가리킨다.

76) 奇毛(기모) : 기이한 깃털. ○或(혹) : 어떤 때.

77) 關(관) : 빗장. 여기서는 문을 가리킨다. ○塵不雜(진부잡) : 잡다한 먼지가 없다. 곧 속객이 없다는 뜻.

78) 中使(중사) : 궁중에서 파견한 사신. 일반적으로 환관이 담당한다.

79) 晚節(만절) : 만년.

80) 平居(평거) : 평소.

誰敢問山陵![82)83)	그대 말고 누가 부친의 애뢰문을 쓸 수 있으랴!
學業醇儒富,[84)	학업은 순정한 학자처럼 풍부하고
詞華哲匠能.	시문은 명철한 문인처럼 뛰어나
筆飛鸞聳立,[85)	글씨를 쓰면 난새가 높이 오르고
章罷鳳騫騰.[86)	문장을 마치면 봉황이 곧추 오르는 듯
精理通談笑,	이치에 정통하여 담소에 능하고
忘形向友朋.[87)	신분을 잊고 친구와 어울린다네
寸長堪繾綣,[88)89)	남의 작은 장점에도 깊이 생각해주고
一諾豈驕矜![90)	한 번 응낙하면 어찌 오만하리오!
已忝歸曹植,[91)	이미 외람되게도 조식의 문하에 들어섰는데
何知對李膺?[92)	어떻게 이응과 연칭되는 두밀이 될 수 있으랴?

---

81) 棣萼(체악) : 당체의 꽃받침. 형제의 우애를 비유한다. 『시경』「소아」(小雅)「당체」(棠棣)의 "당체의 붉은 꽃이여, 꽃받침이 선명하구나. 오늘날 세상 사람들, 형제만 못하구나"(常棣之華, 鄂不韡韡. 凡今之人, 莫如兄弟.)에서 유래했다. 鄂(악)은 萼(악)과 통한다.

82) 심주 : 영왕이 죽은 후 시호는 양황제이며, 능묘의 이름은 혜릉이다. 이진이 애뢰문을 올렸다.(寧王薨, 諡讓皇帝, 葬地名惠陵, 璡上喪辭.)

83) 山陵(산릉) : 황제의 능묘.

84) 醇儒(순유) : 학식이 순정한 유학자. ○ 富(부) : 학식이 풍부하다.

85) 鸞聳立(난용립) : 난새가 높이 솟아오르다. 서예의 풍격이 추경하고 기세가 비등함을 형용한다.

86) 鳳騫騰(봉건등) : 봉황이 곧추 오르다. 서예의 풍격을 형용한다.

87) 忘形(망형) : 즐거워서 자신의 몸을 잊을 정도이다. 친구와 허물없이 어울리다.

88) 심주 : 문학을 중시하고 선비를 좋아함을 서술하면서 자신에 대해 쓰기 시작하였는데 그 흔적이 보이지 않는다.(敍重文好士, 接入自敍, 不見痕迹.)

89) 繾綣(견권) : 감정이 깊다. 정이 두텁다.

90) 一諾(일락) : 한 번 승낙한 일은 반드시 실행에 옮긴다. 한대 초기 계포(季布)의 일을 가리킨다. 당시에 "황금 백 근을 얻는다 해도 계포의 응낙을 얻느니만 못하다"(得黃金百斤, 不如得季布一諾.)란 속담이 있었다.

91) 忝(첨) : 부끄럽다. 겸사로 사용되었다. ○ 歸曹植(귀조식) : 삼국시대 왕찬, 유정 등의 문인들이 조식 휘하에 들어가다. 여양왕을 조식으로 비유하면서, 자신은 왕찬 등보다 못하다는 뜻을 표현하였다.

92) 對李膺(대이응) : 동한 말기 이응은 두밀(杜密)과 인품과 명망이 비슷했기에 당시 사람들이 '이두'(李杜)라고 연칭하였다. 여양왕은 이씨이고 자신은 두씨이기 때문에 이

招要恩屢至,[93]　　　초청해주신 은혜 여러 번인데

崇重力難勝.　　　존중해주신 점 감당하기 어려워라

披霧初歡夕,[94]　　　안개를 헤치고 처음 기쁘게 만난 저녁

高秋爽氣澄.　　　높은 가을 하늘에 기운이 상쾌해

樽罍臨極浦,[95]　　　먼 물가에서 술잔을 들 때

鳧雁宿張燈.　　　오리와 기러기들이 등불 아래 잠을 자더라

花月窮遊宴,　　　꽃과 달 아래서 마음껏 놀고

炎天避鬱蒸.[96]　　　무더운 여름에는 더위를 식혔지

硯寒金井水,　　　벼루에는 우물에서 기른 물이 차갑고

檐動玉壺冰.　　　처마 모습이 옥항아리 얼음에 반사되었네

瓢飮惟三徑,[97]　　　저는 표주박으로 마시며 세 오솔길 만들고

巖棲在百層.[98]　　　높은 산 위의 바위 아래 살고 있는데

且持蠡測海,[99]　　　잠시 표주박을 들고 바다의 크기를 재려하다가

況挹酒如澠.[100]　　　하물며 민수(澠水)와 같이 많은 술을 받았다네

전고를 사용하였다.

93) 招要(초요) : 초청하다.

94) 披霧(피무) : 안개가 걷히다. 진(晉)의 위관(衛瓘)이 상서령일 때 악광(樂廣)이 낙양의 명사들과 담론하는 것을 보고는 "그 사람은 사람 중의 거울이라네, 그 사람을 만나는 것은 마치 구름과 안개가 걷힌 푸른 하늘을 보는 것과 같다네"(此人, 人之水鏡也, 見之若披雲霧睹靑天.)라고 말하였다. 『세설신어』「상예」(賞譽) 참조.

95) 樽罍(준뢰) : 술잔. ○極浦(극포) : 먼 포구.

96) 鬱蒸(울증) : 무덥고 찌는 더위.

97) 瓢飮(표음) : 표주박으로 마시다. 요 임금 때 허유가 굴에서 살면서 물 잔이 없어 항상 두 손으로 물을 떠서 마셨다. 어떤 사람이 표주박을 하나 주어서 그것으로 물을 떠 마시고 나무에 걸어두었다. 그러나 바람이 불어 표주박이 움직이면서 소리가 나므로 이를 번잡하다고 여겨 부수어버렸다. 『태평어람』권762 참조. ○三徑(삼경) : 서한 말기 장후(蔣詡)가 왕망(王莽)의 출사 권유를 거절하고 두릉(杜陵)에 은거하면서 집안에 오솔길을 세 개 만들어 놓고 구중(求仲)과 양중(羊仲) 두 사람하고만 왕래한 일을 가리킨다.

98) 巖棲(암서) : 바위 아래 살다. 은거하다. ○百層(백층) : 높은 산.

99) 持蠡測海(지려측해) : 표주박으로 바다를 재다. 여양왕의 은덕이 지극히 넓고 깊음을 형용하였다.

100) 挹酒如澠(읍주여민) : 술잔을 민수처럼 많이 따르다. 민(澠)은 민수(澠水)로, 하남성

鴻寶寧全秘?[101]　　　　신선술을 기록은 '침중홍보'가 사라지지 않았으니

丹梯庶可凌.[102]　　　　붉은 사다리를 타고 선경에 오를 수 있으리

淮王門有客,　　　　　저는 회남왕 아래 있는 문객과 같으니

終不愧孫登.[103][104]　　헤강처럼 손등을 부끄러워하지 않으리라

해설 여양왕 이진의 재능과 덕망을 칭송하였다. 더불어 이진이 자신에게 베푼 관심과 호의에 감사를 표시하면서, 발탁해줄 것을 완곡히 부탁하였다. 745~746년 장안에서 지었다.

정 간의께 삼가 드림 10운(敬贈鄭諫議十韻)[105]

諫官非不達,　　　　간관(諫官)의 직위가 낮은 건 아니지만

詩義早知名.　　　　시로써 일찍부터 이름을 알렸어라

破的由來事,[106]　　　핵심을 짚은 간언은 오래 전부터 하던 일로

先鋒孰敢爭?[107][108]　선봉에 나서는 데는 누가 나와 다투리오?

　　민지현(澠池縣) 서북 광양산(廣陽山)에서 발원하는 강.

101) 심주 : 회남왕 유안이 지은 『침중홍보』가 있다.(淮南王有枕中鴻寶.)

102) 丹梯(단제) : 신선이 되는 길. ○凌(릉) : 오르다.

103) 심주 : 혜강의 시에 '손등에 부끄럽다'는 말이 있어 시대를 만나지 못했다고 했는데, 두보는 어진 왕을 만나 혜강과 다르다고 하였다.(嵇康有愧孫登, 以所遇非時, 見己逢賢王, 不同康之有愧也.)

104) 孫登(손등) : 삼국시대 위나라 은사. 급군(汲郡) 북산에 은거하였다. 『주역』을 좋아하고 거문고를 가지고 있었다. 혜강과 친했으며 생전에 혜강에게 세상과 척지지 말라고 충고했으나 혜강이 듣지 않았다. 혜강이 사형을 당할 때 쓴 「유분시」에 "예전에는 유하혜에 부끄러웠는데, 지금은 손등에게 부끄럽네"(昔慚柳下, 今愧孫登.)라는 말이 있다. 『진서』 「은일전」 참조.

105) 鄭諫議(정간의) : 미상. 간의는 간의대부(諫議大夫). 문하성에 소속되어 황제를 시종하며 간언을 맡는다. 품계는 정5품상.

106) 破的(파적) : 화살이 과녁을 맞추다. 정 간의의 간언이 요점을 잡고 있다는 뜻이다.

107) 심주 : 비유의 뜻이다.(比意.)

108) 先鋒(선봉) : 전투에서 맨 앞에 나가다. 여기서는 직간할 일에 대해서는 용감히 앞서

思飄雲物動,[109]	구상이 민첩하여 경물이 움직이고
律中鬼神驚.[110]	운율이 들어맞아 귀신도 놀라
毫髮無遺憾,	터럭 차이도 아쉬움이 없을 정도고
波瀾獨老成.[111]	변화 많은 구성에 특히나 노련해라
野人寧得所?[112][113]	저 같은 야인이 어찌 자리를 얻으리오?
天意薄浮生.[114]	하늘의 뜻이 제 인생을 가벼이 본 것이네
多病休儒服,[115]	병이 많아 유학자의 옷을 입지 못했고
冥搜信客旌.[116]	명승지를 찾아 마음대로 다녔네
築居仙縹緲,[117][118]	집을 지어 살려 했지만 신선은 아득히 멀고
旅食歲崢嶸.[119]	객지에서 기식하며 노년을 맞았다네
使者求顏闔,[120]	사신이 와서 안합을 발탁하려 했지만

행하다는 뜻을 취하였다.

109) 思飄(사표) : 시문을 구상하는 능력이 민첩하다. ○ 雲物(운물) : 경물.
110) 律中(율중) : 시의 평측과 음운이 격률에 들어맞다.
111) 老成(노성) : 노련하고 성숙하다.
112) 심주 : 자신이 실의에 빠졌음을 서술하였다.(自敍淪落.)
113) 野人(야인) : 벼슬을 하지 않는 사람. 자신을 가리킨다. ○ 寧(녕) : 어찌. ○ 得所(득소) : 적절한 자리를 얻다.
114) 薄(박) : 경시하다. ○ 浮生(부생) : 덧없는 인생. 『장자』「각의」(刻意)에 "사람의 삶은 물에 뜬 것과 같고, 사람의 죽음은 쉬는 것과 같다"(其生若浮, 其死若休.)는 말에서 유래했다.
115) 休儒服(휴유복) : 유생의 옷을 입지 않음. 두보가 751년「삼대례부」(三大禮賦)를 헌상하였으나 발탁되지 못한 일을 환기한다.
116) 冥搜(명수) : 탐승하다. ○ 信(신) : 마음대로. ○ 客旌(객정) : 여관에서 손님을 부르는 깃발.
117) 심주 : 행적이 일정하지 않아 궁궐 근처에 살 생각이다.(行踪無定, 意卜居近宮觀.)
118) 築居(축거) : 집을 지어 살다. ○ 仙縹緲(선표묘) : 선계는 아득하여 찾기 어렵다. 이 구는 장안의 고관들과 접근하기 어려움을 비유하였다.
119) 旅食(여식) : 객지에서 기식하다. ○ 歲崢嶸(세쟁영) : 세모, 자신의 연로함으로 가리킨다.
120) 使者(사자) 구 : 『장자』「양왕」(讓王)에 나오는 안합(顏闔)이 벼슬을 거절한 이야기를 가리킨다. 노나라 군주가 안합이 도를 터득한 사람이란 말을 듣고 사신에게 폐물을 가지고 가서 모셔오게 하였다. 안합이 사신에게 말하기를 "아마도 잘못 알고 온 것이라면 죄가 될 수 있으니 다시 확인해보시지요"라고 했다. 사신들이 되돌아가 확인하고 다시 오니 안합은 이미 사라지고 난 뒤였다. 이는 751년 현종이 재야에 있는

諸公厭禰衡.[121]	여러 공들이 예형을 싫어했다네
將期一諾重,[122]	장차 한 번의 승낙으로 끌어주시길 바라니
欻使寸心傾.[123]	금방이라도 마음을 기울이리라
君見途窮哭,[124]	길이 막혀 울고 있는 모습을 보신다면
宜憂阮步兵.[125)126]	마땅히 완적을 걱정하듯 해주시리라

해설 정 간의대부를 재능과 관직 두 방면에서 칭송하고 벼슬길에 들어가기 어려운 자신을 천거해주기를 부탁하였다. 이는 두보가 장안에서 고관들에게 올린 간알시(干謁詩)의 형식을 볼 수 있다. 752년 장안에서 지었다.

위 좌상께 올림 20운(上韋左相二十韻)[127)128]

| 鳳歷軒轅紀,[129] | 봉황이 날아와 소호씨가 역법을 기록하였고 |

현능한 사람을 구하라고 내린 조칙을 가리킨다.
121) 심주: 당시 천거하여 시험을 보게 했으며, 시험을 보았으나 성사되지 못했다.(時薦而召試, 試而不遇.)
122) 期(기): 기대하다. 바라다. ○ 一諾(일락): 한 번 응낙한 일은 지킨다. 계포(季布)의 일을 가리킨다.
123) 欻(훌): 홀연. 삽시간에.
124) 君見(군견) 2구: 완적(阮籍)의 일을 가리킨다. 완적은 수레를 끌고 말이 마음대로 가게하고는 막다른 길에 이르면 통곡을 하고 돌아왔다고 한다.
125) 심주: 정 간의의 추천을 바랐다.(望鄭薦引.)
126) 阮步兵(완보병): 완적을 가리킨다. 완적은 보병교위(步兵校尉)를 역임하였다. 여기서는 두보 자신을 비유하였다.
127) 심주: 위현소.(見素.)
128) 韋左相(위좌상): 위현소(韋見素). 744년 무부상서(武部尙書)가 되었으며, 안사의 난 때 현종을 따라 성도에 가서 좌상(左相)이 되었고 빈국공(豳國公)에 봉해졌다. 제목의 '좌상'은 나중에 추가되었다.
129) 鳳歷(봉력): 세력(歲歷). 소호씨(少皞氏) 때 봉황이 왔기에 이를 기념으로 삼았으며, 봉조씨로 역관의 이름을 삼았다. 역법을 새로이 시작한다는 뜻을 가지고 있다. ○ 軒轅(헌원): 황제(黃帝). 여기서는 황제의 아들 소호씨.

龍飛四十春.[130)131)]   용이 날고서 사십여 년이 지났어라

八荒開壽域,[132)]   팔방의 땅 끝까지 태평성대를 이루고

一氣轉洪鈞.[133)]   천지의 기운이 만물을 새롭게 하여라

霖雨思賢佐,[134)]   장마 비에 황제께서 어진 재상을 생각하더니

丹靑憶舊臣.[135)]   역사서를 열람하여 옛 신하를 찾아내고

應圖求駿馬,[136)]   그림에 맞추어 준마를 구하더니

驚代得麒麟.[137)]   세상이 놀랄 기린을 구했어라

沙汰江河濁,[138)]   강물로 탁한 것을 씻어내고

調和鼎鼐新.[139)140)]   가마솥에 새로운 맛을 조화시켰네

韋賢初相漢,[141)]   위현이 처음 한나라의 재상이 된 듯하고

---

130) 심주 : 조정의 용인으로부터 시작하였으니 「가서한 개부께 드림」과 마찬가지로 모두 높은 건물의 지붕에서 물을 부은 기세이다.(從朝廷用人說起, 與投贈哥舒翰, 同是高屋建瓴之勢.)

131) 龍飛(용비) : 현종의 즉위를 가리킨다. 즉위한 712년부터 현재의 755년까지 43년이므로, '사십춘'이라 하였다.

132) 八荒(팔황) : 팔방의 황량한 땅 끝. ○ 壽域(수역) : 태평성세.

133) 一氣(일기) : 혼돈의 기운. 천지만물의 본질. 여기서는 우주. ○ 洪鈞(홍균) : 하늘. 만물을 기른다는 뜻이다.

134) 霖雨(임우) : 754년 가을에 장마가 육십여 일 내렸기에 현종이 승상의 임용이 부당하다고 생각하여 진희렬(陳希烈)을 파면하고 위현소를 임명하였다. 『구당서』 「위현소전」 참조.

135) 丹靑(단청) : 여기서는 역사책을 가리킨다. ○ 舊臣(구신) : 위현소를 가리킨다.

136) 應圖(응도) : 그림과 부합하다.

137) 麒麟(기린) : 명마 이름. 위현소를 비유한다.

138) 沙汰(사태) : 도태시키다. ○ 江河濁(강하탁) : 강물의 탁한 물길. 이림보 계열의 진희렬을 가리킨다.

139) 심주 : 열 글자는 재상의 업무 처리가 간결하고 노련함을 서술했다.(十字敍相業簡老.)

140) 調和鼎鼐(조화정내) : 음식의 맛을 조정하다. 국을 만들 때 간을 맞추기 위해 절인 매실이 필요하듯이 나라를 다스리는 데는 어진 재상이 필요하다는 뜻. 상나라 무정(武丁)이 부열(傅說)을 재상으로 삼을 일에서 유래했다. 『상서』 「열명」(說命) 참조.

141) 韋賢(위현) : 서한의 대신. 노나라 추(鄒) 지방 사람이다. 경전에 밝아 재상에 이르렀으며, '추로대유'(鄒魯大儒)라 불렸다. 그 아들 위현성도 경전으로 재상이 되었으므로 추로(鄒魯) 지방에서는 "자식에게 황금 만 바구니를 주기보다는 차라리 경전 한 권을 주라"(遺子黃金萬籯, 不如一經.)는 속담이 생겼다. 『한서』 「위현전」 참조.

范叔已歸秦. [142]   범숙이 진나라로 돌아간 듯해

盛業今如此,   성대한 업적이 지금 이와 같고

傳經固絶倫. [143]   경전을 전수하는 데 따라올 자 없어라

豫章深出地, [144]   학식은 뿌리 깊은 녹나무처럼 든든하고

滄海闊無津.   마음은 푸른 바다처럼 끝없이 드넓어

北斗司喉舌, [145]   상서는 하늘의 북두성처럼 목과 혀의 역할이라

東方領縉紳. [146]   동방이 밝아오면 문무백관을 거느린다네

持衡留藻鑒, [147]   공정하게 관리를 평가하는 이부(吏部)에 있었고

聽履上星辰. [148]   발자국 소리 내며 직언하러 대전에 올랐다네

獨步才超古,   독보적인 재능은 옛 사람을 초월하고

餘波德照鄰.   가득 한 덕택은 이웃을 비추었네

聰明過管輅, [149]   귀와 눈이 밝음은 관로보다 낫고

尺牘倒陳遵. [150]   편지 글의 아름다움은 진준을 압도해

---

142) 范叔(범숙) : 범휴(范雎). 자는 숙(叔)이다. 전국시대 위나라 사람이었으나 진 소왕(秦
昭王)에 유세하여 재상이 되었다.

143) 傳經(전경) : 경전을 전수하다. 위현은 경전에 통달하여 아들 위현성(韋玄成)에게 전
수하였고, 위현성은 재상까지 올랐다.

144) 豫章(예장) : 녹나무. 상록교목으로 목질이 좋고 향기가 있다. ○深出地(심출지) : 뿌
리가 깊으면서 지면에 나옴. 위현소의 학문이 깊음을 비유하였다.

145) 北斗(북두) 구 : 상서는 하늘의 북두만큼 중요하는 뜻이다. 『후한서』 「이고전」(李固
傳)에 "지금 폐하께 상서가 있는 것은 하늘에 북두가 있는 것과 같습니다. 북두는
하늘의 목구멍이고, 상서 또한 폐하의 목구멍입니다"는 말이 있다.

146) 縉紳(진신) : 요대에 홀을 꽂다. 관리를 가리킨다.

147) 持衡(지형) : 인재를 품평하다. 이부(吏部)에서 관리의 전형을 관장한다. 위현소는
746년에 이부시랑(吏部侍郞)이 되었다. ○藻鑒(조감) : 품평하고 감별하다.

148) 聽履(청리) : 발자국 소리를 듣다. 한 애제(漢哀帝) 때 상서복야 정숭(鄭崇)은 간언을
잘 하였는데, 매번 조회에 들어설 때마다 가죽신 끄는 소리를 내었다. 이에 애제가
웃으며 "정 상서의 신발 소리는 알겠노라"고 하였다. 『한서』 「정숭전」 참조. ○上星
辰(상성신) : 전당에 올라가다.

149) 管輅(관로) : 삼국시대 위나라 사람. 어려서 총명하여 신동이라 하였다. 『주역』에 뛰
어났으며 천문지리와 술수에 밝았다. 『위서』(魏書) 「관로전」(管輅傳) 참조. 위현소
역시 천문에 밝았다.

150) 尺牘(척독) : 편지. ○倒(도) : 압도하다. ○陳遵(진준) : 서한 사람으로 편지를 잘 썼

豈是池中物?[151]	용이 어찌하여 연못에만 있으리오?
由來席上珍.[152]	본디부터 자리 위의 보옥이라네
廟堂知至理,[153]	황제께서는 최상의 정치를 알게 되었고
風俗盡還淳.	백성들은 모두 풍속이 순박해졌다네
才傑俱登用,	재주 있는 인걸들은 모두 등용되었지만
愚蒙但隱淪.[154]	몽매한 사람은 아직도 은둔해 있어
長卿多病久,[155]	사마상여처럼 오래도록 소갈병에 걸렸고
子夏索居頻.[156]	자하처럼 자주 혼자서 살아왔다네
回首驅流俗,[157]	고개를 돌려보니 세속에 쫓겨
生涯似衆人.	평범한 생애는 일반 사람과 같아라
巫咸不可問,[158]	수명은 무함에게 물을 수 없을 정도이고
鄒魯莫容身.[159]	공자처럼 추나라와 노나라에 몸을 들 곳이 없어

다. 당시 사람들은 진준의 서신을 받는 것을 영광으로 생각하였다.

151) 池中物(지중물) : 삼국시대 동오의 주유(周瑜)가 손권에게 보낸 편지에 쓰인 말로 유비를 놓아주지 말라는 비유로 쓰였다. "교룡이 구름과 비를 만나면 결국 못 속에 있지 않고 하늘로 오릅니다."(蛟龍得雲雨, 終非池中物.) 여기에서 유래하여 '지중물'(池中物)은 원래 재능은 있으나 기회를 얻지 못하여 쓰임을 받지 못하고 있는 사람을 가리킨다.

152) 席上珍(석상진) : 자리의 보배. 일반적으로 재주와 덕이 있는 사람을 가리킨다.

153) 廟堂(묘당) : 태묘의 명당. 고대에 조정에서 제사를 올리고 국사를 논의하는 곳이다. 조정을 가리킨다. ○ 至理(지리) : 최고의 원칙. 치국의 방도.

154) 심주 : 자신부터 서술하였으며 매번 위에서 받아 아래로 잇는 방법을 사용하였다.(敍入自己, 每用承上接下法.)

155) 長卿多病(장경다병) : 사마상여는 평소 당뇨병이 있었다.

156) 子夏(자하) 구 : 공자의 제자. 자하는 아들을 잃고 슬픈 나머지 많이 울어 실명하였다. 문상을 온 증자(曾子)가 너무 심하게 상심한다고 비판하자 자하는 "내가 벗들을 떠나 혼자 산 것이 너무 오래 되었네"(吾離群而索居, 亦已久矣.)라고 하였다. 『예기』 「단궁」(檀弓) 참조.

157) 심주 : 세속에 의해 쫓김.(爲流俗所驅.)

158) 巫咸(무함) : 무당 이름. 영산(靈山)에 산다. 십대 신무(神巫) 가운데 우두머리. 굴원의 「이소」(離騷)와 『산해경』(山海經) 「대황서경」(大荒西經) 참조.

159) 鄒魯(추로) : 추나라와 노나라. 지금의 산동성 서남부. 『장자』「도척」에 공자의 입을 빌려 다음과 같이 말하고 있다. "노나라에서 두 번 추방당했고, 위나라에서 발자국을 지우며 숨어 다녔고, 제나라에서 길이 막혔으며, 진나라와 채나라에서는 포위되

感激時將晚,　　나이가 연로함이 가슴이 격해지지만

蒼茫興有神.[160]　발연히 흥이 일면 신령이 있는 듯해라

爲公歌此曲,　　공을 위하여 이 노래를 부르니

涕淚在衣巾.　　눈물이 옷과 수건을 적시네

해설 위현소를 예찬한 시이다. 새로 조정의 막중한 임무를 맡게 된 내력을 서술하고 재능과 품덕을 칭송하였고, 말미에서 곤궁한 처지에 있는 자신을 발탁해줄 것을 기대하였다. 755년 봄에 지었다.

관군이 반군의 지역에 접근했다는 말을 듣고
기뻐하다 20운(喜聞官軍已臨賊境二十韻)

胡騎潛京縣,[161]　안사의 반란군이 장안에 침입한 이후

官軍擁賊壕.[162]　관군이 적의 참호를 포위하였다네

鼎魚猶假息,[163]　솥 안의 물고기가 겨우 숨을 쉬지만

穴蟻欲何逃!　구멍 속의 개미가 어디를 도망가랴!

帳殿羅玄冕,[164]　휘장 안에는 검은 옷 입은 백관이 늘어서고

轅門照白袍.[165]　병영에는 흰옷 입은 회흘 병사들이 가득해

였으니, 천하에 몸을 둘 곳이 없었습니다."(再逐於魯, 削跡於衛, 窮於齊, 圍於陳蔡, 不容身於天下.)

160) 蒼茫(창망) : 일어서는 모양.

161) 胡騎(호기) : 오랑캐 기병. 안사의 반군을 가리킨다. ○潛(잠) : 침입하다. ○京縣(경현) : 장안.

162) 擁(옹) : 포위하다. 점령하다. ○賊壕(적호) : 적군의 참호.

163) 鼎魚(정어) : 끓는 솥 안의 물고기. 포위된 반군을 비유하였다. ○假息(가식) : 겨우 숨을 이어감.

164) 심주 : 공경의 의복이다.(公卿服.)

165) 심주 : 회흘의 군사가 입는 옷이다.(回紇衣.)

秦山當警蹕,[166] 　높은 종남산은 임금을 위해 경계에 들어가고

漢苑入旌旄.[167] 　한나라 궁원에는 깃발들이 들어가네

路失羊腸險, 　길을 걷는데 양 창자 같은 험난함도 없고

雲橫雉尾高.[168] 　구름에 가로놓인 듯 치미선이 높아라

五原空壁壘,[169] 　다섯 들판에는 진지를 비운 채 적들이 달아났고

八水散風濤.[170] 　여덟 강에는 파도치는 바람도 잦아들었네

今日看天意, 　오늘 하늘의 뜻을 보니

遊魂貸爾曹.[171] 　멸망의 운명을 너희들에게 주었구나

乞降那更得, 　투항을 빌어도 어찌 받을 수 있으며

尙詐莫徒勞. 　속임수를 써도 그저 헛될 뿐이라

元帥歸龍種,[172][173] 　종친 광평왕이 원수가 되고

司空握豹韜[174][175] 　사공 곽자의가 병법을 운용하고

前軍蘇武節,[176][177] 　전군장군 이사업이 소무의 부절을 들고

---

166) 秦山(태산) : 높은 산. 여기서는 종남산. ○ 警蹕(경필) : 경호와 길 치우기. 제왕이 궁성을 나설 때 시행된다.

167) 漢苑(한원) : 한나라의 정원. 한대 장안에는 정원이 삼십육 개 소가 있었다고 한다. 여기서는 곡강과 남원(南苑) 등지를 가리킨다.

168) 雉尾(치미) : 치미선(雉尾扇). 의장의 하나이다.

169) 五原(오원) : 장안 주위의 다섯 군데 평원. 필원(畢原), 백록원(白鹿原), 소릉원(少陵原), 고양원(高陽原), 세류원(細柳原) 등이다. ○ 空壁壘(공벽루) : 군영의 진지들이 비었다. 반군들이 달아났다는 뜻이다.

170) 八水(팔수) : 관중의 여덟 줄기 강. 즉 경수(涇水), 위수(渭水), 파수(灞水), 산수(滻水), 노수(澇水), 휼수(潏水), 풍수(灃水), 호수(滈水) 등이다.

171) 貸(대) : 빌리다. ○ 爾曹(이조) : 너희들. 반군을 가리킨다.

172) 심주 : 광평왕(廣平王.)

173) 元帥(원수) : 광평왕 이숙(李俶). ○ 龍種(용종) : 황제의 자손. 이숙은 숙종의 장자이다.

174) 심주 : 곽자의(郭子儀.)

175) 司空(사공) : 곽자의를 가리킨다. 757년 4월에 사공이 되었고, 8월에 천하병마부원수(天下兵馬副元帥)가 되었다. ○ 豹韜(표도) : 용병의 계책. 병법서 『육도』(六韜)의 편명이다.

176) 심주 : 이사업(李嗣業.)

177) 前軍(전군) : 이사업을 가리킨다. 당시 이사업은 번이 사진(蕃夷四鎭)으로 구성된 전군을 이끌면서 향적사(香積寺) 북쪽에 진지를 벌렸다. ○ 蘇武節(소무절) : 서한 때

左將呂虔刀.[178)179)]   좌장군 복고회은이 여건의 패도를 찼어라

兵氣回飛鳥,   병장기의 기세에 새들도 돌아가고

威聲沒巨鼇.   살기 띤 우렛소리에 자라도 숨는데

戈鋌開雪色,[180)]   창날에는 눈발처럼 한기가 서리고

弓矢向秋毫.[181)]   활과 화살은 미세한 터럭마저 적중시키네

天步艱方盡,[182)]   국운의 어려움이 이제 끝나가고

時和運更遭.[183)]   때는 조화롭고 시운이 다시 살아나

誰云遺毒螫,[184)]   누가 독충이 남아있다고 말하는가

已是沃腥臊.[185)]   이미 비린내를 모두 휩쓸어버렸어라

睿想丹墀近,[186)]   황제의 책략은 붉은 궁전에 가까이 다가가고

神行羽衛牢.[187)188)]   신속한 군대는 무너지지 않는 우림군이 되었네

花門騰絶漠,[189)190)]   회흘의 원군이 사막에서 날아오고

     소무가 흉노에 출사하면서 들고 간 부절. 흉노에 억류되어 19년간 있으면서 모절(旄節)이 모두 떨어졌다. 『한서』 「소무전」 참조.

178) 심주 : 복고회은(僕固懷恩.)

179) 左將(좌장) : 삭방좌상병마사(朔方左廂兵馬使) 복고회은을 가리킨다. ○呂虔刀(여건도) : 서진 때 여건(呂虔)이 가지고 있는 패도는 삼공에 오를 자가 차는 것이라고 했다. 나중에 여건은 이 패도를 별가 왕상(王祥)에게 주었다. 왕상은 사공, 태위, 태보를 역임하였다. 왕상이 임종하면서 패도를 동생 왕람(王覽)에게 주었는데, 왕람은 광록대부에 이르는 등 그 자손이 현달하였다. 『진서』 「왕상전」 참조.

180) 戈鋌(과정) : 긴 창과 짧은 창.

181) 向秋毫(향추호) : 가을 털처럼 가는 것도 맞춘다는 뜻이다.

182) 天步(천보) : 국운(國運).

183) 和(화) : 온화하다. 조화롭다. ○運(운) : 좋은 운. ○更遭(갱조) : 다시 만나다.

184) 毒螫(독석) : 독충. 반군을 가리킨다.

185) 沃(옥) : 씻어내다. ○腥臊(성조) : 비린내와 노린내. 안사의 반군을 가리킨다.

186) 睿想(예상) : 지혜로운 생각. 제왕의 계책. ○丹墀(단지) : 궁전 앞의 붉은 칠을 한 돌계단. 조정을 가리킨다.

187) 심주 : 육군.(六軍.)

188) 神行(신행) : 행동이 신속하다. ○羽衛(우위) : 황제의 근위군. 우림군.

189) 심주 : 회흘.(回紇.)

190) 花門(화문) : 화문산. 거연해(居延海) 북쪽 삼백 리에 소재. 당대 초기에 보루를 설치하여 북방 이민족을 막았으나 천보 연간에 회흘이 점령하였다. 이후 '화문'은 회흘을 가리킨다.

拓羯渡臨洮.[191][192]　　　　서북의 척갈(拓羯)들도 임조를 건너왔네

此輩感恩至,　　　　　　이들은 황제의 은혜에 감읍하여 왔으니

羸浮何足操![193]　　　　지치고 약한 반군이 어찌 대항하랴!

鋒先衣染血,　　　　　　앞서나간 선봉의 옷이 피로 물들었는데

騎突劍吹毛.[194]　　　　기병이 돌격하니 보검에 털이 흩어지는 듯

喜覺都城動,　　　　　　도성이 진동하는 걸 기쁘게 알지만

悲憐子女號.　　　　　　아이와 여인의 곡소리가 슬프고 비참하여라

家家賣釵釧,　　　　　　집집마다 비녀와 팔찌를 팔아

只待獻春醪.　　　　　　술을 사 광복한 군사들을 기다리네

해설 관군의 승세를 기뻐하며 지었다. 757년 9월 광평왕 이숙이 삭방군과 회흘 원군 15만을 이끌고 행재소 봉상을 출발하여 장안으로 향하다가, 향적사의 북쪽이자 풍수(灃水)의 동쪽에서 주둔하며 반군과의 결전을 기다렸다. 부주(鄜州)의 강촌(羌村)에 있던 두보는 이 소식을 듣고 기뻐하며 위 시를 지었다. 격앙된 필치와 낭창거리는 음률로 관군과 반군의 상황을 속도감 있게 그려냈으며, 행간에 넘치는 흥분과 희망이 안사의 난 내내 깃들었던 침울한 어조를 깨끗이 씻어내었다.

---

191) 심주 : 안서 지역에서 모병한 장정을 척갈이라 한다. 한자어로 전사와 같다.(安西募勇健者爲拓羯, 猶華言戰士也.)

192) 拓羯(척갈) : 당대 서북 지역의 병사에 대한 칭호. 이란어에서 유래했다. ○ 臨洮(임조) : 임조군. 지금의 감숙성 민현(岷縣). 당대에는 티베트의 강역이다.

193) 羸浮(이부) : 병들고 약한 적군. ○ 操(조) : 잡다.

194) 騎突(기돌) : 돌기(突騎). 돌격대 기병. ○ 劍吹毛(검취모) : 털을 불면 날에 부딪쳐 잘라지다. 검의 날이 지극히 날카로움을 형용하였다.

농우로 돌아가는 채희로 도위를 보내며, 더불어 고삼십오 서기에게 부치다(送蔡希魯都尉還隴右, 因寄高三十五書記)[195][196]

蔡子勇成癖,[197]	채 도위는 용맹이 오히려 습벽이 되어
彎弓西射胡.	활을 당겨 서쪽으로 오랑캐에 쏘더라
健兒寧鬪死,	건아는 차라리 죽기를 택할지언정
壯士恥爲儒.	장사는 서생이 되기를 부끄러워 해
官是先鋒得,	관직은 선봉에 서서 얻었고
材緣挑戰須.[198]	재주는 적과 싸움을 걸면서 갖추어졌네
身輕一鳥過,[199]	몸은 가벼워 새 한 마리 지나가는 것같고
槍急萬人呼.	창술은 날렵해 적들이 놀라 소리 지르네
雲幕隨開府,[200][201]	가서한 개부를 따라 운막을 다녀
春城赴上都.	장안에 올 때는 봄이었어라
馬頭金匼匝,[202]	말굴레에는 황금 구슬이 둘러있고
駝背錦模糊.[203]	낙타 등에는 비단 덮개가 깔려 있어
咫尺雪山路,	설산으로 가는 길도 그저 지척일 뿐
歸飛青海隅.	날아서 청해호의 본부로 돌아가리라

---

195) 원주: "당시 가서한이 장안성에 상주하러 들어가면서 채희로를 먼저 막부로 돌아가게 하였다."(原注: "時哥舒入奏, 勒蔡子先歸.")

196) 蔡希魯(채희로) : 가서한의 부장. ○ 都尉(도위) : 절충도위. 절도사 막부에 속하며 겨울철의 군사훈련을 담당한다. ○ 隴右(농우) : 농우절도사. 치소는 선주(鄯州, 청해 樂都)이다. ○ 高三十五(고삼십오) : 고적(高適).

197) 蔡子(채자) : 채희로.

198) 材(재) : 재능. ○ 緣(연) : 때문에. ○ 須(수) : 갖추다.

199) 심주 : 뛰어난 구이다.(警句.)

200) 심주 : 가서한을 가리킨다.(指哥舒.)

201) 雲幕(운막) : 구름 같은 장막. ○ 開府(개부) : 가서한을 가리킨다. 752년 개부의동삼사(開府儀同三司)가 추가되었다.

202) 馬頭(마두) : 말굴레. ○ 匼匝(암잡) : 중첩되다.

203) 模糊(모호) : 덮개. 낙타의 등을 덮은 비단 덮개.

上公猶寵錫,[204)205)]　　상공께선 임금의 총애를 받아 남으시니
突將且前驅.[206)207)]　　돌격하는 장수가 먼저 내달려가네
漢使黃河遠,　　한나라 장건처럼 황하 수원을 찾아 멀리 가면
涼州白麥枯.[208)]　　양주에는 백맥(白麥)이 시들 때가 되리라
因君問消息,　　그대를 통해 소식을 물어보니
好在阮元瑜.[209)210)]　　완우(阮瑀)와 같은 고적이여 그대는 잘 있는가

해설 농우절도사로 돌아가는 채희로 도위를 보내며 쓴 시이다. 755년 봄 가서한이 병으로 장안에 남게 되자 부장인 채희로가 먼저 떠나게 되었다. 막부에는 친구 고적이 있으므로 말미에서 안부를 물었다.

마음을 달래며(遣興)[211)]

驥子好男兒,[212)]　　기자(驥子)는 호남아로
前年學語時.　　작년에 말을 배우기 시작했지
問知人客姓,　　손님의 이름을 물어서 기억할 수 있고
誦得老夫詩.　　나의 시를 낭송할 수 있었지

---

204) 심주 : 장안에 남는 것을 가리킨다.(指留京師.)
205) 上公(상공) : 가서한을 가리킨다. 당시 서평군왕에 봉해졌다. ○寵錫(총석) : 은사. 장안에 온 가서한이 병이 들었으므로, 현종이 가서한에게 장안에 남아 병을 치료하게 하였다.
206) 심주 : 채희로가 먼저 돌아갔다.(希魯先歸.)
207) 突將(돌장) : 돌격하는 용맹한 장수. 채희로를 가리킨다.
208) 涼州(양주) : 치소는 지금의 감숙성 무위. ○白麥(백맥) : 보리의 일종.
209) 심주 : 두 구는 고적 서기에게 부쳤다.(二句寄高書記.)
210) 好在(호재) : 잘 있는가? 안부를 묻는 인사말. ○阮元瑜(완원유) : 완우(阮瑀). 삼국시대 조조 아래서 활동한 문인. '건안 칠자' 가운데 한 사람. 여기서는 고적을 비유하였다.
211) 심주 : 적중에서 멀리 어린 아이를 생각한다.(於賊中遙憶幼子.)
212) 驥子(기자) : 두보의 둘째 아들 두종무(杜宗武). 아명이 기자였다.

世亂憐渠小,[213]　　　세상이 난리여서 네가 아직 어린 게 안스럽고

家貧仰母慈.[214]　　　집안이 가난하여 자애로운 어미를 따르는구나

鹿門携不遂,[215]　　　방덕공처럼 너를 데리고 은거하지 못했는데

雁足繫難期.　　　　지금은 서신도 보내고 받기도 어렵구나

天地軍麾滿,[216]　　　천지가 군대의 깃발로 가득하고

山河戰角悲.　　　　산하가 부대의 뿔 나팔 소리로 슬퍼라

倘歸免相失,　　　　만약에 돌아가 너를 만날 수 있다면

見日敢辭遲!　　　　이 날은 어찌 느리게 달려갈 수 있으랴!

해설 두보가 안사의 난으로 756~757년 사이 장안에 연금되었을 때 부주에 있는 아들을 생각하며 지었다. 어린 아들의 총명과 사랑스러운 모습을 그리고 어린 나이에 난리를 만난 일을 슬퍼하였다.

가다가 소릉에 묵으며(行次昭陵)[217]

舊俗疲庸主,[218]　　　옛 왕조의 백성들이 용렬한 군주에 피폐해지자

群雄問獨夫.[219]　　　군웅들이 일어나 폭군에게 죄를 물었지

---

213) 渠(거) : 그. 종무를 가리킨다.
214) 仰(앙) : 의지하다. 따르다.
215) 鹿門(녹문) : 녹문산. 지금의 호북성 양양 소재. 동한 말기의 은사 방덕공(龐德公)이 현산의 남쪽에 살았는데 성에 들어간 적이 없었다. 서서, 사마휘, 제갈량 등과 친하였다. 형주자사 유표(劉表)가 여러 번 출사를 청하였으나 거절하였다. 나중에 처와 아이들을 데리고 녹문산에 들어간 후 나오지 않았다. 『후한서』 「방공전」(龐公傳) 및 주석 참조.
216) 軍麾(군휘) : 군대의 깃발.
217) 行次(행차) : 여행을 가다가 묵다. ○昭陵(소릉) : 당 태종의 능묘. 지금의 섬서성 예천현 동북에 있는 구준산(九峻山)에 소재한다.
218) 庸主(용주) : 용렬한 군주. 육조시대의 군주들을 가리킨다.
219) 群雄(군웅) : 수대 말기에 일어난 군벌들의 영수인 이밀(李密), 두건덕(竇建德), 왕세충(王世充) 등을 가리킨다. ○問(문) : 죄를 묻다. ○獨夫(독부) : 민심을 얻지 못한

讖歸龍鳳質,²²⁰⁾ 　　제왕의 징험은 용과 봉황의 자질에게 돌아가

威定虎狼都.²²¹⁾²²²⁾ 　　무력으로 호랑이와 이리의 도읍을 평정하였어라

天屬尊堯典,²²³⁾²²⁴⁾ 　　고조의 후예로 '요전'(堯典)에 따라 즉위하였고

神功協禹謨.²²⁵⁾ 　　신령스런 공업은 우 임금의 치세와 어울렸네

風雲隨絶足,²²⁶⁾ 　　풍운이 일자 준마들이 따랐고

日月繼高衢.²²⁷⁾ 　　일월이 떠올라 하늘을 순행했네

文物多師古,²²⁸⁾ 　　예악과 제도는 고대를 따랐고

朝廷半老儒.²²⁹⁾ 　　백관의 태반은 연로한 학자들이라

直詞寧戮辱?²³⁰⁾ 　　직언을 말하는 자는 형벌을 받지 않았고

賢路不崎嶇. 　　현능한 신하를 임용한 길은 평탄하고 넓었네

往者災猶降,²³¹⁾ 　　그 당시에도 천재지변은 여전해

　　폭군. 수 양제(隋煬帝)를 가리킨다.

220) 讖(참): 참언(讖言). 예언. 징조. ○龍鳳質(용봉질): 용과 봉황의 자질. 당 태종 이세민(李世民)을 가리킨다. 『신당서』 「태종기」에는 이세민이 4살이었을 때 어떤 서생이 보고는 "용과 봉황의 자태에 태양의 용모(龍鳳之姿, 天日之表.)라고 하였다고 기록하였다.

221) 심주: 수나라 군주가 혼용하고, 군웅이 할거하고, 당 태종이 천명을 받은 일을 4구로 모두 표현하였다.(隋主昏庸, 群雄割據, 唐宗受命, 以四語了之.)

222) 虎狼都(호랑도): 장안을 가리킨다. 전국시대에 진나라를 '호랑지국'(虎狼之國)이라 한 데서 유래했다.

223) 심주: 고조 이연이 태종 이세민에게 황위를 물려준 일을 말한다.(以高祖禪位言.)

224) 天屬(천속): 이세민과 이연(李淵) 부자를 가리킨다. ○尊(존): 따르다. 준수하다. ○堯典(요전): 『상서』의 편명.

225) 禹謨(우모): 『상서』 중의 「대우모」(大禹謨). 당 태종은 개국의 공업을 찬양한 「구공무」(九功舞)를 만들었는데, 「대우모」 중의 '구공유서'(九功惟敍, 아홉 가지 공을 베풀다)와 대응된다.

226) 심주: "구름은 용을 따르고, 바람은 호랑이를 따른다"는 뜻이다. '절족'은 준마의 이름이다.("雲從龍, 風從虎"意. '絶足', 馬名也.)

227) 日月(일월): 당 태종을 비유한다. ○高衢(고구): 한길. 왕도.

228) 文物(문물): 전장제도를 가리킨다. ○師古(사고): 고대를 본받다. 아악을 제정하고 율령을 정하는 등의 일을 말한다.

229) 老儒(노유): 나이 먹은 유생. 공영달, 우세남 등을 가리킨다.

230) 심주: 간언을 받아들이다.(以受諫言.)

231) 往者(왕자) 구: 당 태종이 즉위한 초기에도 홍수나 가뭄의 재해가 있었음을 말한다.

蒼生喘未蘇.	백성들은 헐떡이며 소생하기 힘들어
指麾安率土,	정령을 반포하여 사해를 편안히 하고
蕩滌撫洪爐.232)233)	혼란을 씻어내고 치국의 방도를 강구했다네
壯士悲陵邑,234)	능묘지기는 난세를 슬퍼하고
幽人拜鼎湖.235)	은거하는 나는 능묘를 배알하여라
玉衣晨自擧,236)	태종의 영령이 있어 옥의가 새벽에 펄럭이는 듯하고
鐵馬汗常趨237)238)	능묘의 석마는 달리고 달려 땀을 흘리는 듯하네
松柏瞻虛殿,	소나무와 잣나무 사이에 빈 전각을 우러러보니
塵沙立暝途.	먼지와 모래 날리는 어두운 길 앞에 섰어라
寂寥開國日,	나라를 세우던 빛나는 시절은 이미 적막해져
流恨滿山隅.	아쉬운 한이 산에 가득하여라

해설 소릉 앞을 지나며 당 태종의 사적을 회고하였다. 난세를 평정하여
제도를 정비하고, 정관지치(貞觀之治)로 밝은 정치를 이끌어내었음을 칭
송하였다. 이는 당시 안사의 난으로 장안이 피폐해져 있는 위기의 상황
에서 치국의 방도를 생각하는 일이기도 하였다. 757년 8월 부주로 가족

---

232) 심주 : 천보의 난리가 수대 말기와 같은 상황이니, 어떻게 하면 태종의 신령을 얻어
이들을 씻어낼까를 말하였다.(言天寶之亂, 同於隋末, 安得如太宗神靈, 指麾蕩滌之.)
233) 洪爐(홍로) : 큰 화로. 여기서는 태종의 치국의 방도.
234) 壯士(장사) : 능묘를 지키는 군사. ○陵邑(능읍) : 능묘가 소재한 마을.
235) 幽人(유인) : 은거하는 사람. 여기서는 두보 자신. ○鼎湖(정호) : 황제(黃帝)가 신선
이 되어 올라간 곳. 황제의 능묘를 가리킨다.
236) 玉衣(옥의) : 금루의(金縷衣). 한대 황제들의 염복(殮服). ○晨自擧(신자거) : 새벽에
절로 일어나다. 『한 무제 이야기』(漢武故事)에 한 고조(漢高祖)의 사당에서 어의가
옷상자에서 나와 전각 위에서 춤을 추었다는 말이 있다. 여기서는 이를 이용하여 태
종의 혼령이 살아난 듯하다고 찬송하였다.
237) 심주 : 두 구는 「이소」에서 말하는 '신령이 두 깃발을 사이로 강림하시다'와 같이 신
령의 오르내림을 말하였다.(二語猶騷所云'神之來兮夾兩旗', 言神靈陟降也.)
238) 鐵馬(철마) : 고종은 태종의 업적을 선양하기 위하여 소릉의 궐 아래에 태종이 타고
다니며 적을 물리쳤던 여섯 필의 준마를 조각하였다. 곧 '소릉 육준(昭陵六駿)이다.
『안록산 사적』에는 동관의 전투에서 소릉의 석마가 나타나 관군을 도왔다는 전설이
있다.

을 만나러 가는 도중에 지었다.

다시 소릉을 지나며(重經昭陵)

草昧英雄起,[239]	혼란의 난세에 영웅이 일어나니
謳歌歷數歸.[240]	백성의 노래 속에 천하의 운세가 당나라에 돌아갔네
風塵三尺劍,[241]	풍진 속에 삼척 검을 들어
社稷一戎衣.[242]	한 번 군복을 입으니 종묘사직이 안정되었네
翼亮貞文德,[243]	문치를 바르게 하여 조정을 보좌하고
丕承戢武威.[244]	무력을 거두고 위대한 사업을 계승하였네
聖圖天廣大,[245]	제왕의 계획은 하늘처럼 넓고 크며
宗祀日光輝.[246]	종묘와 제사는 햇빛처럼 빛난다
陵寢盤空曲,[247]	능묘의 침전이 굽이도는 먼 산 위에 있으니
熊羆守翠微.[248]	곰처럼 용맹한 수위가 푸른 산을 지키네
再窺松柏路,	소나무와 잣나무 사이를 다시 바라보니

239) 草昧(초매) : 천지가 처음 열릴 때의 혼돈 상태. 여기서는 수대 말기의 어지럽고 어두운 난세를 가리킨다.
240) 謳歌(구가) : 사람들이 입을 모아 칭송하다. ○ 歷數(역수) : 고대 제왕이 하늘을 대신하여 백성을 다스리는 순서. 왕조의 바뀜을 말한다.
241) 三尺劍(삼척검) : 세 자 길이의 검. 『사기』「고조본기」에 "나는 포의로 삼척 검을 들고 천하를 취하였다"(吾以布衣, 捉三尺劍取天下.)는 말이 있다.
242) 一戎衣(일융의) : 한 번 군복을 입다. 『상서』「무성(武成)」에 "한 번 군복을 입으니 천하가 평정되었다"(一戎衣, 天下大定.)는 말이 있다.
243) 翼亮(익량) : 보좌하다. ○ 貞(정) : 바르다. ○ 文德(문덕) : 문치(文治).
244) 丕承(비승) : 위대한 사업을 계승하다. ○ 戢(집) : 거두다.
245) 聖圖(성도) : 제왕의 계획. ○ 天廣大(천광대) : 하늘처럼 넓고 크다.
246) 宗祀(종사) : 종묘 제사. 조정을 가리킨다.
247) 陵寢(능침) : 능묘 앞의 침묘(寢廟). 일반적으로 제왕이 생전에 사용하던 물건을 두고 사람들이 우러러보고 제사한다. ○ 盤空曲(반공곡) : 굽이도는 높은 산봉우리에 있다는 뜻이다.
248) 熊羆(웅비) : 곰. 능묘를 지키는 군사.

還見五雲飛.　　　아직도 상서로운 오색구름이 날아가는구나

평석 앞의 시는 난리를 슬퍼하였고, 이 시는 중흥을 바랐다. '오색구름이 난다'로 마무리 지었으니 주제가 뚜렷하다.(前首傷亂, 此望中興, 以'五雲飛'作結, 大旨顯然.)

해설 소릉 앞을 지나며 태종의 업적을 찬양하였다. 창업의 공훈과 수성의 어려움을 환기하였다. 757년 가을 부주에서 가족을 만나고 장안으로 돌아가는 도중에 지었다.

이백에게 부침 20운(寄李十二白二十韻)

昔年有狂客,[249)250)]	예전에 '사명광객' 하지장(賀知章)이 있었으니
號爾謫仙人.	그대를 불러 '적선인'이라 하였지
筆落驚風雨,	붓을 대면 비바람이 치고
詩成泣鬼神.[251)]	시가 완성되면 귀신이 흐느꼈지
聲名從此大,	명성은 이로부터 드높아졌으니
汨沒一朝伸.[252)]	묻혀있던 처지가 하루아침에 펴졌지
文彩承殊渥,[253)254)]	뛰어난 시문은 특별한 은택을 받고
流傳必絶倫.	절륜한 시들이 천하에 전해졌어라

249) 심주 : 하지장.(賀知章.)
250) 昔年(석년) 구 : 하지장은 호가 사명광객(四明狂客)으로, 장안에서 이백을 처음 만났을 때 「촉도난」을 보고는 신선이 인간세계로 귀양을 내려왔다는 뜻의 '적선'(謫仙)이라 부르며, 차고 있던 금 거북을 풀어 함께 술을 마시고 취하였다. 맹계(孟棨)의『본사시』「고일」(高逸) 참조.
251) 詩成(시성) 구 : 하지장은 이백이 쓴 「오서곡」(烏棲曲)을 보고 "이 시는 귀신을 울게 하겠네"(此詩可以泣鬼神矣.)라 하였다. 『본사시』「고일」(高逸) 참조.
252) 汨沒(골몰) : 물에 잠기다.
253) 심주 : 현종에게 알려졌음을 가리킨다.(指見知於明皇.)
254) 殊渥(수악) : 특별한 은택.

龍舟移棹晚,²⁵⁵⁾　　　용주는 취한 그대가 타도록 천천히 저었고

獸錦奪袍新.²⁵⁶⁾　　　비단 도포를 빼앗는 일화가 다시 나왔네

白日來深殿,　　　　　밝은 태양이 깊은 궁전에 이른 듯하고

青雲滿後塵.²⁵⁷⁾　　　그대를 따르는 후진이 구름처럼 많았지

乞歸優詔許,²⁵⁸⁾　　　조정에서 물러나길 청하여 허락을 받으니

遇我宿心親.²⁵⁹⁾²⁶⁰⁾　　그대를 만나려는 내 평소의 마음이 이루어졌네

未負幽棲志,　　　　　은일의 뜻도 저버리지 않으면서

兼全寵辱身.　　　　　영욕의 몸도 온전히 할 수 있었네

劇談憐野逸,²⁶¹⁾　　　마음껏 청담을 나누며 야인인 나를 아껴주었고

嗜酒見天眞.　　　　　술을 좋아하여 천진한 본성을 보였지

醉舞梁園夜,²⁶²⁾　　　양원(梁園)의 밤에는 취하여 춤을 추었고

行歌泗水春.²⁶³⁾　　　사수(泗水)의 봄날에는 걸어가며 노래했지

---

255) 龍舟(용주) 구 : 현종이 장안 백련지(白蓮池)에서 배를 띄우고 놀 때 이백에게 서문을 짓게 하였다. 당시 이백은 한림원에서 취해 있었기에, 현종은 고력사에게 부축하여 용주를 타게 하였다. 범전정(范傳正) 「이백신묘비」(李白新墓碑) 참조.

256) 奪袍(탈포) : 비단을 빼앗다. 무후가 용문에서 놀러나가 군신들에게 시를 지어라 하고서는 먼저 짓는 사람에게 비단 도포를 내린다고 하였다. 동방규(東方虬)가 시를 완성하여 하사받고 자리에 앉기도 전에 송지문(宋之問)이 시를 완성하여 내놓았다. 문사와 문맥이 모두 아름다워 좌우에서 칭찬하니 무후가 비단 도포를 빼앗아 송지문에게 하사하였다.

257) 青雲(청운) 구 : 후진들이 구름처럼 많다. 이백을 따르는 문인이 많음을 가리킨다.

258) 乞歸(걸귀) 구 : 744년 이백이 권세가들의 참훼를 받아 은거하겠다고 청하자 현종이 황금을 하사하며 허락한 일을 가리킨다.

259) 심주 : 이백이 궁중에서 물러나온 후 두 사람이 사귄 우정을 말한다.(謂白辭歸後, 兩人交興之情.)

260) 宿心(숙심) : 평소의 마음. 이백이 장안에서 나온 후 낙양에서 두보와 사귀게 되었다.

261) 劇談(극담) : 창담(暢談). 마음껏 이야기하다. ○ 憐(련) : 아끼다. 사랑하다. ○ 野逸(야일) : 재야에서 벼슬을 하지 않는 사람. 두보 자신을 가리킨다.

262) 梁園(양원) : 토원(兎園). 서한 양효왕(梁孝王) 유무(劉武)가 축조한 정원으로 지금의 하남성 상구(商丘) 동쪽 소재. 744년 가을 이백과 두보는 함께 양원을 유람하였다.

263) 泗水(사수) : 고대에는 산동성 사수현(泗水縣)에서 서주(徐州)를 거쳐 회수로 들어갔다. 지금은 제녕(濟寧)에서 운하로 들어간다. 745년 봄 이백과 두보는 제노(齊魯) 지방을 유람하였다.

才高心不展, 재주가 높았지만 뜻을 펴지 못했고
道屈善無鄰.[264] 고결하나 길이 막혀서 이웃이 없었지
處士禰衡俊,[265] 처사로서는 예형처럼 준걸이요
諸生原憲貧.[266] 선비로서는 원헌처럼 청빈했더라
稻粱求未足, 벼와 기장을 배불리 먹어보지도 못했는데
薏苡謗何頻?[267)268] 어찌하여 그리 자주 비방을 받았는가?
五嶺炎蒸地,[269] 오령(五嶺)은 찌는 듯 무더운 땅이고
三危放逐臣.[270)271] 삼위산(三危山)은 그대가 방축되어 가는 곳
幾年遭鵩鳥,[272] 복조를 만난 가의처럼 여러 해 곤경을 당해
獨泣向麒麟.[273] 공자처럼 기린이 잡혀 홀로 눈물을 뿌리는가
蘇武先還漢,[274] 소무(蘇武)는 본래 한나라로 돌아가려 했으니
黃公豈事秦?[275] 하황공(夏黃公)이 어찌 진나라를 섬기겠는가?

---

264) 道屈(도굴): 길이 막히다. ○善無鄰(선무린): 혼자 고결하여 친구가 없다.
265) 禰衡(예형): 동한 말기 문인으로 어려서부터 재주 있고 변론이 뛰어났으며 성격이 강직하고 오만하였다. 공융(孔融), 양수(楊修)와 어울렸다.
266) 原憲(원헌): 공자의 제자. 가난으로 유명하다.
267) 심주: 영왕 이린의 일을 완곡히 가리킨다.(隱指永王璘事.)
268) 薏苡謗(의이방): 율무의 비방. 동한 말기 마원(馬援)이 교지(交趾)에서 율무를 먹고 더위를 이길 수 있었기에, 군대를 이끌고 돌아갈 때 심을 생각으로 율무를 한 수레 싣고 갔다. 그가 죽은 후 어떤 사람이 상서를 올려 싣고 온 것은 명주라고 비방하였다. 여기서는 이백이 영왕 이린의 모반에 연루된 일로 모함을 받았음을 환기한다.
269) 五嶺(오령): 다섯 고개. 대유령(大庾嶺), 기전령(騎田嶺), 도방령(都龐嶺), 맹저령(萌渚嶺), 월성령(越城嶺) 등으로 광동성, 광서성, 강서성, 호북성의 경계를 이룬다.
270) 심주: 야랑은 남방의 황벽한 곳에 있으므로 '오령'과 '삼위'로 비유하였다.(夜郎在南荒, 故以五嶺、'三危'爲比.)
271) 三危(삼위): 삼위산. 지금의 감숙성 돈황시 동남에 소재.
272) 遭鵩鳥(조복조): 복조를 만나다. 폄적되다. 서한의 가의(賈誼)는 장사왕 태부로 좌천되었을 때 불길하다는 복조가 집에 들어왔기에 자신의 처지를 슬퍼하며 「복조부」를 지었다.
273) 獨泣(독읍) 구: 공자는 기린이 잡혔다는 소식을 듣자 자신의 죽음을 상징하는 것으로 보고 "나의 도가 막혔노라"(吾道窮矣)며 절필하였다. 『춘추공양전』 '애공 14년'조 참조. 여기서는 이백이 곤경에 빠진 일을 비유하였다.
274) 蘇武(소무) 구: 소무가 흉노에 억류되어 있어도 한나라를 생각하였듯이, 이백도 비록 영왕 이린의 막부에 있었지만 마음은 당 조정에 있음을 비유하였다.

楚筵辭醴日,[276)277)]	목생이 단술을 받지 않았듯 영왕 아래 관직이 없었고
梁獄上書辰.[278)]	추양이 양효왕에게 그랬듯 옥중에서 상서를 올렸네
已用當時法,	이미 당시의 법대로 판결하였으니
誰將此義陳?[279)]	그 누가 이 뜻을 호소하리오?
老吟秋月下,	늙은 몸으로 가을 달 아래서 읊조리고
病起暮江濱.[280)]	병든 몸으로 저녁 장강 강가에서 배회하리
莫怪恩波隔,	성은이 멀다고 탄식하지 말게나
乘槎與問津.[281)282)]	뗏목 타고 하늘에 올라 호소해보겠노라

평석 이백의 일생이 여기에 모두 나타났다. '은일의 뜻도 저버리지 않고', '목생이 단술을 받지 않았듯 영왕 아래 관직이 없었고'는 영왕 이린의 잘못에 연루되지 않았음을 적극 변론하였다.(太白一生, 俱見於此. '未負幽棲', '楚筵辭醴', 極辨其不受永王璘之汚矣.)

해설 이백에게 편지 대신 부친 시이다. 이백의 일생을 중심으로 두 사람의 만남과 우정을 서술하고, 이백의 재능에 대해 높이 평가하였다. 후반부에서는 회재불우의 탄식과 함께 영왕 이린의 모반에 가담하여 곤경에

---

275) 黃公(황공) : 하황공(夏黃公). 상산사호 가운데 하나. 이백이 여산에 은거한 일을 비유하였다.

276) 심주 : 목생의 일을 사용하였다.(用穆生事.)

277) 楚筵(초연) 구 : 초 원왕(楚元王)이 빈객을 접대할 때 술을 마시지 않는 목생(穆生)을 위해 단술을 준비하였다. 한 번은 단술을 차리는 걸 잊자 목생은 칭병하고 떠났다. 『한서』「초원왕전」 참조. 여기서는 이 전고를 이용하여 이백이 영왕 이린이 준 직책을 받지 않았음을 비유하였다.

278) 梁獄上書(양옥상서) : 서한 추양(鄒陽)이 무고를 받아 하옥되었을 때 옥중에서 양효왕에게 상서를 올려 석방되었다. 『사기』「추양열전」 참조. 여기서는 이백이 심양의 옥중에서 자신이 무고함을 밝힌 일을 가리킨다.

279) 심주 : 사마천의 「임안에게 보내는 편지」의 뜻이다.(太史公報任安書中意.)

280) 江濱(강빈) : 장강의 강가. 두보가 이 시를 쓸 때 이백은 이미 사면을 받아 장강 강가의 심양(지금의 구강시)에 돌아갔다.

281) 심주 : 하늘에 호소하고자 한다.(欲上訴於天也.)

282) 乘槎(승사) : 뗏목을 타다. 뗏목을 타고 은하수에 갈 수 있다는 전설을 환기하였다.

처한 처지를 동정하고 변론하였다. 759년 진주에서 지은 것으로 보인다.

입조하는 엄공을 삼가 보내며 10운(奉送嚴公入朝十韻)[283]

鼎湖瞻望遠,[284][285]	승하하신 정호를 바라보니 멀고 아득한데
象闕憲章新.[286]	대종이 즉위하여 대궐의 법도가 새로워라
四海猶多難,	사해 안은 여전히 다사다난한데
中原憶舊臣.	조정에서 그대를 기억하고 불렀어라
與時安反側,[287]	때에 맞추어 반군을 평정하여
自昔有經綸.[288]	전부터 나라를 다스리는 능력이 있었네
感激張天步,[289]	강개하여 국운을 떨쳤고
從容靜塞塵.[290]	조용히 변방의 전쟁을 평정하였네
南圖廻羽翮,[291]	촉 지방에 있다가 날개를 돌려
北極捧星辰.	북극으로 가서 새 군주를 보좌하네
漏鼓還思畫,[292]	물시계와 북소리를 들으며 새벽을 기다릴 터인데

---

283) 嚴公(엄공) : 엄무(嚴武).
284) 심주 : 당시 숙종이 죽었다.(時肅宗晏駕.)
285) 鼎湖(정호) : 전설 속의 황제(黃帝)가 신선이 되어 올라간 곳. 현종과 숙종의 작고를 말한다.
286) 象闕(상궐) : 궁중의 궐문. 조정을 가리킨다. ○ 憲章新(헌장신) : 법도가 새롭다. 대종의 즉위를 가리킨다.
287) 反側(반측) : 몸을 돌리다. 자주 뒤집다. 여기서는 안사의 반군을 가리킨다.
288) 經綸(경륜) : 실을 정리하다. 여기서는 국가의 대사를 계획하고 처리하다.
289) 張天步(장천보) : 국운을 신장하다. 장안 수복을 가리킨다.
290) 靜塞塵(정새진) : 변방의 먼지를 진정시키다. 761년 성도윤 겸 검남절도사로 나간 일을 가리킨다.
291) 南圖(남도) : 도남(圖南)의 뜻과 같다. 『장자』 「소요유」(逍遙遊)에 북명(北冥)에 사는 물고기 곤(鯤)이 새로 변하여 붕새(鵬)가 되는데, "그리고 나서 장차 남쪽으로 가려 한다"(而後乃今將圖南)고 하였다. 여기서는 검남절도사가 되어 지금의 사천에 간 일을 가리킨다.
292) 漏鼓(누고) : 물시계와 북. 모두 시간을 알리는 도구이다.

宮鶯罷囀春.	궁중에 이르면 꾀꼬리도 울지 않은 늦봄이리
空留玉帳術,[293]	여기에는 그대의 용병술이 남아있고
愁殺錦城人.[294]	금관성 사람들은 그대가 없어 슬퍼하리
閣道通丹地,[295]	그대는 잔도를 따라 조정에 가지만
江潭隱白蘋.[296]	나는 강변에서 네가래처럼 은거하네
此生那老蜀?[297]	나의 생이 어찌 촉 지방에서 늙으리오?
不死會歸秦.	죽지 않으면 반드시 장안에 돌아가리라
公若登台輔,[298]	그대가 만약 태보의 자리에 오른다면
臨危莫愛身.[299]	위기에 처하여도 몸을 아끼지 말게나

해설 조정으로 떠나는 엄무를 보내며 쓴 송별시이다. 762년 4월 현종과 숙종이 차례로 죽고 대종이 즉위하였다. 6월에 성도에 있던 엄무가 두 군주의 장례 준비 위원장 격인 '이성산릉교도사'(二聖山陵橋道使)로 소환되어 장안으로 떠나게 되자 두보가 이 시를 지어 주었다. 전반부는 주로 엄무의 공적과 능력을 칭송하고, 후반부는 이별을 당하여 일어나는 자신의 감회와 상대에 대한 당부를 서술하였다.

봄을 슬퍼하며(傷春)

日月還相鬪,[300]	해와 달이 여전히 다투고

---

293) 玉帳術(옥장술) : 용병술. 옥장은 옥으로 장식한 장수의 휘장이다.
294) 심주 : 엄무가 입조하자 촉 지방 사람들이 실망함을 말했다.(言嚴公入朝而蜀人失望.)
295) 丹地(단지) : 황궁을 가리킨다. 궁중은 단사로 바닥을 칠한다.
296) 白蘋(백빈) : 네가래. 개구리밥처럼 생긴 수중 식물로, 수면에 뜬 네 잎이 밭 전(田)자 모양이어서 '전자초'(田字草)라고도 한다.
297) 심주 : 자신을 말하였다.(自謂.)
298) 台輔(태보) : 삼공과 재상의 직위.
299) 심주 : 고인은 정직하고 성실하다.(古人直諒.)

星辰屢合圍.[301]　　　별들이 자주 포개졌어라

不成誅執法,[302]　　　집법성(執法星)을 주멸하지 않으면

焉得變危機?　　　어찌 위기를 바꿀 수 있으랴?

大角纏兵氣,[303]　　　대각성(大角星) 주위에 병란의 기운이 얽히고

鉤陳出帝畿.[304]　　　구진성(鉤陳星)이 장안을 떠나는구나

煙塵昏御道,　　　연기와 먼지가 어도에 자욱한데

耆舊把天衣.[305]　　　원로들이 어의를 잡는구나

行在諸軍闕,　　　행재소에는 호위할 군사가 부족하고

來朝大將稀.　　　조칙을 받들러 오는 대장도 드물어

賢多隱屠釣,[306]　　　현자들은 대부분 소 잡고 낚시하고 있으니

王肯載同歸?　　　왕께선 기꺼이 수레에 태워 모셔 오시려가?

해설 봄날에 조정의 일을 슬퍼하였다. 천문을 내용으로 황제의 피난과 조정의 위기를 걱정하고, 말미에서 현인의 등용을 주장하였다. 이 시는 764년 봄 낭주(閬州)에서 지은 것으로, 전해 연말에 있었던 대종의 섬주 피난을 제재로 하였다. 전해 10월 티베트가 장안을 점령하면서 대종이

---

300) 日月(일월) 구: 천문을 보고 재난을 예측하는 내용 가운데 하나로, 해가 여러 개 나와 서로 싸우면 전쟁이 일어날 징조이다. 일반적으로 전란을 예고하는 전고로 쓰인다. 『진서』 「천문지」 참조.

301) 星辰(성신) 구: 금성, 목성, 수성, 화성, 토성 등 오성 가운데 두 별이 합쳐지면 전쟁이나 천재지변이 일어난다고 한다. 『진서』 「천문지」 참조.

302) 執法(집법): 별 이름. 형벌을 주관한다. 여기서는 환관 정원진(程元振)을 가리킨다. 정원진은 표기대장군으로 권력을 농단하면서 공을 세운 다른 장수를 모해하려 하였다. 763년 10월 티베트가 장안을 공격할 때 곽자의가 구원군을 요청했지만 정원진이 제지하였다. 태상박사 유항(柳伉)이 정원진을 주멸할 것을 상소하여, 이에 대종이 파면시켰다.

303) 大角(대각): 별 이름. 천자를 상징한다.

304) 鉤陳(구진): 별 이름. 북극성 가까이 있어 황제의 후궁을 상징한다. 여기서는 대종을 따라 피난 간 비빈을 가리킨다.

305) 耆舊(기구): 나이가 많고 명망이 있는 사람. ○天衣(천의): 어의(御衣).

306) 屠釣(도조): 도살과 낚시. 강태공은 조가에서 백정으로 소를 도살하였고, 위수 강가에서 낚시를 하였다.

섬주로 피난하였다가 12월에 장안에 환궁하였는데, 시를 보면 두보는 아직 환궁 소식은 듣지 못하였던 것으로 보인다. 연작시 5수 가운데 하나이다.

왕 낭주가 술자리를 차리고 삼촌 십일구와의 작별에 대해 쓴 시에 삼가 답하며(王閬州筵奉酬十一舅惜別之作)[307]

萬壑樹聲滿,	골짜기마다 나뭇잎 소리 가득하고
千崖秋氣高.[308]	산벼랑마다 가을 기운이 높아라
浮舟出郡郭,	성 밖으로 나와 배를 띄우고
別酒寄江濤.[309]	이별의 술을 강물에 부쳐라
良會不復久,	아름다운 만남은 오래가지 못하니
此生何太勞!	인생은 어찌하여 이처럼 수고로운가!
窮愁但有骨,	나는 시름에 절어 뼈만 남았고
群盜尙如毛.	도적들은 아직도 소털처럼 많아라
吾舅惜分手,	나의 삼촌은 이별을 아쉬워하는데
使君寒贈袍.[310]	자사는 추워진다고 도포를 선사하시네
沙頭暮黃鵠,	저물녘 모랫가의 황학 한 마리
失侶亦哀號.	짝을 잃고서 애달프게 우네

---

307) 王閬州(왕낭주) : 낭주자사 왕씨. ○十一舅(십일구) : 최씨.

308) 심주 : 첫머리를 이렇게 세워야 한다.(要爭此起手.)

309) 江(강) : 가릉강(嘉陵江). 낭주 성 서쪽에 소재한다.

310) 使君(사군) : 낭주자사 왕씨. ○贈袍(증포) : 도포를 주다. 전국시대 범수(范雎)는 원래 위나라 중대부 수고(須賈)의 문객이었는데, 박해를 받아 진나라로 달아났다가 이름을 바꾸고 살며 그곳에서 재상이 되었다. 나중에 수고가 진나라에 사신으로 갔을 때 범수가 걸인으로 변장하여 수고를 만나러 갔다. 수고는 그를 불쌍히 여겨 제포(綈袍)를 주었다. 『사기』 「범수채택열전」 참조.

해설 두보의 삼촌 최이십사(崔二十四)가 장안에서 청성(靑城)에 현령으로 부임하였는데, 삼촌 최십일(崔十一)이 그를 보러 청성에 가는 길에 낭주에 들렀다. 이에 낭주자사가 잔치를 베풀어 최십일을 위해 시를 지어 이별을 아쉬워하였다. 두보가 여기에 화답하였다. 763년 9월 낭주에서 지었다.

봄에 돌아와(春歸)

苔徑臨江竹,	이끼 낀 길 이어진 강가의 대나무 숲
茅簷覆地花.	띠풀로 엮은 처마 아래는 땅을 덮은 꽃
別來頻甲子,[311)	떠나온 지 여러 해 지났는데
歸到忽春華.	돌아오니 홀연히 봄꽃이 만발하였네
倚杖看孤石,	지팡이에 의지해 바위를 바라보고
傾壺就淺沙.	술병 기울여 마시며 모래가로 가네
遠鷗浮水靜,	멀리 갈매기는 고요히 물위에 떠 있고
輕燕受風斜.[312)	가벼운 제비는 비스듬히 바람을 받는구나
世路雖多梗,[313)	세상의 길에 나뭇가지처럼 떠다니니
吾生亦有涯.[314)	나의 생도 끝날 날이 있으리라
此身醒復醉,	이 몸이 술에 깨었다가 다시 취하니
乘興卽爲家.	흥에 겨워 이른 곳이 내 집이로구나

---

311) 甲子(갑자) : 세월.
312) 심주 : 갈매기와 제비의 습성과 특징을 각각 '정'(靜)자와 '사'(斜)자로 표현했다.(鷗燕 性情形態, 以'靜'字'斜'字傳出.)
313) 梗(경) : 나뭇가지. 전국시대 소진(蘇秦)은 물에 뜬 나뭇가지로 지위가 낮아 떠도는 처지를 비유하였다. 여기서는 장애물.
314) 吾生(오생) 구 : 사람의 삶이 유한하다. 『장자』 「양생주」(養生主)에 "나의 생은 끝이 있다"(吾生也有涯)란 말이 있다.

해설 다시 찾아온 성도의 초당을 둘러본 견문과 감회를 썼다. 764년 봄에 낭주에서 성도에 돌아갔을 때 지었다.

엄정공의 청사에서 「민산타강화도」를
삼가 관람하다 10운(奉觀嚴鄭公廳事岷山沱江畵圖十韻)[315]

沱水流中座,	타수가 앉은 자리의 가운데로 흘러오고
岷山到北堂.[316]	민산이 북당에 이르렀어라
白波吹粉壁,	흰 물결이 분칠한 벽에서 일어나고
靑嶂揷雕梁.	푸른 봉우리가 조각한 들보 아래 솟아있네
直訝松杉冷,	소나무와 삼나무의 서늘한 기운에 놀라고
兼疑菱荇香.[317)318]	더불어 마름과 연꽃의 향기가 나는 듯하네
雪雲虛點綴,	구름과 눈은 흐리게 접철되어 있고
沙草得微茫.	모래와 풀은 아득히 펼쳐져 있네
嶺雁隨毫末,	고개 위의 기러기는 붓끝 따라 드러났고
川霓飮練光.[319]	강 위의 무지개는 흰 명주 빛을 마시네
霏紅洲蘂亂,	날리는 붉은 빛은 모래톱의 어지러운 꽃들이요

---

315) 嚴鄭公(엄정공): 엄무(嚴武). 763년 정국공(鄭國公)에 봉해졌다. ○廳事(청사): 관청의 사무 보는 곳. ○岷山(민산): 지금의 사천성 북부 송반현(松潘縣) 북쪽 소재. 사천성과 감숙성의 경계에 있다. ○沱江(타강): 민강의 지류. 사천성 중부에 소재한다.

316) 심주: 결국 진짜로 생각하게 하니 제화시는 이 방법을 터득해야 한다.(竟以爲眞, 題畵要得此法.)

317) 심주: 이하는 모두 산수에 대하여 말했다.(以下皆山水對言.)

318) 菱荇(능행): 마름과 노랑어리연꽃. 둘 다 물속에 사는 식물이다. 마름은 여름에 흰 꽃이 피고 뿌리는 양쪽이 뾰족한데 식용한다. 노랑어리연꽃은 잎이 수면에 붙고 여름에 담황색 꽃이 피는데 부드러운 잎은 식용한다.

319) 川霓(천예): 강 위에 뜬 무지개. 전설에 의하면 무지개는 물을 마신다고 한다. 유경숙(劉敬叔)의 『이원』(異苑) 권1 참조. ○練光(연광): 하얀 명주의 빛. 그림에 그려진 물을 가리킨다.

拂黛石蘿長.	스쳐간 검은 빛은 바위 위의 긴 여라 줄기라
暗谷非關雨,	계곡이 어두운 건 비가 와서가 아니며
丹楓不爲霜.	단풍이 붉은 것은 서리가 내려서가 아니라네
秋城玄圃外,[320]	가을 성이 현포 밖에 있어
景物洞庭傍.	경물들은 동정호의 옆에 있는 듯해라
繪事功殊絶,	그림의 공력이 빼어나고 절륜하니
幽襟興激昻.	깊은 흥취가 세차게 일어나는구나
從來謝太傅,[321]	예부터 동진의 사안(謝安)은
丘壑道難忘.[322]	산속에 은거하려는 뜻을 잊지 않았지

해설 그림을 보고 지은 제화시(題畵詩)이다. 764년 가을 엄무가 화가에게 「민산타강도」를 그리게 하여 청사의 벽에 걸고 사람들이 보게 하였다. 그림을 그림으로 보지 않고 현실의 일부로 여기는 묘사가 두보의 다른 시와 마찬가지로 여기서도 뚜렷하다. 말미에서는 사안을 들어 엄무의 산수에 대한 정취를 함께 언급하였다.

선주 사당을 참배하며(謁先主廟)[323]

慘澹風雲會,[324]	용과 호랑이처럼 군신이 만나
乘時各有人.[325][326]	때를 타고 삼국에 군주들이 나타났어라

---

320) 玄圃(현포) : 전설에 나오는 지명으로 곤륜산 꼭대기의 신선이 거주하는 곳이다.
321) 謝太傅(사태부) : 사안(謝安). 동진의 명사이자 재상. 죽은 후 태부로 추증되었다. 산수를 좋아하여 비록 조정의 일을 하더라도 산수에 둔 마음을 거둘 수 없다고 하였다. 『진서』「사안전」참조. 여기서는 사안으로 엄무를 비유하였다.
322) 심주 : 엄무로 귀결하였다.(歸重鄭公.)
323) 先主廟(선주묘) : 유비 사당. 봉절현 동쪽에 소재한다.
324) 風雲會(풍운회) : 『주역』「건」괘의 "구름은 용을 따르고, 바람은 호랑이를 따른다"(雲從龍, 風從虎.)에서 유래했다. 일반적으로 명군과 현신의 만남을 가리킨다.

力侔分社稷,[327]	역량이 비슷하여 천하를 삼분했으나
志屈偃經綸.	뜻이 꺾여 경륜을 더 펴지 못했어라
復漢留長策,	한실을 부흥하려는 장구한 계책을 남겨
中原仗老臣.[328]	중원을 도모하는 일은 늙은 신하에게 맡겼지
雜耕心未已,[329]	제갈량은 둔전하며 통일의 마음 시들지 않았으나
歐血事酸辛.[330]	피를 토했으니 일이 어려워졌어라
霸氣西南歇,[331]	패업의 기운은 서남에서 시들어져
雄圖歷數屯.[332)333]	웅대한 계획과 왕조의 운수는 막혀버렸네
錦江元過楚,	금강은 원래대로 초 지방을 지나가고
劍閣復通秦.[334]	검각은 다시 장안과 통하였네
舊俗存祠廟,	이곳에는 예전의 습속대로 사당이 있어
空山泣鬼神.	적막한 산에 귀신이 흐느끼는구나
虛簷交鳥道,	하늘로 솟은 처마는 험준한 산길과 섞이고
枯木半龍鱗.	오래된 나무는 태반이 용의 비늘을 입었네
竹送清溪月,	맑은 시내 옆의 대숲은 달을 보내고
苔移玉座春.[335]	옥좌의 이끼는 봄을 맞이하네
閭閻兒女換,	여염집의 여인들이 수없이 바뀌었고
歌舞歲時新.	세시에 올리는 가무는 해마다 새로워라

---

325) 심주 : 천하 삼분을 말한다.(謂三分也.)

326) 各有人(각유인) : 각기 사람이 있다. 유비, 조조, 손권을 말한다.

327) 侔(모) : 대등하다. ○分社稷(분사직) : 사직을 나누다. 천하를 삼분하다.

328) 심주 : 제갈량을 가리킨다.(指武侯.)

329) 雜耕(잡경) 구 : 제갈량이 사마의와 위수의 남쪽에서 대치하면서, 둔전으로 오래 주둔
    할 준비를 하였다. 때문에 밭을 가는 병사들이 위수 강가의 농민들과 섞여있었지만
    백성들은 안도하였고 군사들은 사사로운 행동이 없었다. 『촉서』「제갈량전」 참조.

330) 歐血(구혈) : 피를 토하다. 제갈량이 한실을 부흥하기 위해 심혈을 기울이다.

331) 霸氣(패기) 2구 : 제갈량이 죽은 후 촉한이 쇠망한 일을 가리킨다.

332) 심주 : 천명이 촉한을 떠났음을 말하였다.(言天命去蜀.)

333) 歷數(역수) : 왕조가 교체되는 순서. ○屯(둔) : 어렵다. 험난하다.

334) 심주 : 두 구는 촉한이 진으로 흡수되었음을 슬퍼하였다.(二句傷蜀之旋入於晉.)

335) 玉座(옥좌) : 선주 사당 안의 신상을 모시는 자리.

絶域歸舟遠,[336]	외떨어진 곳이라 고향 가는 뱃길이 멀고 멀어
荒城繫馬頻.[337]	황량한 성에 자주 말 타고 왔어라
如何對搖落,	잎이 떨어지는 가을을 어찌 마주 하랴
況乃久風塵?	더구나 오래도록 전란이 그치지 않는데
孰與關張竝,[338]	그 누가 관우와 장비와 나란히 설 수 있고
功臨耿鄧親?[339]	경엄과 등우에 필적할 수 있으랴?
應天才不小,[340]	군주의 재능이 크고 하늘에 순응해야
得士契無鄰.[341]	신하를 얻어도 비할 바 없이 투합하리
遲暮堪帷幄,[342]	늙은 몸이라 나라를 경영할 수 없으니
飄零且釣緡.[343]	타향을 떠돌며 잠시 낚시하며 사노라
向來憂國淚,	전부터 나라를 걱정하는 눈물이
寂寞灑衣巾.	모르는 사이 내 옷과 수건에 뿌려지는구나

평석 삼분할거, 군신의 수어지교, 제갈량의 국궁진췌, 후주의 면박 항복 등이 첫머리 몇 구속에 모두 포함되었으니 얼마나 대단한 필력인가!(三分割據, 君臣魚水, 孔明之鞠躬盡瘁, 後主之面縛出降, 起數句中包括殆盡, 何等筆力!) ○ '외떨어진 곳이라 고향 가는 뱃길이 멀고' 이하는 순전히 자신을 슬퍼한 말로, 지금 전란이 아직 그치지 않는데 누가 관우와 장비같이 충성스럽고 용기가 있으며, 공훈이 경엄과 등우에 필적하겠느냐고 말하였다. 만약 영명한

336) 絶域(절역) : 멀리 떨어진 지역. 기주(夔州)를 가리킨다.
337) 심주 : 여기서 선주를 참배하면서 자신의 회포를 서술했다.(此謁先主而自抒懷抱.)
338) 關張(관장) : 관우와 장비.
339) 耿鄧(경등) : 경엄(耿弇)과 등우(鄧禹). 동한의 개국 공신. 경엄은 전공이 탁월하여 건위대장군이 되었으며 호치후(好畤侯)에 봉해졌다. 등우는 전장군으로 대사도(大司徒)가 되었다.
340) 應天(응천) : 하늘의 뜻에 순응함.
341) 契(계) : 서로 어울리다. 의기가 투합하다. ○ 無鄰(무린) : 나란히 비교할 대상이 없다.
342) 堪(감) : 어찌 할 수 있으랴. ○ 帷幄(유악) : 군중의 휘장. 일반적으로 전략을 의미한다. 유방은 "천막 안에서 계책을 써서 천 리 밖의 승리를 결정한다. 나는 장량보다 못하다."(夫運籌帷幄之中, 決勝於千里之外, 吾不如子房.)고 하였다. 『사기』 「고조본기」 참조.
343) 釣緡(조민) : 낚싯줄. 낚시를 가리킨다.

군주가 하늘의 뜻에 따라 나와서 신하와 의기투합한다면 내 비록 나이가 들었어도 오히려 함께 휘장에서 계책을 마련할 수 있을 것이다. 그러나 떠돌며 때를 만나지 못했으니 나라 걱정에 눈물을 멈출 수 없다. 만약 말단에서 여전히 선주에 대해 말한다면 전후가 중복됨을 면하기 어려울 것이다.('絶域歸舟'下, 純是自傷語, 謂今風塵未靖, 孰與關張佇其忠勇, 而其功可與耿鄧相親者乎? 使有英主應天而出, 得士相契, 則吾雖遲暮, 猶堪共謀帷幄; 惟飄零不偶, 所以憂國之淚, 不能自已也. 若末段仍說向先主, 不免前後重複.)

해설 삼협의 봉절에 있는 유비의 사당을 참배하고 지었다. 유비는 222년 동오를 공격하였으나 패하여 백제성으로 돌아왔고, 다음 해 223년 4월에 봉절의 백제성 영안궁에서 죽었다. 사당의 모습과 주위의 경관을 함께 묘사하였으며, 후반부에서 시국에 대한 걱정을 나타내었다. 역사 속의 일을 현실과 연결하여 표현하는 두보의 특징이 잘 드러났다. 766년 가을에 봉절에서 지었다.

동둔의 달밤(東屯月夜)

抱病漂萍老,[344]	늙은이가 병을 안고 부평초처럼 흘러온 곳은
防邊舊穀屯.[345]	예전에 변방을 방비하며 곡식 창고 둔 곳이라네
春農親異俗,	봄 농사 지으며 이역의 풍속을 알고
歲月在衡門.[346]	한 해를 누추한 집에서 보내는구나
靑女霜楓重,[347]	서리의 여신 청녀(靑女)가 된서리를 내리고

---

344) 漂萍(표평) : 떠도는 부평초. 떠도는 자신을 비유하였다.
345) 防邊(방변) 구 : 동둔은 원래 공손술이 식량을 저장하고 병사를 훈련시키는 곳이었다.
346) 衡門(형문) : 두 기둥에 가로 막대 하나를 가로 질러 만든 문. 가난하고 초라한 집이나 은자의 거처를 가리킨다. 『시경』「형문」(衡門)에 "가로 막대로 문을 삼아도, 편안히 쉴 수 있으니"(衡門之下, 可以棲遲.)란 말이 있다.
347) 靑女(청녀) : 서리와 눈을 주관하는 여신. 『회남자』「천문훈」참조.

黃牛峽水喧.[348]	황우협의 물소리가 깊은 밤에 크게 들려라
泥留虎鬪跡,	진흙 위에는 호랑이가 싸운 흔적이 찍혀있고
月挂客愁邨.[349]	달은 나그네가 시름하는 마을 위에 걸려있네
喬木澄稀影,	높은 나무가 성긴 가지를 맑게 이끌고
輕雲倚細根.[350]	가벼운 구름이 높은 바위에 기대어 있네
數驚聞雀噪,	참새가 우는 소리에 자주 놀라고
暫睡想猿蹲.	원숭이가 앉은 모양으로 잠시 잠이 드네
日轉東方白,	해가 돌아 동방이 밝아오는데
風來北斗昏.[351]	바람이 불어 북두성이 어두워라
天寒不成寢,	날씨가 추워 잠을 이루지 못하는데
無夢寄歸魂.	고향에 돌아갈 혼을 맡길 꿈도 없어라

해설 동둔의 풍광을 묘사하고 장안을 그리는 마음을 표현하였다. 제목에서 달밤이라 했지만 사실은 낮부터 밤까지, 그리고 밤을 지새고 새벽까지의 풍광을 그리며 자신의 감개를 나타내었다. 767년 가을에 지었다.

---

348) 黃牛峽(황우협) : 호북성 의창시 서쪽 45킬로미터쯤 떨어진 장강 남안에 있다. 산 위에 늘어선 봉우리의 모습이 마치 신선이 소를 끌고 가는 모습이다. 예전에 이곳은 강물이 굽이돌고 물살이 급하여 나무배로 강을 거슬러 여러 날을 올라도 여전히 황우산을 벗어나지 못하였다고 한다.

349) 심주 : 뛰어난 구이다.(俊句.)

350) 輕雲(경운) 구 : 구름이 바위 밑에서 일어난다. 때문에 바위를 운근(雲根)이라고 한다.

351) 北斗昏(북두혼) : 북두성이 어둡다. 도성이 아직 전란 속에 있음을 비유하였다.

장순(張巡)

휴양을 지키며 지음(守睢陽作)[1]

接戰春來苦,[2]	봄부터 힘들게 싸워왔는데
孤城日漸危.	외로운 성이 날이 갈수록 위태로워라
合圍侔月暈,[3]	적의 포위는 달무리처럼 긴박하고
分守若魚麗.[4]	나누어 지휘하니 어려진(魚麗陣)과 같구나
屢厭黃塵起,	누런 먼지 몇 번이나 일어났던가
時將白羽揮.	때로 백우선으로 군사들을 지휘한다
裹瘡猶出陣,	상처를 감싸고도 여전히 출전하고
飮血更登陴.[5]	피울음을 삼키며 다시 성위에 오른다
忠信應難敵,	충성과 믿음으로 어려운 적과 맞서는데
堅貞諒不移.	굳셈과 절조를 진실로 바꿀 수 없어
無人報天子,	천자에게 알릴 사람이 없으니
心計欲何施?	계책은 어떻게 펼쳐야 하는가?

해설 안사의 반군에 포위된 휴양성을 지키며 쓴 시이다. 당시 장순은 진원령(眞源令)으로 전투 중에 휴양성에 들어가게 되었으며, 휴양태수 허원(許遠)과 고립무원의 상황 속에 싸우다 죽었다. 권10에 실린 「피리 소리

---

1) 睢陽(휴양) : 지금의 하남성 상구시 휴양구. 역사상 박(亳), 송국(宋國), 양국(梁國) 등으로 불렸다.
2) 接戰(접전) 구 : 안사의 반군이 휴양 성을 공격하면서 장순은 군사들을 독려하여 전투해야 했으며 하루에 이십 번을 싸우기도 하였다. 『자치통감』 '지덕 2재'조 참조.
3) 侔(모) : 대등하다. 상당하다. ○月暈(월훈) : 달무리. 적의 포위가 엄밀함을 말한다.
4) 分守(분수) : 나누어 지키다. 장순은 휴양태수 허원(許遠)과 성을 나누어 지켰는데, 장순이 동북을 맡고 허원이 서남을 맡았다. ○魚麗(어려) : 진법(陣法)의 이름.
5) 飮血(음혈) : 피울음을 삼키다. ○陴(비) : 성 위의 낮은 담장.

를 들으며」(聞笛)도 같은 때 지었다. 757년 10월 휴양성이 함락되기 전에
지었다.

왕계우(王季友)

옥항아리 속의 얼음(玉壺冰)[1]

玉壺知素潔,[2]	옥항아리는 희고 깨끗한 얼음과 어울리는데
止水復中澄.	물이 굳은 채 안이 맑아라
堅白能虛受,[3][4]	단단하고 하얘서 비었기에 받아들일 수 있고
清寒得自凝.[5]	얼음은 맑고 차가워서 절로 응결될 수 있어라
分形同曉鏡,	형태를 나누면 새벽 거울과 같고
照物掩宵燈.	물건을 비추면 저녁 등불이 없어도 되는구나
壁映圓光徹,	둥근 빛이 환하게 벽에 투영되고
人驚爽氣凌.	상쾌한 기운이 올라와 사람이 놀란다
金罍何足貴?[6]	황금 술병이 어찌 귀하랴?
瑤席幾回升.[7]	화려한 잔치에 몇 번 오를 뿐이지
正值求珪瓚,[8]	마침 제사에 옥 술잔을 구한다고 하니

---

1) 심주 : 시첩시.(試帖.)
2) 知(지) : 어울리다. ○ 素潔(소결) : 희고 깨끗하다. 얼음을 가리킨다.
3) 심주 : 옥항아리.(玉壺.)
4) 堅白(견백) : 옥항아리가 단단하고 흰 데서 사람의 굳고 맑은 품성을 비유하였다.
5) 심주 : 얼음.(冰.)
6) 金罍(금뢰) : 황금으로 만든 술독. 모양이 항아리와 비슷하다.
7) 瑤席(요석) : 옥으로 만든 자리. 화려한 잔치를 가리킨다.
8) 珪瓚(규찬) : 제사에 사용하는 옥 술잔.

提携共飲冰.[9]　　　가지고 가서 함께 얼음을 먹으리라

해설 얼음이 든 옥항아리로 사람의 굳세고 견결하고 순결한 품성을 비유
하였다. 옥항아리와 얼음을 각각 나누어 묘사하다가 함께 결합하여 서술
했다. 이 제재는 남조의 포조(鮑照)가 「백두음을 본떠 지음」(代白頭吟)에서
"곧기는 붉은 실줄과 같고, 맑기는 옥항아리의 얼음과 같다"(直如朱絲繩,
淸如玉壺冰)는 말에서 유래하였다.

이화(李華)

상서 도당의 와송(尙書都堂瓦松)[1][2]

華省秘仙蹤,[3]	화려한 관서에 신선의 발자취 숨어있어
高堂露瓦松.	높은 대청 위에 와송이 나왔어라
葉因春後長,	잎은 봄이 되어 자라기 시작하고
花爲雨來濃.	꽃은 비가 오고난 뒤 짙어졌구나
影混鴛鴦色,[4]	그림자는 원앙의 색이 섞여있고

---

9) 飲冰(음빙) : 명령을 받아 일을 수행하며 일어나는 근심. 명을 수행하며 노심초사 노
력한다는 뜻이 들어 있다. 『장자』 「인간세」에 "지금 저는 아침에 명을 받아 저녁에
얼음을 마셨는데, 속이 타기 때문입니다"(今吾朝受命而夕飲冰, 我其內熱與?)란 말에
서 나왔다.

1) 심주 : 시첩시.(試帖.)

2) 尙書都堂(상서도당) : 상서성의 중앙에 있는 청사. ○瓦松(와송) : 풀이름. 와화(瓦花)
라고도 한다. 바위솔. 기와 또는 깊은 산의 바위틈에 자란다.

3) 華省(화성) : 고관이 드나드는 관서. 여기서는 상서성을 가리킨다. ○仙蹤(선종) : 신
선의 발자취. 와송이 기와 위에서 자라므로 그 자취가 특이하여 선종이라 하였다.

4) 鴛鴦色(원앙색) : 청자색.

光含翡翠容.　　　　　빛은 비취의 모습이 깃들어 있어

近天忻所寄,　　　　　하늘에 가까워 깃들어 사는 걸 즐거워하고

拔地歎無從.5)　　　　땅에서 자라면 기댈 곳이 없어 탄식하여라

接棟凌雙闕,6)　　　　궁궐과 접해 있어 쌍궐보다 높고

連甍盖九重.7)　　　　용마루와 이어져 궁궐을 덮고 있네

寧知深澗底,　　　　　어찌 알았으랴, 깊은 계곡 밑에 있었더라면

霜雪歲兼封?8)　　　　눈과 서리에 내내 갇혀있었을 것을

평석 섬세한 기교에 빠지지 않았으며, 말미의 뜻이 청원하여 비속한 격에서 벗어나 있다.(不落纖巧, 結意脫祈請卑格.)

해설 상서성 중앙 건물의 기와에 난 바위솔을 노래한 영물시이다. 바위솔 자체와 관련된 전고가 거의 없다 보니 잎과 꽃, 빛과 그림자 등 형상을 묘사하는데 주력하였으며, 궁중의 기와 위에서 자란다는 점에서 고상하고 높은 지위를 연상하였다. 성시(省試)에 출제된 제재로 당대 시인들의 일반적인 시상과 시작법을 알려준다.

---

5) 無從(무종) : 따를 수가 없다.
6) 接棟(접동) : 궁전과 이어지다.
7) 甍(맹) : 용마루. ○九重(구중) : 구중궁궐.
8) 兼封(겸봉) : 겹으로 봉쇄하다.

유장경(劉長卿)

서하사 동봉에서 남제 명 징군의 고택을 찾아(棲霞寺東峰尋南齊明徵君故居)[1][2]

山人今不見,	산인(山人)은 지금 보이지 않고
山鳥自相從.	산새만 절로 서로를 쫓는구나
長嘯辭齊主,[3]	길게 읊조리며 제나라 군주를 떠나

---

1) 심주 : 명승소의 자는 휴열이다. 집을 희사하여 절로 만들었으며, 제나라 군주가 징초하였지만 가지 않았다.(明僧紹字休烈, 舍宅爲寺, 齊帝徵之不出.)

2) 棲霞寺(서하사) : 상원(上元, 남경시)의 동북에 있는 섭산(攝山, 서하산)에 소재한 절.

3) 長嘯(장소) : 입을 좁게 하여 길게 소리 내는 것. 오늘날의 휘파람과 비슷하다. 일반적으로 시를 읊조린다는 뜻으로 사용된다. 위진남북조시대에 소(嘯)는 사인들 사이에 자신의 고오(高傲)함을 드러내는 표시였다.

終身臥此峰.	종신토록 이 봉우리에서 누웠었지
泉源通石徑,	샘물은 돌길 사이를 흐르고
澗戶掩塵容.[4]	문 앞의 석간수는 속세의 먼지를 막았다네
古墓依寒草,	무덤에 덮여 있는 차가운 풀
前朝寄老松.[5]	옛 왕조 때 자란 오래된 노송
片雲生斷壁,	조각구름은 끊어진 절벽에서 나오고
萬壑遍疎鐘.	온 골짜기에 성긴 종소리가 퍼져라
惆悵空歸去,	슬픈 마음으로 하릴없이 돌아가니
猶疑林下逢.	그래도 숲 아래서 만날 수 있을 듯

해설 서하사에 들러 명승소의 자취를 찾았다. 고결한 삶을 살았던 은자를 그리워하며 맑은 산수 환경으로 그의 정신을 형상화하였다. 말미에서는 지극한 추념의 정이 깊은 여운을 남긴다. "조각구름은 끊어진 절벽에서 나오고, 온 골짜기에 성긴 종소리가 퍼진다"는 유현한 의경을 표현한 명구이다.

행영에서 여 시어에 답하며(行營酬呂侍御)[6]

不敢淮南臥,[7]	급암처럼 차마 회남에 은거하지 못하고
來趨漢將營.	그대는 한나라 장수의 병영으로 달려왔구나
受辭瞻左鉞,[8]	황제가 내린 토벌의 명을 받아

---

4) 塵容(진용) : 속세의 모습.
5) 前朝(전조) : 이전의 왕조. 여기서는 남조 제나라.
6) 行營(행영) : 출정 나간 군영. 지덕 연간 이후 각 중진(重鎭)에 행영을 설치하였다. ○呂侍御(여시어) : 미상. 이희렬의 막부에 소속된 시어이다.
7) 淮南臥(회남와) : 회남에 은거하다. 한 무제가 급암(汲黯)을 회양태수(淮陽太守)로 징초하였으나 급암이 칭병하며 나가지 않은 일을 가리킨다.
8) 左鉞(좌월) : 『상서』 「목서」(牧誓)에 "왕이 왼손에는 황금 도끼를 들고 오른손에는 흰

扶疾往前旌.[9]	병든 몸인데도 앞장 서 나왔어라
井稅鶉衣樂,[10]	기운 옷을 입은 백성도 즐거이 전세(田稅)를 내고
壺漿鶴髮迎.[11]	백발 노인도 밥과 물을 들고 맞이하여라
水歸餘斷岸,[12]	강물은 막아둔 강둑에 가득하고
烽至掩孤城.[13]	봉화가 오르자 외떨어진 성을 포위하네
晚日歸千騎,	날이 저물자 기병 천 기가 돌아오고
秋風合五兵.[14]	가을바람이 불자 다섯 군대가 모이네
孔璋才素健,[15]	진림의 재주가 평소 건재하니
早晚檄書成.	조만간 격문이 완성되리라

해설 전투에 참여한 여 시어를 칭송하였다. 781년 6월 산남동도절도사 양숭의(梁崇義)가 조정에 반기를 들자, 조정에서는 회서절도사 이희렬(李希烈)더러 군사를 이끌고 토벌하라고 하였다. 이희렬의 군대가 수주(隨州, 호북 隨縣)에 들어와 주둔하면서 그 수하에 있는 여 시어도 종군하며 시를 보냈다. 당시 수주자사로 있던 유장경은 위 시를 지어 답하였다. 당시 이희렬은 이십 년 가까이 계속된 양양과 형주 지역의 반란을 종식시켰다.

깃발을 들고 지휘한다'(王左杖黃鉞, 右秉白旄以麾.)는 말이 있다. 여기에서 나아가 황제의 명령을 받아 군대를 이끌고 무력을 행사한다는 뜻으로도 쓰인다.

9) 扶疾(부질) : 병이 난 채로.

10) 井稅(정세) : 전세(田稅). 논밭에 부과되는 조세. ○ 鶉衣(순의) : 이리저리 기워서 누더기처럼 헤어진 옷.

11) 壺漿(호장) : 광주리의 밥과 물병의 물. 백성들이 밥과 물을 들고 나와 자신을 지키는 군대를 환영하다. 『맹자』「양혜왕」에 "백성들이 광주리에 밥을 담고 물병에 물을 담아 왕의 군대를 맞이할 것입니다"(簞食壺漿, 以迎王師.)는 말이 있다. ○ 鶴髮(학발) : 백발의 노인.

12) 심주 : 수해가 난 다음이다.(水災後.)

13) 심주 : 전란이 일어난 다음이다.(兵後.)

14) 五兵(오병) : 다섯 종류의 병기. 또는 군대를 가리킨다.

15) 孔璋(공장) : 진림(陳琳). 자가 공장(孔璋)이다. 동한 말기 문인으로, 건안칠자(建安七子)의 한 사람이다. 처음에는 원소(袁紹) 아래 장서기(掌書記)로 있다가, 원소가 패한 후 조조(曹操) 아래에서 기실(記室)이 되었다. 격문 쓰는데 뛰어났다.

도림사 서쪽에서 돌길로 녹산사에 이르러
 법숭 선사의 고가에 들르다(自道林寺西入石路至麓山寺, 過法崇師故居)[16][17]

山僧候谷口,	산의 스님은 계곡 입구에서 나를 기다려
石路拂莓苔.[18]	함께 이끼를 스치며 돌길을 오르네
深入泉源去,	샘의 근원으로 깊이 들어가
遙從樹杪回.	나뭇가지 끝에서 멀리 돌아가니
香隨靑靄散,[19]	향기는 푸른 기운 따라 흩어지고
鐘過白雲來.	종소리는 흰 구름에서 들려오는구나
野雪空齋掩,	들 밖의 눈이 빈 승방을 덮고
山風古殿開.	산의 바람이 오래된 문을 열어주는구나
桂寒知自發,[20]	차가운 계수나무는 저 홀로 자랐을 터인데
松老問誰栽.	오래된 소나무는 누가 심었는지 물어보네
惆悵湘江水,	슬퍼라, 상강(湘江)의 강물이여
何人更渡杯?[21]	그 누가 다시 나무 술잔을 타고 강을 건너랴?

해설 악록산의 법숭 선사의 고가를 찾아가 지었다. 산 아래에서 도림사의 스님을 만나 그를 따라 산 위에 오르며 녹산사의 고가를 찾는 과정으로 전개하였다. 제5, 6구는 지극히 유현하고, 제7, 8구도 한아한 정취를 잘 그려내었다. 법숭 선사는 이미 작고한 뒤라 그 생전의 자취만이라도 둘러보고자 했음을 말미에 알 수 있다.

---

16) 심주 : 절은 장사 악록산 아래에 있다.(寺在長沙岳麓山下.)
17) 道林寺(도림사) : 호남성 장사 서남 악록산 아래에 소재했다. ○麓山寺(녹산사) : 악록산 위에 있다. 돌계단 백여 개 위에 있다. ○法崇(법숭) : 미상.
18) 莓苔(매태) : 이끼.
19) 靑靄(청애) : 자주색의 구름 기운.
20) 심주 : 이하 4구는 '고가'를 가리켜 말했다.(以下四語指'故居'言.)
21) 渡杯(도배) : 술잔을 타고 강을 건너다. 남조 유송시대의 한 승려는 신력이 뛰어나 항상 나무 술잔을 타고 강을 건넜다고 한다. 『전등록』 참조.

흡주로 설 시랑을 뵈러 가는 정열을 보내며(送鄭說之歙州謁薛侍郎)[22][23]

漂泊來千里,[24]	그대가 천 리 먼 길을 흘러서 가면
謳歌滿百城.[25][26]	그곳의 모든 백성들이 치적을 노래하리
漢家尊太守,[27][28]	한나라에서는 태수를 존중하였고
魯國重諸生.[29]	노나라에서는 유학자를 중시하였지
俗變人難理,	풍속을 교화하고 다스리기는 어려운 일인데
江傳水至淸.	강물은 지극히 맑게 흘러가리라
船經危石住,	배는 위태로운 바위 아래 지나가다 멈추고
路入亂山行.	길은 어지러운 산으로 들어가 이어지리
老得滄州趣,	늙은 몸으로 창주(滄州)의 정취를 얻었는데
春傷白髮情.	봄이 되매 백발을 슬퍼하노라
嘗聞馬南郡,[30][31]	일찍이 들은 바로는 남군태수 마융은
門下有康成.[32]	문하에 정현이 있었다 하더라

해설 흡주로 설 태수를 찾아가는 정열을 보내며 지은 시이다. 때문에 시

---

[22] 심주 : 당시 시어는 흡주자사로 출임하였다.(時侍御出守歙.)
[23] 鄭說(정열) : 장주위(長洲尉)를 역임한 기록이 보이며, 다른 행적은 미상. ○歙州(흡주) : 신안군(新安郡). 치소는 지금의 안휘성 흡현(歙縣). ○薛侍郎(설시랑) : 설옹(薛邕). 본래 이부시랑으로 773년 흡주자사로 폄적되었다.
[24] 심주 : 정열을 가리킨다.(指鄭.)
[25] 심주 : 설 시랑을 가리킨다.(指薛.)
[26] 謳歌(구가) : 민가. 설 시랑의 치적에 백성들이 노래하다. ○百城(백성) : 모든 마을과 성.
[27] 심주 : 설 시랑.(薛.)
[28] 漢家(한가) 구 : 한 선제(漢宣帝)는 태수를 정치의 근본으로 보고, 치적이 있는 사람에게는 봉록을 높이고 상금을 내리거나 관내후로 작위를 내렸다. 『한서』「순리전」(循吏傳) 참조.
[29] 심주 : 정열.(鄭.)
[30] 심주 : 마융은 남군태수였다.(馬融爲南郡守.)
[31] 馬南郡(마남군) : 남군태수 마융. 한 환제(漢桓帝) 때 남군태수가 되었으며, 통유(通儒)로 천 명이 넘는 생도를 배양하였다. 『후한서』「마융전」 참조.
[32] 康成(강성) : 정현(鄭玄). 마융으로부터 학문을 배웠다.

에서는 설 태수와 정열을 번갈아가며 언급하였고, 말미에서도 두 사람의
관계를 마음과 정현으로 비유하였다. 중간에 지나가는 여정과 자신의 처
지도 끼어 넣었다. 775년경 의흥(義興)에 한거하고 있을 때 지은 것으로
보인다.

죄를 지은 후 간월정에 올라 지음(負罪後登干越亭作)[33][34]

天南愁望絶,	하늘의 남쪽 끝을 근심스레 바라보나니
亭上柳條新.	정자 위에 버들가지 새로워라
落日獨歸鳥,	떨어지는 해에 새 한 마리 돌아오는데
孤舟何處人?[35]	쪽배에 탄 사람은 어디로 가는가?
生涯投越徼,[36]	생애의 끝에서 백월의 변방으로 가니
世業陷胡塵.	대대로 전해온 업적이 이역에 묻히는구나
杳杳鍾陵暮,[37]	아득히 멀리 종릉(鍾陵)이 저물고
悠悠鄱水春.[38]	유유히 흐르는 반수(鄱水) 강이 봄이어라
秦臺悲白首,[39]	백발이 되어 어사대에 묶인 몸을 슬퍼하고
楚澤怨靑蘋.[40]	굴원처럼 초 지방을 헤매는 신세를 원망해

---

33) 심주 : 요주에 소재한다.(在饒州府.)
34) 干越亭(간월정) : 요주(饒州) 여간(餘干)현의 동남에 있다.
35) 심주 : 새는 둥지로 돌아가고 사람은 쪽배에 머무른다고 감흥의 언어를 지으니 더욱
    깊은 맛이 난다.(言鳥歸故處, 人滯孤舟, 作感興語看, 愈有味.)
36) 越徼(월요) : 백월의 변방. 남파(南巴)는 지금의 광동성 무명시(茂名市고) 일대로 바
    다와 인접하며, 고대 백월의 남쪽 변경에 해당한다.
37) 鍾陵(종릉) : 홍주(洪州)의 치소. 지금의 강서 남창시.
38) 鄱水(파수) : 요주(饒州) 파양현(鄱陽縣)을 흐르며, 파양호로 들어간다.
39) 秦臺(진대) : 진나라의 곡대전(曲臺殿). 천하의 잘잘못을 판결하는 곳으로 알려졌다.
    『한서』 「추양전」(鄒陽傳) 참조. 여기서는 어사대(御史臺).
40) 楚澤(초택) : 초나라 소택지. 『사기』 「굴원열전」에 "굴원이 방축된 후 강과 호수를 떠
    돌며 강가에서 읊으니 얼굴은 초췌하고 모습은 말랐다"(屈原既放, 遊於江潭, 行吟澤
    畔, 顏色憔悴, 形容枯槁.)고 하였다.

草色迷征路,	풀빛이 우거져 가는 길을 모르겠는데
鶯聲傍逐臣.	꾀꼬리 소리는 방축된 신하를 따르는구나
獨醒翻引笑,[41]	홀로 깨어 있는 탓에 오히려 남의 웃음을 사고
直道不容身.	바른 길에 들어서도 몸을 깃들지 못하는구나
得罪風霜苦,	죄를 얻으니 바람과 서리에 힘들지만
全生天地仁.[42]	몸을 보전케 하시니 하늘 같은 베품이라
青山數行淚,	청산에서는 몇 줄기 눈물을 흘리는 처지이고
滄海一窮鱗.	창해에서는 궁지에 몰린 물고기 같아라
牢落機心盡[43]	외톨이로 기심(機心)마저 다 없어졌으니
唯憐鷗鳥親.	오로지 갈매기와 벗을 할거나

해설 남파(南巴)로 폄적되어 가는 도중 여간(餘干)의 간월정에 올라 감회를 펼쳤다. 자신이 당한 억울한 처지를 호소할 길 없는 적막감 속에서, 자신의 인생과 사회와의 관계를 돌아보았다. 높은 누대에 올라 인생과 사회 전반을 통찰하는 문학적 전통은 왕찬의 「등루부」에서 본격적으로 시작하여 역대로 계속 이어져 왔는데, 이 시 역시 그러하다.

---

41) 獨醒(독성) : 혼자 깨어있다. 『초사』「어부」(漁父)에서 어부가 굴원에게 "세상이 모두 혼탁한데 나 홀로 맑고, 사람들이 모두 취했는데 나만 혼자 깨어있으니, 그런 연유로 내쳐졌소"(擧世皆濁我獨淸, 衆人皆醉我獨醒, 是以見放.)라고 말하였다.
42) 심주 : 군주의 은택을 찬미하는 데로 귀결시켰으니 『시경』 시인의 뜻이 있다.(歸美君恩, 風人之旨.)
43) 牢落(뇌락) : 영락. 요락. 의탁할 곳 없이 외떨어져 있는 모양. ○ 機心(기심) : 세상의 이익과 영예에 묶인 마음.

광주로 부임하는 서 대부를 보내며(送徐大夫赴廣州)⁴⁴⁾

上將壇場拜,⁴⁵⁾	상장(上將)을 단(壇) 위에 모셔 임명하는 건
南荒羽檄招.⁴⁶⁾	남방에서 우서가 긴급하게 부르기 때문
遠人來百粵,⁴⁷⁾	멀리 백월에 가는 사람은
元老事三朝.⁴⁸⁾	원로로서 세 군주를 모셨어라
霧繞龍川暗,⁴⁹⁾	안개는 용천(龍川)을 감싸 어둡고
山連象郡遙.⁵⁰⁾	산은 상군(象郡)과 이어져 멀어라
路分江淼淼,⁵¹⁾	길은 드넓은 강물 때문에 나누어지고
軍動馬蕭蕭.	군대는 우는 말을 이끌고 행군하리라
畵角知秋氣,	뿔 나팔 소리에 가을의 기운을 느끼고
樓船逐暮潮.	높은 누선이 저녁 조수를 따라가리라
當令輸貢賦⁵²⁾	응당 공물과 군역을 납부하게 하여
不使外夷驕.	이민족들이 교만하지 않도록 해야 하리

해설 멀리 광동으로 부임하는 서 대부를 보내며 쓴 시이다. 영남의 지명
과 기후로 지역적 특색을 환기하였고, 지방관이자 절도관찰사로 가기 때

---

44) 徐大夫(서대부) : 서호(徐浩). 대종 때 중서사인, 집현전학사, 공부시랑을 역임하였다.
767년 광주자사 및 영남절도관찰사 겸 어사대부에 임명되었다.
45) 壇場(단장) : 제사, 즉위, 회맹, 장수 임명 등을 위해 만든 단. 한 고조 유방이 한신을
대장군으로 임명하기 위하여 재계를 하고 단을 만든 일이 유명하다. 『한서』「고제
기」 참조.
46) 南荒(남황) : 남방의 황벽한 곳. 영남 지방을 가리킨다.
47) 百粵(백월) : 百越(백월)이라고도 쓴다. 고대 중국 남방 민족의 총칭으로, 지금의 절
강성, 복건성, 광동성, 광서성 등지에 거주하던 민족들을 말한다.
48) 元老(원로) : 나이가 많고 덕망이 높은 신하. ○三朝(삼조) : 세 군주. 서호는 현종, 숙
종, 대종의 세 군주 아래서 벼슬을 하였다.
49) 龍川(용천) : 지금의 광동성 동북부에 소재. 용이 땅을 뚫고 나왔다는 전설이 있다.
50) 象郡(상군) : 진대에 설치된 군. 치소는 지금의 광서 숭좌현(崇左縣).
51) 淼淼(묘묘) : 물이 드넓은 모양.
52) 貢賦(공부) : 토공(土貢)과 군부(軍賦). 진귀한 특산품과 군수 물자.

문에 문무 양 방면의 능력을 칭송하였다.

전기(錢起)

상령의 슬 연주(湘靈鼓瑟)[1][2]

善鼓雲和瑟,[3]	잘도 타는구나, 운화산의 슬(瑟)
常聞帝子靈.[4]	언제나 들었었지, 상부인(湘夫人)이 뜯던 음악
馮夷空自舞,[5]	일찍이 강가의 하백은 저도 모르게 춤추었다지만
楚客不堪聽.[6]	초 지방으로 유배 온 사람은 차마 듣기 힘들었다지
苦調凄金石,[7]	애절한 곡조는 종과 경쇠보다 더 처절하고
清音入杳冥.[8]	맑고 높은 음조는 아득히 하늘 끝까지 퍼져간다
蒼梧來怨慕,[9]	창오산의 순 임금도 와서 애타게 원망하고

---

1) 심주: 성시.(省試.)

2) 湘靈(상령): 상수의 여신. 전설에는 요 임금의 두 딸 아황(娥皇)과 여영(女英)이 순 임금의 비가 되었는데, 순 임금이 창오에서 죽자 상수에 빠져 죽어 강물의 신이 되었다고 한다. 『초사』 「원유」(遠遊)에 "상수의 여신이 슬을 타게 하여"(使湘靈鼓瑟兮)라는 말이 있다.

3) 雲和(운화): 산 이름. 『주례』 「춘관」(春官)에 "운화산의 금슬"(雲和之琴瑟)이란 말이 있다.

4) 帝子(제자): 상령(湘靈)을 가리킨다. 『구가』(九歌) 「상부인」(湘夫人)에 "요 임금의 딸 상부인이 북안에 강림했으나, 희미한 모습에 나 상군을 근심스럽게 하네"(帝子降兮北渚, 目眇眇兮愁予.)란 구절이 있다. 여기서는 요 임금의 두 딸 아황과 여영을 가리킨다.

5) 馮夷(풍이): 강의 신으로 하백(河伯)이라고도 한다.

6) 楚客(초객): 초 지방으로 온 나그네. 일반적으로 초 지방에 좌천되어 온 사람으로 가의(賈誼) 등을 가리킨다.

7) 苦調(고조): 애절한 가락. ○ 金石(금석): 종과 경쇠 등의 악기.

8) 杳冥(묘명): 아득히 멀고 어두운 곳.

白芷動芳馨.[10]　　　구릿대 향초도 음악 듣고 더 짙은 향 뿜어내네
流水傳湘浦,[11]　　　음악은 강물처럼 상수(湘水)의 포구까지 흘러가고
悲風過洞庭.[12]　　　가락은 바람 되어 아득히 동정호를 지나간다
曲終人不見,　　　　곡은 끝났어도 사람은 보이지 않은데
江上數峰靑.[13]　　　강물 위로 떠 있는 몇 점의 푸른 봉우리

평석 말미의 두 구는 진실로 좋은데, 그래도 시인의 의중에서 나온 말이다. 귀신이 만들었다고 말하는 사람이 있는데 이는 비방에 지나지 않는다.(落句固好, 然亦詩人意中所有, 謂得自鬼語, 蓋謗之耳.)

해설 전설 속의 상부인이 뜯는 음악을 묘사하였다. 동정호와 상수를 배경으로 전설 속의 인물과 신들을 등장시켜 애절한 음악의 의경을 만들어내었다. 말 2구는 사람 입에 회자하는 뛰어난 구로, 현란하고 처연한 음악이 일으키는 상상 속에서 갑자기 되돌아온 현실 세계를 보여준다. 이 현실 세계는 신화와 음악이 있던 바로 그 현장이며 그래서 환상은 더욱 절실한 존재감을 갖게 된다. 청대 왕세정(王世貞)은 『예원치언』(藝苑巵言)에서 "일억 편 가운데서 한 편 있을 정도"(億不得一)의 걸작이라고 하였다. 이 시는 750년 성시(省試)에서 출제된 시험에 제출한 시이다. 성시는 각 주현(州縣)에서 보낸 공사(貢士)를 모아 상서성 예부에서 주관하여 치루는 시험으로, 회시(會試) 또는 예부시(禮部試)라고도 한다. 당시 전기

---

9) 蒼梧(창오) : 산 이름. 지금의 구의산(九嶷山). 호남성 영원현(寧遠縣) 소재. 순 임금이 죽은 곳. 여신이 켜는 슬(瑟)의 곡조가 창오에서 순 임금의 죽음을 애타게 원망한다는 뜻이다.
10) 白芷(백지) : 향초의 일종. 구릿대. ○ 馨(형) : 멀리까지 가는 향기.
11) 湘浦(상포) : 상수 강의 포구. 상수는 구의산에서 발원하여 동정호로 흘러든다. 포구에는 이별의 뜻이 깃들어 있다. 『구가』(九歌) 「하백」(河伯)에 "내 남포에서 미인을 보내네"(送美人兮南浦)란 말이 있다.
12) 洞庭(동정) : 동정호. 호남성 북부, 양자강 중류에 소재한다.
13) 심주 : 신운(神韻)이 심원하여 끝이 없다.(遠神不盡.)

를 비롯하여 심중창(沈仲昌), 가옹(賈邕) 등 모두 21명이 급제하였다.

옥산 춘로의 벽에 적다(題玉山村叟壁)[14]

谷口好泉石,[15]	계곡 입구엔 좋은 샘물과 바위가 있어
居人能陸沈.[16][17]	야인이 은거할 수 있어라
牛羊下山小,	산을 내려오는 소와 양이 작게 보이고
煙火隔雲深.	밥 짓는 연기가 구름 속에서 깊어라
一徑入溪色,	한 줄기 오솔길이 계곡으로 들어가고
數家連竹陰.	몇 채의 집이 대숲에 가려 있다
藏虹辭晚雨,	무지개는 저녁 비 그치자 솟아오르고
驚隼落殘禽.	놀란 새매는 남아 있는 새를 향해 떨어진다
涉趣皆流目,[18]	건너고 걸으며 여기저기 바라보고
將歸羨在林.	돌아가려고 하니 부러운 것은 숲 속에 모두 있어
却思黃綬事,[19]	오히려 관직에 대한 생각에 빠져 있느라
孤負紫芝心.[20]	은거에 대한 생각을 저버렸구나

---

14) 玉山(옥산): 남전산(藍田山)을 가리킨다. 장안 남쪽 교외에 있으며, 종남산의 일부이다.

15) 谷口(곡구): 망천 계곡의 입구. 전기의 별장이 있었다. 또 곡구(谷口)는 한 성제(漢成帝) 때 은사 정박(鄭璞)이 곡구(谷口, 지금의 섬서성 涇陽縣 서북)에 살았으므로 은거지를 가리킨다.

16) 심주: 사람 속의 은자는 마치 물이 빠진 땅이 낮아지는 것과 같다.(人中隱者, 如無水而沈.)

17) 陸沈(육침): 육지가 가라앉는다는 말로, 사람들이 알지 못한다는 뜻을 취하여 은거를 가리킨다.

18) 涉趣(섭취): 건너고 걷다. ○ 流目(유목): 여기저기 마음대로 바라봄.

19) 黃綬(황수): 황색의 인끈. 한대에 이백 석 이상의 관리는 동인에 황색 인끈을 사용했다. 후대에는 현승이나 현위 등 하급 관리를 의미한다. 전기가 남전위에 임명된 일을 말한다.

20) 紫芝心(자지심): 은거의 뜻. 상산사호가 진나라의 폭정을 피해 상산(商山)에 들어가 '자지가(紫芝歌)'를 부른 데서 유래했다. 가사 중에 "빛나는 자주색 영지로, 굶주림을

해설 남전산에서 만난 촌로의 한적한 생활을 찬미하였다. 담아하고 소박한 경지는 왕유와 닮아 있으며, 단순하고 평범한 경치를 신선하고 운치있게 빚어내었다. 말미에서 당시 현위로 있던 자신의 모습을 돌아봄으로써 은거에 대한 대비를 드러내었다.

태원 행영으로 부임하는 왕 사군을 보내며(送王使君赴太原行營)[21]

太白明無象,[22]	태백성이 전란의 징조를 예고하니
皇威未戰戈.[23]	황제가 위엄을 세우며 다시 병기를 꺼내었어라
諸侯持節鉞,[24]	제후가 부절과 부월을 들고
千里控山河.	천 리 멀리 산하를 막으러 나간다
漢驛雙旌度,[25]	역참에는 한 쌍의 깃발이 지나가고
胡沙七騎過.[26]	북방 사막에는 일곱 기병이 길을 열어
驚蓬連雁起,	놀란 쑥대는 기러기와 함께 일어나고
牧馬入雲多.	말들은 구름 속으로 들어가듯 많아라
不賣盧龍塞,[27]	전공으로 노룡새를 팔지 않고

면할 수 있지"(燁燁紫芝, 可以療飢.)"라는 말이 있다.

21) 太原行營(태원행영) : 하동절도사의 병영.
22) 太白(태백) : 태백성. 금성. 고대에는 금성이 살벌(殺伐)을 관장한다고 보았다. ○ 無象(무상) : 평소의 모습을 잃다. 전란을 의미한다.
23) 戰戈(집과) : 병기를 거두다. 전쟁을 그치다.
24) 節鉞(절월) : 부절과 부월(斧鉞).
25) 漢驛(한역) : 역참. ○ 雙旌(쌍정) : 한 쌍의 깃발. 당대에는 절도사의 출행에 한 쌍의 깃발을 의장으로 들고 간다. 『신당서』「백관지」(百官志)에 절도사가 "떠나는 날, 깃발 한 쌍과 절 한 쌍을 하사한다"(辭日, 賜雙旌雙節.)고 하였다.
26) 七騎(칠기) : 칠추(七騶). 관원이 행차할 때 앞에서 길을 여는 일곱 명의 기병.
27) 盧龍塞(노룡새) : 지금의 하북성 희봉구(喜逢口) 부근의 관문. 고대에는 동북 지역으로 통하는 교통의 요충지였다. 삼국시대 조조가 오환을 정벌할 때 전주(田疇)가 향도가 되어 노룡새를 나갔다. 이후 평강을 거쳐 백량퇴에 오르고 유성(柳城)을 압박할 수 있었다. 돌아와 논공행상을 할 때 전주에게 정후(亭侯)의 작위를 내리자 전주

能消瀚海波.[28]　　　사막의 분란을 잠재울 수 있으리

須傳出師頌,[29]　　　모름지기「출사송」을 보내노니

莫奏式微歌.[30]　　　「식미」의 노래를 부르지 말게나

해설 하동절도사로 부임하는 왕 사군을 보내며 지었다. 전반부에서 부임하게 된 배경과 행군의 과정을 그리고, 후반부에서 상을 받기 위해서가 아니라 나라를 위해서 공을 세우기를 면려하였다.

선성 장 태수의 「남정의 가을 저녁에 친구를 그리며」에 삼가 화답하며(奉和宣城張太守南亭秋夕懷友)

池館螇蛄聲,[31]　　　연못과 객사에는 쓰르라미 우는 소리

梧桐秋露晴.　　　오동나무 잎에는 가을 이슬 맑아라

月臨朱戟靜,[32]　　　달은 붉은 문극(門戟) 위에 고요하고

　　　는 사양하며 "어찌 노룡구를 팔아 상으로 바꾸겠습니까!"(豈可賣盧龍之塞, 以易賞祿哉?)라고 말하였다. 『위서』(魏書)「전주전」참조. 이 구는 상을 바라지 말고 공을 세우라는 뜻이다.

28) 瀚海(한해) : 대사막. 당대에는 몽골 고비 사막에서 신강에 이르는 광대한 지역을 가리켰다. 바이칼 호수라는 설도 있으나 취하지 않는다.

29) 出師頌(출사송) : 동한 사잠(史岑)이 지은 작품. 한 안제(漢安帝) 때 서강(西羌)이 반란을 일으키자 호분중랑장 등척(鄧隲)이 군사를 이끌고 가 토벌하였다. 안제가 몸소 평락관(平樂觀)에 나가 등척을 전송하자 사잠이 이 글을 지었다. 『문선』권47에 실려 있다.

30) 式微(식미) : 『시경』「패풍」(邶風)에 있는 「식미」(式微)를 가리킨다. 여기서는 시의 "날 저물고 어두워지려 하니, 어찌 돌아가지 않는가!"(式微, 式微, 胡不歸!)라는 구절을 가리켜, 날이 어두워진다는 뜻과 함께 쇠약해진다는 뜻으로 쓰였다.

31) 螇蛄(혜고) : 쓰르라미. 서한 회남소산(淮南小山)이 지은 「은사를 부르다」(招隱士)에 "한 해가 저물도록 내 마음 근심하는데, 쓰르라미는 찌르찌르 소리 내어 우네"(歲暮兮不自聊, 螇蛄鳴兮啾啾)란 구절이 있다.

32) 朱戟(주극) : 붉은 창. 문극(門戟)을 가리킨다. 관청의 대문 양측에 의장으로 세우는 창으로, 당대에 상주(上州)에서는 열두 개를 세우고, 중주(中州)와 하주(下州)는 열

河近畵樓明. 33)34)　　은하수는 화려한 누대에 다가와 밝은데

捲幔浮涼入, 35)　　휘장을 걷고 가벼운 한기 속에 들어서서

聞鐘永夜淸.　　맑은 밤에 종소리를 들어라

片雲懸曙斗, 36)　　조각구름이 새벽 북두성에 걸려있고

數雁過秋城.　　몇 마리 기러기가 가을 성을 지나가

羽扇揚風暇, 37)　　부채로 인정(仁政)의 바람 일으키며

瑤琴悵別情. 38)　　옥 거문고로 이별을 아쉬워하는구나

江山飛麗藻, 39)　　강산에 아름다운 글이 뿌려지니

謝朓讓詩名. 40)　　사조(謝朓)가 높은 시명을 양보해야 하리라

해설 선성태수의 시에 화답하였다. 때문에 제목으로 되어 있는 '가을 저
녁에 친구를 그리며'도 자신의 친구가 아니라 장 태수의 친구에 대한 것
이므로, 여기서도 장 태수에 대한 묘사가 중심을 이룬다. 중간 부분에서
서늘한 가을밤의 정취를 잘 표현해내었다.

　　개를 세웠다.
33) 심주 : '가을 저녁'을 아름답게 묘사했다.(寫秋夕妍麗.)
34) 河(하) : 은하수.
35) 浮涼(부량) : 가벼운 한기.
36) 曙斗(서두) : 새벽의 북두성.
37) 羽扇(우선) 구 : 동진 때 원굉(袁宏)이 이부랑에서 동양태수로 나갈 때 명사들이 야
　　정(冶亭)에서 송별하였다. 사안(謝安)이 좌우에서 부채 하나를 취하여 선물로 주었
　　다. 이에 원굉이 즉석에서 말하기를 "잠시 어진 바람을 일으켜 백성들을 위로하겠습
　　니다"(輒當擧揚仁風, 慰彼黎庶.)고 하였다. 『진서』「원굉전」참조.
38) 심주 : '친구를 그리다'는 뜻을 나타냈다.(見'懷友'意.)
39) 麗藻(여조) : 아름다운 시문. 여기서는 장 태수의 시를 가리킨다.
40) 謝朓(사조) : 남조 제나라 시인. 일찍이 선성태수를 역임하였다.

황보염(皇甫冉)

신라에 사신으로 가는 귀 중승을 보내며(送歸中丞使新羅)[1]

詔使殊方遠,[2]	황제의 사신이 멀리 이역으로 나가니
朝儀舊典行.[3]	조정에선 예전의 예절을 시행하는구나
浮天無盡處,	하늘에 떠서 끝이 없는 곳에 가매
望日計前程.	해를 바라보며 앞길을 재어야 하리
暫喜孤山出,	외딴 산이 나오면 잠시 기뻐하고
長愁積水縈.	바다가 둘러서 이어지면 오래 시름겨우리
野風飄疊鼓,[4]	야외의 바람에 빠른 북소리가 날리고
海雨濕危旌.[5]	바다의 비에 높은 깃발이 젖으리
異俗知文教,[6]	이국의 풍속에 문교를 전하니
通儒有令名.[7]	큰 학자께서 아름다운 이름을 남기리라
還將大戴禮,[8]	게다가 장차 『대대례기』를 가지고 가니
方外授諸生.[9]	신라의 여러 생도들에게 전수하리라

---

1) 歸中丞(귀중승) : 귀숭경(歸崇敬, 712~799년). 자는 정례(正禮)이고, 소주 오현(吳縣, 소주시) 사람이다. 예학(禮學)을 했으며 명물(名物)에 밝다. 명경과에 급제하였으며 국자직강(國子直講)이 되었다. 사문박사(四門博士), 좌습유, 공부상서, 병부상서 등을 역임했다.
2) 詔使(조사) : 황제가 파견한 사신. ○ 殊方(수방) : 이역. 신라를 가리킨다.
3) 朝儀(조의) : 조정의 예의. ○ 舊典(구전) : 예전의 제도.
4) 疊鼓(첩고) : 북을 가볍고 빠르게 반복하여 침.
5) 危旌(위정) : 높이 솟은 깃발.
6) 文教(문교) : 예악으로 실시하는 교화.
7) 通儒(통유) : 고금을 널리 알고 학식이 넓은 유학자. 여기서는 귀숭경을 가리킨다. ○ 令名(영명) : 아름다운 이름.
8) 大戴禮(대대례) : 『대대례기』. 서한 대덕(戴德)이 편찬하였으며, 원래 팔십오 편이나 현재 삼십구 편이 남아 있다. 귀숭경은 『대대례기』와 『예기』에 정통하였고, 조정의 예식을 논의할 때 자주 참가하였다. 『구당서』 「귀숭경전」 참조.

해설 신라에 사신으로 떠나는 귀숭경(歸崇敬)을 보내며 준 송별시이다. 765년 경덕왕이 죽고 혜공왕이 즉위하자 767년 신라의 김은거 등이 당에 가서 책봉을 청하였다. 이에 당은 768년 2월 창부랑중(倉部郎中) 겸 어사중승 귀숭경(歸崇敬)을 정사로 하고 육정(陸珽)과 고음(顧愔)을 부사로 하여 사절단을 파견하였다. 당시 황보염을 비롯하여 황보증(皇甫曾), 경위(耿湋), 이단(李端), 길중부(吉中孚) 등이 위의 시와 같은 제목의 송별시를 썼고, 독고급(獨孤及)이 서문을, 전기(錢起)가 부사 육정에게 주는 시를, 고황(顧況)은 사촌형 고음에게 주는 시를 썼다. 768년에 썼다.

하남 정 소윤의 남정에서 하동으로 돌아가는
정 판관을 보내며(河南鄭少尹城南亭送鄭判官還河東)[10]

使臣懷餞席,[11]	떠나는 사신은 이별의 자리를 생각하는데
亞尹有前溪.[12][13]	소윤(少尹)은 아쉬워 「전계곡」을 노래하는구나
客是仙舟裏,[14]	나그네는 신선처럼 배를 타고
塗從御苑西.[15]	어원의 서쪽에서 길을 떠나는구나

---

9) 方外(방외) : 역외(域外). 여기서는 신라를 가리킨다.

10) 河南(하남) : 하남부(河南府). 낙양을 가리킨다. ○少尹(소윤) : 부윤(府尹)을 보좌하는 직책. ○河東(하동) : 하동절도사. 치소는 태원(太原).

11) 심주 : 정 판관.(鄭判官.)

12) 심주 : 소윤.(少尹.)

13) 亞尹(아윤) : 소윤(少尹). ○前溪(전계) : 남조의 「전계곡」(前溪曲)을 가리킨다. 곡 가운데 "꽃이 지면 물 따라 가니, 어느 때 물 따라 돌아오나?"(花落隨流去, 何見著流還?)란 말이 있다. 이 구는 이별을 아쉬워한다는 뜻이다.

14) 仙舟(선주) : 신선이 탄 배. 동한 때 곽태(郭泰)가 낙양에 놀러갔을 때 하남윤 이응(李膺)이 그를 높이 평가하며 친하게 되었다. 곽태가 고향으로 돌아가려 하자 명사들과 선비들이 황하 강가로 전송을 나갔는데 수레가 수천 량이나 되었다. 곽태와 이응이 배를 타고 강을 건너는데, 사람들이 바라보니 신선과 같았다.

15) 御苑(어원) : 동도원(東都苑)을 가리킨다. 상림원(上林苑) 또는 신도원(神都苑)이라고도 한다. 낙양성 서쪽에 소재했다.

泉聲喧暗竹,　　　　샘물 소리는 무성한 대숲에 소란하고

草色引長堤.　　　　풀빛은 긴 제방을 따라 이어져

故絳靑山在,[16]　　　고강(故絳)에는 청산이 있고

新田綠樹齊.[17]　　　신전(新田)에는 푸른 나무 가지런하리

天秋聞別鶴,　　　　가을이 온 하늘에선 외떨어진 학 울음 들리고

關曉待鳴雞.[18]　　　새벽이 밝은 관문에선 닭 울기를 기다리리

應歎沈冥者[19][20]　　물속에 잠긴 사람을 탄식해야 하니

年年津路迷.　　　　해마다 나루터를 찾지 못해 헤매는구나

해설 하동절도사로 돌아가는 정 판관을 보내며 지은 시이다. 전별의 장
소가 정 소윤의 남정이므로 그에 대해서도 언급했지만, 주로 정 판관에
대해서 필묵을 할애했다. 낙양을 떠나 하동절도사에 이르기까지의 서정
적인 여정을 주로 묘사하였다. 정연한 대우 속에 장율의 전아한 풍격이
잘 어우러졌다.

---

16)　故絳(고강) : 고대의 지명. 춘추시대 진(晉)의 고도(古都)이다. 당대의 익성(翼城)으로
　　지금의 산서성 익성현이다.
17)　新田(신전) : 고대의 지명. 춘추시대 진(晉)의 고도(古都)로, 경공(景公)이 이곳으로
　　천도하였다. 당대의 강주(絳州)로, 지금의 산서성 후마시(侯馬市).
18)　關曉(관효) : 고대 관문의 관리 원칙으로, 닭이 울고 하늘이 밝아오면 관문을 열었다.
　　『사기』「맹상군열전」참조.
19)　심주 : 자신을 말한다.(自謂.)
20)　沈冥者(침명자) : 매몰된 사람. 시인 자신을 가리킨다.

이가우(李嘉祐)

원 낭중의 「도적을 깬 후 섬중 산수를 지나다」에
화답하며(和袁郎中破賊後經剡中山水)[1]

授律仙郎貴,[2]	군명을 내려 낭관을 귀하게 여기니
長驅下會稽.[3]	멀리 내달려 회계로 내려갔다네
鳴笳山月曉,	호가를 울리면 산의 달에 새벽이 밝아오고
搖旆野雲低.	깃발을 흔들면 들의 구름이 낮게 깔리어라
翦寇人皆賀,[4]	적을 진압하니 사람들이 모두 축하하고
回軍馬自嘶.	회군하여 돌아오니 말이 스스로 우는구나
地閑春草綠,	한가한 땅에 봄풀이 푸르고
城靜夜烏啼.	조용한 성에 밤 까마귀가 우짖어
破竹清閩嶺,[5]	파죽지세로 민(閩) 지방의 산지를 소탕하고

---

1) 袁郎中(원랑중) : 원참(袁傪). 756년 진사과 급제. 762년 하남부원수 이광필의 행군사
마, 검교병부랑중 겸 어사중승이 되었다. 763년 원조(袁晁)의 기의군을 진압하여 태
자우서자(太子右庶子)가 되었다. 이후에도 농민군을 진압하였으며, 777년 병부시랑
이 되었다. ○破賊(파적) : 도적을 치다. 원조의 농민 기의군을 진압한 일을 가리킨
다. ○剡中(섬중) : 섬현(剡縣). 지금의 절강성 승현(嵊縣)과 신창현(新昌縣) 일대.

2) 授律(수률) : 명령을 내리다. 율(律)은 군율(軍律). ○仙郎(선랑) : 상서성 낭관. 당대
에는 상서성을 중시하여 상서성을 선각(仙閣), 선조(仙曹), 선서(仙署) 등이라고 불
렀다. 여기서는 원참을 가리킨다.

3) 會稽(회계) : 회계군. 치소는 지금의 절강성 소흥시.

4) 翦寇(전구) : 적을 소멸시키다.

5) 破竹(파죽) : 거침없는 기세로 승리하다. 대나무의 한 끝에 칼을 대면 그 다음은 별다
른 저항 없이 쉽게 쪼개지는 것과 같은 파죽지세의 승리. 서진의 두예(杜預)가 강릉
과 무창을 함락하자 호분(胡奮)이 동오의 수도는 봄을 기다려 공격하자고 했다. 두예
는 이에 대해 반론을 제기하면서 "지금 군사의 위력이 크게 떨쳐 대나무를 쪼개는
것과 같이 마디 몇 개만 치면 그 다음은 모두 칼날에 따라 쪼개질 것이오"(今兵威已
振, 譬如破竹, 數節之後, 皆迎刃而解.)라며 진군을 쉬지 않았다. 『진서』 「두예전」 참
조. ○閩嶺(민령) : 민 지방의 산. 지금의 복건성과 절강성 사이의 산지. 원조(袁晁)의

看花入剡溪.[6]   꽃을 보며 섬계(剡溪)로 들어가네

元戎催獻捷,[7]   원수께서 승전보를 올리라 재촉하시니

莫道事攀躋.[8]   일이 어렵다고 말하지 말게

평석 경치 묘사는 모두 도적을 깬 후에 본 것으로 필세가 근엄하다.(寫景俱帶定破賊後, 下筆謹嚴.)

해설 원참의 전공을 높이 칭송하였다. 원참은 763년 3월 절강의 원조(袁晁)가 일으킨 농민 기의군을 진압하였다. 그 곳은 아름다운 산수로 유명한 섬계의 남쪽으로, 돌아오는 길에 섬계를 지나오게 되었다. 원참이 이일을 시로 쓴 데 대해 이가우가 화답시를 지었다. 이외에 유장경(劉長卿)과 황보염(皇甫冉)의 화답시도 남아있다.

한굉(韓翃)

유주로 부임하는 왕 상공을 삼가 보내며(奉送王相公赴幽州)[1]

黃閣開帷幄,[2]   황각(黃閣)에서 군막을 열고

    기의군은 일찍이 온주(溫州), 구주(衢州) 등지를 점령했다. 모두 복주(福州)와 경계를 두고 있는 지역이다.

6) 剡溪(섬계) : 대계(戴溪)라고도 한다. 지금의 절강성 승현(嵊縣)에 있는 조아강(曹娥江)의 상류.

7) 元戎(원융) : 통수(統帥). 대장. 여기서는 이광필(李光弼)을 가리킨다. 당시 태위 겸 시중, 하남부원수였다.

8) 攀躋(반제) : 손으로 잡고 오르고, 발을 디뎌 오르다. 산에 오르다.

1) 王相公(왕상공) : 왕진(王縉). 왕유의 동생. 시어사(侍御史), 무부원외랑(武部員外郎), 태원소윤(太原少尹), 좌산기상시(左散騎常侍) 등을 역임했고 대종(代宗) 때인 764년에는 재상이 되었다. 768년 하남부원수 겸 유주절도사가 되었다.

丹墀侍冕旒.[3]　　　붉은 계단에서 황제를 모시었어라

位高湯左相,[4]　　　높은 자리는 탕왕의 좌상(左相)에 해당하고

權總漢諸侯.[5]　　　권한은 군정 대권을 쥔 한나라 제후와 같아

不改周南化,[6]　　　『주남』(周南)의 교화를 계속 실시하면서

仍分趙北憂.[7]　　　여전히 하북의 군벌에 근심했어라

雙旌過易水,[8]　　　한 쌍의 깃발을 앞세우고 역수(易水)를 건너

千騎入幽州.　　　기병 천 기를 이끌고 유주(幽州)로 들어가리

塞草連天暮,　　　변새의 풀은 하늘과 이어져 저물고

邊風動地秋.[9]　　　변방의 바람은 대지를 흔들며 가을이 되리

無因隨遠道,　　　먼 길을 따라 나설 수 없어

結束佩吳鉤.[10]　　　군장을 꾸리고 명검을 찰 뿐

해설 유주로 부임하는 재상 왕진을 보내며 지은 시이다. 왕진은 왕유의
동생으로 정치적 치적이 많았다. 유주는 안록산의 근거지로 중요한 지역

---

2) 黃閣(황각) : 재상이 근무하는 관서. 여기서는 재상. ○ 帷幄(유악) : 군막.

3) 丹墀(단지) : 丹墀(단지) : 전각 앞의 붉은 칠을 한 계단 상면. ○ 冕旒(면류) : 황제의
관. 황제를 가리킨다.

4) 湯左相(탕좌상) : 상나라 탕왕의 좌상 중훼(仲虺).

5) 漢諸侯(한제후) : 한나라의 제후. 여기서는 당시 지방의 군정 대권을 장악하고 있는
절도사와 자사를 가리킨다.

6) 周南化(주남화) : 교화. 『모시서』에 "『주남』과 『소남』은 처음을 바로잡는 길이며, 왕
이 백성을 교화하는 기본이다"(周南, 召南, 正始之道, 王化之基.)는 말이 있다.

7) 趙北(조북) : 하북 지방. 조(趙)는 전국시대 조나라의 강역으로 지금의 하북성 서남부
이다. 당시 안사의 난 이후 하북 지방은 군벌의 할거 상태에 들어갔다.

8) 雙旌(쌍정) : 한 쌍의 깃발. 당대에는 절도사의 출행에 한 쌍의 깃발을 의장으로 들
고 간다. 『신당서』 「백관지」(百官志)에 절도사가 "떠나는 날, 깃발 한 쌍과 절 한 쌍
을 하사한다"(辭日, 賜雙旌雙節.)고 하였다. ○ 易水(역수) : 지금의 하북성 역현(易縣)
에 소재한 강. 북경의 서남쪽에 위치한다.

9) 秋(추) : 가을. 송별하는 때가 칠월이므로, 왕 상공이 유주에 도착할 때는 가을이 된
다는 뜻이다.

10) 結束(결속) : 행장을 꾸리다. ○ 吳鉤(오구) : 춘추시대 오나라에서 만든 휘어진 검. 일
반적으로 날카로운 검을 말한다.

이므로 특히 역량 있는 대신을 보냈다. 768년 7월 지었다.

노륜(盧綸)

종군의 노래(從軍行)[1]

二十在邊城,[2]	스물에 변방의 성에 살면서
軍中得勇名.	군중에서 용맹한 이름을 얻었지
卷旗收敗馬,	깃발을 말며 패전한 말을 거두고
占磧擁殘兵.[3]	진지를 기반으로 잔병을 모았지
覆陣烏鳶起,[4][5]	복병을 심으면 까마귀와 새매가 날아오르고
燒山草木明.[6]	산을 태우면 초목이 환하게 타올랐지
塞閑思遠獵,	변경이 한가하면 멀리 사냥 나갈 생각을 하고
師老厭分營.[7]	군대가 피폐하면 분대 파견을 꺼리곤 하였지
雪嶺無人跡,	설산에는 인적이 없고

---

1) 從軍行(종군행) : 악부제의 하나로 '상화가사'에 속한다. 군대생활의 어려움을 내용으로 한다. 노륜은 784년부터 하중절도사 혼감(渾瑊)의 판관으로 들어가 십 년 이상을 막부에 있었다. 이 기간에 지은 것으로 보인다.

2) 二十(이십) : 남자가 성인이 되는 때. 한대 명장 이광은 나이 이십에 흉노와 크고 작은 전투 70여 회를 치루었다. 『한서』「이광전」 참조.

3) 占磧(점적) : 사막을 점유하다. 통제하다.

4) 심주 : 손무자가 말했다. "새가 일어날 수 있는 것은 엎드려 있었기 때문이다." '覆' (복)은 '伏'(복)과 같다.(孫武子云 : "鳥起者, 伏也." '覆同伏').

5) 覆陣(복진) : 복병.

6) 燒山(소산) : 산을 불태우다. 적의 엄폐를 방지하기 위해 미리 초목을 태운다.

7) 師老(사로) : 군대가 장기간 전투를 하면서 피폐해짐. ○分營(분영) : 적의 진영으로 더욱 깊이 침투하기 위해 군대를 나누다.

冰河有雁聲.	빙하에서 기러기 소리뿐
李陵甘此沒,[8]	이릉이 여기에서 기꺼이 항복하였으니
惆悵漢公卿.[9]	한나라 공경들이 슬퍼했다네

해설 변방의 상황을 그린 변새시이다. 변새시는 일반적으로 황량한 변지의 풍광을 배경으로 고향을 그리워하거나 국가를 위해 헌신할 것을 맹세하는 내용인데, 이 시는 한대에 흉노에 항복한 이릉을 제재로 하였다. 이릉에 대해서는 당시부터 역대로 논쟁이 분분한 인물로 그 공과에 대해 사람마다 다른 평가를 내렸다. 여기서는 중당시기 번진이 발호하고 조정의 공경들은 지방의 절도사가 공을 세우는 것을 시기하는 상황에서, 조정의 통제를 벗어나거나 반란을 일으키는 장수를 비판하는 것으로 보인다. 말구가 이를 말해주고 있다.

남중으로 가는 사신을 만나 영남의 친구에게 부침(逢南中使, 因寄嶺外故人)[10]

見說南來處,[11]	듣자하니 남으로 내려가면
蒼梧接桂林.[12]	창오에서 계림이 이어져 있다지

---

8) 李陵(이릉) : 한 무제 때 활동한 장수. 이광(李廣)의 손자. 이릉이 흉노의 병력을 분산시킨다며 자청하여 오천의 군사를 이끌고 나갔으나, 흉노의 팔만 대군에 포위되었다. 흉노 만 명을 죽였으나 자신의 군사도 반이 죽고 군량도 떨어지고 구원병도 오지 않아 흉노에 항복하였다. 한 무제는 거짓 항복인 줄 모르고 이릉의 구족을 멸하였다. 『한서』 「이릉전」(李陵傳) 참조.

9) 惆悵(추창) 구 : 소제(昭帝)가 즉위하여 흉노와 화친을 맺게 되자, 이릉과 친했던 곽광(霍光)과 상관걸(上官桀)이 이릉의 친구 임입정(任立政)을 보내 이릉을 불렀다. 그러나 이릉은 "가기는 쉬워도 재차 굴욕을 받을까 걱정되니 어찌하겠는가!"(歸易耳, 恐再辱, 奈何!)라고 하면서, "장부는 재차 굴욕을 받을 수 없다"(丈夫不能再辱)며 흉노 지역에 남았다.

10) 南中(남중) : 영남 지역. ○ 嶺外(영외) : 영남. 광동성과 광서를 가리킨다.

11) 見說(견설) : 듣다.

12) 蒼梧(창오) : 창오군(蒼梧郡). 치소는 지금의 광서 오주시(梧州市). 계주(桂州) 시안군

過秋天更暖,　　　가을이 지나도 날씨가 더욱 따뜻해지고

邊海日長陰.　　　변방의 바다엔 날마다 구름이 자주 낀다지

巴路緣雲出,[13]　　파촉에서는 구름을 따라 길이 나 있고

蠻鄉入洞深.[14]　　남만의 마을은 깊은 동굴 속에 있다지

信廻人自老,　　　편지가 돌아오면 사람은 벌써 늙었고

夢到月應沈.[15][16]　꿈속에 도착하면 이미 달이 저물 때라

碧水通春色,　　　비췻빛 강물은 봄빛으로 이어지고

青山寄遠心.　　　푸른 산으로 먼 곳을 그리는 내 마음 부치네

炎方難久客,[17]　　무더운 남방은 나그네가 오래 머물기 어려워

爲爾一沾襟.　　　그대를 생각하니 옷깃이 온통 다 젖는구려

해설 영남에 좌천되어 간 친구를 그리워한 시이다. 마침 업무로 가는 사신이 있어 그 편으로 위 시를 적어 보냈다. 가을과 바다로 특이한 풍광을 그리고, 파촉과 남만으로 찾아가는 길의 험난함을 말하고, 편지와 꿈으로 머나먼 길을 나타내고, 강물과 산으로 사신과 보내는 시를 말하고, 말미에서 친구가 조속히 돌아오기를 기원하였다.

　　(始安郡)과 오주(梧州) 창오군은 접경해 있다. 일반적으로 창오산(지금의 九嶷山)을 가리키는 경우가 많다. 이 산을 경계로 남북으로 호북성과 광서성이 나뉜다.

13)　巴路(파로) : 파 지방의 산길. 파촉에서 산길로 영남으로 가는 길이 있다.

14)　蠻鄉(만향) 구 : 남방의 비한족들은 동굴에 들어가 사는 경우가 많았다.

15)　심주 : '편지가 돌아오면' 두 구는 고심하여 얻어내었다.('信廻'二句, 苦心得之.)

16)　夢到(몽도) 구 : 고대 사람들은 꿈에 사람을 만나는 것은 상대방의 영혼이 멀리 왔기 때문이라고 생각하였다. 영남에서 중원까지는 멀기 때문에 영혼이 오면서 벌써 밤이 새었다는 뜻을 말하였다.

17)　炎方(염방) : 남방의 무더운 지역.

한준(韓準)

평석 이후의 시는 대부분 시첩시이다. 이 형식은 일반적으로 6운으로 되어 있다. 제1연은 제목을 제시하고, 제2연은 제목의 뜻을 쓰되 모두 드러낼 필요는 없다. 제3, 4연에서 정면으로 쓰되 밝고 투명하게 깊은 의미를 드러내야 한다. 제5연은 제목의 뜻에 대해 다른 방향에서 통합하여 풀어내고, 제6연에서 마무리를 짓는다. 대략 후대의 '첩괄' 형식으로 합격자는 형식과 표준에 맞아야 한다. 당시의 재능있는 문사들은 매번 자세하게 생각하며 격을 낮추어 제작하였다. 이백과 두보는 격을 낮추지 않았기 때문에 결국 급제의 방식으로 나가지 않았다. 당대 시 가운데 뛰어난 작품은 몇 편 안되어, 여기서는 골기가 높고, 언어가 전아한 것으로 시를 배우는 사람에게 길잡이가 되는 것을 취하였다. 청탁하는 어조에 비굴한 작품은 일체 제외하였다. 연을 늘인 작품은 고정된 틀에 변화를 준 것으로, 교묘한 마음에 깊이 있게 천착한 사람이 할 수 있으나, 자세히 써서 번거롭게 해서는 안된다.(以下多試帖. 此體凡六韻 : 起聯點題, 次聯寫題意, 不用說盡 ; 三四聯正寫, 發揮明透 ; 五聯題後推開 ; 六聯收束. 略似後代帖括體式, 合格者入彀. 當時才士, 每細心揣摩, 降格爲之. 李杜二公不能降格, 終不遇也. 唐人中佳者寥寥, 玆取骨氣近高, 辭章近雅者, 爲學詩人導以先路, 一切祈請卑屈者斥之. 至於增加多韻, 變化方板, 巧心濬發者自能之, 無煩覼縷爲也.)

청명일에 백관에게 새 불을 하사하다(淸明日賜百僚新火)[1][2]

朱騎傳紅燭,[3]　　　　　말을 탄 관리가 붉은 촛불을 전해주고

---

1) 심주 : 시첩시.(試帖.)
2) 新火(신화) : 새 불. 한식일에 불을 금지하면 불씨가 없어지게 되므로, 다음날인 청명일에 궁중에서 느릅나무로 불을 일으켜 이를 촛불에 붙여 백관에게 하사하였다.
3) 朱騎(주기) : 옥기(玉騎)라고도 한다. 궁중에서 파견한 기사(騎士). ○ 傳紅燭(전홍촉) : 붉은 촛불을 전하다. 곧 불을 전하다. 궁중에서 느릅나무를 비벼 불을 일으켜서 이를 촛불에 붙여 신하들에게 하사한다.

天廚賜近臣,[4]	궁중의 주방에서 근신들에게 음식을 베푸니
火隨黃道見,[5]	불이 어도(御道)를 따라 나타나고
煙繞白榆新.[6]	연기가 느릅나무에 새로워라
榮曜分他室,	눈부신 빛이 여러 집으로 나누어져
恩光共此辰.	밝은 은혜가 이 날을 함께 하여라
更調金鼎味,[7]	다시금 청동 솥에 맛을 조화시키고
還暖玉堂人.[8]	더불어 옥당의 사람을 따뜻하게 하는구나
灼灼千門曉,	환하디 환하게 문마다 새벽이 온 듯하고
輝輝萬井春.[9]	밝디 밝게 집마다 봄이어라
應憐螢聚者,[10][11]	반디를 모아 책 읽는 이 사랑해야 하니
瞻望及東鄰.[12]	불이 있는 동쪽 이웃을 바라보고 있으니

해설 청명일에 백관에게 새 불을 하사한 일을 제재로 하여 지은 시이다. 봄날에 불을 새로 피운다는 일에서 상서로운 일들을 연상하여 통합하였다. 이 시는 774년 출제된 성시(省試, 곧 會試)의 시첩시(試帖詩)로, 당시 서

---

4) 天廚(천주) : 천자의 주방. 어선방.
5) 黃道(황도) : 황제가 다니는 길.
6) 심주 : '새 불'과 밀접하면서 '청명일'에 벗어나지 않았다.(切'新火', 不脫'淸明'.)
7) 更調(갱조) 구 : 다시 음식의 맛을 조화시키다. 상나라 때 주방장 부열(傅說)이 재상으로 임명되어 다양한 국사와 여러 가지 의견을 조정하는 역할에 비유하였다. 또 국의 맛을 조절하는 소금과 매실로 현능한 인재로 비유하였다.
8) 심주 : '백관'에서 벗어나지 않았다.(不脫'百僚'.)
9) 輝輝(휘휘) : 밝은 모양. ○ 萬井(만정) : 천가만호. 수많은 집.
10) 심주 : 차윤으로 자신을 비유하였다.(以車胤自況.)
11) 螢聚(형취) : 동진의 차윤(車胤)이 어려서 집안이 가난하자 여름밤에 반디를 모아 책을 읽은 '형설지공'의 고사를 가리킨다.
12) 東鄰(동린) : 전국시대 제(齊)나라 여인 서오(徐吾)가 밤에 베를 짜는데 집안이 가난하여 초를 구할 수 없었다. 이웃의 이오(李吾)에게 초를 함께 쓰자고 하였으나 이오가 거절하였다. 이에 서오가 말하였다. "방안에 한 사람이 늘었다고 촛불이 어두워지는 것도 아니며, 한 사람이 줄었다고 촛불이 밝아지는 것도 아닌데, 어찌하여 동쪽 벽의 불을 아껴서 가난한 소첩이 은혜를 받지 못하게 하나요?" 유향(劉向)의 『열녀전』(列女傳) 권6 참조.

른두 명이 진사과에 급제했으며, 현재 한준의 위의 시 이외에 세 사람의 시가 더 남아있다.

냉조양(冷朝陽)

입춘(立春)[1]

玉律傳佳節,[2]	옥 율관이 아름다운 절기를 알리니
青陽應此辰,[3]	봄이 오늘부터 시작이어라
土牛呈歲稔,[4]	흙으로 만든 소가 풍년을 기약하고
彩燕表年春,[5]	제비 모양 전채(剪綵)로 봄을 나타내네
臘盡星回次,[6]	납월이 지나니 별자리가 제자리에 돌아오고
寒餘月建寅,[7]	아직도 추위가 있는데 정월이 시작된다
風光行處好,	풍광은 다니기에 좋고

---

1) 심주 : 시첩시.(試帖.)
2) 玉律(옥률) : 옥으로 만든 율관(律管). 고대에 절기를 파악하는 도구로 사용했다. ○佳
   節(가절) : 아름다운 절기. 입춘을 가리킨다.
3) 青陽(청양) : 봄. 고대에는 쇠(金), 물(水), 나무(木), 불(火), 흙(土) 등 다섯 가지 원소로
   계절, 방위, 색채 등에 대응시켰는데, 봄은 청색과 동쪽에 해당한다. 그래서 '청양은
   곧 봄을 의미한다.『이아』(爾雅) 「석천」(釋天)에서 "봄은 청양이다(春爲靑陽)"라 하였
   다. 오늘날에는 3, 4, 5월을 봄으로 치지만 고대에는 음력 1, 2, 3월을 가리켰고, 이십사
   절기로는 입춘(立春)부터 입하(立夏) 전날까지라고 생각하였다. ○辰(신) : 날. 때.
4) 土牛(토우) : 흙으로 만든 소. 입춘 때 흙으로 소를 만들어 밭갈이를 시작하는 상징
   으로 삼았다. ○歲稔(세임) : 한해의 농작물이 익다. 풍년이 들다.
5) 彩燕(채연) : 입춘 때 비단을 제비 모양으로 가위질하여 머리에 달고 '의춘'(宜春)이란
   두 글자를 붙였다. 종름(宗懍)의『형초세시기』참조.
6) 回次(회차) : 원래의 자리로 돌아가다.
7) 建寅(건인) : 정월.

雲物望中新.[8]　　　　경물은 바라보니 새로워

流水初銷凍,　　　　강물은 막 녹기 시작하고

潛魚欲振鱗.　　　　숨은 물고기는 비늘을 떨치네

梅花將柳色,　　　　매화꽃이 피고 버들 빛이 새로우니

偏思越鄉人.[9]　　　　특히나 고향 떠난 사람 생각나구나

해설 입춘을 노래하였다. 봄은 어느 계절보다도 도래가 순차적이고 경물의 변화가 뚜렷하다. 이를 통해 자연과 천문이 새로이 시작되고 농사와 활동이 본격적으로 시작된다. 봄을 노래한 시는 서한 초기의 「교사가」(郊祀歌)에서 보듯이 어느 계절보다도 생명감을 노래하고 희망적이다. 위 시의 제목은 769년 진사과에 출제된 것으로, 냉조양 이외에 이익(李益) 등 모두 스물여섯 명이 급제하였다.

우윤궁(于尹躬)

동짓날 태사국 관리가 대에 올라 경물을 기록하다(南至日太史登臺書雲物)[1][2]

至日行時令,[3]　　　　동지에 월령을 시행하니

---

8) 雲物(운물) : 경물. 자연 풍경.

9) 越鄉(월향) : 고향을 떠나다.

1) 심주 : 시첩시.(試帖.)

2) 南至(남지) : 동지. ○太史(태사) : 태사국(太史局). 천문, 역수, 풍운, 기색 등을 관장한다. 여기서는 태사국 관원. ○雲物(운물) : 천상과 구름의 색. 고대에는 이를 통해 길흉과 가뭄 등을 판별하였다.

3) 至日(지일) : 동지. ○時令(시령) : 월령(月令). 계절에 따라 제정된 농사와 관련된 정령(政令).

登臺約禮文.[4]　　　대에 올라 예식을 거행하여라
官稱伯趙氏,[5][6]　　관직은 백조씨(伯趙氏)라 칭하고
色辨五方雲.　　　색으로 오방의 구름을 분별하네
晝漏聽初發,[7]　　　낮의 물시계가 막 시작하는 걸 듣고
陽光望漸分.　　　태양의 빛이 점점 옮겨가는 걸 보네
司天爲歲備,[8]　　　천문을 관장하여 풍년을 준비하여
持簡出人群.　　　문서를 들고 사람들 사이에서 나오는구나
惠愛周微物,[9]　　　혜택이 미물에게도 두루 미치어
生靈荷聖君.　　　모든 생령들이 어진 군주의 은혜를 입어라
長當有嘉瑞,　　　응당 오래도록 아름답고 상서로워
鬱鬱復紛紛.[10][11]　구름의 기운이 진하고 또 분분하여라

해설 동짓날의 월령을 통해 계절의 순환을 노래하였다. 제목에서 보인
것처럼 태사국의 관원이 동짓날 대에 올라 행하는 예식을 통해, 천문과
사계를 정치적 통치 범위 안에서 관장되어 작동하는 것으로 만들어졌다.
이러한 의식은 고대 천문 사상을 제도로 만들고 통치권으로 확대시킨
정치적인 행위였다.

---

4) 禮文(예문) : 예절과 의식.
5) 심주 : '백조씨'는 하지와 동지를 관장한다.('伯趙氏', 司至者也.)
6) 伯趙氏(백조씨) : 고대 관직 이름. 소호씨(少皥氏) 때 하지와 동지를 주관한 관직이
   다. 『좌전』'소공 17년'조에 나오는 이 말에 대해 두예(杜預)는 백조(伯趙)가 백로(伯
   勞, 까치)를 의미하고 하지에서 울기 시작하여 동지에 그치기 때문이라고 하였다.
7) 漏(루) : 물시계. 낮의 물시계가 시작되었다고 한 것은 새벽이란 뜻이다.
8) 司天(사천) : 천상의 변화를 관장한다. ○ 歲(세) : 수확하다.
9) 周(주) : 두루 미치다. ○ 微物(미물) : 작은 사물.
10) 심주 : 『사기』「천관서」에 있는 말이다.(天官書中語.)
11) 鬱鬱(울울) 구 : 구름의 기운이 짙고 성하다.

독고수(獨孤綬)

옥을 연못에 감추다(藏珠於淵)[1][2]

至道歸淳朴,[3]	최고의 도는 순박함으로 돌아가는 것
明珠被棄捐.	보옥을 주웠다 해도 버려야 하리라
失眞來照乘,[4]	진솔함을 잃으면 수레를 비추는 보옥에 불과하지만
成性却沈泉.	천성을 이루면 오히려 샘물 속에 잠긴다네
不是靈蛇吐,[5]	뱀이 수후(隋侯)에게 물어준 게 아니라
猶疑合浦旋.[6]	합포(合浦)로 진주가 돌아온 것과 같으니
岸傍隨月落,	강가 언덕에 달과 함께 떨어지고
波底共星懸.	파도 아래 별과 함께 걸렸어라
致遠終無脛,[7]	발이 없어도 결국은 멀리 가고
懷貪遂息肩.[8]	가지고 있지 않아도 결국 탐욕을 품는다네

---

1) 심주 : 시첩시.(試帖.) ○ 취하지 않는다는 뜻으로, 옥을 가라앉힌다는 '침주'(沈珠)와는 뜻이 다르다.(謂不取也, 與沈珠意各別.)
2) 藏珠於淵(장주어연) : 획득한 옥을 원래의 연못으로 돌려보내다. 『장자』「천지」(天地)에 나오는 말이다.
3) 至道(지도) : 최고의 이치. 최고의 교화.
4) 照乘(조승) : 수레를 비추는 빛나는 보주(寶珠).
5) 靈蛇吐(영사토) : 신령스런 뱀이 물어오다. 수주(隋珠)를 가리킨다. 수후(隋侯)가 출행을 나갔을 때 큰 뱀이 상처를 입고 절단 나 있는 것을 보고 사람을 시켜 약재를 써서 봉합하도록 하였다. 이에 뱀이 달아날 수 있었다. 나중에 뱀이 지름이 한 치 크기의 명주를 가져와 보답하였는데 밤에도 빛을 내어 달이 빛나는 듯 했다. 이를 '수후의 구슬'(隋侯之珠)이라 하였다. 간보(干寶)의 『수신기』(搜神記) 권2 참조.
6) 合浦旋(합포선) : 진주가 합포로 돌아오다. '합포주환'(合浦珠還)의 고사를 가리킨다. 동한시기에 영남의 합포군(合浦郡, 지금의 광서성 합포)은 진주가 특산인데, 당시 태수들이 남획하자 진주들이 점점 교지(交趾) 쪽으로 가버렸다. 맹상(孟嘗)이 이곳에 태수로 부임한 후에 이러한 폐해를 없애니, 일 년이 채 되지 않아서 진주들이 돌아왔다. 『후한서』「순리열전」(循吏列傳) 참조.
7) 致遠(치원) : 먼 곳에 이르다.

欲知恭儉德,　　　　근검의 덕을 알려고 한다면
所寶在唯賢.⁹⁾¹⁰⁾　　주옥이 아닌 현능한 사람을 보배로 여겨야 하리

해설 『장자』의 사상을 시화하였다. "이와 같은 사람은 황금을 얻어도 산에 묻어두고 옥을 얻어도 연못에 숨겨두니, 재화로 이익을 구하지 않고 부귀를 가까이 하지 않는다."(若然者, 藏金於山, 藏珠於淵, 不利貨財, 不近貴富.) 사람들의 욕망이 결집하는 보옥을 통해 이를 버림으로써 순박함에 이를 수 있다는 철학을 형상화하였다. 말미에서 재물이 아닌 현능한 인재를 제시함으로써 『장자』의 본뜻에서 유리되었지만, 다른 한편 한사(寒士)에 대한 관심을 호소하였다.

나양(羅讓)

윤달로 사시를 정하다(閏月定四時)¹⁾²⁾

月閏隨寒暑,　　　　추위와 더위를 따라 윤달이 오니

---

8) 息肩(식견) : 어깨를 쉬게 하다. 책임이나 노역을 면제하다.
9) 심주 : 마무리의 뜻이 바르고 크다.(結意正大.)
10) 所寶(소보) 구 : 전국시대 때 진나라가 초나라를 공격하려는 의도에서 사신을 보내 초나라의 보물을 보고자 하였다. 초나라 왕은 소해휼(昭奚恤)에게 응대하도록 하였다. 소해휼은 진나라 사신에게 초나라의 보물은 어진 신하라고 답하였다. 유향(劉向)의 『신서』(新序) 권1 「잡사」(雜事) 참조.
1) 심주 : 시첩시.(試帖.)
2) 閏月(윤월) : 『상서』 「요전」(堯典)에 "윤달로 사시를 바르게 정하고 한 해를 만든다"(以閏月定四時成歲.)는 말이 있다. 음력은 일 년이 354일이므로, 태양력의 365와 1/4일에 비해 날수가 적다. 이 때문에 십구 년에 일곱 개의 윤달을 만들며, 통상 삼 년마다 윤달을 하나 끼워 넣는다.

疇人定職司.[3]　　　역법 보는 관리가 직무를 정하였네
餘分將考日,[4][5]　　쌓여진 날수를 가지고 생각하고
積算自成時.[6]　　　모아서 계산하니 절로 사시를 이루네
律候行宜表,[7]　　　절후가 시행되며 적절히 나타나고
陰陽運不欺.　　　음양이 운행되며 틀리지 않아
氣薰灰琯驗,[8]　　　땅의 기운이 일어 율관과 증험되고
數扐卦辭推.[9][10]　시초를 손가락에 끼워 괘사를 추측하네
六歷文明序,[11][12]　여섯 가지 역법으로 일월의 순서가 생기고
三年步暗移.[13]　　삼년 동안 모르는 사이 윤달이 만들어지네
當知歲功立,[14]　　응당 알아야 하니, 한 해의 수확은
唯是奉無私.　　　공평무사함을 받들어서 이루어졌음을

해설 윤달의 운용을 통해 대자연의 법칙을 찬양하였다. 윤달이란 음력과 양력 사이의 미세한 조정에 불과함에 불구하고, 우주의 질서에 신성함을 부여하고 사시의 운행에 대해 경건하게 예찬하였다.

---

3) 疇人(주인) : 역법을 관장하는 사람. 사천대(司天臺)에서 근무하는 관리들을 말한다.
4) 심주 : 윤달.(閏月.)
5) 分(분) : 일수를 가리킨다.
6) 심주 : 사시를 정하다.(定時.)
7) 律候(율후) : 절기. ○表(표) : 표시하다.
8) 氣薰(지훈) : 땅의 기운이 일어나다. ○灰琯(회관) : 灰管이라고도 쓴다. 절기의 변화를 관측하는 기구. 갈대 속에 있는 박막을 채취하여 율관에 넣어 만든다.
9) 심주 : 『주역』 「계사」에서 "나머지는 손가락에 끼워 윤달로 삼는다"고 하였다.(易繫辭 : "歸奇於扐以象閏.")
10) 數扐(수륵) : 시초를 손가락 사이에 끼워 날수를 계산하다.
11) 심주 : 육력에 대해서 채옹이 논의하기를 "황제력, 전욱력, 하력, 은력, 주력, 노력 등 모두 여섯 가지이다"고 하였다.(六歷, 蔡邕議曰 : "黃帝、顓頊、夏、殷、周、魯, 凡六家.)
12) 文明(문명) : 해와 달의 운행. 『상서』 「순전」(舜典)에 나오는 "준철하고 문명하다"(濬哲文明)를 풀이하면서 공영달(孔穎達)은 "하늘과 땅을 계획하는 것을 문이라 하고, 사방을 비추는 것을 명이라 한다"(經天緯地曰文, 照臨四方曰明.)고 하였다.
13) 三年(삼년) 구 : 윤달이 삼 년마다 한 번씩 나온다.
14) 歲功(세공) : 농사의 수확.

육복례(陸復禮)

중화절에 황제께서 공경에게 자를 하사하다(中和節詔賜公卿尺)[1][2]

春仲令初吉,[3]	음력 이월에 절기가 초하루라
歡娛樂大中.[4][5]	바르고 큰 정치를 모두가 즐거워하네
皇恩貞百度,[6]	황은은 온갖 법도를 바르게 하고자
寶尺賜群公.	자를 신하들에게 하사하시는구나
欲使方隅法,[7]	사방의 모서리가 법도에 맞게 하려고
還令規矩同.[8]	똑같은 직각자와 컴퍼스를 사용하게 하였네
捧觀珍質麗,	받들어 바라보니 진귀한 재질이 아름답고
拜受聖心崇.	엎드려 받드니 성심이 드높아라
如荷丘山重,	마치 산과 같이 무거운 은택 받고서
思酬分寸功.[9]	한 치의 미미한 공으로 보답하고저
從茲度天地,	이제부터 하늘과 땅을 재어
與國慶無窮.	나라가 무궁히 발전하도록 힘을 보태리

---

1) 심주 : 박학굉사과 시첩시.(宏詞試.) ○ 당 덕종조에 이월 초하루를 중화절이라 하였
다.(唐德宗朝, 以二月朔爲中和節.)
2) 中和節(중화절) : 덕종이 789년(貞元 5년) 이밀(李泌)의 건의에 따라, 정월 말일의 회
일을 폐지하고 이월 초하루를 중화절로 제정하고 휴일로 삼았다. 민간에서는 청색
주머니에 오곡백과를 담아 서로 증정하였다.
3) 春仲(춘중) : 음력 이월. ○ 令(령) : 절기. ○ 初吉(초길) : 삭일. 음력 초하루.
4) 심주 : 중화절과 자의 뜻이 모두 드러났다.(中和與尺意俱見.)
5) 大中(대중) : 불편부당하고 화평한 정치.
6) 貞(정) : 바르다. ○ 百度(백도) : 온갖 법칙.
7) 方隅(방우) : 사방과 네 모서리. 변방을 가리킨다. ○ 法(법) : 법칙으로 삼다.
8) 심주 : 정면으로 썼다.(正寫.)
9) 分寸功(분촌공) : 아주 작은 공.

해설 중화절에 자를 하사받은 일을 제재로 하였다. 2월 1일은 월력이 시작되고 상서로운 봄의 기상이 일어나는 때라는 의미에, 또 자(尺)가 사물의 길이를 재는 기준이 된다는 점에서 법칙과 기준이 바른 정치를 노래하였다. 중화절은 덕종이 789년 제정한 이래 군신이 곡강에서 연회를 열기도 하고 시를 창화하기도 하였다. 삼 년 뒤인 792년 박학굉사과 시험에 위 제목이 출제되었고, 육복례가 장원으로 합격하였다.

왕손지(王損之)

탁수에서 명주를 찾다(濁水求珠)[1][2]

積水非澄徹,[3]	강물이 맑지 않아
明珠不易求.	명주 찾기가 쉽지 않네
依稀沈極浦,[4]	아마도 먼 포구에 가라앉았으나
想像在中流.[5]	물 가운데 있으리라 여겨지네
瞪目思淸淺,	눈을 부릅떠 맑기를 기다리고
褰裳恨暗投.[6]	치마 걷고 건너다 몰래 던진 일 한스러워

---

1) 심주 : 시첩시.(試帖.)
2) 濁水求珠(탁수구주) : 흐린 물에서 명주를 찾다. 『포박자』 「명실」(名實)에 "보배를 아는 사람은 반드시 탁수에서 명주를 줍는다"(識珍者必拾濁水之明珠.)는 뜻을 사용하였다.
3) 積水(적수) : 물이 고여 있는 곳. 여기서는 강을 가리킨다. 『순자』 「유효」(儒效)에 "흙이 쌓여 산이 되고, 물이 모여 바다가 된다"(積土而爲山, 積水而爲海.)는 말이 있다.
4) 依稀(의희) : 아마도, 흐릿하다. ○極浦(극포) : 머나먼 물가. 진주가 많이 나는 남해 합포(合浦)를 환기한다.
5) 中流(중류) : 물의 가운데.
6) 褰裳(건상) : 치마를 걷고 물을 건너다. ○暗投(암투) : 명주를 몰래 던지다.

徒看川色媚,	아름다운 강물 빛을 부질없이 바라보고
空愛夜光浮.[7]	떠오르는 야광을 하릴없이 사랑하네
月入疑龍吐,[8]	달빛이 들어가니 용이 토하는 듯하고
星歸似蚌遊.[9]	별들이 지니 방합조개가 헤엄하는 듯해라
終希識珍者,	결국 보배를 아는 사람이
采掇在冥搜.[10]	후미진 곳을 뒤져 찾아내기 바라네

평석 바른 방도로 찾지 못함을 보였다. '탁수'를 정면으로 쓰지 않았지만 오히려 곡곡에 '탁수'가 있다.(見求之不以道也. 不正寫'濁水', 却處處有'濁水'在.)

해설 물에 빠진 명주를 줍는 노력을 그렸다. 결국 명주를 찾아내지 못함으로써, 보편적으로 가지고 있는 상실감을 나타내고, 진정한 주인이 찾아내리라 위안하였다. 비록 철학적 우의(寓意)가 있다고 하지만, 시적 전개는 강물과 더불어 실컷 논 것이 되었다. 이 역시 강물과 친해지는 한 가지 방법이다. 보통 성시(省試)나 부시(府試) 등 시험의 시제(詩題)는 경전에서 나오는 경우가 많은데 위 제목 역시 『포박자』에서 출제하였다.

---

7) 空愛(공애) 구 : 고대에는 진주나 옥이 있으면 그 물빛에 광택이 있다고 생각하였다.
8) 月(월) : 달. 명주를 비유한다.
9) 星(성) : 별. 명주를 비유한다. ○蚌(방) : 방합 조개. 진주는 방합 조개에서 자란다.
10) 冥搜(명수) : 멀고 후미진 곳까지 힘써 찾다.

두원영(杜元穎)

옥은 꺾어져 흐르는 강물 아래서 나온다(玉水記方流)[1][2]

重泉生美玉,	깊은 물에서 옥이 나오니
積水異常流.	강물의 흐름이 보통과 달라라
如見清堪賞,	맑아서 완상할 만하니
因知寶在幽.	주옥이 깊은 곳에 있음을 알겠어라
斗廻虹氣見,[3]	북두성이 돌아가니 무지개 기운이 드러나고
磬折紫光浮.[4][5]	경쇠처럼 꺾어지니 자줏빛이 떠오르네
中矩諧明德,	직각자와 맞으니 밝은 덕과 어울리고
同方叶至柔.[6][7]	네모꼴과 어울려 부드러움이 조화되어
類圭才有角,[8]	규옥의 종류는 모서리처럼 재주를 드러내지만
寫月讓成鉤.[9]	달과 같은 주옥은 갈고리처럼 겸양을 이룬다네
異寶雖無脛,	기이한 보옥이 다리가 없지만
逢時願俯收.	때를 만났으니 거두어지기를 바라노라

해설 보옥과 명주의 생산을 둘러싼 고대의 관념을 시화하였다. 강물이
직각으로 꺾어지면 그 아래에서 각이 진 옥이 나오고, 강물이 굽이돌면

---

1) 심주 : 시첩시.(試帖.) ○『회남자』에 기록했다. "물이 직각으로 꺾어지는 곳에는 옥이
   있고, 둥글게 꺾어지는 곳에는 명주가 있다"(淮南子 : "水之方折者有玉, 圓折者有珠.")
2) 玉水(옥수) : 옥이 나오는 물. ○方流(방류) : 꺾어져 흐르다.
3) 斗廻(두회) : 북두성처럼 돌다. ○虹氣(홍기) : 옥기(玉氣).
4) 심주 : '꺾어져 흐르는 강물'을 정면으로 묘사했다.(正寫方流.)
5) 磬折(경절) : 경쇠처럼 직각으로 꺾어지다. ○紫光(자광) : 보옥의 기운.
6) 심주 : '직각으로 꺾어지다'는 뜻을 썼다.(寫方折意.)
7) 叶(협) : 어울리다.
8) 圭(규) : 상서로운 옥.
9) 심주 : 반대로 돋보이는 법을 사용하였다.(用反襯法.)

그 아래서 둥근 명주가 나온다는 발상이다. 시는 이를 천지의 기운과 사람의 품성과 연관시켜 보옥의 존재감을 드러내었다. 800년에 진사과에 출제된 시제로, 같은 해 급제한 백거이의 시도 남아 있다.

이행민(李行敏)

「경운도」를 보고(觀慶雲圖)[1][2]

縑素傳休祉,[3]	하얀 명주가 아름다운 길상을 전하여
丹青狀慶雲.[4]	단청으로 상서로운 구름을 그렸어라
非煙凝漠漠,[5]	안개가 아니면서 막막히 엉겨있고
似蓋乍紛紛.	산개(傘蓋) 같으면서 갑자기 분분히 흩어지네
尚駐從龍意,[6]	구름은 용을 따른다는 뜻을 넣었고
全舒捧日文.[7]	해를 받드는 형상을 펼쳤구나
光從五色起,	빛은 오색 구름에서 일어나고

1) 심주 : 성시.(省試.)
2) 慶雲(경운) : 상서로운 구름.
3) 縑素(겸소) : 하얀 명주. 그림 그리는데 쓰인다. ○休祉(휴지) : 상서로운 복.
4) 丹青(단청) : 단사(丹砂)와 청확(青雘). 적색과 청색. 그림을 가리킨다.
5) 非煙(비연) 구 : 경운의 모습을 형용하였다. 『사기』 「천관서」에 다음 기록이 있다. "안개 같으나 안개가 아니고, 구름 같으나 구름이 아니니, 무성하고 분분하며 성글게 풀리어 서리 튼 것을 경운이라 한다."(若煙非煙, 若雲非雲, 鬱鬱紛紛, 蕭索輪困, 是謂卿雲.)
6) 從龍(종룡) : 구름은 용이 사는 곳이다. 『주역』 「건」괘의 "구름은 용을 따르고, 바람은 호랑이를 따른다"(雲從龍, 風從虎.)에서 유래했다.
7) 捧日(봉일) : 해를 받들다. 삼국시대 정욱(程昱)의 전고에서 유래했다. "정욱은 어렸을 때 꿈에 태산에 올라 두 손으로 해를 받들었다."(昱少時常夢上泰山, 兩手捧日.) 『삼국지』중의 『위서』 「정욱전」 참조. 충심으로 제왕을 보좌한다는 뜻으로 쓰인다.

影向九霄分.　　　　그림자는 구천을 향해 흩어지네
裂素留嘉瑞,　　　　비단을 자른 화폭에 상서로움을 남겼으니
披圖賀聖君.　　　　그림을 열어보고 성군을 축하하네
寧同窺汗漫,[8]　　　광대한 하늘을 바라본 것과 같으니
方此睹氛氳.　　　　여기에서 무성한 기운을 목도하노라

해설 '경운도'를 보고 지은 제화시(題畵詩)이다. 그림을 사실과 같이 여기는 고대 시인의 사유가 잘 드러났다. 제재 자체가 상서(祥瑞)를 의미하므로 밝은 정치로 태평성세를 구가하는 이미지를 허실(虛實)이 잘 어울리게 써야 했다. 790년 진사과 시험에 제출한 시첩시로, 당시 스물아홉 명이 급제하였다.

이우중(李虞仲)

새벽 해가 봉루를 비추다(初日照鳳樓)[1][2]

旭景開宸極,[3]　　　떠오르는 빛에 북극성 자리가 열리고
朝陽燭帝居.[4]　　　아침 태양이 제왕의 거처를 밝혀라

---

8) 汗漫(한만) : 거대하여 끝이 없음. 광대무변함. 『회남자』 「도응훈」(道應訓)에 "나는 구천 하늘 밖에서 광대무변과 만나기로 하였다"(吾與汗漫期於九垓之外)는 말이 있다.
1) 심주 : 시첩시.(試帖.)
2) 鳳樓(봉루) : 궁중의 누각. 봉루는 조각된 봉황이 있는 누각으로 풀이할 수도 있고, 진 목공(秦穆公)의 딸 농옥(弄玉)이 소(簫)를 불자 봉황이 모여들었다는 전설에서 유래했다고 볼 수도 있다. 또 한 무제가 장안에 봉궐(鳳闕)을 지었으므로 이에서 유래한 것으로 볼 수도 있다.
3) 宸極(신극) : 북극성. 제왕을 가리킨다.

斷霞生峻宇,	드높은 전각에서 끊어진 노을이 나오고
通閣麗晴虛.	연이어진 각도(閣道)에서 맑은 허공이 눈부셔라
流彩連朱檻,	흐르는 빛깔이 붉은 난간에 이어지고
騰輝照綺疎.⁵⁾	뛰어오르는 광휘가 성긴 창문을 비추는구나
寅賓趨陛後,⁶⁾	공손히 이끌어 계단 끝에 올라
羲駕奉車初.⁷⁾	희화(羲和)가 수레를 끌고 막 떠나려 하네
黃道龍光合,⁸⁾	어도(御道)에 임금의 은택과 합치되어
丹罩鳥翼舒.	붉은 햇살이 새의 깃털처럼 펼쳐지는구나
倘蒙廻一顧,⁹⁾	만약에 한 번 돌아보는 은혜를 입는다면
願上十輝書.¹⁰⁾	바라건대 '십휘'(十輝)의 글을 올리고 싶어라

해설 궁궐에 비추는 아침 태양을 예찬하였다. 제1, 2구에서 떠오르는 빛을 등장시키고, 제3, 4구에서 전각과 각도를 그리고, 제5, 6구에서 난간과 창문에 비치는 햇빛을 묘사하였다. 이어서 이러한 햇빛을 제왕의 은택과 연결시키고, 말미에서 시인의 재능 발휘와 연결시켰다.

---

4) 燭(촉) : 비추다. ○帝居(제거) : 제왕의 거처. 도성을 가리킨다.
5) 綺疎(기소) : 화려한 문양을 조각한 창문.
6) 寅賓(인빈) : 공손하게 인도하다.
7) 심주 : '새벽 해'와 '봉루'가 함께 드러났다.('初日'鳳樓'倂見.)
8) 黃道(황도) : 태양이 지구 주위를 일 년 동안 운행하는 궤적. 여기서는 황제가 지나가는 길. ○龍光(용광) : 황제의 은덕.
9) 一顧(일고) : 한 번 돌아봄. 삼국시대 동오의 명장 주유와 관련된 고사이다. "주유는 젊었을 때 음악에 정통하였는데 비록 술을 세 잔 마신 후라 하더라도 음률에 잘못이 있으면 반드시 알아냈고, 알면 반드시 돌아보았다. 그리하여 당시 사람들 속담에 '음악이 잘못되면 주유가 돌아본다'는 가사가 있었다."(瑜少精意於音樂, 雖三爵之後, 其有闕誤, 瑜必知之, 知之必顧. 故時人謠曰 : "曲有誤, 周郎顧.") 『삼국지』중의 『오서』 「주유전」참조. 여기서는 주유와 같이 뛰어난 감상자가 자신을 알아주길 바란다는 뜻을 나타내었다.
10) 심주 : 『주례』 「춘관」에 기록했다. "시침씨가 태양의 열 가지 기운을 관장하며, 요기와 상서를 관찰하고 길흉을 판별한다." 시침은 관직 이름이고 輝(휘)은 태양 주위의 기운이다.(周禮春官 : "眡祲掌十輝之法, 以觀妖祥, 辨吉凶." 眡祲, 官名. 輝, 日旁氣數也.)

심아지(沈亞之)

봄빛은 황성에 가득하고(春色滿皇州)[1]

何處春暉好?	어느 곳의 봄빛이 가장 좋은가?
偏宜在雍州.[2]	특히나 옹주가 가장 좋을레라
花明夾城道,[3]	꽃은 각도를 끼고 환히 빛나고
柳暗曲江頭.[4]	버들은 곡강의 물가에 우거졌어라
風軟遊絲重,[5]	바람이 살랑거리니 벌레의 실이 늘어지고
光融瑞氣浮.	빛이 녹아드니 상서로운 기운이 떠오르네
鬪鷄憐短草,	싸우는 닭들은 어린 풀을 좋아하고
乳燕傍高樓.	제비 새끼는 높은 누대에 둥지를 틀어
繡轂盈香陌,[6]	화려한 수레가 아름다운 거리에 가득하고
新泉溢御溝.	새로운 샘물이 어구에 넘치는구나
行看日近處,	황제가 있는 곳을 지나가며 보니
進騎似川流.	기마대가 마치 강물처럼 흘러가는구나

해설 장안의 봄날을 예찬하였다. 각도와 곡강에 꽃과 버들이 우거지고, 바람과 햇빛에 봄날의 기운이 드높다. 허실(虛實)이 잘 어우러진 이러한 광경 속에 닭과 제비는 대자연의 생기를 품고, 사람들은 거리에 넘치고,

---

1) 심주 : 시첩시.(試帖.)
2) 偏宜(편의) : 가장 적합하다. ○ 雍州(옹주) : 원래 구주(九州)의 하나로 지금의 섬서성 일대를 말한다. 또 713년 옹주를 경조부(京兆府)로 개명하였으므로, 경조부의 관할 지역을 말한다. 여기서는 장안을 가리킨다.
3) 夾城道(협성도) : 궁중에서 곡강으로 통하는 어도. 원화 연간에 중수하였다.
4) 曲江(곡강) : 장안 동남 교외에 소재했던 유람 명승지.
5) 遊絲(유사) : 봄날 벌레들이 토하는 거미줄같이 가는 실.
6) 繡轂(수곡) : 수를 놓아 만든 듯 화려한 수레. ○ 香陌(향맥) : 아름다운 거리.

어도에는 기마대가 가득하다. 815년 진사과 시험에 제출한 답안으로, 당시 심아지를 비롯하여 모두 삼십 명이 급제하였다.

배이직(裴夷直)

담금질하는 용천검을 보며(觀淬龍泉劍)[1][2]

歐冶將成器,[3]	구야자(歐冶子)가 물건을 만들고 있으니
風胡幸見逢.[4]	풍호자(風胡子)가 다행히 보러 갔어라
發硎思劚玉,[5]	숫돌에 갈며 옥을 자르리라 생각하고
投水化爲龍.[6][7]	물속에 불리며 용으로 변하리라 믿네
詎肯藏深匣?	어찌 갑 속에 깊이 감추어 두랴?
終期用制鐘.[8]	결국에는 종을 자르는데 쓰리라
蓮花生寶鍔,[9]	연꽃이 보검의 검봉에서 솟아나오고

---

1) 심주 : 시첩시.(試帖.)
2) 淬(쉬) : 담금질하다. ○龍泉劍(용천검) : 고대의 명검. 용연검(龍淵劍)이라고도 한다.
3) 歐冶(구야) : 구야자(歐冶子). 춘추시대 월나라 사람으로 검을 만드는 명수. 『오월춘추』(吳越春秋)와 『월절서』(越絶書) 등에 기록이 보인다.
4) 風胡(풍호) : 풍호자(風胡子). 춘추시대 초나라 사람으로 명검을 판별하는 명수. 『월절서』(越絶書) 참조.
5) 硎(형) : 숫돌. ○劚(전) : 자르다.
6) 심주 : '담금질'이다.(是'淬'.)
7) 化爲龍(화위룡) : 검이 용으로 변하다. 서진 때 장화(張華)와 뇌환(雷煥)이 용천검(龍泉劍)과 태아검(太阿劍)을 얻어 한 자루씩 가졌는데, 나중에 뇌환의 아들 뇌화(雷華)가 보검을 들고 연평진(延平津)을 건너다가 검이 강물 속에 들어가 용으로 변하였다. 『진서』 「장화전」(張華傳) 참조.
8) 심주 : 『백씨육첩』(白氏六帖)에 기록했다. "간장검은 종을 잘라도 소리가 나지 않는다."(白帖 : "干將之劍, 制鐘無聲.")

秋日勵霜鋒.	가을 해가 서릿발 같은 칼끝에 미끄러진다
鍊質才三尺,	질료를 단련하여 삼척 길이로 만들고
吹毛過百重.	날리는 털도 잘리는데 백 근이 넘는구나
擊磨如不倦,	두드리고 갈며 게으르지 않으려니
提握願長從. 10)	이 검을 거머쥐고 오래도록 따르고 싶어라

해설 용천검을 예찬한 시이다. 검의 제작 과정, 검의 쓰임새, 검의 날카로움, 검의 형상을 차례로 묘사하고, 말미에서 부단히 단련하여 한 바탕 업적을 세우려는 강인한 정신을 말하였다.

유득인(劉得仁)

연화봉(蓮花峰)1)2)

太華萬餘重, 3)	태화산은 만 겹이나 되는데
岧嶤最上峰. 4)	높고 험준한 것은 가장 높은 봉우리라
當秋倚寥泬. 5)	가을이면 드넓게 빈 하늘에 기대어

---

9) 蓮花(연생) 구 : 칼날의 모습을 형용하였다. 구야자(歐冶子)가 만든 순구검(純鉤劍)을 보고 설촉(薛燭)이 "깊기는 연꽃이 호수에서 막 오르는 듯하구나"(沈沈乎如芙蓉始生於湖)라고 하였다. 『오월춘추』 참조. ○ 鍔(악) : 칼날.
10) 提握(제악) : 거머쥐다.
1) 심주 : 국자감 고시.(監試.)
2) 蓮華峰(연화봉) : 화산의 주봉.
3) 太華(태화) : 화산(華山). 섬서성 화음시 남쪽에 소재. 오악 가운데 서악에 해당한다. 그 서쪽에 소화산(少華山)이 있으므로 태화산이라 하였다.
4) 岧嶤(초요) : 높고 험준한 모습.
5) 寥泬(요혈) : 드넓고 맑게 비어있는 모습. 여기서는 하늘을 형용하였다.

入望似芙蓉.	멀리서 바라보면 부용꽃 같아라
翠拔千尋直,	비췻빛으로 천 길이나 곧장 솟아오르고
青危一朶穠.[6]	청색으로 위태로워 꽃봉오리 같아라
氣分毛女秀,[7]	기운이 수려하여 모녀(毛女)가 오래 살고
靈有羽人蹤.[8]	신령스러워 신선의 자취가 있어라
倒影侵官路,	거꾸로 깔리는 그림자는 길을 덮고
流香激廟松.	흐르는 향기는 서악 사당의 소나무에 스치네
藕如船十丈,[9]	연뿌리는 쪽배 같고 꽃은 열 길이나 크다 하니
望裏豁心胸.	생각만 하여도 마음이 드넓어진다네

해설 화산의 연화봉을 노래하였다. 외외하게 드높이 솟은 봉우리에서 인간세계와는 다른 높고 수려한 기상과 신령스러운 기운을 표현하였다. 주로 높은 형상에 대해 집중하였으며, 전설이 부수적으로 끼어들어갔다. 말미에서는 인간세계와 동떨어져 있는 대상을 길과 사당에서 찾을 수 있고, 정신적인 표상으로 생생하게 살아 있음을 말하였다.

---

6) 심주 : 조탁한 구이다.(琢句.)
7) 毛女(모녀) : 전설에 나오는 진시황의 궁녀 옥강(玉姜). 진시황이 죽자 순장을 피하기 위하여 거문고를 들고 궁중의 일꾼과 화산으로 도망하여 들어갔다. 나중에 도사를 만나 득도하니 몸에 파란 털이 나기에 모녀라고 불렀다. 『열녀전』 권하 참조.
8) 羽人(우인) : 신선.
9) 藕如船(우여선) : 연뿌리가 배처럼 크다. 한유의 「고의」(古意)에 "태화산 봉우리 옥우물에 나는 연꽃, 꽃을 피우면 열 길이요 뿌리는 배와 같아"(太華峰頭玉井蓮, 開花十丈藕如船.)를 환기한다.

고황(顧況)

신라에 사신으로 가는 종형을 보내며(送從兄使新羅)[1]

六氣銅渾轉,[2]   사시와 음양이 혼천의를 돌리고

三光玉律調,[3]   해와 달과 별이 율관(律管)을 계절 따라 고르게 하니

河宮清奉賁,[4]   황하가 맑아져 조공이 들어오고

海嶽晏來朝,[5]   사해와 오악이 평안하니 입조하러 오는구나

地絶提封入,[6]   먼 곳의 벽지도 천자의 강역이니

天平錫貢饒,[7]   천하가 안정되고 납공이 풍성해라

揚威輕破虜,   군사를 일으켜 이민족 치는 일을 가벼이 여겨

柔服恥征遼,[8]   회유하려다가 요동(遼東)에서 수모를 당하였어라

曙色黃金闕,[9]   동해의 신선산 황금 궁궐에 새벽빛이 비치면

---

1) 從兄(종형) : 사촌 형. 고음(顧愔)을 가리킨다.

2) 六氣(육기) : 하늘의 여섯 가지 기운으로 음양(陰陽), 풍우(風雨), 회명(晦明)이다. ○ 銅渾(동혼) : 청동으로 만든 혼천의. 서한 장형이 만들었으며, 천체의 위치를 관측하는데 쓰인다.

3) 三光(삼광) : 해, 달, 별. ○ 玉律(옥률) : 옥으로 만든 율관. 음악의 십이 율로 열두 달에 대응된다.

4) 河宮(하궁) : 전설에서 강의 신이 거주하는 궁전. ○ 奉賁(봉신) : 천자에게 조공하다.

5) 海嶽(해악) : 사해와 오악.

6) 地絶(지절) : 편벽하고 먼 곳. ○ 提封(제봉) : 판도. 강역.

7) 天平(천평) : 지평천성(地平天成). 땅이 안정되고 하늘이 평안하다. 원래 우 임금이 치수를 성공하여 자연의 만물이 천성을 보존하게 되었음을 말한다. 『상서』「대우모」(大禹謨) 참조. ○ 錫貢(석공) : 천자의 명령에 따라 공물을 보냄. 정기적인 공물과 다른 일시적인 진공(進貢).

8) 柔服(유복) : 부드럽게 복종함. ○ 征遼(정료) : 요동을 공격하다. 644~645년 사이에 당 태종이 고구려를 공격하여 실패한 일을 가리킨다. 태종은 644년 형부상서 장량(張亮)을 평양도행군대총관으로, 태자첨사 좌우솔 이세적(李世勣)을 요동도행군대총관으로 임명하여 고구려를 공격하게 하였다. 다음 해 태종이 직접 나가 요동성 아래에서 전투를 독려하였다. 그러나 추위가 닥치고 군량이 부족하자 회군하였다. 태종은 "위징(魏徵)이 있었더라면 나를 말렸을 것을!"이라며 깊이 후회하였다.

寒聲白鷺潮. 10)　　백로 떼들 노는 바닷가에서 차가운 울음 들으리라

樓船非習戰, 11)　　누선이 나아가는 것은 전쟁 연습이 아니요

驄馬是嘉招. 12)　　총마가 가는 것도 아름다운 초청 때문이라

帝女飛銜石, 13)14)　염제의 딸 정위(精衛)는 돌을 물어 동해를 메우고

鮫人賣淚綃. 15)　　바다의 교인(鮫人)은 눈물 진주를 팔고 베를 짠다지

管寧雖不偶, 16)　　관녕(管寧) 같은 사람을 비록 만나지 못할지라도

徐市倘相邀. 17)　　혹여나 서불(徐市)의 초대를 받을지 모르리

獨島懸空翠, 18)　　외떨어진 섬은 비췻빛 산으로 떠있고

---

9)　黃金闕(황금궐) : 전설에 나오는 바다 가운데 신선산에 있는 황금 궁궐. 신선이 거주
　　하는 곳으로 알려졌다.

10)　白鷺潮(백로조) : 백로가 많은 물가의 조수. 요동에는 백로가 많다.

11)　심주 : 사신의 명을 받들다.(入奉使.)

12)　驄馬(총마) : 총이말. 준마. ○ 嘉招(가초) : 초청하다. 이 구는 준마로 손님을 맞이한
　　다는 뜻이다.

13)　심주 : 이하는 바다의 섬을 지나가는 과정이다.(以下一路經行海島.)

14)　帝女(제녀) : 신화 속에 나오는 새 정위(精衛). 본래 염제 (炎帝)의 딸로 이름은 여와
　　(女娃)였으나 동해에서 놀다가 물에 빠져 죽었다. 죽은 후 새가 되었는데 서산의 나
　　무와 돌을 물어다가 동해를 메우려 했다. 『산해경』 「북산경」(北山經) 참조.

15)　鮫人(교인) : 전설에서 바다 속에 산다는 반신반어(半身半魚)의 인어. 『박물지』 권2
　　에 "남해 밖에 교인이 있는데 물고기처럼 물에서 살고, 길쌈을 멈추지 않으며, 그 눈
　　에서는 눈물이 흐르면 진주가 된다"(南海外有鮫人, 水居如魚, 不廢織績, 其眼能泣
　　珠.)고 하였다.

16)　管寧(관녕) : 동한 말기의 명사. 중국이 전란에 빠지자 병원(邴原), 왕렬(王烈) 등과
　　요동으로 가 골짜기에서 여막을 짓고 살았다. 삼국이 안정이 되면서 피난자들이 모
　　두 귀국했으나 관녕만은 남았다. 위 문제가 즉위하면서 징초를 하니 비로소 바다를
　　건너 돌아갔다. 요동에서 삼십칠 년간 있었다. ○不偶(불우) : 짝하지 못하다. 만나
　　지 못하다.

17)　徐市(서불) : 서복(徐福)이라고도 한다. 진나라 때의 방사. 기원전 219년 서불(徐市)이
　　진시황에게 상서를 올려 말하기를, 동해 바다에 봉래(蓬萊), 방장(方丈), 영주(瀛洲)
　　등 삼신산(三神山)이 있는데 거기에 신선이 거주한다고 하였다. 이에 진시황이 서불
　　에게 동남동녀(童男童女) 수천 명을 데리고 불사약을 캐어오라고 하였다. ○倘(당)
　　: 혹시.

18)　空翠(공취) : 비췻빛의 초목. 사령운의 「백안정에 들러」(過白岸亭)에 "산속의 푸른 기
　　운은 이름붙이기 어렵고, 고기 잡는 사람은 몸을 보전하기 쉽다(空翠難强名, 漁釣易
　　爲曲.)는 구절이 있다.

孤霞上沆瀣.¹⁹⁾ 한 줄기 노을 위로 하늘이 드넓으리

蟾蜍同漢月,²⁰⁾ 달 속의 두꺼비는 한나라의 달과 같으나

蝀蝀異秦橋.²¹⁾ 무지개 같은 다리는 중원의 모습과 달라라

水豹橫吹浪,²²⁾ 물 표범은 어지러이 파도를 뿜어내고

花鷹逈拂霄.²³⁾ 얼룩 송골매는 아득히 하늘 위로 치솟으리

晨裝凌莽渺,²⁴⁾ 새벽에 짐을 꾸려 드넓은 평원을 넘어가고

夜泊記招搖.²⁵⁾ 밤에 배를 대면서 북두칠성으로 위치를 확인하리

幾路通員嶠?²⁶⁾ 어느 길이 원교산(員嶠山)으로 통하고

何山是沃焦?²⁷⁾ 어느 산이 옥초산(沃焦山)이런가?

颶風晴汩起,²⁸⁾ 태풍은 맑은 날에도 드세게 불고

陰火暝潛燒.²⁹⁾ 음화는 어두운 물속에서도 환하리라

鬌髮成新髻,³⁰⁾ 머리는 상투를 틀어 중원과 다른데

---

19) 沆瀣(항해) : 하늘이 드넓게 비어 있음.
20) 蟾蜍(섬서) : 두꺼비. 『회남자』「정신훈」(精神訓)에 "달 속에 두꺼비가 있다"(月中有蟾蜍)라는 말이 있다. ○ 漢月(한월) : 당나라에 뜨는 달.
21) 蝀蝀(체동) : 무지개. ○ 秦橋(진교) : 진 지방에 있는 다리. 당나라를 가리킨다.
22) 水豹(수표) : 물에 사는 동물. 모양이 표범과 비슷하다.
23) 花鷹(화응) : 깃털에 꽃무늬가 있는 매.
24) 莽渺(망묘) : 아득히 먼 모양.
25) 招搖(초요) : 북두칠성의 자루 끝의 별. 또는 자루를 가리킨다. 여행 중에 이것의 기울기로 방위를 판단한다.
26) 員嶠(원교) : 전설에 나오는 신선이 사는 섬. 발해의 동쪽 수만 리 밖에 바닥이 없는 깊은 계곡 '귀허'(歸墟)가 있고 이곳으로 모든 물줄기가 모여드는데, 그곳에는 신선이 사는 대여(岱興), 원교(員嶠), 방호(方壺), 영주(瀛洲), 봉래(蓬萊) 등 서로 이어져 있지 않은 다섯 산이 조수가 흐르는 대로 위아래로 움직였다. 『열자』「탕문」(湯問) 참조.
27) 沃焦(옥초) : 전설 속의 큰 산. 미려(尾閭)라고도 한다. 『장자』「추수」(秋水)와 『현중기』(玄中記) 등에 보인다.
28) 颶風(구풍) : 태풍. ○ 汩起(골기) : 바람이 세게 불다. 급한 바람.
29) 陰火(음화) : 바다 속 생물이 내는 빛. 왕가(王嘉) 『습유기』(拾遺記)에 기록이 있다. "서해의 서쪽에 부옥산(浮玉山)이 있다. 산 아래는 거대한 동굴이 있고, 동굴 안에는 물이 있는데, 그 색이 불타는 듯하다. 낮에는 희미하여 밝지 않는데, 밤에는 동굴 밖까지 비춘다. 비록 파도가 몰아쳐도 그 빛은 꺼지지 않는다. 그래서 '음화'라고 한다."
30) 新髻(신계) : 다른 머리 모양. 신라인의 머리 모양이 당나라와 다름을 말하였다. "(여자는)분과 눈썹먹을 바르지 않고, 아름다운 머리카락을 거두어 머리에 두르고는 주

人參長舊苗.[31]	인삼은 묵은 싹에서 자라나리라
扶桑銜日近,[32]	부상은 가까이에서 해를 안고 있고
析木帶津遙.[33]	석목의 나루는 멀리 은하수에 놓였으리
夢向愁中積,	꿈은 근심 속에서 점점 많아지고
魂當別處銷.	혼은 이별의 장소에서 꺼질 듯해라
臨川思結網,[34]	강물에 이르면 그물을 엮어 고기를 잡으려 하고
見彈欲求鴞,[35]	나무 위 부엉이를 잡으려고 탄환을 재어보리
共散羲和歷,[36][37]	두 나라가 당나라의 희화력(羲和歷)을 사용하니
誰差甲子朝?[38]	정해진 날짜에 착오 없이 입조하리라

옥이나 비단으로 장식을 한다. 남자는 머리를 잘라 팔고는 검은 두건을 쓴다."(不粉黛, 率美髮以繚首, 以珠綵飾之. 男子翦髮鬻, 冒以黑巾.) 『신당서』「동이전」 참조.

31) 人參(인삼): 인삼.

32) 扶桑(부상): 신화 속의 나무로, 태양이 떠오르는 곳. 『십주기』(十洲記)에 "부상은 대해 중에 있으며 크기가 수천 장이 되고, 둘레가 일천여 위(圍)가 된다. 두 줄기가 같은 뿌리에서 나와 서로 의지하며 여기에서 해가 나온다"(扶桑在大海中, 樹長數千丈, 一千餘圍. 兩幹同根, 更相依倚, 日所出處)고 하였다. 굴원의 『초사』「이소」에 "함지(咸池)에서 말에게 물 먹이고, 부상에 말고삐를 매어두네"(飲余馬於咸池兮, 總余轡乎扶桑.)란 말이 있다.

33) 析木(석목): 십이 성차 가운데 하나. 기성(箕星)과 두성(斗星) 사이의 은하를 가리킨다. 때문에 한진(漢津) 또는 석목지진(析木之津)이라고도 한다. 석목은 지상의 분야(分野)로 치면 연 지방에서 한반도에 해당한다. "미성(尾星) 사 도(四度)로부터 두성(斗星) 육 도에 이르기까지 석목(析木)의 자리로서 연(燕)의 지역에 해당되니, 어양(漁陽), 우북평(右北平), 요서(遼西), 요동(遼東) 등의 땅이며, 낙랑(樂浪)과 현도(玄菟)도 마땅히 여기에 포함된다."『한서』「율력지」(律曆志) 참조.

34) 臨川(임천) 구: '임천선어(臨川羨魚)'를 이용하였다. 『한서』「동중서전」(董仲舒傳)에 "연못가에서 물고기 잡기를 바라기만 하느니 돌아가 그물을 짜기만 못하다"(臨淵羨魚, 不如退而結網.)는 속담이 있다.

35) 求鴞(구효): 부엉이를 바라다. 『장자』「제물론」에 "그대는 너무 서두르는 것과 같으니, 계란을 보고 닭이 새벽에 울기를 바라고, 탄환을 보고서 부엉이 구이를 바라는 것과 같다."(且女亦大早計, 見卵而求時夜, 見彈而求鴞炙.)는 구절이 있다. 위 두 구는 길가는 도중에 고기잡이와 사냥의 흥취를 일으킨다는 뜻으로 보인다.

36) 심주: 신라에 도착하여 역일(曆日)을 반포하다.(已到新羅頒朔.)

37) 羲和歷(희화력): 당나라의 역법. 이 구는 신라도 당나라의 역법을 함께 쓰고 있음을 말했다.

38) 甲子朝(갑자조): 날짜에 맞춰 입조하다.

滄波仗忠信,　　　　　푸른 파도는 충정과 믿음으로 넘고

譯語辨謳謠.　　　　　말을 통역하며 이역의 노래를 판별하리라

疊鼓鯨鱗隱,[39]　　　　빠른 북소리에 고래와 어족들이 숨고

陰帆鷁首飄.[40]　　　　돛폭을 낮추면 익조의 뱃머리가 날아가리

南溟隨大翼,[41]　　　　북해에서 남해로 붕새가 큰 날개 펼치고

西海飮文鰩.[42]　　　　서해에서 동해로 문요가 날며 물을 마시리

指景尋靈草,[43]　　　　환히 빛나는 곳에서 영지를 찾고

排雲聽洞簫.[44]　　　　구름을 헤치며 신선의 퉁소 소리 들으리

封侯萬里外,　　　　　만 리 밖에서 공을 이루어 후작에 봉해지려니

未肯後班超[45)46]　　　분명히 반초(班超)보다 못하지 않으리라

---

39) 疊鼓(첩고) : 가볍게 빨리 반복하여 두드리는 북.

40) 陰帆(음범) : 돛을 내리다. ○鷁首(익수) : 익조의 머리. 익조의 머리를 채색한 뱃머리. 익조는 해오라기 비슷한 물새로 뱃사람들이 그 모습을 그려 뱃머리를 장식하여 배의 운항이 잘 되기를 기원하였다.

41) 南溟(남명) : 南冥(남명)이라고도 쓴다. 남쪽에 있다고 하는 큰 바다. 『장자』「소요유」(逍遙遊)에 북명에 있는 거대한 물고기 곤(鯤)이 붕(鵬)으로 변하여 남명으로 간다는 우언(寓言)이 있다.

42) 文鰩(문요) : 날치. 길이는 한 척 정도이며 등이 검고 배가 하얗다. 등지느러미는 작지만 가슴지느러미는 커서 펼치면 제비처럼 되어 수면 위를 날 수 있다. 『산해경』「서산경」(西山經)에서는 "항상 서해로 가며 동해에서 헤엄친다"(常行西海遊於東海)고 하였다.

43) 景(경) : 빛. ○靈草(영초) : 영지(靈芝). 『포박자』「선약」(仙藥)에서는 영지는 바닷가 명산에서 나며(石芝者, 石象, 芝生於海隅名山, 及島嶼之涯.), 영지가 나는 곳은 빛이 나서 쉽게 발견할 수 있다고 하였다.(而皆光明洞徹如堅冰也. 晦夜去之三百步, 便望見其光矣.)

44) 排雲(배운) : 구름을 헤치고 오르다. 곽박(郭璞)의 「유선시」에 "신선이 구름을 밀치고 나오니, 다만 금과 은으로 만든 누대만 보이더라"(神仙排雲出, 但見金銀臺.)는 구절이 있다.

45) 심주 : 마무리가 힘차다.(結得有力.)

46) 班超(반초) : 동한의 장수. 역사가 반고(班固)의 동생. 본래 집안이 가난하여 관청에서 문서를 써주면서 부모를 봉양했으나, 변방에 나가 공을 세우기로 결심하였다. 관상가에 가서 물었더니 "쾌주는 포의에 생도일 뿐이니. 응당 만 리 밖에 나가 공을 세워 공후가 되어야 하리오"(祭酒, 布衣諸生耳, 而當封侯萬里之外.)라고 하였다. 서기 73년에 서역으로 출사하여 삼십일 년간 서역을 경영하면서 오십여 개 나라를 귀순하게 하였다. 이 공로로 정원후(定遠侯)의 작위를 받았다.

평석 풍골은 높지 않으나 재능은 크게 드러났다.(風骨未高, 才情煥發.)

해설 신라에 사신으로 가는 사촌 형 고음(顧愔)을 보내며 쓴 시이다. 당 제국의 번영을 자부심 넘치는 기상으로 서술하면서 사신의 임무를 격려 하였고, 신라로 가는 여정에 나타나는 이국적 풍정을 신화의 장면과 기 이한 풍물로 채워넣었다. 당시 당나라 사람들이 생각하는 신라의 모습을 전면적으로 충실히 드러낸 것이라 할 수 있다. 768년 2월 창부랑중 겸 어사중승 귀숭경(歸崇敬)을 정사로 하고 육정(陸珽)과 고음(顧愔)을 부사로 하여 사절단을 파견할 때 사촌 형 고음을 위해 썼다.

은인(殷寅)

현원황제가 응현하였기에
성조의 영원함을 축하함(玄元皇帝應見, 賀聖祚無疆)[1][2]

應歷生周日,[3]	시운을 타고 주나라에 태어나시어
修祠表漢年.[4]	한나라 때 사당을 지어 추앙받았어라

---

1) 심주 : 팔운.(八韻.)
2) 玄元皇帝(현원황제) : 노자를 가리킨다. 당 고종은 노자를 태상현원황제(太上玄元皇帝)라는 존호를 붙이면서, 자신의 선조라고 공표하였다. ○ 應見(응현) : 죽었던 사람이나 종교적 인물이 자신의 이적을 보이기 위해 세상에 나타남. ○ 聖祚無疆(성조무강) : 임금의 자리가 영원하다.
3) 應歷(응력) : 때에 순응하다. ○ 周(주) : 주나라. 노자는 동주 때 사람이다.
4) 祠(사) : 사당. 노자 사당을 가리킨다. ○ 漢年(한년) : 한나라 때. 동한 때 노자 사당을 처음 건립하였다. 궁중에서는 165년에 두 번 중상시를 고현(苦縣)에 보내 노자를 제사지내게 하였다. 『후한서』 「환제기」 참조.

復玆秦嶺上,[5)]　　　다시 여기 진령(秦嶺) 위에 사당을 세우니

更似霍山前.[6)]　　　다시금 곽산(霍山) 앞의 일과 비슷하구나

昔贊神功啓,[7)]　　　예전에는 신통한 공을 도와서 길을 열었고

今符聖祚延.[8)]　　　지금은 성조에 부합되게 이끌었구나

已題金簡字,[9)]　　　벌써 황금 간책(簡冊)에 글자를 써서

仍訪玉堂仙.　　　이미 신선세계의 노자를 방문했어라

睿祖光元始,[10)]　　신성한 조상의 영광된 시조

曾孫體又玄.[11)]　　증손이 체득한 현묘의 도

言因六夢接,[12)]　　말은 여섯 가지 길몽과 부합되고

慶叶九齡傳.[13)]　　경사는 장수와 부합하여 길이 이어지네

北闕心超矣,[14)]　　나의 마음은 북월을 향해 달려가

南山壽固然.[15)]　　남산처럼 굳세게 장수하리라 기원하네

---

5)　秦嶺(진령): 장안 남쪽 교외에 있는 종남산. 여기서는 장안 근처의 산.

6)　霍山(곽산): 곽태산(霍太山). 지금의 산서성 곽현 동남에 소재. 617년 당 고조가 군사를 이끌고 관중으로 가려는데, 수나라 장수 송노생(宋老生)에 의해 곽읍(霍邑)에서 제지당하였다. 당시 장마가 계속되어 고조는 군수 물자가 부족하여 고민하였다. 이때 흰 옷을 입은 노인이 나타나 말하기를 "나는 곽산 산신을 위하여 당 황제를 알현하여 말한다"며, "팔월에 비가 그칠 때 곽읍 동남으로 나가면 군사를 구할 것이오"라고 하였다. 과연 팔월 달에 고조는 군사를 이끌고 곽읍으로 나가 송노생을 죽이고 곽읍을 평정하였다. 『구당서』「고조기」 참조.

7)　심주: 무덕 연간.(武德年.)

8)　심주: 천보 연간.(天寶年.)

9)　金簡(금간): 황금 바탕의 문서. 도관에서 특별한 예식 때 사용하는 문서.

10)　睿祖(예조): 신성한 조상.

11)　曾孫(증손): 증손 이하를 통칭한다. 여기서는 현종을 가리킨다. ○體(체): 깨닫다. 알다. ○又玄(우현): 도(道). 『노자』에 "현묘하고 또 현묘하니 모든 현묘함의 문이다"(玄之又玄, 衆妙之門.)는 말이 있다.

12)　심주: 『주례』의 『춘관』「점몽」에 기록했다. "일월성신으로 여섯 가지 점의 길흉을 점친다."(周禮春官占夢: "以日月星辰占六夢之吉凶.")

13)　慶(경): 행복. 경사. ○叶(협): 協(협)과 같다. 어울리다. 일치하다. ○九齡(구령): 장수하다.

14)　北闕(북궐): 조정. 군주는 남면(南面)하는데 비해 신하나 백성은 북면하므로, 궁궐의 심리적인 위치는 북쪽에 있게 된다. ○超(초): 가다. 향하다.

15)　南山壽(남산수): 종남산처럼 오래 살다. 『시경』「천보」(天保)에 "종남산이 오래 가는

無由同拜慶,　　함께 배알하고 경하할 길이 없지만
竊忭賀陶甄.[16]　스스로 기뻐하며 임금을 축하하네

평석 『구당서』에 기록했다. "개원 20년(732년) 4월 현종이 성 남산의 유적지에 천존의 상을 꿈에서 보고는 이를 찾으니 주질 누관의 옆에서 얻었다. 천보 원년(742년) 정월 전동수가 장안 영창가 공중에서 현원황제를 보았는데 '천하태평 성수무강' 여덟 글자를 지금의 황제께 전하라고 했다고 말했다." 또 기록했다. "도림현의 옛 관령 윤희의 고택 옆에 영보부가 있었는데 환관을 보내 구해와 함원전에 바쳤다."(舊唐書 : "開元二十年四月, 帝夢城南山趾有天尊之象, 求得之於盩厔樓觀之側. 天寶元年正月, 田同秀稱於京師永昌街空中見玄元皇帝, 以'天下太平, 聖壽無疆'八言傳於今上." 又云 : "桃林縣故關令尹喜宅傍有靈寶符, 發使求而得之, 獻於含元殿.") ○ 고조 무덕 3년(620년) 길선이 양각산을 걷다가 흰 옷 입은 노인을 만났다. 말하기를 "내가 당 천자에게 말하니 나는 노자로 즉 너의 선조이니라"라고 했다. 고조가 곧장 사신을 보내 제사를 지내고, 그 자리에 사당을 세웠다.(高祖武德三年, 吉善行於羊角山, 見白衣老父, 曰 : "爲我語唐天子, 吾是老君, 即汝祖也." 高祖卽遣使致祭, 立廟於其地.)

해설 노자의 현령(顯靈)을 경하하였다. 고대에는 위에서 심적잠이 인용한 사건들처럼 상서로운 일들이 많이 기록되었고, 조정에서는 이를 왕조를 지속하고 대중의 마음을 통합하는 도구로 활용하였다. 이 시는 745년 성시(省試)에 제출한 답으로, 노자와 관련된 부서(符瑞)를 가지고 왕조의 번영과 군주의 장수를 경하하였다.

　　것처럼 넘어지지도 무너지지도 않으리라"(如南山之壽, 不騫不崩.)는 구절이 있다.
16)　忭(변) : 박수를 치며 기뻐하다. ○ 陶甄(도견) : 도공이 질그릇을 만들다. 천하를 다스리다.

육지(陸贄)

금궐의 봄 소나무(禁中春松)[1]

陰陰淸禁裏,[2]	맑은 금궐 안에 무성히 우거졌으니
蒼翠滿春松.	푸른 비췻빛의 봄 소나무 가득해라
雨露恩偏近,	비와 이슬의 은덕이 특히나 가까우니
陽和色更濃.[3]	따뜻하고 온화한 빛이 더욱 짙어라
高枝分曉日,	높은 가지에는 새벽 해가 걸리고
虛吹雜宵鐘.[4]	솔솔 부는 바람은 밤 종소리와 섞이네
香助鑪煙遠,	향기는 멀리 향로의 연기를 더하고
形疑蓋影重.	모양은 겹쳐진 차개 그림자 같아라
願符千載壽,	원컨대 천 년의 수명을 누리려니
不羨五株封.[5]	태산의 오대부송이 부럽지 않아라
倘得廻天眷,[6]	더구나 천자의 관심을 받을 수 있다면
全勝老碧峰.	오래된 푸른 봉우리보다 훨씬 나으리라

해설 궁중에 있는 봄날의 소나무를 찬송하였다. 단아하고 기품 있는 모습을 궁중의 주위 환경과 연결하여 쉽고 유창한 언어로 산뜻하게 그려

1) 심주 : 시첩시.(試帖.)
2) 陰陰(음음) : 그늘져 어두운 모양.
3) 陽和(양화) : 봄날의 온화한 기운. 태평시대의 모습을 환기한다.
4) 虛吹(허취) : 천천히 부는 소나무 바람 소리.
5) 심주 : 진시황이 태산에 봉선하러 갔을 때 질풍 폭우를 만나 소나무에 의지하고는 그 소나무를 오대부로 봉하였다. 오대부는 벼슬이름으로 다섯 그루란 뜻이 아니다. 그러나 당대 문인들도 잘못 아는 사람이 많았다.(秦皇封泰山, 逢疾風暴雨, 得松樹庇之, 封爲五大夫, 非五株也. 然唐人誤認者多.)
6) 天眷(천권) : 하늘의 보살핌. 여기서는 제왕의 은총.

내었다. 그러나 이러한 제재가 자발적이고 개성적인 시인의 생생한 인식과 경험에서 나온 것이 아니라, 조정의 시첩시 제목으로 공개적이고 의식적으로 나왔다는 점에서 잘 가꾸어진 소품에 머물렀다.

백거이(白居易)

원진이 이전에 지은 시문을 백 축으로 정리한 후 칠언장구를 써서 나에게 부쳤기에 나도 차운으로 답했는데, 남은 생각이 미진하여 여섯 운을 더하여 다시 부치다(微之整集舊詩及文筆爲百軸, 以七言長句寄樂天, 樂天次韻酬之. 餘思未盡, 加爲六韻重寄)[1][2]

海內聲華倂在身,[3]	국내에서 이름과 재능이 모두 뛰어나
篋中文字絶無倫.[4]	상자 속의 뛰어난 시문에 따를 자 없어라
遙知獨對封章草,[5]	멀리서도 알겠나니, 봉함된 주장들을 마주하고
忽憶同爲獻納臣.[6]	홀연히 함께 간관으로 있던 때를 기억하리

---

1) 심주 : 칠언장율은 별도로 나열하지 않고 오언장율에 붙인다.(七言長律不另列, 附五言中.)
2) 次韻(차운) : 다른 사람이 지은 시의 운을 사용하면서, 동시에 운자의 순서도 그대로 따라 시를 지음.
3) 聲華(성화) : 명성과 재능.
4) 篋中文字(협중문자) : 상자 속의 시문. 당시의 서적은 필사본으로 축에 만 형태로 되어 있다. 이를 일 권 또는 일 축이라 하는데, 여러 권을 모아서 천 주머니에 넣은 것을 일 질(帙)이라 하고, 다시 여러 질을 상자 속에 넣는데 이를 일 협(篋)이라 한다.
5) 封章草(봉장초) : 주장(奏章)을 올린 글. 신하가 군주에게 올린 글을 주장(奏章) 또는 장주(章奏)라 하는데 엄밀하게 간수하기 위해 보통 함에 넣어 봉하므로 봉장(封章)이라 하였다.
6) 獻納臣(헌납신) : 의견을 올리는 신하. 간관(諫官)을 가리킨다. 808년 백거이는 좌습

走筆往來盈卷軸,[7] 　　붓을 달리며 주고 받으니 권축이 가득 차고
除官遞互掌絲綸.[8][9] 　관직에 임명될 때 교대로 조서를 썼지
制從長慶辭高古,[10][11] 제사는 장경 연간에 격이 높고 예스러웠으며
詩到元和體變新.[12][13] 　시는 원화 연간에 형식이 새로 변하였지
各有文姬才稚齒,[14][15] 모두 채염 같은 어린 딸만 있고
俱無通子繼餘塵.[16] 　　가업을 이을 통자(通子) 같은 아들이 없지만
琴書何必求王粲,[17] 　거문고와 서적을 어찌 왕찬에게 주겠는가
與女猶勝與外人.[18] 　남에게 주기보다 딸에게 전수함이 나으리라

　　유였고, 원진은 감찰어사이어서 둘 다 간관의 위치에 있었다.

7)　자주 : "나와 원진은 전후로 부치거나 화답한 시가 수백 편이 되는데, 최근에 이처럼
　　많이 쓴 사람은 없다."(自注 : "予與微之前後寄和詩數百篇, 近代無如此多者也.")

8)　심주 : 내가 중서사인이 되었을 때 원진이 제사를 썼고, 원진이 한림학사 되었을 때
　　내가 제사를 썼다.(予除中書舍人, 微之撰制詞. 微之除翰林學士, 予撰制詞.)

9)　絲綸(사륜) : 제왕의 조서나 말을 가리킨다. 『예기』「치의」(緇衣)에 "왕의 말은 처음
　　에는 실과 같으나 나중에는 밧줄과 같아진다"(王言如絲, 其出如綸)는 말에서 유래했
　　다. 한림원의 신하들이 황제를 대신하여 제사(制詞, 즉 조서)를 썼다.

10)　심주 : 원진이 장경 초기 지제고가 되었을 때 시문의 격이 높고 예스러웠다. 이로부
　　터 속체가 변화하였으며 뒤따르는 자가 본받았다.(微之長慶初知制誥, 文格高古, 始
　　變俗體, 繼者效之也.)

11)　長慶(장경) : 당 목종의 연호. 821~824년.

12)　심주 : 사람들이 원진과 백거이가 천 글자로 된 율시를 지었다고 하니, 혹자는 '원화
　　격'이라고 불렀다.(衆稱元白爲千字律詩, 或號元和格.)

13)　元和(원화) : 당 헌종의 연호. 806~820년. '원화격' 도는 '원화체'는 줄거리가 있고 통
　　속적인 장편 오언배율로 지은 시를 가리킨다. 오늘날 두 사람의 시체를 총칭하여 부
　　르는 말의 뜻과는 약간 다르다.

14)　심주 : 채옹에게는 아들이 없고 딸만 있었는데, 이름이 채염이며 자는 문희이다.(蔡
　　邕無兒, 有女琰, 字文姬.)

15)　稚齒(치치) : 어린 나이. 백거이와 원진 역시 아들이 없고 어린 딸만 있었다.

16)　심주 : 도연명 아들의 아명이 통자이다.(陶潛小兒名通子.)

17)　琴書(금서) 구 : 동한 말기 학계의 좌장 채옹은 젊은 왕찬이 찾아왔다고 하면 신발을
　　거꾸로 신은 것도 모르고 나가 맞이하였다. 이러한 '도리상영'(倒履相迎)에 대해 좌
　　중의 사람들이 놀라자, 채옹은 자신은 왕찬보다 못하며 집안의 서적과 문장은 모두
　　왕찬에게 주어야 한다고 말했다. 『위서』「왕찬전」 참조.

18)　與(여) : 주다. 전수하다.

해설 두 사람의 시문에 대한 활동을 회상하였다. 823년 항주자사로 있을 때 지었다. 당시 원진은 월주자사 겸 절동관찰사로 있으면서 자신의 시문을 백 축으로 정리하면서 시를 보냈는데, 백거이가 이 소식을 듣고 답으로 쓴 시들 가운데 하나이다. 이 시는 원진의 시운(詩韻)을 차례대로 똑같이 사용한, 최초의 차운시로 알려졌다.

태호에 배 띄운 일을 써서 원진에게 부치다(泛太湖書事, 寄微之)

煙渚雲帆處處通,[19]	안개 낀 섬 사이 돛배가 곳곳으로 통하니
飄然舟似入虛空.	배가 표연히 허공으로 들어가는 듯
玉杯淺酌巡初匝,	옥 술잔에 낮게 채워 처음 돌리니
金管徐吹曲未終.	금 피리가 천천히 불어 곡이 이어지는구나
黃夾纈林寒有葉,[20]	치마에 염색한 노란 숲에서는 잎이 지지 않고
碧琉璃水淨無風.	비췻빛 유리 같은 물이 바람 없어 맑아라
避旗飛鷺翩翻白,	깃발을 피해 날아가는 해로라기 하얀데
驚鼓跳魚撥剌紅.[21]	빠른 북소리에 뛰어오른 물고기는 꼬리가 붉어라
澗雪壓多松偃蹇,[22]	계곡에 눈이 많이 쌓여 소나무가 누워있고
巖泉滴久石玲瓏.[23]	바위 샘물이 오래 떨어져 돌이 뚫려 투명해라
書爲故事留湖上,[24]	오늘 있는 일들 써서 호숫가에 적고

---

19) 煙渚(연저) : 안개 낀 모래톱.
20) 夾纈(협힐) : 염색 방법의 하나. 목각으로 같은 문양을 새긴 두 판 사이에 명주나 천을 끼워 염색하는 방법. 여기에서는 그렇게 염색한 천.
21) 撥剌(발랄) : 물고기 꼬리가 물을 치며 내는 소리.
22) 偃蹇(언건) : 휘어져 굽은 모습.
23) 玲瓏(영롱) : 맑고 투명한 모습. 여기서는 바위가 구멍이 나 투명하게 된 것을 가리킨다.
24) 자주 : "바라본 승경을 대부분 호수의 바위 위에 적었다."(自注 : "所見勝景, 多記在湖中石上.)

吟作新詩寄浙東.[25]　　새로운 시를 지어 절동(浙東)으로 부치노라
軍府威容從道盛,[26]　　그대 군대의 위용이 장관이란 말 따르겠으나
江山氣色定知同.　　강산의 경치는 분명 우열이 없음을 알겠노라
報君一事君應羨,　　그대가 부러워할 일을 한 가지 알리노니
五宿澄波皓月中.　　맑은 물결과 하얀 달 아래 닷새를 보냈다오

해설 태호에 배를 띄우고 논 일을 서술하였다. 백거이가 825년 소주자사로 나갔을 때 절동관찰사로 먼저 월주에 가 있는 원진과 자주 수창하였다. 당시 두 사람은 서로 자신이 사는 곳의 풍광이 뛰어나다고 자랑하였는데, 백거이는 이 시의 말미에서 그에 빗대어 자신의 방달한 풍취를 자랑하였다.

원진(元稹)

'명협 꼬투리를 세며'를 제목으로(賦得數莢)[1]

將課司天歷,[2]　　장차 날수를 따져 역법을 알려고
先觀近砌莢.　　먼저 계단 가까이의 명협을 보노라

---

25)　浙東(절동): 월주(越州)를 가리킨다. 당시 절강동도관찰사 치소였다.
26)　軍府(군부): 절강동도관찰사 소재지. 원진이 있는 곳이다.
 1)　심주: 시첩시.(試帖.) ○ 요 임금 때 계단 사이에 자란 풀이 있었는데, 매월 삭일에 꼬투리 하나가 나와 십오일에 열다섯 개가 모두 나왔다. 십육일에 꼬투리 하나가 떨어져 회일이 되면 모두 졌다. 작은 달에는 꼬투리 하나가 남아서 떨어지지 않았다. (堯時有草夾階而生, 每月朔日一莢生, 至十五日而足, 十六日一莢落, 至晦而盡. 月小, 一莢厭而不落.)
 2)　課(과): 세다. 매기다. ○ 司天(사천): 천상의 변화를 관장한다.

一旬開應月,	열흘 동안 달에 대응하여 피고
五日數從星.	오 일 동안 오성의 숫자를 따라 피어라
桂滿叢初合,3)	보름이 되면 꼬투리가 모두 모아지고
蟾虧影漸零.4)	기망부터 그림자는 하나씩 떨어져나가네
辨時長有素,	사시를 구분하는데 큰 달이면 모두 지고
數閏或餘靑.	윤달이면 파란 꼬투리가 하나 남아
墜葉推前事,	떨어진 잎으로 이전의 일을 추측하고
新芽察未形.	새로 나는 싹으로 오지 않은 미래를 살핀다
堯年始今歲,5)	요 임금 때의 명협이 지금 나기 시작하니
方欲瑞千齡.	비로소 알겠노라, 천 년 동안 상서로왔음을

해설 날짜에 따라 꼬투리가 피고 진다는 전설 속의 명협을 노래하였다. 시 전체가 『죽서기년』(竹書紀年)에 나오는 전설의 내용을 시화하여, 적절한 보폭을 취하면서 이미지를 전개하였다. 여기에는 산문적 서술이 시적 묘사로 전환되면서 오는 균형과 긴장이 있다. 말미에서는 태평성대의 상징인 명협을 빌려 지금의 시대를 예찬하였다. 원진이 젊었을 때 지은 응시시(應試詩)로 그의 시재(詩才)를 엿볼 수 있다.

---

3) 桂滿(계만) : 보름달이 되다. 전설에서 달에 계수나무가 있다는 뜻을 채용하였다.
4) 蟾虧(섬휴) : 달이 이지러지다. 전설에서 달에 두꺼비가 있다는 뜻을 채용하였다.
5) 堯年(요년) : 요 임금이 다스리던 때. 갈홍의 『포박자』 「대속」(對俗)에 "요 임금은 명협의 꼬투리를 보고 날짜를 알았다"(唐堯觀莢英以知月.)는 말이 있다.

서응(徐凝)

돌아가는 일본 사신을 보내며(送日本使還)

絶國將無外,[1]	절역의 나라는 끝없이 먼 곳
扶桑更有東.[2]	부상에서도 더욱 동쪽에 있다네
來朝逢聖日,[3]	조회하러 와 성세를 만나고
歸去及秋風.	가을바람이 불자 돌아가는구나
夜泛潮回際,[4]	저녁에 밀물지는 때에 배 띄우고
晨征莽蒼[5]中.[6]	새벽에 광대무변한 가운데로 나아가네
鯨波騰水府,[7]	거대한 파도에 용궁이 솟구치고
蜃氣壯仙宮.[8]	신기루에 신선의 궁전이 장관이라
天眷何期遠?[9]	천자의 은혜가 어찌 멀리 있으리오?
王文久已同.[10]	왕의 교화가 오래 전부터 한가지라
相望杳不見,	바라보아도 아득하여 보이지 않으니

---

1) 絶國(절국) : 지극히 먼 곳에 있는 나라. ○ 無外(무외) : 테두리가 없을 정도로 광대무변하다.

2) 扶桑(부상) : 신화 속의 나무로, 태양이 떠오르는 곳.

3) 聖日(성일) : 성시(聖時). 성명한 때. 성세.

4) 潮回(조회) : 조수가 돌아오다. 밀물이 지다.

5) 심주 : 상성.(上聲.)

6) 莽蒼(망창) : 멀리 어둑한 모양. 비어 끝이 없는 모양.

7) 鯨波(경파) : 고래가 일으키는 거대한 파도. ○ 水府(수부) : 전설에서 물의 신 또는 용왕이 거주하는 곳.

8) 蜃氣(신기) : 광선의 굴절로 인해 하늘이나 지상에 만들어지는 기이한 환영. 주로 바다나 사막 지역에서 일어난다. 고대인들은 이무기(蜃)가 뿜어내는 입김 때문에 이루어졌다고 생각하여 '신기'(蜃氣)라고 하였다. 『사기』「천관서」(天官書)에 "바다 옆에서 신(蜃)이 내뿜는 입김은 누대와 같고, 넓은 들의 응결된 기운은 궁궐과 같다"(海傍蜃氣象樓臺, 廣野氣成宮闕然.)는 말이 있다.

9) 天眷(천권) : 천자의 은혜.

10) 王文(왕문) : 왕의 교화.

離思托飛鴻.　　　이별의 그리움을 기러기에 부쳐보내네

평석 여전히 성당의 수법이 있다.(猶有盛唐家數.)

해설 일본으로 돌아가는 사신을 보내며 쓴 시이다. 일본의 위치가 태양이 떠오르는 부상 나무보다 더 동쪽에 있으며, 그곳으로 가는 길의 아득하고 고단함을 써서 위로하였다. 말미에서 천자의 은혜와 왕의 교화로 공적인 유대를 표시하고, 기러기로 사적인 친분을 나타내었다.

장계(張繼)

진류로 가는 추 판관을 보내며(送鄒判官往陳留)[1]

齊宋分巡地,[2]	제 지방과 송 지방을 나누어 순찰하니
頻年此用兵.[3]	여러 해 동안 여기에서 전쟁이 있어라
女停襄邑杼,[4]	여인들은 양읍에서 비단 짜기를 멈추고
農廢汶陽耕.[5]	농민들은 문양에서 밭 갈기를 폐하였어라

---

1) 鄒判官(추판관) : 추소선(鄒紹先). 중당 때 활동한 시인으로 하남 판관이 되었다. 유장경과 친했으며, 현재 시 일 수가 남아있다. ○陳留(진류) : 당대 변주(汴州)로 치소는 지금의 하남성 개봉시.
2) 齊宋(제송) : 제 지방과 송 지방. 춘추시대 두 나라의 강역에 해당하는 지역이다. 지금의 하남성 동부와 산동성 일대. ○分巡(분순) : 지역을 나누어 순찰하다.
3) 頻年(빈년) 구 : 안사의 난을 말한다.
4) 襄邑(양읍) : 고대의 현 이름. 지금의 하남성 휴현(睢縣). ○杼(저) : 베틀의 북. 양읍은 한나라 때 비단 생산으로 유명했다.
5) 汶陽(문양) : 춘추시대 노나라 지명. 지금의 산동성 태안시 서남 일대. 문수(汶水)의 북안에 위치한다.

使者乘軺去,[6]	사신이 수레를 타고 가니
諸藩擁節迎.[7]	번진이 부절을 들고 맞이하리라
深仁佐君子,	깊은 인애의 마음으로 군자를 돕고
薄賦恤黎甿.[8]	가벼운 조세로 백성을 구휼하여야 하리
火燎原猶熱,	화톳불에 들판은 여전히 뜨겁고
風搖海未平.	바람에 바닷가는 아직 평온하지 않으니
應將否泰理,[9]	응당 흥망성쇠의 이치를
一問魯諸生.	노 지방의 유생들에게 물어야 하리

평석 병란이 지난 후 깊은 인애와 가벼운 조세를 시행할 것을 기대하였다. 사람에게 '말을 증정하는' 뜻을 얻었다.(兵荒之後, 以深仁薄賦期之. 得贈人以言之意.)

해설 지방의 절도사 판관으로 나가는 사람을 보내며 지었다. 장계는 안사의 난 바로 전에 진사과에 급제하였고 대력 말기에 죽었으므로, 안사의 난이 깊은 상처로 남아있을 때 생존하였다. 위 시는 전란에 대한 치유에 입각하여 떠나는 사람을 권면하였다.

---

6) 軺(초) : 초거(軺車). 한 필의 말이 끄는 가벼운 수레. 사신의 탈것.
7) 擁節(옹절) : 부절을 잡다.
8) 黎甿(여맹) : 여민(黎民). 백성.
9) 否泰理(부태리) : 흥망성쇠의 이치.

무원형(武元衡)

도중에 촉 지방 가까운 역에 묵을 때 황은을 입어 보도와 비룡구의 말을 하사받았는데, 사신이 돌아가기에 이 중서와 정 중서에게 부치다(途次近蜀驛, 蒙恩賜寶刀及飛龍廐馬, 使還, 因寄李、鄭二中書)[1]

草草事行役,[2]	총망히 공무로 떠나
遲遲出故關.	더디게 관문을 나서니
碧幢遙隱霧,[3]	푸른 수레 휘장은 멀리 안개 속에 묻히고
紅旆漸依山.	붉은 깃발은 점차 산으로 들어가네
感激酬恩淚,[4]	은혜에 보답하려는 감격의 눈물 흘리고
風霜去國顏.	도성을 떠나는 풍상을 겪은 얼굴이라
捧刀金錯字,	보도를 받아드니 금으로 새긴 글자 보이고
歸馬玉連環.[5]	보내주신 말에는 옥고리가 꿰어있어라
威鳳翔雙闕,[6]	위엄 서린 봉황들이 쌍궐 위를 나는데
征夫護百蠻.	떠나는 사내는 남만을 지키리라
應憐宣室召,[7]	응당 선실의 부름을 기뻐해야 하지만
溫樹不同攀.[8]	궁중의 나무에는 함께 오르지 말기 바라오

---

1) 飛龍廐(비룡구) : 황궁의 여섯 군데 마구간 가운데 하나. 696년에 장안 대명궁 현무문 밖에 설치하였다. ○李鄭二中書(이정이중서) : 재상 이길보(李吉甫)와 정인(鄭絪). 정인은 805년 중서시랑이 되었다.
2) 草草(초초) : 총망하고 바쁜 모양.
3) 碧幢(벽당) : 고관의 수레에 걸쳐진 푸른 휘장.
4) 酬恩(수은) : 은덕에 보답하다.
5) 歸(귀) : 보내다. ○玉連環(옥연환) : 꿰어진 옥고리. 여기서는 말머리를 장식하는 장식물.
6) 威鳳(위봉) : 위엄이 있는 봉황. 이 중서와 정 중서를 가리킨다.
7) 宣室(선실) : 한대 미앙궁의 선실전(宣室殿). 제왕이 정무를 보는 정전. 선실에서 부르다(宣室召)는 것은 한 문제(漢文帝)가 가의(賈誼)를 부른 일을 환기한다.

해설 무원형이 807년 서천절도사로 부임하는 도중에 지었다. 도중에 하사받은 보도와 칼에 감격한 일을 기술하고, 중서성의 두 고관에게 일을 협조하길 당부하였다. 말미를 보면 정사를 신중히 처리하면서, 동시에 집권을 위해 다투지 말기를 바라는 뜻을 은근히 나타내었다.

배도(裴度)

중서성에서 눈에 보이는 대로(中書卽事)[1]

有意效承平,	태평시대를 여는데 뜻을 두었건만
無功答聖明.	성명한 군주께 답할 공로가 없어
灰心緣忍事,[2]	냉정한 마음으로 인내하며 일하고
霜鬢爲論兵.	서리 내린 백발로 병법을 논하노라
道直身還在,	곧은 길에 몸을 두고 있는데
恩深命轉輕.[3]	은덕이 깊을수록 목숨이 가벼워라
鹽梅虛擬議,[4]	맛을 조절하는 재상의 역할을 하지 못하나

---

8) 溫樹(온수) : 온실의 나무. 서한의 어사대부 공광(孔光)은 말을 지나치게 조심하는 성격이라 궁중의 일에 대해 일체 함구하였다. 심지어 집안사람들이 온실에 어떤 나무가 있느냐고 물어도 답하지 않았다. 온수(溫樹)는 보통 신중한 처신을 의미한다. 여기서는 궁중의 나무를 가리킨다.

1) 卽事(즉사) : 눈앞의 사물이나 일을 제재로 한 시. 시 제목에 습관적으로 붙이는 경우가 많다.

2) 灰心(회심) : 마음이 식은 재처럼 적막하다. ○忍事(인사) : 인내하는 태도로 일을 대함.

3) 심주 : 대신의 말이다.(大臣語.)

4) 鹽梅(염매) : 소금과 매실. 소금은 짜고 매실은 시므로 모두 맛을 조절하는데 사용된다. 『상서』「열명」(說命)에 "간이 맞는 국을 만드는 데는 오직 소금과 매실이 있다" (若作和羹, 爾惟鹽梅)고 하였다. 후세에는 여러 업무를 조정하여 군주를 보좌하는

葵藿是平生.[5]　　　규채처럼 군주를 향한 건 평소의 심정이라
白日長懸照,[6]　　　태양이 언제나 비추고 있는데
蒼蠅謾發聲![7]　　　파리들이 헐뜯는 소리를 내는구나!
嵩陽舊田裏,[8]　　　숭산의 남면에 예전의 논밭이 있으니
終使謝歸耕.　　　결국에는 돌아가 밭을 갈리라

해설 중서성에서 재상 직에 있으며 일어나는 감회를 썼다. 조정의 복잡한 권력 투쟁 속에서 자신의 곧은 심정과 충정의 마음을 나타내는데 초점을 맞추었다. 배도는 815년 6월에 중서시랑에 재상이 되었고, 817년 8월 회서로 출정 나갔으므로 그 사이에 쓴 것으로 보인다.

중화절에 황제께서 공경에게 자를 하사하다(中和節詔賜公卿尺)[9]

陽和行慶賜,[10]　　　온화한 날에 상을 내리시니
尺度爲臣工.[11]　　　척도는 문무백관들이 가져야 할 바라
寵賚乘佳節,　　　아름다운 절기에 즐겨 들고 다니며
傾心立大中.[12]　　　온 마음을 다하여 중정을 세우리라

　　　　재상 등 대신을 가리킨다.
5)　葵藿(규곽): 규채와 콩잎. 콩잎은 향일성이 뚜렷하지 않지만 같은 종류이기에 연용하였다. 조식(曹植)의 「구통친친표」(求通親親表)에 "마치 규채와 콩잎이 잎을 기울 듯이, 태양이 비록 그들을 위해 빛을 주지 않는다고 해도, 결국 이들이 태양을 향하는 건 바로 정성 때문입니다"(若葵藿之傾葉, 太陽雖不爲之廻光, 然終向之者, 誠也.) 라는 말이 있다.
6)　白日(백일): 빛나는 태양. 군주를 상징한다.
7)　심주: 군주가 신하의 정성을 거울삼아 살피면 중상하는 사람이 뜻을 발휘하지 못함을 말했다.(言君鑒其誠, 讒人亦不得逞其技也.)
8)　嵩陽(숭양): 숭산의 남록.
9)　심주: 시첩시.(試帖.)
10)　陽和(양화): 봄날의 온화한 기운. ○慶賜(경사): 상을 내리다.
11)　尺度(척도): 자. ○臣工(신공): 문무백관.

短長思合制,	짧고 긴 것은 일치된 기준을 가지려 하고
遠近貴攸同.	먼 곳과 가까운 곳은 통일을 중시하네
共荷裁成德,	함께 일할 땐 마름질하여 공을 이루고
將酬分寸功.	장차 보답할 땐 작은 공도 나누어주리
作程施有用.[13]	전범이 되어 필요할 때 베풀고
垂範播無窮.[14]	모범을 보여 끝없이 퍼져나가리
願續延洪壽,[15]	원컨대 길이길이 보존되어
千春奉聖躬.	천 년 동안 황제의 몸을 받들리라

평석 자의 뜻을 빌려 군왕의 장수를 기원하였으니 첫머리와 가장 잘 호응한다. 장수에 대해 후인들이 '남산'이라 바꾸어 상투어가 되었다.(借尺意以祝聖壽, 最有關合. 後人改'南山', 遂成 套語.)

해설 중화절에 황제가 자를 하사한 일을 제재로 하였다. 자의 의미를 군신의 관계에서 설정하여 전개하였다. 792년 박학굉사과의 응시시(應試詩)로, 앞에 나온 육복례(陸復禮)의 시와 함께 참고할 만하다.

---

12) 大中(대중) : 지나치지도 모자라지도 않는 중정의 도.
13) 作程(작정) : 전범이 되다.
14) 垂範(수범) : 보범을 보이다.
15) 심주 :『상서』에 기록했다. "하늘이 우리나라에 재앙을 내려, 재앙이 계속 퍼져나가는데, 내가 어린 조카를 대신하노라." 공안국의 전에 '延洪'을 구로 보아, 延을 '길다'고 해석하고 '洪'을 '크다'고 해석하였다.(尙書 : "天降割于我家, 不少延, 洪惟我幼沖人." 孔傳以延洪作句, 釋云 : "延, 長也; 洪, 大也.")

한유(韓愈)

남해로 부임하는 정 상서를 보내며(送鄭尚書赴南海)[1]

番禺軍府盛,[2]	번우(番禺)의 절도사는 번성해
欲說暫停杯.	말을 하려고 잠시 술잔을 멈추네
蓋海旗幢出,	깃발이 나와 바다를 덮고
連天觀閣開.	누각이 열리어 하늘에 이어지리
衙時龍戶集,[3][4]	아참(衙參) 때는 어민들이 모이고
上日馬人來.[5][6]	삭일에는 마원(馬援)의 후손들이 와
風靜鶗鵑去,[7]	바람이 자니 원거(鶗鵑)가 날아가고
官廉蚌蛤回.[8]	관리가 청렴하니 진주조개가 돌아와

---

1) 鄭尙書(정상서) : 정권(鄭權). 변주(汴州) 사람. 823년 형부상서 겸 어사대부로 영남절도사에 충임되었다.

2) 番禺(번우) : 번우현. 원래는 진대에 설치되었으나 수대에 남해현(南海縣)이라 개칭하였고, 당대 초기에 이를 남해현과 번우현으로 나누었다. 지금의 광동성 광주시(廣州市). ○軍府(군부) : 영남절도사 소재지. 치소는 광주이다. 영남의 주는 칠십 개로 그중 영남절도사는 이십이 개 주를 통할한다.

3) 심주 : '용호'는 진주를 캐는 가호이다.('龍戶, 采珠戶也.)

4) 衙時(아시) : 아참(衙參)을 할 때. 관리들이 관청에 도착하여 공무를 보고하는 일. ○龍戶(용호) : 어업을 하며 수상 가옥에서 살아가는 어민.

5) 심주 : '마인'은 마원이 남만에 살다가 떠난 후 남아있던 십삼 호 가호로, 수대 말에 삼백 가호로 늘어났으며, 성이 모두 마씨이므로 현지에서는 마원이 남긴 사람들이라고 생각하였다.('馬人', 因馬援留南蠻, 去後, 有不去者十三戶, 隋末, 衍至三百戶, 皆姓馬, 俗以爲馬留人.)

6) 上日(상일) : 삭일. 음력 초하루.

7) 鶗鵑(원거) : 바다 새. 『국어』 「노어」(魯語)에 원거가 노나라 동문 밖으로 날아오니 전금(展禽, 유하혜)이 말하기를 저 새는 재난을 피해 왔을 거라고 말하였는데, 그해에 바다에 큰 바람이 불고 겨울이 따뜻하였다.

8) 官廉(관렴) 구 : '합포주환'(合浦珠還)을 가리킨다. 동한 때 합포군(合浦郡, 지금의 광서성)에 진주가 많이 났는데, 당시 태수들이 지나치게 캐어내자 진주들이 점점 교지(交趾) 쪽으로 가버렸다. 맹상(孟嘗)이 태수로 부임한 후에 이러한 폐해를 없애니 일 년

貨通師子國,[9]	재화는 스리랑카로 통하고
樂奏武王臺.[10]	음악은 무왕대(武王臺)에 울려퍼지리
事事皆殊異,	일마다 모두 중원과 다르니
無嫌屈大才.	큰 재주를 굽힌다 해도 무방하리라

해설 남해로 부임하는 형부상서 정권을 보내며 지은 시이다. 823년 4월의 일로, 한유 이외에 장적과 왕건의 시도 남아 있다.

여러 진사들의 「정위가 돌을 물어 바다를 메우다」를
모방하여 지음(學諸進士作精衛銜石塡海)[11]

鳥有償寃者,[12]	원망을 갚으려는 새가 있으니
終年抱寸誠.[13]	일년 내내 작은 정성을 품고 있어라
口銜山石細,	입으로 작은 돌을 물어다가
心望海波平.	바다를 평평히 메우려고 하네
渺渺功難見,	미미하여 들인 공은 나타나지 않고
區區命已輕.	구구한 목숨은 이미 가벼워져

이 채 되지 않아서 진주들이 돌아왔다. 『후한서』 「순리열전」(循吏列傳) 참조.

9) 師子國(사자국) : 지금의 스리랑카. 사자를 순하게 길들일 수 있다는 뜻을 취하였다.

10) 武王臺(무왕대) : 조대(朝臺)라고도 한다. 당대 광주 남해현 동북에 소재. 한대 초기에 위타(尉佗)가 스스로 남해월왕(南海越王)이라 칭하였다. 유방이 육가(陸賈)를 보내 위타를 월왕으로 봉하자, 위타가 누대를 만들고 한나라에 복속하는 뜻을 나타내었다.

11) 進士(진사) : 진사과에 응시한 사람. 이미 급제한 사람은 전진사(前進士)라고 한다. ○ 精衛(정위) : 전설 속의 새 이름. 본래 염제(炎帝)의 딸로 동해에서 놀다가 물에 빠져 죽었다. 죽은 후 새가 되어 서산의 나무와 돌을 물어다가 동해를 메우려 했다. 『산해경』 「북산경」(北山經) 참조.

12) 償(상) : 갚다.

13) 寸誠(촌성) : 작은 정성.

人皆譏造次,[14]	사람들은 모두 경솔하다 비판하지만
我獨賞專精.[15]	나만은 홀로 그 정성을 칭송하네
豈計休無日?	어찌 쉬는 날이 없는지 따지랴?
惟應畢此生.	오로지 이 일로 생을 마치리
何慚刺客傳,[16]	어찌 부끄러우랴,「자객열전」에
不著報讎名.	복수의 이름이 올려지지 않은 걸

평석 맑은 하늘에 붓을 마음껏 휘둘렀다. 본래 시험장에서 지은 작품이 아니다 보니 절로 격조가 저열하게 떨어지지 않았다.(淸空揮灑, 本非試場中作, 自然脫去卑靡.)

해설 돌을 물어다가 바위를 메우려 한 전설 속의 정위를 예찬하였다. 하남부시(河南府試)에 출제된 문제를 자기 나름대로 지어본 작품이다. 당대에는 경조(京兆), 하남(河南), 태원(太原), 봉상(鳳翔), 성도(成都), 강릉(江陵) 등의 부(府)에서 향공(鄉貢) 진사들을 모아 시험을 보았는데, 이를 부시라하였다. 한유가 하남현령으로 있던 810년에 지은 것으로 보인다.

---

14) 造次(조차) : 경솔하다. 황급하다. 위급하다.
15) 專精(전정) : 정신을 하나로 모음.
16) 刺客傳(자객전) : 사마천의 『사기』「자객열전」. 조말(曹沫), 예양(豫讓), 형가(荊軻) 등 신의를 중시하는 인물들을 그렸다.

유종원(柳宗元)

누 수재의 「개원사에 지내며 초가을 달밤 병중에 받다」에

답하며(酬婁秀才寓居開元寺早秋月夜病中見寄)[1]

客有故園思,[2]	나그네가 고향생각에 빠져 있으니
瀟湘生夜愁.[3]	소상(瀟湘)에서 밤의 시름 일어나네
病依居士室,[4]	병이 나 유마힐처럼 실내에 기대있고
夢繞羽人丘.[5]	꿈에서 신선의 언덕을 돌아다니네
味道憐知止,[6]	도를 체득하였기에 그칠 줄을 알고
遺名得自求.	이름을 버렸기에 자신을 구할 수 있어
壁空殘月曙,	빈 벽에 달빛 희미해지다 새벽이 오고
門掩候蟲秋.[7]	닫힌 문에 벌레에 가을을 알리네
謬委雙金重,[8]	그릇되이 귀중한 쌍금을 받았으니

---

1) 婁秀才(누수재) : 누도남(婁圖南). 무측천 때 재상을 지냈던 누사덕(婁師德)의 증손.
○ 開元寺(개원사) : 개원 연간에 각지에 세운 절. 원래 690년에 각 주(州)에 대운사
(大雲寺)를 하나씩 짓도록 조서를 내렸는데, 738년(개원 26년) 개운사로 개명하였다.
『당회요』권48 참조.
2) 客(객) : 나그네. 누 수재를 가리킨다.
3) 瀟湘(소상) : 소수와 상수. 두 강 모두 유종원이 있는 영주(永州)를 지나간다.
4) 居士室(거사실) : 고대 인도의 유마힐(維摩詰)의 집을 가리킨다. 대승불법에 정통한
거사 유마힐이 병이 들어 누워있을 때, 석가모니가 문병으로 보낸 문수사리 등과 불
법에 대해 깊이 있게 논변하여 문수 등의 존경을 받았다. 여기서는 누 수재를 유마
힐에 비유하였다.
5) 羽人丘(우인구) : 신선이 사는 언덕. 『초사』「원유」(遠遊)에 "우인을 따라 단구로 가
서, 불사의 고향에 머무리"(仍羽人於丹丘兮, 留不死之舊鄕.)라는 말이 있다. 누 수재
는 어려서부터 신선술과 약초에 관심이 많았다.
6) 味道(미도) : 도를 맛보다. ○ 知止(지지) : 멈출 줄 알다. 『노자』에 "만족할 줄 알면
욕됨이 없고, 멈출 줄 알면 위태로움이 없다"(知足不辱, 知止不殆.)는 말이 있다.
7) 候蟲(후충) : 계절에 따라 나타나는 곤충. 매미 또는 귀뚜라미 등을 말한다.
8) 委(위) : 주다. ○ 雙金(쌍금) : 값이 보통 금보다 두 배가 되는 귀한 금. 서진 장재(張

難將雜佩酬.[9]	장차 패옥으로도 보답하기 어려워라
碧霄無枉路,[10]	푸른 하늘로 오르는 길이 없으니
徒此助離憂.[11]	부질없이 시름만 더해가네

해설 누 수재의 시에 답하였다. 위 시와 유종원의 누 수재에게 주는 다른 시문을 보았을 때, 누 수재는 영주에 잠시 와 있었으며 곧 회남으로 떠났다. 808년에 지었다.

가도(賈島)

서 명부와 헤어지며(別徐明府)[1]

| 抱琴非本意,[2] | 현령이 된 것은 본뜻이 아니어서 |
| 生事偶相縈.[3] | 생계 때문에 어쩌다가 하게 되었지 |

載)의 「사수시를 본떠 지금」(擬四愁)에 "가인이 나에게 녹기 거문고를 주셨으니, 무엇으로 보답할까 쌍금으로 하리로다"(佳人遺我綠綺琴, 何以贈之雙南金.)는 구절이 있다. 여기서는 누 수재의 시문을 가리킨다.

9) 雜佩(잡패) : 여러 가지 패옥이 붙어있는 장식물. 『시경』 「여왈계명」(女曰鷄鳴)에 "그대가 오시는 걸 알면, 온갖 패옥을 가져다 드리지요"(知子之來之, 雜佩以贈之.)란 구절이 있다.

10) 枉路(왕로) : 굽이진 길.

11) 離憂(이우) : 근심하다. 우환을 만나다. 사마천은 『사기』 「굴원가생열전」(屈原賈生列傳)에서 굴원의 「이소」(離騷)에 대해 풀이하면서 그 제목의 뜻을 "이소'는 근심을 만난다는 말이다"(離騷者, 離憂也)고 하였다.

1) 徐明府(서명부) : 미상. 명부는 현령.

2) 抱琴(포금) : 현령을 가리킨다. 공자의 제자 복자천(宓子賤)은 선보(單父)를 다스렸는데, 거문고만 연주할 뿐 대청을 내려가지 않았는데도 선보가 잘 통치되었다. 『여씨춘추』 「개춘론」(開春論) 참조.

口尚袁安節,[4]	입으로는 원안(袁安)의 절조를 칭찬하나
身無子賤名.[5]	몸은 복자천(宓子賤)의 이름이 없구나
地寒春雪盛,	땅이 추우니 봄눈이 풍성하고
山淺夕風輕.	산이 낮으니 저녁 바람이 가벼워
百戰餘荒野,	수많은 전란으로 들은 황폐해졌는데
千夫漸偶耕.[6]	농부들은 두 사람씩 느리게 밭을 간다
一杯宜獨夜,	한 잔 술로 혼자 밤을 지샐 만한데
孤客戀交情.[7]	외로운 나그네는 사귐을 그리워하노라
明日疲驂去,[8]	내일은 비루먹은 말을 타고 떠나
蕭條過古城.	쓸쓸히 옛 성을 지나가리라

해설 객지를 떠돌다가 서 명부를 배알하고 나서 헤어지며 지은 시이다. 서 명부의 인간적인 풍도와 현령으로서의 재능을 칭송하고, 후반부에서는 자신의 고적감을 나타내었다.

---

3) 生事(생사) : 생계.

4) 袁安節(원안절) : 원안의 풍도. 동한시대 원안은 안빈낙도하였는데, 한번은 눈이 한 길 높이로 내린 겨울에 가난한 사람들이 모두 눈을 쓸고 밥을 구걸하러 나왔다. 오직 원안의 집만이 눈이 쌓인 채 열려있지 않아 낙양령(洛陽令)이 죽은 줄 알고 사람에게 눈을 치우고 들어가게 하니 침상에 누워 자고 있었다. 왜 나오지 않았냐고 물으니 눈이 많이 내린 날은 모두 굶고 있으니 구하러 가선 안 된다고 대답하였다. 낙양령이 이를 현능하다고 여겨 효렴(孝廉)으로 추천하였다. 『후한서』 「원안전」(袁安傳)의 주석에서 인용한 『여남선생전』(汝南先生傳) 참조. 여기서는 서 명부가 원안을 천거하는 낙양령과 같이 덕정을 베푼다는 뜻이다.

5) 子賤(자천) : 복자천(宓子賤). 춘추시대 노나라 사람. 공자의 제자로 일찍이 선보현령이었다.

6) 偶耕(우경) : 두 사람이 나란히 밭을 갈다.

7) 孤客(고객) : 외로운 나그네. 자신을 가리킨다.

8) 疲驂(피참) : 늙고 병든 말.

이상은(李商隱)

정 서기에게 농으로 지어 드림(戲贈張書記)[1]

別館君孤枕,[2]	별관에는 그대가 홀로 누워있고
空庭我閉關.[3]	빈 마당을 두고 나 역시 문 닫고 있어
池光不受月,	달이 비치지 않는데도 연못은 빛이 반사되고
野氣欲沈山.	들의 기운에 산이 가라앉으려 하네
星漢秋方會,[4]	은하수에서는 가을에 비로소 만나는데
關河夢幾還?[5]	관문과 강을 건너 꿈속에서 몇 번이나 오갔던가?
危弦傷遠道,[6]	높은 거문고 소리로 멀리 나간 사람을 생각하고
明鏡惜紅顔.[7]	거울을 바라보며 홍안이 시듦을 아쉬워하리
古木含風久,	고목에 오래도록 바람 불고
平蕪盡日閑.[8]	들판은 진종일 한가해
心知兩愁絶,	내 아노니, 두 사람은 헤어져 시름겨워
不斷若連環.[9]	이어져 있는 고리처럼 끝없이 그리워하리

해설 이상은이 괵주 홍농현 현위로 있을 때, 동서인 장 서기가 찾아왔기

1) 張書記(장서기) : 장심례(張審例). 이상은의 동서. 이상은은 왕무원(王茂元)의 딸과 결혼했다.
2) 別館(별관) : 홍농현의 객사. 이상은은 홍농위(弘農尉)로 있었다.
3) 空庭(공정) : 빈 마당. 홍농현의 관사.
4) 星漢(성한) : 은하수. 견우와 직녀가 칠석에 한 번 만나는 일을 환기한다.
5) 夢幾還(몽기환) : 꿈에서 아내 곁으로 몇 번이나 갔던가?
6) 危弦(위현) : 거문고의 줄을 팽팽히 조인 후 켜서 긴박한 소리를 냄.
7) 심주 : 네 구는 장 서기가 아내를 생각함을 말했다.(四句言張之室家想念.)
8) 平蕪(평무) : 초목이 우거진 들.
9) 심주 : 그리는 마음이 가득하니 '농으로 짓는다'는 뜻이 언외에 있다.(足相念意, '戲'意 在言外.)

에 집안일을 상기시키며 지은 시이다. 주로 장 서기와 그의 아내가 서로를 그리워하는 내용이다. 자연스럽고 유창한 언어로 되어 있으면서도 전 아해 제목에서 말하는 '회'(戲)자의 뜻은 거의 드러나지 않는다. 839년에 지었다.

무후 사당 측백나무(武侯廟古柏)[10]

蜀相階前柏,　　　촉상 사당의 계단 앞 측백나무

龍蛇捧閟宮.[11]　　용 같은 측백이 사당을 받들고 있어라

陰成外江畔,　　　그늘은 민강의 강가까지 이어지고

老向惠陵東.[12]　　오래되어 혜릉의 동쪽을 향하는구나

大樹思馮異,[13]　　큰 나무는 풍이(馮異)를 생각나게 하고

甘棠憶召公.[14]　　팥배나무처럼 소공(召公)을 그리워하게 하네

葉凋湘燕雨,[15]　　잎은 영릉의 돌 제비가 살아난 비에 시들고

枝折海鵬風.[16]　　가지는 바다의 붕새가 일으킨 바람에 꺾이어

---

10) 武侯廟(무후묘): 제갈량 사당. 제갈량의 시호는 충무후(忠武侯)이다. 사당 앞에 있는 두 그루 측백나무는 제갈량이 심었다고 한다.

11) 龍蛇(용사): 용과 뱀. 측백나무의 줄기와 가지가 억세게 뒤틀려 있는 모양을 형용하였다. ○ 閟宮(비궁): 닫혀있는 깊은 사당. 제갈량 사당은 유비 사당에 붙어 있다.

12) 惠陵(혜릉): 촉한 유비의 능묘.

13) 大樹(대수) 구: 동한의 풍이(馮異)는 광무제를 위해 자주 전투를 하였으며, 전장터에서 다른 장수들이 모여 앉아 전공을 논의할 때 혼자 나무 아래 앉아 대책을 궁리하였다. 이에 '대수장군(大樹將軍)'이란 별명을 얻었다. 『후한서』 「풍이전」 참조.

14) 甘棠(감당) 구: 『시경』 「감당」(甘棠)에 나오는 "잎이 무성한 팥배나무, 자르지도 베지도 마오. 소백이 이 아래에 쉬셨던 곳이니"(蔽芾甘棠, 勿翦勿伐, 召伯所茇.)라는 구절을 말한다. 주 여왕(周厲王) 때 민중이 폭동을 일으키자 소공(召公)이 태자(나중의 宣王)를 자신의 집에 숨기고 나중에 즉위시켰다. 여기서는 이를 빌려 측백나무 아래에서 제갈량의 치적을 그리워한다는 뜻이다.

15) 湘燕(상연): 『상중기』(湘中記)에 "영릉산에 있는 돌제비는 비바람이 불면 곧 살아나 날다가, 비바람이 그치면 다시 돌이 된다"(零陵山有石燕, 遇風雨卽飛, 止還爲石.)는 기록이 있다.

玉壘經綸遠,[17]	옥루산을 지킨 경륜이 심원하나
金刀歷數終.[18]	묘금도(卯金刀) 유씨왕조의 운수가 다했으니
誰將出師表,[19]	그 누가 「출사표」를 가지고서
一爲報昭融?[20]	한번 밝은 하늘에 물어보리오?

해설 제갈량 사당의 측백나무를 보고 제갈량을 추모하였다. 오래된 측백
나무를 제갈량의 품덕과 비극적 운명을 나타내는 형상으로 보았으며, 원
대한 책략과 뛰어난 치적에도 불구하고 촉한이 멸망하게 된 일을 아쉬
워하였다. 이상은은 부패한 조정과 위기가 잠복한 시대에 두보와 마찬가
지로 제갈량과 같은 인재의 출현을 바랐다. 851년 겨울 이상은이 동천절
도사 판관으로 있으면서, 일 때문에 성도에 갔을 때 지었다.

얼음 깔린 연못에 비친 달빛(月照冰池)[21]

皓月方離海,	밝은 달이 막 바다 위에 떠오르고
堅冰正滿池.[22]	굳은 얼음이 마침 연못에 깔리는구나

---

16) 海鵬(해붕) : 바다의 붕새. 『장자』 「소요유」 참조. 여기서는 폭풍을 가리킨다.
17) 玉壘(옥루) : 옥루산. 지금의 사천 이현(理縣) 동남에 소재. ○ 經綸(경륜) : 정치 군사
    방면의 계획.
18) 金刀(금도) : 묘금도(卯金刀). 유(劉)자를 파자하면 卯金刀가 되므로 한(漢)왕조를 가
    리킨다. 서한을 멸망시키고 서기 8년에 신(新)을 세운 왕망(王莽)은 劉(유)를 묘금도
    (卯金刀)라고 썼다. 한 왕실의 성씨인 劉씨를 바로 부르지 않으려는 뜻이다. 또 동한
    말기 조조(曹操)가 공융(孔融)에게 죄를 덮어씌울 때도 공융이 "천하를 가진 자가 어
    찌하여 묘금도인가!"(有天下者, 何必卯金刀!)라고 말했다고 주장했다. 당시 왕조를
    비난하는 말로 꾸민 것이다. ○ 歷數(역수) : 하늘이 정한 운수.
19) 出師表(출사표) : 제갈량이 227년 군사를 이끌고 위(魏)를 공격하러 나가면서 후주(後
    主)에게 올린 표문.
20) 昭融(소융) : 하늘을 가리킨다. 『시경』 「기취」(旣醉)에 "환하고 밝고 화합하며"(昭明
    有融)란 말에서 유래했다.
21) 심주 : 성시.(省試.)

金波雙激射, 23)	금빛 물결이 서로를 비추니
璧彩對參差. 24)25)	벽옥의 광채가 비슷하여라
影占徘徊處,	그림자가 머물며 배회하는 곳
光含的皪時. 26)	빛이 번쩍거리며 환할 때이네
高低連素色,	높고 낮은 곳이 흰빛으로 이어지고
上下接清規. 27)28)	위아래가 둥근 원으로 접하였네
顧兔飛難定, 29)	달 속의 토끼는 어디로 날아갈지 모르는데
潛魚躍未期. 30)	물속의 물고기는 아직 뛰어오르지 않는구나
鵲驚俱欲繞,	달빛이 밝아 까치가 낮인 줄 알고 새벽이 오려는데
狐聽始無疑. 31)32)	여우가 얼음 밑 물소리 안 들리자 의심 없이 건넌다
似鏡將盈手,	거울 같아 두 손에 가득 들리고
如霜恐透肌. 33)	서리 같아 피부에 투과할 듯해
獨憐遊玩意,	홀로 사랑하며 달빛을 가지고 노는데
達曉不知疲.	새벽이 되도록 지칠 줄 몰라라

해설 달빛에 비친 얼음을 노래하였다. 달과 얼음에 관한 전고를 여기저

---

22) 심주 : 나누어 썼다.(分寫.)
23) 金波(금파) : 금빛 물결. 달빛을 가리킨다. 『한서』 「예악지」에 "달은 부드럽게 금빛 물결을 이루고"(月穆穆以金波)라는 말에서 유래했다. ○雙激射(쌍격사) : 달빛과 얼음의 반사광이 서로 비추다.
24) 심주 : 두 구가 나란히 이어받았다.(二句雙承.)
25) 璧彩(벽채) : 벽옥의 광채. 달빛과 얼음 빛을 비유하였다. ○參差(참치) : 비슷하다.
26) 的皪(적력) : 빛나는 모양.
27) 심주 : 네 구는 합쳐서 썼다.(四句合寫.)
28) 規(규) : 컴퍼스. 둥근 달을 가리킨다.
29) 顧兔(고토) : 멀리 바라보는 토끼. 달을 가리킨다.
30) 潛魚(잠어) 구 : 『예기』 「월령」에서는 맹춘(孟春之月)에 물고기가 얼음 위에 올라온다(魚上冰.)고 하였다. 이 구는 아직 맹춘이 되지 않았음을 말하였다.
31) 심주 : 네 구는 다시 나누어 썼다.(四句又分寫.)
32) 狐聽(호청) 구 : 여우는 청각이 좋아 얼음 아래 물소리가 들리지 않으면 얼어있는 강을 건넌다고 한다. 『술정기』(述征記) 참조.
33) 심주 : 다시 합쳐 써서 마무리지었다.(復合寫作收.)

기 가져오면서도 번다하지 않고, 겨울밤의 달빛과 관련된 시문과 풍광을
연결하면서도 중복되는 느낌이 없다. 여러 형상과 이미지를 고도로 통합
하여 하나의 맑은 정감이 넘치는 의경을 만들어내었다.

느낀 바가 있어(有感)[34]

제1수

九服歸元化,[35]	전국이 모두 왕의 교화로 돌아가고
三靈叶睿圖.[36]	해와 달과 별이 제왕의 책략과 일치하네
如何本初輩,[37]	그런데 어찌하여 원소(袁紹) 같은 무리가
自取屈氂誅?[38)39]	스스로 유굴리처럼 주멸을 자초했는가?
有甚當車泣,[40]	수레 앞에서 환관을 물리친 원앙(爰盎)보다 심해

---

34) 심주 : 감로지변 때문에 지었다. 제1수는 이훈과 정주의 얕은 계책을 아쉬워했으며, 제2수는 문종이 적절하지 않은 사람을 임용한 일을 비판하였다.(爲甘露之變而作 : 前一首恨李訓、鄭注之淺謀, 後一首咎文宗之誤任非人也.)

35) 九服(구복) : 도성 밖의 아홉 등급의 지역. 고대에는 도성을 중심으로 오백 리마다 각각 후복(侯服), 전복(甸服), 남복(男服), 채복(采服), 위복(衛服), 만복(蠻服), 이복(夷服), 진복(鎭服), 번복(藩服)이라 하였다. 『주례』 「하관」(夏官) 참조. 여기서는 전국을 가리킨다. ○ 元化(원화) : 제왕의 교화.

36) 三靈(삼령) : 해, 달, 별. ○ 叶(협) : 어울리다. 합치되다. ○ 睿圖(예도) : 제왕의 뛰어난 책략.

37) 本初(본초) : 원소(袁紹). 본초는 원소의 자(字). 동한 말기 189년 대장군 하진(何進)과 원소가 모의하여 환관을 주살하려 했으나 사전에 누설되어 하진은 살해되었다. 여기서는 이훈과 정주를 가리킨다.

38) 심주 : 이훈과 정주는 원소가 환관을 주멸한 일을 본받으려 했지만, 오히려 스스로 유굴리처럼 요참을 당하였다.(訓、注欲學袁紹之誅宦官, 自取劉屈氂之腰斬也.)

39) 屈氂(굴리) : 유굴리(劉屈氂). 한 무제의 서형(庶兄)으로 중산정왕의 아들. 기원전 91년(征和 2년) 승상이 되었다. 다음 해인 기원전 구십 년 환관 곽양(郭穰)이 무고하기를, 유굴리가 무당을 시켜 무제를 저주하고 이광리(李廣利)와 결탁하여 읍창왕(邑昌王)을 옹립하려 한다고 하였다. 유굴리는 요참형을 당하고 그의 처와 아들은 효수되었다.

40) 有甚(유심) 구 : 한 문제와 환관 조담(趙談)이 함께 수레를 타고 가자 원앙(爰盎)이 수레 앞에 엎드려 저지하면서 간하였다. "소신이 듣기에 천자께서 육 척 수레를 함께

因勞下殿趨.[41]　　　이 때문에 황제께서 힘들게 대전을 내려갔네

何成奏雲物?[42][43]　　어디에 상서로운 일이 있다고 상주했는가?

直是滅崔苻.[44][45]　　참으로 대신들이 갈대밭의 도적처럼 소탕되었네

證逮符書密,[46]　　　왕애의 증언으로 체포를 엄밀히 하고

辭連性命俱.[47]　　　연루된 자들은 생명을 모두 거두었다

竟緣尊漢相,[48]　　　결국 한나라 승상 같은 이훈을 존중한 탓에

不早辨胡雛.[49][50]　　일찍 재앙의 씨앗인 정주를 알아보지 못했네

　　타는 자는 모두 천하의 영걸이라고 하는데, 어찌하여 칼을 댄 환관과 함께 타십니까!' 이에 문제가 조담더러 내리라고 하니, 조담이 울면서 수레에서 내렸다. 『한서』「원앙전」(爰盎傳) 참조. 여기서는 이훈 등이 환관들을 면전에서 비판한 일을 가리킨다.

41)　因勞(인로) 구 : 대통(大通) 연간에 "화성이 남두성에 들어가면 천자가 대전에서 내려간다"(熒惑入南斗, 天子下殿走.)는 동요가 있었다. 여기서는 문종이 환관에 의해 통제되는 상황을 비유하였다. 『남사』「양무제본기」 참조.

42)　심주 : 감로가 내렸다고 상주한 일을 가리킨다.(指奏甘露.)

43)　雲物(운물) : 태양 옆의 구름 기운으로, 이로써 길흉을 판별한다. 『좌전』 '희공 5년'조에 춘분과 추분, 하지와 동지, 입춘과 입하, 입추와 입동에는 반드시 운물(雲物)을 기록했다고 하였다. 주운물(奏雲物)은 상서나 재이를 기록하다. 여기서는 이훈이 석류나무에 감로가 내렸다고 한 거짓 보고를 가리킨다.

44)　심주 : 왕애 등 신하들을 갈대밭의 도적으로 비유한 것은 잘못이다.(比王涯諸臣爲崔苻之盜, 誤矣.)

45)　崔苻(추부) : 갈대. 춘추시대 정나라에 도적이 많았는데 갈대밭에 사람을 데려가 겁박하였다. 이에 태숙(太叔)이 병사를 이끌고 갈대밭을 공격하여 도적들을 모두 죽였다. 『좌전』 '소공 20년'조 참조. 여기서는 조정의 대신들이 도적들처럼 소탕되었음을 가리킨다.

46)　證逮(증체) : 안건과 관련 있는 사람을 체포하는 증언. ○ 符書(부서) : 체포장.

47)　辭連(사련) : 증언에 따라 연좌시키다. 환관 구사량(仇士良)이 혹형으로 왕애(王涯)를 굴복시켜 설토하도록 했으며, 이때 언급된 사람은 모두 살해되었다.

48)　尊漢相(존한상) : 한 성제 때 승상 왕상(王商)은 키가 크고 용모가 뛰어났다. 흉노가 입조하여 왕상을 보고는 무척 두려워하였다. 이에 성제가 칭찬하며 "이 사람이 진짜 한나라 승상이다"(此眞漢相矣.)고 하였다. 『한서』「왕상전」 참조. 이훈(李訓)도 체구가 컸다.

49)　심주 : 왕연은 석륵이 다른 뜻을 가지고 있다고 말하였다.(王衍謂石勒有異志.)

50)　辨胡雛(변호추) : 석륵과 같은 정치 야심가를 판별하다. 석륵이 14세 때 낙양에서 장사를 했는데, 왕연이 그를 보고 기이하게 생각하였다. 주위의 사람들에게 말하기를 "조금 전의 어린 호인은 목소리나 눈빛에서 다른 뜻이 있어 보이는데 장차 천하의 우환이 될 것이다." 이에 사람을 보내 잡도록 했으나 석륵이 이미 떠난 뒤였다. 『진

鬼籙分朝部.[51]　　　저승 명부에 조회의 반열이 나누어 올라오고

軍烽照上都.[52]　　　환관이 이끄는 금위대의 봉화가 장안을 비추었다

敢云堪慟哭?　　　통곡할 만한 일이라고 어찌 말할 수 있으랴?

未免怨洪爐.[53]　　　어쩔 수 없이 천지를 원망할 수밖에 없는 것을

평석 평온한 시대에 대신들이 함부로 도륙된 것은 이훈과 정주가 자초한 일이다. 천자가 대전을 내려가고, 대신들이 무고하게 체포되었으니 어찌 지극히 슬픈 일이 아니랴(淸平之世, 橫戮大臣, 由訓、注淺謀自取也. 至使天子下殿, 無辜證逮, 不亦可哀之甚哉!)

제2수

丹陛猶敷奏.[54]　　　붉은 계단에서 상주를 하고 있는데

彤廷歘戰爭.　　　궁중에서 갑자기 전쟁이 일어났네

臨危對盧植.[55]　　　위난의 때를 당하여 노식(盧植)을 대면하니

始悔用龐萌.[56][57]　　　비로소 방맹(龐萌)을 중용한 일 후회한다

　　서』「석륵전」참조. 여기서는 석륵으로 정주(鄭注)를 비유하였다.

51) 鬼籙(귀록) : 죽은 사람의 이름을 적은 명부. ○朝部(조부) : 조회 때 신하들이 줄서는 열.

52) 上都(상도) : 장안. 이 구는 환관이 통솔하는 금위군이 올린 봉화가 장안을 비춘다는 뜻이다.

53) 洪爐(홍로) : 큰 화로. 여기서는 천지.

54) 敷奏(부주) : 진술하여 아뢰다.

55) 盧植(노식) : 동한 말기 상서. 하진이 환관을 죽이려는 계획이 누설되어 살해된 이후, 환관 장양(張讓)과 단규(段珪) 등은 태후와 소제를 겁박하여 복도를 통해 북궁으로 달아났다. 이때 상서 노식(盧植)이 창을 들고 각도 창 아래에서 단규의 죄악을 따지자 단규가 두려워 태후를 놓아주었다. 단규 등은 소제는 데리고 소평진으로 달아났다. 노식이 밤낮으로 추격하고 왕윤(王允)이 파견한 민공(閔貢)이 합세하여 압박하자 환관들은 몇은 죽고 나머지는 모두 강에 빠져 죽었다. 이리하여 소제는 환궁할 수 있었다. 여기서는 노식으로 영호초(令狐楚)를 비유하였다. 문종은 밤에 영호초와 정담(鄭覃)을 불러 대책을 논의했고, 영호초는 왕애(王涯)와 가속(賈餗)이 모반한 것은 아니라고 조서의 초안을 잡았다. 『신당서』「영호초전」참조.

56) 심주 : 동탁이 소제를 폐위하고 헌제를 세우려 하자 노식이 반대하였다. 방맹은 광무제가 평소 신임하였는데, 나중에 모반하자 광무제가 비로소 후회하였다.(董卓欲廢主

御仗收前殿,[58]	의장대가 임금을 함원전으로 모시고
兵徒劇背城.[59]	병사들이 죽음을 무릅쓰고 싸웠다
蒼黃五色棒,[60]	창졸지간에 오색봉을 휘둘러
掩遏一陽生.[61][62]	막 솟아나는 양기를 억눌렀어라
古有清君側,[63]	고대에도 군주 곁의 악인을 제거한 사례가 있고
今非乏老成.[64]	지금도 명망 있는 신하가 없는 것이 아니다
素心雖未易,[65]	본래의 동기는 비록 경미한 것이 아니나
此擧太無名.[66]	이훈(李訓)이 펼친 거사는 명분이 없다
誰瞑銜冤目,	억울하게 죽은 사람들 누가 눈을 감을 수 있으며
寧呑欲絶聲?	비통한 사람들은 어찌 울음을 삼킬 수 있으랴?
近聞開壽宴[67]	요즘 듣자하니 성대한 연회가 열렸다는데
不廢用咸英.[68]	「함지」와 「육영」의 아악이 여전히 사용된다더라

別立, 盧植不從. 龐萌, 光武素親信, 後萌反, 帝始有悔心.)

57) 龐萌(방맹) : 동한 초기 사람으로 광무제의 신임을 받았다. 나중에 모반을 일으켰다. 여기서는 이훈과 정주를 가리킨다.

58) 御仗(어장) : 황제의 의장. 여기서는 구사량이 환관들을 시켜 문종을 가마에 태워 궁 안으로 들어가게 한 일을 말한다. ○前殿(전전) : 문종이 조회를 여는 함원전(含元殿).

59) 劇背城(극배성) : 성을 등지고 싸우는 것보다 더 심함. 죽음을 무릅쓰고 싸움.

60) 蒼黃(창황) : 창졸. 총망. 갑자기. ○五色棒(오색봉) : 조조가 낙양 북부위(北部尉)였 을 때 오색봉을 만들어 문의 좌우에 각 십여 매씩 걸어두었다. 법을 위반한 사람이 면 호족이라 할지라도 모두 봉으로 때려 죽였다. 『위서』(魏書) 「무제기」 참조. 여기 서는 이훈이 부하들을 데리고 창졸지간에 거사하였음을 가리킨다.

61) 심주 : 감로지변은 십일월에 일어났다.(事在十一月.)

62) 掩遏(엄알) : 억누르다. ○一陽生(일양생) : 동지 다음날부터 밤이 짧아지고 낮이 길 어지므로, 양기가 생긴다고 보았다. 감로지변은 11월 21일 발생하였는데 마침 동짓 날이었다.

63) 清君側(청군측) : 군주의 좌우에 있는 악인을 제거하다.

64) 老成(노성) : 경험과 명망이 있는 신하. 영호초와 배도 등을 가리킨다.

65) 素心(소심) : 본심. 동기.

66) 無名(무명) : 명분이 없다. 감로를 위조하여 거사한 것은 이치에 맞지 않다.

67) 開壽宴(개수연) : 생일잔치를 열다. 문종의 생일은 10월 10일이다. 여기서는 잔치를 가리킨다.

68) 咸英(함영) : 황제(黃帝)의 음악인 「함지」(咸池)와 제곡(帝嚳)의 음악인 「육영」(六英). 왕애(王涯)는 문종의 명을 받아 개원 연간의 아악을 정리하고 악공을 정비하여 「운

평석 창졸간에 변이 일어나자 비로소 사람을 잘못 신임한 것을 후회하였다. 군주의 좌우는 청명하지 않으면 안 되는데, 명망 있는 대신의 의견을 들을 수 없었다. 일시에 죽은 자는 억울하고 산 자는 한을 품었다. 개성 원년(836년) 정월 보름에 문무백관에게 잔치를 하사했다는데 어떤 음악이 이들을 위할 수 있겠는가(變起倉卒, 方悔信任之誤. 君側非不可淸, 實不得老成之人共謀也. 一時死者銜寃, 生者飮恨, 而開成元年上元, 賜百寮宴飮, 何樂而爲此耶!)

해설 감로지변에 대해 느낀 바를 시로 지었다. 감로지변은 당나라의 정국을 크게 뒤흔든 일이자 기울어가는 시대를 나타내는 표지로, 조정이 환관에 의해 완전히 장악되는 계기가 되었다. 문인들이 깊은 충격과 공포를 느끼는 가운데, 이상은 역시 분노 속에 사태를 냉정히 판단하려고 하였다. 제1수에서는 주로 사태의 일차적인 책임을 이훈과 정주에게 돌리고, 제2수에서는 명망 있는 대신을 쓰지 않고 이훈과 정주를 중용한 문종의 책임을 지적하였다. 감로지변이 일어난 다음 해인 836년(25세) 봄에 썼다.

태원의 반란이 평정된 후 영락현으로 이사하고, 십 운을 써서 유형과 위형 두 선배에게 부쳤는데, 두 분은 일찍이 이 현에서 살았다(大虜平後, 移家到永樂縣居, 書懷十韻, 寄劉韋二前輩. 二公嘗於此縣寄居)[69]

驱马绕河干,[70]	말을 달려 황하 강가를 돌아가니
家山照露寒.	집과 산이 이슬에 덮여 더욱 추워라

소악」(雲韶樂)을 연주하게 하였다. 여기서는 문종이 「운소악」을 들으며 억울하게 죽은 왕애를 생각한다는 뜻이다.

69) 大虜(대로): 큰 오랑캐. 태원을 가리킨다. 844년(會昌 4년) 정월 하동 도장(都將) 양변(楊弁)이 절도사 이석(李石)을 몰아내고 그 전해에 소의절도사 자리에 오른 유진(劉稹)과 결탁하였다. 당시 조정에서는 의견이 분분한 가운데 이덕유(李德裕)가 용병을 주장하였다. 삼월에 여의충(呂義忠)이 태원을 점령하고 양변을 생포하였다. ○ 劉韋二前輩(유위이전배): 유 평사와 위반(韋潘).

70) 河(하): 황하. ○ 干(간): 강가 언덕.

依然五柳在,　　　여전히 다섯 그루 버드나무가 서 있고

况值百花残.　　　더구나 아직도 온갖 꽃이 피어있네

昔去驚投笔,[71]　　예전에는 일어나 붓을 던지고 막부에 들어갔는데

今来分挂冠.[72]　　지금은 돌아와 응당 벼슬을 그만두리

不忧悬磬乏,[73]　　집안이 씻은 듯 가난해도 근심하지 않고

乍喜覆盂安.[74]　　엎어진 사발처럼 안정됨을 기뻐하네

甑破宁回顾?[75][76]　시루가 깨어졌으니 어찌 돌아볼 것이며

舟沈岂暇看?[77]　　배가 가라앉으니 어찌 바라볼 여가 있으랴

脱身離虎口,　　　호랑이 입에서 몸을 빼내었고

移疾就猪肝.[78][79]　칭병하여 퇴직하고 돼지 간을 먹고 살아라

鬓入新年白,　　　살쩍은 새해 들어 하얗게 변하고

颜非舊日丹.　　　얼굴도 예전의 홍안이 아니어라

自悲秋获少,　　　가을에 수확이 적은 게 슬프지만

谁惧夏畦难?[80]　　여름철 밭일은 아첨하기보다 어렵지 않아라

---

71) 投筆(투필) : 붓을 던지고 막부에 들어가다. 동한의 반초(班超)의 일을 환기한다.

72) 分(분) : 응당. ○挂冠(괘관) : 관을 걸다. 벼슬을 그만두다.

73) 懸磬(현경) : 경쇠를 걸어둔 것처럼 집안에 아무 것도 없이 가난하다.

74) 覆盂(복우) : 바리를 엎다. 동요가 없이 안정되다.

75) 심주 : 맹민의 전고이다.(孟敏事.)

76) 甑破(증파) 구 : 동한의 맹민은 태원에서 객거하였는데 일찍이 시루를 들고 가다가 땅에 떨어뜨리자 돌아보지도 않고 가버렸다. 곽태(郭泰)가 보고는 무슨 뜻이냐고 묻자, "시루가 이미 깨어졌으니 돌아본들 무슨 이익이 있겠소?"라 하였다. 『후한서』 「곽태전」 참조. 여기서는 태원에 군란이 갑자기 일어난 것을 비유하는 듯하다.

77) 심주 : 섭우의 전고이다.(聶友事.)

78) 심주 : 민중숙의 전고이다.(閔仲叔事.)

79) 移疾(이질) : 칭병하여 사직한다는 공문서. ○猪肝(저간) : 돼지 간. 동한의 민중숙(閔仲叔)은 안읍(安邑)에서 객거하였는데, 나이 들고 가난하여 고기를 살 수 없었기에 매일 돼지 간 한 조각을 샀다. 현령이 이 사실을 알고서는 관리를 시켜 고기를 자주 공급하게 하였다. 이에 민중숙이 "어찌 입과 배 때문에 안읍에 묶여 있겠는가?"라며 안읍을 떠나 패(沛)로 갔다. 『후한서』 참조. 여기서는 자신이 칭병하여 퇴직한 후 영락에서 살게 되었음을 말한다.

80) 夏畦(하휴) : 여름의 밭. 또는 여름철 밭에서 하는 힘겨운 일. 『맹자』 「등문공」(滕文公)에 "증자는 '어깨를 구부리고 아첨하여 웃는 것은 여름에 밭을 매는 것보다 힘들

逸志忘鴻鵠,[81]　　　　빼어난 뜻은 날아가는 홍곡보다 높고

清香披蕙蘭.[82]　　　　맑은 향은 혜초와 난초를 걸쳤구나

还持一杯酒,　　　　　한 잔의 술을 들고

坐想二公欢.　　　　　두 선배가 기뻐한 일 생각하노라

해설 벼슬을 잠시 그만 두고 예전에 살던 영락현에 돌아가 쉬는 즐거운 마음을 나타내었다. 이상은은 837년(26세) 과거에 급제한 후 육칠 년간 교서랑과 홍농위 등을 역임하였다. 843년 9월에는 장인 왕무원(王茂元)이 죽었고, 또 844년 정월에는 태원에서 병란이 일어났기에 긴박한 정국과 자신의 분망한 벼슬길에 지쳤던 것으로 보인다. 844년(33세) 지었다.

두목(杜牧)

영숭 서평왕 저택 안 태위 이소의 정원에
여섯 운을 적다(題永崇西平王宅太尉愬院六韻)[1]

天下無雙將,　　　　　천하에 이와 같은 두 장수 없으니.

　　　　다'고 말했다(曾子曰 : '脅肩諂笑, 病于夏畦.')는 구절이 있다.

81)　逸志(일지) : 세속을 초월한 높은 뜻. ○鴻鵠(홍곡) : 고니. 기러기보다 크고 높이 날며, 주로 장강과 한수(漢水) 일대에 서식하였다. 『사기』「진섭세가」(陳涉世家)에 "제비와 참새가 어찌 홍곡의 뜻을 알리오"(燕雀安知鴻鵠之志哉!)란 말이 있다.

82)　蕙蘭(혜란) : 혜초와 난초. 모두 향초이다. 굴원의 「이소」(離騷)에 "나는 넓은 밭에 난초를 재배하고, 또 혜초도 들 가득히 심었네"(余旣滋蘭之九畹兮, 又樹蕙之百畝.)란 구절이 있다. 여기서는 자신의 심신을 맑게 닦는다는 뜻이다.

1)　永崇(영숭) : 장안의 구역 이름. 주작가(朱雀街)의 동쪽 세 번째 거리에 소재했다. ○西平王(서평왕) : 이성(李晟). 덕종 때 주차(朱泚)를 평정한 공으로 서평군왕(西平郡王)에 봉해졌다. ○太尉(태위) : 삼공의 하나. 정1품. ○愬(소) : 이소(李愬). 이성의 아

關西第一雄.[2]	관서 지방 최고의 영웅이라
授符黃石老,[3]	황석공으로부터 병서를 받고
學劍白猿翁.[4]	백원옹으로부터 검술을 배웠네
矯矯雲長勇,[5]	용맹하기는 관우의 용맹이요
恂恂郤縠風[6]	공손하기로는 극곡의 풍도라
家呼小太尉,	집에서는 '작은 태위'라 부르고
國號大梁公.[7]	나라에서는 '대량공'이라 부르네
半夜龍驤去,[8][9]	한 밤에 용양장군이 떠나니
中原虎穴空.[10]	중원에 호랑이 굴이 비었구나
隴山兵十萬,[11]	농산에서 십만 병사를 거느리니

들. 헌종 때 채주 오원제의 모반을 평정한 공으로 양국공(凉國公)에 봉해지고 죽은 후 태위를 추증받았다.

2) 關西(관서) : 함곡관의 서쪽. 한대에 "관서에서 장수가 나오고, 관동에서 재상이 나온다"(關西出將, 關東出相.)는 말이 있다. 이소는 조주(洮州, 감숙성) 사람이다.

3) 符(부) : 병서. ○ 黃石老(황석로) : 황석공을 가리킨다. 통일 진 말기 장량(張良)이 하비(下邳)의 다리에서 만났던 노인으로, 『태공병법』을 전수하였다. 『사기』 「유후세가」 참조. 여기서는 이소가 병법에 뛰어남을 말하였다.

4) 白猿(백원) 구 : 춘추시대 때 월나라 한 처녀가 검술을 잘하였는데, 길에서 원공(袁公)이라는 노인을 만나 검술 시합을 하였다. 노인이 이기지 못하자 나무 위로 날아가더니 원숭이로 변하였다. 『오월춘추』 참조.

5) 矯矯(교교) : 용감하고 무예가 뛰어남. ○ 雲長(운장) : 삼국시대 관우(關羽). 운장은 그의 자이다.

6) 恂恂(순순) : 공손한 모양. ○ 郤縠(극곡) : 춘추시대 진(晉)나라의 장수. 초나라의 포위를 받은 송나라가 구원을 청하자, 진 문공(晉文公)은 군대를 파병하면서 조쇠(趙衰)에게 누가 적임자인지 물었다. 이에 조쇠는 극곡을 추천하였다. 나이 50세이지만 부단히 연습하고 예악을 중시하고 『상서』와 『시경』을 즐겨 읽는 것이 그 이유였다. 『상서』와 『시경』은 도덕과 신의의 보고이고, 예악은 도덕의 외양인데, 도덕과 신의는 백성의 근본이자 이익의 기초라는 것이다. 『좌전』 '희공 27년'조 참조.

7) 梁公(양공) : 凉公(양공)의 착오로 보인다. 이소는 817년 11월 채주 오원제 반란을 평정한 공으로 양국공에 봉해졌다.

8) 심주 : 눈 내린 밤에 오원제를 생포한 일이다.(雪夜擒吳元濟事.)

9) 龍驤(용양) : 용양장군. 서진 대장군 왕준(王浚)이 용양장군이었다. 여기서는 이소를 가리킨다.

10) 虎穴(호혈) : 호랑이굴.

11) 隴山(농산) : 봉상절도사가 관할하는 농주(隴州)에 있다. 지금의 섬서성 농현(隴縣)

嗣子握雕弓.[12]　　　그 아들이 활을 거머쥐고 있구나

해설 이소(李愬)를 중심으로 그 부친인 이성과 그 아들인 이빈을 칭송하였다. 황석공과 백원옹, 관우와 극곡 등 고대의 인물을 등장시켜 돋보이게 그렸으며, 채주를 평정한 공훈을 특히 강조하였다. 849년경에 지었다.

공승억(公乘億)

낭관은 천상의 열수와 상응한다(郎官上應列宿)[1][2]

北極佇文昌,[3]　　　북극성인 제왕이 문창성인 낭관을 기다리고
南宮早拜郎.[4]　　　남궁인 상서성에 아침마다 낭관들이 들어서네
紫泥乘帝澤,[5]　　　황제의 은택을 입어 자주색 봉인을 하고
銀印佩天光.[6]　　　태양을 매단 듯 은인(銀印)을 차고 있네

　　서북에 소재.
[12]　嗣子(사자) : 이소의 아들 이빈(李玭). ○ 雕弓(조궁) : 문양을 파서 새긴 활. 849년 이빈은 형부상서 겸 종정경(宗正卿)으로 봉상절도사가 되었다.
[1]　심주 : 시첩시.(試帖.)
[2]　郎官上應列宿(낭관상응열수) : 『후한서』 「명제기」에 있는 말로 한대 낭관은 숙위와 시종을 관장했다. 당대의 낭관은 상서랑을 가리킨다.
[3]　北極(북극) : 북극성. 다섯 개의 별로 이루어졌고 자궁(紫宮)에 속해 있다. 두 번째 별이 태양을 주관하며 제왕을 상징한다. 『진서』 「천문지」 참조. ○ 文昌(문창) : 문창성. 북두성의 큰 별 앞에 있으며 하늘의 육부(六府)이다. 측천무후 때 상서성을 문창대(文昌臺)라 개명하였다.
[4]　南宮(남궁) : 본래 남방의 별자리 이름으로, 한대에는 상서성을 가리켰다.
[5]　紫泥(자니) : 군주가 편지를 봉할 때 쓰는 자주색 도장 인주. 무도(武都, 감숙 무도현)에서 나는 점성이 있는 자주색 진흙을 원료로 하였다.
[6]　銀印(은인) : 은으로 만든 관인. 한대에 이천석 이상의 직책은 은인에 청색 인끈을

緯結三臺側,⁷⁾   행성은 삼대성 옆에 있고

鈞連四輔傍.⁸⁾⁹⁾   구성은 북극성 주위의 네 별과 이어져

佐商依傅說,¹⁰⁾¹¹⁾   상나라를 도우며 부열성에 의지하고

仕漢笑馮唐.¹²⁾¹³⁾   한나라에 벼슬하며 풍당을 비웃는구나

委佩搖秋色,¹⁴⁾   끌리는 패식은 가을빛을 흔들고

峨冠帶曉霜.¹⁵⁾   높은 관에는 새벽이슬이 묻었네

自然符列象,¹⁶⁾   자연스레 위로 열수(列宿)와 상응하니

千古耀巖廊.¹⁷⁾   천 년이 되도록 높은 조정에서 빛나는구나

해설 상서성의 낭관을 예찬하였다. 위 시의 제목에 대해 한 문제가 처음 언급했을 때는 자신의 직분에 맞는 일을 할 때 백성들이 안심하고 원근이 편안해진다는 뜻이었다. 여기서는 낭관의 신분과 직책을 별자리와 관련된 전고로써 해석하였다.

사용했다. ○ 天光(천광) : 햇빛.

7) 緯(위) : 행성. 수성, 화성, 금성, 목성, 전성(塡星)은 하늘을 보조하는 다섯 가지 별이다. 『사기』 「천관서」 참조. ○ 三臺(삼대) : 삼대성. 상대, 중대, 하대로 이루어졌으며, 각기 쌍성으로 문창성에서 시작하여 태미성까지 이어진다. 인간 세상의 삼공(三公)에 해당한다. 『진서』 「천문지」 참조.

8) 심주 : 열수를 썼는데, 낭관과도 쌍관된다.(寫列宿, 亦雙關郎官.)

9) 鈞(구) : 구성(鈞星). 아홉 개의 별이 갈고리 모양을 이룬다. ○ 四輔(사보) : 북극성을 감싸고 있는 네 별.

10) 심주 : 열수.(列宿.)

11) 傅說(부열) : 상나라 재상. 원래 부암(傅巖, 산서성 平陸)에서 축(築)을 찧었는데, 무정(武丁)이 재상으로 발탁하였다. 부열의 보좌로 은나라는 중흥을 이루었다. 『사기』 「은본기」 참조. 또 부열은 죽은 후 별이 되었다고 하며, 그의 이름으로 된 별이 있다.

12) 심주 : 낭관.(郎官.)

13) 馮唐(풍당) : 서한 사람으로 효행으로 낭관이 된 후, 나이가 먹도록 같은 직위에 있는 일로 잘 알려졌다. 직언을 할 줄 알아, 문제(文帝)에게 운중군(雲中郡)의 위상(魏尙)을 삭탈시키지 말 것을 주청하여 위상의 죄를 사면시켰다. 무제가 현량을 구할 때 풍당은 이미 90여 세가 되었기에 그의 아들을 낭관으로 임명시켰다. 『한서』 「풍당전」 참조.

14) 委佩(위패) : 패식을 땅에 늘어뜨리다. 몸을 굽혀 예절을 차리면서 공경하는 모양.

15) 심주 : 당대 제도에 낭관은 어사를 겸직한다.(唐制, 郎官每兼御史.)

16) 符列象(부열상) : 위로 열수와 상응한다.

17) 巖廊(암랑) : 드높은 건물. 조정을 가리킨다.

마대(馬戴)

물이 얼음으로 되다(水始冰)[1]

南池寒色動,	남쪽 연못에 한기가 움직이더니
北陸歲陰生.[2]	겨울이 되자 음기가 일어나네
薄薄流凘聚,[3]	얇디얇은 얼음이 모이더니
漓漓翠激平.[4]	긴 물결이 모여져 평평해지는구나
暗沾霜稍厚,	모르는 사이 서리보다 더 두꺼워지고
回照日還輕.[5]	반사가 일어나 햇빛보다 더 가벼워지네
乳竇懸殘滴,[6]	걸려있는 종유석에 물방울이 떨어지는 듯
湘流減恨聲.[7][8]	상수가 굳어져 한스러운 물소리 줄어들었네
那堪金井貯,[9]	궁중의 석빙고에 보관되었다가
會映玉壺淸.[10]	응당 옥 항아리를 맑게 비추리
潔白心誰識,	깨끗하고 하얀 마음 누가 알아주나
空期飮此明.[11]	얼음을 먹고 분명히 알기를 기대하네

---

1) 심주 : 부시.(府試.)
2) 北陸(북륙) : 겨울. 본래 별 이름으로 허수(虛宿)이며 북방에 위치한다. 해가 북륙을 지나면 겨울이 된다. 『좌전』 '소공 4년'조 참조. 낙빈왕(駱賓王)이 「옥에서 매미를 읊다」(在獄詠蟬)에서 서륙(西陸)으로 가을을 나타내듯, 마대는 북륙으로 겨울을 나타냈다.
3) 凘(시) : 물에 떠 흐르는 얼음.
4) 漓漓(이리) : 물결이 길게 이어지는 모양. ○ 翠激(취격) : 푸른 물결이 서로 이어진 모양.
5) 심주 : 얼음이 얼기 시작하다.(是始冰.)
6) 乳竇(유두) : 종유굴. 종유석이 무리지어 자라는 동굴.
7) 심주 : 교묘한 구이다.(巧句.)
8) 恨聲(한성) : 한스러운 듯 울려오는 물소리. 순 임금이 남순하다 죽자 두 비가 상수에서 눈물을 흘렸다. 또 굴원이 상강의 멱라에서 빠져 죽었다.
9) 金井(금정) : 난간이 조각된 우물. 여기서는 얼음을 저장하는 곳집을 가리킨다.
10) 會(회) : 응당. ○ 玉壺(옥호) : 옥 항아리. 고결함을 비유한다.

해설 얼음을 노래한 영물시다. 시제는 『예기』 「월령」의 "맹동지월에 물이 얼음으로 되다"(孟冬之月, 水始冰.)는 말에서 나왔다. 그러므로 얼음이 얼기 시작하는 계절과 강물에 대한 관찰에서 시작하였고, 그러한 얼음의 쓸모로 마무리지었다.

장교(張喬)

달 속의 계수나무(月中桂)[1]

與月轉鴻蒙,[2]	달과 함께 혼돈의 기운 속을 돌아가니
扶疎萬古同.[3]	무성한 가지가 만고에 한결 같구나
根非生下土,	뿌리는 땅에서 자라난 게 아니고
葉不墮秋風.	잎도 가을바람에 떨어지지 않아라
密蕊圓時足,	촘촘한 꽃술은 보름이 되면 갖추어지고
低枝缺處空.[4]	늘어진 가지는 이지러진 곳이 없어라
影高群木外,	그림자는 계수나무 밖에 높이 솟았고
香滿一輪中.[5]	향기는 둥그런 모양 안에 가득해라

---

11) 期(기): 기대하다. ○飮此(음차): 얼음을 먹다. 『장자』 「인간세」에 "지금 저는 아침에 명을 받아 저녁에 얼음을 마셨는데, 속이 타기 때문입니다"(今吾朝受命而夕飮冰, 我其內熱與?)는 말이 있다. 명령을 받아 일을 수행하며 노심초사 노력한다는 뜻이 들어 있다.

1) 심주: 주시.(州試.)

2) 與(여): 따르다. ○鴻蒙(홍몽): 鴻濛 또는 洪濛으로도 쓴다. 천기가 열리기 전의 혼돈의 기운. 여기서는 하늘 또는 우주.

3) 扶疎(부소): 가지와 잎이 무성히 늘어진 모양. 달 속의 계수나무를 가리킨다.

4) 심주: 두 구는 각화했다.(二語刻畵.)

5) 심주: 두 구는 자연스럽다.(二語自然.)

未種丹霄日,⁶⁾   계수나무를 하늘에 심기 전에는

應虛白兎宮.⁷⁾   응당 월궁에는 토끼도 없었으리라

何當因羽化,⁸⁾   어느 때 신선이 되어

細得問元功.⁹⁾   조물주의 공력을 세세히 물어볼거나

해설 달 속에 있다는 계수나무를 노래한 영물시이다. 전설의 내용은 지
극히 간단하지만, 시인은 이를 가지고 여러 가지 섬세하고 무구한 상상
을 펼쳤다. 마치 굴원이 「천문」(天問)에서 천상의 여러 현상에 대해 소박
한 질문을 던지는 것과 비슷하다. 그러나 여기서는 한 가지 사물만 가지
고 다각도로 음미하고 전개하여 일정한 의경을 창출하는데 주력하였다.
이 시는 870년(함통 11년) 경조부(京兆府)의 시험에 내놓은 응시시로, 당시
이빈(李頻)이 주관하여 첫 번째로 뽑힌 작품이다. 그러나 허당(許棠)이 나
이가 가장 많으므로 장교의 이름은 허당 아래에 들어갔다. 이때 응시한
장교와 허당 등은 '함통 십철'(咸通十哲)이라 하여 당시 장안에서 이름이
높았다.

---

6) 丹霄(단소) : 붉은 노을이 진 하늘.
7) 白兎宮(백토궁) : 월궁. 달 속에 토끼가 살고 있다는 전설을 말하였다.
8) 何當(하당) : 어느 때. ○ 羽化(우화) : 신선이 되다.
9) 元功(원공) : 큰 공. 여기서는 조물주의 현묘한 공덕.

두순학(杜荀鶴)

어구의 새 버들(御溝新柳)[1][2]

律到九重春,[3]	구중궁궐에 절기가 봄이 되니
溝連柳色新.	어구에 이어진 버들 빛이 새로워라
細籠穿禁水,[4]	어구의 물을 가늘게 감싸고
輕拂入朝人.	가볍게 입조하는 사람을 스치어라
日近韶光早,[5]	해에 가까워 봄빛이 일찍 오고
天低聖澤勻.[6]	하늘이 낮게 내려와 성은이 두루 퍼져
谷鶯棲未穩,[7]	골짜기의 꾀꼬리가 아직 둥지를 틀지 않았는데
宮女畵難眞.	궁녀가 그린 그림은 진짜와 분간하기 어려워라
楚國空搖浪,	초 지방의 버드나무는 그저 물가에서 흔들리고
隋堤暗惹塵.[8]	수제(隋堤)의 버드나무는 모르는 사이 먼지가 묻는다네
如何帝城裏,	어떠한가, 제왕의 도성 안에서

---

1) 심주: 시첩시.(試帖.)

2) 御溝(어구): 황궁을 거쳐 흐르는 물길.

3) 律(율): 율관(律管). 절기의 변화를 관측하는 기구. 갈대 속의 박막을 율관에 넣어 만든다. 여기서는 절기, 시령, 기후 등의 뜻으로 쓰였다.

4) 禁水(금수): 금궐(禁闕)을 흐르는 시내. 곧 어구 안의 물.

5) 日(일): 황제를 비유한다. ○ 韶光(소광): 밝고 아름다운 봄. 일반적으로 봄 풍경이나 아름다운 시절을 가리킨다.

6) 天(천): 황제를 비유한다. ○ 聖澤(성택): 황제의 은택.

7) 谷鶯(곡앵): 골짜기의 꾀꼬리. 『시경』「벌목」(伐木)에 "나무 찍는 소리 쩡쩡 울리는데, 새가 우는 소리 꾀꼴꾀꼴 들린다. 깊은 골짜기에서 나와, 높은 나무로 옮겨간다"(伐木丁丁, 鳥鳴嚶嚶. 出自幽谷, 遷於喬木.)는 구절이 있다. 「벌목」에서 묘사한 새가 어떤 새인지 명확하지 않으나 당대 문인들은 꾀꼬리 소리로 판단하였고, 꾀꼬리가 골짜기에서 나와 높은 가지에 날아가는 일을 '천앵'(遷鶯), 앵천(鶯遷), 천교(遷喬)라 하여 진사과 급제를 의미하였다.

8) 隋堤(수제): 수 양제가 만든 운하의 양쪽 둑. 둑 위에는 장안에서 강도까지 이궁 사십여 소를 지었으며, 버드나무를 심었다.

先得覆龍津?[9]　　　먼저 어구를 덮을 수 있으니

해설 궁중의 어구에 늘어선 봄 버드나무를 묘사한 영물시이다. 궁중에서 받는 제왕의 은총에 초점을 맞추어 초 지방과 수제의 버드나무와 다른 점을 강조하였다.

초욱(焦郁)

'백운이 하늘로 사라지다'를 제목으로(賦得白雲向空盡)[1]

白雲生遠岫,[2]　　　흰 구름이 먼 봉우리에서 생겨나
搖曳入晴空.[3]　　　이리저리 흔들리며 맑은 하늘로 들어가니
乘化隨舒卷,[4]　　　자연을 따라 마음대로 펴졌다가 말리고
無心任始終.[5]　　　무심히 내맡겨지는 대로 생겨났다 없어지네
欲銷仍帶日,　　　사라지려 하다가도 태양을 가리고
將斷不因風.　　　바람이 없어도 절로 끊어져

---

9) 龍津(용진) : 어구를 가리킨다. 용은 제왕을 상징한다.
1) 심주 : 시첩시.(試帖.)
2) 遠岫(원수) : 먼 산의 동굴. 고대 사람들은 구름이 산속의 동굴에서 나온다고 생각하였다.
3) 搖曳(요예) : 좌우로 흔들리는 모양. 여기서는 멀리 부드럽게 움직이는 모양을 형용하였다.
4) 乘化(승화) : 자연에 순응하다. 도연명의 「귀거래사」에 "잠시 자연을 따르다 돌아가면 되는 것을, 천명을 즐거워할 뿐 무엇을 더 의심하리"(聊乘化以歸盡, 樂夫天命復奚疑.)란 구절이 있다.
5) 無心(무심) : 사심이 없다. 도연명의 「귀거래사」(歸去來辭)에 "구름은 무심히 산 동굴에서 흘러나오고"(雲無心以出岫)라는 말이 있다. ○始終(시종) : 생김과 없어짐.

勢薄飛難定,	세력이 약하니 정처 없이 날아다니고
天高色易窮.	하늘이 높으니 모습이 쉽게 바뀌네
影收元氣表,[6]	그림자는 원기 밖으로 모이고
光滅太虛中.[7]	빛은 태허 가운데 소멸하는구나
倘若乘龍去,[8]	만약에 용을 타고 갈 수 있다면
還施潤物功.	만물을 윤택하게 하는 공덕을 베푸리

평석 각화의 흔적이 없으니 시첩시 가운데 명작이다.(刻畵無痕, 試帖中名作.)

해설 구름을 노래한 영물시이다. 구름이 지닌 형상과 성질을 그리면서도 서정적인 운치를 잃지 않았다.

이경(李景)

도당에서 시험 보는 날 봄눈을 기뻐하며(都堂試士日慶春雪)[1][2]

密雪分天路,	빽빽한 눈발이 하늘에서 내리는데
群才坐粉廊.[3][4]	여러 재인들이 상서성에 앉았어라

---

6) 元氣(원기) : 대자연의 근본이 되는 기운.
7) 太虛(태허) : 원기(元氣). 허공. 하늘.
8) 乘龍(승룡) : 용을 타다. 고대인은 용을 구름과 연관지어 생각하였다. 『주역』「건」괘에 "구름은 용을 따르고, 바람은 호랑이를 따른다"(雲從龍, 風從虎.)는 말이 있다.
1) 심주 : 시첩시.(試帖.)
2) 都堂(도당) : 상서성의 관서.
3) 심주 : 첫머리에서 전체 뜻이 이미 드러났다.(一起全意已見.)
4) 粉廊(분랑) : 상서성을 가리킨다. 상서성은 호분으로 벽을 하얗게 칠했다.

靄空迷晝景,[5]	자욱한 하늘에 낮의 광경 흐릿하고
臨宇借寒光.	건물은 차가운 눈빛을 받는구나
似暖花融地,[6]	마치 따뜻한 꽃이 땅에 깔린 듯하고
無聲玉滿堂.	소리 없이 옥이 대청 앞에 가득한 듯해라
灑詞偏誤曲,[7]	글을 쓰매 주유의 관심을 받고자 일부러 틀리고
留硯或因方.[8]	하얗게 눈이 쌓인 벼루는 규옥처럼 변했어라
幾處曹風比,[9]	몇 사람 작품은 「조풍」(曹風)에 비할 만한데
何人謝賦長?[10]	어느 누가 사혜련의 「설부」(雪賦)보다 나은가?
春暉早相照,	봄빛이 일찍 비추어
莫滯九衢芳.[11]	거리의 꽃이 피는데 지체되지 말기를

해설 과거 시험 보는 날 시험장에 내리는 눈을 제재로 하였다. 시험장의 풍경을 그린 듯이 묘사하고, 응시자의 재능까지 헤아려보았다. 격률과 대우가 공정하면서 발상이 자연스럽다. 말구에서 자신을 발탁해달라는 상투적인 뜻이 있어 가벼워졌다.

---

5) 靄空(애공) : 높은 하늘.
6) 심주 : 봄눈.(春雪.)
7) 심주 : "음악이 잘못되면 주유가 돌아본다." 이 구는 응시자가 자신의 겸손을 나타냈다. 곡 이름 「백설」도 끌어들일 수 있다.("曲有誤, 周郎顧." 句從試士自謙, 曲名白雪亦可牽入.)
8) 심주 : 두 구는 응시자에 뜻을 두었다.(二句從試士用意.) ○ 사혜련의 「설부」에 "네모난 곳에서는 규옥이 되고"란 말이 있다. '留硯'(유연) 두 글자는 응시자와 호응한다.('因方', 謝惠連雪賦 : '或因方而爲珪.' 着留硯二字, 亦與試士關合也.)
9) 심주 : 『시경』 「조풍」 중의 「부유」(蜉蝣)에 "삼베옷이 눈처럼 희다"는 말이 있다. 당대에 선비들이 응시를 할 때는 모두 흰 옷을 입었다.(曹風 : '麻衣如雪.' 唐時士子入試, 俱穿白衣.)
10) 謝賦(사부) : 남조 유송 때 사혜련(謝惠連)이 지은 「설부」(雪賦).
11) 九衢(구구) : 여러 방향으로 통하는 거리. 번화한 도성의 거리를 말한다.

양현(梁鉉)

천문가에서 영왕이 비를 맞이하는 모습을 구경하며(天門街觀榮王聘妃)[1][2]

帝子乘龍夜,[3]	임금의 딸이 용을 타는 밤
三星照戶前.[4]	삼성이 문 앞을 비추어라
兩行宮出火,	두 줄기 불이 궁에서 나가
十里道鋪筵.	십리의 길에 잔치가 벌렸어라
羅綺明中識,	밝은 곳에선 비단 옷이 보이는데
簫韶暗裏傳.[5]	어둠 속에 〈소소〉(簫韶)곡이 퍼지네
燈攢九華扇,[6]	등불 아래 구화선(九華扇)이 모이고
帳撒五銖錢.[7]	휘장에서 오수전(五銖錢)을 뿌리네
交翼文鴛合,	무늬 있는 원앙이 어울려 날개를 접치고
和鳴彩鳳連.	채색 봉황이 나란히 화평하게 울어
欲知來日美,	다가오는 날들이 아름다운 줄 알려거든
雙拜紫微天.[8]	나란히 자미궁에서 황제와 황후께 절을 하리

---

1) 심주 : 시첩시.(試帖.)
2) 天門街(천문가) : 승천문가(承天門街). ○ 榮王(영왕) : 이책(李憒). 헌종(憲宗)의 아들. 862년 영왕에 봉해졌다.
3) 帝子(제자) : 굴원 「상부인」에서 요 임금의 딸이라는 뜻으로 쓴 데서 유래되었으므로, 영왕의 비를 가리킨다. ○ 乘龍(승룡) : 용을 타다. 황족 등 신분이 높은 남편을 맞아 혼인한다는 뜻으로 쓰인다.
4) 三星(삼성) : 『시경』 「주무」(綢繆)에 "칭칭 동여 싸리를 묶으니, 삼성이 문 위에 있구나. 오늘 저녁은 무슨 저녁인가, 이 아름다운 사람을 보게 되었네"(綢繆束楚, 三星在戶. 今夕何夕, 見此粲者.)란 구절이 있다. 이는 혼례의 노래로 영왕이 비를 맞는 일과 연관시켰다.
5) 簫韶(소소) : 순 임금 때의 음악. 『상서』 「익직」(益稷)에 "소소(簫韶)를 아홉 번 연주하니, 봉황이 와 춤추고 위용을 드러내었다"(簫韶九成, 鳳皇來儀.)라는 말이 있다.
6) 九華扇(구화선) : 한대의 부채 이름.
7) 五銖錢(오수전) : 한 무제 때 주조한 동전. 무게가 오수(五銖) 나간다.

해설 영왕의 결혼 장면을 그렸다. 저녁에 시작된 예식이 밤으로 이어지고, 다음날 황궁에 들어가 인사를 올리는 데까지 설정하였다. 호화로우면서도 전아한 장면을 그리는데 주력하였으며, 중간의 8구가 모두 질서 정연한 운율과 대우로 대칭적인 미감을 한껏 강조하였다.

황도(黃滔)

궁중에서 흰 사슴을 내어 백관에게 보이다(內出白鹿宣示百官)[1]

上瑞何曾乏?[2]	상서(上瑞)는 언제나 있었으나
毛群表色難.[3]	짐승이 잘 나타나지 않았을 뿐이라
珍於四靈外,[4]	네 가지 영물 이외에 진귀한 것인데
宣示百寮觀.[5]	전시하여 백관에게 보여주는구나
形奪場駒潔,[6]	모습은 흰 망아지보다 더 깨끗하고
光交月兔寒.[7]	빛은 월궁의 토끼보다 더 차가워

---

[8] 심주 : 왕과 비를 함께 마무리하였다.(王與妃雙收.)

[1] 심주 : 성시.(省試.)

[2] 上瑞(상서) : 하늘이 군왕에게 내리는 상서로운 징조 가운데 하나. 군왕의 치세에 따라 오 등급의 상서가 있는데 용과 봉황이 나타나는 가서(嘉瑞), 천체(天體)의 변화가 나타나는 대서(大瑞), 흰 사슴이나 붉은 토끼 등이 나타나는 상서(上瑞), 흰 까마귀 등 새들에서 특이한 현상이 나타나는 중서(中瑞), 벼 이삭이 칠십 알 이상 열리는 등 식물에서 특이한 현상이 나타나는 하서(下瑞) 등이다.

[3] 毛群(모군) : 털이 난 짐승 종류.

[4] 四靈(사령) : 기린, 봉황, 거북, 용. 고대에는 성인(聖人)이나 현왕(賢王)이 세상에 나오면 이들이 나타난다고 생각하였다.

[5] 百寮(백료) : 백관.

[6] 場駒(장구) : 흰 망아지. 마장에 있는 흰 망아지라는 뜻으로『시경』「백구」(白駒)에서 유래했다.

已馴瑤草列,　　　　벌써 길들여져 신선의 풀과 나란히 있고

孤立雪花團.　　　　혼자 서 있으면 눈덩이가 뭉쳐진 듯해

戴豸慚端士,[8]　　　 해치관을 쓴 어사(御史)에게 부끄러우니

抽毫躍史官.　　　　글을 써서 사관(史官)에 달려가 알리네

貴臣歌詠日,　　　　높은 신하들이 태양을 노래하며

皆作白麟看.[9]　　　모두가 흰 기린을 지어 내보이는구나

해설 흰 사슴이 나타난 일을 제재로 하였다. 895년 진사과 시험에 제출한 응시시(應試詩)이다. 그 당시는 당나라가 풍전등화와 같이 위태로운 때였으나, 조정에서는 이러한 상서(祥瑞)로 허약한 사정을 가리려고 하였음을 알 수 있다.

서인(徐夤)

동풍에 얼음이 녹다(東風解凍)[1]

暖氣發蘋末,[2]　　　따뜻한 기운이 네가래 끝에서 일어나니

凍痕銷水中.[3]　　　얼음이 흔적을 남기며 물속에서 녹는구나

---

7) 심주 : 흰 망아지와 흰 토끼로 흰 사슴을 돋보이게 하였다.(以白駒白兔作襯.)

8) 戴豸(대치) : 어사가 쓰는 해치관. ○ 端士(단사) : 정직한 선비. 어사(御史)를 가리킨다.

9) 白麟(백린) : 흰 기린. 『논형』「강서」(講瑞)에서는 한 무제가 서쪽으로 순수를 나갔다가 흰 기린을 잡았다고 하였다.

1) 심주 : 시첩시.(試帖.)

2) 蘋末(빈말) : 네가래의 끝. 네가래는 개구리밥처럼 생긴 수중 식물로, 수면에 뜬 네 잎이 밭 전(田)자 모양과 같으므로 '전자초(田字草)'라고도 한다. 고대에는 바람이 여기에서 불어나온다고 믿었다.

扇冰初覺泮,[4]　　　부채꼴 얼음이 막 녹는가 싶었는데

吹海旋成空.[5]　　　바다에서 동풍이 불어오니 금방 사라지네

入律三春變,[6]　　　바람은 율관에 들어가서 봄으로 바뀌고

朝宗萬里通.[7][8]　　모든 강이 바다로 흘러 만 리가 통하는구나

岸分天影闊,　　　언덕은 하늘의 빛을 나누어 광활하고

色照日光融.　　　색은 햇빛과 뒤섞여 비치네

波起輕搖綠,　　　물결이 일어나 푸른 빛을 흔들고

鱗遊乍躍紅.[9]　　물고기가 노닐며 붉은 꼬리가 뛰어오르네

殷勤拂弱羽,[10]　　부드러운 바람이 약한 새 앞에 불어오니

飛翥趁和風.[11]　　온화한 바람을 타고 날아오르는구나

해설 동풍에 얼음이 녹는 초봄의 정경을 그렸다. 월령에 관한 문서에서 흔히 봄이 오는 징후 가운데 하나로 '얼음 녹기'를 치는데, 이를 894년 성시(省試)의 제목으로 내걸었다. 바람과 얼음의 관계를 시종일관 염두에 두면서 얼음이 녹기 시작하는 미묘한 변화의 순간을 잘 잡아내었다.

---

3)　심주: 두 구에서 나누어 묘사했다.(二句分.)
4)　泮(반): 얼음이 녹다.
5)　심주: 두 구에서 합하여 묘사했다.(二句合.)
6)　律(율): 율관(律管). 절기의 변화를 관측하는 기구.
7)　심주: 두 구에서 다시 나누어 묘사했다.(二句又分.)
8)　朝宗(조종): 모든 강물이 바다로 흘러 들어감. 『서경』「우공」(禹貢)에 "장강과 한수가 바다로 모여든다"(江漢朝宗於海.)는 말이 있고, 『시경』「면수」(沔水)에도 "넘실넘실 흐르는 저 강물은 모두 바다로 흘러드네"(沔彼流水, 朝宗于海.)라는 구절이 있다.
9)　심주: 네 구에서 '해동' 후의 광경을 혼연일체로 썼다.(四句渾寫解凍'後景.)
10)　弱羽(약우): 약한 새. 작자 자신을 가리킨다.
11)　飛翥(비저): 날아오르다. ○和風(화풍): 동풍.

복양관(濮陽瓘)

조롱에서 나온 송골매(出籠鶻)[1]

玉鏃分花袖,[2]	옥 활촉 같은 부리가 비단 소매 사이에 있으니
金鈴出彩籠.	금방울 소리 울리며 채색 조롱에서 나왔네
搖心長捧日,[3]	높이 오르려는 마음으로 항상 태양을 받들고
逸翮鎮生風.[4]	강건한 날개에선 언제나 바람이 일어나
一點青霄裏,	한 점으로 푸른 하늘 속에 들어서면
千聲碧落中.[5]	벽락(碧落) 속에서 천 가지 소리가 울려나오네
星眸隨狡兔,	별 같은 눈동자는 교활한 토끼를 쫓고
霜爪落飛鴻.[6]	서리 같은 발톱은 날아가는 기러기를 떨어뜨리네
每念提携力,	매번 힘써 도우려고 하고
常懷搏擊功.[7]	언제나 적을 내리쳐 공을 세우려 하네
以君能惠好,	군주의 은혜와 관심에
不敢沒遙空.[8]	차마 먼 하늘 속으로 사라질 수 없어라

해설 송골매를 노래한 영물시이다. 송골매의 기상과 모습을 그리고, 공을 세우려는 뜻을 나타내었다. 결국 송골매를 빌려 충성을 다하고 공을 세우

---

1) 심주 : 경조부시.(京兆府試.)
2) 玉鏃(옥족) : 옥으로 만든 화살촉. 새의 부리를 비유한다.
3) 搖(요) : 오르다. 빠르다.
4) 逸翮(일핵) : 강건하고 높이 날 수 있는 날개. ○ 鎮(진) : 언제나. 항상.
5) 碧落(벽락) : 하늘.
6) 심주 : 두 연은 조롱을 나온 송골매의 모습을 그렸는데 글자마다 영준하고 시원스럽다.(兩聯狀出籠後生鶻, 字字英爽.)
7) 搏擊(박격) : 쳐서 부수다. 박살내다.
8) 沒遙空(몰요공) : 먼 하늘 속으로 사라지다.

려는 작가의 뜻을 나타내었다. 조롱에서 나온다는 제목의 뜻을 첫머리에서
제시한 후, 마무리에서 다시 조롱으로 돌아온다고 하여 앞뒤로 호응시켰다.

무명씨(無名氏)

흰 매가 갠 못에 내려오다(霜隼下晴皐)¹⁾²⁾

九皐霜氣勁,³⁾	깊은 못에 서리 기운 드센데
翔隼下初晴.	선회하는 매가 막 갠 못에 내려왔네
風動閑雲卷,	바람이 움직이니 한가한 구름이 말리고
星馳白草平.	별이 달리니 백초가 가로누워
稜稜方厲疾,⁴⁾	힘차게 바야흐로 맹렬하게 날아가고
肅肅自縱橫.⁵⁾⁶⁾	차갑게 절로 종횡으로 움직이네
掠地秋毫逈,	땅에 내리치니 가을 새들이 흩어지고
投身逸翮輕.⁷⁾	몸을 던지니 굳센 날개가 가벼워라
高墉全失影,⁸⁾	높은 성벽에 갑자기 그림자가 없어지면
逐雀作飛聲.	참새를 쫓느라 깃털 나는 소리 들릴 뿐

---

1) 심주 : 시첩시.(試帖.)
2) 霜隼(상준) : 백준(白隼). 흰색의 새매 종류이다.
3) 九皐(구고) : 굽이지고 깊은 못. 『시경』「학명」(鶴鳴)에 "학이 깊은 연못에서 우니, 먼
들판까지 들리네"(鶴鳴于九皐, 聲聞于野.)란 말이 있다.
4) 稜稜(능릉) : 위엄 있고 엄한 모양. ○ 厲疾(여질) : 맹렬하고 신속하다.
5) 심주 : 가운데 '霜(상)자가 있다.(中有霜字在.)
6) 肅肅(숙숙) : 한랭한 모양.
7) 逸翮(일핵) : 강건하고 높이 날 수 있는 날개.
8) 墉(용) : 성벽.

薄暮寒郊外,　　　　저물녘 차가운 교외에서
悠悠萬里情.　　　　만 리를 날아가려는 마음이 유유하여라

해설 가을날 갠 못에 내려온 매의 모습을 그렸다. 제3, 4구는 일견 매와 관련 없는 것처럼 보이지만, 매를 그려 넣기 위한 배경으로 하늘과 들의 모습을 펼쳐놓았다. 제5, 6구는 서리가 흩날리는 모습을 비유로 매의 비행을 그렸다. 제7, 8구는 매의 동작을 정면으로 그렸고, 제9, 10구는 시각과 청각의 효과를 이용하여 매의 민첩함을 그려 신운을 드러냈다. 말미도 시적 공간이 긴장을 늦추지 않고 있어 적절하다.

무명씨(無名氏)

오래된 거울(古鏡)[1]

舊是秦時鏡,[2]　　　예전에 진나라 때의 거울
今藏古匣中.　　　　오래된 갑 속에 보관되어 왔네
龍盤初挂月,[3]　　　막 떠오른 둥근 달 속에 용이 서리를 틀고 있고
鳳舞欲生風.[4]　　　봉황이 춤추니 바람이 일어나려는 듯

---

1) 심주 : 부시.(府試.)
2) 秦時鏡(진시경) : 진나라 때의 거울. 진시황이 가지고 있는 거울 가운데 하나는 거울로 사람의 오장을 볼 수 있다고 한다. 질병이 있는 사람의 가슴에 대고 비추면 병이 있는 곳을 알 수 있다. 여자가 사심(邪心)이 있으면 쓸개가 커지고 심장이 빨라진다. 진시황은 곧잘 궁인들을 비추어보고 쓸개가 커지고 심장이 빨라지는 자는 색출하여 죽였다. 『서경잡기』 권3 참조.
3) 龍盤(용반) : 용이 서리 틀다. 거울의 뒷면에 새겨져 있는 문양의 형상을 말한다. ○ 月(월) : 보름달. 둥근 거울을 비유한다.

硯滴方諸水,[5]	벼루에서 방저(方諸)의 물이 떨어진 듯하고
庭懸軒帝銅.[6]	정원에 황제(黃帝)의 동이 걸려 있는 듯
應祥知道泰,[7]	상서(祥瑞)가 응험하니 대도가 널리 통함을 알겠고
鑒物覺神通.	사물을 비추니 신명이 통함을 깨닫겠노라
肝膽誠難隱,[8]	가슴 속의 간담도 진실로 감추기 어려운데
妍媸豈易窮?[9]	고움과 추함을 어찌 숨길 수 있으랴?
幸依君子室,	다행이 군자의 실내에 놓일 수 있어
長得免塵蒙.	오래도록 먼지에 덮이지 않게 되었네

해설 오래된 거울을 노래한 영물시(詠物詩)이다. 비록 오래되었지만 비범한 재질에 용과 봉황의 문양이 새겨져 있고, 사물을 비추는 신통함을 가지고 있다. 중간의 8구는 운율이 갈마들고 대우가 공정하여 마치 거울을 조각하듯이 균형 있게 묘사해내었다. 말미에서는 발탁을 바라는 마음을 붙여 넣었다.

---

4) 鳳舞(봉무): 봉황이 춤추다. 거울 뒷면의 문양 모습이다.
5) 方諸(방저): 달빛 아래에서 이슬을 받는 기구.
6) 軒帝(헌제): 황제(黃帝). '헌원의 언덕'(軒轅之丘)에 살았다고 해서 이름을 헌원씨(軒轅氏)라 하였다. 『사기』 「봉선서」(封禪書)에 "황제가 수산에서 동을 캐어, 형산 아래에서 정을 주조하였다"(黃帝採首山之銅, 鑄鼎于荊山下.)고 하였다.
7) 應祥(응상): 상서가 응험하여 나타나다. ○道泰(도태): 대도가 펼쳐지다.
8) 肝膽(간담) 구: 제1구에서 말한 진나라 때의 거울을 말한다.
9) 妍媸(연치): 아름다움과 추함.

당시별재집 권19

오언절구(五言絶句)

문종황제(文宗皇帝)

궁중에 적다(宮中題)[1]

輦路生秋草,[2]	어도에 가을 풀이 자라고
上林花滿枝.[3]	상림원에는 가지마다 꽃이 가득해

---

1) 심주 : 태화 9년(835년) 왕애와 정주가 살해된 후 구사량이 권력을 장악하였다. 문종
   이 행차를 할 때는 종종 혼자 중얼거렸지만 좌우에서 감히 묻지 못하였다. 이에 이
   시를 지었다.(太和九年殺王涯、鄭注後, 仇士良專權, 上遊幸, 往往獨語, 左右莫敢進,
   因賦此.)
2) 輦路(연로) : 왕의 가마가 지나가는 길. 어도(御道).
3) 上林(상림) : 상림원. 진(秦)나라 때 창건하였고 한 무제 때 확충한 황가 원림. 지금의
   서안시 서쪽 주지현과 호현 일대에 소재했다. 일반적으로 궁중의 정원을 가리킨다.

憑高何限意,　　　　높은 곳에 오르는 내 뜻을 막을 자 없으니
無復侍臣知.　　　　더 이상 시신(侍臣)들이 알 수 없으리

해설 당은 안사의 난 이후 쇠락하는 가운데 헌종(재위 805~820) 때 잠시
'원화 중흥'이 있었으나, 그 역시 환관에게 살해된 후 권력의 중심은 환
관에게 넘어갔다. 목종(재위 820~824)과 경종(재위 825~827)의 뒤를 이어 제
위에 오른 문종(재위 827~840)은 이훈(李訓)과 정주(鄭注) 등을 기용하여 환
관 세력을 척결하려고 하였으나, 이 사실이 발각되자 거꾸로 환관들이
대대적으로 중신들을 살해하였다. 왕애(王涯) 등 사건을 모의하지도 않은
중신들도 멸족의 화를 입었다. 곧 835년에 일어난 '감로지변'(甘露之變)이
다. 이후 환관들이 황제의 폐립과 생사를 장악하게 되었고, 문종은 더욱
통제를 받게 되었다. 당대 말기 소악(蘇鶚)의 『두양잡편』(杜陽雜編)에서 위
시를 처음 소개하면서 문종이 감로지변 이후에 썼다고 적고 있다. 앞 2
구는 궁중의 사경(寫景)으로 어도와 상림원을 대비하고 있는 듯하다. 가
을 풀이 자라서는 안 되는 어도에 가을 풀이 자라고 화원에는 꽃이 만발
하다. 제3구는 직역하면 "높이 올라 기대어 둘러보는데 내 뜻이 어찌 제
한 받을 것인가"로 상림원을 돌아보는 것도 자유롭지 못하다고 역설적
으로 말하는 듯하다. 사경을 통해 심기(心機)를 드러낸 점이 특이하다. 당
시 문종이 말하기 어려웠던 심사가 얼마나 많았는지 짐작할 수 있다.

우세남(虞世南)

매미를 읊다(詠蟬)

垂綏飮淸露,[1]	늘여진 갓끈 같은 부리로 맑은 이슬 마시고
流響出疎桐.[2]	성긴 오동잎 사이로 울림을 내보내는구나
居高聲自遠,	높은 곳에 있기에 소리가 멀리 갈 수 있으니
非是藉秋風.	가을바람에 실려서 그런 게 아니어라

평석 매미를 노래하는 시인은 누구나 그 소리를 묘사하는데, 이 작품만은 매미의 품격을 높이 칭송하였다.(詠蟬者每詠其聲, 此獨尊其品格.)

해설 매미를 빌려 자신의 뜻을 드러낸 영물시이다. 제1, 2구는 매미가 우는 모습을 형상적으로 묘사하였다. 갓끈이란 어휘로 고관을 표시하고 맑은 이슬로 청고함을 나타내, 덕망 있고 청고한 고관(高官)의 형상을 만들어냈다. 여기에 '출'(出)자를 써서 높은 오동나무에서 나오는 소리를 형상화시켰다. 제3, 4구는 매미의 소리가 멀리까지 들리는 것은 가을바람이라는 외부적인 요소가 아니라 높은 곳, 즉 고결한 품성이 있기 때문이라고 하였다. 매미를 노래한 낙빈왕의 「옥에서 매미를 읊다」(在獄詠蟬)와 이상은의 「매미」(蟬)에 비교해 보면 이 작품은 돈후(敦厚)하고 청화(淸華)한 의경을 보인다.

---

1) 垂綏(수수) : 갓끈이 턱밑에 묶여 드리운 부분. 매미 머리에서 앞으로 튀어나온 부리를 말한다.
2) 流響(유향) : 소리를 전하다. 명예가 널리 퍼지다는 뜻도 있다.

왕발(王勃)

강가 정자의 달밤—송별(江亭月夜送別)

江送巴南水,[1]	장강은 파남(巴南)의 강물을 흘려보내고
山橫塞北雲.[2]	산에는 북방의 구름이 가로놓여 있어
津亭秋月夜,[3]	나루터 정자의 가을 달 비치는 밤
誰見泣離群?[4]	그 누가 보고 있는가, 친구 보내며 우는 나를

평석 뜻은 비록 깊지 않으나, '바른 소리'의 시작이다.(意雖未深, 却爲正聲之始.)

해설 강가에서 친구와 헤어지며 쓴 시이다. 강, 산, 달을 차례로 그리고 말구에서 우는 사람을 등장시키고 의문구를 만들어 강렬한 감정을 드러내 파란을 보인다. 제1구에서 장강을 통해 파남 지역으로 떠나는 사람을 비유한 것으로 보아, 669년(20세) 5월에서 671년 9월 사이 촉에 있을 때, 배를 타고 동으로 가는 친구와 헤어지며 쓴 것으로 보인다.

---

1) 江(강) : 장강. ○ 巴南(파남) : 파령(巴嶺, 지금의 大巴山) 이남. 파령은 지금의 사천성 동북부, 한중(漢中) 남쪽의 한수와 장강 사이에 있다.
2) 塞北(새북) : 북방의 변경 지역.
3) 津亭(진정) : 나루터 옆에 세운 역참. 제목에서 말한 '강가 정자'(江亭).
4) 離群(이군) : 무리로부터 떠나다.

노조린(盧照隣)

곡강지의 연꽃(曲池荷)[1]

浮香繞曲岸,	흩날리는 향기가 연못가에 감돌고
圓影覆華池.[2]	둥그런 연잎이 화사한 연못을 덮었어라
常恐秋風早,	언제나 두려운 건 이른 가을바람 불어와
飄零君不知.[3]	그대가 모른 채 시들어 떨어지는 일

평석 회재불우와 일찍 영락한 심정을 언외로 나타냈다.(言外有抱才不遇, 早年零落之感.)

해설 곡강지의 연꽃을 통해 자신의 심정을 기탁한 영물시이다. 완곡하고 처연하며, 동시에 대상에 대한 전적인 의존을 나타냈다는 점에서 한대 반첩여(班婕妤)가 「원가행」(怨歌行)에서 "언제나 두려운 건 가을이 되어, 찬바람에 더위가 사라지면, 부채는 바구니에 버려지고, 은정도 중도에서 끊어지는 일"(常恐秋節至, 涼飆奪炎熱. 棄捐篋笥中, 恩情中道絶.)이라 한 시를 연상시킨다.

---

1) 曲池(곡지) : 굽이진 연못. 제목이 「곡강지」(曲江池)라 된 판본도 있는 것으로 보아, 곡지는 장안 남쪽의 곡강지를 가리키는 듯하다.
2) 圓影(원영) : 둥근 그림자. 연잎을 가리킨다.
3) 飄零(표령) : 나부끼고 흩어짐.

위승경(韋承慶)

동생을 두고 남으로 가며(南行別弟)

萬里人南去,	만 리 멀리 사람은 남으로 가는데
三春雁北飛.[1]	봄 내내 기러기는 북으로 날아가네
不知何歲月,	알지 못해라, 어느 세월에
得與爾同歸?	너와 함께 돌아갈 수 있을지

평석 절구는 자연스러운 것이 근본인데, 이러한 종류가 가장 쓰기 어렵다.(斷句以自然爲宗, 此種最是難到.)

해설 영남으로 유배 가면서 지은 시이다. 제목에서의 동생은 위사립(韋嗣立)이다. 무측천 정권 말기 705년 장간지(張柬之) 등이 우림군을 이끌고 중종을 복위시키고, 무측천 아래에서 전횡하던 장역지 형제를 주살하였다. 이에 따라 장역지 형제와 친하였던 위승경과 위사립은 영남과 요주(강서성)로 각각 유배되었다. 『문원영화』에서는 제목이 「남중(영남)에서 기러기를 읊다」(南中詠雁)고 되어 있다.

---

1) 三春(삼춘) : 봄 석 달.

송지문(宋之問)

두심언을 보내며(送杜審言)[1]

臥病人事絶,	병으로 드러누워 사람도 만나지 않았는데
嗟君萬里行.[2]	아아, 그대 만 리 멀리 간다는구나
河橋不相送,[3]	황하의 다리로 나가 보내지 못하지만
江樹遠含情.	강가의 나무들이 멀리까지 내 마음 전해주리

해설 좌천되어 떠나는 두심언을 보내며 쓴 시이다. 병으로 전별의 자리에 나가지 못해 시를 써서 마음을 전하고 있다. 조탁이나 수식 없이 진지한 감정을 소박하고 자연스럽게 서술하고 있어, 송지문 시의 주된 경향과 다른 면모를 보인다. 위 시는 일반적으로 율시의 형식으로 남아 있으나 여기서는 일부 판본에 따라 전반부만 떼어낸 절구의 모습으로 제시하였다. 698년 두심언이 낙양승(洛陽丞)에서 길주(吉州, 강서성 吉安) 사호참군으로 좌천될 때, 송지문이 낙양에서 지었다.

---

1) 杜審言(두심언) : 초당시기 시인. 시인 소전 참조.
2) 萬里(만리) : 낙양에서 길주(吉州, 강서성 吉安)까지의 거리는 『원화군현도지』에 의하면 2,790리이다. 여기서는 멀다는 뜻을 강조하기 위해 '만 리'라 하였다.
3) 河橋(하교) : 황하 위의 부교(浮橋). 진자양의 기록에 의하면, 당시 두심언을 송별한 사람은 사십오 명이었다.

한강을 건너며(渡漢江)[4]

嶺外音書斷,[5]	대유령 밖에서 서신이 끊어진 채
經冬復歷春.	겨울이 지나고 또 봄이 갔어라
近鄕情更怯,[6]	고향이 가까워지자 마음 더욱 두려워
不敢問來人.	다가오는 사람에게 집안 소식 감히 묻질 못해라

평석 두보 「술회」의 "오히려 소식이 올까 겁이 나니, 마음마저 녹아 없어졌어라"의 뜻이다.
(卽老杜"反畏消息來, 寸心亦何有!"意.)

해설 영남으로 좌천되었다가 사면되어 돌아갈 때 한강을 건너며 지은 시이다. 집에 다가갈수록 혹여나 불행한 일이 있었을까 걱정되어 감히 묻지 못하는 심정을 나타냈다. 응당 "고향이 가까워지자 마음 더욱 절실해, 다가오는 사람에게 집안 소식 급히 물어보네"(近鄕情更切, 急欲問來人.)라 해야 하지만 상황이 민감하여 모순된 말을 하게 되었다. 송지문은 장역지 형제와의 밀접한 관계가 있었기 때문에 그들이 제거되면서 송지문도 705년 농주(瀧州, 광동성 羅定)로 좌천되었다. 송지문은 비록 일 년 만에 사면을 받아 되돌아가게 되었지만, 그동안 무측천이 죽는 등 조정의 상황이 긴박했던 터였고, 집안 소식도 두절되어 있어 혹여 자신 때문에 집안에 무슨 일이 일어났을지 걱정이 되었다. 쉬운 말로 폐부 속의 깊은 감정을 표현한 이러한 시구는 후세의 시인들에게 본이 되었다.

---

4) 漢江(한강) : 한수(漢水) 중류에 있는 양하(襄河). 이 시는 영남으로 유배되었던 송지문이 706년 여름에 사면을 받아 농주(瀧州)에서 낙양으로 돌아가는 도중에 지었다. 양하를 지나 고향이 가까워질 때의 미묘한 감정을 그렸다.
5) 嶺外(영외) : 대유령(大庾嶺)의 남쪽. 지금의 광동(廣東)과 광서(廣西) 지역. ○音書 (음서) : 편지.
6) 近鄕(근향) : 고향이 가깝다. 여기서는 자신이 살던 집이 가깝다는 뜻. 한강을 건너 남양(南陽)을 지나면 낙양에 이어 장안에 이르게 되므로 이렇게 말했다.

장열(張説)

촉 지방에서 가는 길이 늦어짐(蜀道後期)[1]

客心爭日月,[2]	나그네 마음이 해와 달과 다투는 건
來往預期程.[3]	오고가는 일정이 미리 정해져 있기 때문
秋風不相待,[4]	가을바람은 나를 기다리지 않고
先至洛陽城.	먼저 낙양성에 이르렀으리

평석 가을바람이 먼저 이르렀다는 말로 자신의 일정이 늦어짐을 형상화했으니 구성이 교묘하다.(以秋風先到, 形出己之後期, 巧心濬發.)

해설 촉 지방에서 낙양으로 돌아가면서 기한이 늦어짐을 나타내었다. 가을바람이 먼저 낙양에 이르렀다고 한 것으로 보아 아마도 가을이 되기 전에 낙양에 도착했어야 한 것으로 보인다. 장열은 촉 지방에 두 번 간 적이 있다.

---

1) 後期(후기) : 기한보다 늦어짐.
2) 爭日月(쟁일월) : 일월과 다투다. 시간을 벌다.
3) 預期程(예기정) : 미리 기한을 정하다.
4) 相待(상대) : 기다리다. 여기서 '상'(相)은 '서로'라는 뜻이 아니라, 대상이 있음을 표시하는 허사로 쓰였다.

소정(蘇頲)

분수에서, 갑자기 가을이 닥쳐(汾上驚秋)[1]

北風吹白雲,　　　북풍에 흰 눈이 몰아칠 때
萬里渡河汾.[2]　　 만 리 멀리 황하와 분수를 건너네
心緒逢搖落,[3]　　 내 마음 휘날리는 낙엽을 만나니
秋聲不可聞.[4]　　 가을 소리 차마 들을 수 없어라

해설 분수에서 갑자기 닥친 가을에 놀라며 세월의 흐름을 아쉬워한 시이다. 말구에서 시인의 우려와 상심이 뚜렷이 드러나지만, 그것이 무엇인지는 확실하지 않다. 분수(汾水, 또는 汾河)는 멀리로는 기원전 113년에 한무제가 토지신에게 제사하고 군신들과 연회를 베푼 일로 유명하고, 가까이로는 723년 음력 2월 당 현종이 토지신에게 제사한 일로 유명하다. 후자의 경우 작자 소정이 예부상서로 재직할 때로 이 의식에 당연히 참석했을 것이다. 혹은 별도의 시기에 분수를 건너며 강렬한 감상(感傷)의 정서를 표출한 한 무제의 「추풍사」를 연상하고는 위 시를 지었을 지도 모른다. 아예 이러한 여러 가지 역사적 사실과 개인적인 연상이 직간접적으로 엮여 있는 '영회시' 계열의 시로 읽을 수도 있다.

---

1) 汾上(분상) : 분하(汾河) 강가. 분하(汾河)는 황하의 두 번째로 큰 지류로, 산서성 중부를 지나 황하로 흘러든다. ○ 驚秋(경추) : 가을이 갑자기 닥치다. 벌써 가을이 되었냐고 놀라다. 여기서는 백설이 몰아치므로 이른 겨울로 보아야 하나 시인은 갑작스럽게 가을을 인식하는 뜻으로 말하였다.
2) 河汾(하분) : 황하와 분수(汾水).
3) 搖落(요락) : 시들어 떨어지다.
4) 秋聲(추성) : 가을에 들을 수 있는 여러 가지 소리. 나뭇잎 떨어지는 소리, 바람 소리, 풀잎 서걱이는 소리, 기러기 날아가는 소리, 벌레 소리 등을 총칭한다.

익주에 부임하러 가기 전 정원의 벽에 적다(將赴益州題小園壁)[5]

歲窮將益老,[6]	만년이 되면서 더욱 쇠약해지는데
春至却辭家.	봄이 되어 오히려 집을 떠나는구나
可惜東園樹,	아쉬운 건 동쪽 정원의 나무들
無人也作花.[7]	사람도 없는데 꽃을 피우리라

해설 외관으로 장안을 떠날 때 정원에 적은 시이다. 소정은 재상까지 지 냈는데, 예부상서로 내려갔다가 다시 721년(52세) 2월에 익주 장사로 좌 천되었다. 비록 일 년 남짓한 기간 동안 부임했다가 다시 예부상서로 복 귀되었지만, 떠날 때 좌천에 대한 수많은 불만을 다만 정원에 대한 미련 으로 표현한 점이 고매하다. 그의 시집에 '작은 정원'에 대한 묘사가 곧 잘 나오는 것을 보면 그는 정말로 정원을 아끼고 좋아했던 듯하다.

장구령(張九齡)

그대 떠나간 뒤로(自君之出矣)[1]

自君之出矣,	그대 떠나간 뒤로

---

5) 益州(익주) : 지금의 사천성 일대. 치소는 성도(成都).
6) 歲窮(세궁) : 한 해의 끝. 여기서는 인생의 노년. 이 구는 『후한서』「마원전」(馬援傳) 에 나오는 "장부가 뜻을 가졌다면 어려울수록 더욱 군세지고, 늙을수록 더욱 씩씩해 져야 한다"(丈夫爲志, 窮當益堅, 老當益壯.)는 말을 이용하였다.
7) 作花(작화) : 꽃이 피다.
1) 自君之出矣(자군지출의) : 악부 제목이다. 제목은 동한 말기 서간(徐幹)의 「아낙의 그리움」(室思) 제3장의 "그대 떠난 뒤로, 거울이 어두워도 닦지 않았지요. 그대 생각

不復理殘機.[2]　　　짜다 만 베틀 더 이상 돌보지 않아요

思君如滿月,　　　그대 생각 보름달 같은데

夜夜減清輝.[3]　　　밤마다 맑은 빛이 줄어들어요

평석 교묘한 구상은 전적으로 '만'(滿)자에서 나온다.(巧思全在'滿'字生出.)

해설 아낙이 객지에 나간 남편을 그리워 한 내용이다. 이러한 계열의 시는 『시경』「백혜」(伯兮)의 "그대 동으로 떠나간 뒤로, 머리는 날리는 쑥대 같아요. 어찌 기름 바르고 감지 못하랴만, 누구를 위해 곱게 꾸미겠어요?"(自伯之東, 首如飛蓬. 豈無膏沐, 誰適爲容?)라는 구절에서 시작하여 한대 고시와 서간(徐幹)의 「아낙의 그리움」(室思)을 거치면서 소장르를 형성하였다. 일인칭 아낙의 진실하고 소박한 말투로 호소하는 '사부시'(思婦詩)는 완곡하고 함축적인 비유로 깊은 공감을 일으킨다. 이 시는 베틀과 달을 통해 아낙의 그리움을 나타냈으며, 말구에서 달이 이지러지면서 자신(또는 남편)의 얼굴도 초췌해진다는 비유에서 강렬한 긴장을 일으킨다.

거울 속 백발을 보며(照鏡見白髮)

宿昔青雲志,　　　예전에는 청운의 뜻을 품었으나

蹉跎白髮年.[4]　　　지금은 세월을 헛되이 보낸 백발의 나이

誰知明鏡裏,　　　누가 알았으랴, 거울 속에서

　흐르는 강물같이, 멈추는 때 없어요"(自君之出矣, 明鏡暗不治. 思君如流水, 無有窮已時.)에서 유래했다. 이후 남조부터 당대까지 많은 시인들이 같은 제목으로 모의작을 지었다.

2) 殘機(잔기) : 아직 직물을 다 짜지 않은 베틀.

3) 清輝(청휘) : 맑은 빛. 달빛. 여기서는 사람의 얼굴을 비유한다.

4) 蹉跎(차타) : 발을 헛디뎌 넘어지다. 일반적으로 세월을 헛되이 보냄을 비유한다.

形影自相憐?[5]　　　몸과 그림자가 서로를 위로함을

평석 장구령은 이윤과 강태공과 같이 뛰어난 재상이 되길 바랐으나, 그는 늙어 세월을 잃었고 당왕조는 쇠약해졌다. 시 속에 바르지 못한 사람이 임용되었다는 뜻이 들어 있다.(曲江抱伯仲伊呂之志, 而令其蹉跎以老, 唐室所以衰也. 中藏得任用匪人之意.)

해설 노년을 아쉬워한 시이다. 장구령은 개원의 현상(賢相)으로 알려졌으나 스스로는 세월을 헛되이 보냈다고 자책하였다.

왕적(王適)

강가의 매화(江上梅)

忽見寒梅樹,[1]　　　홀연히 추운 매화나무를 만났으니
開花漢水濱.　　　　한수 강가에서 꽃을 피웠어라
不知春色早,　　　　봄빛이 일찍 온 줄 몰랐는데
疑是弄珠人.[2]　　　마치 옥구슬 만지는 선녀인 듯해라

---

5)　形影(형영) 구 : 형영상조(形影相弔)와 같다. 자신의 몸과 그림자가 서로 위로하다. 의지할 데 없는 혈혈단신의 외로운 상황을 형상화시켜 한 말.
1)　寒梅(한매) : 매화. 추운 때 꽃을 피우므로 '한'(寒)자를 붙였다.
2)　弄珠人(농주인) : 옥구슬을 가지고 노는 사람. 전설에 나오는 한수의 여신을 가리킨다. 동한 장형(張衡)의 『남도부』(南都賦)에 "유녀가 한고의 굽이에서 옥구슬을 가지고 놀고"(遊女弄珠於漢皐之曲)라는 말이 있다. 이에 대해 이선(李善)이 주석하면서 『한시내전』(韓詩內傳)의 내용을 인용하였다. "정교보(鄭交甫)가 남으로 초나라에 가는데, 한고대(漢皐臺) 아래를 따라 가다가 두 선녀를 만났다. 그녀들은 두 개의 옥구슬을 차고 있었는데 형주의 닭이 낳은 계란같이 컸다."(鄭交甫將南適楚, 遵彼漢皐臺下, 乃遇二女, 佩兩珠, 大如荊鷄之卵.)

해설 이른 봄 강가의 매화를 보고 지은 영물시이다. 시인이 매화를 본 곳이 한수인데, 전설에서 정교보가 두 선녀를 만난 곳 역시 한수이므로 자연스럽게 선녀로 꽃을 비유하였다.

노선(盧僎)

남루의 조망(南樓望)

去國三巴遠,[1]	도읍을 떠나 머나먼 삼파(三巴)에 와
登樓萬里春.	누대에 오르니 만 리가 봄이어라
傷心江上客,	가슴이 시린 강가의 나그네들
不是故鄕人.	그중에 고향 사람 하나 없어라

해설 객지에서 고향을 그렸다. 그것도 머나먼 파동 지방의 어느 누대에 올라 봄 경치를 조망하면서이다. 봄이 되어 마땅히 즐거워야 하나 고향 생각에 더욱 처연해진다. 그곳에 온 객지 사람들끼리 인사를 나누었지만 누구 하나 자신의 고향인 사람이 없어 그것이 더욱 슬프고 적막하다.

---

1) 去國(거국) : 도성을 떠나다. 국(國)은 도읍지. ○三巴(삼파) : 파군(巴郡, 중경시), 파동(巴東, 봉절현), 파서(巴西, 합주)로, 동한 말기 군이 설치되었다. 지금의 중경시 일대를 총칭한다.

최국보(崔國輔)

위궁사(魏宮詞)

朝日點紅粧,	아침 햇살에 붉은 화장을 찍으며
擬上銅雀臺.[1]	동작대에 오르려 준비하는구나
畵眉猶未了,	눈썹을 아직 다 그리지도 않았는데
魏帝使人催.	위나라 황제가 사람을 보내 재촉하네

평석 '위나라 황제'는 조비를 가리킨다. 부친 조조가 죽자 음란한 행위를 저질렀다. 변후가 이를 드러내놓고 말하였지만 이 시에서는 완곡하게 말하였다.('魏帝', 指曹丕, 見父死而彰穢德也. 卞后顯言之, 此詩婉言之.)

해설 삼국시대 위나라 궁중의 추태를 풍자하였다. 조조(曹操)는 210년 동작대를 세우고 궁녀와 미녀를 널리 구하여 즐겼다. 십 년 후 그가 죽자, 아들 조비(曹丕)가 황제가 되어 부친의 첩들을 자신의 것으로 만들었다. 시에서 화장하는 여인들은 바로 부친 조조의 첩들이며, 후반 2구에서 조비가 아침부터 비빈들과 즐기려 화장을 기다리지도 못하고 재촉하는 경망하고 추악한 모습을 그렸다. 이는 나아가 현종이 자신의 아들 수왕(壽王) 이모(李瑁)의 처 양옥환(楊玉環, 나중의 양귀비)을 차지한 일을 비유하여 강렬한 현실 풍자의 색채를 띤다.

---

1) 銅雀臺(동작대) : 동으로 만든 봉황이 있는 궁전. 조조(曹操)가 원소(袁紹)의 세력을 소탕한 후 210년 업(鄴, 지금의 하북성 臨漳縣)에 세운 궁전이다. 높이 십여 장(丈)에 주위 전각이 백이십 간이며, 주체 전각 지붕 위에 날개를 편 동작(즉 봉황)을 세웠기에 동작대라 이름 지었다. 『업도 이야기』(鄴都故事)에 의하면 조조는 자신이 죽으면 업의 서쪽 언덕에 묻되 금은보석은 묻지 말고 다만 매월 십오일에 첩과 기인(伎人)들이 누대에 올라 자신의 무덤을 바라보며 음악을 연주하라고 하였다.

원사(怨詞)

妾有羅衣裳,	소첩이 가지고 있는 비단 옷
秦王在時作.[2]	진왕(秦王)이 계실 때 만들었지요
爲舞春風多,[3]	봄바람 속 자주 춤추었는데
秋來不堪著.[4]	가을이 오자 차마 입기 어렵네요

해설 궁녀가 이전에 입었던 비단 옷을 보고 일어나는 회한을 독백 형식으로 표현하였다. 스무 글자밖에 안 되는 짧은 독백이지만 독자에게 많은 일을 연상시킨다. 그녀의 신분은 진왕의 총애를 받던 무희 또는 비빈으로 보이며, 이제는 진왕도 없고 한창때의 봄날이 다 간 가을이 되었다. 옷상자에서 예전에 하사받은 옷을 보고 회상에 잠긴다. 옷이 버려지듯 자신도 물러나 결국 사람의 운명이 옷의 처지와 같아졌으니, 비단 옷에 대한 연민은 곧 자신에 대한 연민과 다름 아니게 되었다. '봄'과 '가을'의 대비가 뚜렷하며 '위'(爲)와 '불감'(不堪) 등 허사의 활용이 적절하여 침통한 정서가 잘 표현되었다. 청대 유대괴(劉大櫆)는 이 시가 "이전 군주의 신하가 내쳐진 일을 비판했다"(刺先朝舊臣見棄.)고 해석하였다. 과연 최국보는 예부원외랑에 집현전 학사로 있다가 만년에 폄적되었기 때문에 자신의 일을 비유했을 수도 있다.

---

2) 秦王(진왕) : 진나라 왕. 당나라의 왕 또는 황제를 가리킨다.
3) 爲(위) : 因爲(인위). 때문에.
4) 不堪(부감) : 不能(불능)과 같다. 하기 어렵다.

최서(崔曙)

빗속에서 나그네를 보내며(雨中送客)

別愁復兼雨,	이별의 시름에 비마저 내리니
別淚還如霰.[1]	헤어지는 눈물이 싸락눈 같아
寄言海上雲,	바다의 구름에 편지를 부친다면
千里長相見.	천 리 멀리 있어도 언제나 보게 되리라

해설 빗속에서 친구를 보내며 쓴 송별시이다. 비와 눈발로 슬픔을 표현하였고, 후반 2구에서 서로 편지를 주고받기를 당부하였다.

최호(崔顥)

장간곡 2수(長干曲二首)[1][2]

제1수

君家何處住?	그대는 집이 어디인가요?

---

1) 霰(산) : 싸락눈.
1) 심주 : 장간리는 상원현에 있다.(長干里在上元縣.)
2) 長干曲(장간곡) : 장간행(長干行)이라 된 판본도 있다. 악부제로 '잡곡가사'에 속한다. 남조 민가 가운데 지금의 남경 일대에 유행하던 「장간곡」(長干曲)에서 유래되었다. 장간은 금릉(金陵, 지금의 남경시)의 남쪽 교외에 있던 골목 이름이다. 화동 지방에선 언덕과 언덕 사이를 '간'(干)이라 하기에 대장간(大長干), 소장간(小長干), 동장간

妾住在橫塘.[3][4]　　소첩은 횡당에 살고 있어요
停船暫借問,[5]　　　배를 대고 잠시 물어보아요
或恐是同鄕.　　　어쩐지 고향사람인가 해서요

평석 남녀 사이의 밀회로 볼 필요는 없다.(不必作桑、濮看.)

제2수

家臨九江水,[6]　　　내 집은 구강 근처라오
來去九江側.　　　오가며 구강 옆을 지나가지요
同是長干人,　　　같은 장간 사람인데도
生小不相識.　　　어려서부터 모르고 지냈군요

평석 이는 앞 시의 물음에 대한 답이다.(此答前問詞.)

해설 장강 하류에서 배를 타고 오가는 남녀의 대화를 그렸다. 제1수는 여인의 물음이고, 제2수는 남자의 대답이다. 남경 지역의 민가를 당대 문인이 모의한 작품 가운데 대표적인 것으로, 순박하고 생동적이며 구어로 되어 있는 악부의 특징을 반영하였다. 남녀는 배를 저으며 장사를 하는 젊은 사람들로 보이며, 두 사람의 대화는 상대에 대한 관심에서 시작하여 호의에서 멈춘다. 제1수의 말구는 여인의 관심을 드러냈고, 제2수의 말구는 남자의 반가움을 드러냈다.

　　(東長干) 등의 지명이 있었다.
3)　심주 : 횡당은 응천부(남경시)에 있으며, 장간에 가깝다.(橫塘在應天府, 近長干.)
4)　妾(첩) : 첩의 본뜻은 '여자 노예' 또는 '후실'이나, 여자가 남자에게 자신을 낮추어 가리킬 때 '첩' 또는 '소첩'이라 하였다. ○ 橫塘(횡당) : 삼국시대 동오의 손권이 건업(建業, 남경시)의 진회하 남안에 구축한 제방. 바로 옆이 백성의 거주지로, 장간과 가깝다.
5)　借問(차문) : 묻다. 상대의 시간을 빌린다는 겸손한 뜻이 들어가 있다.
6)　九江(구강) : 아홉 갈래의 강줄기. 여기서는 장강 하류 일대를 가리킨다.

저광희(儲光羲)

강남곡(江南曲)[1]

日暮長江裏,	해 저무는 장강에서
相邀歸渡頭.	서로 부르며 나루로 돌아가네
落花如有意,	떨어진 꽃잎도 마치 정이 있는 듯
來去逐船流.	배를 따라 앞뒤로 오가며 흐르네

평석 염려(艶麗)하나 외설적이지 않다.(艶而不藝.)

해설 강에서 연밥을 따고 돌아가는 청춘 남녀들의 즐거운 모습을 그렸다. 제2구의 '상요'(相邀)는 청춘 남녀가 서로를 부르고 찾는 장면이다. 왜냐하면 후반 2구에서 꽃잎이라는 강렬한 이미지가 배 주위에 떠서 흔들리는데, 이러한 미묘하고 흔들리는 정감에 어울리는 것은 남녀의 애정이기 때문이다. 그래서 제3구에서 마치 떨어진 꽃잎이 일부러 따라오는 듯하다고 하였다. 여기서 꽃잎은 분명 복사꽃이리라.

---

1) 江南曲(강남곡) : 악부 '상화곡'(相和曲)의 제목으로 한대 악부 「강남가채련」(江南可采蓮)에서 유래했으며 남조시기에 「채련곡」(採蓮曲)과 「채릉곡」(採菱曲)으로 발전하였다. 주로 강남의 풍경과 남녀의 정감을 그렸다.

왕유(王維)

임고대―여 습유를 보내며(臨高臺送黎拾遺)[1][2]

相送臨高臺,[3]	그대 보내고 높은 누대에 오르니
川原杳無極.[4]	강과 들이 아득히 끝이 없어라
日暮飛鳥還,	해 저물어 날아가는 새 돌아오는데
行人去不息.	행인은 쉬지 않고 멀어져 가는구나

평석 이별의 정을 쓰면서도 이별의 모양새를 드러내지 않았다.(寫離情能不露情態.)

해설 친구를 보내며 쓴 송별시이다. 왕유의 다른 시에 여 습유와 배적이 망촌 별장을 방문한 기록이 있으므로, 이 시는 여 습유가 망천장을 떠날 때 쓴 것으로 보인다. 산의 누대에서 오래도록 떠나는 친구를 바라보는 장면을 그렸다.

---

1) 심주 : 고악부에 「임고대」가 있다.(古樂府有臨高臺.)
2) 臨高臺(임고대) : 한대 악부 고취요가 18곡 가운데 하나이다. 그러나 이 작품은 『악부시집』에 수록되어 있지 않다. 여기서는 높은 누대에 오른다는 뜻도 중의적으로 사용하였다. ○ 黎拾遺(여습유) : 여흔(黎昕). 송주(宋州) 송성(宋城, 하남성 商丘) 사람. 우습유를 지냈다.
3) 相送(상송) : 보내다. '상'(相)은 '서로'라는 뜻이 아니라 동작의 대상이 있음을 나타내는 허사로 쓰였다.
4) 杳(묘) : 넓고 멀다.

조명간(鳥鳴澗)[5]

人閑桂花落,[6]	사람은 한가한데 계수 꽃 떨어져
夜靜春山空.	밤은 고요하고 봄 산은 비었어라
月出驚山鳥,	떠오르는 달에 놀란 새들이
時鳴春澗中.	때때로 계곡의 고요를 깨뜨리는구나

평석 왕유의 시들은 소리, 호흡, 냄새, 맛이 상투적인 격식에서 멀리 벗어나 있는데, 후인들이 모방하려 해도 할 수 없으니 그 까닭을 알기 어렵다.(諸詠聲息臭味, 逈出常格之外, 任後人模倣不到, 其故難知.)

해설 봄 산의 고요와 아름다움을 그렸다. 이 시는 「황보악 운계 잡제」(皇甫嶽雲溪雜題) 5수 가운데 하나이다. 이들 연작시는 황보악이 먼저 「운계 잡제」를 지은데 대하여 왕유가 같은 제목으로 창화하였거나, 또는 왕유가 친구 황보악의 운계 별장에 가서 지었을 것이다. 운계는 장안 근처에 소재한 것으로 보인다. 나머지 네 수의 제목은 「연화오」(蓮花塢), 「노자언」(鸕鷀堰), 「상평전」(上平田), 「평지」(萍池) 등이다.

노자언(鸕鷀堰)[7]

| 乍向紅蓮沒, | 갑자기 붉은 연꽃 속으로 사라졌다가 |
| 復出青蒲颺. | 다시 파란 창포 위로 날아오른다 |

---

5) 鳥鳴澗(조명간) : 새가 우는 계곡. 여기서는 운계(雲溪) 별장 근처의 지명으로 쓰였다.
6) 桂花(계화) : 계수나무 꽃. 목서(木犀)라고도 한다. 계수나무는 일 년에 여러 번 꽃이 피는데, 여기서는 봄꽃을 말한다.
7) 鸕鷀堰(노자언) : 가마우지가 사는 둑. 여기서는 지명으로 쓰였다. 노자는 가마우지. 깃털이 검고 새를 잘 잡아 어부가 기르기도 한다.

獨立何褵褷,[8]　　　혼자 앉으니 날개는 얼마나 윤기 있는가
銜魚古楂上.[9]　　　낡은 뗏목 위에서 물고기 물고서

해설 가마우지가 놀고 있는 물가를 그린 서경시이다. 평범한 장소이나 시인의 손을 거쳐 맑고 그윽한 장소로 변하였다. 전반부는 가마우지가 지닌 습성과 동태를 잘 포착하였으며, 후반부는 낡은 뗏목 위에 앉아 쉬고 있는 가마우지의 모습을 정태적으로 그렸다. 제3구의 '독립'(獨立)이란 말에서 훤소한 세속을 벗어나 자연 속에서 자유롭게 있고 싶은 시인의 뜻이 드러났다.

맹성요(孟城坳)[10]

新家孟城口,　　　새로이 맹성 어구에 집을 지으니
古木餘衰柳.　　　고목에 시든 버드나무 많아라
來者復爲誰?　　　앞으로 이곳에 올 사람이 누군지 모르니
空悲昔人有.　　　예전에 살았던 사람을 슬퍼함도 부질없으리

평석 내 뒤로 오는 사람이 누군지 모르니, 이전 사람이 이곳에 살았음을 어찌 슬퍼할 필요 있으랴? 달인은 매번 이와 같이 생각한다.(言後我而來者不知何人, 又何必悲昔人之所有耶? 達人每作是想.)

---

8)　褵褷(이시) : 깃털이 윤기 있는 모양.
9)　楂(사) : 뗏목. 여기서는 물위에 뜬 나무토막.
10)　孟城坳(맹성요) : 맹성이 있는 평지. 여기서는 지명으로 쓰였다. 맹성은 현대 학자 진철민(陳鐵民)에 의하면 남조 송 무제(宋武帝)가 관중을 정벌할 때 남전(藍田)에 세운 사향성(思鄕城, 또는 버들이 많아 柳城이라 함)으로 보고 있다. 요(坳)는 산간에 있는 평지.

해설 망천장에 이사 온 감개를 그렸다. 왕유는 743년경부터 송지문이 살았던 종남산 망천장을 사들였고, 가끔 그곳에 들러 지내면서 주위의 경물에 대해 시를 지었다. 당시 친구 배적이 먼저 '망천집 이십 수'(輞川集二十首)를 썼고 이에 왕유가 창화하여 같은 제목으로 20수를 썼다. 심덕잠은 4수를 뽑았다. 후반 2구는 배적이 같은 제목의 시에서 "옛 성은 이전의 모습이 아닌데, 지금 사람들이 절로 오가네"(古城非疇昔, 今人自來往)이라 한데 대한 화답의 성격으로 썼다. 배적과 왕유가 한 지역을 중심으로 하여 쓴 사경시 연작은 당대 들어 최초의 것으로 이후 문인들의 사경 연작시의 기원이 되었다.

사슴 울타리(鹿柴)[11]

空山不見人,[12]	빈 산에 사람은 보이지 않는데
但聞人語響.	들리는 건 두런대는 사람들 말소리
返景入深林,[13]	석양이 깊은 숲에 들어와선
復照靑苔上.[14]	다시 푸른 이끼 위를 비추네

평석 뛰어난 곳이 언어에 있지 않음은, 도연명의 "동쪽 울타리 아래에서 국화를 따고, 고개 들어 멀리 남산을 바라본다"와 같다.(佳處不在語言, 與陶公'采菊東籬下, 悠然見南山'同.)

---

11) 鹿柴(녹채) : 사슴 울짱. 사슴들이 넘어가지 못하도록 쳐놓은 울타리. 사슴을 기르는 곳. 왕유가 사는 종남산 별장의 한 지역을 가리킨다.

12) 공산(空山) : 사람이 없는 조용한 산.

13) 返景(반경) : 석양이 서쪽으로 지면서 그 빛이 동쪽에 비치는 것을 말한다.(日西落, 光反照于東, 謂之反景.) 『초학기』 참조. 남조 양나라 유효작(劉孝綽)의 시에 "석양이 연못 가 숲에 비추어, 남은 햇빛이 샘과 돌에 비치는구나"(反景入池林, 餘光映泉石.)란 구가 있다.

14) 上(상) : 위. 이 시는 상성운(上聲韻)이기 때문에 上의 발음은 shǎng이 되고, '오르다'는 뜻으로 새겨야 한다. 그러나 시에서는 음을 빌려 읽는 경우가 많으므로 shàng으로 보아 '위'라는 뜻으로 새길 수도 있다.

해설 산중의 모습을 간략한 필치로 그려 고요하고 그윽한 경계를 창출하였다. 전반 2구는 사람의 소리로 산의 적막함을 간접적으로 표현하였는데, 그 전례는 남조 양나라 왕적(王籍)의 「약야계에 들어가며」(入若邪溪)에서 "매미가 시끄러우니 숲이 더욱 고요하고, 새가 우니 산이 더욱 조용하다"(蟬噪林逾靜, 鳥鳴山更幽.)에서 볼 수 있다. 이는 북송 왕안석(王安石)이 "새 한 마리 울지 않으니 산이 더욱 조용하다"(一鳥不鳴山更幽)라고 한 것과 대비된다. 후반부에선 명암으로 공간을 표현하여, 그 결과 간략한 풍경 속에 시공의 무한함을 응축시키고 있다. 배적이 쓴 같은 제목의 시를 보면 "저녁에 차가운 산을 바라보니, 바로 자유로운 사람이 되었구나. 깊은 숲 속의 일은 모르겠는데, 다만 노루와 사슴의 발자국만 있구나." (日夕見寒山, 便爲獨往客. 不知深林事, 但有麏麀跡.)"고 하여 전통적인 방식을 좇고 있음에 반해, 왕유는 새로운 의경을 창출하였다. 명대 이동양(李東陽)은 "묽으면서도 사실은 더욱 진하고, 가까우면서 사실은 더욱 머니, 가히 아는 사람과 말할 수 있지 속인과 말하기 어렵다"(淡而愈濃, 近而愈遠, 可與知者道, 難與俗人言.)고 평하였다.

죽리관(竹裏館)[15]

獨坐幽篁裏,[16]	대숲 속에 홀로 앉아
彈琴復長嘯.[17]	거문고 뜯고 길게 휘파람 불어라
深林人不知,	깊은 숲 속 정취를 사람들 알지 못하는데

---

15) 竹裏館(죽리관) : 대숲 속에 있는 건물.

16) 幽篁(유황) : 깊은 대숲. 『초사』「산귀」(山鬼)에 "깊은 대숲에 살아 해종일 하늘이 보이지 않고"(余處幽篁兮終不見天)란 말이 있다.

17) 長嘯(장소) : 입을 좁게 하여 길게 소리 내는 것. 오늘날의 휘파람과 비슷하다. 일반적으로 시를 읊조린다는 뜻으로 사용된다. 위진남북조시대에 소(嘯)는 사인들 사이에 자신의 고오(高傲)함을 드러내는 표시였다.

明月來相照.[18]　　　밝은 달이 다가와 비추는구나

해설 속세와 격절한 맑고 고요한 경계를 형상화하였다. 대숲의 그윽한 공간은 사람의 정취를 나타내며, 사람의 높은 기운은 거문고와 휘파람으로 토로하며, 밝은 달만이 친구가 되어준다. 유황(幽篁), 심림(深林), 명월(明月) 등의 자연과, 독좌(獨坐), 탄금(彈琴), 장소(長嘯)의 행위를 결합시켜, 자연의 전체적인 미를 드러내었다. 청대 시보화(施補華)는 "맑고 그윽하며 속기가 없다"(淸幽絶俗)고 평하였다. 『망천집』(輞川集) 연작시 가운데 하나이다.

신이오(辛夷塢)[19]

木末芙蓉花,[20]　　　나뭇가지 끝의 연꽃 같은 꽃
山中發紅蕚.[21]　　　산속에서 붉게 꽃을 피웠네
澗戶寂無人,[22]　　　계곡의 집 적막하고 사람 없는데
紛紛開且落.　　　　분분히 피었다가 분분히 지는구나

평석 고요함의 극치.(幽極.) ○ 색채가 비슷한 것으로 보아 『초사』를 차용하였다.(借用楚辭, 因顏色相似也.)

---

18)　相照(상조) : 비추다. 여기서 '상'(相)은 동사의 대상을 나타낼 뿐 뜻이 없으므로 새기지 않는다.
19)　辛夷塢(신이오) : 목련나무가 선 둑. 신이는 목련꽃으로 연꽃과 비슷하다고 하여 '목부용'(木芙蓉)이라고도 한다.
20)　木末(목말) : 나뭇가지 끝. ○ 芙蓉花(부용화) : 목련꽃. 배적은 같은 제목의 시에서 "더구나 목련꽃이 있으니, 색이 연꽃과 혼동되는구나"(況有辛夷花, 色與芙蓉亂.)고 하였다.
21)　紅蕚(홍악) : 붉은 꽃. 악(蕚)은 꽃받침.
22)　澗戶(간호) : 계곡 속의 집.

해설 사람 없는 고요한 산속에서 저 홀로 피고 지는 목련꽃을 빌어 지극히 담박하고 고요한 경계를 형상화하였다. 여기에는 어떠한 목적이나 의식도 없이 마치 피고 지는 그 자체가 목적이고 의식인 듯, 시인마저 자신을 망각하고 동화된 듯하다. 흔히 보는 사물의 움직임을 우주적 충담(沖澹)과 혼융(渾融)의 세계로 끌어올렸다.

산중 송별(山中送別)

山中相送罷,[23]	산에서 그대 보낸 후
日暮掩柴扉.[24]	해 저물어 사립문 닫노라
春草年年綠,	봄풀이 해마다 푸른데
王孫歸不歸?[25]	왕손은 언제 돌아오려나?

해설 친구와 헤어지며 쓴 송별시이다. 보통 송별시와 달리 일찍 돌아오라는 부탁으로 석별의 정을 표시하였다. 후반 2구는 「은사를 부르다」를 활용하여 언제 다시 올 것인지를 묻는 것으로 아쉬운 마음을 나타내었다. 망천장에서 지은 것으로 보인다.

---

23) 相送(상송) : 보내다. '상'(相)은 동사의 대상을 나타낼 뿐 뜻이 없으므로 새기지 않는다.
24) 柴扉(시비) : 사립문.
25) 王孫(왕손) : 원래 왕의 후손이나 귀족의 자제를 의미하였으나, 한대 회남소산(淮南小山)의 「은사를 부르다」(招隱士)에서 "왕손은 떠나간 후 돌아오지 않고, 봄풀은 자라서 파릇파릇 우거졌네"(王孫遊兮不歸, 春草生兮萋萋.)라고 한 후 고향을 떠나 객지를 떠도는 사람을 가리킨다.

잡영(雜詠)[26]

제1수

已見寒梅發,	매화꽃 핀 걸 이미 보았는데
復聞啼鳥聲.	다시 새 우는 소리 듣는구나
心心視春草,[27]	마음은 줄곧 봄풀을 바라보니
畏向玉階生.	고운 섬돌을 덮을까 두려워라

제2수

君自故鄕來,	그대는 고향에서 왔으니
應知故鄕事.	고향의 일을 응당 알리라
來日綺窓前,[28]	그대 오는 날 우리 집 창문 앞
寒梅著花未?[29]	매화나무에 꽃이 피었던가

해설 원래 3수가 연작시로 약간 헐거운 관련성을 가지고 있으나, 여기에서는 2수를 연관성 없이 뽑아 제시하였다. 제1수는 객지에 가 아직 돌아오지 않는 사람을 기다리며 시간의 흐름을 민감하게 주시하고 있다. 제2수는 강남에서 오는 사람에게 고향 소식을 물어보았다. 수식을 버린 간결한 구어로 깊은 정감을 담고 있다.

---

26) 雜詠(잡영) : 일에 따라 읊은 시가. 제목이 중요하지 않거나 제목 붙이기가 적절하지 않은 시에 관례적으로 붙인다.
27) 心心(심심) : 끊이지 않고 계속되는 생각. ○ 視(시) : 비교하다.
28) 綺窓(기창) : 창살에 꽃무늬가 조각되거나 그려진 아름다운 창.
29) 著花(착화) : 꽃이 붙다. 꽃이 피다.

배적에게 답하며(答裴迪)

淼淼寒流廣,[30]	출렁이는 망천의 강물은 넓고
蒼蒼秋雨晦.[31]	가을비에 멀리까지 어두워
君問終南山,	그대 종남산이 어디 있냐고 묻는가
心知白雲外.	흰 구름 너머에 있음을 마음으로 안다네

해설 가을장마 속에서 종남산을 생각하였다. 비가 와 사방이 흐린 가운데 어두워지자 종남산이 보이지 않게 되니 배적이 "종남산은 또 어디에 있는가"(終南復何在?)라고 묻는 시를 보내왔다. 왕유가 대답한 말 구는 왕유의 자연에 대한 인식을 나타내는 말로 잘 알려졌다.

식부인(息夫人)[32][33]

莫以今時寵,	생각하지 말아요, 지금의 총애로
能忘舊日恩.	예전의 은정을 잊게 할 수 있다고
看花滿眼淚,	꽃을 보아도 두 눈 가득 눈물 뿐
不共楚王言.	초나라 왕과는 끝내 말을 나누지 않았으니

---

30) 淼淼(묘묘) : 물이 드넓은 모양.
31) 蒼蒼(창창) : 창창하다. 크거나 넓은 모양.
32) 심주 : 영왕이 전병 파는 남자의 마누라를 취한 후 물었다. "너는 전병 파는 남자를 아직도 생각하는가?" 마누라는 묵연히 대답하지 않았다. 왕유도 그 자리에 있었는데 즉석에서 이 시를 읊었다. 이에 영왕이 그 마누라를 돌려보냈다.(寧王取賣餠者妻, 問曰 : "汝憶餠師否?" 默然不對. 維時在坐, 卽席吟此詩, 王因還之.)
33) 息夫人(식부인) : 춘추시대 식(息)나라 군주의 부인. 성이 규(嬀)씨이므로 식규(息嬀)라 부른다. 용모가 절세가인이고, 눈빛이 가을 강물 같고, 얼굴이 복사꽃과 같다하여 '도화부인'(桃花夫人)이라고도 한다. 초 문왕(楚文王)이 식나라를 멸망시키고 식규를 부인으로 얻어 도오(堵敖)와 성왕(成王)을 낳았다. 식부인은 초 문왕이 자신의 나라를 멸망시키고 남편을 죽였기 때문에 말을 하지 않았다고 한다.

해설 춘추시대 식부인의 절개와 슬픔을 읊은 영사시이다. 전반부는 식부인의 말투로 사건을 추상적으로 요약하였고, 후반부는 식부인의 행위를 묘사하였다. 이렇게 하여 허실(虛實)이 서로 결합되었다. 맹계(孟棨)의 『본사시』(本事詩)에서 이 시의 유래에 대해 적고 있다. 현종의 형 영왕(寧王) 이헌(李憲)이 왕부에 이미 수십 명의 미희가 있는데도, 이웃의 전병 파는 남자의 마누라가 미색인 것을 보고 재물을 주고 그녀를 탈취하였다. 일 년이 지난 후 영왕이 그녀에게 아직도 전병 파는 남자를 생각하느냐고 물었다. 그녀는 묵연히 대답하지 않았다. 한 번은 영왕이 연회를 개최하면서 전병 파는 남자를 데려와 부부를 만나게 하였더니, 그녀는 말없이 눈물만 흘렸다. 좌중의 사람들이 모두 감동하자 영왕이 시를 지으라고 하였다. 이에 왕유가 가장 먼저 위의 시를 지어 내었다. 비록 식부인과 전병 파는 남자의 마누라는 신분이 다르지만, 강압에 의해 모욕을 받고 무언으로 반항했다는 점에서는 같다. 약한 여인에 대해 동정하고 지위로 폭력을 쓰는 자를 비판하는 뜻도 깃들어 있다.

상사 열매(相思子)[34]

紅豆生南國,[35]   남국에서 나는 홍두

---

34) 이 시의 제목은 일부 판본에서는 「강남―이구년에게」(江南贈李龜年)라 되어 있다. 그렇다면 안사의 난 이후 담주(潭州, 지금의 長沙市) 일대를 떠도는 이구년에게 보낸 것이리라. 그러나 이 제목은 나중에 덧붙여진 것으로 보인다. 『운계우의』(雲溪友議)에는 안사의 난 때 호남성으로 피난한 이구년이 상중채방사(湘中採訪使)의 연회에서 이 시를 노래하여 사람들이 난리 중의 상황을 슬퍼했다는 기록이 있다. 비록 이구년과 이 시는 연관이 있지만 당시에 왕유가 이구년에게 시를 보낼 처지는 아니었으며 상사수가 있는 곳도 아니다. 위의 이야기에서 유추해 보면 이 시는 안사의 난 이전에 영남에 있는 친구에게 보낸 것으로 보인다.

35) 紅豆(홍두) : 홍두. 영남 지방에서 나는 콩과 식물로 한 길 정도의 높이다. 가을에 꽃이 피고 겨울과 봄에 완두콩 크기의 붉은 콩이 열린다. 고래로 이를 그리움에 비유하였는데, 양무제의 「환문가」(歡聞歌) 제2수에 "남방에 있는 상사나무, 깊은 정에 또

春來發幾枝?　　　봄이 되어 몇 가지에서 꽃이 피었는가?

願君多采擷,[36]　　그대 부디 콩을 많이 따게나

此物最相思.　　　그 홍두가 가장 잘 그리움을 일으킨다네

해설 홍두를 빌려 그리움을 나타내었다. 시의 제목이 「강남ㅡ이구년에게」(江南贈李龜年)라 된 판본도 있는 것을 보면 분명 남방에 사는 친구에게 보낸 시일 것이다. 많이 딴다는 말은 많이 생각하고 잊지 말아달라는 뜻이다. 당시에 노래에 실린 데서 알 수 있듯 소박하고 활달한 정서를 나타낸 시이다.

전원의 즐거움(田園樂)

평석 육언시는 별도로 한 시체(詩體)로 배열할 수 없어 오언시 뒤에 붙인다.(六言不能更列一體, 附五言後.)

제1수

采菱渡頭風急,[37]　　마름 따는 나루에는 바람이 거센데

策杖林西日斜.[38]　　지팡이 짚고 간 숲에는 서쪽으로 해가 기울어

杏樹壇邊漁父,[39]　　은행나무 단(壇) 옆에는 어부가 한가로운데

　　마음이 같아라"(南有相思木, 含情復同心.)가 그러하다. ○ 南國(남국): 남방. 중국의 영남 지역.

36)　采擷(채힐): 따다.

37)　采菱(채릉): 마름을 따다. 마름은 수중 식물로 여름에 흰 꽃이 피며 뿌리는 양쪽이 뾰쪽하게 모가 나 있다. 뿌리는 식용한다.

38)　策杖(책장): 지팡이를 짚다.

39)　杏樹(행수) 구: 『장자』「어부」에 나오는 이야기를 가리킨다. 공자가 치유(緇帷) 숲에서 놀 때 연못 중앙에 있는 은행나무 단 위에 앉아 있었다. 제자들은 책을 읽고 공

桃花源裏人家.[40]　　　도화원 안에는 집들이 모여 있어라

제2수

山下孤煙遠村,　　　산 아래 외줄기 연기 오르는 먼 마을
天邊獨樹高原.　　　하늘가 나무 한 그루 선 높은 언덕
一瓢顔回陋巷,[41]　　안회가 한 바가지 물로 사는 누추한 골목
五柳先生對門.[42]　　오류선생이 문을 마주 하며 살고 있어라

제3수

桃紅復含宿雨,[43]　　복사꽃은 어제 내린 비 머금어 더욱 붉고
柳綠更帶朝煙.　　　버들은 아침 안개 띠어 더욱 푸르러라
花落家僮未掃,　　　꽃이 떨어져도 동자는 쓸지 않고
鳥啼山客猶眠.[44]　　새가 울어도 산 나그네는 아직도 자고 있네

자는 거문고를 뜯으며 노래 불렀다. 이때 한 어부가 배에서 내려 언덕으로 올라와서는 왼손으로 무릎을 받치고 오른손으로 턱을 괴고 그 음악을 들었다. 여기서는 이곳에 거문고를 들을 수 있는 어부가 있음을 말한다.

[40]　桃花源(도화원) : 도원명의 「도화원기」(桃花源記)에 나오는 마을. 무릉(武陵)의 어부가 우연히 흘러오는 복사꽃을 따라 강을 거슬러 올라가보니 세상과 격절된 마을에 사람들이 화목하게 살고 있었다.

[41]　顔回(안회) : 공자의 제자. 가난하나 배우기를 좋아하였다.『논어』「옹야」에 보면 공자가 그의 현능함을 칭찬하였다. "어질구나, 안회여! 한 대그릇의 밥과 한 바가지의 물로 누추한 골목에 사는 것을, 남들은 그 괴로움을 견디지 못하는데 안회는 그 즐거움을 바꾸지 않는구나."(賢哉, 回也! 一簞食, 一瓢飮, 在陋巷, 人不堪其憂, 回也不改其樂.)

[42]　五柳先生(오류선생) : 동진 시인 도연명. 도연명은 자신의 집 앞에 다섯 그루 버드나무를 심었으며, 스스로를 '오류선생'(五柳先生)이라 하였다. 이를 자전적 수필 「오류선생전」에 기록하였다.

[43]　宿雨(숙우) : 어젯밤부터 오늘 아침까지 내린 비.

[44]　山客(산객) : 산에 사는 사람. 은자. 여기서는 왕유 자신을 가리킨다.

해설 한적한 전원생활을 찬미한 시이다. 여기서 전원은 산거(山居)까지 포함된 것으로 왕유가 망천장에서 생활할 때 지은 것으로 보인다. 한 줄한 줄이 농담이 다른 붓 자욱이 지나가듯 자연스럽고, 한 수 한 수가 소탈하고 신선한 의경을 담았다. 도화원과 같은 곳에 사람들은 어부와 같이 음악을 이해하고, 은사는 안회나 도연명 같이 살아가고 있다. 왕유가 이상화시킨 전원의 형상이라 할 수 있다.

맹호연(孟浩然)

건덕강에서 묵으며(宿建德江)[1]

移舟泊煙渚,[2]	안개 낀 강가에 배를 대니
日暮客愁新.	저물녘에 나그네 시름 새로워라
野曠天低樹,	들이 넓으니 하늘이 나무 아래 내려온 듯
江淸月近人.[3]	강이 맑으니 물속의 달이 사람에 가까워라

평석 후반부는 풍경을 썼는데도 객수가 절로 드러났다.(下半寫景而客愁自見.)

해설 저무는 가을 강을 그렸다. 여로 중에 강가에 배를 대고 묵으며 일어나는 감흥을 적었다. 광활한 들을 배경으로 명징한 강과 달 속에 '객수'

---

1) 建德江(건덕강) : 지금의 신안강(新安江)으로, 절강성 건덕현(建德縣)을 지나간다.
2) 移舟(이주) : 배를 움직이다. ○煙渚(연저) : 안개 낀 물가.
3) 月近人(월근인) : 달이 사람에 가깝다. 이는 달이 가까이 보이고 친근하게 느껴진다는 뜻일 수도 있지만, 일부 학자들은 강물 속의 달을 가리키기에 사람에게 가깝다고 풀이하였다.

(客愁)가 담담히 녹아 있는 듯하다. 담박하면서 맛이 있고 자연스러우면서 풍운(風韻)이 깃들어, 천고에 다시없는 작품이 되었다. 맹호연은 화동(華東) 지방을 두 번 여행하였다. 첫 번째는 728년에 장안에 가서 과거에 낙방한 후인 729~733년 사이이고, 두 번째는 737~738년 사이에 장구령(張九齡)의 막부에 있으며 공무로 양주(揚州)에 갔다 온 때이다. 이 시는 730년경 늦가을에 월주(越州)에서 온주(溫州)로 가는 도중에 건덕강(建德江)을 지나가며 지은 듯하다. 배경은 그의 시 「낙양에서 월 지방에 가며」(自洛之越)에서 볼 수 있다. "분주하기만 했던 지난 삼십 년, 학문과 무예 둘 다 이룬 게 없어라. 오월 지방의 산수를 찾아가노니, 풍진 속의 낙양이 싫어졌어라"(皇皇三十載, 書劍兩無成. 山水尋吳越, 風塵厭洛京.)에 잘 드러난다.

조영(祖詠)

종남산의 잔설을 바라보며(望終南殘雪)[1][2]

終南陰嶺秀,[3] 　　　종남산 북면의 봉우리 빼어나니
積雪浮雲端. 　　　　　덮인 눈은 떠 있는 구름 같아라

---

1) 심주 : 『당시기사』에 다음 기록이 있다. "관리가 이 제목을 출제하여 거인 시험을 보는데 조영이 4구만 지어 고시 감독관에게 제출했다. 왜 12구를 다 짓지 않느냐고 묻자 '뜻이 다 드러났기에 여기서 그쳤소'라 대답했다."(紀事云 : "有司以此題試士, 詠成四句, 納於有司, 問之, 曰 : '意盡而止.'")

2) 終南(종남) : 종남산. 장안의 남쪽 교외 밖에 있는 산. 다른 판본에서는 제목이 「종남산에서 눈을 바라보며」(終南望餘雪) 또는 「종남산의 쌓인 눈」(終南積雪)이라 되어 있다.

3) 陰嶺(음령) : 종남산의 북면. 종남산은 장안의 남쪽에 있으므로 장안에서 남으로 바라보면 종남산의 북면이 보인다. 산의 남면을 양(陽)이라 하고, 북면을 음(陰)이라 한다.

林表明霽色,[4]　　　　숲 위로 눈 개인 후의 햇빛이 밝아오는데
城中增暮寒.　　　　　저녁 되자 장안성에는 한기가 더 해라

해설 눈 내린 종남산을 바라보며 겨울의 한기를 표현하였다. 앞 3구가
멀리서 바라본 종남산의 모습을 그렸다면, 말구에선 이에 대한 느낌을
표현하였다. 눈 내린 뒤 저녁 무렵의 풍경과 그로부터 일어나는 차가운
감각을 형상화하였다. 첫 구의 '음'(陰)에서 말구의 '한'(寒)까지 눈의 감
각이 살아있다. 청대 왕사진(王士禎)은 영설시(詠雪詩) 가운데 도연명과 왕
유의 시와 함께 '가장 뛰어난'(最佳) 시라고 평가하였다.

왕창령(王昌齡)

승방에 적다(題僧房)

棕櫚花滿院,[1]　　　　종려 꽃이 승원에 가득한데
苔蘚入閑房.　　　　　이끼가 한적한 방으로 들어오네
彼此名言絶,[2]　　　　서로 간에 이름과 말이 끊어지니
空中聞異香.　　　　　공중에서 기이한 향기를 맡노라

해설 한적한 승방의 모습을 그렸다. 전반 2구도 한적하지만, 제3구의 '이
름과 말이 없는' 선리(禪理)로 인해 단순한 공간이 한층 유현(幽玄)한 장소

---

4) 林表(임표): 숲 위. ○霽色(제색): 비나 눈이 그친 후 나타나는 햇빛.
1) 棕櫚(종려): 종려나무.
2) 名言(명언): 항목과 말.

로 변하였다.

조래곡(朝來曲)

日昃鳴珂動,[3]	해가 기울자 옥 굴레가 흔들리는
花連繡戶春.[4]	꽃들이 수놓인 창문과 연이어진 봄날이어라
盤龍玉臺鏡,[5]	규룡이 꿈틀거리는 화장대 거울 앞
唯待畵眉人.[6]	눈썹 그려줄 사람 기다리고 있어라

해설 봄날의 규중을 그렸다. 명가(鳴珂), 수호(繡戶), 옥대경(玉臺鏡) 등으로 보아 달관이나 귀족 집안의 규방으로 보이며, 지극히 화려하고 선염(鮮艶)한 분위기이다. 그러나 첫 구에서 일측(日昃)이라 하여 저녁에 남자가 여인의 눈썹을 그려준다는 점에서 밤낮을 가리지 않고 향락을 일삼음을 비판한다고 볼 수 있다. 다른 판본에서는 월측(月昃)으로 되어 있는데, 그렇다면 한대 장창(張敞)의 전고와 같이 부부의 사랑을 의미하게 된다.

---

3) 日昃(일측) : 해가 기울다. ○鳴珂(명가) : 울리는 옥 소리. 말의 굴레 따위에 장식한 옥이나 패각이 울리는 소리.
4) 繡戶(수호) : 화려하게 조각한 문. 일반적으로 여인의 거실을 가리킨다.
5) 盤龍(반룡) : 서린 용. 거울의 테두리나 뒷면에 교룡이 꿈틀거리는 모양으로 장식된 도안을 말한다. ○玉臺鏡(옥대경) : 여자의 화장대의 거울.
6) 畵眉人(화미인) : 눈썹을 그리는 사람. 서한의 경조윤 장창(張敞)의 전고에서 유래하였다. 장창이 아내를 위해 눈썹을 그리자, 장안성에는 "경조윤 장창이 눈썹을 멋있게 잘 그린다"(張京兆眉憮)는 말이 퍼졌다. 관리가 이 일을 주상에게 보고하였다. 이에 주상이 힐문하자 장창이 대답하였다. "신이 듣기에 규방 안의 부부 사이에는 눈썹 그리는 일보다 더한 일도 있다고 알고 있습니다." 주상이 그의 능력을 아껴서 더 이상 따지지 않았다. 『한서』「장창전」 참조. 여기서는 말을 타고 가는 남편을 가리킨다.

고적(高適)

선보현 양 소부의 죽음에 곡하다(哭單父梁少府)[1]

開篋淚沾臆,	바구니 열다보니 눈물이 가슴에 쏟아져
見君前日書.	그대가 전에 보내준 편지를 보노라
夜臺今寂寞,[2]	어두운 무덤은 지금 적막한데
猶是子雲居.[3]	그것이 바로 양웅(揚雄)의 거처라네

해설 친구 양흡(梁洽)의 죽음을 애도한 시이다. 재능은 뛰어나나 양웅처럼 불우하게 지낸 점을 특히 아쉬워하였다. 그런 뜻에서 제3구의 '적막'이 시의 중심이라 할 수 있다. 중당시기 설용약(薛用弱)이 편찬한 『집이기』(集異記)에는 이 시가 위와 같이 오언절구로 등장하나, 『문원영화』에서는 오언고시로 등장한다. 오언고시가 원래의 모습으로 보인다.

---

1) 單父(선보) : 지금의 산동성 선현(單縣). ○ 梁少府(양소부) : 『문원영화』에는 제목이 '哭單父梁九少府洽'으로 되어 있는데 이를 따르면 이름이 양흡(梁洽)이다. 양흡은 734년 진사과에 급제하였으며, 얼마 후 선보현의 현령이 된 후 곧 죽었다.
2) 夜臺(야대) : 무덤. 또는 저승. 무덤 속은 빛이 없는 밤과 같으므로 야대라 하였다.
3) 子雲(자운) : 양웅(揚雄). 자운(子雲)은 자이다. 한대의 대문학가이자 대학자이었으나 불우하게 지냈다.

잠삼(岑參)

위수를 보고 진천을 그리며(見渭水思秦川)[1]

渭水東流去,	동으로 흐르는 위수는
何時到雍州?[2]	언제 옹주에 이르나?
憑添兩行淚,[3]	저절로 흐르는 두 줄기 눈물 보태어
寄向故園流.	고향 동산의 강물에 부치노라

해설 749년(35세) 처음 안서(신강 위구르자치구 쿠차현) 고선지(高仙芝) 막부에 가는 도중 위수를 지날 때 지었다. 동으로 고향 쪽으로 흐르는 강물을 보고 거기에 눈물을 흘려 부친다는 발상이 기이하면서도 진지하다.

평양군 분교 옆 버드나무에 적다(題平陽郡汾橋邊柳樹)[4]

此地曾居住,	예전에 이곳에서 살았는데
今來宛似歸.[5]	지금 마치 집에 돌아온 듯

---

1) 渭水(위수) : 감숙성 위원현(渭源縣) 조서산(鳥鼠山)에서 발원하여 서안시 남쪽을 지나 동관(潼關) 부근에서 황하로 흘러든다. 오늘날에는 위하(渭河)라고 부르며, 황하의 최대 지류이다. 여기서는 위주(渭州, 감숙성 隴西縣)를 지나는 위수를 가리킨다. ○ 秦川(진천) : 관중을 가리킨다.
2) 雍州(옹주) : 원래 구주의 하나이며 섬서성 일대를 말한다. 여기서는 장안을 가리킨다. 또 713년 옹주를 경조부(京兆府)로 개명하였으므로, 경조부의 관할 지역을 말한다.
3) 憑(빙) : 까닭 없이. 저도 모르게.
4) 平陽郡(평양군) : 원래 진주(晉州)였으나 천보 연간에 평양군으로 개명했다. 치소는 지금의 산서성 임분현(臨汾縣). 잠삼의 부친 잠식(岑植)은 720년 진주자사로 부임하여 임소에서 죽었다. 잠삼은 부친을 따라 이곳에서 팔구 년 살았다.
5) 宛似(완사) : 마치. 흡사.

可憐汾上柳,　　　사랑스러워라, 분수 강가의 버들
相見也依依.[6]　　만나니 다시 떠나기 아쉬워

해설 예 살던 곳을 둘러보고 지은 시이다. 평양(산서성 임분)은 잠삼이 부친을 따라 16세부터 팔구 년간 살았던 곳이다. 간략한 서너 줄의 글로 많은 기억과 회포를 담아내었다.

중양절에 장안의 동산을 그리며(九日思長安故園)

强欲登高去,[7]　　일부러라도 높은 곳에 오르려 하지만
無人送酒來.[8]　　아무도 술을 보내오지 않는구나
遙憐故園菊,　　멀리서 생각하노니, 고향 동산의 국화
應傍戰場開.　　분명 전장 옆에서도 피었으리라

평석 슬픈 일은 '전장' 두 글자에 있다.(可悲在'戰場'二字.)

해설 중양절에 고향 장안을 생각하며 지었다. 757년 가을 안사의 난으로

6) 依依(의의) : 하늘거리다. 『시경』「채미」(采薇)에 "예전에 내가 떠날 때에는, 버들가지 하늘하늘 늘어졌는데"(昔我往矣, 楊柳依依.)라는 구절이 있다. 여기서는 버들이 '하늘거리다'는 뜻과 '차마 떠나지 못하다'라는 말을 중의적으로 사용하였다.

7) 登高(등고) : 높은 곳에 오름. 높은 곳은 꼭 산이 아니라 자신이 사는 곳 주위의 언덕이나 동산 혹은 누대일 수도 있다. 등고는 세시 풍속의 하나로, 음력 9월 9일 중양절에 높은 곳에 올라 국화주를 마시고 붉은 수유 열매를 꽂으며 액을 막고 건강을 기원하는 일을 가리킨다.

8) 送酒(송주) : 술을 보내다. 도연명에게 강주자사 왕홍(王弘)이 술을 보낸 일을 가리킨다. 도연명이 일찍이 구월 구일 중양절을 맞이하였어도 술이 없었는데, 집 주위의 국화 밭에서 손에 가득 국화를 땄다. 그 옆에 앉아 오랫동안 먼 곳을 바라보고 있었다. 그때 흰 옷 입은 사람이 왔는데, 알고 보니 왕홍이 술을 보내왔다. 곧 술을 부어 마시고 취해서 돌아갔다.(陶潛嘗九月九日無酒, 宅邊菊叢中摘菊盈把, 坐其側, 久望, 見白衣至, 乃王弘送酒也. 卽便就酌, 醉而後歸.) 『속진양추』(續晉陽秋) 참조.

장안을 떠나 행재소 봉상에 있으며, 불안한 시국에 대한 안타까움이 고향 생각과 어울려 있다.

.

왕지환(王之渙)

관작루에 올라(登鸛雀樓)[1]

白日依山盡,	빛나는 태양은 서산으로 기울고
黃河入海流.[2]	장대한 황하는 바다로 흘러든다
欲窮千里目,[3]	천 리 밖 광경을 더 보기 위하여
更上一層樓.	다시 또 한 층 누대를 오른다

평석 네 구가 모두 대구로 이루어졌는데, 읽을 때 그 배열이 싫지 않은 것은 골격이 높기 때문이다.(四語皆對, 讀去不嫌其排, 骨高故也.)

해설 높이 올라 멀리 바라보고 흉금 속의 드높은 포부를 표현한 시이다. 단순한 구성인데도 기세가 웅혼하고 천지를 호흡하는 기상이 있다. 인간

---

1) 鸛雀樓(관작루) : 지금의 산서성 영제현(永濟縣) 서남에 있었던 누대. 원래 황하의 사주(沙洲)의 높은 언덕에 세워졌으나 나중에 수몰되자, 포주(蒲州, 지금의 永濟縣) 성벽 위에 있는 누각에다 이 이름을 붙였다고 한다. 송대 심괄(沈括)은 『몽계필담(夢溪筆談)』에 "하중부의 관작루는 삼층이다. 앞으로는 중조산(中條山)을 올려보고 아래로는 대하(大河)를 굽어본다"(河中府鸛雀樓三層, 前瞻中條, 下瞰大河.)고 기록하고 있다.
2) 入海(입해) : 바다에 들다. 관작루가 있는 지점은 바다에서 멀리 떨어져 있으므로 누각에서는 바다가 보이지 않는다. 다만 시인은 넓은 자연을 가상하여 그 심리적 지리를 그렸다. 바다 쪽을 향하여 흘러간다고 보면 되겠다.
3) 千里目(천리목) : 천 리나 되는 먼 곳까지 바라보이는 조망.

이 지닌 위로 오르려고 하는 '상승 정신'과 진취적인 정신을 응축했다. 제3, 4구는 "만약 천 리 밖 광경을 더 보고자 한다면, 한 층 누대를 더 올라야 하리"라고 풀이할 수도 있다.

송별(送別)

楊柳東門樹,	동문 밖의 버드나무
靑靑夾御河.[4]	푸르디푸르게 어하 양쪽에 늘어섰네
近來攀折苦,[5]	근래에 꺾어지는 가지가 많으니
應爲別離多.	분명 이별도 많은가 보다

해설 사람을 보내는 아픔을 버드나무를 통해 표현하였다. 자신의 이별로부터 인간 세상의 보편적인 이별을 생각하였기에 그 정이 더욱 깊다.

---

[4] 御河(어하) : 궁성의 물길. 여기서는 궁성의 안에서 동문 밖으로 흘러나가는 물길을 말한다.

[5] 苦(고) : 무척. 아주. 고대에는 버들가지를 꺾어주는 풍습이 있었다. 버들을 뜻하는 '류'(柳)자의 발음이 가지 말고 머물러 있으라는 뜻의 '류'(留)자 발음을 연상시키거니와, 버들가지를 둥글게 고리(環)처럼 말아 빨리 돌아오라는 '환'(還)의 뜻도 나타내었다. 『삼보황도』(三輔黃圖)에 "파교는 장안 동편에 있는데 강을 가로질러 다리를 놓았다. 한나라 사람들은 이 다리에서 나그네를 보내며 버들가지를 꺾어 증별하였다"(霸橋在長安東, 跨水作橋, 漢人送客至此橋, 折柳贈別.)고 하였다.

구위(邱爲)

문하성 배꽃(左掖梨花)[1][2]

冷艷全欺雪,[3]	냉염한 그 모습 하얀 눈보다도 더하고
餘香乍入衣.	어리는 향기 옷 속으로 스며들어
春風且莫定,[4]	봄바람아, 잠시 멈추지 말아다오
吹向玉階飛.	옥 계단으로 날아갈 수 있도록

해설 배꽃을 노래한 영물시이다. 다만 조회를 보는 선정전 바로 옆 문하성에 피어있는 배꽃이란 점에서, 바람에 불리어 옥 계단으로 날아가기를 바라는 뜻을 나타내었다. 옥 계단은 곧 신분의 상승을 상징하므로 이 시는 고결하고 향기로운 품성을 지닌 인재가 발탁되기를 바라는 의미로 볼 수 있다. 이 시는 왕유, 황보염과 동시에 지은 것으로, 황보염이 「급사중 왕유의 '궁중의 배꽃'에 화답하며」(和王給事維禁省梨花詠)라 했으니 왕유가 두 번째로 급사중이 되었던 759년에 지은 것으로 보인다.

---

1) 심주 : 이 시도 어명을 받들어 지었다.(此亦奉詔作.)
2) 左掖(좌액) : 문하성. 당대 궁궐에서 대명궁 선정전을 중심으로 동쪽에 문하성이 있고 서쪽에 중서성이 있었다. 그래서 문하성을 좌액(左掖) 또는 동액(東掖)이라 하고, 중서성을 우액(右掖) 또는 서액(西掖)이라 하였다.
3) 冷艷(냉염) : 차갑고도 곱다. 배꽃의 특징적인 이미지를 결합하여 만든 어휘이다. ○ 欺(기) : 압도하다.
4) 定(정) : 멈추다.

이화(李華)

팽성공께 삼가 부침(奉寄彭城公)[1]

公子三千客,[2]	신릉군의 식객 삼천 명
人人願報恩.	사람마다 은혜에 보답하려 했지
應憐抱關者,[3]	응당 손꼽아야 할 자는 문지기 후영
貧病老夷門.[4]	가난하고 병들어 이문에서 늙은 자라네

해설 전국시대 신릉군의 문객 후영(侯嬴)을 예찬한 영사시이다. 삼천 명의
식객 가운데 후영이 가장 잘 은혜에 보답하였다는 뜻이다. 이는 곧 시의

---

1) 彭城公(팽성공) : 유안(劉晏). 현종 때 시어사를 지냈으며, 숙종과 대종 때 호부시랑
을 역임하였다. 검약하고 재리에 밝았으므로 전운염철사, 탁지사, 조용사 등을 거쳤
으며, 763년 재상이 되었다. 나중에 팽성군공에 봉해졌다. 유장경, 장계, 대숙륜, 고
황, 포길 등이 그의 전운염철 막부에서 활동하였다.

2) 三千客(삼천객) : 전국시대 제후국의 공자나 상경들이 데리고 있던 많은 문객들. 제
나라 맹상군 전문(田文), 조나라 평원군 조승(趙勝), 초나라 춘신군 황헐(黃歇), 위나
라 신릉군 위무기(魏無忌) 등이 각기 문객들을 몇 천 명씩 데리고 있었다. 여기서는
신릉군의 문객을 가리킨다.

3) 抱關者(포관자) : 빗장을 관리하는 사람. 관(關)은 빗장. 곧 성문을 지키는 사람.

4) 夷門(이문) : 전국시대 위(魏)나라 도읍지에 있는 대량(大梁)성의 동문. 지금의 하남
성 개봉시 성북. 이 구는 후영(侯嬴)의 일을 가리킨다. 후영은 위나라의 은사로, 가
난하여 나이 일흔인데도 대량성 이문의 문지기를 하였다. 신릉군이 그가 현능하다
는 말을 듣고 집적 수레를 몰고 찾아가 상객으로 맞이하였다. 기원전 256년 진나라
가 조나라를 공격하여 한단을 포위하자, 조나라는 위나라에 원조를 구하였다. 위나
라 왕은 진비(晉鄙)에게 십만 군사를 주어 원조를 보냈으나, 진나라 왕이 위협하자
황급히 전진하던 군사가 멈추게 되었다. 신릉군은 멸망하는 조나라를 보고 있을 수
만 없어 직접 문객들을 데리고 구원하러 나갔다. 성문을 나서며 후영에게 계책을 물
었다. 후영은 왕의 총희 여희(如姬)로부터 호부(虎符)를 받아 진비의 병권을 탈취하
라고 알려주었다. 그리고 진비가 저항할 때는 역사 주해(朱亥)를 데리고 가 제압하
라고 하였다. 후영은 신릉군이 진비의 군대에 도착하는 날 북쪽을 향해 바라보며 자
결함으로써 신릉군의 은혜에 보답하겠다고 약속을 하였고, 또 그리 하였다. 이리하
여 신릉군은 병권을 탈취하여 조나라를 구할 수 있었다.

제목에서 말하는 팽성공에게 자신이야말로 의리를 중시하고 목숨으로 은혜에 보답할 사람이라는 뜻을 전하는 것으로 보인다.

설기동(薛奇童)

오성 자야가(吳聲子夜歌)[1]

淨掃黃金階,[2]	계단 위의 황금 낙엽을 모두 쓸어내니
飛霜皎如雪.	날리는 서리가 눈처럼 하얗구나
下簾彈箜篌,[3]	주렴을 내리고 공후를 뜯으니
不忍見秋月.	차마 가을 달을 볼 수 없어라

해설 가을 달밤의 정한을 그렸다. 낙엽과 서리와 음악에 사념이 깊어 가는데, 가을 달마저 바라보면 그리움이 더욱 사무칠 듯하여 차마 보지 않겠다는 뜻이다. 언외에 정이 넘치어 그 깊이를 측량할 수 없다.

---

1) 吳聲子夜歌(오성자야가) : 「자야오가」 또는 「자야가」라고도 한다. 동진의 오 지방에 사는 자야라는 여인이 처음 만들었기 때문에 악부에도 '오성곡사'(吳聲曲辭)에 편입되어 있고, 「오성자야가」라고도 부른다. 원래의 가사는 여인이 정인을 그리는 내용으로 되어있다. 나중에 이 곡에 실린 가사는 모두 「자야가」라고 하였다.
2) 黃金(황금) : 노란 낙엽을 비유하였다.
3) 箜篌(공후) : 고대 현악기의 일종. '空侯'라고도 쓴다. 중앙아시아에서 전래되었으며 몸체가 길고 굽어졌으며 스물세 현으로 되어 있다. 와공후(臥箜篌)와 수공후(竪箜篌) 두 종류가 있다.

이백(李白)

옥계원(玉階怨)[1]

玉階生白露,	옥 계단에 내리는 흰 이슬
夜久侵羅襪.	밤 깊어 비단 버선에 스며들어라
却下水精簾,[2]	수정 발을 소리 없이 내리고
玲瓏望秋月.[3]	투명한 가을 달을 바라다보네

평석 뛰어난 점은 바로 원망을 드러내 말하지 않은 데 있다.(妙在不明說怨.)

해설 가을 달밤에 궁녀의 정한을 그렸다. 원대 소사빈(蕭士贇)은 "이태백의 이 시는 한 글자도 원망을 말하지 않으면서 오히려 유원(幽怨)의 뜻을 언외(言外)에 드러냈다"고 평하였다.

---

1) 玉階怨(옥계원) : 악부의 제목. 『악부시집』에는 '상화가'(相和歌) 중의 '초조곡'(楚調曲)에 포함시키고 있으며, 같은 제목 아래에 먼저 남조 제나라 사조(謝朓)와 우염(虞炎)의 작품을 수록하고 있다. 청대 왕기(王琦)는 "이 제목은 사조에서 시작하였는데 이백이 본뜬 듯하다"고 하였다. 사조는 이백이 존경하는 시인으로, 사조의 「옥계원」은 "저녁 궁전에 주렴을 내리니, 떠도는 반딧불 날다가 다시 멈춘다. 긴 밤에 비단 옷 짓노니, 그대 생각 어찌 그리도 깊은가"(夕殿下珠簾, 流螢飛復息. 長夜縫羅衣, 思君此何極.)이다. 옥계(玉階)는 대리석이나 옥 종류로 만든 계단, 혹은 아름다운 계단. 수식어가 발달했던 육조시기에 만들어진 미칭이다.
2) 却下(각하) : 却과 下는 같은 뜻으로 '내리다'는 뜻. 장상(張相)의 『시사곡어사회석』(詩詞曲語辭匯釋)에서는 却을 조사로 풀이하여 '그리고', '오히려'의 뜻으로 보고 있다. 그 밖에 却은 '되돌아오다'는 뜻의 동사로 보아 밖에 나가있던 여인이 실내로 돌아오는 것으로 볼 수도 있다. ○ 水精(수정) : 수정(水晶).
3) 玲瓏(영롱) : 맑고 투명한 모양. 혹은 맑고 투명하게 빛나는 모양. 여기서는 달과 수정의 모습을 형용하였다.

고요한 밤의 생각(靜夜思)[4]

床前明月光,	침상 앞에 고인 밝은 달빛
疑是地上霜.	땅에 내린 서리인가 여겼네
擧頭望山月,	머리 들어 산 위의 달 바라보고
低頭思故鄕.	고개 숙여 고향을 생각하네

평석 여로 중의 그리움을 비록 말하고 있으나 오히려 다 말하지 않았다.(旅中情思, 雖說明却 不說盡.)

해설 고요한 밤의 고향 생각을 그렸다. 일상의 말로 타향에 사는 사람의 깊은 정을 형상화하였다. 진(晉)의 「자야사시가」 중 '추가'(秋歌) 제18수에 "머리 들어 밝은 달 보고, 천 리 먼 달빛에 정을 부치네"(仰頭看明月, 寄情 千里光.)라는 구절이 연상된다. 제1구는 송본에 '床前看月光'이라 되어 있는데 看月光을 明月光으로 바꿈으로써 훨씬 명랑해졌다. 제2구는 실 경이 아닌 감각과 착각의 풍경으로 고향 생각에 빠져 있는 사람의 미망 을 보여준다. 제3구는 송대 이래 일부 판본에서 擧頭望明月이라 하여 오늘날에는 대부분 이를 따르는데, 여기서는 송본을 따라 擧頭望山月이 라 하였다. 단순한 언어로 선명한 이미지의 시를 만들어내는 이백의 재 능이 잘 드러난 작품으로, 누구나 쓸 수 있을 것 같지만 누구도 써내지 못하는 천고의 절창이다.

---

4) 靜夜思(정야사) : 당대 들어와 새로 만들어진 악부제(樂府題)이다.

홀로 경정산에 앉아(獨坐敬亭山)[5]

衆鳥高飛盡,	뭇 새들은 모두 날아가 버리고
孤雲獨去閑.	외로운 구름만 홀로 한가해
相看兩不厭,[6]	서로 바라보아도 싫지 않은 건
只有敬亭山.	오로지 경정산이 있을 뿐

평석 '홀로 앉아있음'의 신운을 전달한 점에서 앞의 시와 같다.(傳'獨坐'之神, 與前一首同.)

해설 고독하고 드높은 의식을 형상화하였다. 현대 학자 마무원(馬茂元)은 "간결하게 전반 2구로 고원(高遠)한 심상을 그려내었기에, 후반 2구가 비로소 산과 사람이 마주 바라보는 초묘(超妙)를 얻을 수 있었다"고 하였다.

청계에서 한밤에 피리 소리를 들으며(淸溪半夜聞笛)[7]

| 羌笛梅花引,[8] | 강적으로 연주하는 '매화인' |
| 吳溪隴水淸.[9] | 오계에서 듣는 〈농두수〉 물소리 |

---

5) 敬亭山(경정산) : 지금의 안휘성 선성시 북쪽으로 약 5킬로미터에 소재. 해발 317미터. 원래 이름은 소정산(昭亭山). 원래 산 위에는 남조의 시인 사조(謝朓)가 즐겨 시를 지었던 경정(敬亭)이 있었다.
6) 兩(양) : 이백과 경정산. ○ 不厭(불염) : 싫증이 나지 않다.
7) 淸溪(청계) : 선주 추포현 경내의 강. 안휘성 함산현(含山縣) 마자연(馬子硯)에서 발원하여 서남으로 흐르다가 책수(柵水)로 들어가는데, 이곳이 곳 청계구(淸溪口)이다.
8) 羌笛(강적) : 고대의 피리로 길이 이 척 사 촌이며, 구멍이 세 개 또는 네 개 있다. 강족에게서 전래되었다고 하여 강적이라 하였다. ○ 梅花引(매화인) : 악곡 이름. 매화삼농(梅花三弄)이라고도 한다.
9) 吳溪(오계) : 청계. ○ 隴水(농수) : 〈농두수〉(隴頭水). 남조 악곡. 그 가사는 "농두의 물이여, 그 소리가 오열하는 듯. 아득히 진 지방 평원을 바라보니, 심장과 간이 끊어지누나"(隴頭流水, 鳴聲嗚咽. 遙望秦川, 心肝斷絶.)이다.

寒山秋浦月,[10]   추포의 달빛 아래 차가운 산에서
腸斷玉關情.[11]   애간장 끊어지는 옥문관의 정

해설 피리 소리를 듣고 떠오르는 정한을 묘사하였다. 추포의 오계에서 머나먼 농수와 옥관을 연상하게 하였다. 이백은 고향을 떠난 시름을 옥문관 이미지로 자주 노래하였으므로 이 시 역시 고향을 그리는 마음을 환기한다.

노로정(勞勞亭)[12][13]

天下傷心處,   천하에서 가장 슬픈 곳
勞勞送客亭.   나그네를 보내는 노로정
春風知別苦,   봄바람도 이별의 괴로움 아는지
不遣柳條青.   버들가지 푸르지 않도록 불지 않아라

해설 이별의 아픔을 이른 봄의 바람과 버들가지를 빌려 표현하였다. 송별의 표시로 푸른 버들가지를 꺾어주므로 버들가지가 푸르러지지 않으면 이별도 일어나지 않을 것이란 뜻을 가져왔다. 그만큼 지금의 이별이 안타깝고 받아들이기 힘들다는 뜻을 반어적으로 나타내었다.

---

10) 秋浦(추포) : 선주(宣州)의 속현. 지금의 안휘성 귀지(貴池).
11) 玉關(옥관) : 옥문관. 지금의 감숙성 서부 돈황시 소재.
12) 심주 : 옛 송별의 장소로, 강녕현 남쪽에 있다.(古送別之所, 在江寧縣南.)
13) 勞勞亭(노로정) : 지금의 남경시 서남 신정(新亭)의 남쪽에 소재했다. 삼국시대 동오 때 노로산 위에 세운 역참.

두보(杜甫)

쌓이는 걱정(復愁)

萬國尚防寇,¹⁾	온 나라가 아직도 도적과 싸우고 있는데
故園今若何?²⁾	고향 동산은 지금 어떻게 되었을까?
昔歸相識少,³⁾	예전에 돌아갔을 때 아는 이 드물더니
早已戰場多.	오래 전에 도처가 전장으로 변했으리

평석 먼저 지금을 말하고 이에 따라서 예전을 말했다. '조이'(早已) 두 글자에 아픈 마음이 무한하다.(先言今, 追言昔, '早已'二字, 無限傷情.)

해설 전란으로 인한 고향의 안위를 걱정하였다. 767년 기주(夔州)에서 지었다. 당시 티베트가 빈주와 영주를 점령했을 때였다. 이 시는 오랫동안 객지에서 떠돌면서 앞의 걱정이 아직 해결되지도 않았는데 새로운 걱정이 생긴다는 뜻으로 지은 12수의 연작시 가운데 제3수이다.

돌아가는 기러기(歸雁)

東來萬里客,	만 리 멀리 동쪽에서 온 나그네
亂定幾年歸?⁴⁾	난리는 평정되었는데 언제 돌아가나?

---

1) 萬國(만국) : 만방(萬方). 전국 각지.
2) 故園(고원) : 고향 동산. 낙양의 집을 가리킨다.
3) 昔歸(석귀) : 예전에 고향에 돌아간 때. 두보는 758년 겨울 화주에서 낙양으로 돌아간 적이 있다.
4) 亂定(난정) : 난리가 평정되다. 안사의 난이 끝났음을 말한다.

腸斷江城雁,[5]   성 위의 기러기에 애간장 끊어지는데
高高向北飛.   높이 드높이 북으로 날아가네

해설 기러기를 바라보고 일어나는 고향 생각을 썼다. 성도에서 보면 낙양은 동북에 있으므로 자신을 동에서 온 나그네라 하고, 기러기도 고향 방향으로 날아간다고 하였다. 안사의 난이 끝나고(763년 1월) 난 다음 성도에 다시 돌아왔을 때인 764년 봄에 지은 것으로 보인다.

팔진도(八陣圖)[6][7]

功蓋三分國,[8]   천하삼분의 공로는 세상을 덮었고
名成八陣圖.   이름은 팔진도에서 이루어졌어라
江流石不轉,[9]   강물이 흘러도 돌은 움직이지 않았으니
遺恨失呑吳.[10]   동오를 삼키려는 실책이 한스러워라

평석 동오와 촉한은 순망치한의 관계로 서로 적이 되어서는 안된다. '실탄오'(失呑吳)는 동오를 삼키려는 실책이란 뜻으로 동오를 삼키지 못한 한이란 뜻이 아니다. 융중에서 제갈량

---

5) 江城(강성) : 성도. 성 남쪽에 금강이 흐르므로 강성이라 하였다.
6) 심주 : 어복현 모래 위에 있다. 진세는 여덟 가지로 천, 지, 풍, 운, 용, 호, 조, 사 등이다.(在魚腹平沙之上, 陣勢有八 : 天, 地, 風, 雲, 龍, 虎, 鳥, 蛇也.)
7) 八陣圖(팔진도) : 제갈량이 기주 서남 칠 리 평사 위에 세운 진법. 「기부 영회 일백운」(夔府詠懷一百韻)에서도 "팔진도는 모래 언덕 북쪽에 있고"(陣圖沙岸北)라 하였다. 『수경주』에서는 돌을 쌓아올려 여덟 줄로 배열하였으며, 줄 사이는 이 장(丈) 거리라고 하였다.
8) 三分國(삼분국) : 위, 오, 촉 세 나라로 나누다.
9) 石不轉(석부전) : 돌이 뒹굴지 않다. 유우석이 822년 기주자사로 부임하여 팔진도를 목도한 후 기록한 「유빈객 가화록」(劉賓客嘉話錄)에도 강물이 휩쓸고 가면 강가의 모습이 변하는데 팔진도는 그대로 있다고 하였다.
10) 呑吳(탄오) : 동오를 삼키다. 221년 손권이 여몽과 육손을 보내 형주를 점령하고 관우를 살해하였다. 이에 유비가 군사를 일으켜 동오를 공격하였으나 실패하였다.

이 유비를 처음 만났을 때 이미 "동으로 손권과 연합하고, 북으로 조조에 저항한다"고 말했다.(吳蜀脣齒, 不應相讐. '失吞吳', 失策於吞吳, 非謂恨未曾吞吳也. 隆中初見時, 已云'東連孫權, 北拒曹操'矣.)

해설 제갈량의 뛰어난 재능을 칭송한 시이다. 팔진도의 실체에 대해서는 의견이 분분하나 일종의 진법으로 보는 데는 이견이 없다. 그러나 팔진도가 군사적으로 일정한 역할을 한 것도 아닌데 이를 높이 치는 이유는 현재도 명확하지 않다. 이 시는 기주에서 팔진도를 보고 제갈량의 군사적 재능이 팔진도처럼 흔들림 없음을 예찬하였다. 심덕잠의 평석은 촉한의 기본적인 전략의 각도에서 말한 것으로, 번역에서는 이를 채용하지 않았다. 촉한이 동오를 공격한 이릉전에서 패하고 유비도 기주에서 죽었으므로 동오를 정벌하지 못한 한으로 풀이하는 것이 더 적절한 것으로 본다.

유장경(劉長卿)

눈을 만나 부용산 아래 민가에 묵으며(逢雪宿芙蓉山主人)[1]

| 日暮蒼山遠,[2] | 해 저물자 창망한 산이 멀어지고 |
| 天寒白屋貧.[3] | 하늘이 추운데 흰 집이 조촐해라 |

---

1) 芙蓉山(부용산) : 산이 부용꽃처럼 생겨서 붙여진 이름이다. 중국에 부용산은 아주 많아 어디를 가리키는지 명확하지 않다. ○主人(주인) : 집을 나타낸다.
2) 蒼山遠(창산원) : 푸른 산이 멀리 있다. 가야할 길이 멀다는 뜻.
3) 白屋(백옥) : 가난한 집. 지붕을 칠하지 않고 흰 띠풀이나 나무로 만들었기 때문에 백옥이라 하였다.

柴門聞犬吠,　　　사립문에 개 짖는 소리 들리고
風雪夜歸人.　　　눈보라 속 밤중에 귀가하는 사람

해설 깊은 산에서 눈을 만나 바라본 경관을 묘사하였다. 몇 마디 말로 선명한 그림을 그렸다. 눈보라 속에 돌아오는 사람이 누구이고 무슨 일인지 독자에게 상상을 펴게 한다. 유장경의 절구는 풍경으로 시경을 만드는 방법에서 왕유와 유사하다.

상인을 보내며(送上人)[4]

孤雲將野鶴,[5]　　　조각구름 같고 들의 학과 같은 그대
豈向人間住?　　　어찌 인간 세상에서 살 수 있으랴?
莫買沃洲山,[6]　　　그래도 유명한 옥주산은 사지 말게나
時人已知處.[7]　　　세상 사람들이 이미 다 아는 곳이니

평석 스님은 '같은 뽕나무 아래 사흘을 자지 않는다'는데 한곳에 오래 체류하는 혐의가 있어 풍자한 듯하다.(有三宿桑下已嫌其遲意, 蓋諷之也.)

해설 영철 상인을 보내며 쓴 송별시이다. 전반부에서는 상대를 고결한 사람으로 추켜올리더니 후반부에서는 은거지가 깊은 곳이 아니라고 하

---

4) 上人(상인) : 불교에서 상덕지인(上德之人)을 의미하나, 나중에는 승려를 통칭하는 말로 쓰였다. 여기서는 영철(靈徹) 상인을 말한다.
5) 將(장) : 함께.
6) 沃洲山(옥주산) : 지금의 절강성 신창현(新昌縣) 동쪽 소재. 산에는 지둔령(支遁嶺), 방학봉(放鶴峰), 양마파(養馬坡) 등이 있는데, 동진의 명승 지둔이 학을 날리고, 말을 기른 곳이라 한다.
7) 時人(시인) : 당시의 사람들. 동시대를 사는 사람들.

였다. 친한 사이에 장난의 어조로 말한 듯하다.

영철 상인을 보내며(送靈澈上人)[8]

蒼蒼竹林寺,[9]   멀리 푸르디푸른 죽림사
杳杳鐘聲晚.[10]   어둑어둑한 저녁 종소리
荷笠帶夕陽,   쓰고 있는 삿갓에 석양빛 두르고
青山獨歸遠.   청산 속 홀로 멀어져가네

해설 석양에 절로 돌아가는 영철 상인을 보내며 쓴 시이다. 한적하고 청정한 이미지로 상대방의 풍도를 나타냈고, 말구의 '원'(遠)자로 멀리까지 떠나는 모습을 지켜보는 자신의 모습까지 그려냈다. 그러나 '창창'(蒼蒼)이 이미 청색을 나타내고 있는데 다시 '청산'(青山)이란 말로 같은 색채를 중복시킨 흠이 있다.

---

8) 靈澈(영철) : 회계(會稽) 운문사(雲門寺)의 승려. 성씨는 탕(湯)이고 자는 징원(澄源)이다. 엄유(嚴維)에게 시를 배웠다. 장안을 유력하면서 사대부 사이에 명성이 자자했고, 월 지방에 돌아온 후 옥주사(沃洲寺)에 거주했다. 현재 시 16수가 남아있다.
9) 蒼蒼(창창) : 짙푸르다. ○ 竹林寺(죽림사) : 윤주(潤州, 강소성 鎭江)에 소재했던 절로, 영철 상인이 유숙했던 곳이다.
10) 杳杳(묘묘) : 어둑하다. 침침하다. 황혼에 들려오는 종소리가 마치 절로 돌아가는 영철 상인을 재촉하는 듯하다.

전기(錢起)

강행 무제(江行無題)

咫尺愁風雨,[1]	지척에 있는데도 안타깝게도 비바람에 막혀
匡廬不可登.[2]	여산에 차마 오를 수가 없구나
只疑雲霧裏,	구름과 안개에 덮인 저 산골 산골에
猶有六朝僧.[3]	아직도 육조시대 스님들이 살고 있을 듯

해설 운무에 덮인 여산을 노래했다. 「강행 무제」 100수 가운데 제69수이다. 이 작품은 비록 전기의 작품집에 들어가 있지만, 사실은 전기의 증손인 전후(錢珝)의 작품으로 고증되었다. 전후는 오흥 사람으로, 898년 진사에 급제했으며, 재상 왕부(王溥)가 지제고로 추천하였고 중서사인이 되었다. 나중에 왕부가 좌천되자 그 역시 무주(撫州, 강서성 동부)사마로 좌천되었다. 그가 무주사마로 좌천될 때 지은 것이 바로 『주중록』(舟中錄)이며 여기에 「강행 무제」 100수가 실려 있다. 서문에서 말한 "8월에 양양에서 배를 타고 가며"로 시작하여 현산(峴山), 면(沔), 무창, 광려(匡廬), 파호(鄱湖), 심양(潯陽) 등지를 지나간 경로와 시의 내용이 완전히 일치한다. 마치 장강을 길게 그린 듯 연작으로 이루어졌는데 당대 시인의 작품으로는 드문 경우이다. 여기에는 전란의 여진이 남아있고 강가 노인의 한숨이

---

1) 咫尺(지척) : 가까운 거리. 지(咫)는 팔 치이고 척(尺)은 일 자이다.
2) 匡廬(광려) : 여산을 가리킨다. 전설에 따르면 상주(商周)시대에 광속(匡俗) 형제 일곱 명이 여기에서 여막(廬幕)을 짓고 살았다고 하여, 그 산을 여산(廬山), 광산(匡山), 광려(匡廬) 등으로 부르게 되었다고 한다. 가까이 있으면서 오를 수 없다는 것은 배가 산 옆에 있지만 그 산이 깎아지른 듯 험함을 나타낸다.
3) 六朝僧(육조승) : 불교가 성행했던 육조시대에는 혜원(慧遠) 등 고승들이 여산에 많이 살았다. 시인은 깊은 산 속에 아직도 육조의 명승들이 살고 있는지 묻고 있다.

실려 있어 일반적인 산수시와 다른 풍격을 보인다.

협객을 만나(逢俠者)⁴⁾

燕趙悲歌士,⁵⁾	연조 지방의 비장한 노래 부르는 협객
相逢劇孟家.⁶⁾	오늘 그대와 극맹의 고향 낙양에서 만났네
寸心言不盡,⁷⁾	마음속의 말들 해도 해도 끝이 없는데
前路日將斜.	앞길에 해가 기울어 헤어져야 한다네

해설 낙양에서 협객을 만난 일을 썼다. 전반 2구에서 협객의 형상을 요약하였고, 후반 2구에서 헤어지는 일을 기록했다. 이 시는 협객을 찬양하면서 동시에 불공정한 세상에 대한 자신의 울분을 나타내고 있다. 이러한 뜻은 모두 뚜렷이 드러나지 않은 채 행간에 숨어 있다.

---

4) 俠者(협자): 협객. 남을 위해 옳은 일을 하며, 어려움을 물리치고 믿음을 지키는 호걸. 『사기』「유협열전」(遊俠列傳)에서 '협'(俠)이란 "말은 반드시 지켜야 하고, 행동은 성과를 이루어야 하며, 약속한 일은 비록 어렵더라도 전심전력으로 자신의 몸을 아끼지 않고 행한다"는 뜻으로 정의하고 있다. 여기에는 '의리', '신의', '정의' 등의 의미와 결합되어 있다.

5) 燕趙(연조): 연 지방과 조 지방. 지금의 하북성 일대. 고대부터 이들 지역에는 섭정(聶政)이나 형가(荊軻)와 같이 강개하고 의협심에 찬 용사들이 많이 나왔다. 『수서』「지리지」에서도 이 지역은 '슬픈 노래 부르고 강개하며'(悲歌慷慨), '민풍이 협기를 중시하고'(俗重氣俠), '예부터 용감하다고 말하는 자는 모두 유주와 병주에서 나왔다'(自古言勇敢者, 皆出幽幷)고 하였다. 한유도 「동소남을 보내며 ─ 서문」(送董邵南序) 첫마디에서 "예부터 연조 지방에는 강개하고 슬픈 노래 부르는 협객들이 많다고 하지"(燕趙古稱多慷慨悲歌之士)라 하였다.

6) 劇孟(극맹): 한대의 유명한 협사. 낙양 사람으로 호협의 이름이 높았다. 여기서는 낙양을 가리킨다.

7) 寸心(촌심): 가로 세로 한 치의 심장. 마음.

위응물(韋應物)

영양에서 묵으며 찬사께 부침(宿永陽寄璨師)[1]

遙知郡齋夜,[2]	멀리서도 아나니 군 관사의 밤
凍雪封松竹.	언 눈발이 솔밭과 대숲을 덮었으리
時有山僧來,	때로 산승이 내려와
懸燈獨自宿.	등을 걸어 놓고 혼자서 잠자리

해설 783년 겨울 저주자사로 있을 때 지었다. 서주에서 서남으로 삼십여 리 떨어져 있는 영양에 가 있을 때, 아마도 항찬(恒璨) 스님더러 군 관사에서 묵으라고 한 듯하다. 이 시는 겨울 눈 내리는 밤 항찬 스님을 생각하며 지은 시이다. 위응물은 항찬과는 친한 사이로 주고받은 시가 많다.

가을밤에 구 원외에게 부침(秋夜寄邱員外)[3]

懷君屬秋夜,[4]	그대를 그리며 가을밤을 맞아

---

1) 永陽(영양) : 저주(滁州, 안휘성)의 속현. 본래 한대에는 전초(全椒)라 하였으나 709년 영양으로 개명했다. 저주 치소에서 서남으로 삼십오 리 떨어져 있다. ○璨師(찬사) : 항찬(恒璨). 저주(滁州) 낭야산(琅琊山) 절의 승려로, 위응물과 친했으며 주고받은 시가 많다.

2) 郡齋(군재) : 주(州)의 관사. 당대의 주는 한대의 군에 해당하므로 군재라 하였다.

3) 邱員外(구원외) : 구단(邱丹)을 가리킨다. 소주(蘇州) 가흥(嘉興) 사람으로 제기(諸暨) 현령, 창부원외랑(倉部員外郎)을 역임하였다. 시인 구위(邱爲)의 형이다. 위응물이 이 시를 보낼 때 구단은 임평산(臨平山, 절강성 餘杭縣)에서 은거하고 있었다. 원외(員外)는 원외랑(員外郎)의 준말.

4) 屬(촉) : 마침 ~한 때를 당하다. '조'(遭)나 '봉'(逢)과 같다. '屬秋夜'은 "마침 가을밤이다"는 뜻.

散步詠涼天. / 서늘한 밤에 산보하며 시를 읊노라
山空松子落,5) / 산은 비어 조용한데 솔방을 떨어지는 소리
幽人應未眠.6) / 은거하는 그대도 잠 못 이루리

평석 그윽함의 절정.(幽絶.)

해설 가을밤에 친구를 그리며 쓴 시이다. 한담하고 고아하다. 당시 위응물은 소주자사(蘇州刺史)로 있었으며, 구단(邱丹)은 여항(餘杭, 항주시)에서 은거하며 도교 수련을 하고 있었다. 자신이 있는 공간과 친구가 있는 공간을 오가며 이를 결합하여 뚜렷한 인상을 만들었다. 제3구의 풍경은 상대방의 거처를 묘사했다고 볼 수도 있고 자신의 환경을 말했다고 볼 수도 있다. 이 시에 대한 구단의 답시 「위 사군의 '가을밤'을 받고 화답하며」(和韋使君秋夜見寄)가 남아있다. "이슬 떨어지니 오동잎이 울고, 가을바람에 계수 꽃이 피어나네. 이 가운데 신선을 배우는 사람 있어, 퉁소를 불며 가을 달을 희롱하네."(露滴梧葉鳴, 秋風桂花發. 中有學仙侶, 吹簫弄秋月.)

누대에 올라(登樓)

玆樓日登眺, / 이 누대에 날마다 올라 조망하니
流歲暗蹉跎.7) / 모르는 사이 세월이 흘렀어라
坐厭淮南守,8) / 회남태수의 업무가 지겹다고 하더라도
秋山紅樹多. / 가을 산에 붉은 나무 많아 머물 만해라

---

5) 松子(송자) : 솔방울. 혹은 솔씨.
6) 幽人(유인) : 은자를 가리킨다.
7) 蹉跎(차타) : 발을 헛디뎌 넘어지다. 일반적으로 세월을 헛되이 보냄을 비유한다.
8) 坐(좌) : 공연히. 부질없이. 하릴없이. ○淮南守(회남수) : 회남 태수. 자신의 관직인 저주자사를 가리킨다. 저주는 회남도(淮南道)에 속한다.

해설 가을에 누대에 올라 주위를 조망하고 쓴 시이다. 위응물의 시집에는 저주자사로 있으면서 공무의 중간에 틈을 내어 자주 '서루'(西樓)에 올라 쓴 시들이 있다. 그곳은 곧 이 시에서와 같이 관직에 대한 염증과 자연에 대한 지향이 갈등을 일으키는 장소이기도 하다. 그래도 시인은 회남의 산수를 좋아하여 비록 관직에 있다고 해도 있을 만하다고 말한다. 그의 「회하에서 양주 친구를 만나 기뻐하며」(淮上喜會梁州故人)에서도 "어찌 하여 돌아가지 않는가? 회하 강가에는 가을 산이 있기 때문이지"(何因不歸去? 淮上有秋山.)라 하였다.

기러기 울음을 듣고(聞雁)

故園渺何處?[9)	고향은 아득히 어디에 있는가?
歸思方悠哉.[10]	돌아갈 생각 바야흐로 절실하여라
淮南秋雨夜,	회남의 가을비 내리는 밤
高齋聞雁來.[11]	군의 관사에서 듣는 기러기 소리

평석 '돌아갈 생각'이 난 다음에 '듣는 기러기 소리'라 하니 그 심정이 절로 깊어졌다. 순서를 바꾸어 말한다면 지금 사람도 지을 수 있을 것이다.('歸思'後說'聞雁', 其情自深. 一倒轉說, 則近人能之矣.)

해설 가을밤에 고향을 생각하며 기러기 소리를 듣고 지은 시이다. 첫 구에서 의문문으로 고향에 대한 그리움을 표현하고, 후반부에서 가을 밤비와 기러기 소리로 객지의 고적함을 나타내었다.

---

9) 渺(묘) : 아득히 먼 모양.
10) 悠哉(유재) : 그리워라!
11) 高齋(고재) : 군재(郡齋)를 말한다. 군의 관사.

유방평(劉方平)

장신궁(長信宮)[1]

夢裏君王近,	꿈에서 군왕을 뵙고 깨어나니
宮中河漢高.	궁중의 은하수가 높기만 하여라
秋風能再熱,	가을바람이 다시금 더워질 수 있다면
團扇不辭勞.	둥근 부채 되더라도 힘든 줄 모르리

평석 고대의 일을 빌리고 뜻을 번안하여 돈후함을 나타내었다.(翻用古意, 見其敦厚.)

해설 총애를 잃은 궁녀의 원망을 그렸다. 서한 반첩여의 「원가행」(怨歌行, 일명 「단선가」)을 번안하여, 더울 때는 부채를 항상 가까이 하므로 부채와 같은 자신은 가을바람이 다시 더워지기를 바랐다. 원망이 있어도 드러내지 않는, 중국 고전시의 이러한 감정의 표현 방식이 곧 시교(詩敎)의 하나이다.

채련곡(采蓮曲)[2]

落日淸江裏,　　　　　맑은 강물 속으로 해 떨어질 때

---

1) 長信宮(장신궁) : 한대 궁 이름. 태후가 거처하는 궁이다. 서한 때 반첩여(班婕妤)가 조비연(趙飛燕)의 모함을 받아 총애를 잃자 스스로 장신궁에 들어가 태후를 모시고 산 일이 유명하다. 이때의 심정을 「자도부」(自悼賦)로 표현하였고, 자신의 처지를 가을 부채로 비유한 「원가행」(怨歌行)을 지었다.
2) 采蓮曲(채련곡) : 연밥 딸 때 부르는 노래. 남조의 가곡 이름으로, 청상곡사(淸商曲辭)에 속한다. 양 무제(梁武帝, 蕭衍)가 '서곡'(西曲)을 '강남농'(江南弄) 7곡으로 개작하였는데 채련곡은 그 중 하나이다.

荊歌艷楚腰.[3]	형가 부르는 아리땁고 날씬한 처녀
采蓮從小慣,	연밥 따기는 어렸을 때부터 익숙해
十五卽乘潮.[4]	열다섯부터 조수에 맞서 배를 저었다네

해설 연밥 따는 처녀를 노래하였다. 일몰의 강을 배경으로 노래하며 연밥을 따고 조수에도 배를 익숙하게 젓는 건강한 처녀의 모습을 그렸다. 소박하고 자연스러운 언어로 만든 민가풍의 노래로 강남의 풍정(風情)이 절로 넘친다.

봄눈(春雪)

飛雪帶春風,	날리는 눈이 봄바람을 띠고 있어
徘徊亂繞空.	머뭇거리며 어지러이 허공을 맴도네
君看似花處,	그대 보게나, 꽃처럼 보이는 곳
偏在洛城東.[5]	바로 낙양성 동쪽이라네

평석 날씨가 차고 바람 불고 눈이 날리면 부잣집에서는 눈을 감상하기 좋은 반면 가난한 집에서는 근심이 되는데, 이 시에서는 오히려 함축적으로 말했다.(天寒風雪, 獨宜於富貴之家, 却說來蘊藉.)

---

3) 荊歌(형가) : 초 지방의 노래. 춘추시대에는 초나라를 형(荊)이라 하였다. ○ 楚腰(초요) : 초나라 여인들의 날씬한 허리. 『관자』「칠신칠주」(七臣七主)에 "초나라 왕이 가는 허리를 좋아하니 미인들이 밥을 적게 먹었다"(楚王好小腰而美人省食.)는 말이 있고, 『윤문자』에도 "초 장왕이 가는 허리를 좋아하니 온 나라 여인이 굶주린 기색을 보인다"(楚莊好細腰, 一國皆有饑色.)는 말이 있다.

4) 乘潮(승조) : 조수를 향하여 배를 저어나감.

5) 偏在(편재) 구 : 백거이가 말하기를 낙양에서 초목이 가장 무성한 곳은 동남편이라고 하였다. 청대 교억(喬億)의 『대력시략』(大曆詩略) 권6 참조.

해설 봄눈을 노래한 영물시이다. 한겨울의 눈과 달리 잘 날리는 특징을 잡았으며, 가지 위에 앉은 눈에서 배꽃을 연상하였다. 당대에는 낙양성 동남편이 특히 시내가 많고 숲이 우거졌다고 한다. 제3, 4구는 남조의 범운(范雲)의 「이별시」(別詩)의 이미지를 활용하였다. "낙양성의 동쪽과 서쪽에 산다지만, 항상 오래도록 만나지 못하네. 지난번 갈 때는 눈이 꽃 같더니만, 이번에 올 때는 꽃이 눈 같으이."(洛陽城東西, 長作經時別. 昔去雪如花, 今來花似雪.)

창당(暢當)

관작루에 올라(登鸛雀樓)[1]

逈臨飛鳥上,	나르는 새들 위에 오르니
高出世塵間.	드높이 세상의 먼지를 벗어났구나
天勢圍平野,	하늘은 사방의 평야를 들러싸고
河流入斷山.	황하는 끊어진 산으로 흘러드네

평석 왕지환의 작품보다 못하지 않다.(不減王之渙作.)

해설 관작루에 올라 사방을 둘러보고 지은 시이다. 광활한 공간을 심원(深遠)의 투시법으로 내려다보고 있다. 이 시는 전적으로 고공에 오른 감각을 묘사한데 비하여, 왕지환(王之渙)의 같은 제목의 작품은 개인의 흥

---

1) 鸛雀樓(관작루) : 앞에 나온 왕지환의 같은 제목의 시 참조.

금을 펼쳤다는 점에서 다르다. 당대 관작루에 대해 쓴 작품 가운데 왕지환, 이익(李益)의 작품과 함께 삼대 명작으로 손꼽힌다.

경위(耿湋)

가을날(秋日)

返照入閭巷,[1]	지는 햇빛이 골목에 비춰 들어올 때
憂來誰與語?	몰려오는 근심을 누구와 얘기할까?
古道無人行,	길에는 다니는 사람 없고
秋風動禾黍.[2]	가을바람만 벼와 기장을 흔드네

해설 가을 저녁에 일어나는 적막감과 시름을 그렸다. 일부 현대 학자들은 말구의 '화서'(禾黍)를 실경이 아닌 '화서지탄'(禾黍之歎)과 연결하여 나라의 쇠락을 걱정하는 뜻으로 보기도 한다.

---

1) 返照(반조) : 저녁에 낮게 비쳐드는 햇빛. ○閭巷(여항) : 마을. 향리.
2) 禾黍(화서) : 벼와 기장. 일부 학자들은 이 구를 실경으로 보지 않고 상나라가 망한 후 주왕(紂王)의 친척인 기자(箕子)가 황폐해진 도읍을 지나가다 슬퍼한 일과 연관시킨다. 『사기』「송미자세가」에서는 기자의 노래를 싣고 있다. "보리 꽃 까끄라기 뾰쪽하고, 벼와 기장 기름졌구나. 저 완고한 동자여, 나와 친하지 않았지."(麥秀漸漸兮, 禾黍油油兮. 彼狡童兮, 不與我好兮.) 그리하여 주차(朱泚)가 783년 반란을 일으켜 장안을 점령한 일이나 나라의 쇠락을 가리키는 것으로 보기도 한다.

고황(顧況)

파양의 친구를 생각하며(憶鄱陽舊遊)[1]

悠悠南國思,[2]	오랫동안 남국을 그렸는데
夜向江南泊.	이제야 강남으로 가 밤배를 대는구나
楚客斷腸時,[3]	초 지방 나그네 애 끊어질 때
月明楓子落.[4]	밝은 달빛 속 단풍 열매 떨어지네

해설 달밤에 친구를 생각하였다. 파양(강서성)은 고황이 30대에 유력한 곳이자, 60대에 사호참군으로 좌천되어 오 년간 있었던 곳이기도 하다. 아마도 60대에 좌천되어 갈 때 젊었을 적에 사귀었던 친구들을 생각하며 쓴 시로 보인다.

---

1) 鄱陽(파양) : 요주(饒州)의 속현. 지금의 강서성 파양. ○ 舊遊(구유) : 예전에 사귀었던 친구들.
2) 悠悠(유유) : 여러 가지 뜻이 있으나 여기서는 생각에 잠긴 모양. ○ 南國思(남국사) : 남국에 대한 그리움.
3) 楚客(초객) : 초 지방의 나그네. 요주는 전국시대 초나라 강역이었으므로 자신을 초객이라 하였다.
4) 楓子(풍자) : 단풍나무의 일종인 풍향수(楓香樹)의 열매. 크기가 계란 알만 하며 이월에 꽃이 피고 팔구월에 열매가 익는다.

노륜(盧綸)

새하곡 2수(塞下曲二首)[1)]

제1수

林暗草驚風,[2)]	어둑한 숲에 바람이 풀을 스치니
將軍夜引弓.[3)]	장군이 밤에 화살을 당기다
平明尋白羽,[4)]	다음 날 흰 깃 화살 찾으러 가니
沒在石稜中.[5)]	바위에 깊숙이 박혀 있어라

해설 제목이 「장 복야의 '새하곡'에 화답하며」(和張僕射塞下曲)라 된 판본이 많다. 장 복야는 787년 좌복야(左僕射) 동평장사(同平章事)에 오른 장연상(張延賞)을 가리킨다. 노륜은 당시 하중절도사 혼감(渾瑊)의 막부에 있었다. 원래 6수이나 여기서는 2수를 뽑았다. 전장을 하나하나 압축된 화면으로 담은 작품들로 성당(盛唐)의 풍골이 있는 것으로 평가받았다. 제1수

---

1) 塞下曲(새하곡) : 횡취곡사(橫吹曲辭)에 속하는 악부제. 한대 악부 「출새」 또는 「입새」에서 유래하였고, 가사는 대부분 변방의 전쟁을 내용으로 하고 있다. 제목이 「장 복야의 '새하곡에 화답하며」(和張僕射塞下曲)라 된 판본이 많다. 장 복야는 787년 좌복야 동평장사에 오른 장연상(張延賞)를 가리킨다. 노륜은 당시 하중절도사 혼감(渾瑊)의 막부에 있었다.

2) 驚風(경풍) : 바람에 풀이 놀라다. 이 구는 "바람은 호랑이를 따른다"(風從虎)는 고대 관념에 기초하고 있다. 바람이 불어 풀이 움직이니 호랑이가 있는 듯한 분위기이다.

3) 將軍(장군) : 이광(李廣)의 전고를 채용하였다. "이광이 사냥을 나갔는데 풀속에 바위를 보고는 호랑이인줄 알고 활을 당겼다. 바위를 명중시켰는데 활촉이 바위 속으로 들어갔다. 살펴보니 바위였다."(廣出獵, 見草中石, 以爲虎而射之, 中石, 沒鏃, 視之, 石也.) 『사기』 「이장군열전」 참조. 여기서는 이광의 전고를 빌어 장군의 출중함을 나타내었다.

4) 白羽(백우) : 백우전(白羽箭). 흰색의 깃털이 박혀있는 화살.

5) 沒(몰) : 파묻히다. ○ 稜(릉) : 모서리.

는 장군의 절륜한 무예를 표현하였다. 시는 대체로『사기』「이장군열전」에 나오는 한대 이광(李廣)의 전고를 채용하였다. "이광이 사냥을 나갔는데 풀 속에 바위를 보고는 호랑이인 줄 알고 활을 당겼다. 바위를 명중시켰는데 활촉이 바위 속으로 들어갔다. 살펴보니 바위였다."(廣出獵, 見草中石, 以爲虎而射之, 中石, 沒鏃, 視之, 石也.) 여기서는 이광의 전고를 빌어 장군의 활솜씨의 출중함을 나타내었다.

제2수

月黑雁飛高,[6]	달빛 흐리고 기러기 높아
單于夜遁逃.[7]	선우가 밤을 틈타 도망가다
欲將輕騎逐,[8]	재빨리 기병대로 뒤쫓아 가려는데
大雪滿弓刀.	큰 눈발 칼과 활에 가득 내리다

평석 웅건.(雄建.)

해설 눈 내린 밤의 추격전을 그렸다. 특히 후반 2구는 전투가 아직 시작되기 전의 충만한 전의를 나타내었다. 마치 화살을 재고 있으나 아직 쏘지 않은, 긴장과 기개를 풍경을 빌어 표현하였다.

---

6) 月黑(월흑) : 달은 떴으나 구름에 가려 보이지 않다. ○雁飛高(안비고) : 기러기가 높이 날아가다. 다른 한편 이 말은 동작이 소리 없이 은밀히 이루어졌음을 말하며, 나아가 적이 도망갔음 비유한다.
7) 單于(선우) : 흉노의 왕.
8) 輕騎(경기) : 경기병.

이 과의에게(贈李果毅)[9]

向日磨金鏃,[10]	태양을 향하여 화살촉을 갈고
當風著錦衣.[11]	바람을 마주하여 비단 전포를 입다
上城邀賊語,[12]	성루에 올라 적을 불러 고함 쳐 말하고
走馬截雕飛.[13]	말을 달리며 날아가는 수리를 쏘다

해설 이 과의를 칭송한 시이다. 네 가지 동작을 모아 용맹하고 무예가 출중한 장군의 형상을 완성하였다. 그러므로 화살촉도 분명 날카로울 것이고, 바람도 분명 황막할 것이고, 걸음과 음성도 분명 장대할 것이고, 말도 분명 준마일 것이다. 이러한 수식이 생략되어 있으므로 이들 이미지를 끼워 넣어 읽어야 할 것이다.

이단(李端)

고쟁 소리 들으며(聽箏)[1]

| 鳴箏金粟柱,[2] | 계화 꽃 새겨진 기러기발 고쟁(古箏)을 울리며 |

---

9) 李果毅(이과의) : 미상. 과의(果毅)는 과의도위(果毅都尉)로 무관 직책이며 부병(府兵)을 통솔한다. 절충도위(折衝都尉) 아래로 품계는 종5품하.

10) 向(향) : 대하다. ○ 金鏃(금족) : 금속 화살촉.

11) 當風(당풍) : 바람을 마주하다.

12) 邀賊語(요적어) : 적을 향해 큰 소리로 말하다.

13) 截雕(절조) : 사조(射雕). 수리를 쏘다. 수리는 날쌔기 때문에 웬만한 명궁이 아니면 쏘아 맞히지 못한다. 무예가 뛰어남을 말한다.

1) 箏(쟁) : 고쟁(古箏) 또는 진쟁(秦箏)이라고도 한다. 거문고와 비슷한 현악기. 『수서』

素手玉房前.3)　　　　화려한 방 앞에서 섬섬옥수가 물결치는구나

欲得周郎顧,4)　　　　주랑(周郎)이 한 번 돌아보기를 바라

時時誤拂絃.　　　　　때때로 현을 일부러 잘못 뜯는구나

평석 청대 오창기(吳昌祺)가 말하기를 '병든 모습으로 아리따움을 얻는 격으로, 말이 절묘하다'고 했다.(吳綬眉謂因病致妍, 語妙.)

해설 뛰어난 고쟁 연주를 그렸다. 자신을 돌아봐주기를 바라는 여인이 일부러 현을 잘못 뜯음으로써 더욱 높은 실력을 드러낸다는 뜻을 취하였다. 이는 여인의 뛰어난 연주에 남자가 완전히 도취되어 있기에, 음악이 아닌 자신을 돌아봐주기를 바라는 뜻에서 잘못 퉁긴다고 할 수 있다. 그러므로 연주자도 고수이지만 듣는 사람도 지음(知音)임을 알 수 있다. 서투름으로 능란함을 숨기고, 계획된 실수로 절륜의 기예를 드러내는 복합적인 심리의 공간이 고쟁의 현 밖에서 펼쳐진다.

　　「음악지」에는 십삼 현으로 되어 있다고 한다.
2)　金粟柱(금속주) : 계화(桂花) 문양을 새겨 넣은 기러기발. 색이 황금색이고 모양이 좁쌀처럼 작다고 하여 계화를 금속화(金粟花)라고도 부른다.
3)　玉房(옥방) : 옥으로 장식한 방.
4)　周郎(주랑) : 삼국시대 동오의 주유(周瑜). "주유는 젊었을 때 음악에 정통하였는데 비록 술을 석 잔 마신 후라 하더라도 음률에 잘못이 있으면 반드시 알아냈고, 알아내면 반드시 돌아보았다. 그리하여 당시 사람들 속담에 '음악이 잘못되면 주랑이 돌아본다'는 말이 있었다."(瑜少精意於音樂, 雖三爵之後, 其有闕誤, 瑜必知之, 知之必顧. 故時人謠曰 : "曲有誤, 周郎顧.") 『삼국지』 중의 『오서』(吳書) 「주유전」(周瑜傳) 참조. 여기서는 주유와 같이 뛰어난 감상자가 알아주길 바란다는 뜻.

새 보름달에 제사하며(拜新月)[5]

開簾見新月,	무심코 발을 걷다가 본 새 보름달
卽便下階拜.	바로 섬돌을 내려가 절을 하누나
細語人不聞,[6]	기원하는 낮은 말소리 아무도 들을 수 없는데
北風吹裙帶.	불어오는 북풍에 치마 띠만 날리누나

평석 달을 마주하고 마음을 호소하니 자연히 다른 사람이 들을 수 없다. 「자야가」에 가깝다.(對月訴情, 人自不聞語也. 近子夜歌.)

해설 달에게 호소하는 여인을 그렸다. 여인이 궁녀인지 민간의 아낙인지 명확하지 않으나 제3구로 보아 마음속에 절실히 호소하고 싶은 말이 있는 젊은 여인으로 보인다. 제2구의 '즉변'(卽便)이 그 마음의 다급함을 잘 드러내고 있으며, 제4구의 경건한 동작 속의 치마 휘날리는 모습이 내심의 얽힌 정을 풀어내는 듯하다. 짧은 편폭에 선명한 인상을 담았으며, 민가풍의 운미(韻味)가 있다.

계곡을 걷다가 비를 만나─유중용에게 부침(溪行逢雨, 寄柳中庸)[7]

日落衆山昏,	해 떨어지자 뭇 산들이 어두워
瀟瀟暮雨繁.[8]	부슬부슬 저녁 비가 많아져라

---

5) 拜新月(배신월) : 새 보름달에 제사하다. 주로 여인들이 달의 신에게 제물을 차리고 복을 비는 일을 말한다. 新月(신월)은 음력 십오일에 새로 둥그러진 달로, 초승달이란 뜻이 아니다.
6) 細語(세어) : 낮은 소리로 자세하게 하는 말.
7) 柳中庸(유중용) : 중당 시인. 시인 소전 참조.
8) 瀟瀟(소소) : 비가 내리는 모습.

那堪兩處宿,⁹⁾   어찌 견디랴, 그대와 나 묵는 곳 다른데
共聽一聲猿!   한 가지로 듣는 원숭이 울음소리

해설 친구 유중용을 생각한 시이다. 저녁 비 내릴 때 자신과 마찬가지로
남방에서 원숭이 울음 듣고 있을 친구를 그렸다. 두 사람의 맺힌 마음이
원숭이 울음으로 공명을 일으킨다.

황보증(皇甫曾)

왕 사직을 보내며(送王司直)¹⁾

西塞雲山遠,²⁾   서새산은 구름 낀 산 너머 먼데
東風道路長.   동풍과 함께 먼 길 가리라
人心勝潮水,   나의 마음은 조수보다 더 낫기에
相送過潯陽.³⁾   멀리 심양을 지나 그대를 보낸다네

평석 조수는 심양까지만 간다.(潮不過潯陽.)

해설 친구를 보내며 쓴 송별시이다. 장강 하류에서 배를 타고 심양을 지

---

9) 那堪(나감) : 어찌 견디랴. 어찌 능히 받아들이랴.
1) 王司直(왕사직) : 미상. 사직은 대리시 소속의 관직으로, 범인의 심문 등을 담당한다.
  품계는 종6품상.
2) 西塞(서새) : 서새산. 호북성 대야시(大冶市) 동쪽에 소재. 장강 중류에 있는 요새 가
  운데 하나로 장강 남안에 소재한다. 삼국시대 이 일대는 동오의 방어 기지였는데,
  동오의 강역에서는 서쪽의 변방에 해당하므로 서새(西塞)라는 이름을 붙였다.
3) 潯陽(심양) : 강주의 속현. 지금의 강서성 구강시(九江市).

나 서세산으로 가는 일정이어서 장강을 거슬러 올라가야 하므로, 제2구와 같이 동풍이 불어 가는 길이 순조롭기를 기원하였다. 바닷물의 조수는 장강을 거슬러 심양(지금의 구강시)까지만 가므로 서쪽으로 가는 사람은 심양에서 배에 내려 육로로 가야한다. 나의 마음은 심양까지만 가는 조수와 달리 친구의 목적지인 서세산까지 함께 한다고 말하였다.

회수 어구에서 — 조 원외에게 부침(淮口寄趙員外)[4]

欲逐淮潮上,	회수의 조수를 타고 따라가려다가
暫停魚子溝.[5]	잠시 어자구에서 멈추노라
相望知不見,	바라보아도 보이지 않는 줄 알지만
終是屢回頭[6]	결국은 자꾸만 머리 돌려 바라보노라

해설 친구와 헤어지며 썼다. 이미 보이지 않는 줄 알지만 아쉬운 마음에 자꾸만 되돌아보는 정을 간결한 형식 속에 담았다.

---

4) 淮口(회구) : 회음(淮陰). 지금의 강소성 청강시(淸江市) 서남.
5) 魚子溝(어자구) : 어구(漁溝). 지금의 회음현 어구진(漁溝鎭).
6) 終是(종시) : 결국. 온통.

사공서(司空曙)

금릉 회고(金陵懷古)¹⁾

輦路江楓暗,²⁾	어도에는 단풍나무 무성하고
宮庭野草春.	궁정에는 봄 되어 들풀이 무성해
傷心庾開府,³⁾	마음 아파라, 유신이여
老作北朝臣.	늙어서 북조의 신하가 되었구나

평석 유신이 북조를 방문하였다가 마침내 머물게 되었고 관직이 개부의동삼사에 이르렀다. 당시 진(陳)나라와 국교가 통하여 남과 북에서 억류되었던 사람들이 각기 고국으로 돌아갔으나 유신만큼은 북주에서 돌려보내지 않았으니 이것이 「애강남부」를 짓게 된 동기이다.(庾信聘於北朝, 遂留之, 官開府儀同三司. 時陳氏通好, 南北之士, 各還故國, 而周獨不遣信, 此哀江南賦所以作也.)

해설 남조의 도읍이었던 금릉을 제재로 쓴 영사회고시이다. 전반 2구는 황폐해진 옛 도읍지를 묘사하였고, 후반 2구는 유신이 북조에 억류된 사정을 통하여 양나라의 쇠망을 탄식하였다. 중당시기 당나라의 국운이 쇠미해지면서 고대 역사를 통해 국난을 환기하려는 의도가 있다.

---

1) 金陵(금릉) : 지금의 남경시(南京市). 전국시대 초 위왕(楚威王)이 망기술(望氣術)에 따라 이곳에 제왕이 태어난다는 왕기(王氣)가 있음을 보고, 금을 묻어 이를 진압하였기에 금릉(金陵)이라 하였다. 진시황은 땅을 파 언덕을 끊고 지명을 말릉(秣陵)으로 바꾸었다. 삼국시대 동오 때는 건업(建業)이라 하였다. 서진(西晉) 말기에 건강(建康)이라 하는 등 역대로 지명이 자주 바뀌었다.
2) 輦路(연로) : 왕의 가마가 지나가는 길. 어도. ○江楓暗(강풍암) : 단풍나무가 무성하다.
3) 庾開府(유개부) : 남조 양나라의 문인 유신(庾信). 양 원제 때인 554년 서위(西魏)에 사신으로 간 사이 나라가 망해 서위에 그대로 머물렀다. 서위가 망하고 북주(北周)가 들어서자 표기대장군(驃騎大將軍), 개부의동삼사(開府儀同三司)에 이르렀다. 비록 지위는 높지만 고향을 그리는 정에 「애강남부」를 지었다.

노진경을 보내며(送盧秦卿)

知有前期在,[4)	앞으로 만나리라 알고 있지만
難分此夜中.	이 밤에 헤어지긴 차마 힘들어
無將故人酒,	친구인 내가 주는 술을 사양하지 말게나
不及石尤風.[5)	이 술도 석우풍(石尤風)보다 못하지 않으니

평석 석우풍은 배를 나가지 못하게 하는 역풍이다. 송 무제의 시에 "원컨대 석우풍이 되어, 사면에 행려 길을 끊어놓으리"란 구절이 있다. 사람을 보낼 때 만류하고자 하는 뜻이다.(石 尤風, 打頭逆風. 宋武帝詩: "願作石尤風, 四面斷行旅." 送人時致留人意.)

해설 송별시는 생활 속에서 수시로 지어졌기 때문에 당시 가운데 가장 많이 창작된 소장르이다. 이런 가운데 새로운 의미를 추구하는 시들도 꾸준히 나왔다. 이 시 역시 만날 것을 낙관하면서도 헤어짐을 아쉬워하는, 예전에 없던 특출한 말로 시작하고 있다. 후반 2구 역시 친구를 붙들고 싶은 마음에서 기발한 착상으로 술을 권하고 있다.

---

4) 前期(전기): 앞으로 만나기로 약속한 날.
5) 石尤風(석우풍): 출발하는 배를 되돌리게 하는 역풍. 전설에 의하면 고대에 상인 우씨(尤氏)가 석씨(石氏) 여인과 잘 살고 있었는데, 우씨가 나가서는 돌아오지 않았다. 이에 석씨가 기다리다 병이 들어 죽으면서 말하였다. "내가 그를 나가지 못하도록 막지 못한 것이 한이다. 앞으로 상인들이 먼 길 나가면 나는 큰 바람이 되어 천하의 여인들을 위해 나가지 못하도록 하겠다." 『강호기문』(江湖紀聞) 참조.

김창서(金昌緒)

봄의 원망(春怨)[1][2]

打起黃鶯兒,	저놈의 노란 꾀꼬리를 때려 쫓아라
莫敎枝上啼.	가지 위에서 울지 못하도록
啼時驚妾夢,	저놈이 울어 천첩의 꿈을 깨우니
不得到遼西.[3]	요서에 갈 수 없구나

평석 말소리가 얼마나 부드러운가?(語音一何脆?) ○ 하나의 기운으로 단번에 이어져 내려가 려면 이 시를 본으로 삼아야 한다.(一氣蟬聯而下者, 以此爲法.)

해설 봄날 젊은 아낙이 남편을 그리는 정을 그렸다. 소박하고 생동감 넘 치는 말로 좋은 꿈을 깨우는 꾀꼬리를 탓하여 자신의 깊은 사념을 드러 내었다. 한 구씩 뜻을 제시하다가 마지막에 이르러서야 비로소 완정한 의미가 드러나는 방식을 취하였다. 오대 남당 풍연사(馮延巳)가 쓴 「보살 만」(菩薩蠻)의 "내가 잠든 사이 꾀꼬리 어지러이 지저귀어, 좋은 꿈 깨져 서 찾을 길 없어라"(濃睡覺來鶯亂語, 驚殘好夢無尋處.)도 이 시에서 변모시킨 듯하다.

---

1) 심주 : 무명씨의 「이주가」라 된 판본도 있다.(一作無名氏伊州歌.)
2) 제목을 「이주가」(伊州歌)라고 한 판본도 있다. 이주(伊州)는 지금의 신강위구르자치 구의 하미(哈密)이다. 당 현종 때 서량(西涼) 도독 개가운(蓋嘉運)이 이 노래를 수집 하였다. 이 시가 나중에 악부에 편입되면서 그 음악에 맞추다 보니 「이주가」라 한 듯하다.
3) 遼西(요서) : 진대(秦代)의 군(郡) 이름. 요하(遼河)의 서쪽이란 뜻으로 지금의 요녕성 서부. 남편의 수자리가 있는 곳.

유담(柳淡)

강을 따라 가며(江行)

繁陰乍隱洲,[1]	무성한 수풀이 금방 모래톱을 가렸는가 싶었는데
落葉初飛浦.	낙엽이 막 포구에 날리기 시작하는구나
蕭蕭楚客帆,	쓸쓸해라, 초 지방 나그네가 탄 배
暮入寒江雨.	저물녘 차가운 강의 빗속으로 들어가네

해설 가을비 오는 저녁에 배를 타고 가는 감회를 그렸다. 객수(客愁)는 모두 풍경으로 변하여 낙엽이 되고 저녁이 되고 비가 되었다.

이익(李益)

자고사(鷓鴣詞)[1]

| 湘江斑竹枝,[2] | 상강 강가 얼룩덜룩한 반죽의 대숲에 |

---

1) 繁陰(번음) : 짙은 수풀. ○乍(사) : 갑자기.

1) 鷓鴣詞(자고사) : 악부 제목. 당대 만들어진 '근대곡사'(近代曲辭)에 편입되어 있다. 자고는 메추리 비슷하면서 몸집은 꿩만큼 큰 새로, 주로 강남에 살며 아침과 저녁에는 잘 나타나지 않는다. 고대인들은 그 특징적인 울음소리에서 '갈 수 없다'는 뜻으로 들었기에 남아있는 사람에게는 가는 사람을 만류하게 하고, 객지의 나그네에게는 험한 길을 예고하는 새로 알려졌다.

2) 湘江(상강) : 호남성 최대의 강. 광서성 동북부에서 발원하여 호남성 영주에서 소수(瀟水)와 합류하는데, 이곳부터 동정호까지를 상강이라 부른다. ○斑竹(반죽) : 상비

錦翅鷓鴣飛.   비단 날개 펼치고 자고새 날아가네
處處湘雲合,   도처에 상강의 구름이 모이는데
郞從何處歸?   낭군은 어디에서 돌아오시려나?

해설 자고새 소리를 들으며 낭군을 그리는 시이다. 여인의 어투이기 때문에 상강의 강가에서 유장한 강물과 반죽과 구름을 배경으로 먼 곳을 바라보는 여인의 모습이 그려졌다. 상강, 반죽, 자고새 등이 모두 문학적 전통 속의 비유를 포함하면서 시 공간으로 들어온다. 앞 3구까지 차례로 주위의 배경을 하나씩 그리다가 말구에서 갑자기 단조로움을 깨면서 여인의 마음 속 말을 내쏟게 하였다.

대숙륜(戴叔倫)

삼려대부 사당에 적다(題三閭大夫廟)[1]

沅湘流不盡,[2]   원수와 상수가 끝없이 흘렀으니
屈子怨何深?   굴원의 원한이 얼마나 깊었는가?
日暮秋風起,[3]   해 저물고 가을바람 일어나면

     죽(湘妃竹)이라고도 한다. 줄기에 자갈색의 반점이 있는 대나무. 전설에 의하면 순임금이 창오산에서 죽자, 두 비 아황과 여영이 상강에서 흘린 눈물이 떨어져 얼룩이 졌다고 한다.

1)   三閭大夫(삼려대부) : 전국시대 초나라 문인 굴원(屈原). 관직이 삼려대부였다. 사당은 지금의 호남성 멱라시(汨羅市)에 소재한다.

2)   沅湘(원상) : 원수와 상수. 호남성 경내에서 동정호로 흘러드는 두 줄기 큰 강. 이 구는 굴원의 『구가』 「상군」(湘君)에 나오는 "원수와 상수의 물결 잠들게 하고, 장강의 물 고요히 흐르게 하고저"(令沅湘兮無波, 使江水兮安流.)를 이용하였다.

蕭蕭楓樹林.　　　소소히 흔들리는 단풍나무 숲

평석 우수와 시름이 붓 끝에 감긴다.(憂愁幽思, 筆端縈繞.) ○ 굴원의 원망이 어찌 원수와 상수 따라 흘러갈 수 있겠는가? 발단이 뛰어나다.(屈子之怨, 豈沅湘所能流去耶? 發端妙.)

해설 굴원 사당을 둘러보고 지은 시이다. 충정을 지녔으나 참언으로 방축되고 끝내 강물에 투신한 시인에 대해 깊이 추모하였다. 천 년이 지나도 아직 흐르는 강물을 굴원의 한으로 비유하였고, 가을바람과 단풍나무를 빌려 그의 혼을 위로하였다.

엄유(嚴維)

금화로 가는 사람을 보내며(送人往金華)[1]

明月雙溪水,[2]	밝은 달 비치는 쌍계의 강물
清風八詠樓.[3]	맑은 바람 부는 팔영루
少年爲客處,	젊었을 때 내 나그네로 갔던 곳

---

3) 日暮(일모) 구: 굴원의 『구가』「상부인」(湘夫人)에 나오는 "가을바람 하늘하늘 불고, 동정호에 물결 일고 나뭇잎 떨어지네"(嫋嫋兮秋風, 洞庭波兮木葉下.)를 환기한다.

1) 金華(금화): 무주(婺州)의 속현. 지금의 절강성 금화시.

2) 雙溪(쌍계): 금화 성남에 있는 강. 동양(東陽) 대분산(大盆山)에서 내려오는 강과 진운(縉雲) 황벽산(黃碧山)에서 내려오는 강이 금화 성 아래에서 합류하기에 이름 붙여졌다.

3) 八詠樓(팔영루): 금화에 있는 누대. 남조시대 심약(沈約)이 동양태수(東陽太守)로 있을 때 누대를 짓고 「누대에 올라 가을 달을 보며」(登臺望秋月) 등 8수를 지었기에 이름 붙여졌다. 심루(沈樓) 또는 현창루(玄暢樓)라고도 한다.

今日送君遊.　　　　오늘은 놀러가는 그대를 보내네

해설 친구와 헤어지며 쓴 시이다. 친구가 가는 곳은 금화로, 먼저 금화의 아름다운 풍광을 명월과 청풍, 쌍계수와 팔영루로 요약하였다. 제3구에서 갑자기 금화는 자신이 젊었을 때 가보았던 곳이라며 기억을 떠올린다. 그리하여 자연스럽게 말구에서 친구의 금화행이 순조롭기를 기원하였다.

주방(朱放)

죽림사에 적다(題竹林寺)

歲月人間促,	세월이 사람을 재촉하는데
煙霞此地多.	이곳에는 안개와 노을이 가득해
殷勤竹林寺,[1]	정이 깊은 죽림사
更得幾回過?	앞으로 몇 번이나 올 수 있을까?

해설 인생의 짧음을 탄식한 시이다. 죽림사로 대변되는 모든 아름다운 곳을 정작 몇 번 가보지도 못하고 시간에 쫓겨 인생을 총망하게 보낸다는 탄식이 깃들어 있다. 말구에는 죽림사에 다시 올 수 없을지도 모른다는 여운이 깔려 있다.

---

1) 殷勤(은근) : 은근하다. 돈독하다. 정이 깊다.

권덕여(權德興)

오래 헤어졌던 사람을 고개에서 만났다가 다시 헤어지며(嶺上逢久別者又別)

十年曾一別,   십 년 전에 한 번 헤어진 뒤
征斾此相逢.[1]   깃발을 들고 여기서 만나는구나
馬首向何處?   말머리는 어디로 향하는가?
夕陽千萬峰.   석양 아래 천만 개의 봉우리

해설 아는 사람을 우연히 만났다가 금방 다시 헤어진 일을 기록하였다. 소박하고 담담한 필치 속에 헤어지고 만나는 인생이 순식간에 드러났다. 두 사람은 어쩌면 친하지 않은 평범한 교우 관계일 수도 있지만, 결국 인생의 대부분은 그러한 만남으로 채워지는 경우가 많다. 제3구는 상대에게 묻는 말일 수도 있고 자신에게 묻는 말일 수도 있지만, 제4구와 연관해서 보면 마치 오늘 우연히 만나듯, 만남과 이별의 방향을 정하지 못하는 미망을 나타내고 있다. 흘깃 지나치며 쓴 듯 가벼운 필치인데도 깊은 풍치가 있다.

---

1) 征斾(정패) : 관리가 원행을 나갈 때 들고 가는 깃발.

유종원(柳宗元)

장사역(長沙驛)[1]

海鶴一爲別,[2]	갈매기와 한 번 헤어진 후
存亡三十秋.[3]	삶과 죽음이 갈린 지 삼십 년
今來數行淚,	지금 몇 줄기 눈물
獨上驛南樓.	홀로 역참 앞 남루에 오른다

해설 삼십 년 만에 찾아온 곳에서 옛 사람을 생각하였다. 유종원이 815
년(43세) 유주자사(柳州刺史)로 재차 좌천되면서 장사를 지나 갈 때 지었
다. 삼십 년 전이라면 13세로, 당시 유종원의 부친 유진(柳鎭)이 악악면도
단련(鄂嶽沔都團練) 판관으로 장사에서 근무하면서 유종원도 이곳에 살았
다. 마침 어렸을 적에 남루에서 덕공(德公)과 헤어졌기에 그곳에 다시 와
세월과 인생을 생각하였다.

황계에 들어가 원숭이 울음을 들으며(入黃溪聞猿)[4]

溪路千里曲,	계곡의 길은 굽이지며 천 리나 되는 듯
哀猿何處鳴?	애절한 원숭이는 어디에서 우나?

---

1) 유종원의 자주(自注)에 "예전에 덕공과 여기서 헤어졌다"(昔與德公別於此.)고 하였
   다. 덕공이 누구인지는 미상. 장사(長沙)는 담주(潭州)의 속현으로, 지금의 호남성
   장사시. 통행본에서는 제목이 「장사 역참 앞 남루에서 옛일을 생각하며」(長沙驛前
   南樓感舊)라 되어 있다.
2) 海鶴(해학) : 해조의 일종. 갈매기라는 설도 있다. 여기서는 덕공을 비유한다.
3) 三十秋(삼십추) : 삼십 년.
4) 黃溪(황계) : 영주(永州) 동쪽 칠십 리에 있는 계곡.

孤臣淚已盡,[5]　　　유배 온 신하는 눈물이 이미 말랐으니
虛作斷腸聲.[6]　　　애 끊는 소리 내어도 아무 소용 없으리

평석 원숭이 울음에서 새로운 뜻을 만들어 내었으니 더욱 슬프다.(翻出新意愈苦.)

해설 영주 황계에서 원숭이 울음소리를 듣고 지었다. 길이 굽이지는(曲) 계곡 속에 원숭이 울음은 애절한(哀) 것으로, 이미 지난 인생의 역정을 요약하였는데, 원숭이를 따라 울 수 없는 울분을 나타내었다. 사실 슬픔과 분노를 호소할 길 없는 시인으로서는 '유배 온 신하는 눈물이 철철 흐르고'(孤臣淚滂沱)라 해야 옳으나, 오히려 흘릴 눈물도 없다고 말함으로써 고통과 슬픔을 극대화시키고 있다. 유종원이 지은 산문 「황계 유기」(遊黃溪記)의 끝에 813년 5월 16일이라 적혀 있으므로 위 시도 비슷한 시기에 지은 것으로 보인다.

봄에 고향 동산을 그리며(春懷故園)

九扈鳴已晚,[7]　　　구호조가 운 지 이미 오래되었으니
楚鄉農事春.[8]　　　초 지방은 농사 일이 한창인 봄이리
悠悠故池水,[9]　　　한가한 고향의 연못가 물

---

5) 孤臣(고신) : 고립무원에 중용을 받지 못하고 외직으로 나간 신하. 자신을 가리킨다.
6) 虛作(허작) : 부질없이 만들다. ○斷腸聲(단장성) : 애 끊는 울음소리. 『수경주』「강수」(江水)에서 말한 삼협의 원숭이 울음소리. "파동의 삼협 가운데 무협이 가장 긴데, 원숭이 울음소리 세 마디에 눈물로 옷을 적신다."(巴東三峽巫峽長, 猿鳴三聲淚沾裳.)
7) 九扈(구호) : 신화시대 때 수령 소호(少昊)가 설치한 농사를 주관하는 9가지 직책으로, 원래 시기에 따른 농사 일을 알리는 후조(候鳥)에서 붙여졌다. 여기서는 새 이름. ○晚(만) : 늦다. 여기서는 오래되다.
8) 楚鄉(초향) : 초 지방의 고을. 여기서는 영주.
9) 悠悠(유유) : 한가하고 유장한 모습.

空待灌園人.[10]　　　　물 대는 사람을 부질없이 기다리고 있으리

해설 고향을 생각하며 지은 시이다. 고향 물이 그립다고 하지 않고 고향의 물이 나를 기다린다고 말하였다. 유종원은 하동(河東, 산서성 永濟) 사람이지만 장안에서 태어났고 자랐다. 장안성 서남, 위수의 지류인 풍천(灃川) 강가에 작은 장원이 있었다. 부친 유진이 외직으로 전전하다가 죽기 일 년 전에 시어사가 되면서 다시 장안으로 돌아갔다. 장기간 유배 중에 유종원은 고향의 정원을 그리는 시를 여러 편 썼다.

강에 내리는 눈(江雪)

千山鳥飛絶,　　　　산이란 산에는 새 한 마리 날지 않고
萬徑人蹤滅.　　　　모든 산길엔 사람 발자취도 보이지 않아
孤舟蓑笠翁,[11]　　　외로운 배에 삿갓 쓰고 도롱이 입은 늙은이
獨釣寒江雪.　　　　혼자서 낚시질 차가운 강에는 눈만 내리고

평석 맑고 빼어나기 이미 지극한데 왕사진(王士禛) 상서는 홀로 이 시를 폄하하였으니 무슨 까닭인가?(淸峭已絶, 王阮亭尙書獨貶此詩, 何也?)

해설 눈 내리는 겨울 강을 묘사했다. 행인도 새도 없고, 산길도 하늘도 지워진 천지간에 오로지 어옹만이 혼자 쪽배에서 낚시하는 모습을 그렸

---

10)　灌園人(관원인) : 채마밭에 물을 주는 사람. 전국시대 제나라 오릉자(於陵子)는 초나라 왕이 재상으로 삼고자 불렀어도 처와 함께 달아나 남의 논밭에 물을 대는 일을 하였다. 황보밀(皇甫謐)의 『고사전』(高士傳) 참조. 그 밖에 동한의 대굉(戴宏), 삼국시대 위의 향수(向秀)와 여안(呂安), 동한의 범단(范丹) 등도 채소밭에 즐겨 물을 대는 일을 한 전고가 있다.
11)　簑笠翁(사립옹) : 삿갓에 도롱이 입은 노인.

다. 전반부와 후반부는 각각 원경과 근경으로 볼 수도 있고, 근경과 원경으로 바꾸어 볼 수도 있다. 또 후반 2구를 읽은 다음 다시 전반 2구를 읽을 수도 있다. 다른 한편 각 구의 첫 글자를 모아 '천만고독'(千萬孤獨)의 뜻을 나타냈다고 볼 수도 있다. 유종원이 '영정(永貞) 개혁'에 연좌되어 영주(永州, 지금의 호남성 零陵縣)에 좌천되었을 때 지은 것으로 시의 배경이 되는 강은 상수(湘水) 혹은 그 지류로 보인다. 모든 생명이 활동을 멈춘 광활하고 한랭한 눈의 위세 앞에 고독한 어옹의 모습은 엄혹한 정치 시련 속에서도 굴하지 않는 시인의 청고한 정신을 연상시킨다.

유우석(劉禹錫)

단도제의 옛 보루를 지나며(經檀道濟故壘)[1]

萬里長城壞,[2]	나라의 만리장성 단도제가 살해된 후
荒營野草秋.	황량한 보루는 가을 들풀에 덮였어라
秣陵多士女,[3]	말릉의 수많은 남녀노소들

---

[1] 檀道濟(단도제) : 남조 동진과 유송(劉宋) 초기에 활동한 장수. 동진 말기 유유(劉裕)를 따라 후진(後秦)을 공격하여 낙양과 장안을 함락시켰다. 유송 들어 정남대장군, 개부의동삼사, 강주자사에 이르렀다. 송 문제(宋文帝)가 그의 세력을 경계하였고, 팽성왕 유의강(劉義康)이 조서를 조작하여 체포하여 죽였다. 이후 북위가 자주 남하하여 송 문제는 단도제를 죽인 일을 후회하였다. 단도제 고루(檀道濟故壘)는 강주(江州), 승주(升州) 강녕(江寧), 괵주(虢州) 문향(閿鄕) 등 여러 곳에 있었다.

[2] 萬里長城(만리장성) : 단도제가 투옥될 때 두건을 집어던지며 "너의 만리장성을 무너뜨리는구나!"(乃復壞汝萬里之長城!)라고 소리친 일이 유명하다. 곧 국가의 보루라는 뜻이다.

[3] 秣陵(말릉) : 금릉. 지금의 남경시. 진시황이 중국을 통일한 후 망기술을 보는 자가 강동에 천자의 기운이 있다고 하자, 지맥을 끊고 산을 자르게 하였으며 금릉을 말릉

猶唱白符鳩.[4]　　아직도 〈백부구〉를 노래하네

평석 당시 사람들의 노래에 "가련하여라 〈백부구〉여, 억울하게 단도제를 죽였구나"라 했다.
『남사』에 보인다.(當時人歌曰: "可憐白符鳩, 枉殺檀江州." 見南史.)

해설 영웅 단도제의 억울한 죽음을 추모하였다. '영정 개혁'이 좌절되고
장기간 폄적된 자신의 경력에서 단도제의 죽음은 더욱 참담했을 것이다.
게다가 당시 환관이 전횡하고 번진이 발호하는 어지러운 정치 상황 속
에서 조정이 스스로 장성을 부수는 '자훼장성'(自毁長城)을 경계하였다.

도환을 보며(視刀環)[5]

常恨言語淺,　　　언제나 안타까워라, 말이란 얕아서
不如人意深.　　　사람의 깊은 마음 드러내지 못해라
今朝兩相視,[6]　　오늘 아침 들이서 서로 바라보니
脈脈萬重心.[7]　　사무친 마음 만 겹이라네

　　이라 개명하였다.
4)　白符鳩(백부구) : 무곡(舞曲) 이름. 『송서』「악지」(樂志)에 따르면, 그 가사는 동오의
　　백성들이 손호(孫皓)의 학정에 못 이겨 서진(西晉)에 귀속되고 싶은 마음을 담았다
　　고 하였다.
5)　刀環(도환) : 칼자루. 고대에는 걸어놓기 쉽도록 칼의 손잡이 끝을 둥글게 만들었는
　　데 곧 도환이다. 이 '環'(환)은 '還'(환)과 음이 같으므로 '돌아오다'는 뜻을 의미한다.
　　『한서』「이릉전」(李陵傳)에 흉노에 사신으로 간 임입정(任立政)이 이릉을 만났지만
　　사사로이 말을 할 수 없으므로 도환을 자주 어루만지며 돌아갈 수 있다는 뜻을 전
　　하였다. 한대 「고절구」(古絶句)에 나오는 "하당대도두?"(何當大刀頭?)도 직역하면
　　"큰칼의 손잡이는 무엇으로 만드나요?"이지만 의역하면 "언제 돌아오나요?"가 된다.
6)　심주 : '시'(視)자에 뜻을 두었다.(着意'視'字.)
7)　脈脈(맥맥) : 사무치듯 바라보는 모양. 정을 품고 바라보는 모양. '고시십구수' 중의 「멀
　　고 먼 견우성」(迢迢牽牛星)에 "찰랑이는 강을 사이에 두고, 사무치는 눈빛으로 서로
　　보고만 있네"(盈盈一水間, 脈脈不得語.)란 구절이 있다.

해설 이별의 안타까움을 노래하였다. 여기서는 석별의 정보다는 안타까움 그 자체에 집중하여, 말로 다 하지 못하여 도환을 빌려 사물로써 표시하여 연유를 밝혔다. 사물 자체가 하나의 강력한 언어임을 보여준다. 역사적 맥락을 찾으면 이릉(李陵)의 일을 시화(詩化)하였고, 유배된 자신이 장안으로 돌아가고픈 마음을 표현하였다고도 할 수 있다. 그러나 제3구에서 두 사람이란 점에서 이릉의 일과는 약간 다르며, 이별이 가지는 보편적인 안타까움을 노래했다고 해야 할 것이다.

가을바람의 노래(秋風引)

何處秋風至?	어느 곳에서 가을바람 불어와
蕭蕭送雁群.	쓸쓸히 기러기떼 보내는가
朝來入庭樹,	이른 아침 정원의 나무에도 들어오니
孤客最先聞.	외로운 나그네가 가장 먼저 들어라

평석 만약에 말구를 '차마 들을 수 없어라'라고 하면 가벼워져버린다.(若說'不堪聞'便淺.)

해설 가을바람으로 고적한 마음을 표현하였다. 말구의 '고객'(孤客)을 보면 낭주(朗州, 호남성 常德市)로 유배되었을 때 쓴 것으로 보인다. 가을이 되어 기러기가 남으로 내려온 데서 자신 역시 유배되어 남으로 내려와 있는 처지를 비유하였고, 결국 그렇게 한 것이 가을바람 때문이라고 완곡하게 말하였다. 그러나 기러기는 무리를 짓고 있으나 자신은 '외로운 나그네'로 더욱 민감하게 가을의 도래를 느낄 수밖에 없다. 전반 2구의 원경에서 후반 2구의 근경으로의 전환이 자연스럽고, 자신의 고독과 울분을 바람을 통해 표현한 점도 온후하다.

맹교(孟郊)

고별리(古別離)[1]

欲別牽郎衣,	떠나는 낭군의 옷자락 끌어 잡고 말하니
"郎今向何處?	"낭군은 지금 어디로 가오?
不恨歸來遲,	늦게 돌아오는 건 한스럽지 않으나
莫向臨邛去."[2]	제발 임공으로 가지는 마소"

해설 여인이 객지로 떠나는 남편에게 당부한 말이다. 폐부 속의 말을 간절하고 신중하게 드러내었다. 짧은 시이나 구성에 층차가 있어, 제3구에서 전환을 만들어내고 제4구에서 자신의 뜻이 드러나도록 하였다. 사마상여가 임공에 가서 탁문군을 만났듯, 당신도 임공과 같은 곳에 가서 다른 여인을 만나지 마라는 뜻을 나타내었다. 압운도 측운(仄韻)을 사용하여 촉급하고 불안한 마음을 강조하였다.

---

1) 古別離(고별리) : 악부제의 하나. 주로 남녀의 이별과 그리움을 소재로 하였다. 당대 시인들이 이 제목으로 지은 시가 많다.
2) 臨邛(임공) : 임공현. 지금의 사천성 공래현(邛崍縣). 서한 때 탁문군(卓文君)의 고향이다. 탁문군은 대부호의 딸이자 과부로, 사마상여가 그 집에 초청받아 갔을 때 거문고로 그녀를 유혹하여 함께 야반도주한 일이 유명하다. 이 구는 남편이 다른 여자를 만나지 말기를 바라는 뜻을 표현하였다.

가도(賈島)

은자를 찾아갔으나 만나지 못하고(尋隱者不遇)

松下問童子,	소나무 아래 동자에게 물으니
言"師採藥去.	스승은 약 캐러 갔다 하네
只在此山中,	다만 산속에 있긴 하지만
雲深不知處."	구름이 깊어 알 수 없다고 하네

해설 은자를 찾아갔으나 만나지 못하고 그 제자와 나눈 대화이다. 세속 생활을 초탈한 표일한 정취를 제삼자의 각도에서 묘사하였다. 첫머리에 "스승은 어디 가셨는가?" 또는 "어디로 캐러 가셨는가?"와 같은 물음이 생략되었다. 소나무와 구름은 은자의 고결한 정신과 따라잡기 힘든 깊은 세계를 비유하며, 청신하고 평담한 자연과 사람이 일체가 된 모습을 그려내어, 은자에 대한 무한한 앙모(仰慕)를 드러내었다. 당대에는 같은 제목의 시가 많다.

왕건(王建)

새 신부(新嫁娘)

三日入廚下,[1]	삼 일만에 주방에 들어가
洗手作羹湯.	손을 씻고 국을 만들었네

未諳姑食性,²⁾　　시어머니의 입맛을 알지 못하여
先遣小姑嘗.³⁾　　시누이에게 먼저 맛보라고 하네

평석 시가 진실한 곳에 이르면, 한 글자도 바꾸지 못한다.(詩到眞處, 一字不可移易.)

해설 며느리가 시집가서 처음 음식 만들 때의 정황을 묘사하였다. 며느리는 시집간 지 셋째 날에 주방에 들어가 요리를 시작함으로써 새 가정에서의 자신의 지위를 표시하며, 시부모를 모시기 시작한다. 그러나 며느리는 아직 시부모의 입맛을 알지 못한다. 이처럼 긴장되고 중요한 순간에 며느리는 자신이 만든 음식을 먼저 시누이에게 맛보게 함으로써 맛을 적절히 조절할 수 있게 된다. 이 시는 비단 시집살이뿐만 아니라 동양적 인간관계에서 첫 대면을 어떻게 해야 하는지를 알려주고 있다. 비슷한 시로 주경여(朱慶餘)의 「규중의 뜻-장 수부께 바침」(閨意獻張水部)이 있다. "어젯밤 신방에 붉은 촛불 꺼지고, 새벽 되어 당 앞에 시부모님께 절하네. 단장 후 서방님께 나직이 묻나니, '눈썹의 농담이 유행에 맞나요?'"(洞房昨夜停紅燭, 待曉堂前拜舅姑. 粧罷低聲問夫壻, 畵眉深淺入時無?) 이는 하나의 비유로, 과거 시험을 보기 전에 자신의 실력을 작품으로 미리 보여주거나, 자신을 천거해달라는 뜻으로 이런 유형의 작품을 썼음을 알 수 있다.

---

1) 三日入廚(삼일입주) : 삼 일만에 주방에 들어가다. 당대 습속에 여인이 시집간 후 삼 일째 되는 날을 '과삼조'(過三朝)라 하는데, 이 날 처음 주방에 들어가 음식을 장만한다.
2) 諳(암) : 알다. 익숙하다. ○姑食性(고식성) : 시어머니의 입맛. .
3) 小姑(소고) : 남편의 여동생. 아기씨. 작은 시누.

행궁(行宮)[4][5]

寥落古行宮,　　　　황량한 옛 행궁
宮花寂寞紅.　　　　궁 안의 꽃들만 적막히 붉어라
白頭宮女在,　　　　백발의 궁녀가 있어
閑坐說玄宗.[6]　　　한가히 앉아 현종 때를 말하네

평석 '현종 때를 말하네'라고 했지 현종의 옳고 그름을 말하지 않았으니 뛰어나다.('說玄宗',
不說玄宗長短, 佳絶.) ○ 다만 4구로써 한 편의 '장한가'에 맞먹는다.(只四語, 已抵一篇長恨歌矣.)

해설 백발의 궁녀를 통해 시대의 성쇠를 표현하였다. 제2구의 돌아보는
사람 없이 적막히 핀 궁중의 붉은 꽃은 궁녀의 처지를 비유함과 동시에,
머리카락의 흰 색과 대비되어 다른 시간의 존재가 같은 공간 속에 존재
하도록 하여 강렬한 대비감을 일으킨다. 행궁과 궁녀라는 한때 화려했던
대상이 이제는 쇠락하게 되는, 큰 상실감과 비애를 표현하였다.

---

4)　심주: 다른 판본에서는 원진의 시라 되어 있다.(一作元稹詩.)
5)　行宮(행궁): 별궁. 도성의 정궁 이외에 궁전.
6)　玄宗(현종): 이름은 이융기(李隆基, 685~762년)로 재위 712~755년. 개원(開元) 연간
　　에 현상(賢相)을 임용하여 태평시대를 열었으나 천보(天寶) 연간에는 스스로 향락에
　　빠져 국정을 소홀히 하였다.

왕애(王涯)

규중의 여인이 멀리 가는 사람에게 4수(閨人贈遠四首)

제1수

花明綺陌春,[1]	꽃들이 밝게 핀 번화한 봄 거리
柳拂御溝新.[2]	어구 옆에서 버들이 다시 푸르렀어라
爲報遼陽客,[3]	나 대신 요양의 낭군에게 알려주어요
流光不待人.[4]	흐르는 세월은 사람을 기다리지 않는다고

제2수

遠戍功名薄,	멀리 수자리에 가면 공을 세울 수 있다지만
幽閨年貌傷.[5]	깊은 규중에선 얼굴이 수척해진답니다
粧成對春樹,	화장을 하고 봄꽃 핀 나무를 마주하니
不語淚千行.	말없이 천 줄기 눈물이 흘러내려요

제3수

形影一朝別,[6]	몸과 그림자 같은 사이가 하루아침에 이별하니
煙波千里分.[7]	안개 낀 강물이 천 리 사이에 놓였어라

---

1) 明(명) : 밝다. 여기서는 선명하고 곱다. ○ 綺陌(기맥) : 번화한 거리.
2) 御溝(어구) : 황궁을 거쳐 흐르는 물길.
3) 爲報(위보) : 나 대신 알리다. ○ 遼陽客(요양객) : 요양으로 원정 나간 남편.
4) 流光(유광) : 흐르는 세월.
5) 幽閨(유규) : 깊은 규중. 아낙을 가리킨다. ○ 年貌(연모) : 나이와 용모.
6) 形影(형영) : 사람의 형체와 그림자. 자신과 남편 사이의 밀접한 관계를 비유한다.

君看望君處,　　그대 보아요, 내 그대를 바라보는 곳
只是起行雲.8)　　다만 구름만 일어나고 있는 걸

제4수

鶯啼綠樹深,　　우거진 나무 속에서 꾀꼬리 울고
燕語雕梁晩.　　조각한 서까래에 저녁 제비가 지저귀어요
不省出門行,9)　　문을 나서 떠나는 일 알지 못하지만
沙場知近遠.　　사막이 얼마나 먼지는 꿈속에서 알겠어요

평석 규중의 여인이 문밖의 일은 모르지만 꿈속에서 때로 사막에 가니, 남편이 얼마나 멀리 에 있는지 알게 되는 것이다. 만약에 문밖의 일은 모르지만 사막이 얼마나 멀리 있는지도 모르겠다고 말한다면 그 의미가 가벼워져버릴 것이다.(閨人不省出門, 而夢中時到沙場, 若知 其近遠者然. 如云不省出門, 焉知沙場之近遠, 意味便薄.)

해설 규중의 여인이 출정 나간 남편을 그리워하는 시이다. 어휘로 보아 평민이 아니라 부호나 달관의 집안 여인으로 보인다. 유형화시키지 않고 생활의 실감을 살렸기 때문에 애처롭고 슬픈 감정이 훨씬 더 가까이 느껴진다.

장중소(張仲素)

봄날 규중의 그리움(春閨思)

裊裊城邊柳,[1]	하늘하늘 성 옆의 버들
靑靑陌上桑.[2]	파릇파릇 길가의 뽕
提籠忘采葉,[3]	바구니 들고도 뽕잎 따는 걸 잊은 것은
昨夜夢漁陽.[4]	어젯밤 꿈에 어양에 갔기 때문

평석 명대 양신(楊愼)은 『시경』「도꼬마리」(卷耳)의 제1장을 번안하였다고 하였다.(楊用修謂從卷耳首章翻出.)

해설 출정나간 남편을 그리는 여인의 마음을 그렸다. 상반부는 봄날의 교외 풍광을 묘사했고, 하반부는 그리운 마음을 서술했다. 그러나 상반부는 여러 면에서 하반부와 연결되어 있기 때문에 단순한 배경으로 떨어지지 않는다. 꿈속에서 남편을 보았기에 바구니를 채우지 못하는 여인의 모습이 안쓰럽다.

---

1) 裊裊(요뇨) : 가늘고 긴 모양.
2) 陌上桑(맥상상) : 길가의 뽕. 한대 악부 '상화가'에 「길가의 뽕」이란 작품이 있다. 태수가 뽕을 따는 나부(羅敷)를 유혹했으나 거절당하는 내용이다. 여기서는 이미 잘 알려진 작품을 가져와 배경을 만들었다.
3) 提籠(제롱) : 바구니를 들다. 여기서는 빈 바구니를 들다. 이 구는 『시경』「도꼬마리」(卷耳) 제1장인 "도꼬마리 뜯고 뜯어도, 작은 소쿠리도 못 채우네. 아아, 님이 그리워서, 길가에 내던지네"(采采卷耳, 不盈頃筐. 嗟我懷人, 寘彼周行.)를 이용하였다.
4) 漁陽(어양) : 어양군(漁陽郡). 치소는 지금의 천진시 계현(薊縣). 북경, 천진, 하북성 북부 일대를 관할하였다. 당대에는 동북방의 변경 지역에 해당하였다. 여기서는 남편이 원정나간 곳.

이하(李賀)

말(馬詩)

催榜渡烏江,[1]	노를 저어 황급히 오강을 건너려 하는데
神騅泣向風,[2]	오추마가 바람을 향해 우는구나
君王今解劍,[3]	군왕께서 이제 검을 놓으셨으니
何處逐英雄?	어느 곳에서 영웅을 찾을까?

평석 항우가 말을 정장에게 주고 스스로 목을 찔러 죽었으니, 오추마는 다른 사람이 부릴 수 없었을 것이다. 이십여 수 가운데 이 시가 '신준'(神駿)을 표현해내었다.(項羽雖以馬贈亭長, 然羽旣刎死, 神騅必不受人騎也. 二十餘首中, 此首寫得神駿.)

해설 오추마를 빌려 주인에 대한 충성을 표현하였다. 오추마가 지닌 말의 기상을 생생하게 표현하면서도, 동시에 자신을 알아주는 주인을 만나기를 바라는 선비의 뜻을 기탁했다고 볼 수 있다. 자신을 알아주는 주인을 만나기가 일생일대의 중요한 일임을 말하였다. 연작시 23수 가운데 한 수이다.

---

1) 榜(방) : 노. ○ 烏江(오강) : 지금의 안휘성 화현(和縣) 오강진(烏江鎮). 항우가 유방의 군대에 패한 후 오강에 이르자 정장(亭長)이 강변에 배를 대고 항우에게 빨리 건너가라고 재촉하였다. 이에 항우가 "하늘이 나를 버렸는데 내가 어찌 강을 건널 수 있겠는가?"라 말하고는, 말을 정장에게 주고 자신은 목을 찔러 죽었다. 『사기』 「항우본기」 참조.
2) 騅(추) : 검푸른 털에 흰털이 섞인 말. 항우가 타던 명마 이름으로, 일반적으로 오추마라고 한다.
3) 君王(군왕) : 항우를 가리킨다.

장호(張祜)

궁사(宮詞)

故國三千里,[1]	고향은 삼천 리
深宮二十年.	깊은 궁에서 이십 년
一聲河滿子,[2]	한 곡조 〈하만자〉 부르니
雙淚落君前.	두 줄기 눈물 임금 앞에 떨어지네

평석 『악부잡록』에 기록했다. "하만자는 개원 연간의 가인으로, 사형을 당하여 이 노래를 불러 죄를 면했으나 결국은 죽음을 면하지 못하였다. 그 곡을 곧 〈하만자〉라 하였다."(樂府雜錄云: "河滿子, 開元中歌者, 臨刑歌樂府以贖死, 竟不得免. 曲卽名河滿子.") ○ 문종 때 궁인 심아교가 황제를 위해 이 곡으로 춤을 추었으니 곧 무곡이다.(文宗時, 宮人沈阿翹爲帝舞此曲, 亦舞曲也.)

해설 궁녀의 애환을 썼다. 『전당시화』(全唐詩話)에는 이 작품과 관련된 이야기가 실려 있다. 무종(武宗) 때 맹재인(孟才人)은 생황과 노래로 어떤 비빈보다도 많은 총애를 받았다. 무종이 병으로 위독하여 목숨이 경각에 달리자 맹재인에게 "내가 죽으면 너는 어찌하겠느냐?"고 물었다. 맹재인은 생황을 가리키고 울면서 "이것으로 목을 매겠습니다"라고 대답하였다. 무종이 가엾이 생각하였다. 맹재인이 다시 말하기를 "천첩은 일찍이 노래를 해왔으니 원컨대 주상께 노래 한 곡으로 심정을 쏟아내고자 합니다"라고 하였다. 무종이 허락하여 부른 노래가 〈하만자〉였고, 호흡이

---

1) 故國(고국): 고향.
2) 河滿子(하만자): 何滿子(하만자)라 쓰기도 한다. 본래 사람 이름이나 나중에 곡 이름이 되었다.

급해지더니 곧 죽고 말았다. 무종이 어의에게 보살피게 하니 어의가 "맥은 아직 따뜻하나 장(腸)은 이미 끊어졌습니다"라고 말했다. 그러므로 〈하만자〉란 노래가 따로 있고, 이를 부른 맹재인의 이야기가 따로 있고, 그 이야기를 시화한 것이 바로 위의 장호의 시이다. 한 수 안에 수사(數詞)가 네 번 나오면서도 전혀 단조롭게 느껴지지 않고 깊은 정을 타나내었다. 두목(杜牧)이 「장호 처사의 시를 받고 장구 사운으로 수답하다」(酬張祜處士見寄長句四韻)에서도 "가련하여라, 그대의 시 '고향은 삼천 리', 노래에 실린 가사 부질없이 육궁에 가득하네"(可憐故國三千里', 虛唱歌詞滿六宮!)라고 했을 때도 위의 작품을 가리킨다.

영호초(令狐楚)

종군의 노래(從軍行)

胡風千里驚,[1]	천 리 멀리 불어오는 찬 북풍에 놀라 일어나니
漢月五更明.	한나라 달은 오경에 밝아라
縱有還家夢,	고향에 돌아가는 꿈이었는데
猶聞出塞聲.[2]	뜻밖에도 출정의 군령이 들려는구나

해설 출정에 나서는 병사의 애환을 그렸다. 꿈에서 본 고향이 생시처럼 강렬한데 현실에서는 군령이 떨어지는 소리가 들리니 그 마음이 비량하다. 더구나 북풍에 달빛 차가운 새벽임에랴!

---

1) 胡風(호풍) : 북풍. 차가운 바람.
2) 出塞聲(출새성) : 변방으로 출정하라는 명령의 소리.

양응(楊凝)

버들개지(柳絮)

河畔多楊柳,	강가에 늘어선 버들
追遊盡狹邪.[1]	골목으로 모두 몰려가더니
春風一回送,	봄바람이 한 번 휘돌아 불면
亂入莫愁家.[2]	막수의 집에 어지러이 들어가더라

해설 버들개지를 노래한 영물시이다. 버들개지로 여인의 두서없는 시름을 형상화하였다. 강가에서 거리로, 다시 여염집으로 옮겨 다니는 버들개지의 가볍게 휘날리는 특징을 포착하였다. 말구에서 '막수'라는 여인을 등장시켰지만, 이름이 '시름이 없다'는 뜻과 달리 '시름이 있다'는 반어적 의미를 환기하여 깊은 여운을 남겼다.

---

1) 狹邪(협사) : 狹斜(협사), 俠邪(협사), 狎邪(압사) 등이라 쓰기도 한다. 작은 길이나 굽이진 골목.
2) 莫愁(막수) : 악부에 등장하는 여인으로 노래를 잘 불렀다. 양 무제 소연(蕭衍)의 「황하의 물 노래」(河中之水歌)에서 "황하의 물이 동으로 흐르니, 낙양의 여인 이름 막수라 하네"(河中之水向東流, 洛陽女兒名莫愁.)라고 노래한 이후, 후인들이 곧잘 젊은 아낙을 가리켰다. 또 뜻을 풀어 '근심이 없다'는 뜻도 중의적으로 사용하였다.

시견오(施肩吾)

상죽사(湘竹詞)[1]

萬古湘江竹,	만 년 동안 변함없는 상강의 대나무
無窮奈怨何!	무한한 원망을 어찌할 바 없어라!
年年長春筍,	해마다 죽순이 자라는 봄이면
只是淚痕多.	다만 온통 눈물 흔적뿐인 것을

해설 상비죽(湘妃竹)을 노래한 영물시이다. 대나무에 반점이 있는 상비죽은 순 임금의 죽음을 슬퍼한 두 비(妃) 아황과 여영의 눈물이 떨어져 만들어졌다는 전설은 역대로 시인들의 상상을 자극하였다. 이 시 역시 상비는 등장하지 않고 상비죽만으로 처연하고 애절한 한을 노래하였다. 후반 2구는 죽순의 성장과 함께 무한한 원망이 해마다 일어남을 부각시켜 시각적 충격을 주고 있다.

유녀사(幼女詞)[1]

幼女才六歲,	어린 딸 이제 여섯 살
未知巧與拙.	아직 공교함과 서투름을 모르면서
向夜在堂前,[2]	저녁 되어 당 앞에서

---

1) 湘竹(상죽) : 상비죽(湘妃竹) 또는 반죽(斑竹)이라고도 한다. 줄기에 자갈색 반점이 있는 대나무. 전설에 의하면 순 임금이 창오산에서 죽자, 두 비 아황과 여영이 상강에서 흘린 눈물이 떨어져 얼룩이 졌다고 한다. 주로 호남성 등지에서 자란다.
2) 向夜(향야) : 해질 무렵. 저녁.

學人拜新月.³)　　　　어른들 따라 새로 뜬 달에 절을 하네

평석 여기서의 어린 딸은 이단(李端)의 "낮은 말소리 아무도 들을 수 없는데"와는 상황이 다르다.(是幼女, 與"細語人不聞", 情事各別.)

해설 칠석날 어린 딸의 순진하고 사랑스런 행동을 노래하였다. 제2구를 통해 칠석날 밤인 줄 알게 되지만 구체적인 걸교(乞巧) 행사는 제시되지 않았다. 어린 딸은 아직 바느질을 할 나이도 아니니 기원할 필요가 없는 데도 진지하게 기원하고 있으니 그 천진한 모습이 사람들의 웃음을 자아낸다.

옹도(雍陶)

진표를 보내며(送陳標)¹⁾

滿酌勸僮僕,²⁾　　　술을 가득 따라 시종에게 권하니
好隨郎馬蹄.　　　주인의 말발굽을 잘 따라 가게
春風愼行李,³⁾　　　봄바람을 나그네는 특히 주의해야하니
莫上白銅鞮.⁴⁾　　　백동제에는 오르지 말게나

---

3) 新月(신월) : 새로 뜬 달. 당대에는 여성들이 달에 기원하면 소원이 성취된다고 생각하여 달에 제사하고 절하는 풍습이 있었다.
1) 陳標(진표) : 중당시기 시인. 822년 진사 급제. 관직은 시어사에 이르렀다.
2) 僮僕(동복) : 종.
3) 行李(행리) : 길 가는 나그네. 여기서는 동복을 가리킨다.
4) 白銅鞮(백동제) : 양양의 한수 강가의 제방 이름. 양양의 번화가를 의미하기도 하는데, 최국보의 「양양곡」에 "성 안의 미소년, 백동제에서 만나네"(城中美少年, 相見白

해설 친구를 보내며 쓴 송별시이다. 헤어짐의 아쉬움보다는 당부를 주로 표현하였다. 특히 시종에게 주인을 잘 모시고 가라고 한 것도 다른 시에 잘 보이지 않는 내용이다. 후반 2구에서 양양의 백동제에 오르지 마라는 것은 백동제가 번화가로 기녀가 많기에 길을 잃지 마라는 당부로 보인다.

두목(杜牧)

강가의 누대(江樓)

獨酌芳春酒,	홀로 향기로운 봄 술을 따르니
登樓已半醺.[1]	누대에 오를 땐 이미 반쯤 취했어라
誰驚一行雁,	누구인가 놀라는 사람은, 한 줄기 기러기가
衝斷過江雲.	강가의 구름을 가로질러 가는구나

해설 고향을 그리워한 시이다. 시인은 봄날에 강가 누대에서 혼자 술을 마시다가 기러기가 한 줄 지나가는 것을 보고 갑자기 '놀란다'. 놀란다는 것은 생각지도 않게 고향이 생각났다는 뜻으로, 순간적인 느낌을 잡아내어 형상화하였다. 아래 조하(趙嘏)의 「차가운 연못」과 비교하여 읽어보면, 이 시가 고적한 가운데 일어나는 향수를 훨씬 생동감 있게 포착하고 있음을 알 수 있다.

　　銅鞮.)란 구절이 있다. 그 밖에 남조 양나라 때의 노래 이름으로도 쓰인다. 번화가에 는 유곽이 많으므로 이를 경계한 것으로 보인다.
1) 醺(훈): 취하다.

이상은(李商隱)

복사꽃을 조롱하다(嘲桃)

無賴夭桃面,[1]	사랑스럽고 고운 복사꽃
平明露井東.[2]	새벽녘 우물의 동편
春風爲開了,	봄바람에 꽃이 활짝 피고서는
却擬笑春風.	거꾸로 봄바람을 웃는구나

평석 은혜를 저버린 사람에 대해 쓴 듯하다.(似爲負恩人寫照.)

해설 봄날의 복사꽃을 노래한 영물시이다. 심덕잠을 포함한 많은 시평가들이 은혜를 배신한 사람을 풍자하는 뜻으로 보았으나, 현대 학자 장채전(張采田)은 해학적으로 쓴 것으로 가볍게 보았다. 만당시기의 시에는 이러한 해학풍의 시가 많고, 이상은의 시도 제목이 '조롱하다'(嘲)로 된 것은 대부분 그러하므로 무거운 풍자로 읽을 필요는 없을 것이다.

낙유원(樂遊原)[3]

| 向晚意不適,[4] | 저녁 무렵 기분이 울적해 |

---

1) 無賴(무뢰) : 겉으로는 미워하는 듯하나 사실은 아끼고 좋아하다. ○ 夭桃面(요도면) : 고운 복사꽃. 『시경』 「도요」(桃夭)에 "복숭아나무 무성하니, 그 꽃이 선연하여라"(桃之夭夭, 灼灼其華.)는 말이 있다. 전종서(錢鍾書)는 요(夭)를 '웃다'로 새겼다.
2) 平明(평명) : 새벽. ○ 露井(노정) : 덮개가 없는 우물.
3) 樂遊原(낙유원) : 장안성 동남쪽의 약간 높은 지대로 장안을 둘러보기 좋은 유람 지역이다. 원래 서한 선제(宣帝)가 궁원을 만들어 낙유원(樂遊苑)이라 하였다. 삼월 상사절이나 구월 중양절이면 경성의 사람들이 이곳에 놀러가 붐비는 곳이었다.

驅車登古原.[5]   수레를 몰아 낙유원에 오르네
夕陽無限好,   석양은 무한히 좋은데
只是近黃昏.[6]   다만 황혼이 가까워

해설 황혼녘 낙유원의 아름다운 풍광을 그렸다. 더불어 좋은 시간이 많지 않는 데서 오는 안타까움도 표현하였다. 전통적으로 주학령(朱鶴齡), 기윤(紀昀), 하작(何焯) 등 많은 평론가들은 당나라의 멸망에 대한 종말감을 나타냈다고 평하였다. 그러나 현대 학자들은 만약 이 시가 개인의 불우나 당말의 쇠락을 의미한다면 당대 말기가 결코 '무한히 좋다'고 할 수 없으므로, 오히려 자연에 대한 무한한 찬탄을 노래했다고 풀이하였다. 이들 의견들은 서로 상충된다고 하기보다는 서로 보충하고 있으므로 이들을 아울러 참고하는 것이 좋다. 후반 2구는 아주 유명하여 지금도 전송된다.

허혼(許渾)

새하곡(塞下曲)

夜戰桑乾北,[1]   상건하 북쪽에서 벌어진 밤중의 전투에

---

4) 向晚(향만) : 저녁 무렵. ○意(의) : 기분. 감정. ○不適(부적) : 편안하지 않다.
5) 古原(고원) : 낙유원을 가리킨다.
6) 只是(지시) : 전통적으로 '다만'이라 새겼으나, 석양의 아름다움을 표현한 시로 해석한다면 주여창(周汝昌)이 풀이한 것처럼 '바로'(就是) 또는 '마침'(正是)이 더 적절하다.
1) 桑乾(상건) : 노구하(盧溝河)라고도 불렸다. 지금의 영정하(永定河). 산서성 마읍현(馬邑縣) 상건산(桑乾山)에서 발원하여 북경 서남으로 돌아든다. 지금의 북경 일대를 가리킨다.

秦兵半不歸.　　　　진나라 병사의 반은 불귀의 객이 되었네
朝來有鄕信,　　　　아침에 고향에서 날아온 편지에서
猶自寄寒衣.　　　　이미 겨울옷을 부쳤다 하네

평석 진도의 「농서의 노래」와 비교할 수 있다.(可與陳陶隴西行相證.)

해설 변방의 일을 썼다. 어느 병사가 전투에서 죽은 다음날 고향에서 겨
울옷을 부쳤다는 편지를 보내왔다. 특정한 하나의 장면만을 절취하여 전
쟁의 비극을 선명하게 보여줌으로써 오히려 전쟁에 대한 강렬한 비판을
던지고 있다.

우무릉(于武陵)

술을 권하며(勸酒)

勸君金屈巵,[1)]　　　그대에게 금굴치 술잔을 권하여
滿酌不須辭.　　　　가득 따르니 사양하지 말게나
花發多風雨,　　　　꽃이 피면 비바람이 많고
人生足別離.　　　　사람에게는 이별이 많다네

해설 권주가이다. 꽃이 피는 아름다운 봄날에 친구와 함께 술을 나누자
는 노래이다. 전반 2구는 술을 권하는 말이고, 후반 2구는 '사양하지 마

---

1) 金屈巵(금굴치) : 금곡치(金曲巵)라고도 한다. 고급 술잔 이름. 손잡이가 굽이진 황금
    으로 만든 큰 술잔.

라'는 이유를 제시한 말이다. 제4구로 보아 송별의 자리라고 볼 수도 있으나, 이를 비유하는 제3구가 송별이라기보다는 모든 생령의 존재 자체가 가지는 애환을 말하고 있으므로 일반적인 주연으로 보아야 할 것이다. 그러므로 제4구는 오늘과 같은 좋은 만남이 적다는 뜻으로도 볼 수 있다. '풍우'가 많고 '별리'가 많은 삶에서 '꽃이 핀' 아름다운 계절에 '금굴치'에 술을 가득 담아 마시자는 축배가이다.

조하(趙嘏)

차가운 연못(寒塘)

曉髮梳臨水,	새벽에 물가에서 머리를 빗질하니
寒塘坐見秋.	차가운 연못이라 가을이 보이네
鄕心正無限,	고향 그리는 마음 마침 끝없는데
一雁過南樓.	기러기 한 마리 누각을 넘어 남으로 날아가네

해설 초가을에 일어나는 고향 생각을 서술했다. 제2구와 제4구의 기러기 한 마리로 보아 이제 가을이 시작된 듯하다. 더구나 기러기 한 마리는 객지에 외떨어져 있는 자신의 처지를 비유한다. 그러나 기러기는 남으로 날아가지만 자신은 그러지 못하므로 고향 생각이 더욱 절실해지는 것이다. 조하의 고향은 초주(楚州, 안휘성 淮安市)이므로 장안에서 쓴 것으로 보인다.

최도융(崔道融)

반첩여(班婕妤)[1]

寵極辭同輦,[2]	총애가 지극할 땐 어연 동승을 사양했고
恩深棄後宮.	은정이 깊어진 후에는 후궁으로 내쳐졌어라
自題秋扇後,[3]	가을 부채에 자신의 처지를 적은 이후로
不敢怨春風.[4]	감히 봄바람 같은 임금을 원망할 수 없어라

해설 반첩여의 애원을 그렸다. 비록 한대 궁녀의 일이지만 역대로 많은 시인들이 이 제재로 시를 쓴 것은 여러 가지 측면에서 의의가 있기 때문이다. 첫째는 품성도 훌륭하고 재능도 뛰어나나 남의 모함으로 총애를 잃었을 때는 그 원망을 어떻게 표현해야 하는가는 문제를 잘 보여주기 때문이다. 반첩여의 방식은 원망이 있어도 직접적으로 드러내지 않는 '애이불원'(哀而不怨)의 본보기로 작용한다. 둘째는 마찬가지로 재능은 있

---

1) 班婕妤(반첩여) : 서한의 궁녀. 성은 반(班)씨이고 이름은 알려지지 않았다. 첩여(婕妤)는 한대 궁중의 여성 관직의 명칭이다. 성제(成帝, 재위 기원전 32~7년) 초기에 입궁하여 성제의 총애를 받았다. 나중에 조비연(趙飛燕)의 모함을 받아 총애를 잃자 스스로 장신궁(長信宮)에 가서 태후(太后)를 모시고 살겠다고 자청하였다. 이때의 심정을 묘사한 「자도부」(自悼賦)가 『한서』에 실려 있으며, 『문선』(文選)에 실려 있는 「원가행」(怨歌行)도 역대로 그녀의 작품으로 간주되었다.

2) 寵極(총극) 구 : 성제가 어연에 함께 탈 것을 권하자 반첩여가 사양한 일을 가리킨다. "성제가 후정에서 노닐며 일찍이 첩여에게 어연에 함께 타고자 하였다. 첩여가 사양하며 말했다. '고대의 일을 그린 그림을 보니 성현의 군주 옆에는 모두 명신이 있고 삼대의 말주(末主) 옆에는 총애하는 여인이 있으니, 지금 저에게 동승하시라 하심은 이와 비슷하지 않으신지요?' 성제가 그 말을 칭찬하며 청을 거두어들였다."(成帝遊於後庭, 嘗欲與倢伃同輦載, 倢伃辭曰 : "觀古圖畵, 聖賢之君皆有名臣在側, 三代末主有嬖女, 今欲同輦, 得無近似之乎?" 上善其言而止.) 『한서』 「반첩여전」 참조.

3) 自題(자제) 구 : 반첩여가 총애를 잃은 후 자신을 가을 부채에 비유하여 「원가행」(怨歌行)을 지은 일을 가리킨다.

4) 春風(춘풍) : 봄바람. 임금의 은혜를 비유한다.

으나 임용되지 못하거나 적절한 대우를 받지 못하는 문인들은 이를 어떻게 받아들여야 하는가는 문제와 결부된다. 역시 직접적인 불만 표시보다는 이러한 제재로 간접적으로 자신의 뜻을 표현해야 적절하다는 것이다. 셋째는 반첩여의 전고에서 중요한 것은 '애'(哀)이기 때문에 이에 대한 문학적 처리야말로 고대 문인들의 재능을 표현할 수 있는 영역이었기 때문이다. 결국 온유돈후(溫柔敦厚)한 문학적 전통으로 인해, 신랄하거나 직접적이고 표현주의적인 작품은 드물게 되었다.

심여균(沈如筠)

규중의 원망(閨怨)

雁盡書難寄,[1]	기러기 다 가버리니 편지 부치기 어렵고
愁多夢不成.	근심이 하도 많아 꿈조차 이루지 못해라
願隨孤月影,	원컨대 저 외로운 달빛을 따라가
流照伏波營.[2]	복파장군의 병영을 비추고 싶어

---

1) 雁盡(안진) 구 : 편지가 끊어진 일을 가리킨다. 한 무제 때 흉노에 사신으로 간 소무(蘇武)가 억류되어 십구 년을 보내게 되었다. 무제에 이어 즉위한 소제가 흉노와 다시 통교하면서 소무를 돌려달라고 하였다. 흉노는 소무가 이미 죽었다고 거짓말을 하였다. 나중에 사신이 다시 흉노에 갔을 때 소무와 같이 억류되었던 상혜(常惠)가 찾아와 사실을 모두 말하고 계책을 알려주었다. 이에 사신은 흉노의 왕 선우에게 말하길, 한나라 천자가 상림원에서 사냥을 하다가 기러기를 잡았는데 발에 비단 조각이 묶여 있어 펴보니 소무 등이 어느 소택지에 있다는 편지였다고 했다. 이에 선우는 사실을 인정하고 소무를 돌려주었다. 『한서』 「소무전」 참조. 여기에서 안서(雁書)라는 말이 유래했다.

2) 伏波營(복파영) : 복파장군의 병영. 잘 알려진 복파장군으로는 서한의 노박덕(路博德)과 동한의 마원(馬援)으로, 모두 교지 등 남방을 공격할 때 수여받은 장군 명호가

평석 심전기의 "가련하여라, 규중에서 바라보는 달, 한나라의 병영만 비추고 있으니"와 마찬가지로 절묘하다.(與"可憐閨裏月, 偏照漢家營"同妙.)

해설 여인이 출정 나간 남편을 그리는 시이다. 다른 시와 달리 복파장군 군영을 등장시키고 있어 남방의 변경을 제시하였다. 그래도 변경과 규중, 그리고 이 두 공간을 연결하는 달이 있다는 점에서 일반적인 규원시의 구조를 가지고 있다.

옹유지(雍裕之)

강에서 원숭이 울음을 들으며(江上聞猿)

楓岸月斜明,	단풍나무 선 언덕에 밝은 달 기울고
猿啼旅夢驚.	원숭이 울음에 나그네 꿈이 놀라라
愁多腸易斷,	근심이 많은 탓에 애간장이 쉽게 끊어지니
不待第三聲.[1]	원숭이 울음소리 세 마디 기다릴 필요도 없다네

해설 나그네의 시름이 지극히 깊음을 서술하였다. 단풍나무와 원숭이 울음으로 보아 호남성이나 삼협을 지나가며 쓴 듯하다.

복파였다.

[1] 第三聲(제삼성) : 구슬픈 원숭이 울음소리. 『수경주』 「강수」(江水)의 "파동의 삼협 가운데 무협이 가장 긴데, 원숭이 울음소리 세 마디에 눈물로 옷을 적신다"(巴東三峽巫峽長, 猿鳴三聲淚沾裳.)는 말에서 유래했다.

형숙(荊叔)

자은사탑에 적다(題慈恩寺塔)

漢國山河在,	한나라 산하는 그대로이나
秦陵草木深.	진나라 능묘엔 초목이 무성해
暮雲千里色,	저녁 구름 천 리 멀리 퍼졌는데
無處不傷心.	마음이 아프지 않은 곳 하나 없어라

평석 두보의 「봄의 조망」의 서두와 비슷하다.(暗合少陵春望起法.)

해설 쇠락한 장안의 모습을 슬퍼하였다. 아마도 당대 말기의 장안을 그린 듯하다. 전반 2구는 두보의 「봄의 조망」을 빌려 장안성의 황폐함을 그렸다. 한나라와 진나라는 모두 장안을 수도로 했기 때문에 곧 당나라의 장안을 가리킨다. 성당시기에 잠삼과 두보가 자은사탑에 올라 바라본 장안은 기백이 웅장하고 기상이 드높았으나, 당대 말기는 이미 피폐해졌다. 황소의 군대가 장안을 점령했을 때는 궁실이 그나마 보존되었으나, 885년 절도사 왕중영(王重榮)과 환관 전령자(田令孜)가 싸울 때는 각 도의 병마가 장안에 들어와 "제멋대로 불을 놓아 불태우고 노략질하여, 궁실과 저자와 마을이 열에 육칠은 불탔다."(縱火焚剽, 宮室居市閭里, 十焚六七.) 그리하여 양분(楊玢)도 「자은사탑에 올라」(登慈恩寺塔)에서 "자은사탑 가장 높은 곳에 오르지 말게나, 차마 볼 수도 차마 들을 수도 없으니"(莫上慈恩最高處, 不堪看又不堪聽.)라 하였다.

칠 세 여자(七歲女子)

평석 여기서부터는 여류시인과 무명씨의 시이다.(以下閨中及無名氏詩.)

오빠를 보내며(送兄)[1]

別路雲初起,	이별의 길에 구름이 일어나기 시작하고
離亭葉正飛.	헤어지는 역참에 마침 낙엽이 날리고 있어
所嗟人異雁,	안타까운 건 사람은 기러기와 달라
不作一行歸.	한 줄을 이루어 돌아가지 못하는 일

해설 오빠를 고향에 보내며 지은 시이다. 『시화총구』(詩話總龜)와 『당시기사』(唐詩紀事)를 보면, 이 여자는 어린 나이에 시를 잘 짓기로 이름이 나 무측천이 692년에 궁에 불러 시를 짓게 하였고, 위 시는 여자가 그때 지어낸 시이다. 제1구에서 장소를, 제2구에서 시기를 각각 제시하였고, 후반 2구에서 가는 사람과 보내는 사람이 모두 외롭게 남게 되는 일을 기러기의 안행(雁行)과 대비시켜 말하고 있다. 간결한 스무 글자 속에 정이 가득하다.

---

1) 심주 : 여의 년(692년)에 일곱 살 여자가 시를 잘 짓는다기에 무측천이 오빠와 헤어지는 일로 시를 지으라고 하니, 대답하자마자 지었다.(如意中, 有七歲女子能詩, 武后命賦別兄, 應聲而成云.)

왕온수(王韞秀)

남편과 진 지방에 유람 가며(偕夫遊秦)

路掃饑寒迹,	길에서 춥고 굶주린 흔적 쓸어 가면
天哀志氣人.	하늘은 뜻이 있는 사람을 굽어 살피시니
休零別離淚,	이별의 눈물을 뿌리지 말고
携手入西秦.[1]	손잡고 장안으로 함께 들어갑시다

평석 대장부의 말로 시를 지었다.(作丈夫語.)

해설 남편이 장안으로 과거보러 갈 때 함께 가며 쓴 시이다. 남편 원재(元載)는 가난한 서생으로 명문세족의 가문에 장가들어가 냉대를 받고 지냈다. 이에 왕온수가 장안으로 함께 가기를 권하며 위의 시를 지었다. 전반 2구는 남편을 면려하는 말이고, 후반 2구는 결심을 나타낸 말이다. 의기가 높고 자신감이 강한 여장부의 풍모가 뚜렷하다. 원재는 숙종과 대종 때 재상이 되었지만, 결국 수뢰죄로 살해되었고 왕온수도 함께 죽었다.

---

1) 西秦(서진) : 서쪽에 있는 진 지방. 장안을 가리킨다.

궁인 한씨(宮人韓氏)

홍엽에 적다(題紅葉)

流水何太急?	흐르는 물은 빠르기만 한데
深宮盡日閑.	깊은 궁 안은 해종일 한가하기만 해
殷勤謝紅葉,	애틋하게 붉은 잎을 떠나보내니
好去到人間.	잘 흘러가 인간 세상에 이르기를

평석 희종 때 보병위 우우가 시가 적힌 홍엽을 보고는 다른 잎에 시를 적었다. "일찍이 잎새 위에 붉은 원망 적은 걸 보았는데, 잎 위에 시를 적어 누구에게 부치려했나?" 나중에 궁인 한씨와 결혼했는데 그녀가 잎새를 보더니 놀라며 말했다. "이는 소첩이 지은 것이고, 소첩도 물에서 잎새 하나를 주었습니다." 대조해보니 서로 맞았다.(僖宗時, 于祐步禁衛, 得紅葉詩, 亦題一葉云:"曾聞葉上題紅怨, 葉上題詩寄阿誰?" 後娶宮人韓氏, 見葉驚曰:"此妾所作. 妾於水中, 亦得一葉." 驗之相合.)

해설 깊은 궁에 사는 궁녀가 자유를 바라며 쓴 시이다. 제1구의 흐르는 물로 세월의 빠름을 비유하였으며, 제2구는 대조의 방법으로 깊은 궁중에 사는 시름을 드러내었다. 비록 궁녀의 원망을 드러내진 않았지만 완급의 대조에서 오는 갈등과 모순에서 이를 환기하였다. 후반 2구는 궁 밖에 나가고 싶은 갈망을 잎새를 빌어 나타내었다. 짧은 시 속에 완곡하고 함축적인 뜻이 다 들어가 있다. 당대의 궁원시(宮怨詩)는 대부분 시인들이 썼으나 이는 궁인 자신이 쓴 작품이라는 데서도 의의가 있다. 당대에 홍엽에 시를 적어 보낸 일은 비슷한 줄거리로 현재 다섯 가지 기록이 남아있다. 그 이야기에 등장하는 남자 주인공은 위의 우우(于祐) 외에 노악(盧渥), 고황(顧況), 가전허(賈全虛), 이인(李茵) 등이다.

장문희(張文姬)

모래 위의 해오라기(沙上鷺)

沙頭一水禽,	모래톱의 한 마리 물새
鼓翼揚淸音.	날개를 치며 맑은 소리 드높구나
只待高風便,	다만 높은 바람 기다리고 있으니
非無雲漢心.[1)	은하수까지 오를 마음 없음이 아니로다

해설 해오라기를 노래한 영물시이다. 제2구에서 활달한 자태를 그렸으며 제3구에서 비록 지상의 낮은 곳에 있는 처지이나 힘을 축적하고 기회를 기다릴 줄 아는 인내심을 그렸다. 제4구에서 남이 알아주지 않는 높은 포부를 그렸다. 시인의 남편에 대한 충분한 믿음과 이해, 격려와 기대를 표현하였다.

계곡 어귀의 구름(溪口雲)

溶溶溪口雲,[2)	뭉게뭉게 일어나는 계곡 어귀의 구름
才向溪中吐.	천천히 계곡 안을 향해 들어가네
不復歸溪中,	더 이상 계곡 안으로 돌아가지 못하고
還作溪中雨.	계곡 안에 비가 되어 내리네

평석 음절이 뜻밖에도 고시이다.(音節竟是古詩.)

---

1) 雲漢(운한) : 은하수.
2) 溶溶(용용) : 구름이나 강물이 넘실대는 모양.

해설 계곡의 구름의 움직임을 그린 영물시이다. 원래 계곡 안에 있던 구름이 계곡 밖으로 나왔다가, 다시 계곡 안으로 들어가는 순간을 그렸다. 구름의 이동에 주의한 산수시로 볼 수 있으나, 결국 자신의 자리를 벗어나지 못하는 상황을 비유한 듯하다. 그 의미에 대해서는 여러 가지로 해석할 수 있는 여지를 남긴다.

안읍방 여자(安邑坊女子)

깊은 정한(幽恨詩)

卜得上峽日,¹⁾	협곡에 올라가는 날을 점쳐보니
秋江風浪多.	가을 강에 풍랑이 드높다지
巴陵一夜雨,²⁾	파릉에 밤새 비 내릴 때
腸斷木蘭歌.³⁾	〈목란가〉 부르며 애간장 끊어지네

해설 이 시의 출전은 『태평광기』 권346에서 인용한 『하동기』(河東記)이다. "장안 안읍방 네거리 동쪽에 육씨(陸氏)의 집이 있는데 배치가 오래되고 기괴하여 사람들이 흉가라고 하였다. 나중에 진사 장하(臧夏)가 그 집을

---

1) 卜(복) : 점치다. ○ 上峽日(상협일) : 협곡으로 배를 타고 거슬러 올라가는 날.
2) 巴陵(파릉) : 악주(岳州) 파릉군(巴陵郡). 치소는 파릉현으로, 지금의 호남성 악양시이다.
3) 木蘭歌(목란가) : 북조 악부 「목란시」. 딸 화목란(花木蘭)이 부친을 대신하여 출정하는 내용이다. 여기서는 첫머리 4구의 "철거덕 철거덕, 목란이 방문 앞에서 베를 짜니, 베틀과 북 소리는 들리지 않고, 여자의 한숨소리만 들려온다"(唧唧復唧唧, 木蘭當戶織. 不聞機杼聲, 惟聞女歎息.)를 환기한다.

빌려 지냈는데, 한번은 그 형과 함께 낮잠을 잤다. 갑자기 악몽에 시달리다가 한참 후 비로소 깨어났다. 장하가 말했다. '처음에 한 여인이 나타났는데, 녹색 치마에 붉은 저고리를 입고, 동쪽 거리에서 내려왔소 약한 피부에 가는 허리로 안개 속의 꽃 같았는데, 눈물을 거두고 말하기를 소첩의 깊은 한을 쓴 시를 들어주소서 하였네.'" 위의 시가 바로 그녀가 들려준 시라는 것이다.

내용으로 보아서는, 파릉에 사는 여인이 가슴의 정한을 남조의 민가 풍으로 표현하였다. 전반 2구는 일종의 불길한 점을 제시함으로써 불안과 슬픔을 예고하였다. 협곡에 배를 타고 올라가는 사람이 누구인지는 명확하지 않지만, 뱃길에서 장사를 하는 그녀의 남편으로 추측할 수 있다. 후반 2구는 점이 들어맞아 밤새 비 내리고 여인이 애처로이 노래하는 장면을 결합하였다. 시는 여기에서 갑자기 멈추어 마치 끝나지 않은 이야기처럼 되었지만, 그 슬픔은 긴 여운을 남긴다. 여인의 삶과 정한이 침통하다.

유채춘(劉采春)

나홍곡 3수(囉嗊曲三首)[1]

제1수

不喜秦淮水,[2]　　　　진회하 강을 싫어하지만

---

[1]　囉嗊曲(나홍곡) : 곡 이름. 망부가(望夫歌). 나홍(囉嗊)은 '멀리 간 사람이 돌아오기를 바라본다'는 뜻으로, 남조 진나라 후주는 금릉에 나홍루(囉嗊樓)를 세웠다. 나홍곡은 금릉 일대에서 유행하던 곡이다. 원진의 「유채춘에게」(贈劉采春)에 "더구나 사람들

生憎江上船.[3]　　　강물 위의 배는 제일 싫어요

載兒夫婿去,[4]　　　소첩을 싣고 남편이 떠나가면

經歲又經年.[5]　　　한 해 지나 또 한 해 가지요

평석 '불희', '생증', '경세', '경년' 등 중복됨이 우습다. 확실히 여인의 말투이다.('不喜', '生憎', '經歲', '經年', 重複可笑, 的是兒女口角.)

제2수

那年離別日,　　　그해 떠나던 날

只道住桐廬.[6]　　　동려에 있겠다고 말했지

桐廬人不見,　　　동려에는 사람이 보이지 않더니

今得廣州書.[7]　　　지금 광주에서 편지가 왔구려

평석 종적이 일정하지 않음을 말했다.(言無定蹤也.)

　　　애간장 끊는 괴로운 곳 있으니, 가사를 골라 망부가를 부르는 것이라네"(更有悶人斷腸處, 選詞能唱望夫歌.)란 시가 있고, 자주(自注)에 "즉 나흥곡이다"(卽囉嗊曲也.)라 하였다.

2)　秦淮水(진회수) : 진회하. 남경에서 장강으로 흘러드는 강이다. 전설에 따르면, 진시황이 남순하다가 용장포(龍藏浦)에 이르러 제왕의 기운이 있음을 발견하고는 방산(方山)의 능선을 깎아 강물이 흐르게 하였는데, 강으로 왕기(王氣)를 흘러 보내기 위해 만든 강이라 하여 진회(秦淮)라 하였다고 한다.

3)　生憎(생증) : 가장 싫어하다. 당대 구어(口語)이다.

4)　兒(아) : 젊은 여인이 자신을 가리키는 말.

5)　經歲(경세) : 경년(經年)과 같다. 한 해가 지나감.

6)　桐廬(동려) : 지금의 절강성 동려현.

7)　廣州(광주) : 지금의 광동성 광주시.

제3수

莫作商人婦,	상인의 아내는 되지 마소
金釵當卜錢. [8]	동전 대신 비녀로 점을 친다오
朝朝江上望,	아침마다 강가에서 바라보다가
錯認幾人船.	잘못 알아맞힌 배 몇이나 되었소

해설 상인 아낙의 정한을 그렸다. 남경 일대의 민요에 실린 가사들로 일종의 '망부사'(望夫詞)이다. 만당 범터(范攄)의 『운계우의』(雲溪友議) 권하(卷下)에서 "유채춘이 부른 120수는 모두 그 당시 문인들이 지었다"(采春所唱一百二十首, 皆當代才子所作.)고 한 것으로 보아, 유채춘은 이들 가사를 지은 사람이 아니라 노래를 부른 사람으로 보인다. 또 유채춘이 '나홍곡'을 부르면 규중의 여인이든 행인이든 울지 않는 사람이 없었다고 한다.

설도(薛濤)

벌을 받아 변방에 가며 감회가 있어, 위 영공께 바침(罰赴邊有懷上韋令公)[1]

聞說邊城苦,	변방은 힘들다고 들었는데
如今到始知.	지금 여기 와 비로소 알겠네

---

8) 金釵(금채) 구: 동전 대신 비녀로 점을 치다. 동전을 던져 나오는 앞뒷면으로 길흉을 점치듯이, 머리에 꽂혀 있는 비녀를 빼내어 어디서든 어느 때든 점을 칠 수 있다. 이 구는 자주 점을 칠 정도로 남편이 집에 잘 오지 않는다는 뜻이다.

1) 韋令公(위령공): 위고(韋皐). 장안 사람. 건릉만랑(建陵挽郎)으로 관직을 시작하였고, 783년 주차(朱泚)를 막는 공으로 농주절도사(隴州節度使)가 되었다. 다음 해 금오위장군(金吾衛將軍)이 되었고 곧 대장군으로 옮겼다. 785년 검남서천절도사(劍南西川

羞將筵上曲,[2]　　부끄러워라, 연석의 곡을
唱與隴頭兒.[3]　　농두의 장졸들과 함께 부르다니

해설 위고의 절도사 막부에서 벌을 받아 변경의 군영에 간 일을 썼다. 설도가 어떤 이유로 벌을 받아 변방에 가게 되었는지는 기록이 없어 알 수 없다. 당대에 악기(樂妓)들은 전적으로 관청에서 관리되며, 병영에 위문가는 일도 일상적이었다. 전반 2구는 변방에 대한 직접적인 체험에서 오는 느낌을 썼고, 후반 2구는 의외의 일에 부끄러움과 알 수 없는 전도에 대한 두려움을 썼다. 더불어 절도사 막부에서 오르던 음악과 변경의 거친 환경이 대비되면서 완곡한 풍자도 보인다. 현대 학자 양촌(羊村)은 위장(韋莊)이 편찬한 『우현집』(又玄集)에 작자가 薛陶(설도)라 되어 있고, 제목도 '위령공'(韋令公)이 아니라 '위상공'(韋相公)으로 된 데서, 만당시기 촉 지방에서 활동한 가기(歌妓) 薛陶(설도)가 재상 위소도(韋昭度)에게 보낸 시라고 주장하였다. 설도의 작품에 대해서는 논란이 많으므로 연구가 필요하다.

節度使)가 된 후 촉 지방에서 이십일 년 있었다. 그 사이에 공을 세웠기에 검교사도 겸 중서령이 추가되었다.
2)　筵上曲(연상곡) : 절도부의 연석에서 부르는 노래.
3)　隴頭兒(농두아) : 변방의 장졸들을 가리킨다. 농두는 감숙성 천수 일대.

서비인(西鄙人)

가서한의 노래(哥舒歌)[1]

北斗七星高,	북두칠성 드높아
哥舒夜帶刀.	가서한이 밤에 칼을 차다
至今窺牧馬,	지금도 말을 방목하려고 엿보는 티베트
不敢過臨洮.[2]	감히 임조를 넘어오지 못하다

평석 '칙륵가'와 마찬가지로 천뢰이다. 공교함으로 지을 수 있는 작품이 아니다.(與敕勒歌同 是天籟, 不可以工拙求之.)

해설 가서한의 위엄과 무용을 칭송하였다. 그 칭송하는 수사법은 격렬한 전투와 뛰어난 지략을 제시하는 게 아니라, 드높이 빛나는 북두칠성으로 이미지를 삼고, '임조를 넘어오지 못하다'는 티베트족의 두려움으로써 숭배와 존경을 나타내었다. 특히 제2구는 형상이 간략하면서도 긴장감 이 있어 인물에 대한 전신(傳神)을 핍진감 있게 그려내었다.

---

1) 哥舒(가서) : 가서한(哥舒翰). 당 현종 때 농우하서절도사로 티베트를 격파한 공으로 서평군왕에 봉해졌다. 안사의 난 때 항복한 죄로 살해되었다.
2) 臨洮(임조) : 임조군. 지금의 감숙성 민현(岷縣). 당 이후에는 티베트의 강역이 되었다.

태상은자(太上隱者)

사람에게 답하며(答人)

偶來松樹下,　　　어쩌다가 소나무 아래 이르러
高枕石頭眠.　　　돌을 높이 베고 잠을 자네
山中無歷日,　　　산중에는 달력도 없어
寒盡不知年.　　　추위가 물러가면 어느 해인지도 몰라라

평석 말에 태고의 기풍이 있다.(語有太古風.)

해설 산중에서의 무위자연의 생활을 노래했다. 북송 때 편찬된 『고금시화』(古今詩話)에 의하면 호사가가 이름을 묻자 그에 대한 답으로 써 준 시라고 한다. 제목과 달리 이름을 말하지 않고 속세를 떠난 고인(高人)의 생활을 보여주었다. 소나무, 돌, 산 등의 배경 속에 일정한 행적이 없이 어쩌다가 걷고 어쩌다가 잠드는, 시간을 잊고 사는 모습을 그렸다. 이백의 "나에게 무슨 일로 푸른 산에 사느냐고 묻는가? 웃으며 대답하지 않아도 마음이 절로 한가하다"(問余何意棲碧山, 笑而不答心自閑.)는 경지와 다르지 않다.

칠언절구(七言絶句)

왕발(王勃)

중양절 등고(九日登高)[1]

九月九日望鄕臺,[2]　　구월 구일 망향대에 올라
他席他鄕送客杯.　　타향의 술자리에서 송별의 술잔을 드네
人今已厭南中苦,[3]　　지금 이미 남방생활이 지겨운데
鴻雁那從北地來?[4]　　기러기는 어찌하여 장안에서 내려오나?

---

1) 심주 : 왕발이 이미 방축된 후 검남에 유람갔을 때 지었다.(勃既廢, 客劍南時作.)
2) 望鄕臺(망향대) : 성도 북쪽 현무산(玄武山)에 있는 누대.
3) 南中(남중) : 지금의 사천성, 귀주성, 운남성 일대.
4) 那(나) : 어찌하여. 왜.

평석 대구를 이룬 듯하면서도 이루지 않았으니 초당의 본보기이다. 절구는 율시를 반으로 쪼갠 것이라고 여기지 말아야 할 것이다.(似對不對, 初唐標格, 不得認作律詩之半.)

해설 객지에서 중양절을 맞이하여 고향을 그리워하였다. 670년 가을 중양절에 성도에서 노조린(盧照隣), 소대진(邵大震)과 함께 현무산에 올라 지었으며, 다른 두 사람의 시도 현재 전한다. 후반 2구에서 시인은 장안으로 가려고 하는데, 기러기는 왜 장안에서 내려오느냐고 물으며 고향에 대한 수심을 강조하였다.

두심언(杜審言)

소관 서기에게(贈蘇綰書記)[1]

知君書記本翩翩,[2]	그대의 문장은 본래 날아갈 듯 멋진데
爲許從戎赴朔邊?[3]	어찌하여 종군하여 변방으로 가는가?
紅粉樓中應計日,[4]	그대 아내는 누대에서 돌아올 날 기다리니
燕支山下莫經年.[5]	연지산 아래에서 해를 넘기지 말게나

---

1) 蘇綰(소관) : 두심언과 동시대 사람으로 경조 사람이다. 변방에 종군하였으며, 이후 좌습유, 공부랑중, 형주사마 등을 역임하였다. ○ 書記(서기) : 문서를 다루는 관직.
2) 翩翩(편편) : 문채가 아름다운 모양. 조비(曹丕)의 「오질에게 주는 편지」(與吳質書)에 "완우의 공문서는 날아가는 듯 아름다워 지극히 사람을 즐겁게 하네"(元瑜書記翩翩, 致足樂也.)란 말이 있다.
3) 爲許(위허) : 왜. 從戎(종융) : 종군하다. ○ 朔邊(삭변) : 북방의 변경 지역.
4) 紅粉(홍분) : 연지와 연분. 여기서는 소관의 처를 가리킨다.
5) 燕支山(연지산) : 胭脂山(연지산) 또는 焉支山(언지산)이라고도 쓴다. 감숙성 영창현(永昌縣) 서쪽에 소재한 산. 물이 맛있고 목축하기 좋은 한편, 산세가 험난하여 역대로 요새이기도 하였다. 곽거병이 이 산을 넘어 흉노를 대파하였다는 기록이 있다.

평석 '연지'와 '홍분'이 약간 호응하는 듯하다.('燕支''紅粉', 略見映帶.)

해설 종군하는 친구를 보내며 쓴 송별시이다. 전반 2구는 종군하는 이유를 몰라서 물어보는 게 아니라 헤어지기 아쉬워서 의문문으로 돌출시켰다. 후반 2구 역시 간접적으로 친구의 아내를 내세워 빨리 돌아오기를 바랐다. 단조로워지기 쉬운 송별시에 생동감과 정취를 불어넣었다.

상강을 건너며(渡湘江)[6][7]

遲日園林悲昔遊,[8]	봄날의 동산과 숲은 예 놀던 곳이라 슬픈데
今春花鳥作邊愁.[9]	올 봄에 꽃과 새가 변방의 시름 더욱 자아내네
獨憐京國人南竄,[10]	특히나 가련한 건, 장안의 사람은 남으로 쫓겨왔지만
不似湘江水北流.	상강의 강물은 이와 달리 북으로 올라가는 일

평석 북방의 사람이 남으로 유배되어 돌아갈 기약이 없는데, 상강이 북으로 흐르는 것을 생각하면 부러울 만하다.(北人南竄, 歸日無期, 惟湘流向北爲可羨也.)

해설 남방으로 좌천 갈 때 상강을 건너며 지은 시이다. 두심언은 698년에 이어 705년에 두 번째로 유배 갔다. 봄이 되어 예 놀던 곳에 다시 와 금석(今昔)이 다름을 슬퍼하고, 상강을 바라보며 장안을 그리니 강물과

---

6) 심주 : 봉주로 폄적 갔을 때 지었다.(此遭貶峰州而作.)
7) 湘江(상강) : 호남성 최대의 강. 광서성 동북부에서 발원하여 호남성 영주에서 소수(瀟水)와 합류한 후 형양, 상담, 장사를 거쳐 동정호에 들어간다.
8) 遲日(지일) : 더디게 지는 해. 봄날을 가리킨다. 『시경』 「칠월」(七月)에 "봄날의 해는 더디 지고"(春日遲遲)에서 유래했다. ○ 昔遊(석유) : 예 놀던 곳. 상강은 두심언이 예전에 유람했던 곳이다.
9) 邊愁(변수) : 변방에 좌천되어 일어나는 시름.
10) 南竄(남찬) : 봉주(峰州, 지금의 월남)로 좌천되어 가는 일을 말한다.

사람이 남북(南北)으로 엇갈려 가는 일을 애석해하였다. 후반 2구는 대구가 공정(工整)하다.

장열(張說)

동정산에서 떠나는 양육을 보내며 지음(送梁六自洞庭山作)[1]

巴陵一望洞庭秋,[2]	파릉에서 바라보는 동정호의 가을
日見孤峰水上浮.[3]	날마다 외로운 군산이 물위에 떠있더라
聞道神仙不可接,[4]	듣자니 상수의 여신 만날 수 없어
心隨湖水共悠悠.	마음만 호수 따라 아득하기만 하여라

평석 동정호를 신선의 거처로 비유하였으나 신선을 만날 수 없으니, 다만 사람을 보내는 마음만이 호수와 함께 멀리 갈 뿐이다.(比洞庭爲神仙屈宅, 然身不至, 惟送人之心與湖水俱遠耳.)

해설 715년(49세) 가을 악주에서 지었다. 당시 담주자사 양지미(梁知微)가 입조하면서 악주에 들렀기에 함께 주연을 가지며 시를 주고받았다. 폄적되어 온 심정을 제2구에 담았으며, 제3구 역시 상수의 여신을 만날 수 없다는 말을 통해 장안성에 들어가지 못하는 자신의 입장을 비유한 듯

---

1) 梁六(양육) : 양지미(梁知微). 개원 초기 담주자사(潭州刺史)를 지냈다. 이후 소주자사와 강동채방사를 역임하였다. ○ 洞庭山(동정산) : 동정호 안에 있는 군산(君山).
2) 巴陵(파릉) : 악주(岳州) 파릉군(巴陵郡). 파구(巴丘)라고도 한다. 지금의 호남성 악양시로 서남쪽에 동정호를 면하고 있다.
3) 孤峰(고봉) : 군산(君山)을 가리킨다.
4) 神仙(신선) : 상수의 신(神)인 상군과 상부인을 말한다.

하다. 제4구는 양지미가 탄 배가 떠나면서 이를 전송하는 뜻을 담았다. 별다른 수식 없이 풍광으로 심정이 절로 드러나게 하였다.

장경충(張敬忠)

변방의 노래(邊詞)[1]

五原春色舊來遲,[2]	오원(五原)은 예부터 봄빛이 늦게 와
二月垂楊未挂絲.[3]	이월에도 수양버들에 푸른빛이 없구나
卽今河畔冰開日,	바로 지금 황하에 얼음이 풀리는 날
正是長安花落時.	장안에선 마침 꽃이 지는 때라네

평석 일부러 주제를 돋보이게 할 필요가 없다.(不須用意.)

해설 변방의 척박한 자연을 서술했다. 비슷한 시로는 왕지환(王之渙)의 "봄바람은 옥문관을 넘어오지 못하는데"(春光不度玉門關)나 왕렬(王烈)의 "성 안의 백초에 봄이 들어오지 못하네"(白草城中春不入)가 있다. 위의 시는 늦게 찾아오는 봄을 장안과 대비하여 묘사함으로써 고향에 대한 생각을 함께 환기하였다.

---

1) 邊詞(변사): 변방의 생활과 풍정을 내용으로 한 시.
2) 五原(오원): 오원군(五原郡). 지금의 내몽골자치구 오원현(五原縣).
3) 挂絲(괘사): 버들가지에 싹이 나 푸르러짐.

왕한(王翰)

양주사(凉州詞)[1]

葡萄美酒夜光杯,[2]	맛있는 포도주를 야광배에 담아
欲飲琵琶馬上催,[3]	막 마시려 하니 말 위의 비파가 흥을 돋구네
醉臥沙場君莫笑,[4]	취하여 모래사장에 눕더라도 비웃지 말게나
古來征戰幾人回?	예부터 전장 나간 사람 몇이나 돌아왔던가

평석 일부러 호탕한 말을 하였으나 슬픔이 이미 극에 달하였다.(故作豪飮之詞, 然悲感已極.)
○ 원대 양재(楊載)가 절구를 논하면서 제3구가 중심을 이루면서 제4구에 의문문을 제시한 것은 성당시에 이런 경우가 많다고 하였다.(楊仲弘論絶句, 以第三句爲主, 而第四句發之, 盛唐多與此合.)

해설 변방 군사들의 주연을 그렸다. 마음껏 마신다는 환락과 언제 죽을지 모른다는 긴장이 어울려 강렬한 감정의 대비를 일으키고 있으나 그 정조는 명랑하다. 전반 2구에서는 포도주, 야광배, 비파 등으로 서역의

---

1) 凉州詞(양주사) : 악부시의 제목. 일명 '양주가'(凉州歌)라고도 한다. 개원(開元) 연간 (713~741년) 서량(西凉)의 도독이었던 곽지운(郭知運)이 채집하여 현종에게 바친 악곡이다. 이후 이 악곡에 붙여 지은 시를 '양주사'(凉州詞)라 하였다. 양주는 지금의 감숙성 무위현(武威縣) 일대. 이곳은 중원과 서역을 잇는 중요한 교통요지로 역대로 전쟁이 빈발하였다. 당대에는 하서회랑의 전역을 관할하는 하서절도사(河西節度使)가 설치되었다. 그러나 이 지역이 티베트 등 비한족의 강역으로 편입된 때가 훨씬 더 길다.
2) 葡萄(포도) : 포도. 서역으로부터 전래된 포도는 투루판, 돈황, 하서회랑 등 일조량이 많은 곳에서 잘 자랐다. ○ 夜光杯(야광배) : 백옥으로 만든 술잔. 밤에도 빛이 날 정도로 곱다는 뜻에서 이름 붙여졌다.
3) 琵琶馬上(비파마상) : 말 위의 비파. '馬上琵琶'의 도치이다. ○ 催(최) : 마시기를 재촉하다.
4) 沙場(사장) : 사막의 모래사장.

풍토를 알려주면서 술자리를 묘사했다. 제1구에서 맛있는 술과 진귀한 잔을 묘사한 기법은 이하(李賀)가 「장진주」(將進酒)에서 "유리 술잔에 호박이 진해라"(琉璃鍾, 琥珀濃)고 한 수법과 비슷하다. 제2구에 대해 일부 학자들은 "마시기도 전에 출정을 재촉한다"고 풀이하는데, 비파가 진격용 신호로 쓰이는 악기가 아니기 때문에 부적절하다. 또 2구까지 방약무인한 행동으로 쾌락을 추구하는 모습을 묘사했다고 보는 것이 후반 2구의 의론을 부각시키는 데 더 효과적이다. 후반 2구는 "전쟁에 나가면 살아 돌아오기 어려우니 살아있을 때 마음껏 마시자"는 뜻으로, 쾌락과 함께 슬픔도 강하게 어울려 있다. 명쾌한 언어를 질탕한 리듬에 실어 분방한 정서를 분출시키는 성당 변새시의 대표작으로 천 년 동안 사람들에 음송되어 오고 있다.

왕유(王維)

안서에 사신으로 가는 원이를 보내며(送元二使安西)[1]

| 渭城朝雨裛輕塵,[2] | 함양의 아침 비가 먼지를 적시니 |
| 客舍青青柳色新.[3] | 객사의 버들이 푸르디푸르구나 |

---

1) 元二(원이) : 원상(元常). 숫자는 '항제'(行第)로, 사촌까지 포함한 형제 사이에 차례를 붙여 이름을 대신한 것으로, 주로 당송(唐宋)시기에 유행하였다. 동일 증조(曾祖) 할아버지 아래의 형제들 사이의 차례이다. ○安西(안서) : 안서도호부(安西都護府)의 치소. 지금의 신강 위구르자치구의 쿠차(庫車) 부근.

2) 渭城(위성) : 함양성(咸陽城). 서안의 서북 위수(渭水) 북안에 소재. 한 고조 때 신성(新城)이라 하였고, 한 무제 때 위성(渭城)이라 하였다. ○裛(읍) : 적시다.

3) 客舍(객사)구 : 송별 때의 계절을 말하고 있지만, 『시경』 「채미」(采薇)의 "예전에 내가 떠날 때에는, 버들가지 하늘하늘 늘어졌는데, 지금 내가 돌아올 때는, 눈이 펄펄

勸君更盡一杯酒,   그대에게 다시 한 번 술잔을 권하노니
西出陽關無故人. 4)   서쪽으로 양관을 나서면 친구도 없으리

평석 전해오는 말에 곡조가 가장 고조되었을 때 반주하던 피리가 갈라졌다고 한다.(相傳曲調最高, 倚歌者笛爲之裂.) ○ 양관은 중국의 밖에 있고 안서는 다시 양관 밖에 있으니, 양관에 이미 친구가 없다면 하물며 안서는 어떻겠는가? 이 의미를 약간 참고해야 할 것이다.(陽關在中國外, 安西更在陽關外, 言陽關已無故人矣, 況安西乎? 此意須微參.)

해설 변방에 나가는 사람을 전송하며 쓴 시이다. 이별의 아쉬움을 그렸지만 그 정조는 함축적이고 명랑하고 진지하고 풍부하다. 나중에 악부(樂府)로 만들 때 첫 두 자를 따서 '위성곡'(渭城曲)이라 하였다. 당대에도 널리 애창되었고 역대로 명시로 꼽혔다. 송대 사방득(謝枋得)은 "당대 사람들이 전별할 때는 반드시 '양관 삼첩'을 불렀다"(唐人餞別必歌陽關三疊)고 기록하였는데 바로 이 시이다.

소년의 노래(少年行)5)

新豐美酒斗十千, 6)   신풍의 좋은 술은 한 되에 일만 전

날리네"(昔我往矣, 楊柳依依.)라는 구절을 환기하고 있다. 즉, 이별의 정을 기탁하고 있다. 왕유의 송별시에는 이별의 순간에 청신한 풍경을 노래하여 상대방의 정신을 진작하는 구절이 많다.

4) 陽關(양관): 한대에 세운 관 이름. 지금의 감숙성 돈황현 서남에 소재. 예부터 옥문관과 함께 변새로 나가는데 반드시 거쳐야 할 관문이었다.

5) 少年行(소년행): 악부제(樂府題)의 하나로 잡곡가사(雜曲歌辭)에 속한다. 당시(唐詩) 속의 소년은 오늘날의 청소년이란 뜻이 아니라 청년의 뜻으로 보아야 한다. 이 악부제의 시는 주로 의기를 중시하고 목숨을 가벼이 여기며 강개한 마음으로 공명을 세운다는 내용이다.

6) 新豐(신풍): 장안의 동쪽에 있던 위성 도시로, 지금의 섬서성 서안시 임동구 동쪽. 고대에는 명주의 산지로 여기서 나는 술을 '신풍주'라 하였다. ○斗十千(두십천): 한

咸陽遊俠多少年.[7]　　함양의 협객에는 청년들이 많아라

相逢意氣爲君飮,[8]　　만나서 의기가 투합하면 서로 위해 마시니

繫馬高樓垂柳邊.　　높은 누대 수양버들에 말을 매어두고서

해설 협기 넘치는 청년의 생활과 기개를 그렸다. 이를 위해 높은 누대에서 친구들과 어울려 마음껏 술 마시는 장면을 선택하였다. 술자리는 심장과 간을 꺼내놓고 처음 만나도 친해지는, 열기와 흥분이 넘치는 장소로 청년의 의기를 보여주는데 적절하다고 할 것이다. 말구에서 갑자기 장면을 전환하여 누대 옆 수양버들에 매어있는 말을 보여줌으로써 시적 공간을 서정적이고 낭만적으로 만들었다.

구월 구일에 산동의 형제를 그리며(九月九日憶山東兄弟)[9]

獨在異鄕爲異客,　　타향에서 혼자서 나그네 되었더니

每逢佳節倍思親.　　매번 명절이면 가족 생각 더하여라

───

　　되에 만(萬, 십천) 전. 지극히 비싸고 좋은 술을 가리킨다.

7)　咸陽(함양) : 진(秦)의 수도 함양(咸陽). 지금의 섬서성 함양시. 여기서는 당의 수도 장안을 가리킨다. ○遊俠(유협) : 사방을 유력하는 협객.

8)　意氣(의기) : 뜻과 기개. 여기서는 두 사람 사이의 의기투합을 가리킨다.

9)　원주(原注)에는 "시년십칠(時年十七, 당시 열일곱이다)"이라는 넉자가 붙어 있다. 곧 왕유가 어렸을 때 쓴 시이다. ○九月九日(구월구일) : 중양절(重陽節)을 가리킨다. 중국의 음양사상에 의하면 숫자에서 짝수는 음수이고 홀수는 양수에 해당하는데, 구월 구일은 월과 일이 양수 가운데 가장 높은 수가 겹치므로 '중양(重陽)'이라고 하였다. 남북조 이래로 이날 산에 올라 붉은 수유 열매를 머리나 관에 꽂고, 국화주를 마시면 액을 피할 수 있다고 하여 이런 풍습이 유행하였다. 이를 '등고'(登高)라고 한다. 이 풍속의 기원에 대해서는 남조 양(梁) 오균(吳均)의 『속제해기』(續齊諧記)에 실려있다. ○山東(산동) : 중국에서 산동은 태항산 동쪽, 화산(華山) 동쪽, 함곡관(函谷關) 동쪽 등을 가리킨다. 여기서는 화산 동쪽. 작가의 고향인 포현(蒲縣, 산서성 永濟縣)을 가리킨다. ○兄弟(형제) : 왕유에게는 왕진(王縉), 왕천(王繟), 왕굉(王紘), 왕담(王紞) 등 동생 네 명이 있었다. 이중 왕진은 대종(代宗) 때 재상을 역임하였다. 여기서는 친척을 포함한 형제를 가리킨다.

遙知兄弟登高處,　　　멀리서도 아나니, 산에 오른 형제들
遍插茱萸少一人. 10)　수유 열매 두루 꽂으며 없는 나를 그리워함을

평석 『시경』「척고」의 뜻이니, 누가 당대 시인의 시가 『시경』과 가깝지 않다고 말하는가?(卽
陟岵詩意, 誰謂唐人不近三百篇耶?)

해설 중양절에 가족을 생각하며 지은 시이다. 후반 2구에서는 가족들도
나를 생각하리라 연상하여, 높은 곳에 오른 두 곳의 마음이 서로 호응하
고 있다. 이 시가 천 년 동안 사람들의 입에 회자되어 온 것은 제2구와
같이 사람이 보편적으로 가지는 마음을 적절하게 잘 잡아내었기 때문일
것이다.

강동으로 가는 심자복을 보내며(送沈子福之江東)11)

楊柳渡頭行客稀,　　수양버들 우거진 나루터에 행인이 드물어질 때
罟師蕩槳向臨圻. 12)　뱃사공은 노 저어 굽이진 물가로 떠나네
唯有相思似春色,　　그대를 그리는 내 마음은 봄빛과 같아
江南江北送君歸.　　강남이든 강북이든 돌아가는 그대를 보내리라

평석 봄빛이 이르지 않은 곳이 없으니, 보내는 마음은 봄빛과 같다.(春光無處不到, 送人之心
猶春光也.)

---

10) 茱萸(수유) : 수유 열매. 『풍토기』(風土記)에 의하면 음력 구월구일에 수유 열매를 머
　　리에 꽂으면 사악한 기운을 물리치고 겨울에 추위를 이긴다고 한다.
11) 沈子福(심자복) : 미상. ○江東(강동) : 장강의 동쪽. 지금의 화동 지방.
12) 罟師(고사) : 그물을 부리는 어부. 여기서는 뱃사공. ○蕩槳(탕장) : 노를 젓다. ○臨
　　圻(임기) : 굽이진 물가. 강동의 지명이라는 설도 있다.

해설 강동으로 돌아가는 친구를 보내며 쓴 시이다. 전반부는 배를 타고 떠나는 친구를 그렸고 후반부는 비유법으로 송별의 아쉬움과 축복을 나타내었다. 명쾌한 언어로 활발한 이미지를 구사하는 왕유의 시풍이 송별시에서도 잘 드러났다. 자신의 마음을 친구가 가는 연도의 강물이나 풍광으로 비유하여 언제까지나 함께 하겠다는 발상은 당대 송별시에 자주 보인다.

맹호연(孟浩然)

강남으로 가는 두 십사를 보내며(送杜十四之江南)

荊吳相接水爲鄉,[1]	초 지방에서 오 지방까지 강물이 마을인데
君去春江正渺茫.	그대 떠난 봄 강은 끝없이 아득해라
日暮孤帆泊何處?	해 저물면 외로운 배 어느 곳에 닿을까?
天涯一望斷人腸.	하늘 끝 바라보니 사람 애 끊어져라

해설 양양 또는 무한에서 강남으로 가는 친구를 보내며 썼다. 각구가 자유로운 산문체로 이루어져 있으며 자연스럽게 이어져 마치 가행시(歌行詩)와 같은 풍운(風韻)을 준다.

---

1) 荊吳(형오) : 춘추시대 초나라와 오나라. 초나라는 춘추시대에는 형(荊)이라 하였다. 여기서는 장강 중하류 지역을 가리킨다.

왕지환(王之渙)

양주사(凉州詞)

黃河遠上白雲間,¹⁾　　황하는 멀리 흰 구름 사이로 올라가고
一片孤城萬仞山.²⁾　　한 조각 외로운 성은 만 길 산 위에 있네
羌笛何須怨楊柳,³⁾　　오랑캐 피리는 하필이면 처연한 〈절양류〉곡인가
春風不度玉門關.⁴⁾　　봄바람은 옥문관을 넘어오지 못하는데

평석 『집이기』에 기록하였다. "왕지환, 왕창령, 고적이 함께 기정에 갔는데 궁중 이원의 악
공 십여 명이 모여서 술을 마시고 있어서, 세 사람이 술청에서 보고 있었다. 잠시 후 묘령의

---

1) 黃河遠上(황하원상) : 사람이 황하 물줄기를 거슬러 멀리 오르다. 그러나 주어를 사
람이 아닌 황하로 본다면, 황하가 멀리 서쪽으로 거꾸로 올라간다고 풀이할 수도 있
다. 혹은 강물이 거슬러 올라가는 게 아니라 강이 거슬러 이어져 있다고 해석할 수
있다. 유수진(喩守眞) 등은 양주(凉州, 지금의 武威)나 옥문관에서는 황하를 볼 수
없고, 『문원영화』(文苑英華) 등에서는 '黃沙直上'으로 되어 있기 때문에 '黃河'가 아
니라 '黃沙'로 보아야 한다고 주장하지만, 실경이라기보다는 이미지로 볼 수 있기 때
문에 '黃河'로 써도 무방할 것이다.
2) 一片(일편) : 한 조각. ○ 孤城(고성) : 외로운 성. ○ 萬仞(만인) : 만 길. '仞'은 길이 단
위로 약 7~8척으로 약 2~2.5미터 정도이다. 만 길은 실제 길이가 아니라 과장한
길이이다.
3) 羌笛(강적) : 강족이 부는 피리. 소리가 높고 음색이 비량하다. ○ 何須(하수) : 어찌
꼭 ~해야 하는가. ○ 楊柳(양류) : 〈절양류〉(折楊柳)라는 피리의 곡명. 한대 이래 헤
어질 때 양류의 가지를 꺾어 떠나는 사람에게 주는 습속이 있었다. 이러한 풍습에
근거하여 이 곡이 생긴 것으로 보인다. 이러한 송별곡은 망향의 그리움을 연상시키
는 곡으로 사용되기도 했는데, 이 시에서의 용법이 곧 그러하다.
4) 春風(춘풍) : 봄바람. 곧 서역에서 바라보면 봄바람은 동쪽에서 불어오므로 중원 지
역의 고향 소식을 의미한다. 양신(楊愼)은 『승암시화』(升庵詩話)에서 이 구를 "임금
의 은혜가 변방에 미치지 못한다"(君恩不及于邊塞)고 보았다. ○ 玉門關(옥문관) : 한
대 이래 서역으로 통하는 요로에 있었다. 한대에는 지금의 돈황현에서 서쪽으로 약
75킬로미터 떨어져 있었으나, 당대에는 그곳에서 다시 동으로 15킬로미터에 있었다.
당시의 국경 관문이었다.

가기 네 명이 연주하였는데 당시의 명곡이었다. 세 사람은 서로 약속하기를 '우리들은 각자 시로 이름이 높지만 우열을 가리지 못하였소 지금 악공들이 부르는 노래에서 시가 많이 나오는 사람을 최고로 치세'라고 하였다. 첫 번째 사람이 왕창령의 시를 부르고, 두 번째 사람이 고적의 시를 부르고, 그 다음 사람이 다시 왕창령의 시를 불렀다. 왕지환이 여러 가기 가운데 가장 예쁜 자를 가리키며 말하기를 '저 가기가 부르는 것이 나의 시가 아니라면 평생 두 사람께 자리를 양보하며 공경하겠소'라 하였다. 차례에 따라 쌍환을 진 가기가 소리를 내었는데 과연 '황하원상'이어서 모두 크게 웃었다. 여러 악공들이 다가왔기에 이를 말해주었더니 모두 다투어 절을 하며 연석으로 모셨다."(集異記云 : "之渙與王昌齡、高適共詣旗亭, 有梨園伶官十餘人會飮, 三人擁爐以觀. 俄有妙妓四輩奏樂, 皆當時名部. 三人私相約曰 : '我輩各擅詩名, 不定甲乙. 今諸伶所謳, 以詩多者爲優.' 初謳昌齡詩, 次謳適詩, 又次謳復昌齡詩. 之渙指諸妓中最佳者曰 : '待此子所唱, 如非我詩, 終身避席矣.' 次至雙鬟發聲, 果謳'黃河遠上'云云, 因大諧笑. 諸伶詣同, 因語之, 乃競畢, 乞就筵席.") ○ 명대 이반룡(李攀龍)은 왕창령의 '진시명월'을 압권으로 쳤다. 명대 왕세정(王世貞)은 왕한의 '포도미주'를 압권으로 쳤다. 청대 왕사진(王士禛)은 "압권을 구한다면 왕유의 '위성', 이백의 '백제', 왕창령의 '봉추평명', 왕지환의 '황하원상'이면 거의 될 것이다. 당대 말기까지 절구는 이 네 작품의 오른편에 내놓을 게 없다"고 하였다. 내가 보기에 이익의 '회락봉전', 유우석의 '산위고국', 두목의 '연롱한수', 정곡의 '양자강두'는 기상이 각각 다르지만 그 유풍이 이었다고 할 수 있다.(李于鱗推王昌齡'秦時明月'爲壓卷. 王元美推王翰'葡萄美酒'爲壓卷. 王漁洋則云 : "必求壓卷, 王維之'渭城', 李白之'白帝', 王昌齡之'奉帚平明', 王之渙之'黃河遠上', 其庶幾乎! 而終唐之世, 絶句亦無出四章之右者矣." 愚謂李益之'回樂峰前', 劉禹錫之'山圍故國', 杜牧之'煙籠寒水', 鄭谷之'揚子江頭' 氣象雖殊, 亦堪接武.)

해설 변새의 웅장하고 광활하며 또 황량하고 적막한 광경을 형상화하였다. 더불어 고향에 돌아가지 못하는 병사들에 대해 동정하고 장기간 변경에 병사들을 묶어두는 조정에 대해서도 불만을 표출하였다. 호방하고 적막한 변새의 풍광과 병사들의 정서를 전형화시켜 잘 묘사하였기에 역대로 변새시의 대표작으로 꼽힌다.

상건(常建)

새하곡(塞下曲)

玉帛朝回望帝鄕,[1]	조공을 바치고 돌아가며 장안성 우러러 보니
烏孫歸去不稱王.[2]	오손의 사신은 돌아가 왕이라 참칭하지 않으리
天涯靜處無征戰,	하늘 끝 사방이 조용하고 전쟁이 없으니
兵氣銷爲日月光.[3]	병장기 기운이 소멸하여 일월의 광명이 되었어라

평석 시구에서도 빛이 나온다.(句亦吐光.)

해설 전쟁이 끝나고 평화가 도래하기를 희구하였다. 그러나 그 평화는 다른 국가를 제후국으로 삼는다는 전제하에서 이루어졌으므로 여전히 자국 중심적이고 배타적인 측면이 있다. 시인 자신이 오손의 백성이라고 가정해보고 두 나라의 관계와 전쟁에 대해 생각해본다면 다른 시가 쓰였을 것이다. 이러한 한계가 있기 때문에 당대 변새시가 아무리 뛰어나다고 하더라도 일차적으로 당나라와 그 후손을 위한 것이지 인류를 위한 것이 아니게 된다.

---

1) 玉帛(옥백) : 옥과 비단. 제후가 천자를 조견할 때 들고 가는 예물.
2) 烏孫(오손) : 한대 서역에 있던 나라. 한 무제 때 장건(張騫)이 오손과 국교를 맺을 것을 건의하였다. 무제는 장건에게 마소와 비단을 가지고 오손에 가도록 했고, 오손도 사신을 보내 말을 가져왔다. 무제는 강도왕의 딸 유세군(劉細君)을 오손의 왕에게 시집보내기도 하였다. ○ 稱王(칭왕) : 스스로 왕이라 칭하다.
3) 兵氣(병기) 구 : 병기의 기운이 일월의 광명으로 변하다.

삼월 삼일 이구 별장을 찾아(三日尋李九莊)[4]

雨歇楊林東渡頭,	비 그친 버들 숲 동쪽 나루터
永和三日蕩輕舟.[5]	화창한 삼월 삼일 배 저어 찾아갔네
故人家在桃花岸,[6]	친구의 집은 복사꽃 핀 언덕에 있어
直到門前溪水流.	곧 바로 문 앞까지 시냇물이 흐르네

해설 봄날에 배를 타고 친구를 찾아간 일을 그렸다. 그러나 정작 친구와 만난 일은 언급하지 않고, 친구의 집 앞까지의 풍광을 묘사하는 데서 그쳤다. 도중의 버들 숲과 나루터와 배, 그리고 복사꽃과 시냇물이 이미 친구와 그 집을 풍부하게 연상시키고 있다.

고적(高適)

제야에 지음(除夜作)

旅館寒燈獨不眠,	여관의 차가운 등 아래 홀로 잠 못 드니

---

4) 三日(삼일) : 삼월 삼일. 상사절(上巳節). 원래 삼월의 첫 번째 사일(巳日)에 지냈으나 삼국시대 이후에는 삼월 삼일에 지냈다. 냇가에 나가 목욕을 하는 불계(祓禊)가 주요 활동이었으나, 나중에는 곡수유상 등이 추가되었다.

5) 永和(영화) : 동진 목제(穆帝)의 연호이다. 영화(永和) 9년(353년) 삼월 삼일, 왕희지, 사안, 손작 등 사십이 명이 회계 난정(蘭亭)에 모여 계제(禊祭)를 올리고 술을 마시고 시를 지었다. 왕희지가 쓴 서문에서 "하늘은 명랑하고 기운은 맑으며, 부드러운 바람이 온화하고 화창하며"(天朗氣淸, 惠風和暢.)라고 묘사하였다.

6) 桃花岸(도화안) : 복사꽃 핀 언덕. 도연명의 「도화원기」를 환기한다. 여기서는 이구가 은사임을 비유한다.

客心何事轉凄然?　나그네 마음 무슨 일로 처연하고 슬퍼지는가?

故鄕今夜思千里,　고향에선 오늘 밤 천 리 밖의 나를 생각할 터인데

霜鬢明朝又一年.[1]　흰 살쩍에 내일 아침이면 또 한 해가 시작되리

평석 고향의 가족과 친구들이 천 리 밖의 나를 생각한다고 하니 더욱 뜻이 있다.(作故鄕親友
思千里外人, 愈有意味.)

해설 객지에서 제야를 보내며 고향과 인생을 생각하였다. 전통적으로 제
야는 가족들이 모여서 밤을 지세는 수세(守歲)의 날인데, 타향의 객관에
있으니 고향 생각이 더욱 절실할 수밖에 없으리라. 더구나 세어가는 머
리털이 많아지는 나이임에랴. 제3구는 왕유의 「구월 구일에 산동의 형제
를 그리며」와 두보의 「달밤」과 마찬가지로 자신과 상대방이 서로를 생
각하는 구절이어서 더욱 진지하고 함축적이다. 어휘와 착상이 비슷한 시
로 대숙륜의 「제야에 석두역에서 묵으며」(除夜宿石頭驛)가 있다.

영주가(營州歌)[2]

營州少年厭原野,　영주의 소년은 야생생활에 익숙해

狐裘蒙茸獵城下.[3]　덥수룩한 가죽 옷 입고 성 아래서 사냥하네

虜酒千鍾不醉人,[4]　술 천 잔을 마셔도 취하지 않고

---

1) 霜鬢(상빈) : 서리가 내린 듯 흰 살쩍과 머리카락.
2) 營州(영주) : 북위시대에 설치되었으며, 당대에는 동북 지방의 주요 군사도시로 한족
과 거란족이 섞여 살았다. 치소는 유성(柳城, 요녕성 朝陽)으로 개원 이후에 평노절
도사를 설치하여, 하북성 북부와 요하 동쪽을 관할하였다.
3) 厭(염) : 饜(염)과 같다. 실컷 먹다. 여기서는 좋아하다. 익숙하다. ○蒙茸(몽용) : 몽
융(蒙戎)이라고도 한다. 털이 덥수룩하다. 어지럽다. 『시경』 「모구」(旄丘)에 "여우
가죽옷이 덥수룩하네"(狐裘蒙戎)란 말이 있다.
4) 鍾(종) : 술잔.

胡兒十歲能騎馬.　　　열 살 된 오랑캐 아이도 말을 탈 줄 안다네

해설 거란족 청년들의 호매한 기상을 노래했다. 주로 사냥, 음주, 기마 등의 장면에서 호방하고 용감한 모습을 표현했다. 당시(唐詩) 가운데 이 민족의 습속을 찬양한 시가 극히 드문 것을 보면, 이 시는 반대로 거란 족의 부흥을 경계해야 하는 의미로 썼을 수도 있다.

동대와 헤어지며(別董大)[5]

千里黃雲白日曛,[6]　　천 리 누런 구름에 태양이 흐릿한데
北風吹雁雪紛紛.　　　북풍에 기러기 날고 눈발이 분분해라
莫愁前路無知己,　　　가는 길에 친구가 없다고 걱정하지 말게나
天下何人不識君?　　　하늘 아래 어느 누가 그대를 모르리

해설 친구를 보내며 쓴 송별시이다. 헤어짐의 아쉬움보다는 떠나는 자를 분발하고 격려하는데 중점을 두었다. 호방하고 건강한 정서를 나타낸 성 당 송별시의 대표작 가운데 하나로 천고의 절창이다. 왕발의 "세상에 나 를 알아주는 친구가 있다면, 하늘 끝 먼 곳도 이웃과 같으리"(海內存知己, 天涯若比鄰.)와 같은 정조이다.

---

5)　董大(동대) : 동일(董一)과 같은 뜻. 동씨(董氏) 성으로 배항이 첫 번째인 사람. 일부 학자들은 고적의 친구로 거문고의 명수인 동정란(董庭蘭)으로 보기도 한다. 그러나 펠리오 돈황 문건의 당초본(唐鈔本) 『당시선』 잔권에는 「동영망과 헤어지며」(別董 令望)라 되어 있어 동정란과 다른 사람으로 보인다. 구체적인 사적은 미상.

6)　黃雲(황운) : 먼지가 일어나 만들어진 구름. 혹은 황혼 때의 구름. ○曛(훈) : 어둡다.

잠삼(岑參)

평석 잠삼의 변새시는 특히 독보적이다.(嘉州邊塞詩尤爲獨步.)

주천 태수 연석에서 취해 부른 노래(酒泉太守席上醉後歌)[1]

酒泉太守能劍舞,	주천태수는 검무를 출 수 있어
高堂置酒夜擊鼓.	높은 대청에 술을 차리고 밤에 북을 치네
胡笳一曲斷人腸,[2]	호가(胡笳) 한 자락에 사람의 애간장 끊어지니
座上相看淚如雨.	좌중의 사람들 마주 보며 비 오듯 눈물 흘려라

해설 주천태수가 차린 연석의 정경을 그렸다. 예인이나 악공이 춤추고 북을 치는 게 아니라 태수가 직접 검무를 추고 북을 치는 것으로 보아, 태수는 호방하고 열정적인 사람이며 잠삼에 대해 각별한 호의를 나타내는 것을 알 수 있다. 후반 2구는 호가 소리로 고향 생각을 일으킴으로써 주천이 장안과 멀리 떨어진 절역(絶域)임을 보였다. 이 시의 제작 시기는 정확히 추정하기 어렵다. 다만 잠삼이 749~751년의 안서사진절도서기와 754~757년의 안서절도판관으로 두 번 서역에 왔으므로, 주천에는 가고 오며 네 번 들르는 중 어느 때 연회에 참석하여 쓴 것으로 짐작할 수 있다.

---

1) 酒泉(주천) : 주천군. 치소는 지금의 감숙성 주천시.
2) 胡笳(호가) : 호인(胡人)들이 만든 피리. 원래 갈잎으로 만들었으나 나중에 목관으로 만들어 구멍을 세 개 내었다. 소리가 무척 비량하다. 잠삼도 다른 시에서 "그대 듣지 못했는가, 호가 소리가 가장 슬픔을"(君不聞, 胡笳聲最悲.)이라고 하였다.

무위에서 적서로 부임하는 유 판관을 보내며(武威送劉判官赴磧西行軍)[3]

火山五月行人少,[4]	오월의 화염산 아래는 행인이 거의 없어
看君馬去疾如鳥.	말 타고 떠나는 그대 새처럼 빨라라
都護行營太白西,[5]	태백성 서쪽 끝 안서도호부의 군영에선
角聲一動胡天曉.[6]	호각 소리 한 번에 새벽이 밝아오리

해설 출정하는 사람을 송별하며 쓴 시로, 유 판관의 굳센 풍모와 병영의
생활을 묘사하였다. 이 시는 751년 무위(武威, 감숙성)에서 고선지(高仙芝)
의 막부에 있을 때 지었다. 그해 늦봄 잠삼은 안서에서 무위로 와 있었
고, 4월 중앙아시아의 여러 민족들이 사라센 군대를 이끌고 공격했을 때,
5월 고선지가 출정하면서 유 판관도 함께 나갔다.

---

3) 劉判官(유판관) : 미상. 동시기에 유선(劉單) 판관에게 주는 시가 잇으므로 그를 가리
키는 듯하다. ○ 磧西(적서) : 잠삼의 시에서 적서는 두 가지 뜻이 잇다. 하나는 사막
의 서쪽이고 다른 하나는 안서(安西)이다. 안서도호 대신에 적서절도라는 말도 관용
적으로 사용하였다. ○ 行軍(행군) : 출정하는 군대.

4) 火山(화산) : 신강 투루판에 있는 화염산.

5) 都護行營(도위행영) : 안서도호부의 군영. 즉 안서도호 고선지의 군영. 안서도호부는
640~658년 사이에는 투루판 고창(高昌)에, 658~670년에는 쿠차(龜玆)에, 670~692
년에는 투커마커(碎葉)에 각각 치소를 두었다. ○ 太白(태백) : 태백성. 곧. 금성. 고
대에는 태백성을 서쪽의 신으로 여겼다.

6) 角(각) : 군대에서 시간을 알리는데 쓰는 악기.

북정으로 부임하며 농산을 넘다가 집을 그리며(赴北庭度隴思家)[7]

西向輪臺萬里餘,[8]	서쪽으로 윤대까지 만여 리나 되는데
也知鄉信日應疎,[9]	고향의 편지는 날이 갈수록 드물어지리
隴山鸚鵡能言語,[10]	농산에 앵무새는 말을 할 수 있으니
爲報家人數寄書.	어서 알려주게, 집안사람에게 자주 편지 하라고

평석 앵무새가 집안사람들에게 편지하라고 말해주길 바라니 그리움이 곡진하고 진하다.(欲
鸚鵡報家人寄書, 思曲而苦.)

해설 서역으로 부임하러 가는 도중에 고향을 그린 시이다. 서쪽을 갈수
록 편지가 드물어지므로 가족들이 편지를 더 자주 보내주기를 기대하였
다. 그러한 기대를 자신이 직접 말하지 않고 앵무새를 통해 말해주기를
바라는 점이 이 시의 묘미이다. 754년 안서절도사 봉상청(封常淸)의 판관
으로 부임하러 가면서 지었다.

---

7) 北庭(북정) : 북정도호부. 동한 때 북흉노의 북선우가 거주하는 곳을 북선우정(北單
于庭), 즉 북정이라 한 데서 지명이 유래하였다. 북정도호부는 702년에 처음 설치한
농우도(隴右道)의 방진(方鎭) 가운데 하나. 치소는 지금의 신강 지무살(吉木薩爾) 소
재. 천산(天山) 이북의 광활한 지역을 관할하였다. 안사의 난 이후에는 회흘과 티베
트가 점령하였다. ○ 隴(농) : 농산. 지금의 섬서성 농현(隴縣)과 감숙성 평량(平涼)
사이로 산세가 험준하다. 중원에서 서역을 오갈 때 지나야 하는 곳으로, 고향 생각
을 일으키는 농두수(隴頭水)가 유명하다.

8) 輪臺(윤대) : 정주(庭州) 윤대현. 치소는 지금의 신강 미천현(米泉縣). 잠삼은 북정과
윤대를 같은 지명으로 사용하였다. 한나라 때의 윤대는 서역 삼십육 국 가운데 하나
로 그 위치가 당나라 때와 달랐다.

9) 鄉信(향신) : 고향에서 편지를 보낸 사람. 또는 고향에서 보내온 편지.

10) 隴山鸚鵡(농산앵무) : 농산에는 앵무가 많다. 후한 예형의 「앵무부」와 『원화군현도지』
에도 관련 기록이 있다.

사막에서 지음(磧中作)[11]

走馬西來欲到天,　　서쪽으로 말 달리니 하늘에 닿을 듯
辭家見月兩回圓.　　집 떠난 후 어느 사이 달이 두 번 둥글었네
今夜不知何處宿,　　오늘밤 어디에서 묵어야 할지 모르는데
平沙萬里絶人煙.[12]　만 리 길 사막에 인가 하나 안 보이네

평석 묵어야 할 곳도 없는데, 사막이라 이를 아는 사람도 없다.(投宿無所, 則磧中無人可知矣.)

해설 사막의 황량한 절역을 그렸다. 사막이라는 광활하고 절대적인 환경 앞에서 비장하고 처절한 감각을 일으킨다. 제2구와 같이 지나치는 듯한 말에도 깊은 향수가 일어난다. 잠삼은 749년과 754년 두 번에 걸쳐 서역에 나갔다.

괵주 후정에서 이 판관을 보내며(虢州後亭送李判官)[13]

西原驛路挂城頭,[14]　서원(西原)의 역참 길은 성 머리에 걸려있고
客散紅亭雨未休.　　나그네 떠난 붉은 정자엔 비가 아직 안 그쳤네
君去試看汾水上,[15]　그대 가서 분수 강가를 둘러보게
白雲猶似漢時秋.[16]　흰 구름은 아직도 한나라 때 가을 같으리

---

11) 磧中(적중): 적(磧)은 자갈밭을 말하나 여기서는 사막을 가리킨다.
12) 人煙(인연): 인가에서 나는 연기.
13) 虢州(괵주): 치소는 지금의 하남성 영보시(靈寶市) 괵략진(虢略鎭).
14) 西原(서원): 지금의 하남성 영보시 서남.
15) 汾水(분수): 산서성 영무현(寧武縣) 관잠산(管涔山)에서 발원하여 지금의 산서성 중부를 남으로 내려가다 황하로 들어가는 강.
16) 白雲(백운) 구: 한 무제가 기원전 113년에 하동 분음(汾陰)에서 토지 신에게 제사하고 군신들과 연회를 베풀면서 「추풍사」를 지은 일을 가리킨다. 그 가사 중에 "가을

해설 이 판관을 보내며 쓴 시이다. 이 판관은 가을비 내리는 날 괵주에서 그리 멀지 않은 분하(汾河, 산서성)로 떠나고 있다. 후반 2구는 한 무제의 「추풍사」속의 풍광을 둘러보라는 뜻으로, 여러 가지 해석의 여지를 남긴다. 마음을 드넓게 펼치라는 뜻일 수도 있고, 풍광은 예와 같으니 역사 속의 유적을 둘러보라는 뜻일 수도 있고, 한나라의 전성시대가 역사 속으로 사라졌듯이 당나라의 전성기도 이처럼 사라질 수 있지 않느냐는 뜻일 수도 있다. 그러고 보면 잠삼이 괵주장사로 있던 759~761년에는 당나라가 안사의 난으로 기울기 시작할 때였다.

산방의 봄(山房春事)

梁園日暮亂飛鴉,[17]	양원에 해 저무니 까마귀 어지러이 날고
極目蕭條三兩家.[18]	멀리까지 보아도 집이라곤 두세 채밖에 없어
庭樹不知人去盡,	정원의 나무는 사람 떠난 지 모르고
春來還發舊時花.	봄이 오니 그래도 옛 꽃을 피우네

평석 후세 시인들이 따라 쓰는 자 많으나, 그래도 잠삼의 시가 절창이다.(後人襲用者多, 然嘉州實爲絶調.)

바람 불어오니 흰 구름 날리고, 낙엽이 떨어지고 기러기가 남으로 돌아가네"(秋風起兮白雲飛, 草木黃落兮雁南歸.)라는 구절이 있다.
17) 梁園(양원) : 토원(兎園)이라고도 한다. 서한 초기 양효왕(梁孝王, ?~기원전144) 유무(劉武)가 축조한 정원으로 지금의 하남성 상구(商丘) 동쪽에 소재. 주위 삼백여 리로, 정원에 각양의 산과 소택지, 궁궐과 기화요초가 있었다. 사방의 호걸을 초빙하니 관동 지역의 유세객들이 모여들었고, 추양(鄒陽), 매승(枚乘), 장기(莊忌), 사마상여(司馬相如) 등도 이곳을 찾았다. 매승이 쓴 「양왕토원부」(梁王兎園賦)는 이를 제재로 하였다. 당대에는 이미 폐허가 되었다.
18) 極目(극목) : 눈길이 닿는 데까지 바라봄.

해설 양원을 둘러보고 지은 회고시(懷古詩)로, 제목과는 일치하지 않는다. 전반 2구는 예전의 번성했던 경관은 사라지고 황량해진 양원의 옛터를 그렸다. 이에 비해 후반 2구는 폐허 속에 화사하게 핀 꽃을 그려 사람은 떠났으나 대자연은 여전히 순환한다는 뜻을 보였다. 이러한 대비야말로 역사를 현재화하면서 더욱 침통하게 느끼게 하는 수법이다. 심덕잠은 바로 이러한 대조법을 지적하였다.

장안으로 들어가는 사신을 만나(逢入京使)

故園東望路漫漫,[19]   동으로 고향 쪽 바라보며 아득히 길이 멀어
雙袖龍鍾淚不乾.[20]   두 소매에 눈물이 철철하여 마를 새 없네
馬上相逢無紙筆,   말 타고 가다 만났으니 종이와 붓이 없어
憑君傳語報平安.   그대에게 부탁하니 잘 있단 말 전해주게

평석 사람마다 가지고 있는 흉중의 말이 곧 절창이 된다.(人人胸臆中語, 却成絶唱.)

해설 멀리 변방에서 장안으로 들어가는 사람을 만나 전해준 시이다. 749년 또는 754년 서역으로 가면서 지었다. 지나가며 하는 말처럼 자연스럽고 소박하지만, 변새의 땀과 눈물이 묻어있고 감정도 진지하다. 말 타고 가는 길에 전해 준 이십 글자는 그야말로 긴 편지를 대신할 만큼 간결하고 강력해서 쉽게 잊히지 않고 사람의 마음을 깊이 파고든다.

---

19) 故園(고원) : 고향. 잠삼의 고향은 형주 강릉(江陵, 호북성 강릉현)이지만 여기서는 자신의 집이 있는 장안을 가리킨다.
20) 龍鍾(용종) : 여러 가지 뜻이 있다. ① 늙고 피곤한 모습, ② 실의에 빠진 모습, ③ 눈물이 흐르는 모습 등이다. 여기서는 ③의 뜻.

봉 대부께서 파선을 깬 개선가(封大夫破播仙凱歌)[21][22]

제1수

漢將承恩西破戎,[23]	승은 입은 한나라 장수 서쪽 오랑캐 깨니
捷書先奏未央宮.[24]	승전보가 먼저 미앙궁에 들어가네
天子預開麟閣待,[25]	천자께서 기린각을 열어놓고 기다리시니
只今誰數貳師功?[26]	지금 그 누가 이광리의 공을 헤아리리오?

제2수

日落轅門鼓角鳴,	해 저물자 군문에 북과 호각 소리 울리니
千群面縛出蕃城.[27]	수많은 사람들 면박한 채 오랑캐 성을 나서네

---

21) 심주 : 이름은 상청이다.(名常淸.)
22) 封大夫(봉대부) : 봉상청(封常淸). 성당시기에 활동한 무장. 청년기에 외조부가 안서로 유배되자 따라간 후 군막생활을 시작하였다. 고선지 아래에서 장기간 군영생활을 하다가 판관이 되었으며, 752년 안서사진절도사가 되었다. 754년 입조하여 어사대부에 봉해졌고 안서로 돌아갈 때 잠삼이 판관으로 함께 갔다. 755년 11월 두 번째 입조하였을 때 마침 안사의 난이 터졌고, 급히 응전하였으나 패전하여 다음 해 1월 그 죄로 참형을 당하였다. ○ 播仙(파선) : 원래 한대 차말국(且末國)으로 돈황 근처에 있었다. 수대 609년에 차말군을 설치하여 죄인들을 유배하여 지키게 하였다. 당대 676년에 파선진(播仙鎭)을 설치하였으나 곧 티베트가 점령하였다. 이후 천보 연간에 고선지가 먼저 파선을 쳐 이겼으며, 봉상청의 승리는 두 번째로 그 시기는 755년 초로 보인다.
23) 戎(융) : 티베트를 가리킨다. 이 지역은 티베트가 장기간 점령하였다.
24) 捷書(첩서) : 승전보. ○ 未央宮(미앙궁) : 한대 궁전. 여기서는 장안궁.
25) 麟閣(인각) : 기린각(麒麟閣). 서한 선제(宣帝) 때 충성스런 신하를 찬양하기 위하여 기원전 51년 곽광(霍光), 소무(蘇武) 등 공신 열한 명의 화상을 그려 미앙궁 안에 있는 기린각에 모시게 하였다.
26) 貳師(이사) : 이사성(貳師城). 대완(大宛)에 있는 성으로 명마의 출산지이다. 기원전 104년 이사장군(貳師將軍) 이광리(李廣利)가 출정하여, 대완을 공격하여 욱성왕(郁成王)을 죽이고 한혈마 삼천 필을 데리고 돌아왔다. 이 구는 봉상청의 공이 이광리보다 뛰어나다는 뜻이다.
27) 面縛(면박) : 항복하여 죄를 청하는 의식으로, 두 손을 몸 뒤에 돌려서 묶고 얼굴은

洗兵魚海雲迎陣,[28]　　어해에서 병기를 씻으니 구름이 진영을 맞이하고
秣馬龍堆月照營.[29]　　백룡퇴에서 말 먹이니 달빛이 병영을 비추네

해설 봉상청이 티베트의 파선을 이긴 일을 노래하였다. 모두 6수로 당나라 군대의 개선을 축하하고 있지만, 동시에 티베트에 대한 적개심도 일부 드러나 있다. 잠삼의 시 가운데 일부는 이민족에 대한 반감을 드러내는 것도 있다.

가지(賈至)

상주로 부임하는 이 시랑을 보내며(送李侍郎赴常州)[1]

雪晴雲散北風寒,　　눈 개고 구름 흩어지니 북풍 더욱 차가운데
楚水吳山道路難,[2]　　초 지방 강물에서 오 지방 산까지 갈 길이 험해라
今日送君須盡醉,　　오늘 그대를 보내매 반드시 취해야 하리니

승리자를 향한다.

28) 魚海(어해) : 호수 이름. 양주(涼州) 백정해(白亭海). 지금의 감숙성 진번현(鎭番縣) 동북 내몽골 아라산우기(阿拉善右旗) 경내에 소재. 지금은 고갈되어 호수가 사라지고 없다.

29) 龍堆(용퇴) : 백룡퇴(白龍堆). 그 지점에 대해서는 여러 설이 있다. 『한서』 「서역전」에서는 옥문관 서쪽에 있는 사막을 가리키며, 『수경주』에서는 타림 분지의 로프노르(羅布泊) 함수호 동북에 있는 일련의 흙 돈대를 가리킨다. 그 밖에 돈황의 명사산이라는 설도 있다.

1) 李侍郎(이시랑) : 형부시랑 이엽(李曄)으로 추정된다. 이백이 동정호에서 이엽, 가지와 함께 놀며 지은 시가 남아있다. ○常州(상주) : 지금의 강소성 상주시.

2) 楚水吳山(초수오산) : 초 지방의 강과 오 지방의 산. 시인은 지금 악양에 있으므로 자신을 초 지방의 강으로 비유했고, 이 시랑은 상주에 가므로 오 지방의 산으로 비유했다.

明朝相憶路漫漫.[3]　　내일 아침 그리워해도 길만 아득히 멀지니

해설 추운 겨울 악양에서 친구를 보내며 쓴 송별시이다. 이별하기 전 술
을 마시는 이유는 헤어지면 길이 멀어 만나기 힘들므로 다정하고 그리
운 정을 마음껏 나누자는 뜻이다. 그것을 생각하면 지금 취하지 않을 수
없다. 왕유의 "그대에게 다시 한 번 술 한 잔 권하노니, 서쪽으로 양관을
나가면 친구도 없으리"(勸君更盡一杯酒, 西出陽關無故人.)와 비슷한 뜻이다.

서정의 봄 조망(西亭春望)

日長風暖柳青青,　　해 길고 바람 따사로워 버들도 푸릇푸릇한데
北雁歸飛入窅冥.[4]　　북으로 돌아가는 기러기 먼 하늘로 사라지네
岳陽樓上聞吹笛,　　악양루 위에서 피리 소리 들으니
能使春心滿洞庭.　　봄을 맞이하는 마음이 동정호에 가득하네

해설 봄이 온 동정호를 바라보며 지은 시이다. 가지가 악주사마(岳州司馬,
759~762년)로 좌천되었을 때 지은 것으로, 봄이 되어 '북으로 돌아가는
기러기'에서 장안으로 돌아가지 못하는 자신을 되돌아보았다. 그런 뜻에
서 제4구의 '춘심'(春心)은 곧 '춘수'(春愁)로, 동정호를 바라볼수록 더욱
깊어지는 시름을 표현하였다.

---

3) 漫漫(만만) : 아득히 먼 모양.
4) 窅冥(요명) : 먼 곳. 또는 먼 하늘.

파릉에서 이십이·배구와 동정호에 배를 띄우고(巴陵與李十二、裴九泛洞庭)[5]

楓岸紛紛落葉多,[6]	호숫가 단풍나무 낙엽이 분분한데
洞庭秋水晚來波.	동정호 가을 물이 저녁 되니 물결 이네
乘興輕舟無近遠,	흥에 겨워 배 띄우고 원근 없이 다니니
白雲明月弔湘娥.[7]	흰 구름에 밝은 달 보며 상비를 조문하네

평석 이전의 시평가가 말하기를 말구는 이백의 의견에 반론을 제시했다고 했는데, '백운명월'을 생각해보면 여전히 어느 곳인지 모르겠는데 어찌 반론을 제시했다고 하는가.(前人謂末句翻太白案, 試思'白雲明月', 仍是不知何處矣, 何嘗翻案耶?)

해설 가을날 동정호를 이백 등과 둘러보고 지은 시이다. 제1구에서 굴원의 작품 속의 어휘로 풍경을 그렸고, 제4구에서 상비를 조문하는 것으로 보아 폄적된 신하의 마음을 드러낸 것으로 보인다. 말구는 이백이 지은 시의 "해 저무는 장사에 가을 빛 먼데, 상군을 조문하러 어디로 가야 하나?"(日落長沙秋色遠, 不知何處弔湘君?)에 대한 답이자 동시에 같은 뜻을 나타낸 것으로, 역시 굴원을 조문하며 방축된 자신의 마음을 나타내었다.

---

5) 巴陵(파릉) : 악주. 지금의 악양시. ○李十二(이십이) : 이백. ○裴九(배구) : 미상.

6) 楓岸(풍안) 구 : 굴원의 『구가』「상부인」(湘夫人)에 "가을바람 하늘하늘 불고, 동정호에 물결 일고 나뭇잎 떨어지네"(嫋嫋兮秋風, 洞庭波兮木葉下.)를 활용하였다. 자신도 굴원과 같이 방축되었다는 뜻을 암시한다.

7) 白雲明月(백운명월) : 백운에서 명월까지. 즉 낮부터 밤까지. ○湘娥(상아) : 상수의 여신. 요 임금의 두 딸이자 순 임금의 두 비인 아황과 여영을 가리킨다.

하지장(賀知章)

고향에 돌아와 우연히 쓰다(回鄕偶書)

제1수

少小離家老大回,[1]	젊어서 집 떠나 늙어서 돌아오니
鄕音無改鬢毛摧.[2]	고향 말은 그대론데 내 머리만 세었어라
兒童相見不相識,[3]	아이들은 날 보고도 알아보지 못하여
笑問"客從何處來?"	"손님은 어디서 오셨소"라 웃으며 말하네

평석 원본에는 '鬢毛衰'(빈모쇠)라 되어 있다. '衰'(쇠)는 입성 4지(支)운으로 음은 司(사)이다. 상평성 10회(灰)운에 있는 '쇠'(衰)는 음이 최(綫)이다. '최'(摧)의 잘못일 것이라 보아 글자를 고친다.(原本'鬢毛衰', '衰'入四支, 音司. 十灰中'衰'音綫. 恐是'摧'字之誤, 因改正.)

해설 나이 들어 고향에 돌아가 느끼는 감회를 썼다. 여기에는 노년에 대한 아쉬움과 고향에 대한 친밀감이 뒤섞여 있고, 자신을 낯설어하는 아이들로부터 주인이 오히려 객이 되는 곤혹감이 나타났다. 진실한 감정을 쉬운 언어로 나타내 생활의 정취가 깊이 우러난다. 하지장은 진사에 급제한 37세 바로 전에 고향 회계(會稽, 지금의 소흥시)를 떠났으며, 귀향할 때는 86세였다.

---

1) 少小(소소) : 젊고 작다. 小는 少의 결과보어.
2) 鄕音(향음) : 고향의 사투리. ○ 鬢毛(빈모) : 귀밑머리. 살쩍. ○ 摧(최) : 성기다. 통행본에서는 '쇠'(衰)로 되어 있으나 심덕잠은 최(摧)로 고쳤다.
3) 相識(상식) : 알다. 이때의 相(상)은 동작에 대상이 있음을 나타낸다. '상사'(相思)의 相(상)도 마찬가지이다.

제2수

離別家鄕歲月多,　　고향을 떠난 지 오랜 세월이 지나
近來人事半銷磨.⁴⁾　　근래에 와서 보니 사람은 반이나 사라졌네
惟有門前鏡湖水,⁵⁾　　오로지 문 앞의 경호의 푸른 물만이
春風不改舊時波.　　봄바람에 변함없이 옛 물결 일으키네

해설 고향에 돌아온 후의 금석지감을 썼다. 주위 사람들로부터 그동안의
사정을 묻고 들으니 가장 큰 변화는 사람의 생존이 엇갈려 있는 점이다.
그에 비해 경호의 물결은 예전 그대로여서 인사의 무상함이 더욱 절실
히 느껴진다.

왕창령(王昌齡)

평석 왕창령의 절구는 감정이 깊고 정한이 그윽하며, 뜻이 아득하고 멀어, 사람으로 하여금
끝없이 헤아리게 하고 한없이 놀게 하니, 당인의 「이소」라 해도 될 것이다.(龍標絶句, 深情幽
怨, 意旨微茫, 令人測之無端, 玩之無盡, 謂之唐人騷語可.)

---

4)　銷磨(소마) : 닳아 없어지다. 마멸되다.
5)　鏡湖(경호) : 감호(鑒湖)라고도 한다. 지금의 소흥시에 있는 호수. 후한 때 마진(馬臻)
　이 준설하여 만든 것으로 알려졌다.

유랑하는 사람의 〈수조자〉를 들으며(聽流人水調子)¹⁾

孤舟微月對楓林,²⁾	쪽배와 초승달이 단풍 숲을 마주하고
分付鳴箏與客心.³⁾	쟁 소리를 빌려서 나그네 마음 풀어내네
嶺色千重萬重雨,⁴⁾	영마루 산 빛 깊은 곳에 천 겹에 만 겹의 빗발
斷絃收與淚痕深.	줄이 끊기어 곡을 거두니 눈물 흔적 깊어라

해설 빗속에서 쟁 소리를 들으며 쓴 시이다. 제3구의 빗물은 풍경이자 음악의 내용으로, 제4구에서 눈물로 섞여 흐른다. 말구의 단현(斷絃)은 감정의 극한을 드러낸 시어로 감상적인 정조를 한층 높이고 있다. 뜯는 사람이나 시인이나 모두가 '유인'(流人)인 것이다. 739년(50세) 일에 연좌되어 영남으로 폄적되었을 때 대유령 근처에서 지은 것으로 보인다.

부용루에서 신점을 보내며(芙蓉樓送辛漸)⁵⁾⁶⁾

寒雨連天夜入吳,⁷⁾	하늘에 잇닿은 찬비가 밤 들어 오 지방에 내리더니

---

1) 流人(유인) : 죄를 지어 방축된 사람. 또는 고향을 떠나 객지에서 유랑하는 사람. ○ 水調子(수조자) : 당대 악부 곡 이름. 『악부시집』에서는 '근대곡사'로 분류하였다.

2) 微月(미월) : 초승달. 음력 월초의 달 모습.

3) 分付(분부) : 처리하다. 처치하다.

4) 嶺(영) : 대유령(大庾嶺). 호남성과 광동성의 경계에 위치한다.

5) 심주 : 누대는 윤주에 있다.(樓在潤州.)

6) 芙蓉樓(부용루) : 윤주(潤州) 단양(丹陽, 강소성 鎭江市)의 서북부 장강에 임하여 세워진 누각. 강 건너 서쪽에는 양주(揚州)를 거쳐 황하로 이어지는 운하가 시작되는 과주도(瓜洲渡)가 있다. ○ 辛漸(신점) : 미상. 왕창령의 시 가운데 「신점을 보내며」(別辛漸)란 시가 한 수 더 있다.

7) 寒雨(한우) : 차가운 비. 주로 늦가을에 내리는 비를 가리킨다. ○ 連天(연천) : 빗발이 거세어지면서 하늘이 보이지 않으므로, 비와 하늘이 연이어졌다고 표현하였다. ○ 入吳(입오) : 오 지방에 들어가다. 그 주체에 대해서는 사람 혹은 한우(寒雨)라고 각각 볼 수 있다. 오(吳)는 춘추시대 나라이나, 후세에는 그 지역을 '오'라고 하였다. 여기

平明送客楚山孤.[8]　　나그네 보내는 새벽에 강남의 산이 외로워

洛陽親友如相問,　　낙양의 친구들 나의 일을 물으면

一片冰心在玉壺.[9]　　한 조각 얼음 같은 마음 옥항아리에 있다 하게

평석 자신의 마음이 벼슬에 얽매여 있지 않음을 말하였다.(言己之不牽於宦情也.)

해설 떠나는 친구를 보내며 쓴 시이다. 전반 2구에서 친구를 떠나보내는 장소와 때를 말하고, 후반 2구에서 헤어지는 정을 안부에 실어 전하였다. 특히 후반 2구는 일에 연좌되어 폄적을 당하였고 남의 참훼를 받아 다시 강녕승(江寧丞)으로 좌천된 입장에서 자신의 청렴과 결백을 주장하는 것으로 보인다. 그렇게 보면 '한우'(寒雨)는 실경이자 자기 처지의 어려움을 암시하는 상징으로 볼 수 있다. 시어들이 명쾌하고 맑은 가운데 자신의 고적함과 친구에 대한 깊은 정이 잘 드러나 있다. 말구는 천고에 걸쳐 음송되는 명구이다.

서는 지역을 가리킨다.

[8]　平明(평명) : 새벽. 해뜨기 전의 밝은 때. ○ 楚山(초산) : 초 지방의 산. 춘추전국시대에 초나라는 장강 중류를 중심으로 강역이 조성되었지만 전국시대에는 국력이 강성해져 장강 하류까지 포함되었다.

[9]　冰心(빙심) : 얼음과 같이 깨끗한 마음. 남조 유송(劉宋)시대 포조(鮑照)의 「백두음을 본떠 지음」(代白頭吟)에 "곧기는 붉은 먹줄과 같고, 맑기는 옥항아리의 얼음 같아라"(直如朱絲繩, 淸如玉壺冰.)란 구절이 있다. 포조는 여성이 남성에 대하여 변하지 않는 정절을 비유하여 사용하였지만, 왕창령은 불우한 문인의 청렴한 정신을 표상하는 것으로 사용하였다. ○ 玉壺(옥호) : 옥항아리. '옥항아리 속의 얼음'(玉壺冰)은 당시 과거 시험의 시제로 나올 정도로 유행하던 이미지로, 성당 문인들의 시문에 많이 보인다.

적종형을 보내며(送狄宗亨)[10]

秋在水清山暮蟬,　　가을이라 강물 맑고 저무는 산에는 매미울음
洛陽樹色鳴皐煙.[11]　낙양의 나무에 명고산의 안개
送君歸去愁不盡,　　그대 돌아가고 나면 나의 시름 끝없어
又惜空度涼風天.　　다시금 서늘한 가을날을 부질없이 보내리라

평석 생활의 정취가 있다.(生趣.)

해설 늦가을 저녁 낙양 근처에서 친구와 헤어지면 쓴 시이다. 전반 2구
는 이별의 때와 장소를 나타냈고, 후반 2구는 이별의 정을 그렸다. 제1구
의 강물, 저녁, 산, 매미 등은 모두 이별을 환기하는 경물들이며, 제2구는
자신은 낙양에 있지만 친구는 명고산에 은거하고 있음을 나타내었다. 제
4구는 친구가 없는 가을이 허전하여 의미 없는 날들이 될 것을 예견하여
이별의 아쉬움을 강조하였다.

전전곡(殿前曲)[12]

昨夜風開露井桃,　　어젯밤 봄바람에 우물가 복사꽃 피더니
未央前殿月輪高.[13]　미앙궁 앞 궁전에 보름달이 높아라
平陽歌舞新承寵,[14]　평양공주 저택의 가인이 새로이 승은을 입어

---

10)　狄宗亨(적종형) : 미상.
11)　鳴皐(명고) : 명고산. 구고산(九皐山)이라고도 한다. 지금의 하남성 숭현(嵩縣) 동북
　　에 소재.
12)　이 시는 통행본에서는 제목이 「춘궁곡」(春宮曲)이라 되어 있으며, 위 제목으로는 별
　　도의 시가 2수 있다.
13)　未央(미앙) : 한대의 미앙궁. 한 장안성 서남편에 있었다. 여기서는 당의 궁전.
14)　平陽(평양) : 평양공주. 한 무제의 누나. 두 번 과부가 되었다가 세 번째 위청(衛青)

簾外春寒賜錦袍.　　주렴 밖 봄이 추운데 비단 옷 내리시네

평석 다른 사람이 승은을 입음을 말함으로써 자신의 실총을 완곡하게 알도록 했으니, 이는 『시경』'국풍'의 방법이다.(只說他人之承寵, 而己之失寵, 悠然可會, 此國風之體也.)

해설 군왕의 총애를 잃은 궁녀의 원망을 그렸다. 그러나 실총자의 모습은 전혀 드러나지 않고, 총애를 입은 다른 궁녀에 대해서만 묘사하였다. 제3구는 한 무제가 평양공주 저택에 행차했을 때 춤과 노래를 잘 하는 위자부(衛子夫)를 보고 총애를 내린 일로, 평범한 여인이 황후가 되는 일을 서술했다. 그러나 이미 제1구에서 노천 우물가의 복사꽃으로 평범한 여인이 봄바람과 같은 왕의 은총을 받았다고 비유하였고, 제2구에서 미앙궁의 달로 왕의 행차를 비유하였다. 제4구는 비단옷으로 왕의 총애를 상징하면서, 반대로 옷을 받지 못한 여인의 추운 봄을 연상시켰다. 봄추위와 옷이라는 온난의 감각으로 총애와 실총의 차이를 부각시켰다. 이 시의 화자는 조비연 때문에 성제에게 총애를 잃은 반첩여일 수도 있으며, 그리하여 당대 궁중의 일을 은근히 풍자하고 있다고 볼 수 있다.

장신궁의 가을 노래(長信秋詞)[15]

제1수

奉帚平明金殿開,[16]　　새벽에 뜰을 빗질하며 금전(金殿)을 열고

과 결혼하였다. 원래 저택에 양가의 미녀 십여 명과 위청의 여동생 위자부(衛子夫)를 가녀(歌女)로 데리고 있었다. 무제가 패상(霸上)에 불제(祓除)를 마치고 공주 댁을 방문했을 때, 공주가 먼저 여러 미인들을 보여도 관심 없더니 위자부가 노래하자 기뻐하였다. 이리하여 승은을 입게 되었고 나중에 황후가 되었다. 이 구는 후궁 중에 새로 군왕의 총애를 입는 자가 생겼음을 말한다.

15)　長信(장신) : 장신궁. 서한의 궁으로 주로 태후가 거주하였다.

且將團扇共徘徊.[17]　　둥근 부채 들고서 부채와 함께 배회하네

玉顔不及寒鴉色,[18]　　옥 같은 얼굴이 까마귀 얼굴보다 못해

猶帶昭陽日影來.[19]　　그래도 소양궁에서 아침 햇살 받고 있으니

평석 소양궁은 소의(昭儀) 조합덕(趙合德)이 거처하는 곳으로 장신궁의 동쪽에 있다. 까마귀가 동방의 햇빛을 받는다고 하여 자신이 그보다 못함을 말하였다. 우아하고 완려하며 무한히 함축적이니, 한 사람이 노래하면 세 사람이 화답할 정도이다.(昭陽宮趙昭儀所居, 宮在東方, 寒鴉帶東方日影而來, 見己之不如鴉也. 優柔婉麗, 含蘊無窮, 使人一唱而三歎.)

해설 장신궁에서 칩거하는 반첩여의 모습과 생각을 그렸다. 전반 2구는 모두 동작과 행위로 여인의 내심을 표현하였다. 첩여의 아름다운 얼굴은 '옥안'이란 말로 관용적으로 처리하여 '한아'(寒鴉)와 대비하는 말로 쓰였다. 구체적인 외모를 묘사하기보다는 동작과 심리로 궁중의 원망을 드러내었고, 이로써 반첩여의 존재감을 부각시켰다.

제2수

眞成薄命久尋思,　　정말로 박명한가 오래도록 생각하나니

夢見君王覺後疑.　　꿈속에서 군왕 보고 깨어난 후 의심하네

火照西宮知夜飮,[20]　　서궁으로 불빛이 넘어와 밤잔치 하는 줄 알겠는데

---

16) 奉帚(봉추) : 빗자루를 들다. 서한 반첩여가 성제의 총애를 잃자 태후를 공양한다며 장신궁으로 물러났다. 자신의 처지를 슬퍼해 스스로 부를 지었는데 그중에 "더불어 휘장 안에서 물 뿌리고 쓸며, 오래도록 죽을 때까지 하리라"(共灑掃於帷幄兮, 永終死以爲期.)는 말이 있다.

17) 將(장) : 들다. ○團扇(단선) : 둥근 부채. 반첩여가 자신의 처지를 가을이 되어 쓸모가 없어진 부채에 비유한 「원가행」(怨歌行)의 내용을 가리킨다.

18) 玉顔(옥안) : 옥같이 아름다운 얼굴. 반첩여를 가리킨다.

19) 昭陽(소양) : 조비연이 거처한 소양전. 『삼보황도』에서 황후 조비연이 거주하는 곳(成帝趙皇后居昭陽殿)이라 하였다.

20) 西宮(서궁) : 장신궁을 가리킨다. 『삼보황도』(三輔黃圖)에서는 한대 장안궁의 "서쪽

分明複道奉恩時. 21)　　분명히 복도에서 은혜를 받던 때였었네

평석 '분명'이란 두 글자를 씀으로써 꿈의 광경이 구체적으로 표현되었다.(下'分明'二字, 寫夢境入微.)

해설 궁인의 원망을 그렸다. 군왕에게서 승은을 입던 때를 꿈에 보고 일어나 아직 미망에 차 있는 감정을 묘사했다. 제1구와 제3구는 현실을 그렸고, 제2구와 제4구는 꿈속의 일을 묘사함으로써 현실과 꿈을 교차시키고, 아쉬운 꿈을 꾸어 마음이 더욱 애닯으니 정말로 박명하다고 역설하였다. 제3구는 서궁에 있는 시적 화자가 동편으로 보이는 소양전의 밤잔치 불빛을 보고 쓴 것으로 풀이해야 적절할 것이다.

서궁의 봄의 원망(西宮春怨)

西宮夜靜百花香,　　서궁의 밤 고요하고 온갖 꽃 향기로워
欲卷珠簾春恨長.　　주렴 걷으려니 봄의 정한이 사무쳐
斜抱雲和深見月, 22)　비스듬히 거문고 안고 깊숙이 달을 보면
朦朧樹色隱昭陽. 23)　흐릿한 나무 그늘이 소양전을 덮고 있네

해설 봄밤에 달을 바라보는 궁녀를 그렸다. 제4구에서 소양전이 등장하

에 있으며 가을을 상징한다. 가을은 믿음을 주관하므로 궁전을 '장신' 또는 '장추'로 이름 지었다'고 하였다.
21)　複道(복도): 궁중의 누각 사이에 있는 복층 통로.
22)　雲和(운화): 원래 거문고의 재료가 나는 산 또는 지명이나, 나중에는 거문고의 대칭이 되었다.
23)　昭陽(소양): 소양전. 『삼보황도』(三輔黃圖)에서 황후 조비연이 거주하는 곳(成帝趙皇后居昭陽殿)이라 하였다.

는 것으로 보아 역시 반첩여를 제재로 삼았다. 군왕의 발길이 끊긴 서궁의 봄밤에 꽃향기만 가득한데, 주렴을 걷으려다 말고, 거문고를 뜯으려다 마는 여인의 섬세하고 미묘한 자태를 통해 내심의 불안과 원망을 드러내었다. 그래도 결국 주렴을 걷고 달 아래를 바라보면 어둑한 나무들 사이로 조비연이 군왕과 함께 있을 소양전이 보인다. 여인은 풍경 속에 또 하나의 풍경으로 스며들고, '원'(怨)과 '한'(恨)마저 풍경 속에 녹아버리는 듯하다.

종군의 노래 4수(從軍行四首)[24]

제1수

烽火城西百尺樓,[25]	봉화대 서쪽 백 척의 누대
黃昏獨坐海風秋.[26]	황혼에 홀로 오르니 청해에서 가을바람 불어오네
更吹羌笛關山月,[27]	게다가 오랑캐 피리는 〈관산월〉을 연주하니
無那金閨萬里愁![28]	만 리 먼 규중을 그리는 시름 어찌할 수 없어라

평석 만 리 멀리 규중을 그리니 어찌 시름이 없겠는가!(萬里之外, 念及金閨, 能無愁乎?)

해설 가을 저녁 변경의 병사가 성루에 올라 고향의 아내를 그렸다. 넓은

---

24) 從軍行(종군행) : 악부 제목. 곽무천(郭茂倩)의 『악부시집』에서는 '상화가사'(相和歌辭)에 포함시켰다. 이 악부제의 작품은 대부분 군대생활과 병사의 노고를 내용으로 한다.
25) 百尺樓(백척루) : 높이가 백 척이나 되는 누대.
26) 海風(해풍) : 청해호 등 서북 지역의 호수에서 불어오는 바람.
27) 羌笛(강적) : 고대의 피리로 길이 이 척 사 촌이며, 구멍이 세 개 또는 네 개 있다. 강족에게서 전래되었다고 하여 강적이라 하였다. 소리가 높고 음색이 비량하다. ○關山月(관산월) : 악부제 이름. 주로 출정한 남편을 기다리는 아낙의 고통을 내용으로 하였다.
28) 無那(무나) : 무내(無奈)와 같다. 어찌할 수 없음.

사막 가운데의 높은 성루가 생존의 극단적인 공간을 형상화한다. 음악은 변경의 공간과 고향의 규중을 이어주는 매개체로 등장하나, 그러한 여성적 공간에 대비되어 거칠고 고립된 변방의 황막한 공간은 더욱 강조된다.

제2수

青海長雲暗雪山,[29]	청해의 긴 구름에 기련산이 어두운데
孤城遙望玉門關.	외딴 성에서 멀리 옥문관 쪽 바라보네
黃沙百戰穿金甲,	누런 모래 속에 백 번 싸움에 쇠갑옷이 뚫려도
不破樓蘭終不還![30]	누란을 이기지 못했으니 돌아갈 수 없어라

평석 호방한 말로 보아도 좋으나, 돌아갈 날 없다는 의미로 보아도 배로 의미가 있다.(作豪語看亦可, 然作歸期無日看, 倍有意味.)

해설 서역에서의 종군의 어려움으로 돌아갈 날이 무망함을 말했다. 전반 2구는 청해와 옥문관의 아득하고 광활한 지점으로 죽음과 고립의 공간을 그려내었다. 후반 2구는 죽음의 고난 속에서도 고향으로 돌아갈 수 없는 비장한 상황을 그렸다. 말구를 변새시의 상례에 따라 임전의 결의를 나타낸다고 보고 "누란을 이기지 못하면 종내 돌아가지 않으리"라고 새기는 것이 더 적절할 것이나, 여기서는 심덕잠의 의견에 따라 번역하였다.

---

29) 靑海(청해) : 청해성 서녕시(西寧市) 서남에 위치한 염호. 옛 이름은 선수(鮮水) 또는 선해(仙海)라 했다가 북위 때부터 '청해'라 하였다. 장기간 티베트의 강역으로 있다가 성당 때에는 가서한(哥舒翰)이 성을 쌓고 신위군(神威軍)을 주둔시켰다.

30) 樓蘭(누란) : 서역에 있었던 나라. 한 무제 때 중국이 대완(大宛)과 통교하려 할 때 누란이 길을 막았다. 기원전 77년 곽광(霍光)이 부개자(傅介子)를 보내 그 왕을 죽였다.

제3수

秦時明月漢時關,[31]　진나라 때의 명월과 한나라 때의 관문
萬里長征人未還.　만 리 멀리 나간 병사들 돌아오지 않아라
但使龍城飛將在,[32]　용성의 비장군 이광이 있었더라면
不敎胡馬度陰山.[33]　오랑캐 말들이 음산을 넘지 못했을 것을

평석 오랑캐를 방비하여 성을 쌓은 일은 진한 때부터 시작되었다. 명월은 진나라에 속하고 관문은 한나라에 속한다는 말은 호문이다.(備胡築城, 起於秦漢. 明月屬秦, 關屬漢, 互文也.) ○ 군사들이 힘을 다하여 힘들게 싸워도 공을 이루지 못하는 것은 장수가 적합한 인물이 아니기 때문이다. 그래서 비장군을 생각한다고 말하였다.(師勞力竭而功不成, 由將非其人之故, 故思飛將軍云.)

해설 한대의 영웅을 추모하면서 당대의 변방 정책을 비판하였다. 전반 2구는 대외전쟁의 초시공적인 영속성과 그에 따른 무의미함을 역사적 시점에서 총괄하였다. 후반 2구는 당시의 군사적 대응이 유효하게 이루어지지 않은데 대한 비판으로 보인다. 진한의 역사적 공간과 고향과 변새

---

31)　秦時(진시) 구: 진나라 때의 밝은 달과 한나라 때의 관문. 일종의 호문(互文)으로 진한 이래의 달 비치는 관문이라는 뜻. 아득한 시간과 공간을 훌륭하게 결합한 뛰어난 구이다.

32)　但使(단사): 다만 ~하기만 한다면. ○龍城(용성): 흉노의 근거지. 『사기』「흉노열전」에 "오월에 용성에서 큰 집회를 열어 조상, 천지, 귀신에게 제사를 지낸다"(五月大會龍城, 祭其先天地鬼神.)고 하였다. 또 『한서』「무제기」(武帝紀)에 "원광 5년(기원전 130) 흉노가 상곡(上谷)에 들어와 관리와 백성을 살해하고 약탈했다. 거기장군 위청(衛青)을 상곡으로 파견하였다. (…중략…) 위청이 용성(龍城)에 이르러 흉노족 수급 칠백 급을 가져왔다"는 기록이 있다. ○飛將(비장): 한 무제 때 활약한 이광(李廣, ?~기원전 119년)을 가리킨다. 이광은 기동력이 뛰어나 여러 차례 흉노를 타격하였는데, 기원전 128년 우북평(右北平) 태수로 부임했을 때 흉노들이 그를 '한의 비장군'(漢之飛將軍)이라 불렀다. 『사기』 권109와 『한서』 권54에 그의 전기가 있다.

33)　胡馬(호마): 북방족의 기마. ○陰山(음산): 음산 산맥. 내몽골자치구의 남부에 있는, 동서로 가로지르는 산맥. 길이 약 1200킬로미터에 해발 약 1500~2000미터. 한대에 흉노족은 주로 음산에 거주하면서 한나라를 공격하였다.

의 공간적인 시간이 어울려 시의 배경은 거대한 폭을 갖는다. 이 작품에 대해 명대 양신(楊愼)은 '신품'(神品)이라 하였고, 이반룡(李攀龍)은 당대 칠절 가운데 '압권'(壓卷之作)이라 하였다.

제4수

大漠風塵日色昏,	사막의 바람과 먼지에 햇빛이 어두운데
紅旗半卷出轅門.[34]	붉은 깃발 반 접고 병영을 나서다
前軍夜戰洮河北,[35]	선봉의 부대가 밤에 조하의 북쪽에서 싸우는데
已報生禽吐谷渾.[36]	벌써 토욕혼을 생포했다는 보고가 들어오다

해설 전투에서의 기세와 승리를 독특한 구성으로 속도감 있게 묘사한 개선가이다. 단지 전투의 시작과 끝을 제시함으로써 그 신속함에서 오는 사기와 승리를 부각시켰다. 간략하게 전투의 선후만 그림으로써 오히려 주제가 강조되었고, 절제된 전투력과 충일한 사기를 나타내었다.

---

34) 轅門(원문) : 야전 병영의 문. 행군하던 군대가 주둔할 때 수레의 끌채를 마주 세워 문처럼 만든 데에서 유래한 말이다.

35) 洮河(조하) : 감숙성 서남에 있는 강. 청해성의 서경산(西傾山)에서 발원하여 동북으로 흐르다가 감숙성의 민현(岷縣)과 임조현(臨洮縣)을 거쳐 황하로 흘러든다.

36) 吐谷渾(토욕혼) : 선비족이 4세기부터 7세기까지 청해성과 감숙성을 강역으로 하여 세운 나라. 당대 초기 당나라와 감숙 지역에서 자주 교전하였으며, 당나라와 티베트의 연합군에 의해 패하였다.

장위(張謂)

하원군에 사신으로 가는 노거를 보내며(送盧擧使河源)[1][2]

故人行役向邊州,[3]	친구는 공무로 변방으로 향하는데
匹馬今朝不少留.	필마로 떠나는 아침 잠시라도 머물 수 없구나
長路關山何日盡?	길고 긴 관산 가는 길 어느 날 닿을까?
滿堂絲竹爲君愁.	대청 가득 울리는 음악이 그대 때문에 시름겹네

평석 현악기와 관악기는 원래 마음을 즐겁게 하는 것인데 만 리 멀리 사람을 보내니 관현악기가 모두 슬픈 소리이다. 경책으로 절륜하다.(絲竹本以娛情, 然送人萬里之遠, 則絲竹皆愁音也. 警絶.)

해설 서역으로 가는 친구를 보내며 지은 송별시이다. 아마도 갑자기 내려진 임무로 창졸간에 떠나게 되어서인지 잠시 붙들고 술 한 잔 할 여유도 없는 형편인 듯 보인다. 다급한 상황 속에도 떠나는 친구를 위해 시 한 편을 남겼다.

---

1) 심주 : 『한서』「서역전」에 "황하의 수원은 두 곳으로, 하나는 총령이고 다른 하나는 우전이다"고 했다.(西域傳 : "河有兩源, 一出葱嶺, 一出于闐.")
2) 盧擧(노거) : 미상. 『신당서』「재상세계표」에 의하면 노씨 대방(盧氏大房)에 속한다. ○河源(하원) : 농우절도사가 관할하는 최대 군사 주둔지인 하원군(河源軍)을 가리킨다. 지금의 청해성 서녕시(西寧市) 소재. 677~758년 사이에 존속되었으며 혹치상지, 누사덕, 가서한 등이 경략대사로 주둔한 곳이다. 황하의 수원지라는 심덕잠의 주석은 바르지 않다.
3) 行役(행역) : 공무로 힘들게 이동하거나 여행함.

장욱(張旭)

산중에서 손님을 붙들며(山中留客)

山光物態弄春暉,[1]	산은 빛나고 사물은 모습을 갖춰 봄볕에 노니니
莫爲輕陰便擬歸.	날씨가 흐리다고 곧 돌아가려 하지 마오
縱使晴明無雨色,[2]	비록 맑은 하늘에 비 올 기색 없어도
入雲深處亦沾衣.	구름 속 깊은 곳에 들어가면 옷이 젖어든다오

해설 봄 산의 아름다움을 묘사하면서, 동시에 친구가 아름다운 자연 속에서 더 머물기를 바랐다. 제1구에서 산중의 돌과 풀이 모두 자신의 모습을 갖추어나가는 약동하는 봄을 개괄하였으며, 제2구에서 돌아가려는 친구를 만류하여 제목의 뜻을 나타내었다. 후반 2구는 만류하는 이유를 제시하였다. 시어들은 물에 씻은 듯 순수하고 맑으며, 옷이 젖어드는 습기의 촉감으로 새봄의 신선한 생명감을 노래했다.

---

1) 物態(물태): 사물의 모습.
2) 縱使(종사): 비록 ~할지라도.

당시별재집 권20

이백(李白)

평석 오언절구는 왕유와 이백, 칠언절구는 왕창령과 이백이 고금에서 가장 뛰어나 각각 새로운 시세계를 개척하였다.(五言絶右丞、供奉, 七言絶龍標、供奉, 妙絶古今, 別有天地.) ○ 칠언절구는 쉬운 언어로 깊은 정서를 나타내며, 함축적으로 하여 직설적으로 드러내지 않는 것이 중요하다. 눈앞에 풍경을 제시하고 일상어를 쓰면서, 현외의 소리를 내고 사람에게 깊은 상상을 하게 하는 것, 이백이 바로 그러하다.(七言絶句, 以語近情遙, 含吐不露爲貴; 只眼前景, 口頭語, 而絃外音, 使人神遠. 太白有焉.)

월중 회고(越中懷古)[1]

越王句踐破吳歸,[2]	월나라 왕 구천이 오나라 깨고 돌아오니
義士還家盡錦衣.[3]	장사들 모두 금의환향 하였네
宮女如花滿春殿,	꽃 같은 궁녀들 봄 궁전에 가득하더니
只今惟有鷓鴣飛.[4]	지금은 다만 자고새만 날아라

평석 3구로 번성함을 말한 후 1구로 쇠락을 말하니 그 격식이 독창적이다.(三句說盛, 一句說 衰, 其格獨創.)

해설 월나라의 도읍지에서 옛 일을 회고하였다. 번성한 도읍의 모습이 제4구에서 갑자기 폐허로 변하였는데, 여기에서 일어나는 강렬한 대비 감에서 역사의 성쇠감이 뚜렷하다. 절제된 언어로 인해 월왕, 의사(義士), 궁녀 등의 모습이 일종의 신화처럼 그려졌다.

---

1) 越中(월중) : 회계(會稽, 강소성 소흥시)를 가리킨다. 춘추시대 월나라 도읍지. ○懷 古(회고) : 고대의 사람과 일을 생각하다.

2) 句踐(구천) : 춘추시대 월나라 군주. 재위 기원전 497∼465년. 일찍이 오나라 합려(闔 閭)를 격파하였으나, '와신'(臥薪)의 노력을 한 부차(夫差, 합려의 아들)에게 패배하 여 굴욕적인 삶을 살았다. 나중에 '상담'(嘗膽)의 어려움을 무릅쓰며 범려와 문종을 등용하고 국정을 쇄신하여 십 년의 노력 끝에 나라를 부강하게 하여 오나라를 멸망 시켰다.

3) 義士(의사) : 용감하고 충성스러운 사람. '전사'(戰士)라는 설도 있다. ○錦衣(금의) : 비단 옷. 병사들이 오나라를 깬 공으로 높은 관직과 작위를 받았음을 의미한다.

4) 鷓鴣(자고) : 중국 강남에 많이 서식하는 메추리와 비슷한 새. 등과 배에 눈알 모양 의 반점이 있다.

광릉으로 가는 맹호연을 보내며(送孟浩然之廣陵)[5]

故人西辭黃鶴樓,[6]　　친구는 황학루에서 동쪽으로 떠나
煙花三月下揚州.[7]　　꽃 가득 핀 삼월에 양주로 내려가네
孤帆遠影碧空盡,　　외로운 돛 그림자 푸른 하늘로 사라지면
惟見長江天際流.　　보이는 건 오로지 하늘 끝으로 흐르는 강물뿐

해설 황학루에서 맹호연을 보내며 지은 송별시이다. 전반 2구에서 떠나는 장소와 시간을 나타내고 후반 2구에서 보내는 마음을 썼다. 친구에 대한 지극한 아쉬움과 경모를 드넓은 장강의 풍경을 빌려 나타내었다. 특히 후반 2구는 하늘 끝으로 사라지는 돛폭을 바라보는 시인을 그림으로써 깊은 정감을 표현하였다.

봄밤에 낙양에서 피리 소리 들으며(春夜洛陽聞笛)

誰家玉笛暗飛聲,[8]　　그 누가 어둠 속에 불어오는 옥피리 소리

---

5) 廣陵(광릉) : 지금의 강소성 양주(揚州)의 별칭.
6) 故人(고인) : 친구. 고(故)는 '이전의', '오래된'이란 뜻으로 연고가 있거나 전에 만난 적이 있는 사람을 가리키며, 흔히 친구를 가리키는 경우가 많다. ○辭(사) : 떠나다. 서사(西辭)는 서쪽에서 동쪽으로 떠나다. ○黃鶴樓(황학루) : 호북성 무한시 무창 지구에 있는 높은 누각. 무한 장강대교의 무창 지구 쪽에 있으며, 장강 강가에 있어 장강과 한수를 부감할 수 있다. 예전에는 사산(蛇山)의 기슭에 세워졌으나, 1985년에 증축할 때는 사산(蛇山)의 정상에 세웠다. 전설에 의하면 신선 자안(子安)이 여기서 황학을 타고 지나갔다고 해서 이름 붙여졌다고 한다.
7) 煙花(연화) : 꽃들이 우거져 있는 경치. '연'(煙)은 안개라는 뜻이지만, 사물의 주위에 어렴풋이 풍기는 기운을 '연'이라 하는 경우도 많다. 여기서는 꽃들이 많이 피어 우거져 있는 모습 자체가 아롱지듯 어울려 있으므로 이를 '연화'라고 하였다. ○揚州 (양주) : 지금의 강소성 양주시. 장강 하류에 소재한다.
8) 誰家(수가) : 누구. 가(家)는 사람을 나타낸다. ○暗飛聲(암비성) : 조용히 소리가 흘러든다.

散入春風滿洛城.　　봄바람에 흩어져 낙양성에 가득하네
此夜曲中聞折柳.⁹⁾　　오늘 밤 가락 속에 〈절양류〉가 들리니
何人不起故園情.¹⁰⁾　어느 누가 고향 생각 일어나지 않으리

해설 봄밤에 피리 소리를 듣고 고향 생각을 하였다. 전반 2구는 사람과 장소는 모르는 채 소리만 들려오는 상황을 묘사하였고, 후반 2구는 피리 소리에 대한 시인의 감회를 적었다. 그 가락에 흠칫 놀라 들어보니 그것도 절절한 〈절양류〉이고, 자신만이 아니라 낙양성의 모든 사람이 고향 생각을 하리라고 하였다. 개인의 감정을 일반화하는 이백의 특징을 볼 수 있다.

아미산의 달 노래(峨眉山月歌)¹¹⁾

峨眉山月半輪秋.¹²⁾　가을날 아미산에 반달이 걸려
影入平羌江水流.¹³⁾　그 달빛 평강강에 들어가 강물 따라 흘러라
夜發清溪向三峽.¹⁴⁾　밤에 청계를 떠나 삼협 가는 길
思君不見下渝州.¹⁵⁾　그대를 보지 못하고 유주로 내려가다

---

9) 折柳(절류) : 피리 곡 〈절양류〉(折楊柳)를 가리킨다. 악부 '횡취곡(橫吹曲)'에 속한다. 이 제목의 악부는 대부분 이별을 아쉬워하는 내용이다.
10) 故園(고원) : 고향 동산. 또는 고향.
11) 峨眉山(아미산) : 사천성에 있는 산 이름. 두 봉우리가 마주 보고 있어 마치 여인의 눈썹 같다고 하여 이름 붙여졌다. 도교와 불교의 성지로 친다. 이백은 아미산을 두고 "촉 지방에 선산(仙山)이 많지만, 아미산에는 비기기 어렵다"(蜀國多仙山, 峨眉遙難匹.)고 했다.
12) 半輪(반륜) : 반달. 상현 또는 하현달.
13) 影(영) : 달빛. ○ 平羌江(평강강) : 청의강(青衣江). 사천성 노산현(蘆山縣)에서 발원하여 낙산(樂山)에서 민강으로 흘러든다. 아미산 동북쪽에 소재한다.
14) 清溪(청계) : 청계역. 아미산 부근의 건위현(犍爲縣)에 속한다. ○ 三峽(삼협) : 지금의 낙산(樂山) 일대의 협곡. 고대에는 '삼협'이란 지명이 상당히 많았는데 시의 내용으로 보아 지금의 삼협이 아닌 것으로 보인다.

평석 달은 청계와 삼협 중간에 있어, 반륜이라 해도 더 이상 보이지 않는다. '그대'는 달을 가리킨다.(月在淸溪、三峽之間, 半輪亦不復見矣. '君'字卽指月.)

해설 아름다운 아미산의 달밤을 노래했다. 고공의 달에서 내려다보듯 심원(深遠)의 기법으로 물길과 산을 그렸다. 스물여덟 자 가운데 지명이 다섯 개로 열두 자가 되지만 시의 흐름을 전혀 손상시키지 않고 오히려 시를 살리고 있는데서 이백의 빼어난 솜씨를 엿볼 수 있다. 이백 절구가 지닌 공령하고 수려한 특색이 여기서도 드러났다. 이백이 촉 지방을 떠날 때의 작품으로 724년(24세) 경에 썼다.

횡강의 노래(橫江詞)[16]

橫江館前津吏迎,[17]	횡강역 객사 앞에 나루 사공이 맞이하며
向余東指海雲生 :	나에게 동쪽으로 바다 구름 가리키네
"郞今欲渡緣何事?[18]	"그대는 지금 무슨 일로 건너오
如此風波不可行!"	이런 풍파 앞에선 아무도 갈 수 없다오!"

해설 횡강의 풍랑 심한 모습을 그렸다. 여기에는 일종의 세상살이의 풍파를 비유하는 면도 있다. 질박하고 쉬운 말을 긴 리듬에 실어 가행체(歌行體)의 운미(韻味)를 풍긴다.

---

15) 君(군) : 심덕잠은 달을 가리킨다고 했으나, 친구로 보는 것이 더 적절하다. ○ 渝州 (유주) : 지금의 중경시 일대.
16) 橫江(횡강) : 지금의 안휘성 화현(和縣) 동남에 있는 장강 북안과 그 남안의 마안산시(馬鞍山市)의 채석기(采石磯) 사이의 장강을 말한다. 형세가 험난하다.
17) 橫江館(횡강관) : 마안산시 채석기에 있는 객관. 채석역(采石驛)이라고도 한다. ○ 津吏(진리) : 나루터를 관리하는 관리. 당대 규정으로 나루터에는 진령(津令) 일 인을 두며, 그 아래 진리(津吏)가 있다.
18) 郞(낭) : 일반 남자에 대한 존칭. ○ 緣(연) : 무엇 때문에. 무엇을 위하여.

상황께서 서쪽 남경을 순행하신 노래(上皇西巡南京歌)[19][20]

제1수

莫道君王行路難,	군왕이 가는 길 험난하다 말하지 마소
六龍西幸萬人歡.[21]	여섯 마리 용의 수레 만백성이 기뻐하오
地轉錦江成渭水,[22]	땅이 뒤집혀 금강이 위수 되고
天回玉壘作長安.[23]	하늘이 휘돌아 옥루산이 장안 되었소

제2수

劍閣重關蜀北門,[24]	검각의 이중 관문 촉 지방의 북문인데
上皇歸馬若雲屯.[25]	상황께서 돌아가니 수레와 말이 구름같소
少帝長安開紫極,[26]	젊은 황제께서 장안의 궁문을 여시니

---

19) 심주 : 상황(현종)이 장안에 돌아간 후 촉군을 남경이라 하였다.(上皇歸後, 以蜀郡爲南京.)

20) 上皇(상황) : 현종. 756년 7월 태자 이형(李亨, 숙종)이 영무(靈武)에서 즉위하면서 현종을 상황천제(上皇天帝)로 높여 불렀다. ○ 西巡(서순) : 756년 6월 안록산의 군사가 동관을 함락시키자 현종이 사천으로 달아났는데 여기서는 이를 서순이라 하였다. ○ 南京(남경) : 757년 12월 현종이 장안에 환궁한 후 성도를 남경이라 하고, 봉상을 서경이라 하고, 장안을 중경이라 하였다.

21) 六龍(육룡) : 여섯 필의 말. 천자의 어가. 길이 팔 척이 되는 말을 용이라 했다.

22) 錦江(금강) : 민강의 지류로 성도의 남쪽을 흐르는 강. 탁금강(濯錦江)이라고도 한다. 직조한 비단을 이 강에서 씻으면 다른 강에서 씻은 것보다 빛깔이 고와진다(此江濯錦, 鮮於他水.)고 하여 금강이라 하였다. ○ 渭水(위수) : 장안성 북쪽을 흐르는 강.

23) 玉壘(옥루) : 성도 서북의 관현(灌縣) 경내에 있는 산.

24) 劍閣(검각) : 지금의 사천성 검각현(劍閣縣) 동북에 소재. 동서로 이어진 검문산 중간에 갈라진 부분이 있는데 양쪽에 절벽이 구름 속으로 치솟아 있는 모습이 마치 검으로 세워진 문과 같아 검문이라 하였고, 여기에 각도(閣道)를 만들어 검각이라 하였다. 삼국시대 제갈량이 북벌을 하러 이곳을 지나가면서 관문을 설치하여 검문관(劍門關)이라 하였다. 예부터 관중에서 촉 지방으로 들어가는 요도였다.

25) 雲屯(운둔) : 구름처럼 모여든다.

26) 少帝(소제) : 새로 즉위한 황제. 숙종을 가리킨다. ○ 紫極(자극) : 별 이름. 제왕의 궁전을 가리킨다.

雙懸日月照乾坤.   해와 달이 나란히 걸려 함께 천지를 비추오

평석 제2구에서 '상황'을 말하고 제3구에서 '젊은 황제'를 말한 후, 제4구에서 함께 말했으니 격식이 특별하다.(二句'上皇', 三句'少帝', 而以末句總收, 格法又別.)

해설 현종의 환궁을 기뻐하였다. 모두 10수이나 여기서는 2수를 뽑았다. 756년 6월 안록산의 군사가 동관을 함락시키자 현종이 성도로 피난 갔다가 757년 12월 다시 장안으로 환궁하였다. 이때 이백은 영왕의 모반에 실패하여 심양의 옥에서 판결을 기다리고 있었다. 긴박한 처지에서 상황이 요구하는 글을 써야 했던 것으로 보인다. 제1수의 후반 2구에서 환경이 거대하게 변하여 성도의 산천이 장안과 비슷하여 제왕의 도읍지로 삼을 만하다고 하였다. 그러나 현종의 피난을 서순(西巡)이나 서행(西幸)이라 말하고, 현종의 환궁으로 숙종과 함께 있게 됨을 일월이 빛난다고 하는 등의 서술은 궁박한 처지와 참담한 일을 화려하게 덧입히니 오히려 그 처지가 더욱 슬퍼진다. 결국 사실에 맞지 않은 일을 화려하고 엄숙하게 표현할수록 더욱 공허해짐을 알 수 있겠다. 과연 이백이 제1구에서 '행로난'이라 했으니 이 말이야말로 그 실체일 것이다.

황학루에서 피리 소리를 들으며(黃鶴樓聞笛)

一爲遷客去長沙,[27]   한 번 폄적되어 장사로 가니
西望長安不見家.   서쪽으로 장안 쪽 바라보아도 집이 보이지 않아라
黃鶴樓中吹玉笛,   황학루에서 들려오는 〈매화락〉 옥피리 소리

---

27) 遷客(천객) : 폄적되어 외지로 나가는 관리. ○長沙(장사) : 지금의 호남성 장사시. 여기서는 서한 가의(賈誼)가 장사왕 태부로 좌천된 일을 환기하여 자신의 유배를 이에 비유하였다.

江城五月落梅花.[28][29]   오월인데도 강가의 성에 매화가 떨어지네

해설 758년 5월 야랑으로 유배 가는 도중 강하(江夏, 지금의 호북성 무한시)를 지나며 지었다. 자신의 처지를 가의(賈誼)에 비유하여 흉중의 불평과 슬픔을 드러냈다.

강릉으로 내려가며(下江陵)[30]

朝辭白帝彩雲間,[31]   오색구름 속 백제성을 아침에 떠나
千里江陵一日還.   천 리 길 강릉을 하루 만에 돌아가네
兩岸猿聲啼不住,[32]   강가 양쪽에선 원숭이 울음 끝없는데

---

28) 심주 : 〈매화락〉은 피리 곡 이름이다.(梅花落, 笛中曲名.)

29) 江城(강성) : 강가의 성. 여기서는 강하(江夏). 지금의 호북성 무한시 무창. ○落梅花(낙매화) : 떨어진 매화. 여기서는 피리 곡 〈매화락〉(梅花落)을 가리킨다.

30) 江陵(강릉) : 군(郡) 이름이자 현(縣) 이름. 지금의 형주(荊州). 당나라 때는 산남도(山南道)에 속했다. 유송(劉宋) 성홍지(盛弘之)의 『형주기』(荊州記)에는 다음과 같은 구절이 있다. "아침에 백제를 떠나면 저녁에 강릉에서 묵을 수 있다. 그 거리가 천이백 리로 비록 내닫는 말이나 바람 타고 가는 배라 할지라도 이보다 더 빠르지는 않다."(朝辭白帝, 暮宿江陵. 其間千二百里 , 雖乘奔御風, 不以疾也.) 두보의 「최능행」(最能行)에도 "아침에 백제성을 떠나 저녁에 강릉에 이른다는 말, 근래에 목도하니 정말로 믿겠노라"(朝辭白帝暮江陵, 頃來目擊信有徵.)고 한데서 알 수 있듯 이는 당시의 상식이었다.

31) 白帝(백제) : 지금의 사천성 봉절현(奉節縣) 백제산(白帝山) 위에 있는 백제성(白帝城). 봉절은 예전에는 어복(魚腹) 혹은 기주(夔州)라고 하였다. 이곳은 원래 동한(東漢)의 공손술(公孫述)이 사천에 할거하면서 "전각 앞 우물에서 백룡이 나왔다"는 전설에 의탁하여 25년(建武 원년) 자칭 '백제'(白帝)라 하고 어복(魚腹)을 '백제성'이라 이름을 바꾸었다. 성벽과 유적지는 지금도 어렴풋이 남아 있다. 삼국시기에 촉한의 유비는 오나라에 패해 죽은 관우의 원수를 갚기 위하여 중론을 물리치고 병사를 이끌고 오나라에 쳐들어갔으나, 오의 육손(陸遜)에 의해 칠백 리의 병영이 화공을 당해 대패하고 백제성에 돌아왔다. 울화가 병이 되어 죽게 된 유비가 임종할 때 여기에서 제갈량에게 자신의 아들을 부탁하였다. 이곳은 곧 구당협(瞿塘峽)의 시작이자 삼협의 시작으로, 여기에서 동쪽의 호북성 의창현 남진관(南津關)에 이르기까지 전체 길이 193킬로미터의 삼협이 이어진다.

輕舟已過萬重山.　　가벼운 배는 이미 만 겹의 산을 지났네

평석 순식간에 천 리의 기세를 뽑아냈으니 신령이 도운 듯하다(寫出瞬息千里, 若有神助.) ○ 제3구가 들어가도 시문의 기세를 상하지 않았으니, 화가가 경관을 구성하고 색을 칠하는 데 있어 매번 이러한 부분에 주의한다.(入 '猿聲' 一句, 文勢不傷於直, 畵家布景設色, 每於此處用意.)

해설 삼협에서 배를 타고 지나가는 경쾌함을 그렸다. 시의 기세와 속도감으로 보아 미래에 대한 희망과 낙관적인 정신도 깃들어 있다. 이 시의 제작 시기에 대해선 두 가지 설이 대립되어 있다. 하나는 시의 정조와 풍격으로 보아 청년 이백이 725년(25세)에 촉 지방을 나서며 지었다고 보는 설이다. 다른 하나는 영왕(永王) 이린(李璘)의 모반에 참가한 죄로 759년(59세) 야랑(夜郎)으로 유배 가는 도중 백제성에 이르렀을 때 사면을 받아 배를 동쪽으로 되돌려 가는 감격을 표현했다는 설이다. 특히 제2구에서 '일일환'(一日還)이라 하여 되돌아감을 나타내었기에 그러하다는 것이다. 제목이 다른 판본에는 「아침에 백제성을 떠나며」(早發白帝城) 또는 「백제성에서 강릉으로 내려가며」(白帝下江陵)라 되어 있다.

객지에서 지음(客中作)

蘭陵美酒鬱金香,[33]　　난릉의 좋은 술에 울금의 향기
玉碗盛來琥珀光.[34]　　옥잔에 담아 오니 호박 빛이 일렁이어라

---

32)　猿聲(원성) : 원숭이 울음. 삼협은 원숭이의 애절한 울음소리로 유명하다. 제3구가 있음으로 해서 제4구와의 긴장이 생긴다. 장강의 강물이 흘러가는 방향으로 배가 가므로 빨리 갈 수 있다.
33)　蘭陵(난릉) : 지금의 산동성 조장(棗莊) 남쪽. ○鬱金香(울금향) : 생강과에 속하는 여러해살이 초본식물인 울금으로 만든 향료. 울창주(鬱鬯酒)의 원료로도 사용한다. 여기서는 울금의 향기.

但使主人能醉客,　　다만 주인이 나그네를 취하게 할 수 있다면
不知何處是他鄉.　　어느 곳이 타향인지 알지 못하리

평석 일부러 시름을 풀어보려고 쓴 시이다. (强作寬解之詞.)

해설 명주를 마시고 고향 생각을 달래는 시이다. 740년경 산동 지방의 난릉에 살 때 지었다. 비록 타향에 살아도 술과 친구가 있고 취할 수 있다면 그 곳이 곧 고향이라고 말하였다. 맛있는 술과 진귀한 잔으로 술맛의 뛰어남을 묘사한 기법은 이하(李賀)의 「장진주」(將進酒)에 나오는 "유리 술잔에 호박이 진해라"(琉璃鍾, 琥珀濃)고 한 것과 비슷하다. 이백의 낙관적인 정서가 배어 있는 시이다.

가을에 형문으로 내려가며(秋下荊門)[35]

霜落荊門煙樹空,　　형문에 서리 내리고 나무들 잎이 졌는데
布帆無恙挂秋風.[36]　가을바람에 돛폭 걸고 순조롭게 가노라
此行不爲鱸魚膾,[37]　이번 길은 농어회를 먹기 위함이 아니라

---

34)　琥珀(호박) : 나무의 송진이 땅 속에 묻혀 장기간 굳어진 일종의 유기 광물이다. 장신구 등으로 사용한다. 색깔이 투명한 금황색이므로 여기서는 술의 빛깔에 비유했다.

35)　荊門(형문) : 장강 중류의 남안에 있는 산. 지금의 호북성 의도시(宜都市) 서북에 소재하며, 형세가 험해 예부터 초(楚)와 촉(蜀)의 경계를 이루었다. 강 건너에 있는 호아산(虎牙山)과 함께 그 모양이 마치 형주(荊州)로 들어가는 문과 같다 하여 형문산이라 하였다.

36)　布帆無恙(포범무양) : 베로 만든 돛폭이 무사하다. 뱃길의 여행이 안전하다는 뜻으로 쓰인다. 동진의 화가 고개지(顧愷之)가 형주자사 은중감(殷仲堪)의 참군으로 있을 때, 휴가를 얻어 동으로 돌아가면서 은중감의 돛폭을 빌렸다. 도중에 큰 바람이 불자 고개지가 편지를 써서 보내기를 "행인은 안전하고 베 돛폭도 무사하오"(行人安穩, 布帆無恙.)라 하였다. 『세설신어』 「배조」(排調) 참조.

37)　鱸魚膾(노어회) : 농어. 서진의 장한(張翰)이 낙양에서 벼슬하는 중 제왕(齊王, 司馬冏)의 동조연(東曹掾)으로 초빙되었다. 당시 왕실에서는 권력 투쟁이 심하였으므로

自愛名山入剡中.[38]   명산을 좋아해 섬계로 들어가는 거라네

평석 천하가 장차 어지러워지니 홀로 은거한다고 명백히 말하고선 다시 다른 방향으로 전
개하여 마음을 풀어 위로하였다. 이는 다른 시인들의 실력으로는 미칠 수 없다.(明明說天下
將亂, 子身歸隱, 却又推開解說, 此古人身分不可及處.)

해설 형문에서 오월 지방을 향해 가면서 지은 시이다. 펠리오 돈황 문건
의 당초본(唐鈔本) 『당시선』 잔권에는 「처음 형문을 내려가며」(初下荊門)라
되어 있는 것으로 보아 725년(25세) 이백이 촉 지방을 떠나 삼협을 나오면
서 지은 것으로 보인다. 명산을 찾는 것은 은거를 통해 명인을 사귀고,
명예를 얻어 포부를 펼칠 기회를 찾기 위함으로 보인다. 고대의 시평가
들은 이백의 다른 시에 '동으로 바다에 들어가'(東入溟海)라는 말로 보아
양주를 목적지로 간다고 보았으나, 이 시를 보면 섬중(剡中)이 원래의 목
적지였음을 알 수 있다. 심덕잠 역시 시작 시기를 만년으로 잘못 보았다.

가 사인과 동정호에 배를 띄우고(與賈舍人泛洞庭)[39]

洞庭西望楚江分,[40]   동정호에서 서쪽을 바라보면 두 강이 합치고

고향이 오중(吳中)이었던 장한은 가을바람이 불어오자 오 지방의 순채국(蓴羹)과 농
어회(鱸魚膾)를 생각하고는 말했다. "사람이 살아가며 편하고 자유로운 게 중요한데,
어찌 수천 리 멀리에서 벼슬에 묶여 이름과 작위를 구한단 말인가?"(人生貴得適志,
何能羈宦數千里, 以邀名爵乎?) 그리하여 벼슬을 그만두고 고향으로 돌아갔다.

38) 剡中(섬중): 섬현(剡縣). 지금의 절강성 승현(嵊縣)과 신창현(新昌縣) 일대. 승현 남
    쪽에 있는 섬계(剡溪)는 왕휘지(王徽之)가 눈 내린 밤에 대규(戴逵)를 찾아간 곳으
    로, 산수가 아름답기로 유명하다.

39) 賈舍人(가사인): 가지(賈至). 755년 중서사인이 되었다. 시인 소전 참조.

40) 楚江(초강): 장강. 동정호가 장강에 들어가는 유역은 고대에 초나라 강역이었으므로
    초강이라 하였다. 장강은 서쪽에서 흘러와서 악양에서 동정호와 합류하여 동으로
    흘러가므로, 악양에서 서쪽으로 보면 양쪽으로 나뉘어 있는 셈이다.

水盡南天不見雲.　　물길 끝나는 남쪽 하늘엔 구름도 없어라

日落長沙秋色遠,　　해 저무는 장사에 가을 빛 먼데

不知何處弔湘君?[41]　　상군(湘君)을 조문하러 어디로 가야 하나?

해설 759년(59세) 악양 동정호에서 유람하며 지었다. 당시 가지(賈至, 42세)는 여주자사에서 악주사마로 좌천되어 악주에 있었고, 이백은 유배 도중 사면되어 동으로 가는 중이었다. 당시 이백과 가지가 주고받은 시가 많다.

파릉에서 가 사인에게(巴陵贈賈舍人)[42]

賈生西望憶京華,[43]　　가의 같은 그대는 서쪽 보며 도읍을 생각하는가

湘浦南遷莫怨嗟.[44]　　상수의 강가로 유배왔음을 원망하지 마오

聖主恩深漢文帝,[45]　　성주의 은혜는 한 문제보다 깊으니

憐君不遣到長沙.[46]　　그대를 아껴 장사보다 가까운 곳에 보냈지 않소

해설 파릉에 유배된 가의를 위로하며 지은 시이다. 가의가 이때 지은 시 "시국을 느껴 다시 북쪽을 바라보나니, 저도 모르게 눈물이 소매를 적시네"(感時還北望, 不覺淚霑襟.)에 대한 답으로 보인다. 바로 앞의 시와 마찬가지로 759년 파릉에서 지었다.

---

41) 湘君(상군) : 상수의 신. 상군이 구체적으로 누구인지에 대해선 순 임금 또는 아황 등 설이 분분하다.

42) 巴陵(파릉) : 악주(岳州). 원래 악주였는데 742년(천보 원년) 파릉군으로 고쳤고, 762년 다시 악주로 복원하였다. 지금의 호남성 악양시.

43) 賈生(가생) : 가의(賈誼). 서한 초기의 정론가. 한 문제(漢文帝)에게 현실 문제에 대한 정확한 분석과 뛰어난 대안을 제시했으나 대신들의 참언을 받아 장사왕의 태부(太傅)로 좌천되었다. 여기서는 가지(賈至)를 비유하였다.

44) 怨嗟(원차) : 원망과 탄식.

45) 聖主(성주) : 어진 군주. 숙종을 가리킨다.

46) 長沙(장사) : 동정호의 남쪽에 소재. 파릉에서 오백오십 리 떨어져 있다.

천문산을 바라보며(望天門山)[47]

天門中斷楚江開,[48] 천문산의 가운데를 뚫고 장강이 흘러가매
碧水東流向北廻. 동으로 가던 푸른 물줄기 북으로 돌아드네
兩岸青山相對出, 양안의 푸른 산이 마주하며 튀어나올새
孤帆一片日邊來.[49] 외로운 돛배 하나 해를 싣고 다가오네

해설 천문산의 장려한 풍광을 노래하였다. 이백은 여러 차례 천문산을
유람했으며, 이 시 이외에 천문산을 노래한 몇 편의 시가 더 있다.

고소대 옛터를 돌아보며(蘇臺覽古)[50]

舊苑荒臺楊柳新, 옛 정원의 황량한 누대엔 버들만 새로운데
菱歌清唱不勝春.[51] 마름 캐며 부르는 노래 봄의 감흥 가득해라
只今惟有西江月,[52] 지금도 있는 건 서강의 달
曾照吳王宮裏人. 그 옛날 오나라 궁녀들 비추었으리

해설 고소대를 둘러보고 지은 회고시이다. 후반 2구에서 고금의 급격한

---

47) 天門山(천문산) : 지금의 안휘성 마안시 당도현(當塗縣) 서남 15킬로미터에 소재. 장
  강을 끼고 동쪽의 박망산(博望山, 해발 81미터)과 서쪽의 양산(梁山, 해발 65미터)이
  서로 대치하고 있는데, 그 모습이 마치 '하늘의 문'과 같다고 하여 이 둘을 천문산이
  라 했다.
48) 開(개) : 통하다.
49) 日邊(일변) : 해가 있는 동쪽.
50) 蘇臺(소대) : 고소대(姑蘇臺). 춘추시대 오나라 왕 합려가 세우고 부차가 증축한 궁
  전. 지금의 강소성 소주시 서남 고소산 위에 소재했다.
51) 菱歌(능가) : 물속의 마름을 캐면서 부르는 노래. ○ 清唱(청창) : 맑고 높은 소리로 노
  래하다. ○ 不勝春(불승춘) : 봄을 이기지 못하다. 즉 봄의 감흥이 끝이 없다.
52) 西江月(서강월) : 서쪽 강 위의 달. 장강에 뜬 달이라는 설도 있다.

대조를 이룬 점은 앞의 「월중 회고」와 유사하다. '궁리인'(宮裏人)은 서시 (西施) 등 궁녀들을 말하는 것으로, 제2구에서 마름 캐는 지금의 아가씨 들과 완곡하게 대조시키고 있어 묘미를 더한다.

왕륜에게(贈汪倫)[53]

李白乘舟將欲行,	이백이 배를 타고 떠나려 하는데
忽聞岸上踏歌聲.[54]	홀연히 언덕에서 답가 노래 들리네
桃花潭水深千尺,[55]	도화담 강물이 천 척이나 깊다 해도
不及汪倫送我情.	왕륜이 나를 보내는 정보다 깊지 못해라

평석 만약에 왕륜의 정이 도화담의 천 척만큼 깊다고 비유했다면 평범한 말이 되었을 것이 다. 절묘한 의경은 전환의 순간에 있다.(若說汪倫之情比於潭水千尺, 便是凡語, 妙境只在一轉 換間.)

해설 왕륜과 헤어지며 즉석에서 쓴 송별시이다. 여러 사람들과 함께 나 와 노래를 불러주는 왕륜과 이에 대해 화답하는 시인의 정이 어우러졌 다. 두 사람의 자연스럽고 진솔한 마음은 이 시에 실려 천고에 전한다. 지금도 널리 알려진 명시이다.

---

53) 汪倫(왕륜) : 송본(宋本)에는 "이백이 경현 백화담에서 놀 때 마을 사람 왕륜이 자주 좋은 술을 빚어 대접하였다. 왕륜의 후예는 지금도 그 시를 보배로 여긴다"(白遊涇 縣桃花潭, 村人汪倫常醞美酒以待白. 倫之裔孫至今寶其詩.)는 주석이 있다.
54) 踏歌(답가) : 발을 구르며 부르는 노래. 『자치통감』권 206에 나오는 '답가'에 대해 호 삼성(胡三省)은 "답가는 손을 잡고 노래하며, 발로 땅을 구르며 박자를 맞춘다"(蹋歌 者, 連手而歌, 蹋地以爲節.)고 주석하였다.
55) 桃花潭(도화담) : 안휘성 경현(涇縣)에 소재한 강.

청평조사(淸平調詞)

평석 천보 연간에 침향정에 모란이 무성히 피었을 때 현종이 말했다. "좋은 꽃을 완상하고 양귀비를 마주하고 있는데 어찌 예전의 음악을 쓰겠느냐!" 이백을 불러 '청평조사' 3장을 진헌하라고 하였다. 이백이 술에 취한 채 즉시 써 내니 현종이 악공에게 명하여 그 소리에 수식을 붙여 아름답게 하였다. 청평조는 청조와 평조로, 본래 종묘에서 쓰던 음악인데 여기서는 합쳐 사용하였다.(天寶中, 沈香亭牡丹盛開, 上曰 : "賞名花, 對妃子, 焉用舊樂!" 宣李白進淸平調詞三章. 白帶醉立賦, 上命樂工遅其聲以媚之. 淸平調, 淸調、平調, 本房中樂, 此合用之也.)

제1수

雲想衣裳花想容,	구름을 보면 옷인 듯하고 꽃을 보면 얼굴이 생각나
春風拂檻露華濃.[56]	봄바람이 난간을 스치니 이슬 맺힌 꽃이 농염해라
若非群玉山頭見,[57]	군옥산 머리에서 본 게 아니라면
會向瑤臺月下逢.[58]	분명 요대의 달빛 아래에서나 만날 수 있으리

평석 세 수 모두 꽃과 사람을 함께 말했다. 풍류가 한들거리는 모습이 세상에 다시없는 풍모이다. 어떤 이는 제1수는 양귀비를 말하고, 제2수는 꽃을 읊고, 제3수는 양귀비와 꽃을 함께 읊었다고 했는데 아마도 편견으로 보인다.(三章合花與人言之, 風流旖旎, 絶世豐神. 或謂首章詠妃子, 次章詠花, 三章合詠, 殊近執滯.)

제2수

一枝紅艶露凝香,[59]	한 떨기 붉은 모란 이슬에 향기로워

---

56) 露華濃(노화농) : 이슬 맺은 꽃이 곱고 선명하다. 華(화)는 花(화)와 같다.
57) 若非(약비) : 만약 ~이 아니라면. ○群玉山(군옥산) : 신화 속의 서왕모가 거처하는 곳.
58) 會(회) : 응당. ○瑤臺(요대) : 신화 속의 신선이 사는 곳.
59) 紅艶(홍염) : 모란을 가리킨다.

雲雨巫山枉斷腸.[60]　　무산의 신녀에 비겨도 오히려 낫다네
借問漢宮誰得似?[61]　　묻노니 한나라 궁전에 누구와 비슷한가?
可憐飛燕倚新粧.[62]　　사랑스러운 조비연이라 해도 새로 화장해야 하리

평석 처음에 양귀비는 칠보배를 가지고 포도주를 따르면서 웃으며 노래의 뜻을 받아들였다.
나중에 고력사가 조비연은 경박한 언행을 비유한다고 말하였다. 이에 양귀비가 현종에게
이백을 모함하였고, 이로 인해 이백이 좌천되었다.(初太眞持七寶杯, 酌葡萄酒, 笑領歌意. 後
高力士謂飛燕比擬輕薄, 太眞譖語上, 因而遣之.)

제3수

名花傾國兩相歡.[63]　　모란과 경국지색이 서로 즐거워 하니
常得君王帶笑看.　　언제나 군왕께서 웃으며 바라보시네
解釋春風無限恨[64]　　봄바람에 실어 무한한 시름을 풀어 날리니
沈香亭北倚闌干.[65]　　침향전 북쪽 난간에 기대어 있구나

---

60)　雲雨巫山(운우무산) : 초 회왕(楚懷王)이 무산에서 선녀 조운(朝雲)을 만난 일을 가리
　　킨다. 송옥의 「고당부」(高唐賦)에 의하면, 초 회왕(懷王)이 고당(高唐)에 놀러갔다가
　　꿈에 선녀를 만났는데, 그녀가 스스로 말하기를 자신은 "아침에는 구름이 되고 저녁
　　에는 비가 됩니다. 아침마다 저녁마다 양대의 아래에 있습니다"(旦爲朝雲, 暮爲行雨.
　　朝朝暮暮, 陽臺之下.)고 하면서 침석을 함께하기를 청했다. ○ 枉(왕) : 부질없다. 헛
　　되다. ○ 斷腸(단장) : 창자가 끊어지듯 슬프다.
61)　借問(차문) : 묻다. 상대의 시간을 빌린다는 겸손한 뜻이 들어가 있다.
62)　飛燕(비연) : 조비연. 몸매가 날씬하고 춤을 잘 추는 미녀로, 서한 성제의 총애를 받아
　　황후가 되었다. ○ 新粧(신장) : 여인이 새롭고 특별하게 화장하고 옷을 차려 입다.
63)　名花(명화) : 이름난 꽃. 모란을 가리킨다. ○ 傾國(경국) : 경국지색. 양귀비를 가리킨
　　다. 서한 이연년(李延年)이 부른 「노래」(歌)에서 유래했다. "북방에 사는 가인은, 세
　　상에 다시 없이 오로지 한 사람 뿐. 한 번 돌아보면 성이 무너지고, 두 번 돌아보면
　　나라가 무너진다. 성이 무너지고 나라가 무너질지 어찌 모르랴만, 그래도 이런 미인
　　은 다시 얻기 어렵다네."(北方有佳人, 絶世而獨立. 一顧傾人城, 再顧傾人國. 寧不知
　　傾城與傾國, 佳人難再得.)
64)　解釋(해석) : 없애다. 해제하다. ○ 無限恨(무한한) : 무한한 봄의 정한.
65)　沈香亭(침향정) : 홍경궁 용지 동쪽의 정자. 침향목으로 지었기에 이름 붙였다. ○ 闌

평석 본래 현종의 시름을 풀어 없앤다는 말인데, 봄바람에 빌려와 말했으니 언어가 완곡하다.(本言釋天子之愁恨, 託以春風, 借詞微婉.)

해설 양귀비의 아름다움과 현종의 행락을 그렸다. 3수 모두 꽃과 사람을 함께 비유하였다. 언어가 자연스러우면서 아름답고 필치가 청신하면서도 농염하다. 이백이 장안성에 들어가 한림공봉으로 있을 때인 743년(43세) 봄에 지었다.

왕창령이 용표로 좌천되었다는 소식을 듣고 멀리서 시를 부침(聞王昌齡左遷龍標, 遙有此寄)[66]

楊花落盡子規啼,[67]	버들개지 다 떨어지니 두견새 울어
聞道龍標過五溪,[68]	듣자하니 용표는 오계 너머 있다 하네
我寄愁心與明月,[69]	나의 걱정스러운 마음 명월에 부치니
隨風直到夜郎西.[70]	바람 따라 곧바로 야랑의 서쪽까지 가리라

干(난간) : 난간.

[66] 王昌齡(왕창령) : 시인 소전 참조. ○ 龍標(용표) : 무주(巫州)의 속현. 742년 담양군(潭陽郡)으로 개명하였다. 지금의 호남성 서부의 검양현(黔陽縣). 당대에는 황벽한 곳이었다.

[67] 子規(자규) : 두견새, 소쩍새, 귀촉도(歸蜀道), 두우(杜宇), 두혼(杜魂), 불여귀(不如歸) 등 여러 이름이 있다. 전설에 의하면 고대 촉국의 왕 두우(杜宇)의 혼이 변한 것이라고 한다. 그 울음소리가 마치 '차라리 돌아가자'라는 뜻의 '부루궤이취'(不如歸去)라고 하는 듯하여 송별시에서 빨리 돌아오라는 뜻을 환기한다. 또 두견새는 초여름에 울므로 이 새가 울면 꽃들이 시든다고 여겼다. 이 구는 『초사』(楚辭) 「이소」(離騷)에 나오는 "두려운 것은 시절이 지나 두견새가 먼저 울어, 온갖 꽃들이 시들어 떨어지는 것이라네"(恐鵜鴂之先鳴兮, 使夫百草爲之不芳)를 이용하였다.

[68] 聞道(문도) : 듣다. ○ 五溪(오계) : 웅계(雄溪), 만계(樠溪), 유계(酉溪), 무계(潕溪), 신계(辰溪) 등을 말한다. 지금의 호남성 서부 일대를 가리킨다.

[69] 愁心(수심) : 걱정. 시름. 근심. 여기서는 친구에 대한 걱정과 그리움. ○ 與(여) : 주다.

[70] 夜郎(야랑) : 야랑현. 742년에 아산현(峨山縣)으로 개명하였다. 용표현과 가깝다. 지금의 호남성 지강현(芷江縣) 서쪽. 당시 용표는 야랑의 남쪽에 있었으나 압운을 맞

평석 초당 제간(齊澣)의 「장문궁의 원망」(長門怨)에 나오는 "마음을 명월에 부치니, 흐르는 달빛이 그대 가슴에 들고저"와 같은 뜻이다. 부드러운 필치에서 나와 말과 뜻이 새롭다.(卽 "將心寄明月, 流影入君懷"意, 出以搖曳之筆, 語意一新.)

해설 좌천되어 가는 왕창령의 처지를 동정하고 위로하였다. 두 사람은 우의가 돈독했으며, 시에 있어서도 나란히 당대 칠언절구의 최고수로 손 꼽혔다. 왕창령은 750년(61세) 가을에 검주(黔州) 용표로 좌천되어 금릉(남 경시)에서 장강을 거슬러 서쪽으로 갔다. 다음 해 봄 이백(51세)이 이 소식 을 듣고 위 시를 지어 보냈다. 나중에 왕창령이 죽은 이후, 이백 역시 758 년 야랑(夜郎)으로 유배가 결정되었지만, 중간에 사면을 받아 돌아왔다.

두보(杜甫)

평석 두보의 절구는 흉억을 직접 서술하는 것으로 절로 대가의 기풍이 있으나 '정성'(正聲) 으로 생각할 수는 없다. 송대 시인들은 이를 잘 배우지 못하여 왕왕 조악한 곳으로 흘렀다. 청대 양유정(楊維楨)은 두보를 배우려면 절구부터 시작해야 한다고 했는데 진실로 사람을 속이는 말이다.(少陵絶句, 直抒胸臆, 自是大家氣度, 然以爲正聲則未也. 宋人不善學之, 往往流 於粗率. 楊廉夫謂學杜須從絶句, 眞欺人語.)

추기 위해 '서'(西)라고 하였다.

화경에게(贈花卿)[1][2]

錦城絲管日紛紛,[3]　　금관성에 음악이 날마다 분분히 울리면
半入江風半入雲.　　반은 강바람에 날리고 반은 구름 속으로 들어가네
此曲只應天上有,[4]　　이러한 가락은 응당 천상에나 있을 법하니
人間能得幾回聞?　　인간 세상에선 몇 번이나 들어볼 수 있으랴?

평석 명대 양신(楊愼)은 화경이 촉 지방에 있을 때 천자의 예악을 참용하였기에 두보가 이 를 풍자했으며 그 뜻은 언외에 있다고 하였다.(楊用修謂花卿在蜀, 僭用天子禮樂, 子美作此諷 之, 而意在言外.)

해설 화경의 오만을 풍자한 시이다. 화경은 761년 재주자사 단자장(段子 璋)이 일으킨 반란을 평정한 공을 믿고 자만하였다. 당시 현종이 피난했 다가 떠난 뒤라서 궁중의 악공들이 민간에 더러 남았고, 화경의 저택에 서 울리는 음악에 궁중의 음악도 있었던 것으로 보인다. 두보는 궁중에 서나 들을 수 있는 음악이 연주된 데에 대해 겉으로는 찬미했지만 사실 은 상하의 질서가 크게 문란해진 것을 비판하였다. 권7에 「농으로 지은 화경 노래」를 참조할 수 있다. 761년(上元 2년) 성도에서 지었다.

---

2) 花卿(화경): 화경정(花敬定). 성도윤 최광원의 부장으로 재주자사 단자장(段子璋)의 반란을 평정한 공을 믿고 자만하였다. 경(卿)은 남자에 대한 존칭이다.
3) 錦城(금성): 금관성(錦官城)의 준말. 지금의 사천성 성도(成都)를 가리킨다. 성도는 대성(大城)과 소성(少城)으로 되어 있었는데, 삼국시대 촉한 때 소성에 비단을 관장 하는 관서가 있어 금관성이라 하였다. ○絲管(사관): 현악기와 관악기. 음악을 통칭 한다. ○紛紛(분분): 음악이 가볍고 길게 늘어지는 것을 말한다.
4) 天上(천상): 천궁. 여기서는 황궁을 가리킨다.
5) 書堂(서당): 강릉의 호 시어(胡侍御)의 서재. ○李尙書(이상서): 이지방(李之芳). 두 보가 745년 여름 제주(齊州)에 유람할 때 사귄 친구로, 두보가 삼협에서 형주로 나 오면서 다시 만났다.
6) 심주: 아래 구와 대구를 만들기 위해 도치시켰다.(倒說以便與下句相對.)

서당에서 마신 뒤 밤에 다시 이 상서에게 말에서 내려 마시자고 청하여 달 아래에서 시를 짓다(書堂飮旣夜, 復邀李尙書下馬月下賦)[5]

湖月林風相與淸,	호수의 달빛과 숲의 바람이 다 함께 맑으니
殘尊下馬復同傾.	남은 술잔을 말에서 내려 다시 기울여보세
久抃野鶴如雙鬢,[6][7]	오랫동안 학처럼 양쪽 살쩍 희도록 내버려두었는데
遮莫鄰鷄下五更![8]	이웃집 닭이 오경을 알린다 해도 상관하지 마세나

해설 옛 친구를 만나 술을 권하는 시이다. 768년(57세) 1월 무협을 떠난 두보는 3월에 강릉에 도착했다. 그 전 해 가을에 기주에서 옛 친구인 이지방(李之芳)이 이릉(夷陵, 호북성 宜昌市)에 있고, 정심(鄭審)이 강릉에 있다는 소식을 듣고 시를 부쳐 보낸 바 있다. 노년에 강릉에서 이들을 만난 반가움이 시편에 가득하다.

강남에서 이구년을 만나(江南逢李龜年)[9]

岐王宅裏尋常見,[10]	낙양의 기왕(岐王) 저택에서 그댈 자주 보았고

---

5) 書堂(서당): 강릉의 호 시어(胡侍御)의 서재. ○ 李尙書(이상서): 이지방(李之芳). 두보가 745년 여름 제주(齊州)에 유람할 때 사귄 친구로, 두보가 삼협에서 형주로 나오면서 다시 만났다.

6) 심주: 아래 구와 대구를 만들기 위해 도치시켰다.(倒說以便與下句相對.)

7) 抃(변): 버리다. 돌보지 않다.

8) 遮莫(차막): 마음대로 하게 하다.

9) 江南(강남): 원래는 장강의 남쪽이지만, 여기서는 동정호 남쪽의 담주(潭州, 장사시)를 가리킨다. ○ 李龜年(이구년): 현종으로부터 총애를 받은 개원, 천보 연간의 유명한 가수. 그의 삼형제가 모두 당대에 뛰어난 예술가로, 이팽년(李彭年)의 춤, 이학년(李鶴年)의 노래와 함께 유명하였다. 특히 황제의 신임을 얻어 낙양 통원리(通元里)에 공후(公侯)보다 더 큰 대저택을 세웠다. 두보는 14, 15세 때 낙양에서 그의 노래를 들은 적이 있다. 안사의 난이 일어나자 이구년도 호남으로 피난 갔는데 호사가들의 요청에 나가 노래하면 좌중의 사람들이 모두 눈물을 흘렸다고 한다. 두보는 770

崔九堂前幾度聞.¹¹⁾　　최척의 집에서 몇 번이나 그대 노래 들었었지

正是江南好風景,¹²⁾　　마침 강남에 봄빛이 아름다운데

落花時節又逢君.¹³⁾　　꽃 지는 시절에 그댈 다시 만났구료

평석 뜻은 있으나 다 말하지 않고, 사건은 있으나 판단은 없다.(含意未伸, 有案無斷.)

해설 담주(호남성 장사시)에서 이구년을 만난 감회를 썼다. 어렸을 때 '개원 전성일'(開元全盛日)에 보았던 낙양의 성가 높은 예인(藝人)을, 사십여 년이 지난 후 유랑하는 처지에서 역시 유랑하는 예인을 만나게 된 일을 지극히 담담한 필치로 그렸다. 말구의 '낙화시절'은 두 사람 모두 노년이라는 의미와 나라의 쇠락을 중의적으로 환기하였다. 개인적인 일로부터 인생의 거대한 변모와 시대의 성쇠를 함께 엮어낸 두보 만년의 최후의 절창이다. 770년(59세) 늦봄 담주에서 지었다.

년 담주에서 우연히 그를 만나게 된다.

10)　岐王(기왕) : 이범(李範). 예종(睿宗)의 넷째 아들로 현종의 바로 아래 동생이다. 710년 기왕에 봉해졌고, 학문을 좋아하고 서예를 잘 했으며 자주 주연을 열었다. 726년 사망. 『당재자전』에 의하면 왕유가 진사 시험에 장원으로 합격한 것은 기왕의 추천에 따른 것이라 했다.

11)　崔九(최구) : 최척(崔滌). 벼슬이 전중감(殿中監)으로 평소 현종과 친했다. 그의 형 최식(崔湜)이 태평공주(무측천의 딸) 사건에 연루되어 주살되자 현종은 더욱 그를 우대하여 여러 왕들의 잔치에 불렀다. 두보는 낙양에서 청년기를 보낼 때 현지 선배들의 도움으로 종종 이범과 최척의 저택에 출입하였다.

12)　風景(풍경) : 바람과 햇빛.

13)　落花時節(낙화시절) : 꽃이 지는 때. 늦봄을 가리키지만 상징적인 뜻도 숨어있다. 사회의 혼란이나 국가의 쇠퇴를 나타냄과 동시에 이구년과 두보 자신의 노년과 유랑을 의미하기도 한다.

엄무(嚴武)

변성의 이른 가을(軍城早秋)

昨夜秋風入漢關,[1]	어젯밤 가을바람 한나라 관문에 들어오니
朔雲邊月滿西山.[2]	북방의 구름과 변방의 달빛 서산에 가득해라
更催飛將追驕虜,[3]	다시 용맹한 군사들 재촉하여 교만한 오랑캐 쫓으리니
莫遣沙場匹馬還.	한 사람의 적도 돌려보내지 말아야 하리

평석 영준하고 시원스런 시풍은 두보와 필적할 만하다.(英爽與少陵作魯、衛.)

해설 호매한 어조로 변강을 수호하고 적을 섬멸하려는 기상을 표현하였다. 엄무는 검남절도사를 두 번 역임하였으며, 764년에는 침입한 티베트인 7만여 명을 격파하고 당구성(當狗城)과 염천성(鹽川城)을 점령하였다. 이 시 역시 그 당시 지은 것으로 보인다.

---

1) 漢關(한관) : 한나라의 관문. 여기서는 당나라의 성관(城關).
2) 朔雲邊月(삭운변월) : 북방의 구름과 변경의 달. ○西山(서산) : 지금의 사천성 서부의 민산(岷山)을 가리킨다. 민산은 삼 면이 강이고 한 면이 봉우리로 당시 티베트와 대립하는 군사적 요충지였다.
3) 更催(갱최) : 다시 재촉하다. ○飛將(비장) : 한 무제 때 활약한 이광(李廣)을 가리킨다. 흉노들이 그를 '한나라의 비장군'(漢之飛將軍)이라 불렀다. ○驕虜(교로) : 교만한 적. 티베트 군대를 가리킨다.

맹운경(孟雲卿)

한식(寒食)[1]

二月江南花滿枝,	이월이라 강남에는 가지 가득 꽃이 피니
他鄕寒食遠堪悲.[2]	타향에서 맞는 한식 마음 더욱 슬퍼라
貧居往往無煙火,	가난에 자주 불을 때지도 못하니
不獨明朝爲子推.	내일 아침 불 없는 건 개자추 때문이 아니라오

해설 객지에서 한식을 맞이하며 지었다. 맹운경은 젊었을 때 과거에 낙제한 후 형주 일대를 떠돌아다니며 지극히 빈곤한 생활을 하였다. 이러한 때 한식절 전날 저녁에 위 시를 썼다. 제1구의 '만'(滿)자와 대비되어 한식(寒食)의 한(寒)자마저 추운 처지를 환기하며, 강남의 화사한 봄날과 대비시켜 자신의 빈거(貧居)를 나타내었다. 남들은 선현을 기념하기 위해 불을 끈다지만 작자는 날마다 한식과 같은 생활을 한다며 가난 속에서도 해학적인 어조를 잃지 않았다.

---

1) 寒食(한식) : 절기의 하나. 동지 후 백오 일이자, 청명일 하루 또는 이틀 전으로, 이날
   을 포함하여 전후 삼 일간 불을 피우지 않고 찬 음식을 먹었다. 한식의 기원은 춘추
   시대 개자추(介子推)와 관련 있다. 그는 진(晉)의 왕(王)의 아들 중이(重耳)를 보좌하
   여 십구 년 동안 각국을 전전하였다. 나중에 귀국하여 왕(晉文公)이 된 중이는 함께
   수행했던 신하들에게 논공행상을 베풀었지만 개자추를 빠뜨렸다. 이에 개자추는 그
   의 모친과 함께 면산(綿山, 지금의 산서성 介休縣)에 은거하였다. 나중에 이를 알아
   차린 중이는 그를 불렀으나 나오지 않자 그가 나오도록 산에 불을 질렀다. 그는 끝
   내 산을 나오지 않고 나무를 껴안은 채 불타 죽었다.
2) 遠(원) : 더욱.

유장경(劉長卿)

윤주 행영으로 가는 이 판관을 보내며(送李判官之潤州行營)¹⁾

萬里辭家事鼓鼙,²⁾   만 리 멀리 집을 떠나 군무에 종사하니
金陵驛路楚雲西.³⁾   윤주 가는 역마길이 초 지방 서쪽까지 가리라
江春不肯留行客,   강가의 봄빛이 가는 나그네 잡지 못하니
草色青青送馬蹄.⁴⁾   파릇파릇한 풀이 떠나는 말발굽을 보내노라

해설 윤주로 가는 이 판관을 보내며 쓴 송별시이다. 전반 2구는 떠나는
이유와 가는 목적지를 말했고, 후반 2구는 떠나는 곳의 장소와 시간으로
석별의 정을 나타내었다. 시의 내용으로 보아 떠나는 장소는 작자가 있
었던 절강이나 광동 지역으로 보인다.

길주로 폄적되는 배 낭중을 다시 보내며(重送裴郎中貶吉州)⁵⁾

猿啼客散暮江頭,   원숭이 울고 나그네 흩어진 저녁 강가

---

1) 潤州(윤주) : 지금의 강소성 진강시. ○ 行營(행영) : 출정 나간 군영. 지덕 연간에 각
    중진(重鎭)에 행영을 설치하였다.
2) 鼓鼙(고비) : 큰 북과 작은 북. 군중에서 상용하는 악기. 事鼓鼙(사고비)는 군무에 종
    사하다.
3) 金陵(금릉) : 일반적으로 지금의 남경시를 가리키나, 절도사의 치소 윤주를 가리키기
    도 한다. 여기서는 후자. ○ 楚雲西(초운서) : 초 지방의 서쪽. 윤주 행영의 본거지가
    있는 곳이므로 안휘성이나 회남 일대를 가리키는 것으로 보인다.
4) 草色(초색) 구 : 이 구는 한대 악부시 「장성 아래 샘에서 말에 물 먹이며」(飲馬長城窟
    行)의 첫 2구인 "파릇파릇한 강가의 풀, 아득히 먼 길을 그리워합니다"(青青河邊草,
    綿綿思遠道.)란 시구를 원용하였다.
5) 吉州(길주) : 지금의 강서성 길안시(吉安市).

人自傷心水自流.　사람은 절로 마음 아픈데 강물도 저 홀로 흘러
同作逐臣君更遠,　다 같이 방축된 신하지만 그대는 더욱 멀리 가
靑山萬里一孤舟.　청산 너머 만 리에 쪽배 하나 지나가네

평석 당시 유장경 역시 남파위로 폄적되었다. 길주는 장안에서 가면 남파보다 더 멀다.(時文
房亦貶爲南巴尉, 吉州去京師, 更遠於南巴.)

해설 자심의 폄적 길에 더 멀리 폄적 가는 사람을 보내며 지은 시이다.
유장경은 758년 사건에 연좌되어 남파위(南巴尉)로 좌천되었으나, 문건이
홍주(洪州)에 머물러 심의를 거쳐 760년 양이(量移)되었다. 그러므로 유장
경은 홍주까지 갔다가 다시 돌아온 셈이다. 이런 뜻에서 배 낭중이 길주
로 가는 것이 홍주보다 훨씬 멀다고 하였다.

이목의 시를 받고 답하며(酬李穆見寄)[6]

孤舟相訪至天涯,　쪽배로 내가 있는 하늘 끝에 찾아오려면
萬里雲山路更賖.[7]　만 리 구름 낀 산에 길이 더욱 멀리라
欲掃柴門迎遠客,　사립문을 쓸고서 손님을 맞으려니
靑苔黃葉滿貧家.　푸른 이끼 누런 낙엽 가난한 집에 가득해라

평석 송대 유극장(劉克莊)은 위야와 임보가 모두 이보다 못하다고 말하였다.(劉後村謂魏野、
林逋俱不能及.)

해설 사위 이목의 방문을 기다리며 쓴 시이다. 유장경은 당시 신안군(新

6)　李穆(이목) : 유장경의 사위이다.
7)　賖(사) : 멀다.

安郡, 안휘성 歙縣)에 살았고, 이목은 동강(桐江)에서 신안강으로 거슬러 올라와야 했다. 신안강의 상류는 고저가 심한 탓에 급류가 많아 험했기에 전반 2구와 같은 말을 하였다. 후반 2구는 장인으로서 가난한 집을 청소하면서 사위를 기다리는 기쁨을 나타내었다. 두보의 「손님이 오다」(客至)에 맞먹는 뛰어난 시이다.

칠리탄에서 엄유를 보내며(七里灘送嚴維)[8]

秋江渺渺水空波,[9]	가을 강은 아득하고 물에는 파도 이는데
越客孤舟欲榜歌.[10]	월 지방 나그네 탄 쪽배가 이제 떠나려 하네
手折衰楊悲老大,	손으로 시든 버들 꺾으려니 늙어진 몸이 슬퍼
故人零落已無多.[11]	친구들도 사라져 얼마 남지 않았어라

해설 친구를 보내며 쓴 시이다. 가을날 시든 버들에 늙은 몸, 그리고 드물어진 친구들 등 감상적인 정서가 두드러진다. 유장경은 774년(49세) 목주(睦州, 절강성 건덕시)사마로 좌천되었다. 이후 당시 고향 월주(越州, 절강성 소흥시)에 있던 엄유(58세)와 자주 수답하였고, 이는 엄유가 삼 년 후 하남절도사 막부에 들어갈 때까지 계속되었다. 두 사람은 드물게 만나기도 하여서 위 시는 엄유가 목주에 찾아갔다가 월주로 돌아갈 때 칠리탄 앞에서 지은 시이다.

---

8) 七里灘(칠리탄) : 지금의 절강성 동려현 서남 엄릉산 서쪽에 소재. 두 산을 끼고 동양강(東陽江)이 흘러가는데 빠른 물줄기가 칠 리나 이어져 있어 이름 붙여졌다. 북안은 부춘산으로 동한 초기 엄자릉이 낚시했던 곳이다. ○嚴維(엄유) : 시인 소전 참조.
9) 渺渺(묘묘) : 먼 모양. ○空波(공파) : 큰 물결.
10) 越客(월객) : 월 지방 나그네. 엄유를 가리킨다. ○榜歌(방가) : 뱃노래. 欲榜歌(욕방가)는 노래를 부르려 한다는 말로 배가 곧 출발한다는 뜻이다.
11) 零落(영락) : 시들어 떨어지다. 죽음을 비유한다.

전기(錢起)

돌아가는 기러기(歸雁)

瀟湘何事等閑回?[1][2]	"무슨 일로 소상에서 북으로 날아오나
水碧沙明兩岸苔.	푸른 물 맑은 모래, 강가 이끼 아름다운데"
二十五弦彈夜月,[3]	"스물다섯 줄 거문고로 달밤을 노래하는
不勝清怨却飛來.[4]	상비의 그 맑은 한이 차마 견디기 어려웠어요"

평석 거문고 곡 가운데 〈귀안조〉가 있으므로 곡조에서 착상하였다.(琴中有歸雁操, 故從操中 落想.)

해설 기러기를 노래한 영물시이다. 봄이 되면 기러기가 북으로 돌아가는 이유에 착안하여 수려한 상수와 슬픈 전설을 환기하였다. 전반 2구는 봄이 되어 북으로 돌아오는 기러기에게 물어보는 말, 후반 2구는 기러기가 대답하는 말로 이루어졌다. 호남성의 형산(衡山)에는 회안봉(回雁峰)이 있어 기러기들이 여기에서 더 이상 남으로 날지 않고 때가 되면 북으로 돌아간다고 한다.

---

1) 심주 : 처음은 부르는 말이며, 제3, 4구는 이에 대답하는 말이다.(作呼起語, 三四相應.)
2) 瀟湘(소상) : 소수와 상수. 호남성 경내의 주요 하천이다. ○ 等閑(등한) : 등한히. 가볍게.
3) 二十五弦(이십오현) : 슬(瑟)을 가리킨다. 『초사』「원유」(遠遊)에 "상수의 여신이 슬을 타게 하여"(使湘靈鼓瑟兮)라는 말이 있고, 『사기』「봉선서」(封禪書)에 "옛날 태제가 소녀에게 오십 현 슬을 연주하게 하였다. 너무 슬퍼 태제가 참지 못하였다. 이에 슬을 이십오 현으로 개조하였다"(昔者太帝使素女鼓五十絃瑟, 悲, 帝禁不止, 故破其瑟爲二十五絃.)는 기록이 있다.
4) 清怨(청원) : 맑은 한. 풍경과 음악으로 연상되는 상수의 전설 등 복합적인 정서를 말한다.

늦봄에 옛 산의 초당에 돌아와(暮春歸故山草堂)

谷口春殘黃鳥稀,[5]	계곡 어귀에 봄 저물어 꾀꼬리 울음 드문데
辛夷花盡杏花飛.[6]	목련꽃 지고 나니 살구꽃이 흩날리누나
始憐幽竹山窓下,	비로소 사랑하나니 초당 창문 아래 그윽한 대숲
不改淸陰待我歸.[7]	맑은 그늘 변함없이 나 돌아오길 기다리네

해설 예전에 살던 초당에 다시 돌아온 감회를 썼다. 늦봄이 되면서 풍경이 변하지만 창문 아래의 대숲만은 서늘한 그늘을 품고 있음을 예찬하였다. 청신하고 정취 넘치는 자연을 잘 그린 전기 시의 특징이 잘 나타난 작품이다.

가을밤 양양으로 돌아가는 조렬을 보내며(秋夜送趙冽歸襄陽)[8]

斗酒忘言良夜深,	술을 두고 말을 잊으니 좋은 밤이 깊어
紅萱露滴鵲驚林.[9]	붉은 나리꽃에 이슬 떨어지니 까치가 놀래라
欲知別後思今夕,	헤어진 후 오늘 밤을 되돌려 생각하면
漢水東流是寸心.[10]	동으로 흐르는 한수가 바로 내 마음인 것을

해설 양양으로 가는 친구를 보내며 쓴 시이다. 말구로 보아 장안에서 헤어지는 듯하다. 떠나는 사람에 대한 무한한 정을 그 사람이 가는 길에

---

5) 黃鳥(황조) : 꾀꼬리.
6) 辛夷(신이) : 목련. 연꽃과 비슷하다고 하여 '목부용'(木芙蓉)이라고도 하며, 꽃잎이 붓과 같다하여 목필화(木筆花)라고도 한다.
7) 淸陰(청음) : 청량한 나무그늘.
8) 趙冽(조렬) : 미상. ○ 襄陽(양양) : 지금의 호북성 양번(襄樊)시.
9) 심주 : 야경이다.(夜景.)
10) 심주 : 한수는 양양으로 통한다.(漢通襄楊.)

있는 경물로 비유한 전통은 한대 이래 다양하게 변주되었다. 한대 악부시에서는 "파릇파릇한 강가의 풀"(青青河邊草)이라 하였고, 왕유는 "그대를 그리는 내 마음은 봄빛과 같아, 강남에서든 강북에서든 돌아가는 그대를 보내리라"(唯有相思似春色, 江南江北送君歸)고 하였고, 장열은 "마음만 호수 따라 아득하기만 하네"(心隨湖水共悠悠)라 하였고, 이백은 "도화담 강물이 천 척이나 깊다 해도, 왕륜이 나를 보내는 정보다 깊지 못해라"(桃花潭水深千尺, 不及汪倫送我情)라 하였다.

위응물(韋應物)

누대에 올라—왕경에게 부침(登樓寄王卿)[1]

踏閣攀林恨不同,[2]	함께 숲을 지나 누대에 오르지 못함이 아쉬워
楚雲滄海思無窮.[3]	초 지방 구름과 푸른 바다로 나뉘어 그리움이 끝없어
數家砧杵秋山下,[4]	가을 산 아래 몇몇 집에서 다듬이소리 들리고
一郡荊榛寒雨中.[5]	차가운 빗속에 온 주(州)에 가시덤불 널렸네

---

1) 王卿(왕경) : 왕씨 성의 경 또는 소경. 태상시(太常寺)나 위위시(衛尉寺)의 장관을 경(卿)이라 하고 부장관을 소경(少卿)이라 하는데, 호칭 때에는 모두 성씨 다음에 경을 붙여 부른다.
2) 踏閣(답각) : 누각을 오르다. ○ 攀林(반림) : 숲이 있는 산에 오르다. 누대는 일반적으로 산 위에 있으므로 순서를 바꾸어야 하나, 평측 때문에 도치하였다.
3) 楚雲(초운) : 초 지방의 구름. 저주는 회남도에 속하며, 춘추전국시대에는 초나라 강역이었다.
4) 砧杵(침저) : 다듬잇돌과 다듬이방망이.
5) 荊榛(형진) : 가시나무와 개암나무. 잡목 숲 또는 황야를 말하며, 나아가 국난을 비유한다.

해설 가을에 친구를 그린 시이다. 맑은 가을날 혼자 산 위의 누대에 올라 사방의 황량한 풍경을 바라보며 예전에 함께 산에 올랐던 왕경을 생각하며 지었다. 전반 2구는 누대에 오르며 일어나는 친구에 대한 생각을 썼고, 후반 2구는 주위를 둘러보고 목도한 풍광을 서술했다. 783년(47세) 위응물이 상서 비부원외랑에서 저주(滁州)자사로 전임된 후에 지었다. 마침 이 때는 회서절도사 이희렬이 칭제하고 주차가 장안을 점령하여 정국이 혼란할 때로, 부임한 저주도 민생이 힘들고 전란에 사람 드물고 겨울 옷 준비하는 것으로 쓸쓸하였다. 후반 2구는 이러한 모습을 반영하였다.

한식─아우들에게 부침(寒食寄諸弟)

雨中禁火空齋冷,[6]	빗속에 불도 안 때니 빈 관사가 추운데
江上流鶯獨坐聽.	강가의 꾀꼬리 소리 홀로 앉아 듣노라
把酒看花想諸弟,	술잔 들고 꽃을 보며 아우들 생각하노니
杜陵寒食草青青.[7]	두릉의 한식도 풀빛이 푸르리라

해설 한식날 장안에 있는 아우들을 생각하며 지었다. 제1구에서 쓸쓸하고 고적함을 차다는 온도감까지 덧붙여 표현하였다. 이어서 꾀꼬리 소리, 술, 꽃 등으로 봄을 즐기려 하였으나 아우들 생각이 시종 떠나지 않는다. 말구를 풍경으로 처리하여 여운을 남겼다. 786년(貞元 2년) 경 강주 자사로 있을 때 지었다.

---

6) 禁火(금화) : 불을 금지함. 맹운경의 「한식」 참조.
7) 杜陵(두릉) : 장안 동남쪽 교외에 있는 한 선제(漢宣帝)의 능묘. 그 일대를 지칭하는 지명으로도 쓰인다. 위응물 집안은 대대로 이곳에서 살았다.

휴일에 사람을 찾아갔으나 만나지 못하고(休日訪人不遇)

九日驅馳一日閑,[8]	구 일 동안 바쁘다가 하루 쉬어 한가하니
尋君不遇又空還.	그대를 찾았으나 또 부질없이 돌아가네
怪來詩思淸人骨,[9]	어쩐지 그대 시가 사람의 정신을 맑게 한다 했더니
門對寒流雪滿山.	집 앞에 찬 시내 흐르고 산에는 눈이 가득하구나

해설 친구를 찾아갔다가 만나지 못하고 돌아온 심방불우시(尋訪不遇詩)이
다. 전반 2구에서 친구를 만나지 못한 실망감을 표현하였다. 그러다가
제3구에서 갑자기 필세를 바꾸어 친구의 시를 칭찬하더니 이를 그가 사
는 집 주위의 맑고 그윽한 환경과 연관 지었다. 제목이 다른 판본에서는
「휴가일 왕 시어를 찾았으나 만나지 못하고」(休暇日訪王侍御不遇)라 되어
있는 걸로 보아 찾아간 사람은 왕 시어이며, 위응물의 「왕 시어에게」(贈
王侍御)에서도 "시는 얼음 항아리가 바닥이 보일만큼 맑아라"(詩似冰壺見底
淸)라 한 것으로 보아 그의 시풍을 짐작할 수 있겠다. 친구의 시를 맑은
풍경으로 비유했으니, 그 묘사는 곧 작자의 시이자 친구의 시이다.

저주의 서간에서(滁州西澗)[10]

獨憐幽草澗邊生,[11]	계곡 가에 자란 풀을 특히나 사랑하니

---

8) 驅馳(구치) : 말을 빨리 내달리게 하다. 여기서는 힘써 공무를 본다는 뜻. 당대에는
   열흘에 한 번 휴목일(休沐日)이 있었다.
9) 詩思(시사) : 시의 구상. 시의 정취.
10) 滁州(저주) : 회남도(淮南道)에 속했으며 지금의 안휘성 저주시이다. ○ 西澗(서간) :
   상마하(上馬河)라고도 하며 저주성 서문 밖에 있었다. 그의 작품 가운데 「서간에서
   버들을 심으며」(西澗種柳)라는 작품도 있다. 북송 때 저주 지주(知州)를 지낸 구양
   수(歐陽修)가 서간에 물이 없다고 한 것으로 보아 송대 때에 이미 물이 고갈된 것으
   로 보인다.

上有黃鸝深樹鳴.　　　위에선 꾀꼬리가 깊은 숲에서 우짖는다
春潮帶雨晚來急,[12]　　봄물이 불어나고 비마저 와 저녁 강물 세찬데
野渡無人舟自橫.　　　나루에는 사람 없이 배만 홀로 가로 놓여있네

평석 전반 2구와 후반 2구는 서로 관련이 없다.(起二句與下半無關.) ○ 하반 2구는 경물을 노래한 좋은 구이다. 원대 시평가는 군자가 아래 있고 소인이 위에 있음을 풍자했다고 말했는데, 이런 사람들과는 시를 논하기 어렵다.(下半卽景好句, 元人謂刺君子在下, 小人在上, 此輩難與言詩.) ○ 명대 하양준이 말하기를 "'대청루첩'에 위응물이 쓴 서각의 탁본이 있는데, '澗邊行'이라 하여 '生'이 아니며, '尙有'라 하여 '上'이 아니다. 서각이 전사하는 과정에서 바뀐 게 틀림없다."고 하였다. 원문이 '生'자와 '上'자보다 약간 낫다.(何良俊曰 : "大淸樓帖中刻有韋公手書, '澗邊行', 非'生'也; '尙有', 非'上'也. 其爲傳刻之訛無疑." 稍勝於'生'字'上'字.)

해설 저주의 계곡을 노래한 산수시이다. 봄날의 계곡과 나루의 풍광을 담담하게 묘사하였는데도 깊고 한아한 운치가 나타났다. 위응물은 782~784년 사이에 저주자사(滁州刺史)를 지냈으며 임기가 끝난 후에도 잠시 저주 서간에서 한거하였다. 말구는 송대 한림도화원의 화제(畫題)로 출제되기도 한 명구이다.

---

11)　獨(독) : 유난히. 각별히. 오로지. ○ 憐(련) : 아끼다. 사랑하다.
12)　春潮(춘조) : 봄이 되어 물이 불어나 흐르는 강물. 속칭 '도화신'(桃花汛)이라고 한다.

장조(張潮)

강남의 노래(江南行)

茨菇葉爛別西灣,[1]	쇠귀나물 시들 때 서강을 떠나신 후
蓮子花開不見還.[2]	연꽃이 피어날 때 아직도 못 오시네
妾夢不離江水上,	소첩은 꿈속에서 강가를 맴도는데
人傳郎在鳳凰山.[3]	사람들은 그대를 봉황산에서 봤다네요

평석 종합해 보면 행적이 일정하지 않음을 말하였다. 강에 있거나 산에 있다는 것은 모두 실제의 장소를 가리키는 게 아니다.(總以行蹤無定言, 在水在山, 俱難實指.)

해설 여인의 말투를 빌어 객지에 간 남편을 기다리는 내용이다. 쉬운 말로 깊은 정을 담는 남방의 민가 형식을 채용하였다. 제1구는 늦가을에 헤어졌는데, 제2구에선 여름이 되어도 돌아오지 않는다고 하니, 헤어진 기간을 말하고 있다. 제3구는 헤어진 곳이 강가이기 때문에 꿈속에서도 계속 강가를 맴돈다는 뜻이다. 혹은 두 사람이 강가에서 만났던 이전을 생각한다는 뜻일 수도 있다. 제4구는 원래 강가에 있으리라 생각했는데 낭군이 산속에 있다고 하니 뜻밖이어서 가슴이 더욱 미어질 듯한 마음을 표현하였다. 만남과 헤어짐, 꿈속과 현실, 기대와 실망이 교착되는 가

---

1) 茨菇(자고) : 쇠귀나물. 자고(茨菇)의 고(菰)는 음이 같은 외롭다는 뜻의 고(孤)를 연상시킨다.
2) 蓮子(연자) : 연밥. 연(蓮)은 이어진다는 뜻의 음이 같은 연(連)을 연상시킨다. 이는 곧 서쪽 강가에서 외롭게 지내며, 한 줄기에서 꽃이 두 송이 나오는 병체련(並蒂蓮)의 만남을 이루지 못한다는 뜻을 가지고 있다.
3) 鳳凰山(봉황산) : 봉황산이 중국에 여러 곳에 있어 여기서는 구체적으로 어디인지 명확하지 않다.

운데 소첩의 애절한 감정이 절실하다.

장계(張繼)

풍교에서 밤에 배를 대며(楓橋夜泊)[1]

月落烏啼霜滿天,[2]　　달 기울고 까마귀 울어, 하늘 가득 서리 날리는데
江楓漁火對愁眠,[3]　　강가 단풍과 고깃배 불빛 마주 한 채 시름에 잠드네
姑蘇城外寒山寺,[4]　　고소성 밖의 한산사

---

[1]　楓橋(풍교) : 강소성 소주시(蘇州市) 서쪽 창문(閶門) 밖 풍교진(楓橋鎭)에 소재한 다리. 원래는 봉교(封橋)라 했으나 장계의 이 시 때문에 풍교라 하게 되었다. 근처에는 양대(梁代)에 세워졌다가 당대 한산(寒山)과 습득(拾得)이 주지로 있으면서 유명해진 한산사(寒山寺)가 있다. 사원은 오랜 세월의 무게를 못 견디어 변모해갔고 장계가 읊었던 종도 일찍이 사라졌고, 명대 가정(嘉靖) 연간에 새로이 주조한 종은 일본이 가져갔다고 전해진다. 1904년(光緖 30년) 한산사를 중건할 때 고종(古鐘)의 양식을 본 떠 새로 큰 종을 주조하였다. 절 안에는 또 하나의 종이 있는데, 이는 일본인들이 모금하여 당나라 식으로 만든 청동 유두종(乳頭鐘)으로 대전 오른쪽에 걸려있다. 장계의 시비(詩碑)는 원래 명대의 문징명(文徵明)이 쓴 것이나 오랜 세월이 지나면서 마모가 심해지자 청대 유월(兪樾)이 다시 써서 새겼다. 이밖에 비랑(碑廊)과 회랑에는 청대의 유명 화가 나빙(羅聘), 정문작(鄭文焯)이 그린 한산과 습득의 석각과 역대 명인들의 한산사를 읊은 시문이 수십 개 있다. 최근에는 절을 더욱 새롭게 꾸몄고 비랑에는 이대조(李大釗)가 쓴 '풍교야박' 등 귀중 문물이 더해졌다.

[2]　霜滿天(상만천) : 서리가 하늘에 가득하다. 서리가 달빛을 받아 하늘 가득 날리는 모양을 묘사하였다.

[3]　漁火(어화) : 고깃배의 등불. 밤에 어부들이 고기를 잡기 위해 켠 집어등(集魚燈). ○ 對愁眠(대수면) : 강풍(江楓)과 어화(漁火)를 마주하고 시름에 잠든다. '수면'(愁眠)은 근심으로 얕은 잠을 자다. 일설에는 수면(愁眠)을 산 이름이라 보았으나 이는 이 시가 지어진 후에 만들어진 이름이다.

[4]　姑蘇城(고소성) : 소주(蘇州)의 별칭. 수(隋)가 진(陳)을 멸망시키고 고소산(姑蘇山)의 이름을 따서 소주(蘇州)라 하였다. 고소(姑蘇)와 한산(寒山)은 각각 첩운이다.

夜半鐘聲到客船.5)　　한밤중 종소리가 객선까지 들려오네

평석 떠들썩한 저자에서 오직 종소리만 들린다고 하니 황량하고 적막함을 알겠다.(塵市喧闐之處, 只聞鐘聲, 荒凉寥寂可知.)

해설 가을밤 강가에 배를 댄 후 일어나는 나그네의 고적감을 노래했다. 전반 2구에서 달, 까마귀, 서리, 단풍, 불빛, 잠 못 드는 나그네 등 여섯 가지 이미지를 등장시켰고, 후반 2구에서는 고소산, 한산사, 종소리가 묘사되었다. 전반은 시인이 본 것이고 후반은 시인이 들은 것이다. 한산사조차도 이름에서 오는 차갑다는 느낌이 시의 풍경 속에 녹아들었다. 시의 중심은 '시름에 잠드네'로, 객수(客愁) 속에서 달밤의 풍경을 보고 강건너 오는 종소리를 듣는다. 그러므로 '시름겨운' 정서는 시각적인 풍경과 청각적인 이미지로 융합되었다. 각종 당시선집에 빠지지 않고 실린, 당시의 대표작으로 널리 알려진 작품이다.

창문에서 보이는 대로(閶門卽事)6)

耕夫召募逐樓船,7)　　농부들이 모병에 응하여 군선 따라 떠난 후
春草靑靑萬頃田.　　만 이랑의 논밭에 봄풀이 자라났네

---

5) 夜半鐘聲(야반종성) : 한 밤의 종소리. 송대 구양수(歐陽修)는 「육일시화」(六一詩話)에서 "삼경에는 종을 치지 않는다"고 말했으나 당대에는 이러한 습속이 있음은 여러 시를 통해 알 수 있다. 우곡(于鵠)의 시에 "멀리서 들으니 구산의 한밤 종소리"(遙聽緱山半夜鐘)란 말이 있고, 백거이(白居易)도 "가을 되어 소나무 그림자 아래, 한밤에 종소리 들린 후"(新秋松影下, 半夜鐘聲後.)라 하였다.
6) 閶門(창문) : 소주 성의 서문. 춘추시대 오나라 왕 합려(闔閭)가 세웠다고 한다.
7) 耕夫(경부) : 밭가는 사람. 농부. ○召募(소모) : 모집하다. 안사의 난 이후 부병제(府兵制)가 와해되면서 모병제가 실시되었다. ○樓船(누선) : 누대가 있는 배. 한 무제가 남월을 공격하기 위하여 양복(楊僕)을 누선장군에 임명하였다. 여기서는 농부가 종군함을 말한다.

試上吳門窺郡郭,[8]　　서주의 창문에 올라가 교외를 들러보게

淸明幾處有新煙?[9]　　청명에 몇 군데서 새 연기가 오르는지?

해설 농부들이 종군 나가고 없는 소주 성의 황량한 교외를 그렸다. 봄이 되어도 밭가는 사람 없어 잡풀만 무성이 자라고, 청명이 되어도 연기 오르는 인가가 몇 없는 모습을 통해 피폐해진 민생을 동정하고 무능한 위정자를 비판하였다.

한굉(韓翃)

악주로 가는 나그네를 보내며(送客之鄂州)[1]

江口千家帶楚雲,　　강어귀 마을 위엔 초 지방 구름이 떠 있고

江花亂點雪紛紛.　　강가에선 꽃들이 눈발처럼 분분하네

春風落日誰相見?　　봄바람과 지는 해를 누가 바라보는가?

靑翰舟中有鄂君.[2]　　파란 새 조각된 배 타고 악군같이 그대 떠나네

평석 악군은 초나라 왕의 동생이다. 「월인가」에 보인다. 요컨대 홀로 떠나가는 적적함을 형

---

8) 吳門(오문): 창문(閶門). ○郡郭(군곽): 군의 외곽. 서주의 근교 지역.
9) 新煙(신연): 새로 핀 불에서 나는 연기. 청명절은 한식 다음에 있으므로, 한식 때 불을 껐다가 청명 때 다시 불을 일으킨다.
1) 鄂州(악주): 지금의 호북성 무한시 무창. 장강의 남안에 위치한다.
2) 靑翰舟(청한주): 파란 색 새가 조각된 배. 청한(靑翰)은 파란 새. ○鄂君(악군): 춘추시대 초나라 왕의 동생 악군(鄂君) 자석(子晳)을 말한다. 그가 호수에 파란색 새가 조각된 배를 띄웠을 때, 노를 젓는 월 지방 여인이 노를 안고 노래로 사랑을 고백하였다. 『설원』「선세」(善說) 참조.

용하였다.(鄂君, 楚王母弟也. 見越人歌. 總形其孤行之寂.)

해설 꽃이 지는 계절에 배를 타고 떠나는 친구를 보내며 쓴 송별시이다.
악주에서 악군을 연상하였으니, 상대방은 자사로 부임하러 감을 알 수 있다.

한식(寒食)[3]

春城無處不飛花,　봄이 온 도성에 꽃 날리지 않는 곳 없고
寒食東風御柳斜.[4]　한식일 동풍에 궁성 버들이 비끼네
日暮漢宮傳蠟燭,[5]　해질 무렵 궁궐에서 촛불을 하사하니
輕煙散入五侯家.[6][7]　가벼운 연기가 오후(五侯)의 저택에 들어가네

해설 한식일의 광경을 묘사하였다. 전반 2구는 한식날 꽃이 날리는 대낮
도성의 아름다운 묘사에 초점을 두고 있다면, 후반 2구는 촛불을 나누어
주는 저녁의 활동을 집중하여 그렸다. 시에는 단순히 장면만 제시할 뿐

---

3) 심주 : 촛불로 불을 전하고, 청명일에 느릅나무와 버드나무에서 불을 일으켜 근신들에
　게 하사하는 것은 당나라의 제도이다.(燭以傳火, 淸明日取楡柳之火賜近臣, 此唐制也.)
4) 御柳(어류) : 어원(御苑)의 버들. 당대 풍속에 한식날 버들을 꺾어 문에 꽂음으로써
　선현을 기리는 마음을 표시했다고 한다.
5) 漢宮(한궁) : 당궁(唐宮)을 비유한다. ○ 傳蠟燭(전랍촉) : 차례에 따라 초를 보내다.
　한식날엔 불을 금하지만 궁중에서만은 초를 사르도록 특별히 허락했다.
6) 심주 : '오후'는 서한 성제 때의 왕씨 오후를 가리키거나 또는 동한 환제 때 양기를
　제거한 공으로 오후가 된 다섯 환관을 가리킬 수 있으나, 요컨대 일찍 현달한 근신
　들을 말한다.('五侯', 或指王氏五侯, 或指宦官滅梁冀之五侯, 總之先及貴近家也.)
7) 輕煙(경연) : 연기. 곧 초에서 나는 연기. 일설에는 청명일에 만든 신화(新火)의 연기
　라고 한다. 당대(唐代)에는 청명일에 느릅나무와 버드나무에서 신화(新火)를 채취하
　는 풍습이 있었다. ○ 五侯(오후) : 권세 있는 환관이나 외척. 『후한서』에는 환제(桓
　帝)가 환관 선초(單超), 서황(徐璜), 구원(具瑗), 좌관(左悺), 당형(唐衡)이 외척 양기
　(梁冀)와 그 친당을 제거한 공을 기려 같은 날 후(侯)로 봉한 기록이 있고, 『한서』에
　는 성제(成帝)가 외삼촌 왕담(王譚), 왕상(王商), 왕립(王立), 왕근(王根), 왕봉(王逢)
　을 같은 날에 후로 봉한 기록이 있는데, 사람들은 '오후'(五侯)라 칭하였다.

의견은 한 마디도 없다. 다만 '오후'를 동한 때의 환관들로 본다면, 안사의 난 이후 환관의 세도가 극에 달한 조정을 풍자한 것으로 볼 수도 있다. 청대 오교(吳喬)나 형당퇴사(衡塘退士)는 특히 이러한 관점을 가졌다. 그러나 이 시는 당대의 태평성대를 묘사한 것으로 보는 시평가도 적지 않다. 덕종(德宗)이 한굉의 시를 아주 좋아한 것을 보면, 그 속에 풍자가 담겨있었다고 보기 어렵다. 이 시는 그만큼 함의와 정서가 풍부해 다양한 해석을 부른다고 보아야 할 것이다.

소년의 노래(少年行)[8]

千點斑斕噴玉驄,[9]	얼룩덜룩한 반점에 하얀 숨을 내뿜는 준마
青絲結尾繡纏鬃,[10]	청사를 묶은 듯한 꼬리에 생명주실 같은 갈기
鳴鞭曉出章臺路,[11]	채찍 울리며 새벽에 장대 거리로 나가면
葉葉春衣楊柳風.	한 잎 한 잎 봄옷처럼 버들이 바람에 나부낀다

해설 명마를 타고 번화가를 누비는 청년을 그렸다. 전반 2구는 명마의 모습을 극력 묘사하여 소년의 준수하고 영용한 모습을 그렸다. 이는 악부시에서 여인의 미모를 나타내기 위해 그녀가 입은 옷과 장신구를 극력 묘사하는 수법과 일치한다. 후반 2구는 봄날의 번화가에서 맛보는 호쾌한 기분을 표현하였다.

---

8) 少年行(소년행) : 악부제로 '잡곡가사'에 속한다. 주로 청년의 의협 정신과 연락(宴樂)을 내용으로 한다.

9) 斑斕(반란) : 색이 얼룩덜룩한 모양. ○噴玉(분옥) : 옥을 내품다. 말이 숨을 내쉴 때 흩어져 나오는 흰 침. 말의 기세가 힘차고 용맹한 것을 가리킨다. 옥총(玉驄)도 준마라는 뜻이 있다.

10) 鬃(종) : 갈기. 남조 서릉(徐陵)의 「자류마」에 "옥 등자에 생명주 같은 갈기"(玉鐙繡纏鬃)란 말이 있다.

11) 章臺(장대) : 한대 장안의 거리 이름. 기루(妓樓)가 많이 모여 있는 곳이다.

황보염(皇甫冉)

장계에게 답하다(答張繼)

悵望南徐登北固,[1]	경구의 북고산에 올라 아득히 바라보니
迢遙西塞阻東關.[2]	멀고 먼 서새산이 동관에 가로 막혀있어라
落日臨川問音信,	해 저물 때 강가에서 그대 시를 받아드니
寒潮惟帶夕陽還.	차가운 조수가 석양빛에 돌아가누나

해설 장계가 보낸 시에 대한 답시이다. 이 시의 서문을 보면 당시 장계가 무창에서 육언시(六言詩)를 보내온 데 대하여 황보염이 칠언시로 답한다고 하였다. 조수로 자신의 정이 넓고도 깊음을 비유하였다.

위십육을 보내며(送魏十六)

秋夜沈沈此送君,	가을밤 침침이 깊어가 그대 보내야 하는데
陰蟲切切不堪聞.[3]	절절한 귀뚜라미 울음소리 차마 듣기 어려워라
歸舟明日毗陵道,[4]	돌아가는 배 타고 내일이면 비릉으로 갈 터인데

---

1) 悵望(창망) : 슬퍼하며 멀리 바라보다. ○ 南徐(남서) : 남서주(南徐州). 원래 동진 말기 서주 사람들이 경구(京口)로 피난 가 살면서 유송(劉宋) 초기인 421년 설치되었다. 치소는 경구(강소성 진강시)이다. ○ 北固(북고) : 진강시에 소재한 작은 산으로 북으로 장강에 면해 있다.
2) 西塞(서새) : 서새산. 지금의 호북성 대야시 동쪽에 소재. 장강 중류에 있는 요새로 삼국시대에 주요한 전장 가운데 하나였다. ○ 東關(동관) : 삼국시대 동오의 제갈각(諸葛恪)이 축조한 관문. 위진남북조시대의 요충지였다. 지금의 안휘성 함산현(含山縣) 서남 유수산(濡須山)에 소재.
3) 陰蟲(음충) : 귀뚜라미.
4) 毗陵(비릉) : 수대의 군 이름. 당대에는 상주(常州)라 개명하였다. 치소는 지금의 강

回首姑蘇是白雲.　　머리 돌려 바라보면 고소산은 흰 구름 속에 있으리

해설 소주로 가는 친구를 보내며 쓴 시이다. 위십육이 배를 타고 비릉을 거쳐 소주로 가므로 황보염이 있는 단양(丹陽, 진강시)에서 헤어지는 것으로 보인다.

사공서(司空曙)

협곡 어구에서 친구를 보내며(峽口送友)[1]

峽口花飛欲盡春,　　꽃 날리는 삼협 어구 봄빛이 한창인데
天涯去住淚沾巾.[2]　올 때는 만나고 헤어지니 눈물이 흘러라
來時萬里同爲客,　　올 때는 만 리 멀리 같은 나그네로 왔는데
今日翻成送故人.　　오늘은 이내 몸이 그대를 보내는구료

평석 나그네가 나그네를 보내니 절로 미어지는 마음이다. 더구나 '만 리' 먼 곳이고, 또 '나란히 나그네'였음에 있어서랴(客中送客, 自難爲情, 況又'萬里'之遠耶? 況又'同爲客'耶?)

해설 객지에서 친구를 보내며 지은 시이다. 수식 없이 흉중의 말을 그대로 뱉어낸 듯 진지하고 절실하다. 사공서는 만년에 강릉부(江陵府) 장림

　　소성 상주시.
1) 峽口(협구) : 협곡의 입구.
2) 去住(거주) : 가는 자와 머무르는 자. 가는 자는 친구이고, 머무르는 자는 자신을 가리킨다.

현승(長林縣丞)으로 몇 년간 지냈고, 성도의 서천절도사 막부에도 몇 년 있었는데, 이때 지은 것으로 보인다.

강촌에서 보이는 대로(江村卽事)

釣罷歸來不繫船,[3]	낚시 끝내고 돌아오며 배를 매놓지 않았는데
江村月落正堪眠.	강촌에 달이 지니 마침 잠들기 좋아라
縱然一夜風吹去,	한밤 내 바람 불어 배가 떠내려 간대도
只在蘆花淺水邊.	갈대꽃 핀 물가에나 밀려가 있으리라

평석 제3, 4구는 전적으로 '매놓지 않다'는 데서 나왔다.(三四語全從'不繫'生出.)

해설 강촌의 한적한 정취를 그렸다. 마치 집착 없는 마음을 상징하듯 묶임 없는 배는 그림 같은 경물 속에 자유롭고 자재하다.

우곡(于鵠)

강남곡(江南曲)[1]

偶向江邊采白蘋,[2]　　우연히 강변으로 나가 네가래를 캐다가

---

3) 不繫(불계) : 배를 강가에 매어두지 않다.
1) 江南曲(강남곡) : 악부 '상화곡(相和曲) 가운데 하나로 한대 악부 「강남가채련」(江南可采蓮)에서 유래했다. 주로 강남의 풍경과 남녀의 애정을 그렸다.
2) 白蘋(백빈) : 네가래. 개구리밥처럼 생긴 수중 식물로 오월에 흰 꽃이 핀다.

還隨女伴賽江神.[3]　　또래들 따라 강의 신에게 기도하러 가네
衆中不敢分明語,　　여럿 앞에 뚜렷이 말하기 쑥스러워
暗擲金錢卜遠人.[4]　　남몰래 동전 던져 언제 올지 점쳐보네

해설 젊은 아낙이 객지에 나간 남편을 그리는 노래이다. 제4구에서 남몰래 동전을 던져 점을 치는 구체적인 행동 하나로 여성의 처지와 내심을 모두 표현해내었다. 「강남곡」은 활발하고 명랑한 강남의 풍정을 노래한 내용이 많지만, 이 시와 같이 규원시(閨怨詩) 계열의 내용도 있다.

이섭(李涉)

무관에서 묵으며(宿武關)[1]

遠別秦城萬里遊,　　장안을 떠나 만 리 멀리 가는데
亂山高下入商州.[2]　　어지러운 산 오르내리며 상주로 들어서네
關門不鎖寒溪水,　　관문은 차가운 시냇물을 잠가두지 못하여
一夜潺湲送客愁.　　한밤 내 졸졸거리며 나그네 시름 흘려보내라

---

3) 賽江神(새강신) : 강의 신에게 제사지내고 복을 빌다.
4) 暗擲(암척) 구 : 동전을 땅에 던져 나오는 앞뒤 면에 따라 떠난 사람의 귀가 일을 점치는 방법을 가리킨다.
1) 武關(무관) : 남관(南關)이라고도 한다. 섬서성 상락시(商洛市) 단봉현(丹鳳縣) 동쪽에 소재. 서안의 동남쪽이자 진령의 남록에 위치하고 있으며, 춘추시대부터 설치되었던 오래된 관문으로 함곡관, 소관, 대산관과 함께 '진사관'(秦四關)이라 불린다.
2) 亂山(난산) : 상산(商山)을 가리킨다. 상산은 산세가 이어져 있고 굽이도는 곳이 많아 '구곡십팔요'(九曲十八繞)라 불린다. ○ 商州(상주) : 지금의 섬서성 동남부의 상락시(商洛市).

해설 무관에 묵으며 본 풍광과 도읍을 떠나는 심회를 적었다. 이섭은 811년 태자통사사인에서 협주(峽州, 호북 의창) 사창참군으로 폄적되어 약 십년 있었고, 825년 태학박사에서 강주(康州, 광동 덕경)로 폄적되었다. 제1구에서 만 리 멀리 간다고 했으니 두 번째 폄적으로 무관을 나갈 때 지은 것으로 보인다. 제2구의 난산고하(亂山高下)는 시인의 심리적인 형상이기도 하다. 후반 2구는 무관의 정경으로 밤새 잠 못 드는 시름을 시냇물을 통해 호소하였다.

이익(李益)

평석 칠언절구는 중당시기엔 이익과 유우석이 가장 뛰어나며, 그 음절과 신운이 왕창령과 이백을 쫓아갈 만하다.(七言絶句, 中唐以李庶子、劉賓客爲最, 音節神韻, 可追逐龍標、供奉.)

밤에 수항성에 올라 피리 소리 들으며(夜上受降城聞笛)[1][2]

回樂烽前沙似雪,[3]　　회악의 봉화대 앞 모래는 눈과 같고
受降城下月如霜.　　수항성 아래에 달빛은 서리 같아
不知何處吹蘆管,[4]　　어디선가 들려오는 호가 부는 소리에

---
1) 심주 : 명백히 노관(蘆管)이라 말했다. 노관은 갈대 대롱이므로, '적'(笛)자는 분명 잘못이다.(明云蘆管, 蘆管, 笳也, '笛'字應誤.)
2) 受降城(수항성) : 708년 삭방군 총관(朔方軍總管) 장인원(張仁願)이 돌궐의 침입을 막기 위해 삭주(朔州), 승주(勝州), 영주(靈州) 등 세 군데에 지은 성. 여기의 수항성은 영주(靈州, 영하회족자치구 靈武)에 있었던 성이다.
3) 回樂烽(회악봉) : 회악현(回樂縣, 영하회족자치구 靈武縣 서남)에 있는 봉화대.
4) 蘆管(노관) : 호가(胡笳). 서북 이민족들이 갈대의 잎을 말아 만든 악기.

一夜征人盡望鄕.[5]   온밤 내 병사들 모두 고향 생각이어라

평석 절창.(絶唱.)

해설 변방 군인들의 고향에 대한 그리움을 그렸다. 전반 2구에서 달빛 비치는 변새의 경관을 그리다가, 제3구에서 갑자기 호가 소리를 들려주고, 제4구에서 이에 대한 정서를 표현하였다. 『당시기사』에서는 당시에도 이 시가 음악에 실리고 그림으로 그려졌다고 했으니, 그만큼 널리 알려졌음을 알 수 있다.

북방으로 종군하며(從軍北征)

天山雪後海風寒,[6]   천산에 눈 내린 후 청해 바람 차가운데
橫笛偏吹行路難.[7]   횡적(橫笛)은 어찌하여 한사코「행로난」을 노래하나
磧裏征人三十萬,[8]   사막 속에 행군하는 삼십만 병사들
一時回首月中看.[9]   일제히 달빛 속에 고향 쪽 돌아보네

---

5)   征人(정인) : 출정나간 사람. 변방을 지키는 장정들을 가리킨다.
6)   天山(천산) : 신강 위구르자치구에 소재하는 산. 만년설이 덮여있어 백산(白山)이라고도 한다. 『원화군현도지』권40의 이주(伊州) 항목에 다음과 같이 기록되어있다. "천산은 시라만산이라고도 하는데, 주에서 북으로 백이십 리에 있다. 봄여름에도 눈이 있으며 좋은 쌀과 철이 생산된다. 흉노가 천산이라 했으며 여기를 지나갈 때는 말에서 내려 절을 한다."(天山一名時羅漫山. 在州北百二十里. 春夏有雪, 出好米及金鐵, 匈奴謂之天山, 過之皆下馬拜.) ○海風(해풍) : 바닷바람. 여기서는 청해호에서 불어오는 바람을 가리킨다. 청해는 청해성 동북부에 있는 중국 최대의 염수호. 몽골어로 쿠쿠누얼(푸른 호수)이라고 한다. 변새시에서 '해(海)'는 사막을 가리키는 경우도 많다.
7)   偏(편) : 일부러. 고의로. ○行路難(행로난) : 악부의 잡곡가사. 한대부터 인생의 어려움과 이별의 슬픔 등을 노래한 곡이었다.
8)   磧(적) : 사막. 여기서는 고비 사막을 가리킨다. 변새시에서 사막은 종종 전장을 의미한다.

해설 출정나간 병사들의 고향 생각을 그렸다. 제1구에서 장소와 시기를 말하고 있지만, 계속해서 제4구까지 가면서 사막과 달빛으로 덧붙여져 갈수록 구체화되었다. 이 시 역시 위의 시와 마찬가지로 제2구에서 음악 소리가 주요한 전환을 이루면서 인물의 내심을 이끌어내었다. 후반 2구는 거대 군단의 병사들이 모두 고향 쪽을 바라본다는 동작만으로 장중하고 비장한 분위기를 만들어내었다. 과장법이 두드러지지만 그만큼 절실하고 비장한 뜻을 나타내었다.

불운퇴(拂雲堆)[10]

漢將新從虜地來,　　한나라 장수가 새로이 오랑캐 땅에 와

旌旗半上拂雲堆.　　깃발의 반이 불운퇴에 오르다

單于每向沙場獵,[11]　선우는 매번 사막으로 사냥가면서

南望陰山哭幾回.[12]　남으로 음산을 보며 몇 번이나 울었던가

해설 불운퇴를 점령한 당군의 기세를 기렸다. 당나라는 돌궐의 전진기지인 불운퇴를 점령하고 나서 전략적 우세를 점할 수 있었다. 당군의 우세를 적의 수세를 통해 묘사한 것이 특징적이다. 이를 한나라 때 흉노가 음산을 잃고 통한의 눈물을 삼킨 일을 가져와 표현하였다.

---

9) 月中看(월중간) : 달빛 속에서 돌아본다. 바라보는 대상은 ① 고향 쪽 ② 달 ③ 서로의 얼굴 ④ 횡적 부는 사람 등을 상정할 수 있다. 다만 시인의 「밤에 수항성에 올라 피리 소리 들으며」 제4구에서와 같이 고향 방향으로 보는 것이 자연스러운 해석이다.

10) 拂雲堆(불운퇴) : 지금의 내몽골 포두시(包頭市) 서북에 소재. 황하의 북안 고지대에 있다. 당대에는 강을 경계로 북쪽은 돌궐 강역으로, 이곳에 사당이 있어 남침하기 전에는 언제나 먼저 이곳에서 제사를 지냈다. 708년 삭방군 총관 장인원(張仁願)이 지은 수항성 셋 가운데 하나가 여기에 있었다.

11) 單于(선우) : 흉노의 왕.

12) 南望(남망) 구 : 한 무제 때 흉노가 음산(陰山)을 잃은 후 이곳을 지나가면서 항상 울었다고 한다. 『한서』「흉노전」 참조.

봄밤에 피리 소리 들으며(春夜聞笛)

寒山吹笛喚春歸,　　추운 산의 피리 소리 오는 봄을 부르니
遷客相逢淚滿衣.　　유배객들 서로 만나 눈물로 옷 적시네
洞庭一夜無窮雁,　　오늘 밤 동정호의 수많은 기러기들
不待天明向北飛.　　새벽이 되기도 전에 북으로 날아가네

해설 사면이 된 후 장안이 있는 북으로 가고 싶은 마음을 나타내었다. 피리의 곡조는 〈매화락〉이나 〈절양류〉와 같이 봄과 관계되는 곡조이리라. 피리의 절절한 소리에 감동된 기러기들이 북으로 날아간다는 데서, 시인의 마음이 투영되었다.

새벽 호각 소리 들으며(聽曉角)[13]

邊霜昨夜墮關楡,[14]　　어젯밤 서리에 느릅나무 잎들 떨어지고
吹角當城片月孤.　　호각 소리 울리는 성에 조각 달 외로워
無限塞鴻飛不度,　　수많은 기러기들 날아가지 못하는 건
秋風吹入小單于.　　가을바람에 실려 오는 「소선우」 곡 때문

평석 『악부시집』에서 "당대 '대각곡'에 「대선우」와 「소선우」가 있다"고 하였다.(樂府 : "唐大角曲有大單于、小單于.") ○ 변새의 기러기들이 호각 소리를 듣고 오히려 날아가지 못하는데, 하물며 「소선우」 곡을 듣는 병사들에 있어서는 어떠하겠는가? 「밤에 수항성에 올라 피리 소리 들으며」와 서로 통한다.(塞鴻聞角聲, 尙不能飛度, 況小單曲吹入征人耳乎? 與受降城一首相印.)

---

13)　曉角(효각) : 새벽을 알리는 호각 소리. 각(角)은 군중의 취주 악기로 저녁이나 새벽을 알리는데 쓰인다.
14)　關楡(관유) : 관문의 느릅나무.

해설 출정나간 병사들의 향수를 그렸다. 시에서는 호각 소리와 기러기들의 선회만 등장할 뿐 병사들 모습은 보이지 않는다. 일종의 그림자로써 실물을 환기하는 기법으로, 작품 밖에 인물과 그들의 향수가 있다.

변하곡(汴河曲)[15]

汴水東流無限春,   변하는 동으로 흐르고 봄은 끝없이 돌아오는데
隋家宮闕已成塵.[16]   수나라 때 궁궐은 이미 먼지가 되었어라
行人莫上長堤望,[17]   길가는 나그네여, 긴 둑에 올라 바라보지 말게
風起楊花愁殺人.   바람에 날리는 버들개지 말할 수 없이 시름겨우니

해설 수제(隋堤)에 올라 역사의 성쇠감을 회고하였다. 예전에는 이천 리 운하에 이궁(離宮)이 늘어선 곳인데 이제는 이궁들은 모두 없어지고 버들만 바람에 나부끼고 있다. 왕조의 흥망성쇠와 인사의 무상함이 영원한 자연에 대비되어 부각되었다.

---

15) 汴河(변하) : 수 양제가 개통시킨 통제거(通濟渠)의 말단 구간인 하남 영양에서 강소 우이까지의 운하.
16) 宮闕(궁궐) : 수 양제가 낙양에서 강도(江都, 양주)까지 개통한 이천여 리 운하의 둑에 두 역참마다 세운 이궁. 모두 사십여 개소에 이른다.
17) 長堤(장제) : 수제(隋堤)라고도 한다. 운하의 양쪽에 있는 둑.

호타 강에서 회흘의 사신을 접견하며(臨滹沱見蕃使列名)[18]

漢南春色到滹沱,[19]　　사막 남쪽 봄빛이 호타 강에도 왔으니
邊柳靑靑塞馬多.　　변새에는 버들도 푸르고 말들도 많아라
萬里江山今不閉,　　만 리 강산 이제는 막혀 있지 않아서
漢家頻許郅支和.[20]　한나라는 자주 질지 흉노와 화친을 맺는구나

해설 회흘과의 화친을 축하하였다. 당나라와 회흘은 대립과 투쟁도 있었
지만 전반적으로 관계가 우호적이었다. 당나라로서는 돌궐과 티베트에
대항하기 위해 회흘과는 연합하는 정책을 펴야 했기 때문이다. 그 결과
당나라에서는 네 차례에 걸쳐 공주를 보내 화친하였다. 788년 회흘에서
는 재상을 비롯한 천여 명이 말 이천 필을 이끌고 와, 덕종의 함안공주
(咸安公主)를 영친하였다. 덕종은 삭주(朔州, 산서성 삭현)와 태원에 칠백 명
을 보내 맞이하였다. 위 시는 이때를 배경으로 한 것으로 보인다.

---

18)　滹沱(호타) : 강 이름. 지금의 산서성 동북 번치현(繁畤縣)의 진희산(秦戲山)에서 발
　　원하여 서남으로 흐르다가 정양(定襄)에서 동으로 꺾어져 하남의 대청하(大靑河)로
　　들어간다. ○蕃使(번사) : 외국의 사신. 당대에 회흘이 장안으로 오갈 때는 호타하를
　　지나갔으므로 회흘의 사신으로 보인다. ○列名(열명) : 이름을 나열하다. 사신을 접
　　견하는 활동에 관리로서 포함되어 있음을 가리킨다.
19)　漠南(막남) : 사막의 남쪽. 몽골 대사막 이남 지역. 한대에는 흉노의 강역이었고 당대
　　에는 회흘이 점령하였다.
20)　郅支(질지) : 흉노 왕의 이름. 본명은 호도오사(呼屠吾斯)로 호한사(呼韓邪)의 형이
　　다. 기원전 53년에 스스로 선우로 자립한 후 한나라에 귀순하였으나, 기원전 48년에
　　다시 한나라 사신을 죽이고 독립하였다. 나중에 한나라의 공격에 죽었다. 그의 동생
　　호한사 선우가 원제 때 궁녀 왕사군을 데려간 일이 유명하다.

여주성 누대에 올라(上汝州郡樓)[21]

黃昏鼓角似邊州,[22]　　황혼에 들려오는 북과 호각 소리에 변방인 듯한데
三十年前上此樓.　　　삼십 년 전 일찍이 이 누대에 올랐었지
今日山川對垂淚,　　　오늘 다시 산천을 마주 하니 눈물이 흘러
傷心不獨爲悲秋.[23]　　마음이 아파오는 건 가을이어서만은 아니리

해설 황혼에 누대에 올라 일어나는 감개를 썼다. 여주는 낙양에서 가까운데도 정작 변방처럼 삭막해져, 삼십여 년의 격차를 두고 일어난 일들을 한 순간에 회상하는 듯하다. 이익은 796년(22세) 진사 급제 전에는 숭산에 살았고, 급제 후에는 화주(華州) 정현(鄭縣)에 현위로 갔으니 이때 쯤 여주성에 오른 것으로 보인다. 그로부터 삼십여 년이 지나 나이 쉰이 넘어 다시 성루에 오른 셈이다. 그동안 이익은 삭방, 유주, 부방(鄜坊), 빈녕(邠寧) 등의 절도사 막부에 들어가 장기간 군중생활을 하였다. 게다가 여주는 반란을 일으킨 회서절도사 이희렬(李希烈)이 783년에 점령한 곳이기도 하다. 성곽은 그대로인데 사람은 달라져 금석지감이 두서없는데, 번진의 발호로 기울어가는 나라 모습에 절로 눈물이 흘렀으리라.

---

21)　汝州(여주) : 낙양의 동남에 위치하며 치소는 양현(梁縣, 하남 臨汝)이다.
22)　鼓角(고각) : 북 소리와 호각 소리.
23)　悲秋(비추) : 가을이 되어 마음이 슬퍼지는 일. 전국시대 송옥(宋玉)이 「구변」(九辯)에서 "슬퍼라, 가을이 다가옴은. 쓸쓸하여라, 초목이 떨어져 시들어감이"(悲哉! 秋之爲氣也, 蕭瑟兮草木搖落而變衰.)라 탄식한 데서 비롯하였다.

두모(竇牟)

봉성원에서 피리 소리 들으며(奉誠園聞笛)[1][2]

曾絶朱纓[3]吐錦茵,[4][5]	절영(絶纓)의 관용과 토사물도 개의치 않는 풍도
欲披荒草訪遺塵.[6]	황량한 풀 걷어내고 남겨진 자취 찾아보노라
秋風忽灑西園淚,[7]	가을바람에 갑자기 서원을 생각하고 눈물 뿌리니

---

1) 심주 : 마수의 아들 마창이 저택에 있는 살구를 환관 두문장에게 주자, 두문장이 덕종에게 진상하였다. 덕종은 일찍이 맛보지 못한 것이라 마창을 크게 의심하고는 환관을 시켜 살구나무를 봉쇄하도록 명하였다. 마창이 두려워 저택을 진상하니, 이를 봉성원으로 만들었다.(馬燧子暢, 以宅中大杏餉竇文場, 文場以進德宗. 德宗以爲未嘗見, 頗怪暢, 命中使封杏樹. 暢懼進宅, 改爲奉誠園.)

2) 奉誠園(봉성원) : 정원 이름. 원래는 명장이자 사도였던 마수(馬燧)의 저택이었으나, 그의 아들 마창(馬暢) 때 궁중에 헌상하였다. 당대 풍익자(馮翊子)의 『계원총담』(桂苑叢談)과 원진(元稹)의 시 등에 나온다. 시에서는 일반적으로 이를 두고 성쇠가 무상함을 비유한다.

3) 심주 : 초 장왕의 일이다.(楚莊王事.)

4) 심주 : 병길의 일이다.(丙吉事.)

5) 絶朱纓(절주영) : 붉은 갓끈을 끊다. 일반적으로 절영회(絶纓會)로 알려진 고사. 초 장왕(楚莊王)이 밤잔치를 벌일 때 촛불이 꺼지자 어떤 신하가 장왕의 총희의 옷을 잡아당겼다. 총희는 그 신하의 갓끈을 떼어내고는 왕에게 불을 켜 색출해달라고 하였다. 초장왕은 모든 신하들에게 갓끈을 끊으라고 하여 그 신하의 허물을 덮어주었다. 나중에 장왕이 진나라와의 전쟁에서 위기에 빠졌을 때 그 신하가 선봉에 나서서 다섯 번이나 적을 물리쳤다. 『한시외전』(韓詩外傳)과 『설원』(說苑) 참조. ○吐錦茵(토금인) : 비단 자리에 음식을 토하다. 서한 때 재상 병길(丙吉)이 한 번은 수레를 타고 가는데 마부가 음식을 토하였다. 좌우에서 마부를 몰아내려는데 병길은 오히려 자리 하나를 버렸을 뿐이라며 대수롭지 않게 여겼다. 『한서』「병길전」 참조.

6) 遺塵(유진) : 앞 사람이 남긴 흔적.

7) 西園(서원) : 삼국시대 조조가 업(鄴, 하북성 臨漳)에 지은 정원. 그의 아들 조비(曹丕)와 조식(曹植)이 문하의 문인들과 어울린 곳이다. 나중에 유정(劉楨)이 예전에 놀던 서원을 지나가다 감회가 있어 「서간에게」(贈徐幹)를 지었다. "북사문을 걸어 나가, 멀리 서원을 바라본다. 길 양편으로 버들이 서 있고, 연못에는 맑은 물이 있어라. 가벼운 나뭇잎은 바람에 구르고, 새는 훨훨 날아간다. 떠난 사람은 마음이 약하여, 소매를 들어 눈물을 흘린다"(步出北寺門, 遙望西苑園. 細柳夾道生, 方塘含淸源. 輕葉隨風轉, 飛鳥何翻翻. 乖人易感動, 涕下與衿連.)

滿目山陽笛裏人.⁸⁾   산양의 피리 불던 사람이 눈에 가득 어리는구나

평석 마씨를 슬퍼하며, 덕종의 박덕함을 드러내었다.(傷馬氏, 以見德宗之薄.)

해설 봉성원에서 옛일을 회고하였다. 제1구는 초 장왕과 병길의 전고를 이용하여 봉성원의 원래 주인이었던 마수(馬燧)의 관용과 후덕을 칭송하였다. 제2구는 식견이 원대하고 흉금이 넓은 사람의 자취는 이제 사라져 보이지 않음을 말하였다. 후반 2구는 갑자기 들려오는 피리 소리에서 삼국시대 서원(西園)에서의 군신 투합의 전고와 친구를 생각하는 향수(向秀)를 떠올리며 지금의 상황을 가슴 아파하였다. 절구는 보통 음악에 실리기 때문에 전고를 많이 쓰지 않고 자연적인 감정의 유로를 중시하나, 이 시는 4개의 전고를 사용하여 왕실에 대한 풍자가 곁들인 복잡한 마음을 드러내었다.

대숙륜(戴叔倫)

상수 남쪽에서 보이는 대로(湘南卽事)

盧橘花開楓葉衰,¹⁾   노귤에 꽃이 피고 단풍잎 시드는

---

8) 山陽(산양): 삼국시대 위나라의 죽림칠현이 놀던 곳. 지금의 하남성 수무(修武). 향수(向秀)가 친구 혜강(嵇康)이 살해된 후 그의 옛집을 지나가다 피리 소리를 듣고 옛날이 생각 나 「사구부」(思舊賦)를 지은 일이 유명하다.

1) 盧橘(노귤): 사천 지방에서 나는 귤의 일종. 껍질이 두껍고 구월에 열매가 열리며 다음 해 이월에 청흑색이 된 후 여름에 익는다. 사마상여(司馬相如)의 「상림부」(上林賦)에 "노귤이 여름에 익고"(盧橘夏熟)라는 말이 나온다.

出門何處望京師?　　문을 나서 바라보니 어디가 도성 쪽인가?

沅湘日夜東流去,[2]　　원수와 상수는 밤낮으로 동으로 흘러가

不爲愁人住少時.　　시름 깊은 사람 위해 잠시도 머물지 않아라

평석 호남 지역에 머물 때 군주를 만날 기약이 없음을 보고, 원수와 상수가 잠시도 멈추지 않고 동으로 흐르는 것을 탓했으니, 이 역시 어쩔 수 없는 그리움이다.(此留滯楚南, 見君無期, 而咎沅湘東流, 不爲少住, 亦無聊之思也.)구

해설 남방에서 장안을 그린 시이다. 원수와 상수가 동으로 흘러가지만 자신은 그리 하지 못하는 처지를 나타내었다. 776년부터 779년 사이 호남전운유후(湖南轉運留後)로 있을 때 지었다.

고황(顧況)

소응에서 묵으며(宿昭應)[1]

武帝祈靈太乙壇,[2]　　무제가 제단 세우고 태을 신에게 기도할 때

新豊樹色繞千官.[3]　　신풍의 나무 사이 수많은 관원이 붐볐었지

---

2) 沅湘(원상) : 원수와 상수. 호남성 경내에서 동정호로 흘러드는 두 줄기 큰 강.

1) 昭應(소응) : 소응현. 경조부(京兆府)의 속현으로 장안 동쪽에 소재했다. 한대에는 신풍현(新豊縣)이었다. 지금의 섬서성 서안시 임동구(臨潼區).

2) 太乙(태을) : 태일(太一)이라고도 한다. 천신 가운데 가장 존귀한 자로, 한 무제가 장안 동남방 교외에 봄가을로 제단을 세우고 제사지냈다. 『사기』 「봉선서」 참조. 당대 현종도 술사 소가경(蘇嘉慶)의 말에 따라 동쪽 교외에 제단을 세우고 태일 신에게 제사지냈다. 『자치통감』 '천보 3재'조 참조.

3) 新豊(신풍) : 소응의 옛 지명. 소응현을 가리킨다.

那知今夜長生殿,⁴⁾   어찌 알았으랴, 오늘 밤 찾아온 장생전
獨閉空山月影寒!   빈 산에 홀로 닫힌 채 달빛이 차가운 것을

평석 장생불사의 기도가 무익함을 풍자하였다.(刺祈禱之無益也.)

해설 무제의 천신에 대한 제사를 풍자함으로써 현종의 제사를 환기하였다. 전반부에서 묘사한 번성한 제왕의 행차에 비해, 후반부의 시인이 찾아간 때의 적막한 상황을 극도로 대조시켜 천신의 부재를 부각시키고 제왕의 활동을 희화화하였다.

권덕여(權德興)

천축사와 영은사의 두 주지에게(贈天竺、靈隱二寺主)¹⁾

石路泉流兩寺分,   돌길 위로 흐르는 샘물이 두 절을 나누니
尋常鐘磬隔山聞.   언제나 종소리 경쇠소리 산 건너 들려오네
山僧半在中峰住,²⁾   스님 가운데 반은 산허리에 살면서
共占清猿與白雲.   원숭이 울음과 흰 구름을 함께 나눈다네

---

4) 長生殿(장생전) : 여산 화청궁에 있는 전각. 장생전은 742년(천보 원년) 세웠으며, 천신(즉 태일신)에 제사지내는 곳으로 집령대(集靈臺)라고도 하였다. 화청궁은 소응현 경내에 있다.
1) 天竺(천축) : 천축사. 지금의 절강성 항주 영은산 비래봉 남쪽에 소재. 상천축사, 중천축사, 하천축사 등 세 곳이 있는데, 당대 시인들이 말한 것은 하천축사이다. ○ 靈隱(영은) : 영은사. 항주 서호 서북 영은산 기슭에 소재. 천축사와 함께 강남의 명찰이다. ○ 寺主(사주) : 절의 일을 주관하는 스님. 송대 이후에는 '주지'라 하였다.
2) 中峰(중봉) : 산허리.

해설 길을 두고 마주 보고 있는 두 절의 스님들 생활을 정취 있게 노래했다. 밝고 명랑한 리듬에 스님들도 자연의 일부가 되어 살아가는 모습이 천진하게 표현되었다.

무원형(武元衡)

가릉역에 적다(題嘉陵驛)[1]

悠悠風旆繞山川,[2]	펄럭이는 깃발이 산천을 휘감고
山驛空濛雨似煙.[3]	산 역참엔 희미하게 안개 같은 비 내리네
路半嘉陵頭已白,	길은 반밖에 안 왔는데 머리는 이미 희게 세어
蜀門西更上靑天.[4][5]	촉문의 서쪽은 푸른 하늘 오르기보다 어려워라

해설 일종의 기행시이다. 무원형은 807~813년 사이에 검남서천절도사로 재직했으니, 위 시는 그가 부임하러 성도에 가던 807년(50세)에 가릉역에서 지었음을 알 수 있다. 제1구의 깃발은 곧 절도사의 행렬이며, 제2구의 비는 산이 높은 곳에 으레 끼는 안개비이다.

---

1) 嘉陵驛(가릉역) : 가릉강 강가에 있는 역참. 성도로 가는 길에 가릉강과 만난다고 한 것을 보면 작자가 지나간 곳은 홍원부(興元府) 금우현(金牛縣) 서쪽으로 보인다.
2) 風旆(풍패) : 바람 속의 깃발.
3) 空濛(공몽) : 가는 비가 내리거나 안개가 끼어 자욱한 모습.
4) 심주 : 촉으로 가는 길이 어렵다는 뜻이다.(卽蜀道難意.)
5) 蜀門(촉문) : 촉 지방의 문. 검문관을 가리킨다. ○ 靑天(청천) : 푸른 하늘. 이 구는 이백 「촉도난」의 "촉으로 가는 길은 푸른 하늘을 오르기보다 어려워"(蜀道之難, 難於上靑天.)를 가리킨다.

한유(韓愈)

동관에 주둔하며 먼저 장십이 각로에게 부침(次潼關先寄張十二閣老)[1]

荊山已去華山來,[2]	형산을 이미 떠나 화산에 왔더니
日照潼關四扇開.[3]	햇빛이 동관에 비치어 빛이 사방으로 퍼지오
刺史莫辭迎候遠,[4]	자사께서 멀리 나와 사양 말고 맞이하소
相公親破蔡州廻.[5]	상공께서 채주 깨고 돌아가는 중이라오

평석 쏘아 날린 화살이 돌 속에 파고들 듯 심후한 공력이니, 일반적인 절구의 방법으로 구할 수 없다.(沒石飮羽之技, 不必以尋常絶句法求之.)

해설 채주의 반란을 종식시키고 돌아오며 부른 개선가이다. 회서절도사 오원제를 평정하고 장안으로 회군할 때인 817년 12월 동관에 잠시 주둔할 때 지었다. 당시 한유는 어사중승으로 배도 막부에 행군사마로 충원되어 활동하였다. 화주자사에게 미리 마중 나오라는 말에서 승리의 기쁨이 넘쳐 나온다.

---

1) 張十二(장십이) : 장가(張賈). 당시 화주자사였다. ○ 閣老(각로) : 중서성과 문하성의 속관들이 서로를 부르는 호칭.
2) 荊山(형산) : 하남 괵주의 호성현(湖城縣)에 있는 복부산(覆釜山)을 일명 형산이라고 한다. 지금의 하남성 영보시에 소재하며, 동관의 동쪽에 있다.
3) 四扇(사선) : 사면. 사방.
4) 刺史(자사) : 화주자사 장가를 가리킨다. 괵주에서 서쪽으로 백삼십 리 가면 동관이 나오고, 다시 백이십 리를 가면 화주가 나온다. 『원화군현도지』 참조.
5) 相公(상공) : 배도(裴度)를 가리킨다. 당시 재상이었다.

유종원(柳宗元)

유주 이월(柳州二月)

宦情羈思共凄凄,[1]	벼슬살이 타향살이 모두가 쓸쓸한데
春半如秋意轉迷.	한창 봄인데도 가을 같아 생각이 어지러워
山城過雨百花盡,	산성(山城)에 비 지나가니 온갖 꽃 지는데
榕葉滿庭鶯亂啼.[2]	용나무 잎 뜰에 가득 떨어지고 꾀꼬리 우네

해설 남방의 특징적인 기후에서 오는 혼동된 계절감각을 객거의 심정과 결부시켰다. 봄이 한창인데 꽃이 지고 낙엽이 떨어지는데, 반대로 꾀꼬리는 우는 것이다. 제2구의 '미'(迷)자를 후반 2구에서 풀어쓴 구성이다.

여름 대낮에 우연히 지음(夏晝偶作)

南州溽暑醉如酒,[3]	남방 고을 무더워 술에 취한 듯하여
隱几熟眠開北牖.[4]	열린 북창 안궤 기대 낮잠에 빠져드네
日午獨覺無餘聲,	정오에 혼자 깨니 들리는 소리 없는데
山童隔竹敲茶臼.[5]	대숲에서 동자가 찻잎을 빻는 소리

---

1) 宦情(환정) : 벼슬에 대한 마음. ○ 羈思(기사) : 객지에 살며 일어나는 생각.
2) 榕(용) : 용나무. 복건성과 광동성 등지에서 자라는 상록 교목. 줄기가 굵고 잎이 무성하며, 가지가 흘러내려 땅에 닿으면 뿌리가 되는 것이 특징적이다.
3) 南州(남주) : 남방의 고을. 영주(永州)를 가리킨다. ○ 溽暑(욕서) : 습기 찬 무더위.
4) 隱几(은궤) : 안궤에 기대다. 바닥에 앉았을 때 안석에 기대는 것을 말한다. ○ 牖(유) : 들창. 바라지문.
5) 茶臼(다구) : 찻잎을 빻는 절구. 당대에는 일반적으로 차를 스스로 만들어 마셨다.

해설 남방의 무더운 여름 대낮을 묘사하였다. 찌는 듯한 무더위 속에 낮잠을 자고 일어나니 대낮 고요 속 동자의 절구질 소리만 들린다. 소리로써 정적을 더욱 강조하는 면도 있지만, 정취 넘치는 한가한 여름 풍경이 잡힐 듯 그려졌다.

조 시어의 「상현을 지나며」를 받고 답하며(酬曹侍御過象縣見寄)[6]

破額山前碧玉流,[7]	파액산 앞에 흐르는 벽옥 같은 강물
騷人遙駐木蘭舟.[8]	시인은 멀리서 목란주를 타고 있으리
春風無限瀟湘意,	봄바람은 소상의 그리움 끝없이 전해주는데
欲採蘋花不自由.[9]	네가래를 캐는 일조차 자유롭지 못하다네

평석 네가래 꽃을 따서 주고 싶지만 묶여 있기에 할 수 없으니 어떤 심정이겠는가! 언외의 뜻으로 충심을 군주께 바치고자 하나 길이 없다는 말로, 「소 한림께 올리는 편지」와 같은 뜻이다. 다만 언어가 아주 완곡하다.(欲採蘋花相贈, 尙牽制不能自由, 何以爲情乎! 言外有欲以忠心獻之於君而末由意, 與上蕭翰林書同意, 而詞特微婉.)

---

6) 曹侍御(조시어) : 미상. 시어는 관직이름으로 시어사 또는 감찰어사. ○ 象縣(상현) : 영남도 유주(柳州)의 속현. 지금의 광서장족자치구 상현.
7) 破額山(파액산) : 상현 근처에 있는 산. 호북성 황매현(黃梅縣) 서북에 소재하는 산이라는 설도 있다. ○ 碧玉流(벽옥류) : 벽옥 같은 강물이 흐르다.
8) 騷人(소인) : 시인. 굴원이 「이소」(離騷)를 지어 새로운 시 형식을 만든 데서 유래했다. 여기서는 조 시어를 가리킨다. ○ 遙駐(요주) : 멀리 머물다. 상현은 유주에서 백삼십 리 떨어져 있다. ○ 木蘭舟(목란주) : 목란 나무로 만든 배. 목란은 향목이기에 아름답고 향기로운 배를 의미한다. 『술이기』(述異記)에는 "목란주(木蘭洲)는 심양(潯陽)의 강 가운데 있는데 목란 나무가 많이 자란다. 칠리주(七里洲)에는 노반(魯班)이 목란을 잘라 만든 배가 있는데, 그 배는 아직도 있다"는 기록이 있다.
9) 蘋(빈) : 네가래. 개구리밥처럼 생긴 수중 식물로 오월에 흰 꽃이 핀다. 네가래를 뜯는 일조차 자유롭지 못하다는 것은 벽지에 폄적되었기에 걸핏하면 허물이 덧씌워져 행동이 자유롭지 못하다는 비유이다.

해설 옛 친구를 만나지 못하는 안타까움을 썼다. 조 시어가 백여 리 떨어진 근처를 지나가고 있으나 찾아가 만나지 못하는 처지에 울분과 불평을 토로하였다. 동시에 친구에 대한 무한한 그리움을 표현하였다.

호초 상인과 함께 산을 보며
─도성의 친구들에게 부침(與浩初上人同看山, 寄京華親故)[10]

海畔尖山似劍鋩,[11]	바닷가 솟은 산들 마치 칼날을 세운 듯
秋來處處割愁腸.	가을이라 도처에서 시름 진 창자 잘라내네
若爲化得身千億,[12]	어찌하면 천억 개의 몸으로 변하여
散上峰頭望故鄉.	봉우리 위에 흩어져 고향을 바라볼 수 있을까

해설 폄적에 대한 불평과 고향에 대한 그리움을 나타내었다. 검봉같이 생긴 봉우리를 가져와 온 몸을 나누고 이를 산 위에 흩뿌려서 고향을 바라본다는 상상 속에는 강렬한 불평이 들어 있다. 장안으로 돌아가고자 하는 박절한 심정이 침통하다.

---

10) 浩初上人(호초상인) : 담주 사람으로 유종원과 유우석과 친하였다. 당시 유종원의 부임을 위로하러 유주에 찾아갔고, 이어서 연주로 유우석을 찾아갔다. ○ 京華(경화) : 수도. 화(華)는 번화함을 뜻한다. 여기서는 장안을 가리킨다.

11) 劍鋩(검망) : 검봉(劍鋒). 호남 남부와 광서 일대는 카르스트 지역으로 산들이 뾰족하고 높이 솟은 경우가 많으므로 검봉을 거꾸로 세워놓은 것 같다고 하였다.

12) 若爲(약위) : 어찌 할 수 있겠는가. ○ 化得身(화득신) : 몸을 변신할 수 있다. 화신(化身)은 불교 용어로, 석가는 수천만 억의 사물로 변신할 수 있다고 한다.

유우석(劉禹錫)

석두성(石頭城)[1]

山圍故國周遭在,[2]	산은 지금도 옛 도성을 둘러싸고
潮打空城寂寞回.	빈 성을 때리는 파도만 적막하게 돌아올 뿐
淮水東邊舊時月,[3]	진회하 동편의 예전의 그 달
夜深還過女墻來.[4]	밤 깊어 지금도 여장을 넘어 온다

평석 산수와 명월만 썼는데도 육조의 번화함이 모두 사라지고 없으니 사람으로 하여금 언외의 뜻을 생각하게 한다. 백거이가 말하기를 후세의 시인은 다시는 이 같은 시를 지을 수 없을 거라고 하였다.(只寫山水明月, 而六代繁華, 俱歸烏有, 令人於言外思之. 樂天謂後之詩人, 不能復措詞矣.)

해설 황폐해진 석두성을 읊은 회고시이다. 각 구가 모두 경관을 묘사했을 뿐인데도 사라진 왕조의 적막함과 인간의 삶의 쓸쓸함에 대한 깊은 상심이 드러났다. 금릉의 다섯 군데 고적을 읊은 연작시 「금릉 오제」(金

---

1) 石頭城(석두성) : 지금의 강소성 남경시 청량산 소재. 전국시대 초나라가 월나라를 멸하자 초 위왕(楚威王)이 이곳에 금릉읍을 설치하고 산 위에 성을 세웠다. 진시황이 초나라를 멸하고 말릉현(秣陵縣)이라 개명하였다. 삼국시대 오나라가 건업이라 개명하고 석두성을 세웠다. 남으로 진회하 어구를 마주보는 교통 요지로 육조시대에는 군사적 중진이었으나, 당대에는 황폐해졌다.

2) 故國(고국) : 고도. 예전의 도성. 육조시대에는 도읍이었으나, 당대 초기 626년부터 버려져 빈 성이 되었다. ○ 周遭(주조) : 주위.

3) 淮水(회수) : 진회하(秦淮河). 남경에서 장강으로 흘러드는 강이다. 『진양추』(晉陽秋)에는 "진시황이 동으로 유력하다가 망기술(望氣術)을 보던 자가 오백 년 후에 금릉에 천자가 나올 기운이 있다고 하자, 진시황이 왕기를 없애기 위해 방산(方山)의 능선을 깎아 서쪽 강으로 흘려보냈는데 이를 '회'(淮)라 하였으며 사람들이 진회(秦淮)라 하였다"는 기록이 있다.

4) 女墻(여장) : 성벽 위의 통로에 올린 허리 높이의 낮은 담장.

陵五題) 가운데 하나로, 다른 4수는 「오의항」, 「대성」(臺城), 「축도생 강당」(生公講堂), 「강총 저택」(江令宅) 등이다. 유우석이 824년(53세) 기주(夔州)에서 화주(和州, 안휘성 和縣)로 전직된 후 지었다. 이 시는 유우석이 금릉에 가보지 않고 지은 것으로, 실제로 금릉에 간 것은 화주자사를 마치고나서였다.

오의항(烏衣巷)[5]

朱雀橋邊野草花,[6]	주작교 옆에는 들꽃이 피어있고
烏衣巷口夕陽斜.	오의항 어구에는 석양이 기울었네
舊時王謝堂前燕,[7]	예전에 왕씨와 사씨 명문가에 드나들던 제비
飛入尋常百姓家.	이제는 평범한 백성의 집으로 날아드네

평석 왕씨와 사씨의 저택이 민가로 변했다고 말하였다. 용필이 교묘하니 이는 당시의 오묘함이다.(言王謝家成民居耳, 用筆巧妙, 此唐人三昧也.)

해설 오의항의 변천을 노래했다. 풀들은 해마다 성쇠를 거듭하고 태양은

---

5) 烏衣巷(오의항) : 현재 남경시 동남쪽의 진회하 남쪽에 소재한 거리. 주작교에서 가깝다. 삼국시대 오나라 석두성을 지키는 군영이 있었는데, 병사들이 모두 검은 옷을 입었기에 오의항이라 이름 붙여졌다. 서진(西晉) 사람들이 남하하여 동진(東晉)을 열 때 재상 왕도(王導)가 여기에 살기 시작하면서 유명한 왕씨(王氏)와 사씨(謝氏) 등 귀족들의 주택구가 되었다. 오의항의 유래에 대해서는 왕씨와 사씨의 자제들이 검은 옷을 많이 입었기 때문이라는 설과, 제비들이 많이 날아들었기 때문이라는 설이 있다.
6) 朱雀橋(주작교) : 오의항에서 가까운 곳에 있었던 진회하(秦淮河) 강 위의 부교(浮橋). 336년에 도성의 정남문인 주작문(朱雀門) 밖에 지어진 다리였다. ○野草花(야초화) : 들풀이 꽃피다. '화'(花)는 동사.
7) 王謝(왕사) : 왕도(王導)와 사안(謝安) 등 권문세족. 동진 때는 "왕씨와 사마씨(司馬氏)가 천하를 함께 다스린다"(王與馬共天下)란 말이 있었다.

매일 뜨고 지며 오의항을 날던 제비도 그대로인데, 당시의 호화스런 저택은 간 데가 없다. 영고성쇠를 형상화하여 역사의 창상감(滄桑感)을 표현하였다.

옛 궁인 목씨의 노래를 들으며(聽舊宮人穆氏唱歌)[8]

曾隨織女渡天河,	일찍이 직녀를 따라 은하수 건넜으니
記得雲間第一歌.	기억하건대 천상에서 첫 번째로 치는 곡이었지
休唱貞元供奉曲,[9]	정원 연간 황제께 올리던 그 노래 부르지 마오
當時朝士已無多.	당시의 조정 사람들 이제는 거의 없으니

평석 정원 연간에는 군자가 많았는데 원화 연간에는 이미 적어졌으니, 『시경』에서 말하는 "그 누구를 그리워하나? 서방의 미인일세"의 뜻이다.(貞元尙多君子, 元和已少其人, 前人謂有 '西方美人'之思.)

해설 옛 궁인의 노래를 듣고 일어나는 감개를 썼다. 더불어 나라의 운명에 대한 관심도 완곡하게 드러냈다. 폄적에 외지를 떠돌다가 24년만인 828년(57세) 장안에 입조한 후 지었다. 자신은 이미 늙었고 조정의 옛 동료들은 거의 죽은 상태에서, 덕종 때의 노래를 다시 들으니 수많은 일들이 불시에 연상되었기 때문이리라. 이 시는 그 연상들을 언외에 표현하고 있다.

---

8) 穆氏(목씨) : 궁중의 가인. 시의 내용으로 보아, 직녀는 공주 또는 군주(郡主, 황제의 손녀)를 의미하므로, 목씨는 그 가인으로 궁중을 출입했던 듯하다.
9) 貞元(정원) : 당 덕종의 세 번째 연호. 785~804년. ○ 供奉曲(공봉곡) : 궁중에서 황제를 위해 부르는 노래. 유우석은 정원 연간에 낭관과 어사를 역임했다.

가인 하감에게(與歌者何戡)[10]

二十餘年別帝京,[11]	이십여 년 동안 도성을 떠나 있다가
重聞天樂不勝情,[12]	다시 궁중의 가락을 들으니 감개를 이길 수 없어라
舊人惟有何戡在,	아는 사람 가운데 오로지 하감만 있어
更與殷勤唱渭城,[13]	더구나 나를 위해 정성껏 〈위성곡〉을 노래하네

평석 왕유의 「안서로 출사하는 원이를 보내며」는 당대에 송별곡으로 알려졌다. 유우석이 다시 도성으로 와 보니 예전의 사람 가운데 오직 악공 한 사람만 있어, 자신을 위해 송별곡을 노래하니 어떤 심정이었겠는가?(王維渭城詩, 唐人以爲送別之曲. 夢得重來京師, 舊人惟一樂工, 爲唱渭城送別, 何以爲情也?) ○ 당시 전병 파는 사람도 〈위성곡〉을 노래했다고 하는데, 여기서는 그 노래의 뛰어남만을 취하였다.(當時餠師亦唱渭城, 此只取其三疊之工.)

해설 805년 '영정 개혁'의 실패 이후 24년 동안 지방을 전전하다가 828년(大和 2년) 장안에 돌아와 지은 시이다. 궁중에서 알고 지냈던 사람은 모두 죽거나 없고 오로지 악인 하감만이 남아 있다. 게다가 시인을 위해 당시 불렀던 이별의 곡 〈위성곡〉을 불러주지 않는가. 간결한 말로 하나의 사건만 그렸을 뿐인데 인생의 곡절이 담겼고 기쁨과 슬픔이 어우러졌다.

---

10) 何戡(하감) : 何勘(하감)이라고도 쓴다. 궁중의 가인이다. 『악부잡록』「가」(歌)에 "원화 장경 연간 이래 이정신, 미가영, 하감, 진의노 등이 있다"(元和長慶以來有李貞信、米嘉榮、何勘、陳意奴.)고 하였다.

11) 二十餘年(이십여년) : 805년 '영정 개혁'의 실패로 좌천된 이래 828년 장안으로 돌아오기까지 이십사 년간 외직으로 지방을 전전한 일을 가리킨다. 그동안 덕종, 순종, 헌종, 목종, 경종, 문종 등의 황제를 거치면서 정국은 큰 변화가 있었다.

12) 天樂(천악) : 천상의 음악. 궁중의 음악을 가리킨다.

13) 渭城(위성) : 위성곡. 양관곡(陽關曲)이라고도 한다. 왕유가 지은 「안서로 출사하는 원이를 보내며」가 나중에 곡으로 만들어진 것을 말한다.

양류지사(楊柳枝詞)[14]

煬帝行宮汴水濱,[15]	양제의 행궁은 변하의 강가에 있어
數株殘柳不勝春.	몇 그루 남은 버들 봄빛에 푸르러라
晚來風起花如雪,	저녁 되어 바람 부니 버들개지 눈발 같아
飛入宮墻不見人.[16]	이궁의 담장에 날아들어도 궁인은 없어라

평석 이익의 「변하곡」보다 나은 듯하다.(似勝李君虞汴河曲.)

해설 수제(隋堤)의 버들을 통해 사라진 왕조를 회고하였다. 구상이 뛰어나고 전개가 자연스러워 슬프고 처연한 아름다움이 있다. 834년경 소주자사로 있을 때 지은 것으로 보인다.

영호 상공의 「모란」에 화답하며(和令狐相公牡丹)[17]

| 平章宅裏一闌花,[18] | 재상 댁 안 화단 가득 핀 꽃 |

---

14) 楊柳枝(양류지) : '근대곡사'에 속하는 악부제이다. 『악부잡록』에서는 백거이가 낙양에 한거할 때 지은 시가 나중에 교방에 들어가 곡으로 만들어졌다고 했다. 834년경 백거이가 지은 「양류지 20운」 '서문'을 보면, "'양류지'는 낙양의 신성(新聲)이다. 낙양의 어린 가기들 중 노래를 잘 부르는 자가 있는데 가사와 음운이 사람을 감동시킬 만하므로 시를 짓는다"고 하였다.

15) 煬帝(양제) : 수 양제. ○汴水(변수) : 지금의 하남 개봉시를 흐르는 강. 수 양제가 개통한 운하의 주요 부분으로 통제거의 발단이다.

16) 宮墻(궁장) : 궁의 담장. 여기서의 궁은 수제 위에 일정한 간격으로 세운 이궁(離宮)을 말한다.

17) 令狐相公(영호상공) : 영호초(令狐楚). 시인 소전 참조. 829년 3월 호부상서로 동도유수(東都留守)가 되어 낙양으로 가게 되었다.

18) 平章宅(평장댁) : 재상의 저택. 평장은 동중서문하평장사(同中書門下平章事)의 준말. 당대에는 상서성, 중서성, 문하성 등 삼성의 수장이 재상이 되었으나, 권한이 막중하므로 상시로 두지 않고 본직을 수행하면서 재상의 동급이라는 뜻에서 위 직위를

臨到開時不在家.　　한창 피어나는데 집을 떠나는구료

莫道兩京非遠別,[19]　낙양이 가깝다고 말하지 마소

春明門外卽天涯.[20]　춘명문 밖이 바로 아득한 하늘 끝이라오

평석 청대 오위업(吳偉業)의 「졸정원 산다가」는 이 시에 뿌리를 두고 있다.(吳梅村拙政園山茶歌, 胎源於此.)

해설 영호초가 낙양으로 가면서 「동도로 부임하여 가면서 모란과 헤어지며」(赴東都別牡丹)를 썼다. "십 년 동안 정원의 꽃 보지 못했는데, 자줏빛 꽃받침 피어날 때 또 집을 떠나는구나. 말을 타고 문을 나서며 고개 돌려 보나니, 그 언제 도성으로 다시 올 수 있을까"(十年不見小庭花, 紫萼臨開又別家. 上馬出門回首望, 何時更得到京華.) 영호초는 형주자사, 하남윤, 변주자사 등을 역임하고 중앙에 돌아와 호부상서가 된지 5개월도 채 되지 않았는데 낙양으로 가게 되었다. 꽃에 빗대어 자신의 장기간 외직을 아쉬워했는데, 이에 대한 유우석의 답시는 관계(官界)의 변화무쌍한 형세를 일깨우며 위로 아닌 위로를 하였다.

　　추가하였다. ○ 闌(란): 欄(란)과 같다. 울타리.

19)　兩京(양경): 장안과 낙양.

20)　春明門(춘명문): 장안 외곽성 동측 세 문 가운데 중앙의 문.

장적(張籍)

촉으로 가는 나그네를 보내며(送蜀客)

蜀客南行祭碧鷄,[1]	그대 벽계에 제사하러 남으로 성도에 가면
木棉花發錦江西.[2]	금강의 서쪽에는 목면화가 만발했으리
山橋日晚行人少,	산의 다리에는 저물녘 행인이 드물고
時見猩猩樹上啼.[3]	때로 보이는 성성이가 나무 위에서 울리라

해설 촉 지방으로 떠나는 친구를 보내며 쓴 시이다. 장적이 촉 지방에 가보지 않았으면서도 그의 시가 현지에 가본 듯 실감이 나는 것은 벽계, 목면, 성성이 등 촉 지방의 특산물과 전고를 잘 결합하였기 때문이다.

맹적의 죽음에 곡하다(哭孟寂)[4]

曲江院裏題名處,[5]	곡강의 연회와 자은사탑에 이름 새길 때

---

1) 碧鷄(벽계) : 닭 모양의 벽옥. 전설중의 보물. 한대 왕포(王褒)가 성도에 벽옥의 신을 부르기 위해 파견된 일을 가리킨다. "어떤 사람이 말하기를 성도에는 말 모양의 금과 닭 모양의 벽옥이 있는데, 제사를 지내면 그 신령을 부를 수 있다고 했다. 이에 간의대부 왕포를 시켜 부절을 들고 가서 구하게 하였다.(或言益州有金馬碧鷄之神, 可醮祭而致. 於是遣諫議大夫王褒使持節求之.)『한서』「교사지」참조. 이 시에서의 나그네는 어명을 받고 떠나는데, 왕포와 같이 재능 있는 문인인 듯하다.

2) 木棉(목면) : 반지화(攀枝花)라고도 한다. 상록 교목으로 사천과 영남 일대에서 자란다. 꽃이 붉고 줄기가 높다. ○ 錦江(금강) : 사천성 성도 성남을 흐르는 강.

3) 猩猩(성성) : 원숭이. 원숭이 가운데서도 몸집이 큰 원숭이를 말한다.

4) 孟寂(맹적) : 799년 장적과 함께 과거에 급제하였다.

5) 曲江(곡강) : 곡강지. 장안 동남 교외에 있는 유람지. ○ 題名(제명) : 과거에 급제했거나 유람한 사람들이 이를 기념하기 위해 석비 또는 벽기둥에 이름을 적는 일. 당대에는 진사과에 급제하면 자은사탑에 성명을 나란히 새기는 제명회(題名會)를 갖고,

十九人中最少年.⁶⁾　　과거에 급제한 열 아홉 중 나이 가장 어렸지
今日春光君不見,　　오늘의 봄 풍광 속 그대 보이지 않고
杏花零落寺門前.　　사찰의 문 앞에 살구꽃만 휘날리네

해설 맹적의 죽음을 슬퍼한 시이다. 아름다운 봄 풍광에 대비하여 재능
있는 사람의 부재를 슬퍼하였다. 휘날리는 살구꽃으로 그 정한을 형상화
하였다.

가을 그리움(秋思)

洛陽城裏見秋風,⁷⁾　　낙양성에 가을바람 불어 풍광이 쓸쓸한데
欲作家書意萬重.　　집에 가는 편지 쓰려니 생각이 만 갈래라
復恐匆匆說不盡,　　끝없는 말에 바삐 쓴 게 염려되어
行人臨發又開封.⁸⁾　　행인이 떠날 때 다시 열어 보노라

평석 이 시 또한 사람마다의 가슴 속에 있는 말로, 잠삼의 "말 타고 가다 만났으니 종이와
붓이 없어"의 시와 마찬가지로 뛰어나다.(亦復人人胸臆語, 與'馬上相逢無紙筆'一首同妙.)

해설 가을이 되어 고향에 편지를 보내며 쓴 시이다. 객지에서 가을을 맞
이하면 고단한 처지에 고향에 대한 생각이 불시에 일어난다. 특히 제2구

　　　　이어서 곡강의 정자에서 연회를 벌이는 곡강회(曲江會)를 가졌다. 이조(李肇)의 『당
　　　　국사보』(唐國史補) 참조.
6)　심주 : 고영이 과거 시험을 주관하는 그 해에 진사과 열일곱 명, 박학굉사과 두 명이
　　　　급제하였으므로 십구 인이라 하였다.(高郢典試, 其年進士十七人, 宏詞二人, 故云十九人.)
7)　見秋風(현추풍) : 가을바람이 불어 자연계의 쓸쓸한 풍경이 드러나다. 見(현)은 드러
　　　　나다.
8)　行人(행인) : 편지를 전해주는 사람.

의 '의만중'(意萬重)을 보면 걱정이 많음을 알 수 있다. 때문에 후반부에서 안부와 염려가 적절히 잘 표현되었는지, 또 빠진 말은·없는지 확인해보는 것이다. 편지 보낼 때의 절실하고 아쉬운 심정을 잘 포착하였다.

왕건(王建)

강릉에 사신으로 갔다가 여주에 돌아오며(江陵使至汝州)[1]

回看巴路在雲間,[2]	파 지방 쪽 돌아보니 구름 속에 있어
寒食離家麥熟還.	한식 때 집 떠났다가 보리 익을 때 돌아가네
日暮數峰青似染,	황혼 속 봉우리들 물들인 듯 푸른데
商人說是汝州山.	장사꾼은 여기가 여주의 산이라 말하네

해설 행역을 마치고 집으로 돌아가는 박절하고 즐거운 심정을 나타내었다. 한식에서 보리 익을 때까지라면 석 달 쯤인데, 이 사이 출타하였다가 돌아가며 집 가까운 산만 보아도 마음이 놓이는 상황을 잘 포착하였다. 장사꾼의 말을 빌려 확인하기 전까지 의아해하며 둘러보는 모습과 미묘한 감정도 뚜렷이 살려 내었다.

---

1) 江陵(강릉) : 춘추시대 촉나라의 수도인 영도(郢都). 한대에는 남군(南郡)의 치소였다. 당대에는 형주였다가 760년 강릉부(江陵府)로 승격시켰고 치소를 강릉에 두었다. ○ 汝州(여주) : 낙양의 동남에 위치한 주로, 치소는 양현(梁縣, 하남 臨汝). 경내에 여수(汝水)가 있어 이름 붙여졌다.
2) 巴路(파로) : 파 지방 가는 길. 장강 중류에 있는 강릉을 가리킨다.

십오야 달을 보며(十五夜望月)[3]

中庭地白樹棲鴉,[4]	마당은 하얗고 나무에는 까치 깃들어 자는데
冷露無聲濕桂花.	찬 이슬은 소리 없이 계수 꽃을 적시네
今夜月明人盡望,	오늘 밤 달 밝아 모든 이가 달 보는데
不知秋思在誰家.[5]	가을 생각에 젖은 사람 누구인지 몰라라

평석 자신이 가을을 느끼고 있다고 말하지 않았다. 이 때문에 뛰어나다.(不說明己之感秋, 故妙.)

해설 가을밤 보름달을 바라보며 고향 생각을 하였다. 후반 2구로 보아 추석 때인 것으로 보인다. 모든 사람이 달을 봐도 그저 달 구경에 그치는데 자신이야말로 달을 보며 절절히 고향 생각하고 있음을 말하였다.

가도(賈島)

상건하를 건너며(渡桑乾)[1]

客舍幷州已十霜,[2]	나그네로 병주에서 산 지 벌써 십 년

---

3) 十五夜(십오야) : 음력 십오일 밤.
4) 中庭(중정) : 庭中(정중)과 같다. 뜰. ○地白(지백) : 땅에 달빛이 가득하다.
5) 秋思(추사) : 가을의 그리움. 다른 한편 거문고 곡조 이름으로 '채씨오농'(蔡氏五弄) 가운데 하나이다. 여기서는 중의적으로 사용되었다.
1) 桑乾(상건) : 지금의 영정하(永定河). 노구하(盧溝河)라고도 한다. 당대에는 하북도(河北道)에 속했다. 범양절도사 치소인 계현(薊縣, 지금의 북경)의 서남을 흐른다. 범양은 곧 가도의 고향이다.
2) 幷州(병주) : 하동도(河東道)의 속주. 지금의 산서성 중부와 하북성 서부. 치소는 태

歸心日夜憶咸陽.[3]　　밤낮으로 돌아가는 마음에 함양을 그렸어라
無端更渡桑乾水,　　무심코 다시 상건하를 건너다가
却望幷州是故鄕.[4]　　돌아서 바라보니 병주 또한 고향 같아라

평석 병주에도 오래 살 수 없는데 하물며 함양에는 어찌 돌아갈 수 있겠느냐고 말했다. 여전히 함양을 그린다는 것으로, 병주를 잊을 수 없다는 것이 아니다. 명대 왕세무(王世懋)가 사방득(謝枋得)의 해석을 반박함이 무척 옳다.(謂幷州且不得久住, 況咸陽乎? 仍是思咸陽, 非不忘幷州也. 王敬美駁謝注甚允.)

해설 고향을 그리는 내용이다. 이 시에 대해서는 일반적으로 함양이 고향인 시인이 병주에서 오래 살다가 상간하를 건너 함양으로 돌아가며 그동안 살았던 병주를 아쉬워하는 것으로 풀이한다. 그러나 명대 말기 왕세무는 시인이 상간하를 건너 함양으로 돌아가는 것이 아니라 상간하를 건너 고향과 더 먼 방향인 북쪽으로 가면서 뒤돌아본다고 보았고, 그러기에 병주마저 가기 어려운 또 하나의 고향처럼 되었다고 해석하였다. 심덕잠은 위의 평석의 말로 이에 찬동하였다. 그러나 절구가 이처럼 이중으로 해석하느냐 하는 점에 회의가 들므로 여기서는 일반적인 해석을 채용하였다. 이 시는 가도가 아닌 유조(劉皂)의 작품으로 보는 것이 현대의 통설이다. 왜냐하면 가도가 지은 시들과 경력을 보아 병주에서 장기 체류한 흔적이 없고, 가도와 사귄 적이 있는 영호초(令狐楚)가 편집한 『원화어람시집』에도 유조의 작품으로 되어 있으며 제목도 「삭방에 머물며」(旅次朔方)라 되어 있기 때문이다.

　　원(太原). ○十霜(십상) : 십 년. 매년 가을과 겨울에 서리가 내리므로 이를 가지고 한 해의 표지로 삼았다.
3)　咸陽(함양) : 지금의 섬서성 함양시. 위수(渭水)를 사이에 두고 장안의 북쪽에 위치한다. 여기서는 당의 수도 장안을 가리킨다.
4)　却望(각망) : 돌아서 보다.

백거이(白居易)

위왕제(魏王堤)[1]

花寒懶發鳥慵啼,	찬 꽃은 더디 피고 새는 게으르게 울어
信馬閑行到日西.	말이 걷는 대로 한가히 해지는 쪽으로 가노라
何處未春先有思,	봄이 오지 않았는데 먼저 봄이 온 곳 어디인가?
柳條無力魏王堤.	버들가지 힘없이 한들거리는 위왕제라네

해설 이른 봄의 정취를 그렸다. 위왕제는 낙양의 유람지로 백거이가 830년(59세) 낙양에서 태자빈객으로 있을 때 자주 갔던 곳이다. 백거이 시집에 「위왕제에서 감회가 있어」(魏堤有懷) 등의 시가 있다.

한단에서 동짓날 밤 집을 그리며(邯鄲至夜思家)[2]

邯鄲驛裏逢冬至,	한단의 역참에서 동지를 맞아
抱膝燈前影伴身.	무릎 안고 등 앞에서 그림자와 함께 하네
想得家中夜深坐,	생각하면 집에서도 밤 깊을 때 모여 앉아
還應說着遠行人.	객지에 나가있는 나를 말하고 있으리

평석 오로지 '진'(眞)자가 하나 있다.(只有一'眞'字.)

---

1) 魏王堤(위왕제) : 낙양성 서남에 소재했던 제방. 낙수가 낙양성에 흘러들어 상선방(尙善坊)과 정선방(旌善坊)을 거치다가 이루어진 호수이다. 정관(貞觀) 연간 위왕 이태(李泰)에게 하사하였기에 위왕지(魏王池)라 하였는데, 그곳에 있는 제방을 위왕제라 하였다.
2) 邯鄲(한단) : 자주(磁州)의 속현. 지금의 하북성 한단시. ○至夜(지야) : 동짓날 밤.

해설 객지에서 동지는 맞으며 가족을 생각하였다. 동지는 일 년 중 밤이 가장 긴 날로 일반적으로 가족들이 모여 절기를 보낸다. 후반 2구는 왕유의 「구월 구일에 산동의 형제를 그리며」와 유사하다. 당시에는 이처럼 자신과 상대방이 서로를 생각하는 일을 가정하여 깊은 정을 표현하는 시가 더러 있다. 804년(貞元 20년) 지었다.

강가의 버들을 생각하며(憶江柳)

曾栽楊柳江南岸,　　일찍이 강남에서 버들을 심었는데
一別江南兩度春.　　강남을 떠나온 후 봄이 두 번 지났네
遙憶靑靑江岸上,　　멀리 푸릇푸릇한 강가를 생각하니
不知攀折是何人.　　그 누가 가지를 꺾었을지 알지 못해라

해설 강가의 버들을 생각하며 지은 시이다. 헤어지는 사람들은 일반적으로 성 밖에서 말을 타고 가거나 강가에서 배를 타고 가므로, 이곳에 있는 버들가지를 꺾어 아쉬움을 표하기 마련이다. 때문에 강가의 버들은 이별하는 사람 때문에 쉽게 가지를 꺾이게 된다. 자신이 헤어져 떠나온 후 다른 사람의 이별을 생각하였으니 그 여운이 길다.

여지를 심으며(種荔支)[3]

紅顆珍珠誠可愛,　　붉은 껍질 속 진주 같은 알맹이 진실로 사랑스러워
白鬚太守亦何癡![4]　　흰 수염 난 태수가 어리석기도 하지!

---

3)　荔支(여지): 荔枝(여지)라고도 쓴다. 남방에서 나는 과일. 과육이 달고 향기로우며, 양귀비가 좋아한 것으로 유명하다.

十年結子知誰在?　　십 년이 지나야 열매 맺는데도
自向庭中種荔支.　　저 홀로 정원에 나가 여지를 심는구나

평석 무척 통달하면서도 무척 정이 깊다.(達甚亦多情甚.)

해설 여지는 남방 과일로 심은 지 십 년 이상 지나야 열매를 맺는다. 십 년 후에는 누가 여지를 따게 될지 모르면서 여지를 심는다고 하였다. 후일의 남을 생각한 일이면서도 동시에 백거이 자신의 우직함을 여지를 통해 나타내었다.

백운천(白雲泉)[5]

天平山上白雲泉,[6]　　천평산 위의 백운천
雲自無心水自閑.　　구름은 절로 무심하고 물도 절로 한가해
何必奔衝山下去,　　어찌하여 산 아래로 내달려가는가
更添波浪向人間!　　인간 세상에 풍파를 더 보탤 뿐인데!

해설 표면상으로는 구름과 샘물을 노래했지만, 사실은 이를 빌려 자신의 뜻을 나타내었다. 샘물은 산에서는 소요자재하고 한가한데, 어찌하여 인간 세상에 나가 세상의 풍파를 더욱 거세게 만드냐고 묻고 있다. 세속의 잡무에서 벗어난 한적한 은거를 지향한 노래이다. 825년경 소주자사 때 지은 것으로 보인다.

---

4) 白鬚太守(백수태수) : 흰 수염 난 태수. 자신을 가리킨다.
5) 白雲泉(백운천) : 소주 서쪽 천평산에 있는 샘. 물이 맑고 투명하여 오중 제일의 물로 친다. 백거이의 이 시로부터 유명해졌다.
6) 天平山(천평산) : 소주 서쪽 이십 리에 소재한 산. 오중에서 가장 험준하고 높은 산이다.

조촌의 살구꽃(趙村杏花)[7]

趙村紅杏每年開,	조촌의 붉은 살구꽃 해마다 피는데
十五年中看幾回?[8]	십오 년 동안 몇 번이나 보았던가?
七十三人難再到,	일흔 세 살은 사람에게 오기 어려운 나이
今春來是別花來.	올봄에 여기 온 것은 살구꽃과 헤어지기 위해서라네

해설 조촌에 아름다운 살구꽃을 보고 인생을 아쉬워하였다. 제3구로 보아 844년(73세)에 지은 것으로 보인다. 여기서 살구꽃은 비단 꽃일 뿐만 아니라 세상의 아름다운 모든 것을 비유한다. 백거이는 그로부터 2년 후인 846년(75세)에 죽었다.

원진(元稹)

늘어진 붉은 꽃(亞枝紅)[1]

平陽池上亞枝紅,[2]	장안 평양지에 낮게 드리운 붉은 복사꽃
悵望山郵是事同.[3]	산중의 역참에서 같은 꽃을 처연히 바라보노라
還向萬竿深竹裏,	빽빽이 늘어선 수많은 대나무 속

---

7) 趙村(조촌) : 낙양성 동쪽에 있던 마을.
8) 十五年(십오년) : 백거이는 829년부터 낙양에서 태자빈객이 된 후 이 시를 지은 844년까지 십오 년간을 말하며, 이 기간 동안 백거이는 주로 낙양에 있었다.
1) 亞枝(아지) : 낮게 늘어진 가지.
2) 平陽池(평양지) : 장안 대통방(大通坊)의 곽자의(郭子儀) 정원에 있는 연못.
3) 悵望(창망) : 슬퍼하며 멀리 바라보다. ○山郵(산우) : 산간의 역참. 포성역(褒城驛, 섬서성 漢中市 서북 大鐘寺)을 가리킨다.

一枝渾臥碧流中.　　가지 하나 온전히 푸른 강물 위에 누웠구나

해설 예전에 본 복사꽃을 다른 곳에서 다시 보며 자신의 회재불우와 이루지 못한 사업에 대한 감개를 썼다. 원시에는 다음과 같은 서문이 있다. "예전에 백거이와 곽자의(郭子儀) 저택의 정자 대숲에서 낮게 드리운 복사꽃을 보았는데 반은 연못 위에 있었다. 그로부터 몇 년간 기억하지 못했는데, 갑자기 포성(褒城, 섬서성 한중시) 역참의 연못가 대숲에서 보니 완연히 예전과 같은 모습이라 마음이 슬펐다."(往歲與樂天曾於郭家亭子竹林中, 見亞枝紅桃花半在池水. 自後數年, 不復記得, 忽於褒城驛池岸竹間見之, 宛如舊物, 深所愴然.) 원진이 809년(31세) 감찰어사로 업무차 동천(東川)에 갈 때 지었다.

백거이가 강주사마로 좌천되었다는 소식을 듣고(聞樂天左降江州司馬)[4][5]

殘燈無焰影幢幢,[6]	꺼져가는 등불에 불꽃 없이 그림자 흔들리는데
此夕聞君謫九江.[7]	오늘 밤 그대 구강으로 폄적 간다 들었네
垂死病中驚坐起,[8]	죽어가는 내가 병중에 놀라 일어나니
暗風吹雨入寒窓!	어둔 밤 비바람이 차가운 창을 치는구나!

평석 백낙천이 말하기를 "이런 구절은 다른 사람도 차마 듣기 힘들거늘, 하물며 내 자신은 어쩌겠는가!"라 했다.(樂天云: "他人尙不可聞, 況僕哉!")

---

4) 심주 : 고인은 '우'(오른쪽)을 높이고 '좌'(왼쪽)를 낮추었다.(古人尙右, 以降爲左.)
5) 江州(강주) : 지금의 강서성 구강시(九江市). ○ 司馬(사마) : 군병을 담당하는 직책이나, 일반적으로 한직으로 좌천된 사람이 맡는 경우가 많다.
6) 幢幢(당당) : 흔들리는 모양.
7) 九江(구강) : 강주의 별칭. 수나라 때 강주를 구강군(九江郡)이라 개명하였다.
8) 垂死(수사) : 거의 죽을 듯하다.

해설 친구의 좌천을 안타까워한 시이다. 815년 3월 통주(通州, 사천성 達縣)로 폄적 가 있던 원진(37세)이 8월에 백거이(44세)가 강주로 좌천되었다는 소식을 듣고 지었다. 원진은 원래 장안에서 관리의 불법을 탄핵하다가 환관과 충돌하여 810년 강릉사조참군으로 좌천되었다가 다시 통주로 옮겼다. 좌찬선대부로 있던 백거이는 재상 무원형이 암살된 데 대해 범인을 색출해줄 것을 상소하다가 월권행위로 간주되어 좌천되었다. 두 사람 모두 정치적으로 배제되어 장안을 떠났으니, 비참한 심경에서 쓴 위의 시는 진지한 우정과 고르지 않은 정치 현실을 함께 표현하였다.

다시 백거이에게(重贈樂天)

莫遣玲瓏唱我詩,[9]	영롱에게 나의 시를 노래 부르게 말지니
我詩多是別君辭.	나의 시는 대부분 그대와 헤어지는 내용이라네
明朝又向江頭別,	내일 아침 또 다시 강가에서 헤어져
月落潮平是去時.[10]	달 지고 조수가 일면 그대 떠나갈 때이리

해설 백거이와 헤어지며 준 시이다. 한 수의 시 속에 '별'(別), '우'(又), '별'(別)이 차례로 나와 만남의 짧음과 잦은 이별을 아쉬워하였다. 후반 2구는 다음날 아침 헤어질 시간을 예상함으로써 여운을 남겼다. 원시에 붙어있는 서문에서는 "악인 고영롱은 노래를 잘 불렀는데, 나에게 수십 수의 시를 노래 불러 주었다."(樂人高玲瓏能歌, 歌予數十詩.)고 하였다. 823년 (45세) 이후 월주자사로 있을 때 지었다.

---

9) 玲瓏(영롱) : 여항(餘杭)의 가인으로 원진이 월주에 있을 때 후한 값을 주고 불러왔다.
10) 潮平(조평) : 강물이 불다. 조수가 밀물져 수량이 증가하면 배가 출발하기 좋다.

이하(李賀)

남원(南園)1)

제1수

男兒何不帶吳鉤,2)	남아가 어찌 오구(吳鉤)를 차고
守取關山五十州?3)	관산의 오십여 주를 정벌하지 못한단 말인가?
請君暫上凌煙閣,4)	그대 잠시 능연각에 올라가 보게
若個書生萬戶侯?5)	만호후 작위 받은 사람 중에 서생이 몇이나 있는가?

평석 송대 문언박(文彦博)이 패주의 반란을 평식시키고, 명대 왕수인(王守仁)이 주신호(朱宸濠)를 사로잡고 팔채를 평정한 것을 보면, 어찌 만호후가 될 수 없겠는가?(如文潞公之破貝州, 王文成之擒宸濠、平八寨, 何不可萬戶侯耶?)

---

1) 南園(남원) : 이하의 집이 있는 복창현(福昌縣) 창곡(昌谷, 하남성 宜陽縣)에는 남원과 북원이 있었다. 남원은 이하가 공부하던 곳이었다.

2) 吳鉤(오구) : 오 지방에서 제작한 휘어진 모양의 검. 춘추시대 오왕 합려(闔閭)가 좋은 검을 만든 사람에게 백금(百金)을 하사한다고 하자, 어떤 사람이 그의 두 아들을 죽여 그 피를 검에 발라 명검을 만들어 바쳤다. 여기서는 보검이란 뜻.

3) 關山五十州(관산오십주) : 당시 중앙에서 통제하지 못하던 번진 지역을 말한다. 『자치통감』 '헌종 원화 7년'(812년)조에 이강(李絳)이 말하기를 "지금 법령으로 다스릴 수 없는 자는 하남과 하북의 오십여 주입니다"(今法令所不能制者, 河南北五十餘州.)라 말하였다.

4) 凌煙閣(능연각) : 공신과 명장의 화상을 그려 보존한 누각. 643년 당 태종이 염립본(閻立本)에게 장손무기, 위징, 방현령, 두여회, 위지경덕, 이적, 진숙보 등 스물네 명의 화상을 그려 능연각에 모시게 하였다.

5) 若個(약개) : 어느 것 또는 약간. ○ 萬戶侯(만호후) : 식읍 만호의 후. 높은 작위. 한대에는 작위를 20등으로 나누었는데 가장 높은 1등을 통후(通侯) 또는 열후(列侯)라 하였고, 열후 가운데서도 가장 높은 것이 식읍이 만호로 이를 만호후라 했다.

제2수

尋章摘句老雕蟲,[6]	시문을 찾아 베끼고 늙도록 충서(蟲書)만 새기길
曉月當簾挂玉弓.	주렴에 새벽달이 반달로 걸릴 때까지 하는구나
不見年年遼海上,[7]	해마다 요동의 변경 일을 보지 못하는가
文章何處哭秋風?[8]	문장으로 가을바람 슬퍼함이 어디에 필요한가?

해설 일상생활 중에 보는 경물이나 잡감을 소재로 한 시로, 내심의 고민을 노래하였다. 모두 13수 가운데 2수를 뽑았다. 제1수는 나라에 공을 세우고자 하는 바램을 썼다. 이는 거꾸로 말해 문장 공부로는 출세가 어렵다는 뜻을 말한 것이기도 하다. 제2수 역시 문장은 실용적이 아니어서 이를 버리고 종군하여 공을 세우리라는 결심을 나타내었다.

---

6) 尋章摘句(심장적구) : 단편적인 문구를 찾아 베낌. 독서나 작문에서 문자의 수식에만 집중함을 말한다. ○ 雕蟲(조충) : 사소하고 가치 없는 기술. 시문을 짓는 일을 가리킨다. 원래 양웅(揚雄)의 『법언』(法言)「오자」(吾子)에 나오는 말이다. "누군가 물었다. '그대는 젊어서 부(賦)를 좋아했소?' 이에 대답하였다. '예. 동자였을 때 충서(蟲書)를 새기고 각부(刻符)를 팠지요.' 잠시 후 덧붙여 말했다. '장부라면 하지 않는 일이지요.'"(或問 : "吾子少而好賦?" 曰 : "然. 童子雕蟲篆刻." 俄而曰 : "壯夫不爲也.")

7) 遼海(요해) : 요동을 가리킨다. 요동 남쪽에 발해가 있기에 요해라 하였다. 당대에 요동은 변경 지역으로 전쟁이 빈발하였다.

8) 文章(문장) 구 : 시문에 표현된 감상적인 정서가 어디에 쓸모 있나? 곡추풍(哭秋風)은 송옥(宋玉)처럼 가을을 슬퍼한다는 뜻.

유담(柳淡)

병사의 원망(征人怨)[1]

歲歲金河復玉關,[2]	작년에는 금하에서 올해는 다시 옥문관에서
朝朝馬策與刀環.[3]	매일매일 말채찍과 칼자루만 쥐고 살았다
三春白雪歸靑塚,[4]	늦봄이 되도록 청총에는 백설이 쌓여있는데
萬里黃河繞黑山.[5]	만 리 멀리 황하를 건너고 흑산을 돌아갔다

해설 변경을 전전하는 병사의 원망을 그렸다. 시에 나오는 금하, 청총, 흑산 등은 당대 선우도호부의 관할 영역으로, 병사의 소속이 이곳임을 알 수 있다. 세세(歲歲)와 조조(朝朝)에서 무한히 반복되는 종군과 이로부터 빚어지는 원망을 들을 수 있다. 널리 알려진 변새시이다.

---

1) 征人(정인) : 출정 나간 사람.
2) 金河(금하) : 대청하(大靑河). 지금의 내몽골 경내에 있는 강으로 황하로 흘러든다. ○ 玉關(옥관) : 옥문관. 한대 이래 서역으로 통하는 요로에 있던 관문. 지금의 감숙성 서부 돈황시 소재.
3) 馬策(마책) : 말채찍. ○ 刀環(도환) : 칼 손잡이의 둥근 부분. 걸어놓기 쉽도록 칼의 손잡이 끝을 둥글게 만든 부분.
4) 三春(삼춘) : 늦봄. ○ 靑塚(청총) : 한대 왕소군의 묘. 내몽골 후허하호터 남쪽에 소재.
5) 黑山(흑산) : 살호산(殺虎山). 지금의 내몽골 후허하호터 동남에 소재.

진우(陳羽)

오중에서 고적을 돌아보며(吳中覽古)[1]

吳王舊國水煙空,　　　오왕의 나라 터에 물안개 깔려 쓸쓸하고
香徑無人蘭葉紅.[2]　　사람 없는 채향경엔 난초 잎만 붉어라
春色似憐歌舞地,　　　봄빛은 마치도 가무(歌舞) 자리 사랑하는지
年年先發館娃宮.[3]　　해마다 관왜궁부터 봄이 먼저 오는구나

해설 소주의 유적지를 돌아보며 오나라의 옛일을 회고하였다. 봄빛마저
오나라 궁중에 대한 회상이 깊기 때문에 다른 곳보다 먼저 찾아온다고
하였다.

---

1) 吳中(오중) : 소주(蘇州). 소주는 춘추시대 오(吳)나라의 도읍지이자, 한대에는 오군
(吳郡)이었으므로 오중(吳中)이라 칭하였다.
2) 香徑(향경) : 채향경(採香徑). 소주 서남의 향산(香山) 옆에 작은 시내에 있었는데, 오
왕 부차가 향산에 향초를 심고 미인들이 배를 타고 향을 따게 하였다.
3) 館娃宮(관왜궁) : 춘추시대 오나라 궁전. 오왕 부차가 연석산에 궁전을 만들고 서시
를 살게 한 곳이다. 오나라 사람들은 미녀를 왜(娃)라 불렀으므로 관왜궁이라 하였
다. 지금의 강소성 소주시 서남 영암산(靈巖山)의 영암사 절터에 소재했다.

여온(呂溫)

유랑포에서 즉흥적으로 짓다(劉郎浦口號)[1]

吳蜀成婚此水潯,[2]	동오와 촉한이 이 물가에서 혼약을 맺었으니
明珠步障屋黃金.[3]	주옥 병풍을 둘러치고 황금 궁궐에 모셨지
誰將一女輕天下,	그 누가 여인 때문에 천하를 가벼이 여기리
欲換劉郎鼎峙心?[4]	중국을 삼분하려는 유비 마음 바꿀 수 없었네

해설 유랑포를 지나갈 때 삼국시대의 혼사를 연상하며 지었다. 제2구는 호화로운 기물과 건축이 정치적 산물과 섞여 있음을 드러내었다. 후반부에서는 반어법으로 손권과 주유가 만든 정략결혼의 책략을 비웃었다. 소설 『삼국연의』에서는 유비가 남경까지 가서 결혼하지만, 실제로는 그러하지 않고 호북성 석수현 유랑포에서 결혼하였다. 시를 읽을 때는 소설의 내용에 영향 받아 해석하는 것을 가장 경계해야 한다.

---

1) 劉郎浦(유랑포) : 지금의 호북성 석수현(石首縣) 서남 녹림산(綠林山) 북에 소재. 삼국시대 유비가 동오 손권의 여동생과 여기서 결혼하였다고 한다.
2) 吳蜀成婚(오촉성혼) : 동오와 촉한의 왕실이 사돈 관계를 맺다. 208년 북방을 통일한 조조가 형주로 진격하여 동오를 공격하려 하자 유비와 손권이 연합하여 적벽에서 물리친다. 이후 유비도 형남 사 군을 차지하고 세력을 키우자, 손권이 이를 경계하고 동맹을 강화하기 위해 여동생을 유비에게 시집보냈다. 유비가 익주를 취하자 손부인은 동오로 돌아갔다. 『촉서』참조. ○ 潯(심) : 물가.
3) 步障(보장) : 바람이나 먼지를 가리기 위해 설치하는 병풍.
4) 鼎峙(정치) : 솥의 발처럼 세 나라가 나란히 대치함. 정(鼎)은 발이 셋 달린 솥.

이덕유(李德裕)

장안의 가을밤(長安秋夜)

內官傳詔問戎機,[1]	내관이 임금의 명령을 가져와 군사 상황 묻기에
載筆金鑾夜始歸.[2]	금란궁에서 글 쓰고서 밤 되어야 돌아가네
萬戶千門皆寂寂,	궁중의 천문만호 모두가 적막한데
月中淸露點朝衣.	달빛 속 맑은 이슬이 조복을 적시는구나

해설 궁중에서 숙직을 하면서 지은 시이다. 이덕유가 820년(元和 15년)부터 822년(長慶 2년)까지 감찰어사 겸 한림학사로 있을 때 지은 것으로 보인다.

영호초(令狐楚)

소년의 노래(少年行)

弓背霞明劍照霜,[1]	활등은 노을에 빛나고 검에선 검망이 뻗혀
秋風走馬出咸陽.[2]	가을바람에 말 달리며 함양성을 나선다
未收天子河湟地,[3]	천자의 하황 땅을 수복하지 못하면

---

1) 內官(내관) : 환관. ○戎機(융기) : 군사 상황.
2) 金鑾(금란) : 금란궁. 장안 대명궁에 있던 궁으로 한림원(翰林院)이 소재하던 곳.
1) 弓背(궁배) : 활등.
2) 咸陽(함양) : 진나라의 도성. 지금의 섬서성 함양시. 일반적으로 장안을 가리킨다.
3) 河湟(하황) : 황하와 황수(湟水)의 병칭으로 이 두 강 사이의 지역. 지금의 청해성과

不擬回頭望故鄕.　　머리 돌려 고향 쪽으로 바라보지 않으리

해설 출전하는 청년의 호매한 기상을 노래하였다. 전반부에서는 병사의 늠름한 모습을 그리고, 후반부에선 공을 세워 나라에 보답하려는 결심을 말하였다. 격앙된 어조에 영용한 청년 병사의 형상이 튀어나올 듯하다. 시에서는 명확히 하황 지역에 대한 수복을 말하고 있으므로 안사의 난 이후의 상황을 말하는 것으로 보인다.

장중소(張仲素)

새하곡(塞下曲)

朔雪飄飄開雁門,[1]　　안문관이 열리면 삭방에 눈발 휘날리고
平沙歷亂卷蓬根.　　사막에 어지러이 쑥대 뿌리 구른다
功名恥計擒生數,[2]　　사로잡은 적군 숫자로 공명 헤아리기 부끄러워
直斬樓蘭報國恩.[3]　　곧 바로 누란 왕을 참살해 나라에 보답하리

해설 변방을 지키는 장사의 전투 정신을 노래하였다. 언어가 강개하고 의기가 높아, 왕창령 변새시의 울림을 이었다는 평을 받았다.

　　감숙성 동부. 안록산과 사사명의 난 이후 티베트가 점령하면서 당에서는 수십 년 동안 이 지역을 수복하지 못하였다.
1) 雁門(안문) : 안문관. 지금의 산서성 대현(代縣) 서북에 소재.
2) 擒生(금생) : 적을 산 채로 잡다.
3) 斬樓蘭(참누란) : 누란의 왕을 참살하다. 누란은 지금의 신강에 있었던 나라. 한 무제 때 중국이 대완(大宛)과 통교하려 할 때 누란이 길을 막았다. 기원전 77년 곽광(霍光)이 부개자(傅介子)를 보내 그 왕을 참살하였다. 『한서』「서역전」 참조.

추야곡(秋夜曲)

丁丁漏水夜何長?[4]	똑똑 떨어지는 물시계 소리에 밤은 얼마나 긴지
漫漫輕雲露月光.	느리게 흐르는 구름에 달이 가렸다 나타나네
秋逼暗蟲通夕響,[5]	가을이라 벌레가 밤새 우는데
征衣未寄莫飛霜.[6]	겨울 옷 아직 보내지 않았으니 서리 내리지 마소서

해설 가을밤 출정나간 남편을 기다리는 규중 여인의 심사를 그렸다. 앞 3
구는 가을밤의 물시계 소리, 구름과 달, 벌레 울음을 묘사하였다. 여기까
지는 무엇을 묘사하는지 분명하지 않았으나 마지막 구에서 비로소 여인
의 정이 드러나고, 이들이 모두 그 상관물임을 알게 된다.

가을 규중의 그리움 2수(秋閨思二首)

제1수

碧窓斜日藹深暉,[7]	벽사 창에 비낀 햇살 방안에선 어두운데
愁聽寒螿淚濕衣.[8]	가을 쓰르라미 들으니 눈물에 옷이 적는구나
夢裏分明見關塞,	꿈속에서 분명히 관새를 보았는데
不知何路向金微.[9]	어디가 금미산 가는 길인지 알지 못해라

---

4) 丁丁(정정) : 의성어. 물이 떨어지는 소리.
5) 通夕(통석) : 밤새. 밤 내내.
6) 征衣(정의) : 출정나간 병사가 입는 옷. 여기서는 겨울에 입을 군복.
7) 藹(애) : 가리다.
8) 螿(장) : 쓰르라미.
9) 金微(금미) : 금미산(金微山). 지금의 알타이산. 동한 91년(永元 3년) 경기(耿夔)가 흉
노의 선우(單于, 왕)를 금미산에서 포위하여 크게 깨뜨렸다.

평석 곧 왕애가 말한 "언제 문을 나서 떠난 지 모르겠는데, 사막이 얼마나 먼지는 꿈속에서 알겠어요"의 뜻이다.(即王涯所云 "不省出門行, 沙場知近遠"意.)

해설 출정나간 남편을 그리는 규원시이다. 남편이 있는 곳이 너무 멀어 꿈에서도 찾아 가기 힘듦을 말하였다. 고대에는 꿈에서 상대방을 만나는 것은 곧 나의 혼령이 상대방이 있는 곳까지 가는 것이라 믿었다. 그러므로 거리가 멀면 그만큼 꿈에서도 찾아가기 어렵다고 생각하였다. 변새시와 규원시에서 꿈의 세계는 곧 그리움의 공간인데, 그것조차 이루기 어려운 안타까움을 나타내었다.

제2수

秋天一夜靜無雲,	가을 하늘 밤중 내내 구름 없이 고요해
斷續鴻聲到曉聞.	기러기 울음만 간헐적으로 새벽까지 들려라
欲寄征人問消息,	출정 나간 사람에게 편지를 부치려 했더니
居延城外又移軍.[10]	거연성 밖으로 다시 군대를 옮겼다 하오

해설 전반부는 밤새 구름을 보고 기러기 울음을 들으며 잠 못 들고 있음을 표현하였다. 후반부는 남편이 어디에 있는지도 명확하지 않아 소식도 묻기 어려운 상황을 서술하였다.

---

10) 居延(거연): 한대 서북 지역의 군사 중진. 지금의 내몽골 어지나기(額濟納旗) 동남에 위치했다.

양주사(凉州詞)[11]

鳳林關裏水東流,[12]	봉림관 안 강물은 동으로 흐르고
白草黃楡六十秋.[13]	백초에 누런 느릅나무 육십 년이 지났네
邊將皆承主恩澤,	변방의 장수들 모두 주상의 은택을 입어
無人解道取凉州.[14]	양주를 수복할 줄 아는 사람이 하나도 없어라

평석 고적도 "변방을 안정시킬 계책이 어찌 없으랴만, 장수들은 이미 승은을 입었구나"라고 말하였다. 고적은 강개한 말투이지만, 여기서는 완곡하다.(高常侍亦云 : "豈無安邊書, 諸將已承恩." 高說得愼, 此說得婉.)

해설 서북 변방의 장수들이 현실에 안주하는 태도를 비판하였다. 양주는 안사의 난 이후 티베트의 강역으로 편입되었다. 그로부터 이미 육십 년이 지났는데 장수들은 적극적으로 수복할 의지는 없고 현재의 상황에 만족하고 있다. 중당시기의 상황을 전형화시켜 표현하였다.

---

11) 심주 : 다른 판본에서는 장적의 시라 되어 있다.(一作張籍詩.)
12) 鳳林關(봉림관) : 안창군(安昌郡) 봉림현 북쪽에 있는 관문. 지금의 감숙성 임하시(臨夏市) 서북에 소재. 당시에는 티베트의 강역이 되었다.
13) 白草(백초) : 수크령 종류의 들풀. 속칭으로 낭미초(狼尾草)라고 한다. 건조한 지역의 산비탈이나 길가에 자란다.
14) 解道(해도) : 알다. ○取(취) : 수복하다.

시견오(施肩吾)

망부사(望夫詞)

手爇寒燈向影頻,[1]	찬 등에 불 붙이고 그림자와 마주하니
廻文機上暗生塵.[2]	회문시를 짜던 베틀도 먼지가 쌓였어라
自家夫婿無消息,	집 떠난 남편에게서 소식이 없어
却恨橋頭賣卜人.	도리어 다리목의 점쟁이를 원망하여라

해설 남편을 기다리는 아낙의 심정을 그렸다. 남편은 객지에 생계를 모색하러 갔는지 출정 나갔는지 명확하지 않지만, 제2구의 회문시 전고로 보아 서북 지방으로 출정 나간 것으로 보인다. 제1구의 한등(寒燈)이란 말에서 가을임을 알 수 있다. 말구에서 올해는 돌아오리라 점을 쳐주었던 점쟁이를 탓함으로써 풀길 없는 원망을 나타내었다.

절양류(折楊柳)[3]

傷見路傍楊柳春,	길가의 봄버들을 가슴 아프게 바라보니
一枝折盡一重新.	가지 하나 다 꺾으니 새 가지가 자라더라
今年還折去年處,	지난 해 꺾인 곳 올해 다시 꺾지만

---

1) 爇(설) : 불사르다. 지피다. 켜다.
2) 廻文機(회문기) : 선기도(璇璣圖)를 짜는 베틀. 북조의 전진(前秦)에서 진주자사(秦州刺史) 두도(竇滔)가 유사(流沙)로 옮겨졌을 때 그의 처 소혜(蘇蕙, 즉 蘇若蘭)가 비단으로 회문시(廻文詩)를 짜 보냈다. 『진서』 「열녀전」 참조.
3) 折楊柳(절양류) : 피리 곡 이름으로, 악부의 '횡취곡'(橫吹曲)에 속한다. 한대(漢代) 이래 헤어질 때 버들의 가지를 꺾어 둥글게 말아서 떠나는 사람에게 주는 습속이 있었는데, 이러한 풍습에 근거하여 이 곡이 생긴 것으로 보인다.

不送去年離別人.　　떠나는 올해 사람은 작년 사람이 아니어라

평석 맑은 그리움이 맴돈다.(淸思回折.)

해설 이별의 의미를 형상화한 시이다. 자연은 순환하여 제자리를 지키지
만 사람은 이별의 자리에 매년 다른 사람이 나타난다는 현상에서 만남
과 이별의 무상함을 아쉬워하였다. 버들이라는 하나의 구체적인 사물로
이별의 보편적인 속성을 파악해내었다.

왕애(王涯)

새하곡(塞下曲)

年少辭家從冠軍,[1]	어려서 집 떠나 관군장군 모시며
金鞍寶劍去邀勳.[2]	황금 안장에 보검 들고 공훈 세우고자 했다네
不知馬骨傷寒水,	말의 뼈가 찬물에 상해도 아랑곳하지 않았는데
惟見龍城起暮雲.[3]	보이는 건 용성에 일어나는 저녁 구름 뿐

해설 변방에 나가 싸우는 병사를 찬미하였다. 땅이 얼어붙는 추위에도
아랑곳하지 않고 나라를 위해 공을 세우려는 정신을 형상화하였다.

---

1) 冠軍(관군) : 관군장군. 위진남북조에 설치된 장군의 명호. 당대에도 관군대장군이
　　있었다.
2) 邀勳(요훈) : 공훈을 구하다.
3) 龍城(용성) : 흉노가 천지와 조상에게 제사지내던 곳. 한대 위청(衛靑)이 용성에서 흉노
　　를 물리친 일이 있다. ○起暮雲(기모운) : 저녁 구름이 일어나다. 전쟁을 비유한다.

양사악(羊士諤)

어사대에서 숙직하며
　─아침에 소 시어의 산수 벽화를 보다(臺中寓直, 晨覽蕭侍御壁畫山水)[1]

蟲思庭莎白露天,[2]	정원의 향부자에 벌레 울고 이슬 내리더니
微風吹竹曉凄然.	바람이 댓잎 쓸고 가는 새벽이 처연해라
今來始悟朝回客,[3]	지금에야 알았나니 조회에 온 사람
暗寫歸心向石泉.	바위와 샘물로 향하는 마음을 남몰래 그렸었구나

평석 느끼는 대로 따라가면 은거하려는 흥취가 아닌 것이 없으니 그림으로 그리지 않아도
그 마음이 남아있다.(隨所感觸, 無非歸興不必作畫者果有此心.)

해설 어사대에서 숙직하며 동료 소호(蕭祜)가 그린 산수화를 보고 쓴 시
이다. 전반 2구는 가을밤 숙직 때 밤을 새우며 본 주위 환경을 그렸고,
후반 2구는 벽화를 보고 느낀 점을 썼다. 산수 벽화에 대해서는 오직 말
구의 '석천'(石泉) 두 자로만 개괄하였고 오히려 소호의 은거에 대한 뜻
을 앙모하는데 초점을 맞추었다. 806년(元和 원년) 양사악이 소호와 함께
어사대에 근무할 때 지었다.

---

1) 臺中(대중) : 어사대. 시인은 당시 시어사로 있었다. ○ 蕭侍御(소시어) : 소호(蕭祜).
　중당시기의 문인. 시문을 잘 짓고 거문고를 잘 연주했으며 서화에 정통했다. 산천에
　서 놀며 명인과 사귀고 고사들과 교유하였다.
2) 蟲思(충사) : 벌레가 울다. 여기서 思(사)는 슬퍼하다. ○ 庭莎(정사) : 정원의 향부자.
3) 朝回客(조회객) : 조회에 온 사람. 소 시어를 가리킨다.

양응(楊凝)

촉 지방에 가는 나그네를 보내며(送客入蜀)

劍閣迢迢夢想間,[1]	머나먼 검각은 꿈속에서나 가보았는데
行人歸路繞梁山.[2]	그대 돌아가는 길에 양산을 빙 둘러가리라
明朝騎馬搖鞭去,	내일 아침 말 타고 채찍 휘두르고 떠나면
秋雨槐花子午關.[3]	가을비에 홰나무꽃이 자오관에 젖어있으리

해설 촉 지방으로 가는 친구를 보내며 쓴 송별시이다. 송별시 가운데 이 시는 특이한 점이 몇 가지 있다. 첫째는 떠나는 날이 아니라 그 전날 썼다는 점이다. 둘째는 친구가 가는 곳을 먼 곳부터 가까운 곳으로 거슬러 묘사했다는 점이다. 검각, 양산, 자오관으로 되짚어오면서 오히려 먼 거리를 강조하고 이별의 침중함을 나타내었다. 셋째로 이별의 슬픔을 직서하지 않고 서경만으로 처리했다는 점이다. 명쾌한 어조 속에 깊은 정이 넘친다.

---

1) 劍閣(검각) : 검문관. 지금의 사천성 검각현 북쪽에 소재. 섬서에서 사천으로 들어가는 관문이다.
2) 梁山(양산) : 지금의 섬서성 남정현(南鄭縣) 동남에 소재한 산.
3) 子午關(자오관) : 경조부 장안현 남쪽에 있는 관문. 이 문을 나서면 관중과 한중을 잇는 길인 자오도(子午道)로 들어가게 된다.

장호(張祜)

우림령(雨霖鈴)[1]

雨霖鈴夜却歸秦,[2]	빗속에 방울 소리 울리는 밤 장안으로 돌아오니
猶是張徽一曲新.[3]	그래도 악공 장휘에게 새 곡이 있었어라
長說上皇和淚敎,[4]	상황께서 끝없이 말하며 눈물로 가르치니
月明南內更無人.[5]	달 밝은 흥경궁에는 더구나 사람도 없었어라

평석 정감과 운율이 모두 절묘하다.(情韻雙絶.) ○장호의 「집령대」 시는 "오히려 지분이 미모를 가릴까 염려하여, 아미만 가볍게 그리고 지존을 배알하네"라 하여 괵국부인과 현종을 풍자하였는데, 경박하고 시의 품격이 전혀 없다. 후인에 의해 이 시가 두보의 시집에 섞여 들어가자 여러 사람들이 다투어 칭찬했으니 참으로 이해할 수 없다.(祜又有集靈臺詩 : "却嫌脂粉污顔色, 淡掃峨眉朝至尊." 譏刺輕薄, 絶無詩品. 後人雜入杜集, 衆口交贊, 眞不可解.) ○왕유의 "세상 사람들을 거만하게 바라보노라", 장위의 "세상 사람들의 교제에는 황금이 필요하여", 조송의 "장수 한 사람이 공을 이루는데 만인의 뼈가 가루되고", 장알의 "유비와 항우

---

1) 심주 : 현종이 상황이 되어 촉으로 갈 때 잔도에서 비를 만났는데 들이치는 빗속에 쇠줄에 달린 방울 소리를 듣게 되었다. 이에 〈우림령〉이란 곡을 만들어 장휘에게 주었다. 지덕 연간에 다시 화청궁에 행차했을 때 따르는 관리나 비빈 가운데 이전의 사람이 하나도 없었는데, 상황이 망경루에서 장휘에게 이 곡을 연주하게 하니 저도 모르게 슬퍼 눈물을 흘렸다.(上皇行蜀, 棧道中遇雨聞鈴, 制雨霖鈴曲以授張徽. 泊至德中, 復行華淸, 從官嬪御, 無一舊人, 上於望京樓令徽復奏此曲, 不覺愴然.)
2) 歸秦(귀진) : 진 지방으로 돌아오다. 안사의 난으로 성도로 피난 갔던 현종이 장안으로 돌아오다.
3) 張徽(장휘) : 개원 연간의 궁중 악공으로 참군희를 잘 하였고 피리를 잘 불었다. 단성식의 『악부잡록』과 범터의 『운계우의』 등에 관련 기록이 있다.
4) 上皇(상황) : 태상황의 준말. 황제의 부친에 대한 존호. 숙종이 즉위하면서 현종은 태상황이 되었다.
5) 南內(남내) : 흥경궁을 가리킨다. 대명궁의 남쪽에 있다 하여 남내라 하였다. 현종은 성도에서 돌아온 후 이곳에서 거주하였다.

는 원래 책을 읽지 않았네" 등은 거친 시의 부류이다. 주경여의 "앵무새가 앞에 있어 감히 말을 못하오"는 섬세한 시의 부류이다. 이상은의 "설왕은 취했으나 수왕은 멀쩡하네"는 경박한 시의 부류이다. 장호의 시를 논하면서 언급해 보았다.(王維之"白眼看他世上人", 張謂之 "世人結交須黃金", 曹松之"一將功成萬骨枯", 章碣之"劉項原來不讀書", 此粗詩之派也. 朱慶餘 之"鸚鵡前頭不敢言", 此纖小詩之派也. 李商隱之"薛王沈醉壽王醒", 此輕薄詩之派也. 因論張祜 詩而及之.)

해설 '우림령'은 장맛비 속의 방울 소리라는 뜻으로 이와 관련하여 이설이 분분하다. 대체적인 내용은 현종이 촉 지방으로 피난 갈 때(또는 돌아올 때) 잔도에서 열흘 이상 지체하였는데, 빗속에 방울 소리(잔도의 쇠줄에 설치한 방울 소리)를 듣고 양귀비를 생각하며 곡을 지었다고 한다. 당시 이원(梨園)의 악인 가운데 유일하게 장휘가 시종하였기에 그에게 곡을 알려주었다고 한다. 나중에 장안에 돌아갔을 때 장휘가 연주하자 현종이 눈물을 흘렸다고 한다. 이 시는 아마도 〈우림령〉이란 곡을 듣고 현종의 처지를 생각한 것으로 보인다. 특히 역사의 변천에 따른 금석지감이 뚜렷하다. 이 시는 애정시나 영사시라 분류하기도 애매한 독특한 제재로, 당시 거대한 사회 변혁을 겪은 시기에 사대부들이 갖는 창상지감과 환멸을 표현한 것으로 보인다.

포용(鮑溶)

양 연사에게(贈楊鍊師)¹⁾

道士夜誦蕊珠經,²⁾	도사께서 밤중에 『예주경』을 낭송하니
白鶴下繞香煙聽.	향 연기 감도는데 백학이 내려와 들어라
夜移經盡人上鶴,	밤이 깊어 경전을 마치고 사람이 학 위에 오르니
天風吹入青冥冥.³⁾	푸르고 아득한 하늘로 바람이 불어가더라

해설 아미산의 도사인 양 연사를 칭송하였다. 학을 타고 깊은 하늘로 날아간다는 이미지를 통해 수양이 깊으면서 신선의 경지에 오른 양 연사의 인품과 식견을 형상화시켰다.

두목(杜牧)

평석 두목의 절구는 운치가 깊고 신운이 심원하다. 그러나 「적벽」의 "동풍이 주유의 편을 들어주지 않았더라면, 조조가 동작대에 소교와 대교를 가두었으리"와 같은 것은 경박한 젊은이의 말에 가까운데도 시인들이 칭찬을 자자하게 하니 어찌 된 일인가?(杜牧之絶句, 遠韻遠神. 然如赤壁詩: "東風不與周郎便, 銅雀春深鎖二喬", 近輕薄少年話, 而詩家盛稱之, 何也?)

---

1) 楊鍊師(양연사) : 아미산의 도사. 연사(鍊師)는 도사 가운데 덕이 높고 수련이 깊은 자를 말한다.
2) 蕊珠經(예주경) : 도교의 경전 가운데 하나. 신선이 거주하는 상청(上淸)에 예주궁(蕊珠宮)이 있다고 한다.
3) 青冥冥(청명명) : 푸르고 아득한 모양. 깊은 하늘.

화청궁을 지나며(過華清宮)[1]

長安回望繡成堆,	장안에서 바라보면 수놓인 비단이 쌓인 듯
山頂千門次第開.[2]	산 위의 천 개 궁문이 차례로 열리네
一騎紅塵妃子笑,[3]	기마의 붉은 먼지에 양귀비가 미소 지으니
無人知是荔枝來.[4]	그것이 여지 때문인 줄 아무도 몰라라

해설 양귀비가 여지를 좋아하는 일을 썼다. 여름이라 빨리 상하는 여지는 신선도를 유지하기 위해 광동에서 파발마로 달려와야 했다. 외줄기 먼지를 일으키며 날듯이 달려오는 장면에서 변방의 전란을 보고하는 전령을 연상할 수 있으나, 사실은 양귀비 한 사람의 웃음을 얻기 위함임을 백성들은 모른다는 것이다. 이로써 조정의 사치와 향락을 비판하였다. 당대 이래 양귀비가 여지를 좋아한 탓에 일어나는, 백성의 희생을 제재로 한 시가 많다.

---

1) 華清宮(화청궁) : 장안 동쪽 교외의 여산 아래에 있는 이궁. 지금의 섬서성 서안시 임동구(臨潼區) 동남에 소재. 644년에 처음 지었고, 671년 온천궁(溫泉宮)이라 하였다가 747년 화청궁이라 개명하였다. 현종과 양귀비가 유락하던 곳으로 잘 알려졌다.
2) 次第(차제) : 차례대로.
3) 妃子(비자) : 황비. 양귀비를 가리킨다.
4) 荔枝(여지) : 남방에서 나는 과일로 과육이 달고 향기롭다. 이조(李肇)의 『당국사보』(唐國史補)에 기록했다. "양귀비는 촉 지방에서 태어나 여지를 좋아했다. 여지는 남해에서 나는 것이 촉에서 나는 것보다 나으므로 매년 진공하였다. 그러나 덥고 열이 있는 계절이므로 하루만 지나도 상하는데, 후인들은 모두 이를 모른다." 만당의 원교(袁郊)가 쓴 전기 소설집 『감택요』(甘澤謠)에는 다음과 같은 기록이 있다. "천보 14년 6월 1일, 양귀비의 생일로 여산에 행차하여, 소부의 악단에 명하여 장생전에 음악을 연주하게 하였다. 새 곡을 진상하였는데 아직 이름이 없었다. 마침 남해에서 여지를 바쳤기에 「여지향」(荔枝香)이라 명명하였다."

낙유원에 올라(登樂遊原)[5]

長空澹澹孤鳥沒,[6]	흐릿한 먼 하늘에 새 한 마리 잠기니
萬古銷沈向此中.[7]	만고의 일들이 저 하늘로 사라졌네
看取漢家何事業?[8]	한나라 왕조는 무슨 사업 일으켰더냐?
五陵無樹起秋風.[9]	나무 없는 오릉(五陵)에 가을바람 지나갈 뿐

평석 나무마다 가을바람 지나가도 이미 차마 고개 돌려 볼 수 없는데, 하물며 나무도 없음에랴?(樹樹起秋風, 已不堪廻首, 況於無樹那?)

해설 허공으로 사라지는 한 마리 새를 통하여 번성했던 왕조의 멸망을 상기하고, 오릉의 흥폐를 통하여 금석지감을 나타내 당왕조의 정치에 대한 우려를 나타내었다.

강남춘(江南春)

千里鶯啼綠映紅,	천 리에 꾀꼬리 울고 푸른 잎에 붉은 꽃
水村山郭酒旗風.	강촌과 산마을엔 주막 깃발 펄럭이네
南朝四百八十寺,[10]	남조의 사찰 사백팔십 개

---

5) 樂遊原(낙유원) : 장안성 동남에 있는 유람지.
6) 澹澹(담담) : 흐릿한 모양. 조용한 모양.
7) 銷沈(소침) : 가라앉다. 사라지다.
8) 看取(간취) : 보다. 取(취)는 조사.
9) 五陵(오릉) : 한대의 다섯 군주의 능묘. 한 고조의 장릉(長陵), 혜제의 안릉(安陵), 경제의 양릉(陽陵), 무제의 무릉(茂陵), 소제의 평릉(平陵) 등이다. 모두 위수의 북안, 함양시 부근에 소재한다.
10) 南朝(남조) : 남북조시대의 남조. 동진, 유송, 제, 양, 진 등 다섯 왕조를 말한다. ○ 四百八十寺(사백팔십사) : 남조의 군주와 권문세족들은 대부분 불교를 숭앙했으며 특히 양 무제가 지극하였다. 양 무제 때 곽조심(郭祖深)은 수도 남경에만 사찰이 오백

多少樓臺煙雨中?[11]　　　얼마나 많은 누대가 안개비 속에 젖어있나?

해설 강남의 봄 풍광을 노래하였다. 전반 2구의 종적 거리감과 후반 2구의 횡적 공간감이 잘 어우러졌고, 환한 봄날과 비오는 날을 함께 그려내었다. 처연한 가운데 자연의 생기가 느껴지는 풍광은 그 자체가 봄에 대한 예찬인 듯하지만, 일부 학자들은 남조의 멸망이 종교에 대한 지나친 경도에 있다고 함으로써 당대 군주의 불교 숭상에 대한 비판으로 읽기도 한다.

취한 후 승원에 적다(醉後題僧院)

觥船一櫂百分空,[12]　　　술통 실은 배가 다 비었으니
十載青春不負公.[13]　　　십 년 동안의 봄이 나를 저버리지 않았어라
今日鬢絲禪榻畔,[14]　　　오늘 선방의 걸상 옆에 센 머리로 앉으니
茶煙輕颺落花風.[15]　　　꽃잎 떨어지는 바람에 차 향기 날리는구나

───

여 소 되며 승려도 십여만 명이 된다고 상소하였다. 그 이후에도 지어졌겠지만 여기서는 당대에 남아 있는 사찰의 숫자를 가리키는 것으로 보인다. 또는 지금은 없어져버린 남조의 경관을 상상하여 묘사한 것이라 볼 수도 있다.

11) 樓臺(누대): 누대. 여기서는 사찰의 건축을 가리킨다.

12) 觥船(굉선): 술통을 실은 배. 굉(觥)은 뿔이나 청동으로 만든 술잔. ○百分空(백분공): 온통 비다. 이 말은 술통이 완전히 비었다는 뜻과 함께 세월을 모두 소비했다는 뜻을 중의적으로 표현했다.

13) 公(공): 자신을 가리킨다. 전반 2구는 진대 필탁(畢卓)의 전고를 가리킨다. 필탁은 이부랑(吏部郎)으로 관사에 술이 익으면 밤에 들어가 몰래 마시다가 발각되곤 했고 술 때문에 퇴직되곤 했다. 또 그가 다음과 같은 말을 하였다. "술을 얻어 수백 말을 배에 가득 싣고 사시사철의 맛있는 음식을 양쪽에 실어, 오른손으로는 술잔을 들고 왼손으론 게를 들고 뱃전을 두드리며 산다면 한 평생이 족히 편안할 걸세."(得酒滿數百斛船, 四時甘味置兩頭, 右手持酒杯, 左手持蟹螯, 拍浮酒船中, 便足了一生矣.) 『진서』 「필탁전」 참조.

14) 鬢絲(빈사): 살쩍. 귀밑머리. 여기서는 세어진 머리카락.

15) 茶煙(차연): 차를 달일 때 나는 김.

해설 선방에서 지난 청춘을 회상한 시이다. 제2구에서 '봄이 나를 저버리지 않았다'는 말은 술을 마시며 그 즐거움을 누렸다는 뜻이지만, 사실은 내가 아름다운 시절을 헛되이 보냈다는 반어이기도 하다. 전반 2구의 과거에 대한 기술이 제3구에서 현재로 전환되면서 무한한 감개를 나타내었다.

진회하에 배를 대고(泊秦淮)[16]

煙籠寒水月籠沙,[17]	안개는 찬 강물을 감싸고 달빛은 모래를 감싸는데
夜泊秦淮近酒家.	밤 되어 진회하에 배를 대니 술집이 가깝구나
商女不知亡國恨,[18]	가녀들은 남조 진나라가 망한 한을 모르는지
隔江猶唱後庭花.[19]	강 건너서 지금도 〈후정화〉를 노래하네

---

16) 秦淮(진회) : 진회하(秦淮河). 남경을 거쳐 장강으로 흘러드는 강. 발원지는 강소성 율수현(溧水縣) 동북으로, 길이 약 110킬로미터이다. 전설에 의하면 진시황이 남순(南巡) 중 남경에 왔을 때 풍수가가 오백 년 후에 천자가 나올 기운이 있다고 진언하자, 왕기(王氣)를 없앤다고 종산(鍾山)을 뚫고 지맥을 끊으면서 굴착한 강이다. 남경은 삼국시대 동오의 수도가 된 이래로, 남조의 동진, 유송, 제. 양, 진의 수도로 3백여 년간 귀족문화가 번성하였다. 수(隋)가 중국을 통일하면서 남경은 철저히 파괴되었고 당대에는 육조의 면모가 거의 남아있지 않았지만, 진회하의 강변에는 상가와 기루가 번성하였다.

17) 籠(롱) : 둘러싸다. 감싸다.

18) 商女(상녀) : 노래를 업으로 삼고 살아가는 가기(歌妓). ○亡國恨(망국한) : 망국의 한. 여기서 '국'(國)은 남조의 마지막 왕조 진(陳)을 가리킨다.

19) 隔江(격강) : 진회하 건너편을 가리킨다. 작자는 배안에서 그들의 노래를 듣고 있으므로 '격강(隔江)'이라 했다. '강(江)'은 장강을 가리키는 게 아니라 진회하를 가리킨다. 강남 이남 지역에서는 물길의 크기에 관계없이 모두 '강'이라고 불렀다. ○後庭花(후정화) : 진(陳) 후주(後主) 진숙보(陳叔寶)가 지은 무곡(舞曲) 「옥수후정화」(玉樹後庭花). 진 후주가 정사는 돌보지 않고 날마다 주연과 가무에 빠져 결국 진나라가 망하였다. 『수서』(隋書) 「오행지」(五行志)에 다음과 같은 기록이 있다. "정명(禎明) 연간(587~589년) 초에 후주는 새 노래를 지었는데 가사가 무척 애절하였다. 후궁의 미녀들이 익혀 부르게 하였다. 그 가사에 '옥 같은 나무가 뒤뜰에 피었는데, 그 핀 꽃이 오래가지 못하여라(玉樹後庭花, 花開不復久.)가 있었는데 당시 사람들이 가참

평석 절창.(絶唱.)

해설 이 시의 묘미는 아름다운 경관 속에 역사의 비유를 싣고 있는 점이다. 제1구는 진회하의 야경을 그림처럼 그렸으며, 제2구는 배를 대는 장면을 그렸다. 제3구의 '부지'(不知)는 감개가 가장 깊은 곳으로, 당시 기울어가는 당의 국세를 투영하고 있어 통치자를 경계하는 뜻이 깃들어 있다. 풍광과 서정, 역사와 현실이 교착된 두목의 절구 가운데 대표작으로 역대로 음송되어 왔다.

도화부인 사당에 적다(題桃花夫人廟)[20]

細腰宮裏露桃新,[21]	세요궁 안 우물 옆에 복사꽃이 새로운데
脈脈無言度幾春?[22]	말없이 사무친 눈빛으로 여러 해를 보냈지
至竟息亡緣底事?[23]	결국 식나라가 망한 건 무엇 때문이었던가?
可憐金谷墜樓人.[24]	가련하여라, 금곡원 누각에서 떨어진 녹주여

(歌讖, 노래로 지어진 징조)이라고 하였다." 진나라는 정명 3년(589)에 장강을 건너온 수의 군대에 의해 멸망하였다. 『구당서』(舊唐書) 「음악지」(音樂志)에선 「옥수후정화」는 길가는 사람들이 듣고 울지 않는 사람이 없을 정도로 애절하여 '망국의 음악'(亡國之音)이라고 하였다.

20) 桃花夫人(도화부인) : 식부인(息夫人). 춘추시대 식(息)나라 군주의 부인. 용모가 절세가인이고, 눈빛이 가을 강물 같고, 얼굴이 복사꽃과 같다고 하여 '도화부인'(桃花夫人)이라고도 하였다. 초 문왕(楚文王)이 그녀를 얻기 위해 식나라를 멸망시켰다. 그녀는 문왕의 아들을 둘이나 낳았지만 문왕과는 말을 하지 않았다. 사당은 호북성 황피현(黃陂縣) 동쪽에 소재. 왕유의 「식부인」 참조.

21) 細腰宮(세요궁) : 초나라 궁전. 초 영왕(楚靈王)이 가는 허리를 좋아하자 여인들이 벽을 짚고 일어서거나 나라에 굶어죽는 사람이 많았다고 한다. 『묵자』「겸애」(兼愛)와 『한비자』「이병」(二柄) 등에 보인다. ○ 露桃(노도) : 노정(露井) 옆의 복사꽃.

22) 脈脈(맥맥) : 사무치듯 바라보는 모양. 정을 품고 바라보는 모양. '고시십구수' 중의 「멀고 먼 견우성」(迢迢牽牛星)에 "찰랑이는 강을 사이에 두고, 사무치는 눈빛으로 서로 보고만 있네"(盈盈一水間, 脈脈不得語.)란 구절이 있다.

23) 至竟(지경) : 결국. ○ 底事(저사) : 何事(하사)와 같다. 무엇. 무슨 일.

평석 말을 하지 않으면서도 아들을 낳았으니 이는 무슨 뜻인가? 도화부인은 누각에서 떨어져 죽은 녹주보다 못하다.(不言而生子, 此何意耶? 綠珠之墮樓, 不可及矣.)

해설 식부인을 제재로 한 시이다. 시의 첫머리에서 우물 옆에 핀 복사꽃을 보고 도화부인을 연상하였고, 제2구에서 그녀를 동정하는 듯하였지만, 갑자기 후반부에서는 비슷한 처지에 놓였던 녹주보다 못하다며 질책하였다. 같은 제재로 시를 쓴 왕유의 「식부인」은 판단을 보류한 채 식부인을 동정하는 입장이었다. 자신의 미모 때문에 나라 또는 주인이 몰락했을 때 그 여인은 어떻게 처신해야 하느냐는 문제와 시의 표현 문제는 일찍이 평론가 사이에 쟁론이 되었다. 청대 왕사진(王士禎) 등은 두목의 시가 대의의 잣대로 질책하고 있어 왕유의 시보다 못하다고 하였지만, 조익(趙翼) 등은 오히려 두목의 시가 함축적이고 비판이 노출되지 않아 『시경』 시인의 뜻을 얻었다고 평가하였다. 심덕잠 역시 두목의 시에 찬동하면서 도화부인을 비판하는 논조를 보였다.

양주 한작 판관에게 부침(寄揚州韓綽判官)[25]

靑山隱隱水迢迢,[26]   청산은 흐릿하고 강물은 아득한데

---

24) 金谷墜樓人(금곡추루인) : 금곡원의 누각에서 떨어져 죽은 사람. 서진(西晉) 석숭(石崇)의 애첩 녹주(綠珠)를 말한다. 용모가 빼어나고 시를 지을 수 있었으며, 피리를 잘 불고 춤을 잘 추었다. 당시 조왕(趙王) 사마륜(司馬倫)의 총신 손수(孫秀)가 빼앗으려 했으나 석숭이 거절하였다. 이에 손수는 사마륜에게 석숭, 반악(潘岳), 구양건(歐陽建)을 살해할 것을 주청하였다. 무사들이 석숭을 체포하러 오자 녹주는 누각에서 뛰어내려 죽었다.

25) 韓綽(한작) : 미상. 당시 한작은 회남절도사의 판관이었다. 두목의 시집에 「한작의 죽음에 곡하다」(哭韓綽)는 시도 있다. ○判官(판관) : 관찰사 또는 절도사의 속관으로 문서를 관리한다.

26) 隱隱(은은) : 은은하다. 희미하여 분명하지 않는 모양. ○迢迢(초초) : 아득히. 멀리. 먼 모양.

秋盡江南草未凋,　　가을이 다 가도 강남의 초목은 시들지 않아라
二十四橋明月夜,[27]　스물네 개 다리마다 달 밝은 밤
玉人何處教吹簫?[28]　옥인은 어디에서 피리를 불게 하나?

해설 양주에 대한 그리움을 표현하였다. 두목은 833~835년에 회남절도
사 장서기로 한작과 함께 근무한 후 846년 목주자사로 가게 되었다. 이
시는 두목이 양주를 떠난 후 양주에 있는 한작에게 어떻게 지내는지 안
부를 물음과 동시에 번화한 양주에서의 생활을 그리워하였다. 말구의 옥
인(玉人)을 가기(歌妓)로 본다면 한작이 피리를 부는 것이고, 옥인을 한작
으로 본다면 가기들에게 피리를 불게 한다고 볼 수 있다. 모두 통한다.
두목은 양주에서의 그러한 운사(韻事)에 지극한 미련을 나타내면서도 겉
으로는 완곡하게 표현하고 있어 성당시의 운미(韻味)를 띠고 있다.

변방에서 호가 소리 들으며(邊上聞笳)

何處吹笳薄暮天?　　해 저물녘 하늘가에서 호가 소리 들리는데
塞垣高鳥沒狼煙.[29]　장성 위 높은 새는 봉화 연기에 휩싸이네
遊人一聽頭堪白,　　나그네 한 번 들어도 머리가 희어지는데
蘇武爭禁十九年?[30]　소무는 어떻게 십구 년간 감금되어 있었나?

---

27) 二十四橋(이십사교): 양주 성 안에 있는 이십사 개의 다리. 당대에는 양주가 번화하
　　였다. 송대 심괄(沈括)의 『몽계필담』에는 다리 이름을 모두 적시하였다. 그러나 나
　　중에 '이십사교'라는 다리 이름으로 변하였다.
28) 玉人(옥인): 미인. 양주의 가기(歌妓)를 말한다.
29) 塞垣(새원): 塞垣(새원): 변방의 벽담. 일반적으로 장성(長城)을 가리킨다. ○ 狼煙
　　(낭연): 봉수의 연기. 연기가 곧바로 올라가게 하기 위해서 이리의 똥을 태웠다.
30) 蘇武(소무): 서한의 명신. 한 무제 때인 기원전 100년 흉노에 사신으로 나갔다가 억류
　　되어 귀순할 것을 강요받았으나 굴하지 않고 바이칼 호 부근에서 방목하면서 지냈다.
　　십구 년이 지난 후 소제(昭帝) 때 한나라가 흉노와 화친하게 되면서 귀국할 수 있었다.

평석 '쟁금'(爭禁, 어찌 감금되었나)이 뛰어나다. 통행본에서는 '증금'(曾禁, 일찍이 감금되었다)으로 되어 있다.('爭禁'妙, 俗本作'曾禁.')

해설 변방생활의 어려움을 그렸다. 전반 2구는 변새의 풍광을 그렸고, 후반 2구는 호가 소리로부터 변방에 사는 병사들의 깊은 시름을 표현하였다. 특히 흉노에 사신으로 가 십구 년 동안 구류되었던 소무는 얼마나 힘들었는지를 상상함으로써 변경의 척박함을 표현하였다.

산행(山行)

遠上寒山石徑斜,	멀리 가을 산 오르니 돌길이 비스듬한데
白雲生處有人家.	흰 구름 이는 곳에 인가가 있어라
停車坐愛楓林晚,[31]	수레를 멈추고 하릴없이 저녁 단풍 보노라니
霜葉紅於二月花.[32]	서리에 물든 단풍잎이 봄꽃보다 더 붉어라

해설 차가운 산과 흰 구름을 배경으로 붉게 물든 단풍을 그렸다. 역대로 단풍을 묘사한 시 가운데 가장 뛰어난 시로 친다. 명청시대에 화가들은 곧잘 「정거애풍도」(停車愛楓圖)를 그렸으며, 현대의 소설가 모순(茅盾)은 제4구에서 한 글자를 바꾸어 장편소설의 제목 『상엽홍사이월화』(霜葉紅似二月花)를 만들었다.

---

31) 坐(좌) : 하릴없이. 부질없이. 허사(虛詞)로 空(공)이나 徒(도)의 쓰임으로 본다. 이밖에 因(인, 때문에)으로 풀어 수레를 멈추는 이유를 나타낸 것으로 보아, "수레를 멈추는 건 저물녘 단풍 숲을 보기 위해서"라 새길 수 있으나 제4구와 뜻이 잘 연결되지 않으므로 취하지 않는다.
32) 霜葉(상엽) : 서리를 맞아 물든 나뭇잎. ○二月花(이월화) : 음력 이월의 꽃. 봄꽃.

이상은(李商隱)

평석 이상은은 풍유에 뛰어나고 전고에 공교하여 당대 시인 가운데 새로운 경지를 열었다. 시 가운데 풍자가 너무 심한 것은 종종 경박한 데로 치우쳤으므로, 여기서는 아정한 작품을 뽑았다.(義山長於風諭, 工於徵引, 唐人中另開一境. 顧其中譏刺太深, 往往失之輕薄, 此俱取其大雅者.)

비 오는 밤에 북쪽에 부침(夜雨寄北)[1]

君問歸期未有期,[2]	내 돌아갈 날 그대 묻지만 아직 기약할 수 없어
巴山夜雨漲秋池,[3]	파산의 비 오는 밤에 가을 연못물이 불어난다
何當共剪西窓燭,[4]	그 어느 날 서창의 방에서 함께 촛불 심지 자를 때
却話巴山夜雨時.[5]	돌이켜 파산의 밤비 내리는 지금을 이야기 하리

평석 이는 규중에 부치는 시이다. 운간 당씨는 애인에게 부친 시라고 하지만 시 속 어디에 애인에게 보내는 뜻이 있는가?(此寄閨中之詩, 雲間唐氏謂寄私昵之人, 詩中有何私昵意耶?)

---

1) 寄北(기북) : 북쪽에 부치다. 촉 지방에 있는 시인이 볼 때 장안은 북쪽에 있으므로, 북쪽에 있는 처 혹은 애인에게 편지를 보낸다는 뜻. 현대 학자 유학개(劉學鍇) 등은 친구에게 보내는 시라고 하였다.
2) 君(군) : 그대. 제2인칭. ○ 歸期(귀기) : 돌아갈 날짜. 내가 돌아가는 기일. ○ 未有期(미유기) : 기일이 없다. 명확한 기일을 정하지 못하다.
3) 巴山(파산) : 대파산(大巴山) 혹은 파령(巴嶺)이라고도 한다. 섬서성 서남부, 사천성 동남부, 중경시 동부가 만나는 곳에 있는 산. 섬서성 서향현(西鄕縣)의 서남에서 삼협(三峽)에 이른다. 산 남쪽에는 고대에 파국(巴國)이 있었다. 여기서는 중경시 동부 일대를 가리킨다.
4) 何當(하당) : 언제. 어느 때. ○ 西窓(서창) : 서쪽으로 난 창문. 서창이 있는 방. 곧 부인의 거실을 가리킨다. ○ 剪燭(전촉) : 초의 심지를 자르다. 고대에는 초의 심지가 타면 재가 응결되어 불빛이 어두워지므로 자주 가위로 잘라주어 밝게 하였다.
5) 却話(각화) : 돌이켜 말하다.

해설 밤비 내리는 파산에서 아내에게 부친 시이다. 문답으로 시작하여 과거, 현재, 미래의 만남과 기대를 썼다. 청대 풍호(馮浩)는 848년(약 37세)에 처에게 보내는 시라고 하였지만, 일부 학자들은 재주(梓州)에 있을 때 지었으며 이때는 처 왕씨가 죽고 난 뒤이므로 친구에게 부친 것으로 본다. 그러나 시어가 환기하는 정서가 온화하여 처에 보내는 시로 봄이 타당할 것이다. 감정이 진지하고 깊어 역대로 명시로 꼽힌다.

영호 낭중에게 부침(寄令狐郎中)

嵩雲秦樹久離居,[6]   숭산의 구름과 장안의 나무로 오래 헤어졌는데
雙鯉迢迢一紙書.[7]   한 장의 편지가 멀리서 왔어라
休問梁園舊賓客,[8]   양원의 빈객이 어찌 지내는지 묻지 말게나
茂陵秋雨病相如.[9]   무릉에 가을비 내리고 사마상여는 병들어 있다네

해설 친구에게 부친 시이다. 845년(34세) 가을 낙양에서 지었다. 당시 장

---

6) 嵩雲(숭운): 숭산의 구름. 자신이 거주하는 곳을 가리킨다. ○ 秦樹(진수): 장안의 나무. 영호도가 있는 곳을 가리킨다. 이 구는 두 사람이 있는 곳을 말함과 동시에 서로 멀리 바라보며 생각한다는 뜻을 나타내고 있다.

7) 雙鯉(쌍리): 한 쌍의 잉어 모양의 목제 편지함. 편지를 말한다. 한대 고시 「장성 아래 샘에서 말에 물 먹이며」(飲馬長城窟行)에 "먼 곳에서 온 손님이, 나에게 쌍 잉어 편지함을 주어서, 어린 종을 시켜 잉어를 갈랐더니, 뱃속에서 비단 편지 나왔지요"(客從遠方來, 遺我雙鯉魚. 呼兒烹鯉魚, 中有尺素書.)란 말에서 유래했다. 여기서는 영호도의 편지를 가리킨다.

8) 梁園(양원): 서한 초기 양효왕(梁孝王)의 정원. 지금의 하남성 상구(商丘) 동쪽 소재. 양효왕이 사방의 호걸을 초빙하니 문인과 인재들이 몰려들었다. 당시 사마상여도 빈객으로 들어갔다. 여기서는 영호초의 막부를 가리킨다. ○ 賓客(빈객): 손님. 여기서는 자신을 가리킨다. 이상은은 829~837년 사이에 영호도의 부친 영호초의 막부에 세 차례나 들어가 근무했다.

9) 茂陵(무릉) 구: 사마상여는 칭병하고 한거하면서 관직에 나가지 않고 효문원령(孝文園令)으로 지냈다. 이마저 병으로 그만 두게 되자 무릉에서 살았다.

안에서 우사랑중으로 재직하고 있던 친구 영호도가 안부 편지를 보내오
자 이상은이 이 시로 답하였다. 이때는 이상은이 3년 전 모친상으로 비
서성정자를 그만두고 낙양에서 한거할 때로, 시에서 자신을 병으로 관직
에서 물러나 있는 사마상여로 비유하였다. 친구와의 정, 자신의 처지, 편
지가 온 사연 등이 어우러져 있다.

한궁사(漢宮詞)

青雀西飛竟未回,[10]   서쪽으로 간 청조는 결국 돌아오지 않는데
君王長在集靈臺.[11]   한 무제는 오래도록 집령대에서 기다리네
侍臣最有相如渴,[12]   신하들 가운데 사마상여가 소갈증이 있어도
不賜金莖露一杯.[13]   승로반에 고인 이슬을 한 잔도 주지 않더라

평석 군주의 신선술 추구가 무익함을 말하였다. 어떤 평론가는 신선술을 좋아하면서 어진
인재를 멀리함을 풍자했다고 말했다. 어떤 평론가는 천자가 신선술을 구하는데 궁궐이 넓
으므로 '궁사'라 제목을 붙였고 사마상여를 궁녀에 비겼다고 했는데 지나친 견강부회로 우
스울 지경이다.(言求仙無益也. 或謂刺好神仙而疏賢才. 或謂天子求仙, 宮闈必曠, 故以'宮詞'名
篇. 以相如比宮女, 穿鑿可笑.)

---

10) 青雀(청작) : 청조(青鳥)라고도 한다. 전설 속 서왕모의 편지를 전하는 새. ○ 竟(경) :
    결국. 이 구는 『한 무제 이야기』(漢武故事)에서 서왕모가 한 무제를 찾아온 후 떠나
    면서 삼년 후 다시 오겠다는 말을 했지만 결국 오지 않은 일을 가리킨다.
11) 集靈臺(집령대) : 신선이 모이는 누대. 한 무제는 집령궁과 망선궁(望仙宮)을 축조하
    였다. 당대에도 화청궁의 장생전 옆에 집령대를 세웠다.
12) 相如(상여) : 사마상여. ○ 渴(갈) : 소갈증. 당뇨병.
13) 金莖(금경) : 구리 기둥. 곧 한 무제가 세운 청동 선인(仙人) 승로반. 한 무제가 방사
    의 말을 믿고 건장궁에 청동의 신선상을 세웠는데, 높이 이십 장에 크기 칠 길이며
    팔을 벌려 승로반을 받들고 있는 형상이다. 승로반에 고이는 하늘의 이슬을 받아 옥
    가루와 섞어 먹으면 장생할 수 있다고 한다. 『삼보고사』(三輔故事) 참조.

해설 한 무제의 신선술 추구를 제재로 하여 군주의 신선술 풍기를 비판하였다. 마침 845년(會昌 5년) 무종은 망선대(望仙臺)를 세웠으므로 제2구는 이를 가리킬 수도 있다. 다른 한편 바로 앞의 시에서 보듯이 이상은은 자신을 사마상여에 비겼으므로, 발탁에 목마른 자신에게 군왕의 우로(雨露)와 은택은 조금도 내리지 않음을 풍자한다고 볼 수도 있다.

궁중의 가기(宮妓)[14]

珠箔輕明拂玉墀,[15]	가벼운 주렴이 옥 계단을 스치는
披香新殿鬪腰支.[16]	새로 지은 피향전에서 아름다운 허리 다투네
不須看盡魚龍戲,[17]	변화막측한 어룡희를 다 보게 하지 마소
終遣君王怒偃師.[18]	종내는 군왕이 언사(偃師)에게 큰 화를 퍼부었다네

---

14) 宮妓(궁기) : 궁중의 교방에서 노래를 부르거나 춤을 추는 예인(藝人). 당대 최령흠(崔令欽)의 「교방기」(敎坊記)에는 "장안의 우교방은 광택방에 있고, 좌교방은 연정방에 있다. 우교방은 노래 잘 하는 사람이 많고, 좌교방에는 춤을 잘 추는 사람이 많다. (…중략…) 낙양의 동서교방은 모두 명의방에 있다. (…중략…) 기녀가 의춘원(宜春院)에 들어가면 나인(內人)이라 하거나 전두인(前頭人)이라 하며 자주 주상 앞에 나간다"고 하였다.

15) 珠箔(주박) : 주렴. 옥이 장식된 발. ○ 玉墀(옥지) : 궁전의 하얀 돌계단.

16) 披香新殿(피향신전) : 새로 지은 피향전. 한대 미앙궁에 피향전이 있었는데, 성제의 황후 조비연이 노래한 곳이다. 당대에도 흥경궁 안에 피향전이 있었다. 여기서는 궁중의 가무가 펼쳐지는 곳을 가리킨다. ○ 鬪腰支(투요지) : 아름다운 몸매로 솜씨를 경연하다.

17) 魚龍戲(어룡희) : 곡예의 일종. 『한서』 「서역전」에 "어룡희와 각저희가 만연하였다"(漫衍魚龍角抵之戲)는 말이 있다. 안사고가 예시한 자세한 주석에 의하면 일종의 신기하고 환상적인 마술과 곡예로 보인다.

18) 심주 : 『열자』에 기록했다. "주 목왕이 서방으로 순수를 갔는데 도중에 왕에게 공인을 바치는 나라가 있었으니 공인의 이름이 언사였다. 언사가 제작한 예인은 그 턱을 움직이니 가락에 맞는 노래를 부르고, 그 손을 들어 올리니 절도에 맞는 춤을 추었다. 재주가 끝날 무렵 예인이 왕의 시첩에게 눈짓을 보내는 게 아닌가. 왕이 노하여 언사를 주살하려 하자, 언사가 바로 예인을 분해하여 왕에게 보였는데, 간과 쓸개와 사지 등이 모두 실물이 아니었다."(列子 : "穆王西巡, 道有獻工人名偃師. 偃師所造能

해설 궁중 예인들의 가무 장면에서 시작하여 군왕이 언사(偃師)에게 노하는 장면을 그렸다. 시의 초점은 전반부가 아니라 후반부로, 인형을 살아있는 사람처럼 부리는, 교묘한 재주를 가진 언사와 같은 사람에 맞추어져 있다. 이상은의 궁정과 관련되는 많은 시가 정치적 비유를 가진 점으로 보아, 이 시 역시 교묘한 술수로 정치적 줄타기를 하는 사람들의 비극적인 말로를 희화한 것으로 보인다. 아름답고 정감이 풍부한 가무 예술이 펼쳐지는 궁전이 하나의 기형적인 정치 공간이 되는 장면을 범상치 않은 솜씨로 그려내었다.

제궁사(齊宮詞)

永壽兵來夜不扃,[19]	영수전에 군사가 들이닥치니 밤 궁문이 열려있고
金蓮無復印中庭.[20]	반비는 금련 위에서 더 이상 춤추지 못하였지
梁臺歌管三更罷,[21]	양나라 들어서도 삼경 되어 가무 끝나면
猶自風搖九子鈴.[22][23]	영수전에 걸렸던 구자령이 절로 바람에 흔들렸다네

倡者, 領其頤則歌合律, 捧其手則舞應節. 技將終, 瞬其目而招王之侍妾. 王怒, 欲誅偃師, 偃師立剖散倡者以示王, 肝膽支節等, 皆假物也.)

[19] 永壽(영수) : 영수전. 남제(南齊) 폐제 동혼후 소보권(蕭寶卷)이 총비 반씨(潘氏)를 위해 세운 삼대전 가운데 하나. 사면의 벽을 금으로 칠했다고 한다. ○ 夜不扃(야불경) : 밤에 궁문을 경비하지 않다. 501년 옹주자사 소연(蕭衍, 나중의 양 무제)이 군사를 이끌고 도성 건강(建康)을 공격하고, 안에서 왕진국(王珍國) 등이 내응할 때 소보권은 함덕전(含德殿)에서 연회를 열고 있었다. 소보권은 이날 밤 참살되었다.

[20] 金蓮(금련) 구 : 소보권은 금으로 연꽃을 만들고는 반비(潘妃)에게 그 위를 걷게 하였다. 그리고는 말하기를 "걸음마다 연꽃이 핀다는 것이 바로 이것이로다"(此步步生蓮花也.)라 하였다. 『남사』 「동혼후본기」 참조.

[21] 梁臺(양대) : 양나라 궁전. 당시 궁궐을 대(臺)라고 하였다. 남조에는 도읍의 궁궐을 대성(臺城)이라 하였다.

[22] 심주 : 장엄사에 구자령이 있었다.(莊嚴寺有九子鈴.)

[23] 九子鈴(구자령) : 금과 옥 등으로 만들어 궁전이나 탑의 네 처마 아래 매단 풍경. 『남사』 「동혼후본기」에 의하면, 장엄사의 옥 구자령, 외국사(外國寺)의 부처의 후광, 선령사(禪靈寺) 탑의 보옥 등을 모두 거두어 반비의 궁전을 장식하였다고 한다.

평석 이 시는 의론을 나타내지 않았다. "안타까워라, 한밤까지 헛되이 무릎 당겨 말했더니"는 의론을 나타낸 것으로, 두 편의 시는 체재는 다르나 각기 그 뜻을 다 펼쳤다.(此篇不著議論, "可憐夜半虛前席"竟著議論, 異體而各極其致.)

해설 제나라는 군주의 황음과 사치로 나라가 멸망했지만, 이를 이은 양나라도 같은 전철을 밟고 있음을 풍자하였다. 제목이 '제궁사'이지만 그 초점은 양나라에 있다. 이 시는 구자령이라는 풍경으로 제나라 동혼후의 황음과 양나라 군주의 사치를 연결하여 역사의 교훈을 듣지 않는 자의 비참한 운명을 드러내놓았다.

가생(賈生)[24]

宣室求賢訪逐臣,[25]	문제가 선실에서 귀양갔다온 가의에 자문 구하니
賈生才調更無倫.[26]	가의의 재능은 짝할 자가 없더라
可憐夜半虛前席,[27]	안타까워라, 한밤까지 헛되이 무릎 당겨 말했더니
不問蒼生問鬼神.[28]	민생은 묻지 않고 귀신의 일만 묻더라

---

24) 賈生(가생) : 가의(賈誼). 서한 초기의 정론가이자 문학가. 여러 차례 부국강병의 방책을 상소했지만 받아들여지지 않았다.

25) 宣室(선실) : 한대 미앙궁 앞의 정실. ○ 訪(방) : 묻다. ○ 逐臣(축신) : 폄적된 신하. 가의를 가리킨다. 가의는 상례를 깨고 문제에 의해 태중대부(太中大夫)로 발탁되었지만, 주발, 관영 등 대신들이 배척하여 장사왕의 태부로 좌천되었다. 몇 년 후 문제가 다시 장안으로 불러 선실에서 그를 접견하였다.

26) 才調(재조) : 재기. 재능. ○ 無倫(무륜) : 짝할 사람이 없을 정도로 출중하다.

27) 可憐(가련) : 애석하다. 안타깝다. ○ 虛(허) : 부질없이. 헛되이. ○ 前席(전석) : 앞으로 자리를 옮기다. 고대에는 바닥에 앉았으므로 앉은 채 몸을 움직여 가까이 자리를 옮긴 일을 말한다.

28) 蒼生(창생) : 백성. 문제가 가의를 불러 접견할 때, 마침 문제가 신에게 제사를 지내고 온 뒤라 귀신에 대한 감응과 귀신의 근본에 대해 물었다. 한밤이 되도록 무릎을 당겨 앉으며 이야기를 나누었다. 문제는 접견이 끝나고 나와서는 "내가 가의를 만난 지 오래되었는데, 스스로 그보다 낫다고 생각했으나 지금 보니 그보다 못하구나"라

평석 청대 전겸익의 "주발과 관영은 가의를 참훼할 줄만 알았지, 땀 흘리며 진평에게 부끄러운 줄 생각했겠나?"는 전적으로 이 시를 배웠다.(錢牧齋"絳灌但知讒賈誼, 可思流汗愧陳平?"全學此種.)

해설 문제가 가의에게 민생과 국사가 아닌 귀신의 문제를 물은 점을 들어, 비록 가의의 재능을 중시했지만 진정으로 인재를 쓰지 않았음을 아쉬워하였다. 고전시에서 가의와 관련된 시는 일반적으로 회재불우를 표현하는 것으로 이 시 역시 예외는 아니나, 문제의 선실 접견이라는 구체적인 전고로 의론과 감개를 결합시킨 점이 뛰어나다.

북제 2수(北齊二首)[29]

제1수

一笑相傾國便亡,[30]	한 번 웃음에 마음을 빼앗겨 나라가 곧 망하니
何勞荊棘始堪傷.[31]	슬퍼하길 어찌 궁전에 가시덤불 자랄 때까지 기다리리오
小憐玉體橫陳夜,[32][33]	소련(小憐)의 옥체가 가로 눕는 밤
已報周師入晉陽.[34]	북주의 군사에 진양이 함락됐다고 보고하네

말하였다. 『사기』「굴원가생열전」참조.

[29] 北齊(북제) : 남북조시대의 북방왕조 가운데 하나. 수도는 업성(鄴城)이며 존속 기간은 550~577년이다.

[30] 傾(경) : 마음을 기울이다. 마음을 빼앗기다. 이 구는 서한 이연년(李延年)이 지은 「노래」에 "한 번 돌아보면 성이 무너지고, 두 번 돌아보면 나라가 무너진다"(一顧傾人城, 再顧傾人國.)는 뜻을 연상시킨다.

[31] 荊棘(형극) : 가시덤불. 나라가 망하여 궁전에 가시덤불이 깔리는 일을 말한다.

[32] 심주 : 북제 후주의 풍숙비의 이름이 소련이다.(後主馮淑妃名小憐.)

[33] 小憐(소련) : 후주 고위의 총비인 풍숙비. 원래 대목후(大穆后)의 시녀였다. 비파를 잘 타고 가무에 능했다. ○横陳(횡진) : 가로눕다.

제2수

巧笑知堪敵萬幾,[35]　　　아리따운 웃음에 군왕이 정무도 잊었으니
傾城最在著戎衣.[36]　　　경국지색은 군복을 입고서도 가장 아름다워라
晉陽已陷休回顧,[37]　　　진양이 이미 함락되었어도 돌아보지 말고
更請君王獵一圍.[38]　　　군왕에게 다시 한 번 사냥하자 청하네

해설 역사적인 일을 가져와 현실을 비판한 시이다. 북제 후주 고위(高緯)가 풍숙비(馮淑妃)를 총애하며 황음하다가 나라가 망한 일을 제재로 하였다. 시간의 순서로 보면 평양이 함락되었는데도 풍숙비가 사냥을 청하는 일이 먼저 있고, 다음에 진양이 함락되었으므로 제1수와 제2수는 바뀌어야 옳다. 당 무종도 후기에는 사냥을 좋아하고 여색에 빠졌으므로 경계의 뜻을 넣은 것으로 보인다.

---

34)　周(주) : 북주(北周). ○晉陽(진양) : 지금의 산서성 태원시. 576년 11월 북주의 무제가 평양(平陽)을 함락시키자 북제 후주는 진양(晉陽)으로 후퇴하였다. 12월에 북주의 군사가 다시 진양을 공격하자 후주는 도성 업성(鄴城)으로 달아났다.

35)　萬幾(만기) : 萬機(만기)라고도 쓴다. 군주의 수많은 업무. 이 구는 풍숙비의 웃음은 군주가 정무를 제쳐놓기 족할 정도라는 뜻이다.

36)　傾城(경성) : 경성지색. 풍숙비를 가리킨다.

37)　晉陽(진양) : 평양(平陽, 산서성 臨汾)이라 해야 옳다.

38)　심주:『북제서』에 기록했다. "북주의 군대가 평양을 함락시킬 때 북제의 후주는 삼퇴에서 사냥을 하고 있었다. 진주가 위급하다는 보고가 들어와 후주가 돌아가려 하자 풍숙비가 포위 사냥을 한 번 더 하자고 청하였기에 이를 따랐다.(北齊書 : "周師取平陽, 帝獵於三堆, 晉州告急, 帝將反, 淑妃請更殺一圍, 從之.")

전임 장군(舊將軍)[39]

雲臺高議正紛紛,[40]	운대에 누굴 올릴지 의론이 한창 분분하여
誰定當時蕩寇勳?	흉노 소탕 공훈을 누구에게 돌릴지 정하지 못하네
日暮灞陵原上獵,[41]	해 저물녘 파릉에서 사냥하고 돌아가는
李將軍是故將軍.	이광 장군을 전임 장군이라 하더라

해설 나라를 위해 혁혁한 공을 세운 이광 장군이 운대의 화상(畵像)으로 올라가지 못했을 뿐만 아니라 통행금지 위반으로 제지되는 상황을 그렸다. 이상은이 동정한 '구장군'은 누구인가? 청대 풍호(馮浩)는 이덕유(李德裕)를 꼽았다. 848년(大中 2년) 당 조정에서는 당 초기부터 정원 연간까지의 공신 서른일곱 명의 화상을 능연각에 모시려 했다. 이덕유는 회흘을 물리치고 택로(澤潞)의 반군을 평정하였지만 아무도 공신으로 추천하지도 않았거니와 오히려 당시 조주사마로 좌천되어 있었다. 객관적인 균형을 찾지 못하는 조정의 정치적 속성을 날카롭게 지적한 시이다.

---

39) 舊將軍(구장군) : 전임 장군. 서한 이광을 가리킨다. 이광이 장군 직에서 물러나 평민으로 살 때 남전산에서 사냥을 하였다. 한 번은 다른 사람과 밭에서 술을 마시고 늦게 돌아가는 길에 파릉의 역참에 이르니 수위가 술에 취해 소리치며 이광을 제지하였다. 이광이 "전임 이 장군이오"라고 했더니 수위가 "현임 장군도 야행을 나갈 수 없는데, 전임 장군이 어찌 되겠소!"(今將軍尙不得夜行, 何故也.)라고 하였다. 『한서』 「이광전」 참조.

40) 雲臺(운대) : 동한 궁중의 높은 누각. 육십 년에 한 명제(漢明帝)가 광무제 때의 공신과 명장 이십팔 명의 화상을 그려 이곳에 모시게 하였다. ○ 高議(고의) : 고명한 의론. 조정에서 화상에 들어갈 인물을 정하며 벌이는 공의 우열에 대한 의론. '고'(高) 자에는 풍자의 뜻이 깃들어 있다.

41) 灞陵(파릉) : 한 문제의 능묘. 장안 동남 교외에 소재.

항아(常娥)[42]

雲母屛風燭影深,[43]	운모 병풍에 촛불 그림자 깊은데
長河漸落曉星沈,[44]	은하수 점점 기울고 새벽 별 사라지네
常娥應悔偸靈藥,	항아는 분명 불사약 훔친 일 후회하리
碧海靑天夜夜心,[45]	바다에서 하늘로 운행하며 밤마다 끝없는 마음이네

평석 고적한 상황을 '야야심' 석자로 다 표현하였다. 선비 중에서도 먼저 출세하여 후회하는 사람은 이와 같은 상황일 것이다.(孤寂之況, 以'夜夜心'三字盡之. 士有爭先得路而自悔者, 亦作如是觀.)

해설 불사약을 훔쳐 달아난 항아 이야기를 그렸다. 제1구는 항아가 사는 월궁의 밤 깊은 실내를 그렸고, 제2구는 창문 밖으로 보이는 새벽의 천공을 그렸다. 후반부는 제삼자의 입장에서 영원히 고독한 항아의 심사를 추측하였다. 이 시가 무엇을 의미하는지에 대해서는 역대로 의견이 분분하다. 인간 세계의 이별을 비유한 것으로 볼 수도 있고, 신선술 추구를 비판했다고 볼 수도 있고, 화려한 규중에 있는 여인의 공허한 마음을 비유한 것으로 볼 수도 있다. 혹은 이상은이 알고 지냈던 여도사를 동정하고 그리워하는 것으로 볼 수도 있다. 어느 경우든 이 시는 적막하고 고결한 경계를 후회와 원망의 심정을 투영하여 뚜렷이 그렸다는 점에서 독특하고 아름답다.

---

42) 常娥(항아) : 姮娥 또는 嫦娥라고도 쓴다. 신화 속에 나오는 여신. 『회남자』「남명훈」(覽冥訓)에 "예가 서왕모에게 불사약을 청하였는데, 항아가 이를 훔쳐 월궁으로 달아났다"(羿請不死之藥於西王母, 姮娥竊之以奔月宮.)는 이야기가 있다. 고유(高誘)는 주석에서 항아는 예의 아내이며, 달로 달아나 월정(月精)이 되었다고 하였다.

43) 雲母屛風(운모병풍) : 운모로 장식한 병풍. 궁중에서 많이 사용한다.

44) 長河(장하) : 은하수. ○漸落(점락) : 점점 사라지다. 가을철에는 은하수가 서쪽으로 기울다가 새벽에는 지평선 가까이에서 사라진다.

45) 碧海靑天(벽해청천) : 벽옥색 바다와 푸른 하늘. 달이 운행하는 곳을 말한다.

온정균(溫庭筠)

쟁을 뜯는 사람에게(贈彈箏人)[1]

天寶年中事玉皇,[2]　　천보 연간에 현종을 섬기었고
曾將新曲教寧王.[3]　　일찍이 새 노래로 영왕을 가르쳤지
鈿蟬金雁皆零落,[4]　　매미 장식 기러기발 모두 떨어져 나갔어도
一曲伊州淚萬行.[5]　　〈이주〉 한 곡조에 눈물이 만 줄기 흐르네

평석 왕건의 「행궁」에서 백발의 궁녀가 현종 때를 말한다는 시와 같은 뜻이다.(與白頭宮女說玄宗同意.)

---

1) 箏(쟁) : 고쟁(古箏) 또는 진쟁(秦箏)이라고도 한다. 거문고와 비슷한 현악기. 『수서』 「음악지」에는 십삼 현으로 되어 있다고 했다.

2) 天寶(천보) : 당 현종의 연호. 742~755년. ○玉皇(옥황) : 도교에서 천제를 옥황대제라 부르는데, 줄여서 옥제 또는 옥황이라 한다. 여기서는 도교를 숭앙했던 현종을 가리킨다. 현종 이전의 황제에게 옥황이라 칭했던 적이 없다.

3) 寧王(영왕) : 현종의 형 이헌(李憲). 예종의 여섯 아들 가운데 장자. 처음에 태자로 책봉되었으나 이융기(李隆基, 나중의 현종)가 사직을 안정시키는 공을 세우자 제위를 양보하였다. 『신당서』 「제왕전」(諸王傳)에 이헌의 음악에 대한 감식안을 기록한 대목이 있다. "양주에서 신곡을 헌상하자 현종이 곧 앉더니 여러 왕을 불러 들어보게 하였다. 이헌이 말하였다. '곡이 비록 좋으나 궁이 길어서 이어지지 않고 상이 어지러워 변화가 심합니다. 군주가 신하를 핍박하고 신하가 군주를 범하는 것은 그 기미에서 시작하고 소리에 나타나며 노래로 퍼지고 사람의 일로 나타납니다. 소신이 생각하옵기에 파천의 화가 어느날 닥칠까 걱정되옵니다.' 현종이 아무 말도 하지 못하였다. 안사의 난이 일어나자 사람들이 이헌의 음악에 대한 감식안을 생각하였다."(涼州獻新曲, 帝御便坐, 召諸王觀之. 憲曰: "曲雖佳, 然宮離而不屬, 商亂而暴, 君卑逼下, 臣僭犯上. 發於忽微, 形於音聲, 播之詠歌, 見於人事, 臣恐一日有播遷之禍." 帝默然. 及安史亂, 世乃思憲審音云.)

4) 鈿蟬(전선) : 쟁의 몸체에 붙이는 매미 모양의 나전 장식. ○金雁(금안) : 현을 괴는 기러기발.

5) 伊州(이주) : 곡 이름. 상조(商調)로 서량절도사 개가운(蓋嘉運)이 진상하였다. 천보 연간의 악곡에는 변경의 지명을 이름으로 붙이는 경우가 많았다. 이주의 치소는 지금의 신강 하미시(哈蜜市). 백거이의 시집에도 「이주」가 있다.

해설 음악을 통해 시대의 변천을 노래하였다. 〈이주〉는 곡 이름이지만 이주까지 퍼져나간 당의 국력을 연상시킨다. 음악을 통해 시대의 성쇠와 국력의 승강을 나타낸 시는 두보의 「강남에서 이구년을 만나」 이래 유우석의 「가인 하감에게」 등 중만당시기에 더러 보인다.

요슬원(瑤瑟怨)[6]

冰簟銀床夢不成,[7]	은 침상 찬 대자리 누워도 잠들 수 없어
碧天如水夜雲輕.	강물 같은 푸른 하늘에 밤 구름이 가볍구나
雁聲遠過瀟湘去,[8]	기러기 소리는 멀리 소상강으로 날아가고
十二樓中月自明.[9]	십이루를 비추는 달빛만 저 홀로 밝아라

해설 누각에 홀로 지내는 여인이 맑은 가을밤에 잠들지 못하고 슬을 연주하는 정경을 그렸다. 제목에서 말하는 여인의 원망이 무엇인지는 명확하지 않으나, 그 정한을 풍경과 음악과 융합하여 아름다운 의경을 만들었다. 제3구와 같이 음악을 묘사하지 않아도 점점 멀어지는 음악이 절로 일어나고, 제4구와 같이 여인의 정한을 그리지 않아도 절로 그 정한이 달빛으로 드러났다. 일부 시평가들은 시 속의 여인을 여도사로 본다.

---

6) 瑤瑟(요슬) : 옥으로 장식한 슬(瑟). 당대의 슬은 거문고와 비슷한 악기로 일반적으로 이십오 현으로 이루어졌다.

7) 冰簟(빙점) : 차가운 대자리. ○ 銀床(은상) : 은으로 장식한 침상.

8) 雁聲(안성) 구 : 잠 못 드는 여인이 멀리 떠나는 기러기의 울음을 듣는다고 볼 수 있지만, 슬의 현을 괴는 기러기발이 기러기의 행렬과 같이 비스듬히 열 지어 있는 점을 생각하면 여인이 슬을 연주하며 표현하는 음악의 의경(내용)이라고 볼 수도 있다.

9) 十二樓(십이루) : 신선이 거주하는 곳. 일반적으로 궁중의 누각 또는 도교의 사원을 가리킨다.

위수 강가에 적다(渭上題)

呂公榮達子陵歸,[10]   강태공은 영달했고 엄자릉은 은거했으니
萬古煙波繞釣磯.   만고의 안개와 물결이 낚시터에 감도네
橋上一通名利迹,[11]   다리 위에 명리 좇는 발자국 지나간 뒤로
至今江鳥背人飛.[12]   지금도 물새들은 사람을 등지고 날아가네

해설 명리를 좇는 사람을 풍자하였다. 강태공과 엄자릉은 모두 강가에 낚시하며 은거했지만, 강태공은 낚시를 통해 벼슬을 구했고 엄자릉은 영달을 버리고 낚시했다는 점에서 그 낚시의 의미는 전혀 다름을 말했다.

---

10) 呂公(여공) : 강태공. 본명은 여상(呂尙)이고, 여망(呂望)이라고도 한다. 쉰 살에 음식을 팔았고, 일흔에 조가(朝歌)에서 백정으로 지내다가, 여든 살 때 위수(渭水)의 반계(磻溪)에서 낚시하다가 주 문왕(周文王)을 만나 재상이 되었다. ○子陵(자릉) : 엄자릉. 엄광(嚴光). 동한 초기의 은사. 젊었을 때 유수(劉秀)와 동문수학했는데, 유수가 광무제(光武帝)가 되어 그를 여러 번 불렀어도 나가지 않았다.
11) 橋(교) : 위교. 장안 근처 위수에 걸친 다리는 세 개 있었는데 그중 장안의 서북에 놓인 '서위교'(西渭橋)이다. 이 다리를 건너면 무릉(茂陵)이 나온다.
12) 至今(지금) 구 : 『열자』「황제」(黃帝)에 나오는 '해객압구'(海客狎鷗) 이야기를 환기한다. 바닷가에 갈매기와 놀던 사람이 부친의 말을 듣고 잡으려 갔더니 그때부터 갈매기들이 더 이상 가까이 오지 않았다는 이야기이다. 여기서는 갈매기들이 명리를 좇는 사람을 싫어함을 말한다.

허혼(許渾)

사공정 송별(謝亭送別)¹⁾

勞歌一曲解行舟,²⁾	이별 노래 한 가락에 닻줄 풀어 배 떠나면
紅葉青山水急流.	단풍 든 청산에 강물이 급하구나
日暮酒醒人已遠,	해 저물녘 술 깨니 사람은 벌써 멀리 가고
滿天風雨下西樓.	하늘 가득 비바람에 서루를 내려가네

평석 정신이 아득하다.(黯然銷魂.)

해설 선주 사공루에서 친구를 보내고 지은 시이다. 사공정은 남조의 시인 사조(謝朓)가 선성태수였을 때 세운 것으로 이곳에서 친구 범운(范雲)을 보내며 시를 남긴 이후로 유명한 송별지가 되었다. 시의 전반부와 후반부 사이에는 일정한 시간의 도약이 있어, 친구가 떠난 뒤에도 시인은 누대에서 취기에 잠겨있었음을 알 수 있다. 때문에 저녁 무렵 비바람 치는 누대에서 홀로 내려갈 때의 마음은 더욱 처연했으리라.

신선이 되려고(學仙)

心期仙訣意無窮,³⁾	신선 되는 비결을 배우려는 마음 깊고 깊어

---

1) 謝亭(사정) : 사공정(謝公亭). 남조의 제(齊)나라 시인 사조(謝朓)가 선성태수로 있을 때 지은 누각. 안휘성 선성시 시내의 능양산(陵陽山)에 소재. 사공루(謝公樓) 또는 사조루(謝朓樓)라고도 한다.
2) 勞歌(노가) : 이별 노래. 원래 노로정(勞勞亭, 남경의 유명한 송별지)에서 나그네를 보내며 부르는 노래.

采畫雲車起壽宮.[4]	채색 운거(雲車)를 만들고 수궁(壽宮)도 세웠지
聞有三山未知處,[5]	삼신산이 어디 있는지 아직 알지도 못하는데
茂陵松柏滿西風.[6]	무릉의 소나무와 측백엔 서풍이 가득해라

해설 한 무제의 신선술에 대한 경도를 풍자한 시이다. 제3구에서 갑자기 필세를 바꾸어, 삼신산에 대해 들었으나 아직 어디 있는지 알지도 못한 상태에서 이미 황천에 들었다며, 신선을 믿는 어리석음을 말하지 않으면서 이미 그 어리석음을 드러내었다. 만당시기에는 여러 황제들이 신선술에 열중하여 단약을 먹고 장생을 추구하였으므로 현실비판의 뜻으로 읽을 수 있다.

옹도(雍陶)

손 명부의 「옛 동산을 그리다」에 화답하며(和孫明府懷舊山)[1]

五柳先生本在山,[2]	오류선생은 본디 산에 살려 했는데
偶然爲客落人間.[3]	어쩌다가 나그네로 벼슬살이 하는구나

---

3) 仙訣(선결) : 신선이 되는 비결.
4) 雲車(운거) : 신선이 타는 구름으로 만든 수레. 또는 구름이 그려진 수레. ○壽宮(수궁) : 신을 모신 사당.
5) 三山(삼산) : 신선이 살고 있다는 동해의 봉래, 방장, 영주 등 세 개의 섬.
6) 茂陵(무릉) : 한 무제의 능묘. 지금의 섬서성 홍평시(興平市) 소재.
1) 孫明府(손명부) : 미상. 명부는 현령. ○舊山(구산) : 고향의 동산.
2) 五柳先生(오류선생) : 도연명. 도연명은 자신의 집 앞에 버드나무 다섯 그루를 심었으며, 스스로를 '오류선생'(五柳先生)이라고 하였다. 도연명의 자전적 수필 「오류선생전」에 자세하다. 도연명이 팽택현령을 지냈기 때문에, 여기서는 같은 현령인 손명부를 비유하였다.

秋來見月多歸思,　　　가을 되어 달 보고 고향 생각 깊어져
自起開籠放白鵬.⁴⁾　　저도 모르게 새장 열고 흰 꿩을 날려보내네

평석 고향으로 돌아갈 생각이 일어나 흰 꿩을 날리니, 사물과 내가 같은 마음임을 보였다. (動歸思而放鵬, 見物我同情也.)

해설 친구의 고향을 그리는 시에 화답하였다. 전반부에서 손 명부를 도연명에 비유하였으며, 후반부에서 달을 보고 고향을 생각하는 손 명부를 위로하였다. 흰 꿩을 날린 것은 손 명부인지, 아니면 시인이 만들어낸 이미지인지 명확하지 않다.

천진교에서 봄을 조망하며(天津橋望春)⁵⁾

津橋春水浸紅霞,　　　천진교 봄 강물이 붉은 노을에 물들고
煙柳風絲拂岸斜.　　　바람에 버들가지 언덕을 비스듬히 쓰는구나
翠輦不來金殿閉,⁶⁾　궁궐 문 잠긴 채 황제의 가마는 오지 않는데
宮鶯銜出上陽花.⁷⁾　꾀꼬리만 상양궁의 꽃을 물고 나오는구나

해설 화창한 봄빛과 닫힌 궁문을 대비시켜 봄을 잃어버린 궁궐을 형상화

---

3) 落人間(낙인간) : 인간세계에 떨어지다. 여기서는 벼슬을 하였다는 뜻. 도연명의 「전원에 돌아와 살며」(歸園田居)에 "잘못하여 먼지와 그물에 빠져, 한번 전원을 떠나니 삼십 년이 지났네"(誤落塵網中, 一去三十年.)란 구절이 있다.

4) 白鵬(백한) : 흰 꿩.

5) 天津橋(천진교) : 낙양성 남쪽의 낙수(洛水)에 있었던 다리. 수양제가 605년 부교(浮橋)로 만든 게 홍수로 유실되자, 당 태종이 640년 방석(方石)으로 교각을 만들어 다리를 놓았다.

6) 翠輦(취련) : 물총새 깃털로 장식한 황제가 타는 가마.

7) 上陽(상양) : 상양궁. 당 고종 때 낙양에 세운 궁. 무측천이 낙양으로 천도하면서 이곳에서 거주하였고, 현종 때는 궁인들이 물러나면 이곳에 거주하였다.

하였다. 원래 천진교는 낙양의 아름다운 곳으로 이백도 「고풍」에서 "낙양의 천진교에 삼월이 오면, 복사꽃과 오얏꽃이 집집마다 피어나네"(天津三月時, 千門桃與李.)라 노래하였고, 백거이 등도 그 아름다움을 노래하였다. 당대 말기 부서진 궁궐을 통해 몰락해가는 왕조의 모습을 나타낸 것으로 보인다.

조하(趙嘏)

분양왕의 고택을 지나며(經汾陽舊宅)[1]

門前不改舊山河,	문 앞의 산하는 예와 변함없으니
破虜曾輕馬伏波.[2]	오랑캐 쳐부순 공로는 마원보다 높아라
今日獨經歌舞地,	오늘 홀로 예전의 가무 흥성한 곳 지나니
古槐疎冷夕陽多.	성기고 서늘한 홰나무에 석양빛만 가득해라

평석 산하가 예와 같음을 보면서도 산하를 회복한 사람을 차마 조문하기 어렵다. 감회는 전적으로 제1구에 있다.(見山河如故, 而恢復山河者已不堪憑弔矣. 可感全在起句.)

해설 곽자의의 고택을 지나며 그 공로를 기렸다. 장안의 곽자의 고택은

---

1) 汾陽(분양) : 분양군왕(汾陽群王) 곽자의(郭子儀)를 가리킨다. 안사의 난을 진압한 최대 공로자로 태위(太尉), 중서령(中書令)을 역임했고, 분양군왕(汾陽郡王)으로 봉해졌다. 대종 때는 회흘을 회유하여 함께 티베트를 격파하였다. ○舊宅(구택) : 고택. 곽자의의 고택은 장안 친인리(親仁里)에 소재했다.
2) 馬伏波(마복파) : 동한의 복파장군 마원(馬援)을 가리킨다. 동한의 정권을 안정시키기 위해 평생 견마지로를 다하였다.

거대한 규모에 거주하는 사람이 삼천 명이나 되었다. 그로부터 사십 년 후 경내 일부에 법웅사(法雄寺)가 세워졌고, 시인 장적이 그 동루(東樓)에 기거하면서 시를 지었다. "분양왕 고택이 지금은 절로 변했으나, 그래도 당시의 가무하던 누각은 남아있어라. 사십 년 동안 수레와 말이 흩어졌으니, 깊은 골목 오래된 홰나무엔 매미울음만 수심겨워라."(汾陽舊宅今爲寺, 猶有當年歌舞樓. 四十年來車馬散, 古槐深巷暮蟬愁.) 조하의 시는 이를 받아서 쓴 듯하다. 장적은 홰나무에 매미소리만 가득하다고 했지만, 그로부터 이삼십 년 후에 온 조하는 더 늙어버린 홰나무에 석양빛만 가득하다고 하였다. 제2구에서는 기울어가는 당왕조에 영웅의 출현을 기다리는 마음이 착잡하다.

육구몽(陸龜蒙)

완릉의 옛 유람지를 그리다(懷宛陵舊遊)[1]

陵陽佳地昔年遊,[2]	능양산 좋은 땅을 예전에 놀았으니
謝朓青山李白樓.[3]	사조의 청산에 이백의 누대
唯有日斜溪上思,[4]	그중에도 해저물녘 강가가 가장 그리워

---

1) 宛陵(완릉) : 한대의 완릉현. 당대에는 선주(宣州)의 치소인 선성(宣城). 지금의 안휘성 선성시. ○ 舊遊(구유) : 예전의 유람지.
2) 陵陽(능양) : 능양산. 선성의 북쪽에 소재하며, 경정산의 남쪽에 있다. 능양자명(陵陽子明)이 신선이 된 곳이라 하여 이름 붙여졌다. 여기서는 완릉을 가리킨다.
3) 謝朓青山(사조청산) : 남조 제나라 시인 사조가 좋아했던 산. 산에 누대를 지었는데, 사람들이 사공루 또는 북루라 불렀다. ○ 李白樓(이백루) : 이백이 아꼈던 누대. 이백은 선성에 있으면서 시를 많이 남겼다.
4) 溪(계) : 선성을 돌아 흐르는 완계(宛溪)와 구계(句溪).

酒旗風影落春流.[5]　　바람에 펄럭이는 주막 깃발 봄 강물에 떨어져 흐르리

해설 완릉(선성)을 그리워한 시이다. 육구몽은 자신을 사조와 이백의 경력과 풍모에 일치시키면서도 이를 자연스럽게 처리하였다. 말구가 특히 아름답다.

백련(白蓮)

素䓤多蒙別艶欺,[6]　　하얀 꽃이라고 요염한 꽃에 무시당하지만
此花端合在瑤池.[7]　　이 꽃이야말로 진정코 선계의 요지에 어울리네
無情有恨何人覺?　　사람 아닌 무정물이 한이 있음을 그 누가 알리오?
月曉風淸欲墮時.　　새벽 달 맑은 바람에 떨어지려 할 때는

평석 내적 본질을 표현한 작품이다.(取神之作.)

해설 담아하고 그윽한 백련을 노래하였다. 백련의 외적 모습은 '하얗다'는 요소만 채용했을 뿐, 나머지는 모두 시인이 백련을 통해 연상하고 찾아낸 내적 요소이다. 이러한 약모취신(略貌取神)의 기법은 실(實)보다는 허(虛)를 묘사하는데 치중한 중국 고전시의 한 특징이기도 하다. 이는 하늘의 달이나 겨울의 눈과 같이 백색에 대해 선호를 나타내면서, 동시에 공령하고 청원한 심미적 의경에 대한 지향을 나타낸다. 더불어 고방자상(孤芳自賞)하는 시인의 고결한 정신적 자화상을 표현했다고 할 수 있다.

---

5) 심주 : 뛰어난 구로, 시 속의 그림이다.(佳句, 詩中畵本.)
6) 素䓤(소위) : 흰꽃. 위(䓤)는 화(花)의 고자(古字)이다. ○蒙(몽) : 받다. ○別艶(별염) : 다른 꽃.
7) 端合(단합) : 진실로 합치되다. 진실로 어울리다. ○瑤池(요지) : 서방의 신선들이 산다는 곳. 즉 신선세계.

정곡(鄭谷)

회수에서 친구와 헤어지며(淮上與友人別)

揚子江頭楊柳春,[1]	장강 강가에 버들 푸르른 봄
楊花愁殺渡江人.	버들개지에 강 건너는 사람 시름겨워
數聲風笛離亭晚,[2]	바람 속 들려오는 피리 소리에 역참이 저무는데
君向瀟湘我向秦.	그대는 소상강으로 나는 장안으로

평석 말구는 이별의 정을 말하지 않으면서도 오히려 언외로 체득하게 하니 위응물의 「기러기 울음을 듣고」와 같은 방법이다. 명대 사진(謝榛)이 그 뜻을 모르고 이 시의 첫구와 말구를 전도시키려 하였으니, 어찌 용속한 세간의 견해에 그 뜻을 물으리오!(落句不言離情, 却從言外領取, 與韋左司聞雁詩同一法也. 謝茂秦尙不得其旨, 而欲顚倒其文, 安問悠悠流俗!)

해설 회수에서 친구와 헤어지면서 지은 시이다. 친구는 장강을 거슬러 호남으로 가고 자신은 장안으로 가므로 각기 객지를 떠도는 처지를 나타내었다. 정곡의 다른 칠언절구와 마찬가지로 쉬운 말로 쓴 여운이 긴 시이다. 명대 사진(謝榛)은 『사명시화』(四溟詩話)에서 절구의 첫 구는 폭죽 소리와 같아야 하고 말구는 종소리와 같아야 한다면서, 정곡의 위 시의 말구를 첫 구에 놓고, 말구는 '해 지고 사람 없는 강에 봄은 보이지 않네'(落日空江不見春)로 개작하는 것이 좋겠다고 하였다. 이에 명대 말기 하

---

1) 揚子江(양자강) : 원래 강소성 강도현(江都縣) 장강의 북안에 소재한 양자진(揚子津) 나루의 이름에서 유래했다. 곧 한구(漢口)에서 양주(揚州)에 이르는 장강의 하류 구간을 가리킨다. 근대에 들어와 특히 서양인들이 장강 전체를 가리키는 말로 사용하였다.

2) 風笛(풍적) : 바람 속에 전해 오는 피리 소리. ○離亭(이정) : 역참의 정자. 고대에는 주로 이곳에서 이별하였다.

이손(賀貽孫)이 반박하였고, 청대 심덕잠도 위의 평석과 같이 반론을 제기하였다. 사진의 의견은 성당시의 경험을 귀결한 것이지만, 시 작법이 지닌 다양성을 무시하고 모든 시를 하나의 원칙으로 고집하는 데서 비롯되었다고 할 수 있다.

연석에서 노래하는 사람에게(席上贈歌者)

花月樓臺近九衢,[3]	꽃 피고 달 뜨는 한길가의 누대
淸歌一曲倒金壺.[4]	맑은 노래 한 곡조가 물시계 소리에 섞이네
座中亦有江南客,[5]	좌중에는 강남에서 온 나그네 있으니
莫向春風唱鷓鴣.[6]	봄바람을 향하여 〈자고〉곡은 부르지 말게

해설 장안의 봄밤에 노래를 듣고 강남의 고향을 생각하며 지은 시이다. 자고새는 남방에 사는 새이며, 〈자고〉곡은 길 떠난 나그네에게 고향으로 돌아오라는 내용의 맑고 애절한(淸怨) 노래이다. 남방에서 유행하는 곡을 장안에서 들으니 고향에 대한 생각이 더욱 절실하다.

---

3) 九衢(구구) : 여러 방향으로 통하는 거리. 번화한 도성의 거리를 말한다.
4) 金壺(금호) : 동호(銅壺). 물시계의 물을 받는 용기.
5) 江南客(강남객) : 강남에서 온 나그네. 시인 자신을 가리킨다. 정곡의 고향은 원주(袁州) 의춘(宜春)으로 지금의 강서성에 속한다.
6) 鷓鴣(자고) : 당 궁중의 교방곡의 이름. 최령흠(崔令欽)의 「교방기」(敎坊記)에도 가곡 「산자고」(山鷓鴣)는 자고새의 소리를 모방하였고 가사는 오언 사구의 시로 남방에서 성행했다고 하였다. 내용은 이별과 객거의 시름을 읊은 것으로 곡조가 맑고 애절하였다.

두순학(杜荀鶴)

계곡의 흥취(溪興)

山雨溪風卷釣絲,	산과 계곡 비바람에 낚싯줄을 거두고
瓦甌篷底獨斟時.[1]	배 바닥에 앉아서 홀로 사발 술잔 기우릴 때
醉來睡著無人喚,	취하여 잠들어도 깨우는 사람 없어
流下前灘也不知.	여울 따라 흘러갔어도 알지 못해라

해설 은일생활의 흥취를 그린 시이다. 계곡에 사는 은자가 구속 없이 자유롭게 배에서 낚시하며, 비바람이 들이치면 술 마시고, 잠이 오면 여울 따라 내려가는 정경을 묘사하였다. 그러나 다른 한편 잠을 깨워주는 사람 없이 고독하게 사발로 술잔을 기울이는 청빈한 살림도 느껴진다. 당대 말기의 사회 혼란 속에서 어쩔 수 없이 은거의 길을 걸을 수밖에 없는 시인의 고민도 함께 느껴진다.

---

1) 瓦甌(와구) : 도기로 만든 술잔. ○ 篷(봉) : 오봉선(烏篷船).

고병(高駢)

보허사(步虛詞)[1]

青溪道士人不識,[2]	청계의 도사를 사람들은 몰라
上天下天鶴一隻.	하늘로 오르내리는 학 한 마리 있다네
洞門深鎖碧窓寒,	동굴 문 닫혀있고 푸른 창문 서늘한데
滴露研朱點周易.[3]	이슬로 주사를 갈아 '주역'에 권점 치네

해설 고결한 도사의 생활을 그렸다. 제2구는 도사와 함께 살고 있는 학을 가리키지만 도사의 이미지이기도 하다. 고병은 신라의 문인 최치원(崔致遠)이 양주(揚州)에서 벼슬을 할 때 상관으로, 그 당시 회남절도사이었다. 고병은 평소 도교에 심취하여 여러 가지 신선술을 익혔으며, 남긴 시도 선기(仙氣)가 감도는 작품이 많다.

---

1) 步虛詞(보허사) : 도사가 제단에서 경문을 노래하며 예찬하는 가사. 그 선율이 마치 신선이 허공을 보행하는 것과 같다고 하여 '보허성'(步虛聲)이라 하였으며, 이러한 음악에 맞추어 쓴 가사를 '보허사'라 하였다.
2) 靑溪道士(청계도사) : 청계에 사는 도사. 청계를 지명으로 보는 설과 일반적인 장소로 보는 설이 있다. 진(晉) 곽박(郭璞)의 「유선시」(遊仙詩) 제2수에 "천길 높은 청계산에, 도사 한 사람 살고 있으니"(靑溪千餘仞, 中有一道士.)라는 구절이 있다.
3) 朱(주) : 주사(朱砂).

나은(羅隱)

가기 운영에게(贈妓雲英)

鍾陵醉別十餘春,[1]	종릉에서 취하여 헤어진 지 십여 년
重見雲英掌上身.[2]	다시 만난 운영은 손바닥에 오를 만큼 날씬해
我未成名君未嫁,	나는 아직 이름 없고 그대도 시집가지 않았으니
可能俱是不如人?	아마도 우리 모두 못난 사람들인가?

평석 나은이 과거에 낙제하고 예전의 가기 운영을 만났다. 운영이 말하기를 "나 수재께선 아직도 포의를 입고 계시는군요!" 이에 나은이 위 시를 써서 주었다.(隱下第, 見舊妓雲英, 英曰 : "羅秀才尙未脫白." 因贈以詩.)

해설 십여 년 만에 만난 가기의 물음에 답으로 준 시이다. 나은은 젊어서 영민하고 시문을 잘 썼지만 과거에는 계속 낙방하였다. 다시 종릉에 갔을 때 십여 년 만에 만난 가기 운영이 "나 수재께선 아직도 벼슬을 구하지 못하셨군요!"라고 놀라 말하자 위 시를 썼다. 시는 줄곧 운영의 물음을 피하면서 제2구에서 상대를 극도로 치켜세우고, 제3구까지 두 사람 모두 못난 사람이 되었음을 말하였다. 그러나 논리상 운영이 제2구와 같이 뛰어난 몸매인데도 못난 사람일리 없다면, 나 또한 이름을 얻지 못했다고 해서 못난 사람이 되지 않을 것이다. 결국 이 시는 두 사람이 못난 사람이 아닌데도 이름이 없고 시집 못간 이유가 무엇인지 생각하게 만

---

1) 鍾陵(종릉) : 홍주(洪州) 치소. 지금의 강서성 남창시. 당시 강서관찰사 치소였다.
2) 掌上身(장상신) : 손바닥 위에 올릴 수 있을 만큼 작고 날씬한 몸매. 「비연외전」(飛燕外傳)에 나오는, 한대 조비연(趙飛燕)이 손바닥 위에 올라가 춤을 추었다는 이야기에서 유래했다.

든다. 때문에 시 속에는 세상에 대한 강렬한 불만이 숨어 있으며, 무거운
질문을 농담하듯이 답함으로써 슬픔을 숨기고 있다.

버들(柳)

灞岸晴來送別頻,[3]	파수 강가에 날 개이자 송별이 잦아
相偎相倚不勝春.	서로 기대고 서로 의지하며 봄빛이 한창이라
自家飛絮猶無定,	제 자리 떠난 버들개지 정해진 곳 없으니
爭把長條絆得人?[4]	어찌하면 긴 가지로 사람을 매어둘 수 있으랴

평석 절로 새로운 뜻이 나왔다.(自出新意.)

해설 버들을 노래한 영물시이다. 여기서는 주로 이별하는 사람의 모습을
비유하였다. 제2구는 서로 흔들리며 쓸리는 버들가지로 헤어지기 아쉬
워하는 사람들의 모습을 그렸고, 제3구는 떠도는 나그네의 처지를 형상
화하였다. 나아가 이때의 버들을 기녀의 이미지로 풀 수도 있을 것이며,
떠도는 인생에 대한 감개를 표현하였다고 볼 수도 있을 것이다.

---

3) 灞岸(파안) : 파수의 강가. 장안성 동쪽의 파수 위에 놓인 파교(灞橋)는 이별의 장소
로, 사람들이 버들을 꺾어 떠나가는 사람에게 주었다.
4) 爭(쟁) : 어찌.

이동(李洞)

산에 살며 친구의 방문을 기뻐하며(山居喜友人見訪)

入雲晴斸茯苓還,[1]	구름 속에 들어가 복령 캐고 돌아가다
日暮逢迎木石間.[2]	저물녘 나무와 바위 사이 친구를 만났다네
看待詩人無別物,[3]	시인을 대접하자니 별다른 물건이 없어
半潭秋水一房山.	반쪽짜리 연못에 집 하나 있는 산뿐이라

해설 깊은 산에 은거하는 작자가 찾아온 친구에게 준 시이다. 시인의 소탈한 성품이 잘 드러났다. 평소 가도를 숭앙하여 동상까지 만들어 신처럼 모신 시인으로써, 위의 시는 오히려 가도의 절구보다 뛰어나다.

수령궁사(繡嶺宮詞)[4]

春日遲遲春草綠,	봄날의 해는 느리고 봄풀은 푸른데
野棠開盡飄香玉.[5]	해당화 피어나 향기로운 꽃잎 날려라
繡嶺宮前鶴髮翁,	수령궁 앞 백발의 늙은이
猶唱開元太平曲.[6]	아직도 개원 연간의 태평곡을 노래하네

---

1) 斸(촉) : 괭이. 여기서는 파다. ○ 茯苓(복령) : 소나무 뿌리에 기생하는 구멍장이버섯과의 버섯. 식용하거나 약재로 쓴다.
2) 逢迎(봉영) : 만나다. 맞이하다.
3) 看待(간대) : 대하다. 대접하다.
4) 繡嶺宮(수령궁) : 당 고종 때인 658년 건립한 행궁. 743년 붉은 봉황이 나타났기에 동편에 신작대(神雀臺)를 세웠다. 지금의 하남성 섬현(陝縣) 채원향(菜園鄉) 소재. 『신당서』「지지」(地志) 참조.
5) 香玉(향옥) : 향기로운 옥. 여기서는 흰 꽃잎을 가리킨다.

해설 화창한 봄날에 노인이 태평곡을 노래하는 모습을 그렸다. 전반부는 해당화의 흰 꽃이 휘날리는 장면을 그렸고, 후반부는 궁전 앞에서 백발의 노인이 노래하는 장면을 그렸다. 시만으로 시가 해석되어지지 않으므로 시인이 생존한 시대를 가져다 놓고 보아야 할 것이다. 현대의 중국 평론가들은 시인이 생존했던 만당 때는 나라가 바람 속의 등불처럼 위기에 빠져 있었으므로 전성시대의 몰락에서 교훈을 찾고 현실을 비판하는 것으로 읽는 경우가 많다. 그러나 왕조시대의 시인들은 현종을 직접적으로 비판하기보다는 오히려 현종의 태평성대를 그리워하며 그러한 성세로 되돌아가기를 희구하면서 지었을 것이다.

고섬(高蟾)

낙제 후 영숭 고 시랑께 올림(下第後上永崇高侍郎)[1]

天上碧桃和露種,[2]	천상의 선도 복사꽃은 이슬 속에 심어졌고
日邊紅杏倚雲栽.[3]	태양 옆의 붉은 살구꽃은 구름 속에 자라네
芙蓉生在秋江上,	부용이라 그것도 가을철 강가에 있어
不向東風怨未開.	봄바람에 피지 못했다고 원망하지 않는다네

---

6) 開元(개원) : 당 현종의 연호. 713~741년. 당의 전성기.

1) 永崇(영숭) : 장안의 구역 이름. 장안성 동남에 위치했다. ○ 高侍郎(고시랑) : 고섬(高蟾). 871년 중서사인으로 지공거를 맡았으며, 곧 이부시랑으로 옮겼다.

2) 天上碧桃(천상벽도) : 하늘 위의 벽도. 전설에 나오는 서왕모가 심었다는 선도(仙桃) 복숭아의 꽃. 여기서는 과거 급제자의 높은 지위를 비유한다.

3) 日邊紅杏(일변홍행) : 해 옆에 있는 붉은 살구꽃. 역시 급제자의 높은 지위를 비유한다.

평석 이러한 마음을 가졌기에 울분을 화평으로 바꿀 수 있었다.(存得此心, 化悲憤爲和平矣.)

해설 낙제의 아쉬움을 표현하였다. 천상의 복사꽃과 태양 옆의 살구꽃은 지위가 높고 이슬과 구름의 의지처가 있어 잘 성장할 수 있지만, 자신은 땅 아래 연못의 부용처럼 낮은 지위에 그것도 가을철이라 때를 만나지 못한 탓에 꽃을 피우지 못했노라고 말하였다. 사실 수많은 불평과 원망을 내쏟을 조건을 말하고 있으나, 말구에서 오히려 원망하지 않겠다고 말하였다. 기록을 보면 그 당시 사람들은 낙제했으면서도 원망하지 않는 그 뜻을 안타깝게 생각하였다고 한다. 과연 이 시의 효과 때문인지 고섬은 873년(咸通 14년) 고 시랑의 추천으로 과거에 급제하였다.

노필(盧弼)

새상 사시사(塞上四時詞)

제1수

春風昨夜到楡關,¹⁾　　어젯밤 봄바람이 유관에 불었는데
故國煙花想已殘.²⁾　　고향의 꽃무리는 생각 속에 이미 닳아졌네
少婦不知歸未得,　　돌아갈 수 없음을 젊은 아내는 알지 못해
朝朝應上望夫山.³⁾　　아침마다 분명히 망부산에 올라가리라

---

1) 楡關(유관) : 지금의 산해관으로, 하북성 진황도시 소재.
2) 煙花(연화) : 꽃무리 진 풍경. 일반적으로 봄날의 맑고 아름다운 풍경을 가리킨다.
3) 望夫山(망부산) : 아낙이 객지에 나간 남편이 돌아오기를 기다리며 높은 곳에 올라 바라보는 산. 일반적으로 남편이 오랜 기간 동안 돌아오지 않자 여인이 돌로 변하였

평석 자신의 아내가 점점 망부석이 되어갈까 염려하였다.(恐己之家人亦將化石.)

제2수

盧龍塞外草初肥,⁴⁾ → 노룡새 밖 풀들이 질푸르러 갈 때

雁乳平蕪曉不飛.⁵⁾ → 새끼 키우는 기러기는 새벽에도 날지 않네

鄕國近來音信斷,⁶⁾ → 고향에선 요즘 들어 편지도 끊기어

至今猶自著寒衣. → 지금도 여기서는 겨울옷을 입고 있네

제3수

八月霜飛柳變黃, → 팔월이라 서리 날고 버들 잎 누래

蓬根吹斷雁南翔.⁷⁾ → 쑥대 뿌리 끊겨 날리고 기러기는 남으로 날아

隴頭流水關山月,⁸⁾ → 〈농두수〉 노래에 〈관산월〉 곡조

泣上龍堆望故鄕.⁹⁾ → 백룡퇴에 올라서서 울면서 고향 쪽 바라보네

———

다는 전설로 알려졌다. 중국의 여러 곳에 유사한 전설과 유적이 있다.

4) 盧龍塞(노룡새) : 지금의 하북성 희봉구(喜逢口) 부근의 관문. 고대에는 중국의 동북 지역과 하북 평원을 연결하는 교통의 요충지였다.

5) 乳(유) : 기르다. ○平蕪(평무) : 초목이 우거진 평야.

6) 鄕國(향국) : 고향을 가리킨다.

7) 蓬根(봉근) : 쑥대 뿌리. 가을이 되면 쉽게 끊어져 바람에 날린다. 일반적으로 나그네 의 처지를 비유한다.

8) 隴頭流水(농두유수) : 섬서성 농현(隴縣)의 농산(隴山) 산정에서 흘러나오는 물. 남조 「농두가」(隴頭歌)에 "농두의 물이여, 그 소리가 오열하는 듯. 아득히 진 지방 평원을 바라보니, 심장과 간이 끊어지네"(隴頭流水, 鳴聲嗚咽. 遙望秦川, 心肝斷絶.)라는 구절이 있다. ○關山月(관산월) : 악부의 곡 이름. 주로 출정한 남편이 돌아오지 않음과 기다리는 아낙의 고통을 내용으로 한다.

9) 龍堆(용퇴) : 백룡퇴(白龍堆). 지금의 신강 위구르자치구와 감숙성 등지에 남아 있는 흙담. 『한서』 「흉노전」에 양웅의 간언이 실려 있다. "어찌 강거와 오손이 백룡퇴를 넘어 서쪽 변경을 노략할 수 있도록 하겠습니까!"(豈爲康居、烏孫能踰白龍堆而寇西 邊哉!) 삼국시대 맹강(孟康)이 주석하기를 "용퇴는 흙으로 만든 용의 몸통으로, 머리 는 없고 꼬리만 남은 모습이다. 높은 것은 이삼 장이요, 낮은 담은 한 장 남짓으로 모두 동북으로 향하며 비슷하다. 서역에 있다"(龍堆形如土龍身, 無頭有尾, 高大者二

제4수

朔風吹雪透刀瘢,[10]　삭풍에 눈발이 칼에 베인 상처 깎아내는데

飮馬長城窟更寒.[11]　장성 아래 얼어붙은 샘물에서 말에게 물먹이네

半夜火來知有敵,[12]　한밤의 봉홧불에 적이 쳐들어 왔다 하니

一時齊保賀蘭山.[13]　일시에 다 함께 나서 하란산을 보위한다

평석 얼음이 얼면 오랑캐 병마가 얼음을 밟고 올 수 있기 때문에 급히 방비를 하였다.(冰凍恐胡馬踏冰而來, 所以急於防守.)

해설 변새의 풍광과 출정나간 사람들의 생활을 노래한 연작시이다. 변새시의 전통을 밟고 있으면서도 새로운 의미를 발굴해 내었다. 특히 제4수가 뛰어나며, 혹한의 환경 속에서도 장병들이 일치단결하여 적을 막아내려는 기개를 나타냈다. 명대 사진(謝榛)은 이백의 절구와 비슷하다고 평하였다.

三丈, 坤者丈餘, 皆東北向, 相似也, 在西域中.)

10)　刀瘢(도반) : 칼에 베인 흉터.

11)　飮馬長城窟(음마장성굴) : 고대의 장성 아래 있던, 말에게 물을 마시게 만든 연못이나 샘물. 한대 악부시에 「장성 아래 샘에서 말에 물 먹이며」(飮馬長城窟行)란 시가 있는데, 여인이 객지에 나간 남편을 그리는 시이다. 이 구는 삼국시대 진림(陳琳)의 「음마장성굴의 노래」(飮馬長城窟行)의 "장성 아래의 샘에서 말에게 물 먹이니, 차가운 물이 말의 뼈를 찌른다"(飮馬長城窟, 水寒傷馬骨.)를 활용하여, 그보다 더 차갑다고 말하였다.

12)　火(화) : 봉화.

13)　賀蘭山(하란산) : 지금의 영하회족자치구와 내몽골자치구 사이에 있는 산. '하란'은 몽골어로 준마라는 뜻으로, 말들이 달리는 모습 같다고 하여 이름 붙여졌다.

진도(陳陶)

농서의 노래(隴西行)[1]

誓掃匈奴不顧身,[2]	흉노를 쓸어버리겠다고 맹서하고 몸을 돌보지 않더니
五千貂錦喪胡塵.[3]	오천의 장졸이 오랑캐와 싸우다 목숨을 잃었네
可憐無定河邊骨,[4]	가련하여라 무정하 강변의 해골들
猶是春閨夢裏人.	아직도 규중의 여인에겐 꿈속의 사람인 것을

평석 이보다 더한 아픈 말이 없으니, 만약 왕지환과 왕창령이 쓴다면 더욱 여운이 있는 작품을
썼을 것이다. 이는 시대의 차이에서 오는 것으로 시인 자신은 그러한 연유를 모를 것이다(作苦語
無過此者, 然使王之渙、王昌齡爲之, 更有餘蘊. 此時代使然, 作者亦不知其然而然也.)

해설 장기간의 전쟁으로 백성들이 입게 되는 비극과 고통을 형상화하였
다. 제2구의 초금(貂錦)은 한대 우림군이 입는 담비 가죽옷과 비단 전포
로 정예부대를 가리킨다. 오천의 장병들이 모두 죽었으니 그 전투가 얼
마나 치열했는지 알 수 있다. 후반부는 강변의 해골과 봄날 규중의 여인
을 대비시켜 꿈과 현실이 부딪치며 일어나는 참혹한 비극을 보여주고
있다. 전사한 장병들과 기다리는 가족 모두에 무한한 동정을 보내면서
전쟁의 비극을 환기하였다.

---

1) 隴西行(농서행) : 악부제의 하나로 슬조곡(瑟調曲)에 속한다. 일명 「보출하문행」(步
出夏門行). 농서는 농산(隴山)의 서쪽으로 지금의 감숙성 동부를 말한다.
2) 匈奴(흉노) : 전국시대부터 위진남북조 사이에 중국의 북방에 거주했던 고대 민족.
이 시에서는 당대의 북방에 있던 돌궐(突厥)과 같은 이민족을 가리킨다.
3) 貂錦(초금) : 담비 가죽옷과 비단 전포(戰袍). 변경의 병사들이 입는 옷. 여기서는 장
병을 가리킨다. ○喪(상) : 상신(喪身). 목숨을 잃다. ○胡塵(호진) : 이민족과 싸우는
전장.
4) 無定河(무정하) : 내몽골에서 발원하여 감숙성과 섬서성을 거쳐 황하로 들어가는 강.

위장(韋莊)

고이별(古離別)[1]

晴煙漠漠柳毿毿,[2]	맑은 날 안개 흐릿한데 버들 축축 늘어져
不那離情酒半酣,[3]	이별의 정 어쩔 수 없어 술에 반쯤 취했어라
更把玉鞭雲外指,	더구나 옥 채찍으로 구름 밖 가리키니
斷腸春色在江南.	애 끊는 봄빛은 바로 강남에 있으리라

해설 강남으로 떠나는 사람을 보내며 쓴 시이다. 하반부 2구는 보내는 사람이 강남을 가리키며 그대가 가는 곳은 봄이 먼저 와 풍광이 더욱 아름다운 곳이기에 그대의 마음이 더욱 애절할 것이라고 말하였다. 시의 정서가 선명하고 담박하면서도 운치가 있는 등 발상과 시풍이 고시의 풍격을 띠고 있다.

대성(臺城)[4]

江雨霏霏江草齊,[5]	강가에 부슬부슬 비 내리고 풀은 나란히 자라
六朝如夢鳥空啼.[6]	꿈같이 흘러간 육조에 새들만 부질없이 울어라

---

1) 古離別(고이별) : 악부제의 하나. 당대 시인들은 「고별리」(古別離), 「생별리」(生別離), 「장별리」(長別離), 「원별리」(遠別離) 등의 제목으로도 썼다. 주로 남녀의 이별과 그리움을 제재로 하였다.
2) 漠漠(막막) : 드넓은 모양. 흐릿한 모양. ○毿毿(삼삼) : 축축. 드리워진 모양.
3) 不那(불나) : 무내(無奈)와 같다. 어찌할 수 없다.
4) 臺城(대성) : 남조시기의 도성의 궁궐. 지금의 남경시 현무호 남안에 소재.
5) 霏霏(비비) : 비나 눈이 많이 흩어져 내리는 모양.
6) 六朝(육조) : 강남에 도읍을 둔 동오, 동진, 송, 제, 양, 진 등 여섯 왕조를 말한다.

無情最是臺城柳,　　가장 무심한 건 대성의 버들
依舊煙籠十里堤.　　예전과 다름없이 십리 언덕을 덮었어라

해설 육조의 유적지인 금릉(남경시)의 대성을 둘러보고 지은 영사시이다. 나라는 흥망을 거듭해도 버들은 그대로요, 시인은 감개가 무한해도 버들은 아무 말이 없다. 인사에 아랑곳하지 않고 빗속에 푸르게 선 버들에서 시인은 버들이 무정하기만 하다. 뿐만 아니라 기울어져가는 당왕조를 생각하니 시인의 안타까운 마음은 누를 길이 없다.

당언겸(唐彦謙)

중산(仲山)[1]

千載遺蹤寄薜蘿,[2]　　천 년 전에 남긴 종적 벽라에 부쳤으니
沛中鄕里舊山河.[3]　　향리 패현의 모습도 예전 그대로구나
長陵亦是閑丘壠,[4]　　유방 묻힌 장릉도 한적한 언덕이 되었으니
異日誰知與仲多?[5]　　지금 와서 유방이 뛰어난 줄 그 누가 알리?

---

1) 심주 : 한 고조의 형 유중이 묻힌 곳이다.(漢高祖兄劉仲所葬.)
2) 薜蘿(벽라) : 승검초와 새삼 덩굴. 모두 덩굴식물이다. 『초사』「산귀」(山鬼)에 "승검초로 옷 입고 새삼 덩굴로 띠 둘렀네"(被薜荔兮帶女蘿)란 말이 있다. 후대에는 은사의 복장을 의미한다.
3) 沛(패) : 패현. 지금의 강소성 패현. 한 고조 유방(劉邦)의 고향이다.
4) 長陵(장릉) : 한 고조 유방의 능묘. 지금의 섬서성 함양시 동북에 소재.
5) 심주 : 『한서』에 기록했다. "한 고조 유방이 연회를 열어 술을 차리고 태상황(부친)께 술잔을 받들고 축수하며 말했다. '처음에 대인께선 소신을 무뢰한으로 여기시고 사업도 할 줄 모르고 유중보다 못하다고 말씀하셨소만, 지금에 이르러 소신과 유중 가운데 누가 더 많은 일을 하였소이까?"(漢書:"高祖置酒, 奉玉巵爲太上皇壽, 日:'始大

해설 유중을 통해 한 고조 유방을 풍자한 시이다. 유방은 본래 고향 패현에서 무뢰배로 얼마 되지 않는 논밭도 돌보지 않아 황폐하였다. 부친이 근면한 형 유중을 본받으라고 타일렀지만 듣지 않았다. 나중에 세상이 난리에 빠지고 유방이 대업에 성공하자, 한 번은 궁중의 연회에서 부친에게 형 유중과 자기 가운데 누가 더 성공했느냐고 물었다. 시인은 유방의 말을 그대로 빌려와 거꾸로 유방을 풍자하였다.

이증(李抍)

조회에 물러나와 종남산을 바라보며(退朝望終南山)[1]

紫宸朝罷綴鵷鸞,[2]	자신전 조회 파해 신하들 줄서 나오니
丹鳳樓前駐馬看.[3]	단봉루 앞에서 말 세우고 바라보네
唯有終南山色在,	오로지 종남산 산 빛만 그대로이고
晴明依舊滿長安.[4]	예처럼 맑은 하늘만 장안성에 가득하여라

평석 두보의 「추흥」에 나오는 "왕후의 저택은 주인이 바뀌었고, 조정의 문무 관원도 지난날과 다르다지"와 같은 감개이나, 함축적으로 표현하여 절구의 체식을 얻었다.(杜老'王侯第

人以臣無賴, 不能治産業, 不如仲力, 今與仲孰多?'")
1) 심주 : 황소의 난 이후 어가가 환궁하고서 지었다.(黃巢亂後, 車駕還京作.)
2) 紫宸(자신) : 자신전. 당대 대명궁의 삼대전 가운데 하나로 남북으로 함원전(含元殿), 선정전(宣政殿), 자신전이 나란히 있었다. 천자의 편전으로 때로 이곳에서 조회를 하였다. ○鵷鸞(원란) : 원추새와 난새. 모두 봉황과 비슷한 새이다. 질서 있게 날고 현능하다는 뜻을 빌려 조정의 군신을 비유한다.
3) 丹鳳樓(단봉루) : 대명궁 남면에 있는 다섯 문 가운데 중앙에 있는 문루.
4) 晴明(청명) : 하늘이 개어 맑음.

宅’、‘文武衣冠’之感, 然以蘊藉出之, 得絶句體.)

해설 황소의 난을 피해 성도로 피난 갔던 희종이 885년 장안으로 돌아온
후 조정의 대권은 환관 전령자(田令孜)에 돌아갔다. 당시 하중절도사 왕
중영(王重榮)이 안읍과 해현의 염지(鹽池) 감독권을 가지고 있었는데, 전령
자가 그 이권을 차지하기 위해 왕중영을 태녕절도사로 전직 명령을 내
렸다. 왕중영이 이를 거부하고, 오히려 전령자의 죄상을 상서하자, 전령
자는 빈녕절도사 주매(朱玫)와 봉상절도사 이창부(李昌符)에게 명령하여
왕중영을 토벌하게 하였다. 왕중영은 하동절도사 이극용(李克用)에게 구
원을 청하여 함께 연합전선을 펼쳤다. 이극용이 장안을 공격하자 전령자
는 희종을 끼고 봉상으로 피난하였다. 이극용과 왕중영은 희종의 환궁을
청하면서 본진으로 돌아갔고 전량자를 주살해줄 것을 요구하였다. 886
년 주매와 이창부는 전령자가 전횡하고 자신들이 이용만 당한 것에 분
개하여 숙종의 현손인 사양왕(嗣襄王) 이온(李熅)과 백관을 데리고 장안으
로 환궁하였다. 10월에 이온이 황제를 참칭하자, 희종은 사람을 보내 왕
중영과 이극용에게 주매를 토벌해줄 것을 설득하였다. 12월 왕중영은 주
매의 군대를 깨고 장안으로 들어가 주매를 주살하였다. 이온은 하중으로
도주하는 중 살해되었다. 이러한 배경에서 이증은 이온이 황제를 참칭할
때 핍박을 받아 한림학사가 되었고, 그때 위 시를 지었다. 그 시기는 886
년 10월과 12월 사이이다. 황폐해진 대명궁의 모습을 직접적으로 쓰지
않았지만, 종남산의 산 빛과 맑은 하늘을 통해 반대로 그 참상을 상상하
게 하였다. 이증은 이 시를 쓴 지 얼마 지나지 않아 난군(亂軍)에 의해 살
해되었다.

두상(杜常)

화청궁(華淸宮)[1]

行盡江南數十程,[2]	강남의 수십 개 역참을 다 거쳐 올라와
曉風殘月入華淸.	새벽바람 잔월 아래 화청궁에 들어서네
朝元閣上西風急,[3]	조원각에 부는 빠른 서풍이
都向長楊作雨聲.[4]	버드나무 숲에 몰려가 빗소리 내는 듯

평석 말 2구는 황량한 모습을 그렸을 뿐이니, 깊은 해석을 찾을 필요가 없다.(末二句寫荒涼 之狀, 不求甚解.)

해설 화청궁의 황량한 모습을 그렸다. 시의 내용만으로 보면 긴 여정 끝에 화청궁에 들어서 보니 비가 내린다는 것으로 별다른 의미가 없으나, 시인이 활동했던 송대 초기의 상황을 연상해보면, 풍경의 묘사를 통해 궁전의 황폐한 모습을 떠올리게 하였다. 제4구의 '장양'을 장양궁으로 풀이할 수도 있으나, 그렇게 되면 장안의 동편에 있는 화청궁에서 서편에 있는 장양궁까지 바람이 분다는 뜻이 되며, 이는 제3구의 '서풍'과 어긋나고, 먼 서쪽의 장양궁에 내리는 빗소리가 들린다는 뜻이 되므로 적절하지 않다.

---

1) 華淸宮(화청궁) : 장안 동쪽 교외의 여산 아래에 있는 행궁. 지금의 섬서성 서안시 임동구(臨潼區) 동남에 소재.
2) 數十程(수십정) : 수십 개 역참의 노정.
3) 朝元閣(조원각) : 화청궁 안에 있던 전각 이름.
4) 長楊(장양) : 장양궁. 한대 궁전 이름. 궁 안에 수양버들이 많아 이름 지어졌다. 서한 의 황제들이 이곳에서 수렵을 관람하는 경우가 많았다. 지금의 섬서성 주지(周至)현 에 소재했다.

왕가(王駕)

사일(社日)[1]

鵝湖山下稻粱肥,[2]	아호산 아래 벼와 기장이 익어 가는데
豚柵鷄棲半掩扉.	돼지 울에 닭이 살고 문도 반쯤 열렸구나
桑柘影斜春社散,[3]	뽕나무 그림자 길어져 춘사(春社)가 끝나자
家家扶得醉人歸.	집집마다 취한 사람 부축하며 집으로 돌아가네

평석 지극히 순박한 가운데 태평성세의 풍경을 전했다.(極村朴中傳出太平風景.)

해설 농촌의 토지 신 제삿날의 모습을 그렸다. 봄인데도 벼가 익었다고 한 것은 이모작을 하기 때문이며, 게다가 돼지와 닭들이 있고 대문도 반쯤 열려 있어 풍족하고 여유로운 마을임을 알려준다. 사일은 본래 떠들 썩한 축제날인데 제1, 2구에선 오히려 배경이 되는 농촌의 모습만을 묘 사했고, 제3, 4구에서는 축제가 끝난 다음 술에 취해 돌아가는 사람들의 모습을 그렸다. 정작 축제를 정면으로 묘사한 것은 없지만 그 부유하고 즐거운 분위기를 암시하여, 짧은 형식으로 많은 것을 연상하게 하였다.

---

1) 社日(사일) : 토지 신에게 제사지내는 날. 고대에는 봄과 가을 두 차례 제사를 지냈다. 입춘 후 다섯 번째 무일(戊日)에 지내는 것은 춘사라 하고, 입추 후 다섯 번째 무일에 지내는 것을 추사라 한다.

2) 鵝湖山(아호산) : 강서성 연산현(鉛山縣) 북쪽에 소재. 진(晉) 말기 공씨(龔氏)가 거위를 많이 길렀기에 이름 붙여졌다.

3) 桑柘(상자) : 뽕나무와 산뽕나무. 뽕나무의 통칭. 후대에는 인구가 조밀한 지역을 가리킨다.

왕온수(王韞秀)

평석 여기서부터는 여류, 방외인, 무명씨의 시이다.(以下閨中及方外、無名氏詩.)

이모들에게 부침(寄姨妹)[1]

相國己隨麟閣貴,[2]	남편은 재상이 되어 기린각에 드나들고
家風第一右丞詩.	가풍도 세상에서 제일가는 시인 왕유의 집안이라
笄年解笑鳴機婦,[3]	시집갈 때 날 비웃던 베를 짜던 여인들아
恥見蘇秦富貴時.[4]	소진이 성공하니 형수가 부끄러워하더라

해설 남편 원재(元載)가 재상이 되자 예전에 남편을 구박했던 친정집의 식구들에게 지어 보낸 시이다. 전국시대 소진(蘇秦)이 형수에게 구박을 받았으나 나중에 재상이 되어 돌아왔을 때의 달라진 상황을 예를 들어,

---

1) 姨妹(이매) : 모친의 자매들.
2) 麟閣(인각) : 기린각. 한대 미앙궁에 있던 전각으로, 한 고조 때 도서를 보관하기 위해 지었으며, 선제 때 곽광 등 열한 명의 공신을 그려 이곳에 모셨다. 여기서는 한림원과 같이 현인들이 드나드는 곳을 의미한다.
3) 笄年(계년) : 여자가 처음 비녀를 꽂는 나이. 여자는 15세 때 성인이 되었다는 표시로 비녀를 꽂는다. ○鳴機婦(명기부) : 베틀을 울리며 베를 짜는 여인. 전국시대 소진 (蘇秦)의 처를 가리킨다. 소진이 진 혜왕을 설득하기 위해 열 번이나 상서를 올렸지만 받아들여지지 않았고, 검은 담비 가죽옷이 헤어지고, 황금 백 근도 바닥나고 말았다. 나중에 집에 돌아가니 처는 베틀에서 내려오지도 않고, 형수는 밥도 안 주고, 부모는 말도 하지 않았다. 『전국책』「진책」(秦策) 참조.
4) 恥見(치견) 구 : 소진이 조왕을 설득하여 무안군에 봉해지고 재상의 관인을 차고 집에 돌아가자, 부모가 교외 밖 삼십 리에 마중하러 나오고, 처는 눈을 내리깔고 귀 기울여 들으며, 형수는 뱀처럼 기다가 네 번 절하고 무릎 꿇고 감사하였다. 이에 소진이 "사람이 세상에 살면서 세력과 부귀를 어찌 소홀히 여길 것인가!"라고 탄식하였다. 『전국책』「진책」(秦策) 참조.

친정의 소인배들을 조롱하였다. 나아가 이 시는 빈천을 조소하고 부귀에 아부하는 모든 무리들에 대한 신랄한 비판으로 볼 수도 있다.

진옥란(陳玉蘭)

변방에 겨울옷을 부침(寄外征衣)[1]

夫戌邊關妾在吳,　　지아비는 변방 수자리에 소첩은 오 지방에
西風吹妾妾憂夫.　　가을바람 불어오니 지아비 걱정 가득해라
一行書寄千行淚,　　편지 한 줄마다 천 줄기 눈물을 부치니
寒到君邊衣到無?　　추위가 먼저 오는 그곳에서 옷은 잘 받았소?

해설 변방 수자리에 나가있는 남편에게 보낸 시이다. 별다른 수식 없이 진실한 감정을 나타내었지만, 자세히 보면 각 구는 모두 서로 관련되는 두 가지 의미 단락으로 이루어졌으며, 그러면서도 행마다 변화를 주고 있다. 제1구는 '지아비'와 '소첩', 제2구는 '가을바람'과 '소첩', 제3구는 '편지'와 '눈물', 제4구는 '추위'와 '옷'이 그러하다. 또 '부'(夫)자와 '첩' (妾)자를 반복시켜 순박하고 자연스러운 미감을 일으켰다. 이러한 리듬과 반복은 거듭되는 그리움을 나타내어, 슬픔과 걱정과 함께 깊은 정이 배어 나온다.

---

1) 심주: 다른 판본에서는 왕가가 지은 「고의」라 되어 있다.(一作王駕古意詩.)

갈아아(葛鴉兒)

양인을 그리며(懷良人)[1]

蓬鬢荊釵世所稀,[2]	봉두난발에 모형 비녀 세상에도 드물어
布裙猶是嫁時衣.[3]	삼베 치마는 아직도 시집 올 때 그대로라
胡麻好種無人種,[4]	참깨 심기 좋은 때 함께 심을 사람 없는데
正是歸時不見歸.	돌아올 때 되었는데 돌아오지 않아라

평석 밭 갈 때 남편이 돌아오길 바라는 것이니, 왕창령의 '벼슬 찾아 낭군 보낸 일 후회하네'에 비하여 더욱 절실하고 올바르다.(以耕鑿望夫之歸, 比"悔敎夫壻覓封侯", 較切較正.)

해설 출정 나간 남편을 기다리며 지은 시이다. 전반부는 가난한 아낙의 형상으로 전란의 시대가 남긴 이별의 신산스러움이 담겨있다. 후반부는 참깨를 심을 때 함께 지을 사람이 필요하다는 뜻으로 남편을 기다리고 있다. 이는 여기를 말하면서 사실은 저기를 가리키는 수법으로 참깨를 말하면서 낭군을 그리고, 말이 끝났지만 뜻이 무궁한 고전시의 화법이기도 하다. 특히 제3구는 시를 풍부하게 한 인상적인 삽화로 시의 전후를 잘 연결하면서도 순수한 정을 드러내는데 있어 모자람이 없는 역할을 하였다.

---

1) 良人(양인) : 아내가 남편을 지칭하는 말.
2) 蓬鬢(봉빈) : 봉두난발. ○ 荊釵(형차) : 모형나무 가지로 만든 비녀. 가난한 집 여인의 치장을 일컫는다.
3) 布裙(포군) : 삼베 치마. 유향 『열녀전』에 "양홍의 처 맹광은 항상 모형 비녀에 삼베 치마를 입었다"(梁鴻妻孟光常荊釵布裙.)고 하였다.
4) 胡麻(호마) : 참깨. ○ 好(호) : ~하기 좋다. 적합하다. 명대 고원경(顧元慶)은 『이백재시화』(夷白齋詩話)에서 "스님이 참깨를 심으면 수확이 없다"는 속담을 소개하면서, 민간에서 참깨를 심을 때 부부가 함께 심으면 수확이 배로 많다는 속설과 이 구절을 인용하였다.

유원(劉媛)

장문궁의 원망(長門怨)[1]

雨滴梧桐秋夜長,	오동잎에 빗방울 떨어지는 가을밤도 깊어
愁心和雨到昭陽.[2]	시름 깊은 마음은 비와 뒤섞여 소양전에 이르네
淚痕不學君恩斷,	임금 은총 끊어져도 눈물은 끊기지 않고
拭却千行更萬行.	천 줄기 닦아내면 다시 만 줄기가 흘러라

해설 전형적인 궁원시이다. 전반 2구는 총애를 잃은 궁인의 모습을 그렸고, 후반 2구는 실총한 궁인의 심정을 그렸다. 특히 제2구에서 실총한 사람의 원망을 은총을 입은 사람과 대비시켜 강조하였다. 후반은 은총은 끊어진 데 비해 눈물은 끊어지지 않는다며 비극미를 심화시켰다. 장문궁은 원래 한 무제의 진 황후와 관련이 깊으나 제2구에서 성제 때의 전고를 가져오는 것을 보면, 어느 특정인을 가리키는 것이 아니라 궁중에서 일어나는 궁녀의 보편적인 실총을 썼음을 알 수 있다.

---

1) 長門怨(장문원) : 악부제의 하나. 『악부시집』에서는 '상화가사' 초조곡(楚調曲)으로 분류하였다. 장문궁은 한 무제 때 진 황후가 거처하던 곳으로 잘 알려졌다.
2) 昭陽(소양) : 소양전. 한 성제 때 조비연이 거처했던 궁전.

두추낭(杜秋娘)

금루사(金縷詞)[1]

勸君莫惜金縷衣,[2]	그대에게 권하노니 금루의를 아끼지 말기를
勸君須惜少年時.	그대에게 권하노니 젊은 때를 귀중히 아끼기를
花開堪折直須折,[3]	꽃이 피어 꺾을 만하면 모름지기 꺾어야 하니
莫待無花空折枝!	꽃 진 후 부질없이 빈 가지만 꺾지 말기를!

해설 청춘의 때를 아끼고 노력하라는 뜻을 말하였다. 전반 2구는 대비적 수법으로 금루의 같은 재물보다 청춘의 때를 귀하여 여기어 노력하라는 뜻을 강조하였지만, 후반 2구는 꽃을 가지고 청춘의 때를 놓치지 말라고 말하였다. 그러므로 이 시는 청춘의 때를 즐겨야 한다는 의미로 해석할 수도 있다. 이 노래는 두추낭이 즐겨 불렀고 중당시기에 유행했음은 알려졌으나 그 작가가 누구인지는 명확하지 않다. 『악부시집』에서는 이기(李錡)의 작품으로, 『전당시』에서는 무명씨로, 통행본에서는 두추낭으로 친다. 두목의 시 가운데 "두추낭은 옥 술잔을 든 채 취해, 더불어 '금루의'를 노래했네"(秋持玉斝醉, 與唱金縷衣.)라는 구절이 있으며 원주(原注)에 위 시를 소개하고 있으며, 그 끝에 "이기(李錡)가 이 가사를 자주 노래했다"(李錡長唱此辭)고 덧붙였다. 어쩌면 이기는 이 가사에서 연유하는 의미를 정치적인 의미로 받아들여 모반을 하였는지도 모른다. 민간 가사의 분위기가 강하며, 쉬운 말로 깊은 뜻을 담은 순정무구한 노래이다.

---

1) 金縷詞(금루사) : 당대에 만들어진 악부제. 『악부시집』에서는 '근대곡사(近代曲辭)'로 분류되어 있다.

2) 金縷衣(금루의) : 금실로 수놓은 화려한 옷.

3) 堪(감) : 할 수 있다. '감절'(堪折)은 꺾을 수 있다. ○ 直須(직수) : 모름지기 바로. 반드시 바로. '직'(直)은 곧.

무창 기녀(武昌妓)

위섬의 시구에 이어(續韋蟾句)[1]

悲莫悲兮生別離,[2]	슬픈 일 가운데 생이별보다 더 슬픈 일 없으니
登山臨水送將歸.[3]	산에 오르고 강가에 서서 돌아가는 사람 보내네
武昌無限新栽柳,	무창에 새로 심은 버들 수없이 많으니
不見楊花撲面飛.[4]	보이지 않는가, 버들개지 날아와 얼굴에 부딪힘을

평석 상반 2구는 집구를 잘 하였고, 하반 2구는 연구를 잘 이었다.(上二句集得好, 下二句續得好.)

해설 위섬이 악주(鄂州, 무창)를 순시하고 돌아가는데 현지 관리들이 전별연을 차렸다. 위섬이 『문선』에 나오는 굴원과 송옥의 시구를 뽑아 시의 전반 2구를 내놓고 관리들에게 그 뒤를 이어보라고 하였다. 위섬의 집구(集句)는 송별의 자리에 잘 어울리게 초가체(楚歌體)의 부(賦)를 칠언시로 만들어 놓은 것이다. 이에 한 가기(歌妓)가 즉석에서 후반 2구를 만들었다. 이별의 뜻이 이미 상반부에 나왔으므로 가기는 서경으로 그 뜻을 보완하는데 주력하였다. 버들은 예부터 이별의 뜻이 있는데, 여기에 버들 개지가 얼굴에 날아온다고 하니, 이미지도 아름답지만 이별의 뜻도 각별하고 깊다.

---

1) 韋蟾(위섬) : 만당 시인. 853년 진사과에 급제. 관직은 상서좌승까지 올랐다.
2) 悲莫(비막) 구 : 굴원 「소사명」의 일절. 『문선』 권33에도 실려 있다.
3) 登山(등산) 구 : 송옥 「구변」의 일절. 『문선』 권33에도 실려 있다.
4) 楊花(양화) : 버들개지.

법진(法振)

도성으로 가는 친구를 보내며(送友人之上都)[1]

玉帛徵賢楚客稀,[2]	어진 사람 징초되니 초 지방 인재 드물어져
猿啼相送武陵歸.[3]	원숭이 울음 속에 그대 보내고 무릉으로 돌아가네
潮頭望入桃花去,	봄 강물 불어나고 복사꽃 떠가는데
一片春帆帶雨飛.	한 조각 봄 배가 빗속에서 나는 듯 가는구나

해설 봄날에 호남에서 도성으로 가는 친구를 보내며 쓴 시이다. 친구는 아마도 은거해 있다가 징초되어 가므로 시의 정조도 무척 활달하고 밝다.

개가운이 진헌한 악부사(樂府辭蓋嘉運進)

양주가(涼州歌)

朔風吹葉雁門秋,[1]	삭풍에 낙엽 날리는 안문관의 가을
萬里煙塵昏戍樓.	만 리에 걸친 먼지에 수루가 어두워라
征馬長嘶靑海北,[2]	청해호 북쪽에서 말이 길게 울고

---

1) 上都(상도) : 도성. 762년부터 장안을 상도라 불렀다.
2) 玉帛(옥백) : 옥과 비단. 현사를 초빙할 때 쓰는 물건.
3) 武陵(무릉) : 무릉군(武陵郡). 621년 낭주(朗州)라 하였다가, 742년 무릉군으로 개명하였고, 758년 낭주로 복원하였다. 지금의 호남성 상덕시(常德市).
1) 雁門(안문) : 안문관. 지금의 산서성 대현(代縣) 서북에 소재.

胡笳夜聽隴山頭.[3]   농산의 꼭대기에서 밤에 호가 소리 들어라

해설 변경의 모습을 그렸다. 어느 한 지역에 고정된 장면이 아니라, 안문관, 청해, 농산 등 당나라의 북방과 서북방의 이미지를 모아, 전반적인 변새의 풍광을 펼쳐놓았다. 『악부시집』 '근대곡사'에서는 개가운이 진헌한 곡은 「이주」(伊州)라 하였고, 위의 노래는 서량부 도독 곽지운(郭知運)이 진헌한 곡이라 하였다.

무명씨(無名氏)

잡시(雜詩)

無定河邊暮笛聲,[1]   무정하 강가의 저녁 피리 소리
赫連臺畔旅人情.[2]   혁련대 옆에선 나그네 심정
函關歸路千餘里,[3]   함곡관으로 가는 길 천여 리

---

2) 青海(청해) : 청해호. 지금의 청해성 소재. 중국 최대의 염수호. 고대에는 선수(鮮水) 또는 서해(西海)라고 했으나 북위 때 청해라고 부르기 시작하였다. 당나라는 이 지역에서 티베트와 자주 전투하였다.

3) 隴山(농산) : 지금의 섬서성 농현(隴縣)과 감숙성 평량(平涼) 사이에 있는 산.

1) 無定河(무정하) : 섬서성 북부에 있는 강. 황하의 지류로, 모래가 무너지거나 급류가 생기기도 하여 깊이가 일정하지 않다고 하여 이름 붙여졌다.

2) 赫連臺(혁련대) : 촉격대(髑骼臺)라고도 한다. 동진 말기 하나라 혁련발발(赫連勃勃)이 전공을 기념하기 위해 표시한 흙 둔덕이다. 그 장소는 여러 군데로, 하나는 지양(支陽, 감숙성)에 있으며 다른 하나는 장안 부근에 있었다. 무정하와 가까운 것으로는 연장현(延長縣, 섬서성 延安)의 촉격산에 있는 촉격대가 있다.

3) 函關(함관) : 함곡관. 지금의 하남성 영보시(靈寶市) 동북에 세워진 관문으로, 동쪽의 효산(崤山)과 서쪽의 동관(潼關) 사이에 위치했다.

一夕秋風白髮生.　　　하룻밤 가을바람에 머리가 센다

해설 변방에서 고향을 그리는 마음을 표현하였다. 나그네의 고향은 아마도 함곡관 근처, 즉 낙양 또는 장안 근처로 보인다. 전반부에선 가을 저녁 변경에 울려 퍼지는 피리 소리를 듣는 장면만 제시할 뿐 그 '심정'이 어떠한지 말하지 않았지만 창망한 풍광에서 그것이 어떤지는 쉽게 짐작할 수 있다. 후반부에서 천여 리 먼 고향을 생각하며 하룻밤 사이에 흰머리가 생겨난다고 하니 그 시름이 얼마나 깊은지 알 수 있다.

무명씨(無名氏)

호가곡(胡笳曲)[1]

月明星稀霜滿野,　　　달 밝으니 별 드물고 들에 서리 가득한데
氈車夜宿陰山下.[2]　　양모 천막의 수레가 밤에 음산 아래 묵는다
漢家自失李將軍,[3]　　한나라가 이 장군을 잃고 난 뒤부터
單于公然來牧馬.[4]　　선우가 공공연히 내려와 말을 방목한다네

---

1) 胡笳曲(호가곡): 악부제로 '금곡가사'에 속한다. 남조의 강홍(江洪) 이래 당대 시인들이 즐겨 지었다. 일반적으로 변방에 사는 노장의 비애와 실의를 제재로 하였다.
2) 氈車(전거): 양모로 휘장을 만든 수레. ○陰山(음산): 음산 산맥. 내몽골자치구의 남부에 있으며 동서로 걸쳐 있다. 한대에 흉노들은 주로 음산에 거주하면서 한나라를 공격하였다.
3) 李將軍(이장군): 한 무제 때 활약한 이광(李廣)을 가리킨다. 이광은 기동력이 뛰어나 여러 차례 흉노를 공격하여 이겼다.
4) 單于(선우): 흉노의 왕. 당대에는 티베트 또는 돌궐 등 이민족의 왕을 비유한다.

해설 '호가곡'은 변방의 풍광이나 생활을 읊은 노래로 변새시에 속한다. 여기서는 뛰어난 장수의 부재와 국력의 쇠약으로 이민족의 규시(窺視)를 받는 상황을 안타까워하였다. 이는 한대에 "오랑캐가 감히 남하하여 말을 방목하지 못하는"(胡人不敢南下而牧馬) 상황과 대조시키는 것이어서 경계하는 뜻이 뚜렷하다.

무명씨(無名氏)

한강을 막 건너며(初渡漢江)[1]

襄陽好向峴亭看,[2]	양양에 가면 현산 정자 들러보기 좋은데
人物蕭條屬歲闌.[3]	한 해 저물어 사람 드물고 풍경도 쓸쓸해라
爲報習家多置酒,[4]	객점에 알려서 술 좀 많이 차리라 하소
夜來風雪過江寒.	밤 되어 눈보라 속에 찬 강을 건너왔으니

---

1) 漢江(한강) : 한수(漢水). 장강의 최대 지류로, 섬서성 영강현(寧羌縣)에서 발원하여 동남쪽으로 흐르다가 양양(襄陽)을 거쳐 무한(武漢)에서 장강에 합류한다.

2) 襄陽(양양) : 지금의 호북성 양번시(襄樊市). 한수의 북안에 있다. ○峴亭(현정) : 현산정(峴山亭). 호북성 양번시 남쪽 현산 위에 소재. 진 양호(羊祜)가 덕정을 베푼 일로 백성들이 현산에 세운 '타루비'(墮淚碑)가 유명하다.

3) 人物(인물) : 사람과 사물. 여기서는 '영웅'이란 뜻도 환기한다. ○歲闌(세란) : 한 해가 다하다.

4) 習家(습가) : 동한 초기 시중(侍中)이었던 습욱(習郁)의 집. 현산(峴山) 아래 양어지(養魚池)를 만들고 못 안에는 연을 심고 못 주위에는 대와 나무를 심었다. 습지(習池) 또는 습가지(習家池)라 하여 명승지 가운데 하나이다. 나중에 서진(西晉) 때 정남장군 산간(山簡)이 양양에 있을 때 여기서 자주 연회를 열고 고주망태가 되어 흰 두건을 거꾸로 쓴 일이 유명하다. 여기서는 객점을 가리킨다.

해설 눈보라 속에 한수를 건너며 지은 시이다. 강을 따라 오면서 밤이 되어 아직 양양의 성내에 들어가지 않은 상태에서 지은 것으로 보인다. 얼른 보면 도강의 정황을 그린 듯하지만, 자세히 음미하면 현산의 타루비와 습가의 풍도에서 연상되는 '인물'에 대한 그리움을 호방하게 그렸다. 작자는 아마도 실의에 잠겨있으나 장부의 풍모가 있는 문인으로 보인다. 송대 『만수당인절구』(萬首唐人絶句)와 명대 『당음통첨』(唐音統籤) 등에서는 최도(崔塗)의 작품으로 기록하였다.

역자후기

　중문학 공부를 시작하면서부터 번역은 언제나 중요한 과제 가운데 하나로 생각하였다. 1991년 대학원 도서관에서 일본어 번역본을 본 인상이 잊히지 않는다. 오래된 석조건물에서 책들이 얹힌 시렁 사이를 커튼처럼 무겁게 드리워진 퀴퀴한 책 냄새를 밀치고 들어가니 안쪽 서가에 일본에서 1930년대에 출판한 도연명, 왕유, 이백, 두보, 백거이, 소동파 시전집이 나란히 꽂혀 있었다. 한국은 기껏 도연명 역본만 가지고 있는데 비해 일본은 오래 전부터 이들 역본을 모두 가지고 있었고, 일본 사람들은 이들 작품들을 모두 읽어왔던 것이다. 나는 잠시 망연하였다.

　이백과 두보가 위대한 시인이라 해도 한국인은 어느 누구 한 사람 읽을 수가 없다. 아무리 읽고 싶어도 읽을 수가 없다. 한글 번역본이 없는 것이다. 이백을 읽고 싶어도 읽을 수 없었던 이유를 그때 알았다. 일본어 역본 옆에 한국어 역본을 세워두고 싶었다.

　지금의 한국 중문학의 발전 단계에서도 번역은 지극히 필요하다. 번역의 과정에서 텍스트를 구체적으로 다루고 기존의 학설을 정리해야 하기 때문에, 번역은 일종의 기초를 다지는 작업이라 할 수 있다. 번역은 소화의 과정이다. 이러한 견실한 독서와 번역 작업이 선행되어야 학술도 풍성하게 성장할 수 있을 것이다. 게다가 번역본은 인문학이 대중과 만나는 접점이기도 하여, 우리 문화를 풍부히 하는데 기여할 수 있다.

역본이 나오는 시점에 한국연구재단의 명저번역 사업을 입안하고 추진해 오신 분들께 감사드린다. 이 사업이 없었다면 이 책은 세상에 훨씬 더디 나왔을 것이다. 다시 생각해 보건대, 한국연구재단에서 시행하는 명저번역 사업은 참으로 의의 있는 일이다. 중문학에 국한해서 본다면 번역은 논문만큼 또는 그 이상으로 의의가 있다. 어떤 번역서는 그 효용이 십 년, 아니 백 년이 갈 수도 있을 것이다. 게다가 그 공헌이 학계에 그치지 않고 한국의 문화 전체에 영향을 미친다. 최근에 명저번역 사업이 중간보고서 심사과정에서 탈락되는 원고가 많아 중단되었다고 하는데 참으로 아쉬운 일이다. 선정 종수를 줄이고 선정 심사를 엄격히 하는 등으로 보완한다면 얼마든지 사업의 취지를 살리면서 진행할 수 있을 것이다.

번역은 글자의 번역이 아니라 문명의 번역이다. 고전은 하나의 문명이 언어로 집적된 창고이다. 때문에 한 권의 고전을 번역한다는 것은 때로 하나의 문명을 번역하는 것과 같다. 이를 2년의 번역 기간으로 제한한다는 것도 다시 고려해볼 문제이다. 경제개발 5개년 계획식이 아니라 훌륭한 역본이 나올 수 있는 방안으로 진행한다면 인문학의 부흥에 큰 기여를 할 것이며, 한국의 문화강국도 훨씬 빨리 다가올 것이다.

오년 동안 번역을 하면서 번역의 어려움을 알게 된 점도 큰 소득이다. 그동안 번역자들이 어떻게 시간과 다투었는지 알게 되었다. 모니터를 두 개 두고 전자사전과 인터넷으로 검색하여 예전보다 번거로움이 줄었다고 하지만 어려움은 여전하다. 번역은 저자의 혼을 뒤집어쓰는 일이어서 깊은 정신의 교감이 있어야 한다. 때로 청색 도포를 입은 당나라 시인이 황토 먼지를 털며 다가와 컴퓨터 앞에 앉아있는 내 옆에 앉아있다 가기도 했다. 우주와 자연, 사회와 정치, 가족과 친구, 출세와 은거, 추구와 실의, 가치와 지향 속에서 그들이 들려준 노래에 나는 한동안 즐거웠는가.

그들의 노래가 즐거웠다고 해도 번역은 또 다른 문제이다. 의미의 번역에서 운율의 번역까지 나아가야 하고, 문화의 번역으로까지 이어져야 하기 때문이다. 처음에는 시인들이 내 곁에 올 수 없었다. 의미의 번역을 하는 데만도 급급했기 때문이다. 그들이 들려준 어떤 노래 구절은 오늘날의 언어로 완정하게 해석하기 어려워, 다만 앞뒤 문맥에 따라 그 가리키는 바를 추측해야 하는 경우도 많았다. 게다가 그 의미가 시적 비약 속으로 사라지는 경우 앞뒤 문맥을 보아도 종적을 찾기 어려운 경우도 있었다. 이들을 짜임새 있는 우리말의 질서로 옮겨놓아야 하는데 이점도 여전히 조심스럽다. 번역의 완성에 즐겁다기보다 미처 깨닫지 못한 오역의 미진함에 마음 무겁다. 말들에 아직 적절한 자리를 다 잡아주지 못하여 미안하다. 역량이 부족하나 그저 시도하였다는데 의의를 두고자 한다.

번역하는 과정에 많은 분들의 관심을 받았다. 그동안 격려해주신 이동향(李東鄕) 선생님과 최규발(崔圭鉢) 선생님, 그리고 선정에서부터 결과보고서까지 여러 차례에 걸쳐 거친 원고를 공들여 평가해주신 심사위원 선생님들께 감사드린다. 중국 고전시 연구에 언제나 기대를 주신 북경대의 갈효음(葛曉音) 선생님께도 부족한 답변이 될지 모르겠다. 일산 여행 이후 편지로 물어볼 때마다 정성들여 의견을 보내준 상해 화동사대의 양훈(楊焄) 선생에게도 감사의 뜻을 전한다. 눈이 나빠질까 걱정하며 안경을 맞추어준 누나와 밝은 모니터를 놓아주며 응원해준 현실 씨에게도, 그리고 언제나 따뜻함을 준 담은이에게도 고마움을 전한다.

2013년 2월
개운산 자락에서
서성